Franzobels neuer Roman ist ein hinreißender Trip durch wilde Zeiten und zugleich die Lebensgeschichte eines Mannes, den Einsteins Hirn aus der Bahn wirft.
Am 18. April 1955 kurz nach Mitternacht stirbt Albert Einstein im Princeton Hospital, New Jersey. Seinem Wunsch entsprechend wird der Körper verbrannt und die Asche an einem unbekannten Ort verstreut. Vorher jedoch hat der Pathologe Thomas Harvey Einsteins Hirn entfernt. Er wird damit 42 Jahre durch die amerikanische Provinz tingeln. Mit Einsteins Hirn erlebt Harvey die Wahl John F. Kennedys zum Präsidenten, die erste Mondlandung, Woodstock und Watergate und das Ende des Vietnamkriegs, und irgendwann beginnt es, mit Harvey zu sprechen.

FRANZOBEL, geboren 1967 in Vöcklabruck, ist einer der populärsten österreichischen Schriftsteller. Sein Werk wurde vielfach ausgezeichnet. Mit seinem Roman »Das Floß der Medusa« stand er auf der Shortlist für den Deutschen Buchpreis, und er erhielt den Bayerischen Buchpreis.

FRANZOBEL BEI BTB
Das Floß der Medusa. Roman
Die Eroberung Amerikas. Roman

Franzobel

Einsteins Hirn

Roman

btb

Der Verlag behält sich die Verwertung der urheberrechtlich geschützten Inhalte dieses Werkes für Zwecke des Text- und Data-Minings nach § 44 b UrhG ausdrücklich vor. Jegliche unbefugte Nutzung ist hiermit ausgeschlossen.

Penguin Random House Verlagsgruppe FSC® N001967

1. Auflage
Genehmigte Taschenbuchausgabe März 2025,
btb Verlag in der Penguin Verlagsgruppe Random House GmbH,
Neumarkter Straße 28, 81673 München
produktsicherheit@penguinrandomhouse.de
(Vorstehende Angaben sind zugleich
Pflichtinformationen nach GPSR)

Lizenzausgabe mit Genehmigung des Paul Zsolnay Verlages Wien
Copyright © 2023 by Paul Zsolnay Verlag Ges.m.b.H., Wien
Covergestaltung: Semper Smile nach einem Entwurf
von Anzinger & Rasp
Covermotiv: Alexandre Marciano
Druck und Einband: GGP Media GmbH, Pößneck
SL · Herstellung: han
Printed in Germany
ISBN 978-3-442-77457-9

www.btb-verlag.de
www.facebook.com/penguinbuecher

Es ist jedoch die Wahrheit,
auch wenn es gar nicht passiert ist.

Ken Kesey, *Einer flog über das Kuckucksnest*

NICHTS IST NICHTS

Nur Kinder und Narren fürchten sich vor Engeln und Agenten. Alle anderen ängstigt die Schwerkraft der Geldnot, die Gravitation von Krankheit und Tod, der unerbittliche Lauf der Welt, der sämtliches Unglück anzieht. Dabei ist Schwerkraft bloß das Heimweh der Dinge, die zurück zu ihrem Ursprung wollen, in einen Zustand gegenseitiger Durchdringung. Genauso ist es mit Geschichten, auch sie werden von unsichtbaren Kräften getrieben. Nun hat aber jeder nur eine Erzählung, eine einzige, die wahrhaftig ist und es verdient, ausgebreitet zu werden – die eigene. Hier ist meine. Sie handelt von Engeln, Agenten und ... manchmal ... der Überwindung der Schwerkraft.

Doch der Reihe nach: Thomas Stoltz Harvey hieß mein Mann. Eisgraue Wolfsaugen, dünne Lippen. Er stotterte etwas, blinzelte nie, lachte oft grundlos und hatte Angst vor Pferden, obwohl er nie geritten ist. Man nannte ihn den Schweiger oder Weißer Hase. Etwas größer als der Durchschnitt, wohlgeformtes Gesicht, hoher Haaransatz – nicht unattraktiv. Thomas Stoltz Harvey hieß der Mann.

Dies ist die Geschichte von einem Schiffbruch ohne Schiff, einer Strandung ohne Strand, einem Untergang ohne Wasser. Von diesem Schiffbrüchigen haben Sie noch nie gehört, obwohl es ihn gegeben hat.

Thomas Harvey ist an keiner Steilküste zerschellt, sondern an einer weichen grauen Masse, einem Hirn. An einem Denkorgan, das sechsundsiebzig Jahre im Kopf des Physikers Albert Einstein gewesen ist und Gedanken wie die allgemeine Relativitätstheorie ausgebrütet hat. Dieses Hirn war Thomas Harveys

Untergang, wegen dieses Eiweißklumpens hat er den Verstand verloren, aber auch Weisheit gefunden, Liebe, Glaube und zuletzt sich selbst. Thomas Harvey hieß der Mann, Thomas Harvey hieß mein Mann.

Ich war für ihn verantwortlich. Ich, Sam Shepherd, der ihn im Auftrag des FBI beschatten musste, hätte der Geschichte eine völlig andere Wendung geben können, aber das entsprach nicht meinem Naturell. Agenten müssen ihr Land beschützen, und Sie können sicher sein, dass sie alles wissen, alles sehen. Mein Land war damals die USA und nicht das Himmelreich. Lassen Sie mich erklären, wie das gekommen ist.

In Thomas Harveys Geschichte geht es um Physik und Religion. Von Ersterer habe ich wenig Ahnung, beschränken sich doch meine Mathematikkenntnisse auf Punkt- und Strichrechnungen, was hingegen die Religion angeht, steht außer Frage, dass die Menschen nicht mehr glauben. Und damit meine ich nicht, dass man sich über Märtyrer lustig macht, die man gehäutet, gegrillt oder geviertelt hat. Nicht, dass man Gott für tot erklärt hat, ist die Katastrophe, sondern der verlorengegangene Glaube. Gott wird nicht mehr gedacht oder gelebt, jeder glaubt nur an sich selbst, zimmert sich mit Esoterik, asiatischer Küchenphilosophie und Astrologie etwas zusammen, das die Welt erträglich macht.

Die einen bekennen sich zu Real Madrid, die anderen zur String-Theorie. Die Nächsten beten den Börsenindex an, manche Kurt Cobain, abstrakte Malerei, Kernfusion oder Fusion Kitchen. Aber das ist falsche Frömmigkeit.

Der Glaubende ist glücklicher, selbst wenn er Humbug glaubt. Glaube gibt Stärke und Zuversicht. Aber wir erleben eine Zeit des Zweifels, eine Zeit der Konfusion. Die Gottesidee gab dem Universum Sinn. Nun haben wir Zersplitterung, ist alles Religiöse angreifbar – wird vulgär begrapscht, verhöhnt und ausgelacht. Was würden heutige Menschen tun, kämen sie in den Himmel?

Ein Selfie würden sie machen, um es auf sozialen Netzwerken zu teilen! Das ist traurig, aber so ist der Mensch nun mal.

Da Kunst und Literatur auch den einfachen Menschen feiern soll, erzählt diese Geschichte von einem gewöhnlichen Kerl, einem Gläubigen oder Gerechten, der von einem Engel ... Halt! Ich will nicht zu viel vorwegnehmen. Lassen Sie sich nicht durch die Tatsache abschrecken, dass ich damals, als diese Geschichte anfing, Mitte der fünfziger Jahre des vorigen Jahrhunderts, für das Federal Bureau of Investigation tätig war. Heute bin ich an solchen Wahrheiten oder Diskussionen über Richtig und Falsch nicht mehr interessiert, doch Sie können mir glauben, dass der Unglaube für Menschen dieselbe Katastrophe ist, wie es der Kometeneinschlag für die Dinosaurier war. Denn eines ist gewiss, wir werden gläubig sein oder gar nicht mehr. Aber solange es Schwerkraft gibt, die Dinge Heimweh nach ihrem Ursprung haben, bin ich nicht ohne Hoffnung.

Thomas Harvey hieß der Mann, der Albert Einsteins Hirn gestohlen hat. Ein Hirn, das irgendwann zu sprechen anfing.

Stunden sind so lang wie Straßen, Tage gleichen Plätzen, Jahre Städten. Die Zeit ist immer unzufrieden mit sich selbst, vielleicht nur Illusion, aber das weiß der Körper nicht, er altert, verfällt und stirbt.

Es ist Montag, der 18. April 1955. Seit dem Zweiten Weltkrieg sind zehn Jahre vergangen, die USA haben in Korea einen neuen Militärspielplatz gefunden, und vor drei Tagen wurde in Des Plaines das erste McDonald's-Franchise-Restaurant eröffnet, aber wir sind nicht in Illinois, sondern in New Jersey, genauer gesagt in Princeton. Ein verschlafenes Städtchen mit zwei Verkehrsampeln, vierhundertsiebzig Telefonanschlüssen, zwölf Kirchen, einer Kathedrale, zwei Supermärkten und einem Spital. Dort liegt der Anfang unserer Geschichte, in Zimmer 42 des Princeton-Hospitals an der Witherspoon Street.

Um Mitternacht hatte die Nachtschwester noch einmal nach dem Patienten gesehen. Überall Vasen mit Schnittblumen, und neben den Bonbonschachteln stapelten sich Manuskripte über die vereinheitlichte Feldtheorie, an denen bis zuletzt gearbeitet worden war. Auf dem Stuhl lag der Geigenkasten des Professors, worin Lina wartete, das Instrument, Einsteins größte Liebe. Der Physiker hatte die Schwester mit glasigen Augen angeblickt, Augen so tief wie das Universum, mit weicher Stimme einen Satz auf Deutsch gemurmelt, Schupfnudeln, Siach und spukhafte Fernwirkung kamen darin vor. Die Schwester hatte verlegen gelächelt. Das meiste, was Einstein zeitlebens gesagt hatte, blieb unverstanden. Vielleicht hatte er sich deshalb Zeit gelassen, bis er zu sprechen anfing? Ein mittelmäßiger Schüler soll er gewesen sein, aber das ist eine Legende, die von Lernunwilligen vorgeschützt wird, um ihre Faulheit zu begründen.

Kaum war die Krankenpflegerin aus dem Zimmer, breitete ein großer schwarzer Vogel seine Schwingen aus und kam mit furchteinflößendem Schnabel angeflogen. Das dunkle Tier durchdrang hohle Bäume, dicke Mauern und Kamine, lauerte auf Friedhöfen und in modrigen Kellern, nahm den Menschen alles, was sie hatten.

Durch die Gänge aber schlich ein Schatten und huschte in den Raum des Sterbenden. Der dazugehörige Mann war groß, hatte ein kantiges Gesicht, und seine Nase verdiente die Bezeichnung Pfrnak oder Zinken. Das war ich – Sam Shepherd. Niemand wäre auf den Gedanken gekommen, so einen auffälligen Kerl wie mich beim FBI zu vermuten. Ich hatte Einstein jahrelang beschattet, um dem Genius unamerikanische Umtriebe nachzuweisen. Nun, da alle wussten, es ging zu Ende, wollte ich mich verabschieden. Also ging ich in das überheizte Einzelzimmer Nummer 42, nicht viel größer als ein begehbarer Kleiderschrank. Bevor ich Einsteins nasse Stirn tätschelte, blickte ich unters Bett, um nachzusehen, ob sich dort die Rote Armee versteckte. Hinter dem milchigen Plastikvorhang war nur eine Toilette. Beinahe wäre ich über den verchromten Ständer, der die Glasflasche mit der Kochsalzlösung hielt, gestolpert und hätte mir an der Kurbel zur Kopfverstellung die Hose aufgerissen. Dann betrachtete ich den Physiker und war an ein zu schnell gealtertes Kind erinnert.

– Ich glaube, wir sind ans Ende gekommen, Professor. Ich bekreuzigte mich, zündete mir eine Zigarette an, klopfte auf das weißlackierte Stahlrohrbett und sah den Schriftzug auf dem groben Leinenüberzug – Eigentum des Princeton-Hospitals. *Auch Genies sterben nicht in weichen Satindecken.* Ich schlich hinaus.

Wenig später machte der Physiker Bekanntschaft mit dem größten Geheimnis des Universums, dem Nichts. Und dieses Nichts hatte wenig zu tun mit Löchern in Socken oder Hohlräumen im Emmentaler, von denen manche meinten, sie seien wichtiger als der Käse selbst.

Dieses Nichts war das Nichtsein, aber keine Leerstelle, keine Abwesenheit von Nicht-Nichts, sondern leerer Raum, was nicht nichts ist. Darum gelangte der Sterbende auch nicht in unser Nichts, sondern in einen Zustand, wo es weder Raum noch Zeit gibt. Da es im Kosmos aber überall Raum und Zeit gibt, außer im Schlund von schwarzen Löchern, kann der Ort der Toten nur außerhalb des Universums sein. Nicht?

Sterben ist die Beseitigung aller Zweifel. Vielleicht ist es wie die Verwandlung einer Raupe in einen Schmetterling? Etwas ändert sich grundlegend, und plötzlich gibt es keine Skepsis mehr, ist alles fraglos so, wie es ist. Der Sterbende überquert den Styx und gelangt an einen Ort, der kein Ort ist, in einen Raum, der kein Raum ist, wo es keine Zeit gibt ... von wegen Straßen, Plätze, Städte ... keine Gravitation oder Schwerkraftgesetze, nicht einmal Masse. Niemand hat Gewichtsprobleme, es gibt nur Ungeborene und Tote.

Physiker behaupten, dass im Vakuum Materie und Antimaterie aufpoppen können, um sofort wieder zu verschwinden. Vielleicht ist auch das menschliche Leben kurz auftauchende Materie? Der Sterbende erlangt also das Nichts, das vollkommene, reine Nichts, wo es keinen Raum gibt, keine Zeit und auch keine Gesetze. Etwas, das der Mensch nicht denken kann, und wenn er es kann, bleibt es ihm unbegreiflich. Ein Paradies? Jedenfalls ein Ort, an dem es keine Zweifel gibt.

Es war ein Uhr fünfzehn, ich längst draußen, als vom diensthabenden Arzt Einsteins Tod diagnostiziert wurde. Sein Herz hatte aufgehört zu schlagen. Der Mediziner wusste, was das bedeutete, die Presse würde wie eine Horde Barbaren über die Witherspoon Street hereinbrechen, und im Nichts des Princeton-Hospitals würde das Interesse der Weltöffentlichkeit aufpoppen. Radio- und Fernsehmenschen würden kommen, sich wie Sendboten der Hölle gebärden und das beschauliche Spital auf den Kopf stellen.

– Ich habe kein Mitleid mit dem alten Knaben. Er ist für die Atombombe verantwortlich, von der es heißt, dass sie heller ist als tausend Sonnen. Die Nachtschwester goss Kaffee ein und reichte dem diensthabenden Arzt die Tasse.

– Er hat die Relativitätstheorie gefunden. Die Augen des Mediziners flackerten.

– Was soll das sein?

– Professor Einstein ist Gott auf die Schliche gekommen. Er hat festgestellt, dass Raum und Zeit nicht konstant sind. Im Gebirge vergeht die Zeit schneller als auf Meereshöhe, in einem Flugzeug verstreicht sie langsamer. Natürlich so unmerklich, dass es uns nicht auffällt. Raumzeitkrümmung. Soweit ich das verstanden habe, kreisen die Planeten in einer Art Bobbahn um die Sonne, weil der Raum gekrümmt ist. Die Zeit vergeht verschieden schnell, wenn sie überhaupt vergeht.

– Das heißt, der Nachtdienst könnte ewig dauern? Die Schwester machte ein besorgtes Gesicht. Und wozu soll das gut sein?

– Das weiß nur der Teufel. Der Arzt trat ans Fenster, blickte in die Dunkelheit der Nacht und sah, wie draußen die Glut einer Zigarette aufleuchtete. Professor Einstein ist tot, und wir haben die Bescherung.

MINUS

Das Leben ist wie diese Bilder in Malbüchern, bei denen man eine Reihe nummerierter Punkte verbinden muss. Man fährt sie ab, ohne zu wissen, was dabei herauskommt. Sobald man es erkennt, ist es zu spät.

Der Morgen des 18. April war frühlingshaft und klar. Meisen und Rotkehlchen zwitscherten, Knospen traten aus den Zweigen, und die Sonne stand feist am Horizont. Nichts deutete darauf hin, dass Thomas Harvey das Bild erkennen und Schiffbruch erleiden würde.

Oberflächlich betrachtet war sein Leben auf Kurs. Drei Söhne, eine stille, liebende Frau, in der die Hefe von vierzehn Jahren Ehe nur unmerklich gärte. Harveys Leben tümpelte in ruhigen Gewässern vor sich hin. Pathologe, Quäker, Vater. Ich kann Ihnen versichern, dass ich selten einen langweiligeren Menschen kennengelernt habe als diesen Harvey – gutmütig, ohne einen Funken Bosheit, wie alle religiösen Leute ein bisschen ranzig in den Lenden. Seine Hoffnungen waren zurechtgestutzt, doch damit hatte er sich abgefunden. Thomas Harvey hieß der Mann. Nichts deutete auf den Orkan, der ihn in den Untergang reißen würde.

Die kleine Familie saß beim Frühstück, und Elouise, Harveys Frau, sah ihren jüngsten Sohn strafend an. Der Knabe hatte Haferbrei auf seinem Leibchen kleben.

– Robert! Musst du immer kleckern?

– Entschuldigung. Der Neunjährige versuchte, die gräuliche

Masse abzukratzen. Seine Brüder lachten. Kaum wandte sich ihre Mutter wieder der Pfanne mit den Spiegeleiern zu, deren schleimige Haut sie mit einem Föhn bearbeitete ... ja, wirklich mit einem Föhn ..., schnitten die Burschen Grimassen. Thomas junior war dreizehn und Arthur elf.

– Ihr müsst mir ein Pony kaufen, brüllte der Jüngste.

– In China haben alle Menschen Kiemen, verkündete der Mittlere.

– Gib mir die Milch, befahl der Älteste.

Alle drei waren lebhaft wie Eichhörnchen auf Speed – nur dass man sie nicht am Fluss aussetzen konnte, wie es Harvey mit den pelzigen Tierchen machte, die in seine Käfigfalle liefen.

– Erschlagen Sie die Viecher, sagten Nachbarn. Diese Baumratten fressen alles kahl, haben Tollwut. *Erschlagen? Niemals.* Harvey war einer, der Fliegen fing und aus dem Fenster warf, Vögel fütterte und nicht einmal Mücken erschlug. Wie sollte er da Eichhörnchen töten?

– Könnt ihr nicht in Ruhe frühstücken? Thomas, sag etwas. Elouise sah zu ihrem Mann, der geistesabwesend Zeitung las, sich Schlafsand aus den Augen rieb und Unverständliches murmelte.

– Thomas! Die Frau legte den Föhn weg und verlieh ihrer Forderung Nachdruck.

– Churchill ist zurückgetreten, Eisenhower hat etwas abgesegnet, und ein Schauspieler verweigert die Aussage vor dem Komitee für unamerikanische Umtriebe.

– Ich will ein Pony!

– Du sollst auf die Kinder aufpassen. Elouise fauchte.

Harvey blätterte zu den Sportseiten, weil er wissen wollte, wie die Dodgers gespielt hatten.

– Thomas!

– Was? Harvey war keine Geistesgröße, wusste aber, dass er gleich in Schwierigkeiten stecken würde. Er legte die Zeitung

beiseite, stand auf, stützte seinen linken Ellbogen auf die Tischplatte und bewegte die Finger wie einen Vogelschnabel:
– Was muss ich hören? Ihr Knaben seid unfolgsam.
– Das stimmt nicht, Minus.

Minus war Harveys linke Hand, die von seinen Söhnen als vollwertiges Familienmitglied akzeptiert wurde. Egal, ob es um Schlafenszeiten, Menüpläne oder sonst etwas ging, Minus wurde gefragt, was davon zu halten war. Minus hatte den Kindern das Zähneputzen beigebracht und ihnen Einschlafgeschichten erzählt, er hatte sie getröstet und unterstützt. Die Buben mochten ihn, obwohl sie wussten, dass Minus bloß die linke Hand ihres Vaters war. Zu Weihnachten bekam Minus Geschenke, meist Handschuhe, und zu Thanksgiving wurde ihm ein Teller mit Truthahn und Püree hingestellt. Nur wenn er eine Nachspeise wollte, brüllten alle:

– Du bist doch Papas Hand!

Jetzt stürzten sich alle auf die Spiegeleier – auch Minus, zumindest tat er so. Sie waren gestern spät von einem Ausflug nach Hause gekommen. Die Burschen hatten Steine, Stöcke, tote Käfer und Kiefernzapfen mitgebracht, die verstreut im Wohnzimmer lagen.

Nichts wies darauf hin, dass dieser 18. April 1955 der wichtigste Tag im Leben des Thomas Stoltz Harvey werden sollte. Das Leben des zweiundvierzigjährigen Pathologen hatte pflichtschuldigst seine nummerierten Punkte abgefahren, und heute würde die Linie ein Bild erkennen lassen. Der schweigsame Mann sah aus wie ein verweichlichter Clint Eastwood, nein, eher wie Tom Hanks.

Thomas Harvey hieß der Mann. Seine größte Sorge war, frühzeitig kahl zu werden. Er hatte eine einigermaßen glückliche Kindheit auf dem Land verbracht, wo seine Familie von der Wirtschaftskrise bloß gestreift worden war, man ihn als Stotterer gehänselt hatte. Trotzdem hatte alles lange so ausgesehen, als ob er seinen Lebenstraum – Berufswusch Kinderarzt – erfüllen könnte. Dann kam die Katastrophe, als man 1939 Tuberkulose diagnostizierte. Während der Kur im Sanatorium lernte er Elouise kennen, und nun, sechzehn Jahre später, lebten sie mit drei Söhnen in einem schmucken Haus in Princeton. Schmuck? Ein dreistöckiger Ziegelbau mit verglastem Anbau, Terrasse und großem Garten. In ihrer Straße, der Jefferson Road, hatte man Platanen gepflanzt, und die Gegend machte einen so ruhigen und wohlhabenden Eindruck, dass man meinen könnte, im Vorhof des Paradieses zu sein. Über die penibel geschnittenen Rasenflächen staksten Wanderdrosseln, in den Bäumen hockten rote Kardinäle, und die Stare und Streifenhörnchen fühlten sich wohl wie alle anderen Tiere. Eine amerikanische Vorzeigedurchschnittsfamilie mit gesunden Vorzeigedurchschnittskindern. Zwei Leidenschaften hatte Thomas sich bewahrt – den Football- und Baseballspieler Albie Booth und das Quäkertum, das die meisten nur von Frühstücksflocken kannten und für scheinheilige Frömmlerei hielten, für quakende Quatschköpfe, obwohl sich die Bezeichnung von *quake* – erzittern – ableitet.

– Wenn ein Engel käme, Papa, sagte jetzt Robert, und dich mitnehmen wollte ... du müsstest dein Leben aufgeben, würdest aber alle Wahrheiten erfahren ... Würdest du?

– Darf er zurückkommen?, rief Arthur dazwischen.

– Natürlich nicht, erwiderte Robert.

– Alle Wahrheiten? Harvey schmunzelte. Würde ich nie gegen euch eintauschen. Außerdem wäre dann Minus fort.

Die Kinder hatten Eidotter an den Wangen, und Elouise ging mit einer feuchten Serviette reihum. Harveys Frau war oft zerstreut. Sie las viel und träumte von einer Karriere als Dichterin. Aber hatten Jane Austen, Pearl S. Buck oder Jane Bowles mit lärmenden Rabauken zu kämpfen gehabt? Mussten die großen Schriftstellerinnen Männer bekochen, Wäsche machen und Kinderzimmer aufräumen? Oder ein Ernest Hemingway, dem man vergangenes Jahr den Nobelpreis zugesprochen hatte? *Da kann man leicht von Großwildjagden, Stierkämpfen und alten Fischern schreiben.*

– Thomas! Sag etwas.

– Die Erlichs haben uns eingeladen. Harvey wischte Brot durch den zerlaufenen Eidotter und stopfte es sich in den Mund.

– Nicht zu den Erlichs. Seine Kriegsgeschichten langweilen mich zu Tode. Und sie ist eine Ziege. Muss das sein? Elouise räumte die Teller ab und gab Robert einen Klaps, weil er Milch verschüttet hatte. Dann blieb sie versonnen stehen, räumte die Teller in das Eisfach und stellte Butter in die Spüle. Vermutlich, weil ihr ein poetischer Satz eingefallen war. Seit sie als Aushilfsbibliothekarin arbeitete, lebte sie nur noch in Büchern. Gesellschaften waren ihr ein Gräuel, besonders die von Sully Erlich und seinen Kriegsgeschichten. Elouise war wie Licht, von dem man nicht wusste, ob es aus Wellen oder Teilchen bestand. Wurde sie beobachtet, war sie eine fleißige Hausfrau und Mutter, doch kaum waren alle außer Haus, verwandelte sie sich zu einer Welle, die durch die Welt der Literatur mäanderte.

– Kannst du dich an die Scheune erinnern? Harvey hatte die Zeitung in der Hand und blickte zu seiner Frau, in deren Gesicht ein großes Fragezeichen stand. Natürlich verband sie mit dem Wort Scheune nur einen einzigen Ort, den Geräteschuppen im Park des Sanatoriums, wo sie sich in ihrer Sturm-und-Drang-Phase geliebt hatten. Diese Scheune war ein bisschen unheimlich gewesen. Es hieß, dass man dort zwei Schwestern vergewaltigt und ermordet habe, die seither darin spukten.

– Lies das. Aber erst, wenn du alleine bist. Harvey deutete auf das Foto eines Schwarzen, faltete die Zeitung zusammen, erhob sich, strich seinen Söhnen durchs Haar, ließ Minus winken, gab Elouise einen hingehauchten Kuss und verließ das Haus. Thomas war zufrieden. Seine Frau hatte nicht bemerkt, dass er etwas im Schilde führte. Wie würde sie schauen, wenn er in wenigen Stunden wieder an der Türe stand, dann mit Blumen in der Hand, um ihr zum Hochzeitstag zu gratulieren. Letztes Jahr hatte er darauf vergessen, und sie war monatelang beleidigt gewesen. Diesmal würde er sie mit roten Rosen überraschen und zum Essen ausführen. Sie würden sich lieben, bevor die Kinder nach Hause kamen, und so glücklich sein wie damals in der Scheune.

Harvey streichelte die Kühlerhaube seines Ford-Kombis, klopfte gegen einen Weißwandreifen, wischte Erdklumpen von der hölzernen Seitenverkleidung, bestieg das Gefährt, drehte den Zündschlüssel und vernahm das angenehme Schnurren des Motors. Die Stimme aus dem Autoradio wünschte einen wunderschönen mächtigprächtig guten Morgen und sagte, dass das nächste Lied von einem jungen Sänger namens Elvis Presley stamme, der zu einer sich gurgelnd anhörenden Country-Gitarre von einem blauen Mond über Kentucky sang.

– Elvis Presley. Diesen Namen wird man sich merken müssen, meinte die Stimme von Mister Mächtigprächtig, aber Harvey vergaß ihn auf der Stelle. Manche Mütter mochten solche Sänger für Vorboten des Weltuntergangs halten, Harvey waren sie egal. Er war der Letzte in seiner Straße, der einen Fernseher gekauft hatte, und seine Söhne waren erst vor kurzem dem Mickey-Mouse-Club beigetreten, aber ein Autoradio musste sein. Auf Presley folgten Bill Haley, Nat King Cole und Frank Sinatra – mächtigprächtig.

Der Parkplatz vor dem Spital war gut gefüllt, da standen Chevrolets und Chryslers, Fords und DeSotos, alle mit verchromten Stoßstangen, Haifischflossen und schwanger aussehenden Kühlerhauben. Wenn man sich die strahlend neue Zeit vergegenwärtigen wollte, musste man nur diese Autos ansehen – Höhepunkte der Designkunst. Harvey genoss die würzige Frühlingsluft und trippelte leichten Fußes zum Haupteingang. Heute würde er bloß kurz hierbleiben und dann Hochzeitstag feiern.

Unter dem Portal war eine kleine Menschenansammlung,

und Thomas wäre ausgewichen, aber da kam Direktor Blummenfelt und warf einen Satz aus wie ein Netz, in dem Harvey sich verfing.

– Einstein ist gestorben. Hier sind sein Sohn und der Testamentsvollstrecker. Blummenfelt, ein rotgesichtiger Pykniker mit flaumigem, strohblondem Haar, der einen weißen Cowboyhut und Lederstiefel trug, deutete auf einen hageren alten Mann mit Nickelbrille und Halbglatze, der neben einem Kerl stand, der ungefähr in Harveys Alter war. Dann waren da zwei Frauen, dazu Einsteins Hausarzt sowie sein Spitalsarzt. Alle machten Gesichter, als wäre gerade die Hauskatze überfahren worden. Harvey nickte ihnen zu, verstand Satzfetzen, in denen Wörter wie »Operation«, »unausweichlich« und »schmerzlos« vorkamen.

– Wollen Sie die Autopsie vornehmen?

Harvey ging dem Direktor so gut es ging aus dem Weg, weil er wusste, Blummenfelt zog Unglück an. Alles ging schief, was der Direktor anfasste, Menschen, die ihm nahestanden, waren verloren. Seine Frau musste sich jährlich Geschwülste entfernen lassen, seine Schwiegermutter hatte ihr Vermögen an einen Heiratsschwindler verloren, und wenn ein Ast von einem Baum brach, konnte man sicher sein, dass er Blummenfelts Wagen durchbohrte. Nahm er ein Flugzeug, gingen beim Start die Triebwerke kaputt, und machte er eine Urlaubsreise in ein fernes Land, brach dort garantiert eine Revolution aus. Eigentlich ein Wunder, wie so jemand Spitalsdirektor werden konnte. Erstaunlicherweise wirkte sich dieser Unglücksrabe kaum auf die Sterblichkeitsrate aus. Oder doch? Blummenfelt machte einen gehetzten Eindruck, auf seiner Stirn standen Schweißperlen.

– Ich? Die Autopsie? Heute geht es nicht … meine Frau. Harvey sah aus wie ein Auflauf, der zu kurz im Ofen gewesen war.

– Dann muss ich jemanden aus New York kommen lassen.

– Es tut mir leid, aber heute ist mein Hochzeitstag.

– Macht nichts. Der Direktor legte ihm seine dickfingrige

Hand auf die Schulter. Jeder andere Pathologe wird sich freuen, wenn er Einstein aufschneiden darf.

Einstein? Ausgerechnet heute? Ich könnte ... wenn ich mich beeile ...

– Ich mache es!, verkündete Harvey mit der unbefangenen Selbstsicherheit des naiven Durchschnittsmenschen. Lieber hätte er sich glühende Eisendorne in die Zehen rammen lassen, als auf diese Gelegenheit zu verzichten. Wie hatte sein Sohn gefragt? Wenn ein Engel käme und man die ganze Wahrheit gezeigt bekäme ... Ja! Ich mache es!

– Und Ihr Hochzeitstag?

– Wird nicht mein letzter sein.

DER EINSCHNITT

Es war, als hätte eine Raumzeitkrümmung Thomas Harvey geradewegs hingelenkt. Eine Autopsie an Einstein? Das also war das Bild, das die nummerierten Zahlen ergaben. Das Schicksal hatte ihm mit Tuberkulose den Traum von der eigenen Kinderarztpraxis zerstört, aber nun gab es ihm die Chance, sich etwas zurückzuholen.

Es war, als hätte eine Axt in Harveys gefrorenes Leben gehackt. Einstein! Dieser faszinierende Name war die Nabe, um die sich plötzlich alles drehte. Ich! Natürlich! Harvey wimmelte den Direktor ab, wich rauchenden Rollstuhlfahrern aus, sah in der Eingangshalle Patienten und Schwestern, diensthabende Ärzte in den Gängen. Der übliche Spitalsbetrieb, wo Krankheit und Tod Routine waren. Niemand schien zu wissen, dass ein Genie gestorben war, das er, Thomas Harvey, gleich sezieren würde.

– Der Tod will es selbst machen. Blummenfelt schob den Hut nach oben, zog seine Hose hoch und zündete sich eine Zigarette an. Einen Augenblick lang genoss der Direktor die Aufmerksamkeit der Trauernden, bevor er ergänzte: Thomas Harvey heißt der Mann. Wir nennen ihn Tod, weil er als Pathologe nur mit Leichen zu tun hat – aber ein guter Mensch, anständig, ohne Fantasie, ohne Leidenschaft, genau der Richtige. Die Angehörigen nickten gedankenverloren. Der Tod Einsteins hatte sie nicht unvorbereitet getroffen, und doch waren sie nicht ganz bei sich. Seit sie am frühen Morgen die Nachricht erhalten hatten, war alles anders.

Eine Obduktion an Einsteins Leichnam? Was sagt man dazu? Harvey hatte sich nie als Pathologe gesehen. Es war Zufall, dass er zu einem geworden war. Sein Büro im ersten Stock war bescheiden. Der Mediziner sah zum gerahmten Foto von Albie Booth, ballte die Faust und murmelte »Ich! Jawohl!«, dann wechselte er das Jackett gegen den weißen Arbeitskittel und hetzte in den Autopsiesaal, wo der unverfälschte, natürliche, unverfrorene Geruch von totem Fleisch in der Luft lag, der einzigartige Geruch einer Leiche.

Einsteins Körper lag auf dem Metalltisch wie eine Auster in der Schale. Harvey war nicht überrascht. Es war ihre zweite Begegnung. Die erste lag fünf, sechs Monate zurück. Damals hatte der Physiker den Mediziner gefragt, ob er sein Geschlecht gewechselt habe. Ja, das war Einsteins Begrüßung gewesen: »Haben Sie Ihr Geschlecht gewechselt?« Harvey hätte darauf sagen können, dass alles relativ sei. Er hätte einen Scherz mit Raum und Zeit machen können, aber nichts dergleichen war ihm eingefallen, also hatte er wie so oft in seinem Leben geschwiegen.

Thomas Harvey hatte damals Blut- und Urinproben des Wissenschaftsgottes geholt. Etwas, das wöchentlich geschah und normalerweise von einer Assistentin erledigt wurde. Die jungen Dinger rissen sich darum, Einstein Blut abzuzapfen und ihn in ein Glas pinkeln zu lassen. Vergangenen Herbst war Harvey selbst in die Mercer Street 112 gepilgert. Das Haus des Nobelpreisträgers sah von der Frontseite bescheiden aus, hatte aber einen ausladenden Anbau und rückseitig eine große Terrasse. Ein sogenanntes Farmhaus, von denen es alleine in New Jersey zigtausende gab.

Einstein war in der dunklen Festung seines massiven Bettes gelegen, von Manuskriptstapeln umgeben, die seine Geistes-Burg wie Zinnen sicherten. Der Pathologe hatte dem alten Mann den Arm abgebunden, ihm eine Spritze in die Vene gestochen, Blut herausgezogen und den Einstich mit einem Wattebausch betupft. Dann hatte er das Urin-Fläschchen gereicht, und der Physiker hatte gelacht.

Albert Einstein war ein alter schnauzbärtiger Mann mit Tränensäcken und gutmütigem Dackelblick, um den ein verrückter Personenkult betrieben wurde. Er hatte die Welt vom Irrglauben der Newton'schen Gravitation befreit und eine Erlösung verkündet, die niemand verstand. Er anerkannte nur einen Gott, die Lichtgeschwindigkeit, nur ein Evangelium, die Raumzeitkrümmung, und die ganze Welt rannte diesem neuen Messias hinterher, betete ihn an. In seiner Bettfestung aber war er ein klappriger alter Mann, umwölkt von einer Geruchsmischung aus leichter Inkontinenz, Gelenksalbe, Kampfer und Mundgeruch, gewesen.

Harvey hatte wissen wollen, wie er lebte. Besaß der berühmte Wissenschaftler Roboter als Butler und eine Automatenküche? Nein, es gab nur einen Hausdrachen namens Helen Dukas, Einsteins Sekretärin, die die herbe Ausdünstung einer Gouvernante verströmte, und deren Kinn von einer Warze geziert wurde, aus der antennenartig ein einziges drahtiges Haar ragte. *Doch ein Roboter?* Die Inneneinrichtung zeigte ihren Stil – streng mit schweren Möbeln, als hätte alles die Unterwäsche der Jahrhundertwende angezogen –, bieder und steif wie Reifröcke aus Fischbein. Kein Wunder, dass Einstein nichts mehr zusammenbrachte. Harvey fand ihn sympathisch, aber er spürte, der große Geist war an seiner eigenen Berühmtheit erstickt.

Nun lag dieser Wissenschaftsgott auf dem polierten Stahltisch. Kein appetitlicher Anblick. Ein junger Körper mit Pfirsichhärchen an den Pobacken wäre erfreulicher.

Nackt mit langem, weißem Haar und friedlichem Gesichtsausdruck. Knubbelige Nase über dem Schnauzbart, faltenzerfurchte Stirn und ein Netz an Krähenfüßen um die Augen. Niemand hatte Albert Einstein die Lider geschlossen oder ihn rasiert – weiße Bartstoppeln funkelten wie Eisenspäne auf dem Kinn, den Wangen. War das der festgefrorene Augenblick, an dem er begriff, dass es ihn nicht mehr geben, das Universum aber weiterexistieren würde? Einer der größten Denker des Jahrhunderts. Oder der ausgebuffteste Scharlatan? Wüsste man es nicht besser, könnte man ihn für einen Obdachlosen halten, der hier seinen Rausch ausschlief.

Thomas betrachtete den Toten mit einer Mischung aus Ehrfurcht und Sensationslust – als hätte ihm jemand das Holzgebiss George Washingtons in die Hand gedrückt. Er wusste, dass er den Toten gleich so nackt sehen würde wie niemand zuvor oder danach. Er nahm das Laken, das den Körper bedeckte, beiseite und wunderte sich, dass er keine Hochstimmung empfand.

Einsteins wenig behaarter Körper war weiß wie Mozzarella. Spaziergänge mit Kurt Gödel waren ihm nicht mehr vergönnt, auch keine Segelturns um Long Island, nicht einmal ein Mittagsschläfchen. Niemand würde ihn mehr schimpfen, weil er sich im Juni einen Sonnenbrand eingefangen oder im Dezember an Weihnachtskeksen überessen hatte. Da waren dünne Beine mit knotigen Knien, unter einer leichten Fettschicht die Hüftknochen, ein vorgetriebener Bauch. Das Glied lag verschrumpelt im Nest einer ergrauten Scham. *Na, Professorchen, Sie haben das Geschlecht nicht gewechselt.* Die Brustwarzen waren erstaunlich groß und leberfarben. Harveys Zeigefinger berührte den Leichnam, als wollte er sich versichern, dass er wirklich da war, wirklich tot. Tatsächlich, das Fleisch fühlte sich kalt an.

– Keine Angst, Herr Einstein, es tut nicht weh.

Die Szene besaß nichts von der Kreuzesabnahme Christi, keine Spur von Maria oder Maria Magdalena. Nur Harvey, der die Patientenakte studierte und die Daten in den Autopsiebericht eintrug: Albert Einstein, männlich, Alter 76, Größe fünf Fuß neun Inches, Gewicht 180 Pfund, Brustumfang 34 Zoll. Bei Jesus Christus hatte niemand die Daten aufgenommen, aber Einstein war ein Messias der Physik.

Oben rechts schrieb Harvey 55:33 für die dreiunddreißigste Autopsie des Jahres 1955. Heilige Zahlen allemal, in denen das Alter Christi, die Anzahl der Gesänge von Dantes »Göttlicher Komödie« und überhaupt die Antwort von allem steckte.

Harvey, für Zahlenmystik nicht empfänglich, ging zu dem Toten, *keine Angst, Professorchen*, hob seine Arme, betrachtete die Hände, sah Spuren eines müßiggängerischen Lebens. Da war eine Einkerbung am Mittelfinger der rechten Hand vom Schreiben, den straffen Armen merkte man das Geigenspielen an, Nagelpilz an den Zehen, harte Sohlen und an den Fersen dicke Hornhaut, die vom Barfußlaufen stammte ... Es hieß, Einstein sei sogar der Queen sockenlos begegnet. Wenn man seine Kleidung sehen wolle, könne man ja den Schrank öffnen, soll er gesagt haben. Jeder in Princeton kannte Einstein und seine Schrullen – man sah ihn im Lahiere's, dem einzigen Fünf-Sterne-Restaurant weit und breit, oder im Balt ein Eis essen ... Manche hielten ihn für den lieben Gott persönlich, für andere war er ein ausgemachter Schwindler. Aber die Welt mochte diese Mischung aus Charlie Chaplin und Pablo Picasso, die für Frieden und Abrüstung eintrat. Nur wenige ahnten seine Tragik, wussten von den neuen Erkenntnissen, die er ständig ankündigte, und die sich dann zuverlässig als Luftschlösser erwiesen. Da glich er einem Stummfilmstar, der den Sprung zum Tonfilm verpasst hatte, nur war sein Tonfilm die Quantenphysik. Und dem Pathologen des Spitals von Princeton kam das Vorrecht zu, die leibliche

Hülle dieses Genies öffnen zu dürfen. Thomas Harvey hieß der Mann, das Schicksal hatte ihm eine zweite Chance gegeben.

Immer noch verlief alles in geordneten Bahnen, deutete nichts auf einen Schiffbruch hin. Der Leichenaufschneider vermerkte seine Beobachtungen im Autopsiebericht und wandte sich gerade dem Toten zu, als er einen Schatten wahrnahm. Erschrocken blickte er sich um und sah eine dunkle Gestalt im Türstock. Harvey lief ein Schauer über den Rücken. Kurz hielt er die Figur für den Teufel oder die Seele des Verstorbenen. Im Mittelalter meinte man, die Seele wäre ein sieben Zoll großes Persönchen, das dem Mund des Verstorbenen entstieg. Pathologen glaubten so etwas nicht, waren pragmatisch, aber es gab welche, die von sonderbaren Erlebnissen berichteten, von herunterfallenden Gegenständen, stehengebliebenen Uhren, plötzlichen Windstößen ... Harvey gehörte nicht dazu. Stand der Leibhaftige an der Tür? Nein, es waren wild verwucherte, buschige Augenbrauen ... der Testamentsvollstrecker, von dem eine kalte Strenge ausging.

– Sie wünschen?

– Ich werde das nicht zulassen. Der kleine Mann mit dem weißen Haarkranz sprach mit deutschem Akzent und sehr bestimmt. Mein Name ist Otto Nathan, ich kümmere mich um Einsteins letzten Willen.

– Was werden Sie nicht zulassen?

– Die Autopsie. Einstein hätte das nicht gewollt. Das ist entwürdigend. Ich bin dagegen.

– Aber? Harvey war sprachlos. Es ist angeordnet. Sie können Direktor Blummenfelt fragen.

– Dann will ich zusehen.

– Zusehen? Harvey seufzte.

– Ich habe einen starken Magen. Otto Nathan ließ sich nicht aus der Ruhe bringen. Ich habe die letzten zwanzig Jahre mit Professor Einstein verbracht, ich denke, ich habe ein Recht, dabei zu sein.

– Wie Sie meinen. Harvey war versucht, seine linke Hand zu heben und mit Minus zu antworten. Stattdessen streifte er eine grüne Plastikschürze und Latexhandschuhe über. Nathan nahm Platz und machte es sich bequem wie zu einer Theatervorführung. Der Pathologe tat jetzt so geschäftig, als wäre er ein Inspizient bei Vorstellungsbeginn. Und was wurde gespielt? Romeo und Julia? Nein, Einstein und der Leichenaufschneider hieß das Stück.

– Erwarten Sie sich nicht zu viel. Die Arbeit eines Pathologen ist so spannend wie die eines Friseurs oder Bäckers. Es ist nicht viel dabei, wenn man den Bogen raushat. Wir schneiden Körper auf. Gibt es daran etwas auszusetzen?

– Ich habe nichts gesagt. Otto Nathan verschränkte die Arme.

Harvey fühlte, wie ihn eine Welle wohligen Glücksgefühls durchflutete. *Keine Angst, Professorchen.* Er dachte an seine Fehlschläge, an die Tuberkulose, die seinen Traum von der Kinderarztpraxis zerstört hatte, an den Krieg und all die anderen Missgeschicke seines irdischen Daseins. Nun war alles weggespült. Er fühlte den größten Moment seines Lebens nahen.

Thomas wollte sich von dem Testamentsvollstrecker nicht verunsichern lassen, alles so wie immer machen, auch wenn seine Hände zitterten. Er justierte die von der Decke hängende Waage, die an einen Krämerladen erinnerte, stellte über Einsteins Knie ein Holztischchen, um später die Organe darauf zu platzieren, breitete seine Werkzeuge auf einem Rolltisch aus: Messer, Scheren, Meißel, Handsägen, Schaber, flache Klingen, Haken, Nadel und Zwirn.

Es gab zwei Methoden des Aufbrechens, wie das Körperöffnen in Fachkreisen hieß. Die schnellere stammte von dem Wiener Carl von Rokitansky. Da Harvey keine Eile hatte, entschied er sich für die zeitaufwendigere Virchow-Methode. *Keine Angst, Professorchen, Sie spüren nichts.* Er begab sich zum Kopf des Toten, setzte das Messer hinter den Ohren an und sah, wie die Klinge in die Haut drückte, bevor sie ... *Himmel, fühlt sich das verrückt an* ... sie durchstieß. Harvey machte einen tiefen Schnitt ... wie ein Teppichschneider ..., zog das Messer über den Nacken bis zum Brustbein, weiter bis zum Nabel. Nathan zuckte kurz, als wäre auch er gestochen worden. Der Anblick seines toten Freundes war nicht dazu angetan, seine Stimmung zu heben. Vor wenigen Stunden hatte Einstein noch gelebt, an Dinge wie Raumzeitkrümmung, das Frühstück oder die Milchdrüsen der Krankenschwester gedacht, und nun wurde er zerlegt wie totes Vieh. Der Pathologe schien empfindungslos, ein Verkäufer an der Fleischtheke, der Schnitzel herunterscheidet.

Harvey vollführte nun denselben Schnitt vom anderen Ohr, sodass ein Y entstand, die Haut einem Hemd glich, das aufgeklappt werden konnte. Ihm war zumute wie einem Kind beim Auspacken der Weihnachtsgeschenke. Nur, was kam zum Vorschein? Lag eine elementare Wahrheit in den Eingeweiden? Eine Weltformel? Oder wehte ihm ein kalter Wind entgegen?

– Haben Sie diese Relativitätstheorie verstanden? Thomas versuchte die gespannte Stimmung aufzulockern.

– Nein. Nathans Antwort hätte knapper nicht ausfallen können. Aber nach einem schier unendlich langen Augenblick der Stille ergänzte er, dass Einstein oft versucht hatte, ihm diese Relativität zu erklären. Er sprach von abgefeuerten Revolverkugeln in fahrenden Zügen oder Menschen in Liftkabinen. Aber wer sollte das verstehen?

– Jedenfalls ist alles relativ? Nur was Harvey jetzt zu sehen bekam, war ziemlich absolut. Unter dem Brustkorb befanden sich die Organe, im Bauchraum der Magen und die Därme, daneben die Leber, dahinter die Nieren. *Diese Dinger sind ständig in uns drinnen, arbeiten, und wir wissen nicht einmal, wovon sie Schluckauf bekommen.* Jeder, der schon einmal einen Fisch ausgenommen hat, kann sich vorstellen, was da los war. Alles voll aufgeschäumten Blutes, als wäre der Tote von einem riesigen Barmixer durchgeschüttelt worden. Nathan musste an eine Prärieauster denken. Der Testamentsvollstrecker durchlebte einen seiner schlimmeren Momente, sein halbverdautes Frühstück stieg ihm in die Kehle und wünschte dem Gaumen einen guten Morgen.

– Alles in Ordnung? Harvey warf ihm einen misstrauischen Blick zu. Es ist keine Schande, wenn Sie den Anblick nicht ertragen. Im Seziersaal gibt es reihenweise Medizinstudenten, die umkippen.

– Bestens. Nathan krächzte und spürte, wie seine Zuversicht entglitt.

Der Pathologe durchtrennte die Brustbeinknorpel und bog die Rippen hoch, wozu dem Testamentsvollstrecker nur ein Wort einfiel: ausgeschlachtet. Die Szenerie erinnerte an eine Autowerkstätte, wenn der Motor aus einem Wagen gehievt wurde. Harvey durchtrennte nun Arterien und Venen, holte wie ein Aztekenpriester das Herz des Geopferten heraus, reckte es aber nicht triumphierend in die Höhe, sondern hielt es zärtlich wie eine frisch geborene Katze. *Keine Angst, Professorchen.* Er betrachtete den großen roten Muskel, stocherte mit einem Holzspatel in den Öffnungen. Keine Auffälligkeiten, nur die Innenwände der Adern waren – typisch für einen Hausmannskostesser – voller Ablagerungen ... belegte Abflussrohre. Der Pathologe legte das Herz auf die Ablage und wandte sich wieder dem Toten zu. Er entfernte das Bauchfett und pumpte mit einem kleinen Blasebalg dreieinhalb Liter Blut aus dem Bauchraum. Der Schlauch führte zu einer im Betonboden eingelassenen Rinne unterhalb des Tisches. Nathan gingen »Weinverkostung« und »Tankstelle« durch den Kopf. Er wusste, dass das unangemessen, ja geradezu blasphemisch war, konnte aber nichts dagegen tun.

Harvey untersuchte die Gallenblase ... unauffällig, dafür war die Lunge außen geschwärzt, innen aber changierend zwischen schlammgrün und rosa – überraschend hell für einen Pfeifenraucher. Er entfernte Magen, Nieren, Milz, wog die Organe, trug ihre Gewichte in das Formular ein und betrachtete sie wie ein orientalischer Schmuckhändler Diamanten ... nichts Ungewöhnliches, keine Verunreinigungen oder Einschlüsse. Schließlich schnitt er die mit Kot gefüllten Därme heraus, ging zum Waschbecken, spülte sie aus wie ein Fischverkäufer Tintenfische und hielt sie prüfend gegen das Licht, was Nathan an die Untersuchung eines kaputten Fahrradschlauches erinnerte. Auch hier keine Auffälligkeiten.

Als Nächstes nahm der Tod, wie er genannt wurde, die vergrößerte Leber, streichelte den rotbraunen Klumpen, stellte eine leichte Verfettung fest ... *könnte als Gänsestopfleber durchgehen* ... und wog sie. In den Nebennierendrüsen fand sich etwas Morphium. Und dann sah er Spuren einer Explosion – den Urknall. Einstein war nicht an einer akuten Gallenblasenentzündung gestorben, obwohl seine Schmerzen im rechten Oberbauch darauf hingedeutet hatten, sondern an einem Aortariss. Die größte Ader führte vom Herzen zu den Beinen. Einsteins Aorta glich einer Schlange, an der Mäuse gefressen hatten ... ein Loch von der Größe einer Walnuss. Die Schlange vom Baum der Erkenntnis war geplatzt, der Wissenschaftler innerlich verblutet.

Aus der Krankenakte wusste Harvey, dass Einstein wegen dieses Aneurysmas, einer ballonartigen Aussackung der Aorta, behandelt worden war. *Abdominales Aortenaneurysma.* Der behandelnde Arzt hatte vor sieben Jahren Zellophan um den kleinen Ballon gewickelt, in der Hoffnung, dass sich damit das Gewebe verstärken und die Materialermüdung hinauszögern ließe, was auch der Fall gewesen war. Die Butterbrothülle hatte Einstein, dessen Lebenserwartung damals neun Monate betragen hatte, sieben Jahre geschenkt.

– Sind Sie fertig? Nathan hatte das Prozedere regungslos verfolgt – wie ein Flaneur, der Fischern bei der Entladung ihres Fangs zusieht. Und ja, eigentlich war Harvey fertig. Aber eine innere Stimme drängte ihn, noch einmal hinaus aufs offene Meer

zu fahren, auch wenn das seinen Untergang bedeutete. Er hatte noch nie eine Vorahnung gehabt. Jetzt durchfuhr ihn etwas, das man so bezeichnen könnte. Es war etwas Unglaubliches, Unfassbares. Vergiss es, sagten Teile seines Verstandes, doch das kam zaghaft. Schließlich verkündete sein Mund:
– Noch das Hirn.
– Das Hirn? Nathan rollte das R und spuckte es aus wie ein übel schmeckendes Bonbon. Sie wollen was? Das Hirn ...?
– Ist Standard. Obwohl ihm Nathan weit weg und winzig erschien, wollte Harvey keinen Zweifel aufkommen lassen. Die Entscheidung war gefallen. Dabei war es keineswegs normal, das Hirn zu untersuchen, schon gar nicht, wenn die Todesursache eindeutig feststand. Nicht, wenn es einen Stau an Toten gab und der Pathologe seinen Hochzeitstag feiern wollte.

Oft starb innerhalb einer Woche niemand, und dann gab es zehn, zwölf Leichen an nur einem Tag. Zufall? Sternenkonstellation? Die Anwesenheit des Direktors? Wäre der Tote nicht Albert Einstein, Harvey hätte keinen Anlass gehabt, das Hirn herauszunehmen. Auch wenn er ahnte, dass ihm ein zäher Kampf bevorstand, wusste er, es musste sein. Alle Jas und Abers waren verdrängt, und sein Entschluss war so unumstößlich wie die Existenz des Todes oder die Schwerkraft, das Heimweh der Dinge.

Harvey hatte keine Ahnung, dass dieses Hirn von ihm Besitz ergreifen, ihn durchdringen und in die Tiefe reißen würde. Es war, als hätte das Hirn in Einsteins Kopf sechsundsiebzig Jahre darauf gewartet, von einem Thomas Harvey ans Licht geholt zu werden.

Otto Nathan sprach einige Sätze auf Deutsch, die Harvey nicht verstand. Aber der Anblick seines toten Freundes, der auf dem Tisch lag wie eine ausgelöffelte Konservendose, schien den Testamentsvollstrecker dermaßen zu irritieren, dass er wenig entgegensetzen konnte.

Der Pathologe hatte bereits mehr als sechzig Hirne seziert und außer einer Hirnblutung nie etwas entdeckt, aber die Chance, Einsteins Denkapparat zu Gesicht zu bekommen, konnte er sich unmöglich entgehen lassen. Ohne den Testamentsvollstrecker weiter zu beachten, zog er mit spitzer Klinge einen bogenförmigen Schnitt entlang des Schädels, wischte Haare von seinen Handschuhen, überlegte, ob er welche behalten sollte, verdrängte den Gedanken, klappte eine Hälfte der Kopfhaut nach vorne, sodass sie bis über die Nase hing, schob die andere zurück und entblößte das rosa schimmernde Schädelgewölbe – ein frisch gepelltes Ei. Nun zog er mit einer kleinen elektrischen Säge einen Kreis um den Schädelknochen, ungefähr dort, wo sonst Einsteins hoher Filzhut saß. Das Geräusch, für Nathan unerträglich, glich dem eines Zahnarztbohrers, der einen Nerv traktierte. Der Testamentsvollstrecker konnte nicht zusehen, wie seinem Freund gleich einer Kokosnuss der Deckel abgehoben wurde, stand auf und beschäftigte sich mit dem Steinboden und den darin eingelassenen Rinnen. Ein Pochen ging durch seinen Kopf, und er hatte das Gefühl, von einer Migräne verschüttet zu werden. Nathan war, als würde der Pathologe nicht an Einsteins Kopf, sondern an seinem eigenen herumfuhrwerken.

Jetzt nahm Harvey den kleinen Meißel und stemmte mit sanften Hammerschlägen den Schädel auf. Ein Michelangelo, der aus einem Steinblock eine kunstvolle Pietà meißelte? Oder ein grober Steinmetz für Grabsteine? Er umfasste die Platte wie den Drehverschluss eines Marmeladenglases und hob sie an, was ploppend das Innere entblößte: eine große Walnuss ohne Schale, ein verschlungener, mit einem Aderngeflecht überzogener Klumpen. Harvey blickte zu Nathan, dessen Gesicht eine grünliche Farbe angenommen hatte. *Was hast du erwartet, alter Knabe, dass ein Schokoladensoufflé zum Vorschein kommt?*

Da war es also, glänzte wie ein vom Meeresgrund gehobener Schatz. Dieses Hirn hatte jahrzehntelang über das Licht nachgedacht, ohne jemals mit ihm in Berührung gekommen zu sein. Nun war es so weit, der Pathologe zog das Häutchen ab, das alles bedeckte, und Lichtphotone stürzten sich auf Einsteins gallertartige Denkermasse.

Harvey griff in den Schädel wie ein Bäcker in eine volle Kuchenform, tastete sich entlang des Steges nach unten und trennte das Hirn vom Rückenmark. Dann hob er es leicht an, durchschnitt Arterien und pumpte mit einem kleinen Sauger Flüssigkeit ab. Er durchtrennte Nerven, die das Hirn mit dem Auge verbanden, streckte seine Finger, so weit er konnte, kappte die verbliebenen Verbindungen und hob das Hirn vorsichtig wie eine Hebamme ein Frischgeborenes heraus. Es war glitschig, umsponnen von einem feinen, gazeartigen Netz an Äderchen. Er legte es auf die Waage: 2,711 Pfund.

Harvey konnte nicht glauben, was er sah, tippte auf das Glas der Anzeige, doch der Zeiger bewegte sich nicht. 2,711! Einsteins Hirn war leichter als der Durchschnitt. Diese Masse, dessen glänzendes Elfenbeinrosa bis in die Ewigkeit reichte, dieses Gewebe, worin das Universum zu Ende gedacht worden war, wog weniger als der Denkapparat eines durchschnittlichen Dorftrottels. *Wie kann das sein?* Harvey war kein Nachkomme der Schädelmesser, die von einem Zusammenhang zwischen Kopfgröße und Intelligenz ausgingen, weil dann wären Wale die intelligentesten Säugetiere und Grönländer die klügsten Menschen. Aber 2,711 Pfund? Er ließ das Hirn langsam in ein mit Formaldehyd gefülltes Gefäß gleiten.

Sonst würde es unter der Last seines eigenen Gewichts zusammenfallen und bald aussehen wie eine Kuhflade.

Der Pathologe nahm sein Diktiergerät und sprach Begriffe wie Läsion, Kontusion, laterale Hypothese, als Nathan erstickende Geräusche von sich gab und hinausrannte. In der Tür stieß er mit Blummenfelt und Harry Abrams, Einsteins Hausarzt, zusammen, die ihn kaum beachteten.

– Wie geht es unserem Tod? Draußen warten Presseleute. Wann sind Sie so weit? Sie müssen eine Erklärung abgeben. Der Direktor dämpfte seine Zigarette aus und steckte sich sofort eine neue an.

– Gut, sagte Harvey. Muss erst den Kopf schließen.

– Sie haben das Hirn entnommen? Blummenfelt wusste es, doch er konnte es nicht glauben. Er machte einen Zug an seiner Zigarette, ein Aschewürmchen fiel auf den Toten, der Direktor blies es weg.

Ja, es stimmte, Harvey hatte es getan. Das war der Moment, an dem seine Probleme anfingen, der Moment, an dem sein Leben in einen Schacht mit glitschigen Wänden fiel, aus dem es kein Entrinnen gab. Doch vorerst wusste er nichts davon.

– Das Hirn eines Genies. Ich habe vor, darin den Sitz der Genialität zu entdecken.

– Das könnte dem Krankenhaus einigen Ruhm einbringen. Blummenfelt grinste und streckte sich zu voller Größe, eins zweiundsechzig. Er wollte gehen, um die Journalisten zu beruhigen, als ihn Abrams an der Schulter fasste.

– Was ist mit den Augen?

– Wie? Der Direktor drehte sich um und sah den Doktor fragend an.

– Ich hätte gerne Einsteins Augen. Abrams sprach so selbstverständlich, als würde er im Restaurant eine Bestellung aufgeben. Natürlich, einmal Augen. *Al dente und mit etwas Trüffel? Auf Bandnudeln oder überbacken?* Ich habe Professor Einstein jahrelang behandelt. Ich habe ein Recht ...

– Auf ein Souvenir? Das kam von Harvey.

– Das müssen Sie mit sich selbst ausmachen. Augen? Blummenfelt schüttelte den Kopf und ging.

Harvey dachte an Reliquien, die Menschen seit Ewigkeiten faszinierten. Das Blut Christi, die Gebeine irgendwelcher Märtyrer, Taubeneier vom Heiligen Geist. Ein Arzt besaß Napoleons

Penis, ein anderer den kleinen Finger von Kaiser Karl dem Fünften. Es gab einen schwungvollen Handel mit Schädeln berühmter Komponisten, und er selbst hatte vor wenigen Momenten überlegt, ein paar von Einsteins Haaren mitgehen zu lassen. Aber Augen? Warum nicht die Zunge? Seit dem Bild, in dem sie wartenden Journalisten entgegengestreckt wurde, war sie der berühmteste Schlabberlappen der Welt.

Abrams hatte Latexhandschuhe übergestreift und ein Messer genommen. So, als ob er sein Leben lang nichts anderes getan hätte, durchtrennte er Sehnerven und drückte die Augäpfel nach innen, wo er sie wie eine ins Loch gerollte Billardkugel auffing. Er gab sie gerade in eine kleine Metallschale, als Otto Nathan zurückkam … grün und mit Flecken auf dem Jackett. Der Testamentsvollstrecker sah den offenen Körper mit dem verunstalteten Gesicht, den leeren Schädel, Abrams mit den Augen in der Tasse. Das war zu viel! Nathan lief zur Tür, merkte, dass der Weg zu lang war, machte kehrt, sprang zum Waschbecken und übergab sich. Ein gepresster Strahl schoss hervor. Würgegeräusche waren zu hören, während Abrams die Augen in ein mit Formaldehyd gefülltes Glas kullern ließ und sich davonmachte.

Was will er damit? Harvey stopfte Holzwolle in Einsteins Schädel, strich etwas Klebstoff auf die Naht der gewölbten Platte und gab sie zurück an ihren Platz. Dann zog er Kopfhaut darüber und vernähte den Skalp. Nachdem er die Lider heruntergezogen hatte, sah der Tote aus, als würde er schlafen. Niemand wäre auf den Gedanken gekommen, dass zwei Ärzte aus ihm einen blinden Hohlkopf gemacht hatten. Einsteins Mund war leicht geöffnet und zeigte verwitterte, maisgelbe Zähne unter dem Schnauzbart. Harvey hob den Unterkiefer und packte die Innereien zurück in den Bauch. Er stopfte das herausgelöffelte Fett hinein, bog die Rippen zum Brustbein, tackerte sie fest, schloss die Haut und fixierte alles mit Nadelstichen. Zum Abschluss nahm er das weiße Laken und bedeckte den Toten.

Es war elf Uhr vormittags, die Autopsie hatte keine zwei Stunden gedauert. Der Pathologe ging zum Waschbecken, wo es stark nach Magensäure roch, wusch sich, zog die blutverschmierte Schürze aus, streifte die Handschuhe ab, besprenkelte sein Haar mit Wasser und kämmte es zurück. Nun stolzierte er Richtung Presse, sich seine fünfzehn Minuten Ruhm abzuholen.

Er schritt durch hell ausgeleuchtete Korridore, durchquerte die Eingangshalle, sah rauchende Patienten, Ärzte, dann Helen Dukas, den Zerberus, mit dem Testamentsvollstrecker, der sich etwas erholt hatte, aber immer noch ganz grün war. Auch Einsteins Stieftochter Margot stand dabei. Eine Krankenschwester sauste vorüber, und Harveys Blick blieb an ihren Brüsten hängen. Sie lächelte.

Draußen waren drei Reporter und vier Fotografen, die ihm von Blummenfelt vorgestellt wurden. *Kein Fernsehen?* Ein Ausdruck der Enttäuschung huschte über Harveys Gesicht. Er hob die Brust und versuchte, sich aufrecht zu halten, als Muster an Selbstbeherrschung den kritischen Blicken standzuhalten. Doch da war Druck auf seinen Schultern, ungeheurer Druck, als würde die Schwerkraft dort besonders stark wirken.

– Doktor Harvey, Sie haben den toten Albert Einstein untersucht, was können Sie uns über die Todesursache mitteilen?

– Woran ist er gestorben?

– Haben Sie etwas gefunden?

Die Reporter überschwemmten ihn mit Fragen. Harvey blickte sie lange an und schwieg.

– Doktor Harvey, bitte!

Der Pathologe dachte an die vernebelten Tage im Keller mit den Leichen, an all seine Tauchgänge an diesem Unort. Und das war der Trost? Eine Illusion! Erst nach einer halben Ewigkeit konnte er sich überwinden und sprach in knappen Sätzen von der Todesursache, erklärte, was ein Aneurysma ist und dass an der Gallenblase keine Entzündung festzustellen war. Das Hirn, sagte er, habe er für eine Untersuchung entnommen, weil er überzeugt sei, daran Merkmale der Genialität festmachen zu können. Die Reporter hingen an seinen Lippen, als würde er das Evangelium verkünden. Bevor sie nachfragen konnten, fiel ihm Blummenfelt ins Wort und machte eine derart ungeschickte Bewegung ... *dieser Unglücksrabe* ..., dass er einem Fotografen die Kamera aus der Hand schlug.

– Entschuldigung. Der Direktor bückte sich und stieß mit dem Kopf des anderen zusammen. Aua! Aber Blummenfelt war hart im Nehmen, drängte Harvey zur Seite und lobte sein Spital in höchsten Tönen. Neunzig Betten auf dem allerneuesten Stand, eine Vorzeigeeinrichtung ... bald das modernste Spital in ganz New Jersey ... Er sagte nichts vom defekten Lift, verschwieg, dass viele Operationen misslangen, weil Chirurgen tranken oder Schwestern das Operationsgerät nachlässig desinfiziert hatten. Auch sein Unglück verschwieg er geflissentlich. Blummenfelt hatte Jahre damit zugebracht, an die Macht zu kommen. Jetzt, die Aufmerksamkeit genießend, benahm er sich wie der Sonnenkönig.

Unter den Ärzten und Krankenschwestern hatte sich herumgesprochen, wer im Autopsiesaal lag. Immer wieder schlichen welche hin, um einen Blick auf den Genius zu erhaschen. Nicht nur einem fiel es dabei ein, dem berühmten Mann eine Locke abzuschneiden. Und wenn so etwas erst einmal losgeht ... Als gegen dreizehn Uhr die Mitarbeiter des Krematoriums kamen, hatte Einstein beinahe eine Stoppelglatze. Einem Chirurgen war es in den Sinn gekommen, dem Physiker einen Zahn herauszubrechen. Auch die Männer, die den Leichnam in den Zinksarg hoben, wollten diese Gelegenheit nicht ungenutzt verstreichen lassen. *Der Körper wird doch eh verbrannt.* Es ging zu wie zur Hochblüte des Reliquienhandels. Alle wollten ein Souvenir, ein Beweisstück des Genies. Einstein würde sich im Grab umdrehen, wenn er eines hätte. Diese Art des Kannibalismus war ihm stets zuwider gewesen.

Um sechzehn Uhr dreißig, sechzehn Stunden nach seinem Tod, wurden Einsteins sterbliche Überreste in der Feuerhalle des Ewing-Friedhofs in Trenton verbrannt. Die Angehörigen wollten die Sache schnell erledigt haben. Otto Nathan, Helen Dukas, Stieftochter Margot und Sohn Hans Albert standen da wie Planeten, denen die Sonne abhandengekommen war. Bloß keinen Presserummel. Je schneller Gras über die Angelegenheit wuchs, desto besser. Einsteins Frauen waren beide tot, sein geistig verwirrter zweiter Sohn befand sich in einem Schweizer Sanatorium, und die beiden Töchter waren zum einen nicht legitimiert und galten zum anderen als tot oder verschollen. Frieda, Einsteins Schwiegertochter, war mit dem Enkelsohn in Kalifornien geblieben. Es gab Geliebte, die aber hatten bei der Einäscherung nichts zu suchen. Keine Kränze von Physikinstituten oder pazifistischen Gesellschaften, keine Rede von einem Präsidenten oder Rektor, nicht einmal von einem Rabbi, Priester oder professionellen Trauerredner. Keine Blasmusik, keine Zeremonie. Nichts! Eine Veranstaltung so nüchtern wie die Entrümpelung einer Wohnung. Auf dem Zinksarg lagen Rosen, Otto Nathan, nun nicht mehr ganz so grün, sprach Abschiedsworte, zitierte Goethe ... irgendetwas mit Ruhe über Gipfeln und einem Hauch an Wipfeln ... aber niemand hatte Tränen in den Augen. Was wäre das für ein Brimborium gewesen, hätte die Öffentlichkeit davon Wind bekommen? Tausende wären hinter dem Sarg defiliert. Genau das wollten die Hinterbliebenen vermeiden.

Einsteins Körper wurde formlos den Flammen übergeben, damit seine Masse ... *oder Materie?* ... gemäß den Gesetzen der Thermodynamik in Wärmeenergie umgewandelt wurde. Das entstehende Licht – sofern es welches gab – kam nicht aus dem Ofen heraus. Jener Teil des Körpers, der sich nicht in Energie umwandeln ließ, die Asche samt den zu Metallklumpen geschmolzenen Zahnfüllungen, wurde von einem Krematoriumsarbeiter in eine Urne geleert. Es war Margot, die das warme Tongefäß entgegennahm.

– Seien Sie vorsichtig, wenn Sie die Urne nach Europa schicken. Es ist schon vorgekommen, dass man dort die Asche für Kaffee gehalten hat.

– Kaffee? Die zierliche Frau sah den Leichenverbrenner verstört an. Sie umfasste das Tongefäß und ließ es sich nicht einmal von Einsteins Sohn aus der Hand nehmen.

– Ich habe mit Onkel Albert ausgemacht, ihn zu verstreuen. Er hat mir den Ort genannt.

Die Asche verstreuen? Die Trauernden zuckten mit den Achseln.

Man fuhr zurück nach Princeton, trank Tee, aß belegte Brote und besprach, wie man mit dem Nachlass umgehen wollte. Zu diesem Zeitpunkt wusste niemand der Hinterbliebenen, dass Teile von Einsteins Körper nicht in den Flammen aufgegangen waren, das Hirn, die Augen, einiges Haar, ein Zahn und, vergessen wir nicht die Leute von der Feuerbestattung, der Schnauzbart. Von den Trauernden wusste nur Otto Nathan von der Entfernung des Hirns, war aber überzeugt, es wäre wieder in Einsteins Kopf gelandet. Die Dinge hatten Sehnsucht nach dem Ursprung, nach Durchdringung, nicht allen aber war es jetzt bereits vergönnt.

EIN SCHADENSFALL

Im Radio trällerte Doris Day, und Billy Wilder sprach über einen neuen Film, der »Das verflixte 7. Jahr« hieß. Harvey saß im Autopsiesaal und betrachtete das in Formaldehyd schwimmende Gehirn – nicht wie ein Arzt, sondern wie ein Fischforscher eine gelbe Forelle mit achtundzwanzig Flossen. Etwas schwermütig, weil er wusste, dass ihm die Kenntnis fehlte, es wissenschaftlich zu untersuchen. Er war kein Oskar Vogt, der Lenins Hirn filetiert hatte. Mittlerweile gab es das Elektronenmikroskop, aber wie und wo sollte man Genialität feststellen? Die Hirnforschung steckte in den Kinderschuhen, und Harvey hockte vor dem mehlgrauen Eiweißwulst wie eine Kuh an einem Klavier. Er musste das Hirn jemandem überlassen, der kompetenter war. Thomas klopfte gegen das Glas, machte ein trauriges Gesicht, griff zum Telefon und rief Professor Zimmerman an, bei dem er studiert hatte und der mit Einsteins Denkapparat etwas anfangen würde können.

– Harvey? Der schweigsamste Student, den ich je unterrichtet habe? Sie haben was? Einsteins Hirn? Die eben noch gelangweilte Stimme des Professors klang plötzlich so hell wie nach einer Helium-Behandlung. Er war völlig aus dem Häuschen, gluckste wohlige Geräusche, sagte, dass das großartig sei, ganz großartig, er damit Fakten schaffen wolle, keine Theorien.

Zimmermans Enthusiasmus ließ in Harvey Alarmglocken schrillen. Sollte er diesen Schatz wirklich aus der Hand geben, das Hirn nach Manhattan bringen? *In der besten aller möglichen Welten besteht dazu keine Veranlassung.*

Zimmy, wie Harry Zimmerman genannt wurde, hatte hunderte Neuropathologen ausgebildet und war seit zwei Jahren Chefpathologe am Montefiori Medical Center in New York. Wenn jemand geeignet war, Einsteins Denkorgan zu untersuchen, dann er. In Harveys Kopf knirschte es wie Sand in einem Küchenmixer. Er warf den Hörer auf die Gabel, ließ sich nicht besonders anmutig auf einen Stuhl fallen und sah vor seinem inneren Auge, wie Zimmy nach Europa reiste und den Nobelpreis entgegennahm. Harvey würde nicht erwähnt werden.

– Was tätest du an meiner Stelle? Er sprach halblaut mit dem Hirn und bekam keine Antwort. Hast du an Gott geglaubt? Nein, nur an Gleichungen und Formeln. Physiker leben in einer eigenen Welt, trotzdem müssen sie atmen und essen und aufs Klo gehen. Am Ende liegen auch sie nackt auf einem Stahltisch. Vielleicht ist unser Universum ein Atom in einem ungeheuer großen Körper? Harvey wusste nicht viel über Physik, aber er konnte sich vorstellen, dass jedes Atom ein eigenes Universum mit unzähligen Galaxien war. *Aber dann müssten wir leuchten.* Sein Zeigefinger klopfte gegen das Glas, das Hirn reagierte nicht. Und wenn ein Mensch in die Sauna ginge, schmölzen die Universen seines Körpers. Oder auch nicht, weil alles in anderen Zeitdimensionen geschah. Dann gäbe es unendliche Größe und unendliche Kleinheit. Jedes Atom wäre ein Weltall, alle darin enthaltenen Atome bildeten wieder Universen und so weiter bis in alle Ewigkeit ... Und über allem wachte Gott.

Thomas Stoltz Harveys Urknall fand am 10. Oktober 1912 statt. Das Sternbild Waage versprach Entscheidungsschwäche, dazu ein Fische-Aszendent, welcher ein haltloses Sich-Treibenlassen begünstigte. Jupiter stand im siebten Haus, genau in Opposition zum Merkur, was die Tendenz zu einer gewissen Vorsicht, um nicht zu sagen Feigheit erkennen ließ, dazu kam die exponierte Stellung des Saturns, während sich Mars im vierten Haus versteckte ... So war der ganze Harvey in den Sternen bereits angelegt, wenn man daran glaubt.

Vielleicht waren es Zufälle, dass sich im Dezember 1911 ein Reiseversicherungsjurist mit einer verzopften Pfarrerstochter einließ. Sie mochte keine Männer mit Schwielen an den Händen, und er hatte bei ihrem Vater wegen einer Versicherung vorgesprochen. Sie hätte im Schuppen arbeiten sollen, und ihm musste der Weg gezeigt werden … Gemeinsam stapften sie über ein von Schneeverwehungen entstelltes Feld, landeten im Wald, und plötzlich war die Hand des Juristen an der Unschuld der Pfarrerstochter, versicherte sich der junge Mann des Weges und nahm eine unbekannte Abzweigung ins Gebüsch … Neun Monate später, in einer Stadt namens Louiseville, kam Thomas zur Welt, und bald war klar, dass seine Eltern, die von etwas Höherem geträumt hatten, zurechtgestutzt wurden.

Besaß dieser Thomas Harvey, in dessen Stimme noch immer eine Spur von verrotztem Schweinebauern-Akzent lag, ein Recht auf das Hirn von Albert Einstein? Er hatte keine intellektuellen Ambitionen und war so unterhaltsam, dass in seiner Gegenwart selbst Kanarienvögel auf Koks weggedämmert wären. Seine Mutter hatte stets gesagt, hilf dir selbst, dann hilft dir Gott. Frances Stoltz, Tochter eines deutschstämmigen presbyterianischen Predigers aus Ottumwa, einem Kaff in Iowa, liebte Kleider, deren Farben an Hundefutter erinnerten, ging beharrlich zur Kirche und nahm keine Mahlzeit ein, ohne vorher ein Tischgebet gesprochen zu haben. Liebte sie ihren Sohn? Oder machte sie ihn insgeheim für ihr verpfuschtes Leben verantwortlich, das sie anderen gegenüber als glücklich verteidigte? Jedenfalls sprach sie mit dem kleinen Thomas häufig Deutsch, weshalb er diese Sprache anfangs stotternd, später aber ganz leidlich beherrschte.

Harvey wurde von seinem Vater, einem Quäker, religiös geprägt. Der Versicherungsjurist glaubte, dass Pflanzen Wesen wie Tiere oder Menschen waren; in seinen Mitbürgern sah er Ebenbilder Gottes. Der alte Harvey bemühte sich, ein guter Christ zu sein, redete viel von Erlösung, Liebe und Gott als dem besten aller Versicherer, was ihn aber nicht hinderte, seinen Sohn mit einem Elektrokabel windelweich zu prügeln, wenn dieser stotterte oder, wie er sagte, vom rechten Weg abgekommen war.

Wenn ein Objekt Energie besitzt, findet die Natur Möglichkeiten, sie ihm zu entziehen. Dasselbe gilt für Menschen und ganz besonders für Kinder, denen von ihrer Umgebung alle Energie entzogen wird. Wie oft kam es vor, dass sich Thomas am Esstisch eine Ohrfeige einfing, weil er die Worte nicht schnell genug heraus- oder das Essen nicht rasch genug hinunterbekam.

Wenn irgendetwas zu Bruch gegangen war, ein unerlaubt geöffnetes Marmeladenglas auftauchte, etwas fehlte oder der alte Herr schlechter Laune war, blickte er nur streng zum Schrank, und Thomas wusste, was zu tun war. Der Junge musste das Textilkabel mit den darin verarbeiteten Drähten bringen und »Ich bitte schön um das Meinige, Herr Vater« sagen. Dann wurde ihm die Hose heruntergezogen und der Rücken entblößt, hatte er sich bäuchlings auf den Stuhl zu legen, um der Tortur ausgesetzt zu werden wie Schnitzelfleisch, das durchgeklopft werden musste. Wenn Thomas dann einen geröteten, mit Striemen überzogenen, zerschlagenen Rücken und Hintern hatte, vom Schmerz so benebelt war, dass er kaum stehen konnte, musste er »Ich danke schön für das Meinige, Herr Vater« herunterbeten und durfte sich entfernen. Nicht die Schmerzen waren das Entwürdigendste, nicht der absurde Kult, der mit dem Kabel getrieben wurde, sondern die Bezeugung dieser biblischen Strafe durch Mutter und Schwester.

Vati, sagte dann die Mutter, und spielte dabei kokett mit ihrem Haarzopf, sei nicht zu streng. Doch der alttestamentarische Prügelvater tönte, Tom habe es verdient – er wisse schon, wofür. Wenn er sich für etwas Besseres halte, könne man nicht früh genug beginnen, ihm die Flausen auszutreiben. Jeder müsse wissen, wo sein Platz sei. Außerdem gäbe es keine vernünftigeren Einlagen in die Versicherung des Lebens als Schläge.

Harveys alter Herr, ein Musterexemplar an Scheinheiligkeit, redete viel von göttlichem Licht und Güte, verdrosch aber seinen Sohn, wenn er den nötigen Respekt vermissen ließ. Es machte ihn aggressiv, wenn Thomas stotterte. Er war wütend, weil er einen solchen Kretin gezeugt hatte, den er insgeheim wohl als Schadensfall ansah, als Versicherungsbetrug. Sosehr sich der Junge auch anstrengte, sosehr er bereit war, alles Erdenkliche zu tun, um sich die Liebe seines Vaters zu verdienen, nie konnte er es dem Alten recht machen. Wenn er Fische fing, Kaninchen züchtete oder eine Scheune strich, war das selbstverständlich und nichts Besonderes. Egal, was er tat, Vati sah immer nur die Fehler. Hantierte Thomas mit einer Säge oder einem Hammer, wurde ihm gezeigt, wie man das richtig machte. Nicht einmal einen Nagel durfte er einschlagen, weil Nägel kostbar waren. Und wehe, er spielte an der Blechliesel herum, die mit aufklappbarem Verdeck und weinroter Lackierung den ganzen Vaterstolz darstellte. »Ford« stand am Kühlergrill, auf dem Lenkrad und sogar an der Kurbel, die man zum Starten drehen musste. Thomas' Mutter hielt dieses Automobil für Teufelszeug ... *wo man doch mit Pferden genauso überallhin kommt und sogar schneller ...*, aber Vater war vernarrt in seinen Wagen. Wehe, er entdeckte einen Kratzer. Dann lief er selbst zum Kabel und verlangte augenblicklich, das »Ich bitte schön um das Meinige, Herr Vater« zu hören.

Wahrscheinlich übersiedelte man nach der Geburt von Harveys Schwester Ruth nur wegen dieser Blechliesel nach Indianapolis, wo Vaters halbe Mischpoche lebte, jeder Zweite ein Cousin, Onkel oder Großneffe, jedenfalls ein Harvey war, damit der Versicherungsjurist dort prahlen konnte. Seht, ich habe es zu was gebracht, zu einem Ford. Leider war ein Automobil damals, wir reden vom Jahre 1920, nichts Besonderes mehr. Vaters Enttäuschung ging konform mit Thomas' Ernüchterung. Monatelag hatte man ihn gefragt, ob er sich auf sein Geschwisterchen freue, um ihm dann einen kleinen schreienden und pissenden Fleischklumpen zu präsentieren, der zum Spielen völlig ungeeignet war und auf den wenig verheißungsvollen Namen Ruth hörte – wie Rute.

Es war die Zeit der Prohibition, der Speakeasy-Kneipen und der Bandenkriege in Chicago. Ganz Amerika blühte auf, lebte auf Pump. Die Harveys gingen sonntags abwechselnd zu den Protestanten oder zu den Quäkern. Thomas bekam die Religion mit der Muttermilch eingetrichtert und mit dem Elektrokabel eingebläut, seine Energie wurde ihm ausgetrieben.

Die Familie zog von Dorf zu Dorf, nach Indiana, nach Kentucky, Georgia, Ohio, Maine. Er mochte das Leben auf dem Land, auch wenn es meist nur Rübensuppe und Maisbrei zu essen gab, Kinder ausgetretene Schuhe, gestopfte Strümpfe und löchrige Westen trugen. Überall gab es Geschichten von Hexenhäusern oder Galgenbergen, wo Pferde scheuten oder Ochsen wie angewurzelt stehenblieben. Dann gab es die Wiesen mit den hochgewachsenen Königskerzen, Mohnfelder und Schilfgürtel, in denen Wildgänse nisteten, Wälder, ausgedehnte Moore und Scheunen mit Fledermäusen an der Decke. Lustige Feldarbeiter in Latzhosen pfiffen auf Grashalmen oder zogen an Meerschaumpfeifen, und Mägde liefen mit Milchkrügen über die Felder. Leben und Tod lagen hier eng beisammen. Man feierte Hochzeiten wie Beerdigungen, half den Kühen beim Kalben und machte Blutsuppe an Schlachttagen. Die meisten Leute waren aber abgestumpft, verblödet, nein, ungebildet. Sie empfanden nichts, wenn eine Magd vergewaltigt, ein Knecht verprügelt oder ein Kalb kastriert wurde. Erniedrigung, Lieblosigkeit und Missachtung waren die Hauptzutaten dieser verrohten Atmosphäre, der die Frauen mit Schwärmereien ... meist für den Pfarrer ... und die Männer mit selbstgebranntem Schnaps zu entfliehen suchten.

Wo immer die Harveys auch wohnten, fanden sich Knaben, die den Stotterer verhauten, weil sie es nervte zu warten, bis er die Wörter aus dem Mund bekam. Mal sperrten sie ihn in einen Hühnerstall, ein anderes Mal fesselten sie ihn an einen Baum und pinkelten ihm auf die Füße. Harvey, eingeschüchtert vom Elektrokabel und zu feige, sich zu wehren, schwieg. Der spätere

Gerechte wusste, wenn er Trost bei seinen Eltern suchte, setzte es Schläge. Und sein Schutzengel? Nun, der ließ sich damals noch nicht blicken.

Bis Thomas neun war, hatte er nichts anders zu tun, als Vogelnester zu plündern, Stachelbeerstauden abzuernten und sich am nächsten Tag den Darm auszukurieren. Mit dreizehn, mittlerweile lebte die Familie in Swarthmore bei Philadelphia, musste er bei der Ernte helfen und mit den Erträgen hausieren gehen. Als er fünfzehn war, übersiedelte man nach Hartfort, Connecticut. Die Wohnorte der Harveys lagen über die ganze Osthälfte der USA verstreut. Immer zog man in der Hoffnung weiter, dass es woanders besser sei und der Zufall, den sie »Wille des Herrn« nannten, es gut mit ihnen meinte. Immer landeten sie in Gegenden, wo sich abgesehen von der Einführung der Elektrizität seit zweihundert Jahren nichts geändert hatte. Die Häuser (Kotten!) hatten weder fließendes Wasser noch Toiletten, bloß Abtritte. Alle Bewohner hielten Hühner und Ziegen, pflanzten Gemüse und gingen – auch das eine Errungenschaft der Neuzeit – ins Kino, um Stars wie Mary Pickford oder Douglas Fairbanks zuzujubeln. Alle fürchteten, dass Al Capone oder John Dillinger kommen würden, um in ihrem Kaff aufzuräumen. Die Leute, egal ob Methodisten, Baptisten, Kongregationalisten oder Presbyterianer, beteten wie besessen, und Dillinger wie Al Capone ließen sich nicht blicken. Überall gab es Sprecherzieherinnen, verholzte alte Jungfrauen, die Thomas Murmeln in den Mund steckten oder ihn mit Zungenbrechern quälten. Er war keine Eliza Doolittle, konnte nicht sagen, ob in Spanien Blüten blühten, aber sein Stottern wurde besser.

Thomas Harvey war ein durchschnittlicher Schüler, wurde aber 1929 an der Yale University, sie war die nächstgelegene, akzeptiert. Im selben Jahr wurde Albie Booth Star der Bulldogs, des Football-Teams von Yale.

Aufgenommen? Das ist ja wohl das Mindeste, meinte sein Vater. Die Zeit der Schläge war vorbei, doch Vati betrachtete ihn immer noch als Feind im eigenen Haus. Dann crashten die Börsen, und über die USA legte sich eine dunkle Wolke namens Depression. Viele wurden arbeitslos, verarmten, die Harveys aber kamen dank zahlreicher Rückversicherungen halbwegs unbeschadet durch die Krise.

– Mediziner, sagte Vater, werden immer gebraucht. Dein Großvater war Arzt, du hast das im Blut. Auch wenn du ein Versager bist, kann aus dir ein leidlich guter Doktor werden. Außerdem ist das eine gute Versicherung für deine alten Herrschaften … Also begab sich Thomas Stoltz Harvey, der zu feige war, sich Alternativen auszudenken, auf die Spuren Äskulaps.

Er hatte blaugraue Augen, ein markantes Kinn und dünnes, sandfarbenes Haar, spielte leidlich Tennis und kam gut bei Mädchen an. Sein Schweigen machte ihn interessant. Harveys Leistungen waren ausreichend. Er trat einer Verbindung bei, ließ ein beschämendes Aufnahmeritual, die sogenannte Taufe, über sich ergehen und genoss das Studentenleben. Verschont von der Last eines zu großen Ehrgeizes, wollte er Kinderarzt werden, zuerst in einem Spital arbeiten und später eine Praxis eröffnen. Harvey hatte kein Bedürfnis, sich hervorzutun. Ein friedliches, gottgefälliges Leben war alles, was ihm vorschwebte, ein Leben, bei dem man nicht ins Stottern kam. Wie hätte er ahnen können, dass ihm einmal Einsteins Hirn in die Hände fallen sollte, als Wiedergutmachung für den geplatzten Lebenstraum.

LUFT UND FETT

Thomas kratzte an dem Glas, wie man es bei Aquarien macht, um Fische anzulocken ... das Hirn rührte sich nicht ... und dachte an den Sommer 1937, als er mit Sully, Wilbur und Orville im Bus nach Kanada gefahren war, in Wäldern campiert und kalten Bächen gebadet hatte. Damals strotzte er vor Gesundheit, und er legte an Wochenenden achtzig Meilen mit dem Rad zurück, nämlich von der Universität zu seinen Eltern und wieder zurück. Dann kam das Jahr 1939. Hitler brüllte, er sei der Stärkste der Schwachen, und darum müssten die Schwachen nun stark sein, weil er keine Schwäche dulde ... Jedenfalls erklärte er mit diesem Geschwafel von Stärke und Schwäche der Welt den Krieg, und Harvey, der kurz vor seinem Abschluss stand, bekam eine Attacke ganz anderer Art, wurde von einer Tuberkulose blitzkriegartig überrannt. Plötzlich wurde zurückgehustet. Es begann mit Kurzatmigkeit und stechenden Schmerzen in der Brust, bald wurde er von Fieber niedergeworfen, okkupiert.

– Typisch Drückeberger, sagte Vati. Mutter pflegte ihn. Vorbei die Zeit des unbeschwerten Studentenlebens. Ein halbes Jahr lang gab es nichts als Hühnersuppe. Hühnersuppe zum Frühstück, zu Mittag, abends, bis er träumte, in dieser gelblich fetten Brühe zu ertrinken und vor den Hühnergott zitiert zu werden.

– Gott stellt uns auf die Probe. Aber du schaffst das. Du hast Talent. Eines Tages wirst du Menschen glücklich machen.

Mutter verpasste ihm Essigwickel und heißes Hundefett, das sie auf seine Brust tropfte und mit Zwiebelringen belegte. Harvey schwieg – zu überraschend war die Einsamkeit des Erwachsenenlebens über ihn gekommen. Er war empört über diese Krankheit, die jedes vernünftige Maß bezwang, konnte aber nichts tun, als das Bett zu hüten. Vom ständigen Husten hatte er Kopfweh, Rückenschmerzen, einen aufgerauten Kehlkopf und wenig Appetit. Zum Lesen war er zu schwach, und Fernsehen gab es nicht. Also verlor er sich in Tagträumen, döste und hörte so lange Radio, bis er alle Schlager auswendig konnte.

Irgendwann wurde es seiner gottergebenen Mutter, ihr Zopf war längst ergraut, zu viel, sie gab Vatis Drängen nach und schaffte den Schmarotzer aus dem Haus. Das ganze Viertel stank nach Hühnersuppe, und sie ertrug es nicht, mitansehen zu müssen, wie ihr hustender Sohn immer magerer wurde. Thomas war einmal stark gewesen, hatte Eisenträger essen und Nägel ausspucken können, jetzt kam er ihr vor wie ein Schneemann im August. Frances Stoltz war überzeugt, dass ihr Sohn das nächste Jahr nicht überstehen würde.

Er kam in ein Lungensanatorium, wo Pinien und Zypressen Spalier standen, uniformierte Pflegerinnen Deckenhaufen in Rollstühlen herumkarrten. Die vermummten Patienten, fragil wie Hieroglyphen, waren darunter kaum zu sehen. Harvey gefiel das klassizistische Gebäude mit seinen hohen Fenstern, Säulen und Terrassen, er dachte, das würde eine schöne Zeit werden, in der sonnige Nachmittage in einen lauen Sommerabend gleiten könnten, doch die Schwestern führten ein strenges Regiment. Ihr Motto lautete Luft und Fett. Dauernd ertönte »Iss, du musst zu Kräften kommen«. Als ob es hilfreich wäre, wenn er dick würde?

Die Kranken wurden gezwungen, Unmengen an Fleisch zu verdrücken und Lebertran zu trinken, was an sich schon schlimm genug war, doch dass sie sogar im Winter in luftdurchlässigen Zelten schlafen mussten, um an der frischen Luft zu sein, hätte ihn beinahe ins Grab gebracht. Überall herrschte ein rüder Kasernenhofton, hörte man Kommandos und Befehle: Weiteressen! Luft schnappen!

Das Personal war in einer straffen Hierarchie organisiert, ganz unten, quasi das Fußvolk, die Patienten. An der Spitze Ärzte und eine Oberschwester namens Trula Knispelgrant, von allen nur Ekel, Aasgeier oder General Trullala genannt. Eine verkniffene Person, die niemals lächelte, mit Blicken eine Eiszeit auslösen konnte und nichts als boshafte oder sarkastische Befehle von sich gab. *Wenn sie könnte, würde sie zu öffentlichen Hinrichtungen gehen und sich daran ergötzen.*

Thomas lag meist schläfrig herum, um Koteletts, Rippchen und Lebertran zu verdauen. *Wie spricht Gott zu uns? Indem er uns prüft?* Wenn er einen Gedanken fassen konnte, ging es ums Sterben und den Sinn des Lebens. Während andere Karten, Bingo oder Cribbage spielten, dachte er an die großen Fragen des Daseins und fühlte eine Art Gravitationskraft aus dem Jenseits. Harvey begann sich damit abzufinden, dass er niemals sein Studium beenden und Kinderarzt werden würde, ja nicht einmal seine Jungfräulichkeit würde er verlieren. Ihm war, als hätte seine Seele einen Frostschaden erlitten. Thomas hatte das Spiel aus der Hand gegeben, war gerade mal zur First Base gekommen, schon wurde er aus dem Spiel genommen und musste zusehen, wie die Bälle an ihm vorbeiflogen. Was für einen Sinn sollte sein Leben haben, wenn es zu Ende ging, bevor es eigentlich begann? Und warum? Er dachte an die Riten in der Studentenverbindung, Flüche gegen den Vater und an die kleinen geschwisterlichen Gemeinheiten, mit denen er Ruth das Prinzip vom Recht des Stärkeren klargemacht hatte. Wurde er nun dafür bestraft?

In der Welt tobte ein brutaler Krieg, aber Harveys Leben war Rumpelhusten, röhrendes Gurgeln und unentwegtes Schleimabsondern. Weiteressen! Luft schnappen! Während andere Homeruns bejubelten, machte Thomas es sich in einem stechenden, pochenden Schmerz bequem – und er begann zu beten. Erstmals fühlte er eine tiefe Gläubigkeit und letzte Wahrheit, wie man sie nur im Angesicht des Todes empfinden konnte. Aber wozu? Seine Mutter schrieb ihm Briefe, in denen sie betonte, wie gerne sie ihn besuchen würde, aber Vati ließ sich nicht überzeugen. »Er sagt, er hat zu viel zu tun. Für die Blechliesel ist der Weg zu weit. Du weißt ja, wie er ist ...« Ja, das wusste Harvey, und er konnte sich lebhaft vorstellen, wie sein Vater auf den »faulen Schmarotzer« schimpfte, der sich eine schöne Zeit machte.

Schöne Zeit? Das Leben im Lungensanatorium besaß wenig von der Dekadenz eines Zauberbergs und viel von einem Kriegsversehrtenheim. Die Nasen der Ärzte waren so hoch, dass es hineinregnete, und die Schwestern besaßen den Charme von Feldwebeln, die Soldaten auf das Schlachtfeld trieben. Aufessen! Luft schnappen!

– Harvey! Würden Sie einen Augenblick herkommen. Es war die scharfe Stimme von Oberschwester Knispelgrant. Harvey schlich zu ihr wie ein Hund, der Prügel erwartete.

– Ja?

– Warum, denken Sie, habe ich Sie gerufen.

– Ich glaube ...

– So, Sie glauben ... So begann es, wenn Trula Knispelgrant jemanden zur Schnecke machte. Sie brauchte keinen konkreten Anlass, es genügte, wenn ihr ein Gesicht nicht passte. Die Auserkorenen gestanden dann von selbst, was sie sich hatten zuschulden kommen lassen, und die Oberschwester sprach vom Privileg der Patienten, hier behandelt zu werden, und dass es viele Kranke gäbe, die sich nach der wärmenden Obhut eines solchen Sanatoriums sehnten. Wörter wie verantwortungslos und Egoismus fielen. Man konnte sehen, wie die Knispelgrant größer und größer wurde. Am Ende entschuldigten sich die Patienten, gelobten Besserung und krochen gedemütigt davon.

Auch Harvey, zu furchtsam für irgendeine Widerrede, verdarb dieser Rapport den Tag.

– Sie dürfen sich nicht gehenlassen, denken Sie an frühere, mittlerweile geheilte Patienten, sagte eine dünne, tremolierende Flötenstimme. Die dazugehörige Krankenschwester war klein und rund wie ein Pilz. Elouise Shawkey könnte Präsidentin einer mykologischen Gesellschaft sein.

– Eugene O'Neill oder Albie Booth haben es geschafft.

– Albie Booth? Der Footballspieler ist hier gewesen? Der Star der Bulldogs?

– Natürlich. Das Pilzchen war geduldig, feingliedrig, brünett, hatte eine weiche Stimme und erinnerte an Bette Davis, wenn sie in einem Kinderstück den Fliegenpilz spielte. Elouise war uralt, fast dreißig, ausgebildete Bibliothekarin, und schrieb Gedichte. *Gedichte?* Andere Mädchen dachten an Jungs, den Abschlussball und an die Hochzeit, aber niemals an das, was nachher kam. Andere Mädchen hatten mit zwanzig die Grenzen ihrer Universen erreicht, sich verheiratet, um in schwarzen Löchern namens Ehe zu versinken – fest gewillt, niemals über den Ereignishorizont einer strahlenden Musterfamilie hinauszublicken. Nicht Elouise, sie war sitzengeblieben in ihren Träumen. Die Jahre waren über sie hinwegmarschiert wie ein Wanderverein über ein unscheinbares Pilzchen am Waldboden. Zuerst war sie zu schüchtern, dann zu wählerisch und jetzt zu alt. Eine Spätlese, aber für Harvey war diese nicht mehr ganz taufrische Frau aus West Virginia ein Engel.

Er fand es entzückend, wenn sie ihm eine Serviette statt der Decke brachte oder in ihrer Verträumtheit sonst etwas verwechselte. Wenn sie ihn im Rollstuhl durch den Park fuhr, konnte man sicher sein, dass sie in einem Acker landeten, und versprach sie ihm Tee, kam sie mit einer leeren Tasse an. Harvey liebte sie dafür. Dieses Persönchen mit dem Rosenknospenmund und den grünen Augen drängte sich mehr und mehr in seinen Kopf. Jedes Teilchen braucht sein Antiteilchen, jede Bewegung Ruhe und jedes Yang sein Yin. Liebe!

Vielleicht nicht die große, bedingungslose Liebe, die einen wünschen lässt, gemeinsam zu sterben, aber dank Elouise kam Sonne in sein Leben, wurde er ... *es ist fantastisch, was die Psyche alles leisten kann* ... gesund. Ihr Anblick machte ihn lächeln. So ließ er sich umsorgen und hörte ihr beim Gedichtrezitieren zu, bis er eines Tages sagte:

– Ich bin fest entschlossen, mich in Sie zu verlieben, Fräulein Shawkey. Mit Ihnen möchte ich sämtliche Sünden begehen, die es auf Gottes Erde gibt. Auch jene, von denen ich noch gar nichts weiß.

Elouise wurde weich wie der zartmembranige Schirm eines Pilzes, sagte aber nichts, sondern fuhr ihn mit dem Rollstuhl in den Park. Unter einem Baum blieb sie stehen, deutete in die Höhe und sah Harvey erwartungsvoll an.

– Was ist hier?
– Misteln.
– Und?
– Unter Misteln darf man sich küssen – auch wenn man unverheiratet ist. Eigentlich sollten hier welche mit Strichlisten sitzen, um zu zählen, wer sich alles küsst. Elouise lachte. Ihr Mund schmeckte nach frisch gebackenem, warmem Brot.

Vorbei die Zeit der Finsternis. Es folgte eine Epoche der entfesselten Naturkräfte. Sie waren voller Leidenschaft, trafen sich an geheimen Orten und füllten ihre Lungen mit der Luft des anderen. Der höchste aller Werte war nun nicht mehr Anständigkeit oder Wahrheit, Atmen oder Essen, sondern Geschlechtsverkehr. Dann ein erster Rückschlag. In einer Abstellkammer wurden sie erwischt, die sich wichtigmachende Köchin petzte, und so setzte es eine Standpauke der Knispelgrant, die wütend war wie eine nasse Katze.

– Liebesbeziehungen sind untersagt, stören die Genesung und kommen hier nicht vor. Liebe ist verderblich! Sünde! Hässlich! Solange ich hier Oberschwester bin, wird es das nicht geben, eher regnet es Eislutscher in Kalifornien. Das Ekel schenkte beiden einen giftigen Blick, als wären sie Ungeziefer, holte ein silbernes Döschen hervor, streute sich gelbbraunes Pulver auf den Handrücken und schnupfte. Der beißende Geschmack dieses Teufelspfeffers erfüllte den Raum.

– Ihnen mache ich keine Vorwürfe, Sie triebgesteuertes, dummes Tier, aber wenn ich Sie, Fräulein Shawkey, noch einmal erwische, dass Sie einem Patienten zu nahe kommen, werden Sie dieses Haus nur noch von außen sehen. Ich kann dafür sorgen, dass Sie von hier bis Patagonien in keiner Pflegeeinrichtung mehr Arbeit finden. Ist das klar? Ob das klar ist, will ich wissen?

Elouises Magen klumpte sich zusammen, und Harvey bekam eine Hustenattacke.

– Da haben wir es, brüllte der Drache. Wollen Sie sterben? Dann machen Sie so weiter.

Sie machten weiter, weil sie gar nicht anders konnten, die Gravitation sie unablässig anzog, aber sie ließen sich nicht mehr erwischen. Ein abseits gelegener Geräteschuppen, die Scheune, wurde zu ihrem Liebesnest. Es hieß zwar, dass es darin spuke, weil man dort einst zwei Schwestern ermordet hatte und der Täter nie gefasst worden war, aber das störte die Liebenden nicht, die sich wie Ertrinkende an einen Rettungsreifen aneinanderklammerten.

Einmal erwachte Thomas in seinem Zimmer, es muss gegen Mitternacht gewesen sein, die Fenster standen offen, eisiger Wind wehte herein, merkwürdig schwefeliger Geruch, und am Ende seines Bettes standen zwei blutverschmierte Brautjungfern mit leeren Augenhöhlen. Harvey bekam fast einen Herzstillstand, wollte schreien, brachte aber keinen Ton heraus. Am nächsten Morgen war er überzeugt, schlecht geträumt zu haben. Zwei Tage später wurde er zur Knispelgrant gerufen, die ihre Hände verschränkte und ihn böse fixierte.

– Sie haben in Ihrem Zimmer geraucht!

– Ich? Harvey wusste nicht, was sie meinte.

– Sie kennen die Hausordnung? Ich mache Sie auf Punkt sieben aufmerksam: Rauchen ist hier striktest untersagt! Ich habe bereits kein Verständnis, wenn manch Nikotinsüchtiger draußen einen Zug von einer Zigarette nimmt, aber im Zimmer …? Das ist eine Unverfrorenheit sondergleichen. So etwas beleidigt mich persönlich. Ich fürchte, ich muss Sie entlassen und die Kosten für Ihre Behandlung einklagen.

– Ich habe, seit ich hier bin, nicht geraucht. Ehrenwort. Weder draußen noch auf meinem Zimmer.

– So? Dann kommen Sie. Die Oberschwester ging mit Thomas in sein Zimmer und zeigte ihm zwei Brandflecken auf dem Boden. Wie erklären Sie mir das?

Die Flecken waren dort, wo die Gespenster der ermordeten Schwestern gestanden waren.

Harvey dachte an die leeren Augenhöhlen, bekam eine Gänsehaut, sagte aber nichts.

– Für diesmal will ich es bei einer allerletzten Verwarnung belassen, aber eine weitere gibt es nicht. Die Knispelgrant hob die Brust und marschierte im Stechschritt davon.

Harvey verdrängte die Brandflecken ebenso wie die Drohungen der Oberschwester. Dafür genoss er die Stunden mit Elouise. Bis es eines Tages zur Katastrophe kam. Fragt man Menschen nach dem genauen Zeitpunkt eines Unglücks, so fixieren sie es an Terminen, bei denen etwas Ungewöhnliches geschah. Auch Thomas und Elouise hätten nicht vom Liebesstündchen in der Scheune gesprochen, sondern vom ersten Kuss unter den Misteln oder den Brandflecken am Boden. Sie hätten nicht zu sagen vermocht, ob es Mai oder Juni gewesen war – bestimmt aber eine andere Jahreszeit als jener Winter des Versicherungsjuristen und der Pfarrerstochter.

Sie lagen im Schuppen, und das Pilzchen sinnierte, wie es wäre, wenn sie sich im Alter küssten, ohne Zähne, ob sie dann ineinander fallen würden wie zwei Keksausstechformen … ob sie im Alter noch zusammen wären? Bestimmt! … dann gibt es keine Zähne mehr, die beim Küssen stören …, als ein Knall zu hören war. Die spukenden Schwestern! Sie zuckten zusammen, zitterten, Elouise schrie. Katastrophe! Dann drehten sie sich zur Tür und sahen die verhärmten Gesichtszüge von Trula Knispelgrant. Die Oberschwester sagte nichts, aber das war auch nicht notwendig. Ihr Blick verwandelte die Hölle in eine Eislandschaft.

– Himmel, Arsch und Kabelbrand. Ich bitte um das Meinige, General Trullala, flüsterte Harvey. Er konnte sich das Lachen kaum verkneifen. Auch Elouise prustete jetzt los.

Als Thomas entlassen wurde, hatte er in diesem Sanatorium so viel Lebertran getrunken, dass man damit einen Swimmingpool hätte füllen können. Die Medizin würde er nicht vermissen. Auch nicht das Regiment der Oberschwester. Zu Hause empfing ihn seine Mutter mit einem Kuchen in der einen Hand, mit der anderen verpasste sie ihm eine schallende Ohrfeige und deklamierte:

– Das will ich nicht noch einmal erleben, Rotzlöffel. Mir so eine Angst machen. Lass dir das eine Warnung sein.

Thomas und Elouise, auch sie wurde entlassen, waren jetzt ein Paar. Große Liebe? Luft und Fett? Oder das verzweifelte Klammern zweier Verlorener? Er war genesen, trotzdem musste er sich schonen. Es hieß, Arzt sei kein Beruf für ihn. Wenn schon Mediziner, dann Pathologe. *Leichenaufschneider? Warum nicht?* Harvey war dankbar, dass er lebte.

– Das ist das Mindeste, sagte sein Vater, der den Sanatoriumsaufenthalt als Urlaub bezeichnete und von Elouise nicht viel hielt. Zu alt, zu arm, zu hässlich ... Seine Mutter schwieg.

1941 schrieben die Zeitungen, dass man Hitler Einhalt gebieten müsse, aber der Krieg in Europa war noch viel ferner als Europa selbst. Joe Louis hatte sich an Max Schmeling revanchiert, und damit war die Sache aus der Welt. Die Wirtschaft boomte, und Hollywood produzierte wunderbare Filme mit Greta Garbo oder Walt-Disney-Figuren. Nachrichten von Blitzkriegen, Okkupationen und Judenvertreibungen kümmerten die Leute wenig, Gerüchte von Deportationen und Konzentrationslagern noch viel weniger. Harvey machte seinen Abschluss in Yale und heiratete die schwangere Elouise. Er ließ sich die Laune nicht einmal von seinem Vater verderben, der sich über das mittelmäßige Abschlusszeugnis mokierte und die Ehe als dümmste Sache ... Totalschaden! ... im Leben eines Mannes bezeichnete, auch wenn die Bibel anderer Meinung war.

Dann wurde das Land traumatisiert, die Japaner bombardierten Pearl Harbor. Krieg! Wie ein großer Block ragte plötzlich dieses Wort aus der Nation. Der Präsident hielt eine Ansprache mit langen Pausen, und danach war allen klar, die Zeit der Stille war vorüber. Krieg! Alle mussten ihren Beitrag leisten: Laurel und Hardy, Donald Duck, Charlie Chaplin. Auch Harvey, inzwischen völlig wiederhergestellt, wurde nach den eiligst erlassenen Gesetzen der allgemeinen Wehrpflicht einberufen.

Ich habe doch nicht die Tuberkulose überstanden und das Regiment der Knispelgrant überlebt, um auf einem Schlachtfeld zu krepieren. Pfarrer, Gouverneure, Senatoren und patriotische Frauenvereine postulierten: Gott hasst Feiglinge, es ist die heilige Pflicht der Jugend, unser Land zu verteidigen. Gott liebt Amerika! Aber Harvey ... ja, er war ein geborener Angsthase, Feigling, Hosenscheißer ... hatte solche Angst, dass er glaubte, das Herz würde ihm in die Enddärme rutschen.

– Sieh dir meine Hände an, sagte er zu Elouise und legte sie auf ihren gewölbten Bauch. Das sind Hände, um zu helfen und zu heilen, aber nicht, um Deutsche zu erschießen.

Als Pazifist wollte er nicht in den Krieg, schrieb Bittbriefe, in denen er auf sein Quäkertum verwies und ergänzte, dass seine Frau in besonderen Umständen sei. Das war für die Armee völlig unerheblich, entscheidend war die überstandene Tuberkulose. Nur deshalb wurde Harvey nicht an die Front geschickt, sondern einem Chemielabor in Edgewood, Maryland, zugewiesen – Gott sei Dank! Das war allemal besser als Panzerfahrer, Infanterist oder Fallschirmspringer, aber keineswegs das, was er sich vorgestellt hatte. Er durfte Elouise mitnehmen und musste dort tote Katzen, Hasen und Hunde sezieren, um an ihnen die Auswirkungen von Giftgas zu erforschen. Giftgas, das für den Einsatz gegen Deutsche getestet wurde. So etwas bekam man in Hollywoodfilmen nicht zu sehen.

Das Leben besaß wenig Leichtigkeit, aber sie waren jung, verliebt und hatten keine Zeit, nach einem Sinn zu fragen, der über Genuss und Reduplikation hinausging. Sogar der Blechbüchse, in der sie so angenehm hausten wie Suppenhühner im Kochtopf, konnten sie Romantisches abgewinnen. Feldbetten, Gaskocher, Klappstühle ... alles glich hier einem Campingurlaub.

Das Armeegelände befand sich in einer gottverlassenen Gegend und war mit Stacheldraht umzäunt. Aus Lautsprechern dröhnte unverständliches Gebrüll, und die Militärs waren so charmant wie Oberschwester Knispelgrant. Das Leben der meisten Heeresangehörigen schien nur aus Liegestützen, Salutieren und Fußmärschen zu bestehen. Wenn sie nicht gerade brüllten oder von Mut und Vaterliebe sangen, kannten sie bloß zwei Gesprächsthemen: Pokern und Pussies. Leute, die in Büros saßen, hießen Sesselfurzer, und Ärzte wurden Eierquetscher genannt.

– Sei froh, dass du nicht auf Deutsche schießen musst, sagte Elouise.

Ja, er war froh, aber manchmal fiel es schwer, danke zu sagen. Danke für die Genesung, danke für die Anstellung im Hinterland, die Frau. Harvey merkte Züge seines Vaters an sich, war mit nichts zufrieden. Es kam ihm vor, als wäre sein Leben eine Villa, deren Zimmer seit geraumer Zeit verschlossen waren. Alles, was ihm blieb, war ein leerer Gang, der unweigerlich zu einer letzten, unversperrten Tür führte, hinein in einen Abstellraum. Aus der heißen Liebesleidenschaft war kühle Pflicht geworden. Nun machte niemand mehr Scherze über Küssen ohne Zähne. Nicht, dass sie sich nicht mehr mochten, aber es fehlte das Unbedingte, Fatale. Jede Ehe ist ein Stern – anfangs bekämpft der durch nukleare Prozesse erzeugte Druck die Gravitation, aber irgendwann wird die Last zu groß, bricht der Stern unter seinem eigenen Gewicht in sich zusammen. Bei einem Stern dauert das Jahrmillionen, in einer Ehe reichen Jahre, manchmal Monate oder Wochen.

Bei den Harveys wurde es prägnant. Elouises Bauch wuchs auf Kürbisgröße, ihre Beine spreizten sich in X-Stellung, und sie kam sich vor wie ein Ei auf Beinen, das dauernd Harndrang hatte. Als es schließlich so weit war, landete sie hinter einer Art Duschvorhang im Spital. Was sich da abspielte, wollte Harvey gar nicht wissen. Eine Schlacht mit zwei Überlebenden, grauenvoll aussehenden Blutspritzern und Schreien, die lange nachhallten.

Bald waren sie verantwortlich für eine kleine Familie: Auf Thomas junior, der 1942 zur Welt gekommen war und so breit lächelte, als würde ihm Honig aus dem Mäulchen laufen, folgten im Zweijahresrhythmus Arthur, der einen mit verwaschenen Augen fixierte, und ein kleines Raubtier namens Robert. Harvey, ganz der stolze Vater, schickte seinen Eltern Fotos, die mit langen Briefen beantwortet wurden. Seine Mutter fand die Kinder zauberhaft, intelligent, genial ... Von Vati kamen schöne Grüße, aber Harvey sah sofort, seine Unterschrift stammte von Mutter. Thomas ging dann vor das Haus und nagelte Stahlstifte in einen Pfosten. Er wusste, wie enttäuscht sein alter Herr war. Alles, was er machte, war für Vati Zeitverschwendung. Als Quäker predigte er die Familie, aber in Wahrheit, Harvey wusste es, war die Ehe für seinen Vater ein überladener Esel, der wie ein kollabierender Stern unter seinem eigenen Gewicht zusammenbrach.

– Denk nicht daran, tröstete ihn Elouise. Bevor dein Vater dich akzeptiert, wachsen in der Wüste Erdbeeren. Es ist leichter, eine Badewanne durch ein Abflussrohr zu bekommen, als deinen Vater dazu, dich zu loben.

Die junge Familie lebte in der Blechbüchse inmitten tugendhafter, standfester amerikanischer Patrioten, die sich aus lauter Vaterlandsliebe die Haare auf Millimeterlänge stutzen ließen. Als

Nachrichten von Hiroshima und Nagasaki kamen, sagten sie, die Japsen hätten es nicht anders gewollt. Es sei Zeit gewesen, sie in die Schranken zu weisen. Harvey erinnerten diese Sprüche an seinen Vater. *Wir bitten schön um das Unsrige.* Die Bilder von den Ruinenlandschaften waren schauderhaft, und Thomas konnte sich nicht vorstellen, dass das jemand gewollt haben konnte. Wieder ging er zu dem Pfosten und nagelte.

Hitler war tot, Japan kapitulierte, und die Kräfteverhältnisse waren wiederhergestellt. Nun erklärte man der Welt den Frieden ... indem man ihn ausrief ..., aber weiterhin wurden Hasen, Hunde, Katzen vergast und anschließend seziert. Die Deutschen waren besiegt, aber alle in der Armee wussten, es würden neue Deutsche kommen: Russen, Chinesen, weiß der Kuckuck ... Wieder würden die Stärksten der Schwachen Kraftlackel-Sprüche vom Stapel lassen und einen auf starken Mann machen. Harvey empfand keine Schuld, wenn er Lungen filetierte und Leberwerte maß. Wenn er es nicht täte, sagte er sich, würde es ein anderer machen. Keine schwere Arbeit, aber auch keine erbauliche, doch Harvey konnte sich nicht leisten, das zu hinterfragen, er musste hungrige Mäuler stopfen, das Ding namens Familie am Laufen halten.

Niemand interessierte sich für seinen Quäkerkreis, dem er aus Gewohnheit beigetreten war. Warum die Konfession des Vaters? War das nicht so abwegig, wie klaren Kopfes auf eine heiße Herdplatte zu greifen? Andere fuhren zu Autorennen oder gingen zum Boxen, liebten Angeln oder die Jagd, Harvey mochte es, im Kreis zu sitzen und Gott zu lauschen, der recht schweigsam war. Niemals hatte Thomas mystische Erlebnisse oder aufwühlende Erfahrungen, aber die wöchentlichen Sitzungen bei der Gesellschaft der Freunde, wie sie sich selbst bezeichneten, taten ihm gut.

Keine breitkrempigen Hüte und Kapitän-Ahab-Spitzbärte, auch kein Alkoholverbot oder antimodernistisches Gehabe, wie es die Amish People praktizierten. Da Quäker keine Priester hatten, gab es keine Messfeiern mit Eucharistie und Kommunion, nicht einmal Gesänge. Man traf sich in schlichten Versammlungsräumen und ließ die Ruhe wirken. Danach erzählte manchmal jemand von seinen Gefühlen oder Visionen, immer aber gab es Kuchen und Tee, drehten sich die Gespräche um den Weltfrieden und Gott.

Harvey hatte sich mit seinem Leben abgefunden, verspürte keinen Zwang, sich zu beweisen, rannte keinen Gelegenheiten hinterher, sondern wartete, bis die Gelegenheiten zu ihm kamen.

Die Quäker zogen ihn auf, weil er für die Armee arbeitete, und die Soldaten hänselten ihn, weil er Pazifist war, aber Harvey sah keine Alternativen. Erst als Thomas junior anfing, Krieg zu spielen, wurde es Zeit zu gehen. 1948 übersiedelten sie nach Pennsylvania, wo er eine schlechtbezahlte Stelle im Krankenhaus bekam. Nebenbei arbeitete er als Assistent an der Universität in Philadelphia, belegte Kurse bei Zimmy, wo er lernte, wie man Hirngewebe für mikroskopische Untersuchungen präparierte. Er mochte die Pathologie. Leichen waren sauber und verlangten nicht, dass man mit ihnen sprach.

Sie hatten sich gerade eingelebt, als Harvey ein Aushang am Schwarzen Brett ins Auge stach. In Princeton wurde ein Chefpathologe gesucht. Die Gelegenheit! Er konnte förmlich spüren, wie sich Hoffnung durch alle seine Poren drängte. Elouise wollte nicht übersiedeln, aber Thomas fuhr nach New Jersey, wo ihm Blummenfelt einen Vortrag über sein Spital hielt. Im protzigen Büro des Direktors prangten Urkunden und Ehrenplaketten, Belobigungen und Briefe von Gouverneuren, sogar einer des Präsidenten. Pokale standen auf den Regalen. Und obwohl Harvey kaum ein Wort sprach, bekam er den Job. Vermutlich, weil Blummenfelt während des Gesprächs zwei Aschenbecher zu Bruch gegangen waren, vielleicht aber auch aus Mangel an anderen Bewerbern.

Princeton war eine nette Stadt mit vielen Berühmtheiten ... noble, wohlsituierte Leute, die Lincolns und Cadillacs fuhren, den Gipfel an Intellekt und Kultiviertheit repräsentierten, unberührt waren von profanen Problemen wie Geldsorgen oder Arbeitslosigkeit. Es gab schmucke Häuser im neugotischen oder viktorianischen Stil, sogar deutsche Fachwerkhäuser, vor allem aber hölzerne Farmhäuser mit Fensterläden – nicht weil das Wetter so stürmisch war, sondern weil man zur Zeit ihrer Errichtung im 19. Jahrhundert Rassenunruhen und den Bürgerkrieg befürchtet hatte. Und es gab das kleine Neunzig-Betten-Spital in der Witherspoon Street, wo die Arbeit überschaubar war.

– Pathologe ist wie Pianist in einem Bordell, Harvey. Sie können noch so hervorragend spielen, es kommt trotzdem niemand wegen der Musik. Direktor Blummenfelt, der drei Packungen Chesterfield am Tag rauchte und sich mit Englischleder parfümierte, war mit seinem neuen Tod zufrieden. Ein guter Zuhörer, der immer lächelte, nie aggressiv war, selten lachte – und wenn, dann war es ein nervöses Lachen, das grundlos herausplatzte. Harvey würgte an jeder Silbe, als würde er daran ersticken, war langweilig wie ein Glas lauwarme Milch, wandte sich bei ordinären Witzen ab und beteiligte sich nur selten am Kaffeeklatsch, aber er war höflich und beliebt.

Sein Büro war weit weniger pompös als das des Direktors. Da hingen phrenologische Bilder neben Albie Booth, und in den Regalen standen Totenköpfe als Buchstützen. Einmal hatte man ihn ertappt, wie er den Weihnachtstruthahn seiner Familie im Hochdruckofen erhitzte, der zur Sterilisation der Instrumente diente. Und als 1950 »Mein Freund Harvey« mit James Stewart in die Kinos kam, worin Elwood P. Dowd mit einem unsichtbaren weißen Hasen befreundet ist, hatte der Tod vulgo mein Freund Harvey seinen zweiten Spitznamen ausgefasst: Weißer Hase. Und war er mit Einsteins Hirn nicht tatsächlich zu einem weißen Hasen geworden? Vielleicht nicht zu dem mythologischen Wesen aus dem James-Stewart-Film, aber zu dem Kaninchen aus »Alice im Wunderland«?

Die Harveys wohnten bald in einem schönen Backsteinhaus ... *können wir uns das leisten?* ... mit prächtigem Garten, hohen Fenstern, Holzböden aus kanadischem Ahorn ... an der Jefferson Road 254. Weiße Stühle, Nierentische, karierte Polster, vom Vorbesitzer ein Klavier, aber sosehr sich Elouise bemühte, alles ordentlich zu halten, kam sie den Kindern kaum hinterher. Trotz Speisesaal aß man meist in der Küche, weil da die Chance größer war, Essen und Getränke unfallfrei auf den Tisch zu kriegen. Der offene Kamin wurde nur selten angemacht, davor lag auch kein Bärenfell.

Sie waren eine typische amerikanische Vorzeigefamilie mit Gasherd, Badewanne, Hausbar. Amerika hatte den Krieg gewonnen, und das Land atmete den Geist des Aufbruchs. Die Ingenieure waren kühner als anderswo, entwarfen monumentale Brücken und Wolkenkratzer, die ihrem Namen Ehre machten. Überall schossen Fabriken aus dem Boden, und gigantische Flugzeugträger oder Düsenjäger waren ebenso der Stolz der Nation wie Coca-Cola, Mickey Mouse und Hollywood.

Amerika in den Fünfzigern war nicht nur der unumstrittene Nabel der Welt, sondern auch das spannendste Land auf Erden. Alles war möglich. Nur eines nicht, ein normales Verhältnis zu den Eltern. Die Besuche waren schiefgegangen. Vati trennte, wenn er mit seinen Enkelkindern sprach, die Silben, als würde es sich bei Harveys Sprösslingen um schwerhörige Vollidioten handeln. Dann setzte er sein Ihr-werdet-alle-in-der-Hölle-schmoren-Lächeln auf, machte sich über seinen Sohn lustig, »der nicht einmal einen Nagel einschlagen kann«, musterte die Schwiegertochter und schüttelte den Kopf. Egal, wie sehr sich alle bemühten, ein idyllisches Familientreffen zuwege zu bringen, Vati zerstörte es. Der Alte saß in seinem aus Fassdauben gezimmerten Schaukelstuhl, rauchte Pfeife und brummte Gemeinheiten. *Alter*

Griesgram. Wenn er könnte, würde er das Elektrokabel holen und alle windelweich prügeln, nicht nur seine Familie, die ganze Welt. Alle sollten sie »Wir bitten schön um das Unsrige, Herr Vater« winseln.

Harvey machte sich noch immer was daraus, ärgerte sich, wenn er nur daran dachte, konnte aber nichts dagegen tun.

– Du musst ihm endlich die Meinung sagen, meinte Elouise. Willst du dich ein Leben lang von dem Alten abkanzeln lassen, immer ein Schlappschwanz bleiben?

Harvey seufzte und tat nichts. Lieber, als seinem Vater zu widersprechen, packte er seine Familie in den Kombi, keine Blechliesel, aber auch ein Ford, um zum Grand Canyon, Yellowstone National Park oder den Great Smokies zu fahren.

Er verabscheute Cocktailpartys, bot aber Nachbarn Hilfe an, die den schweigsamen Mann mit der vagen Verlorenheit im Blick gut leiden konnten. Harvey erledigte die Gartenarbeit anderer Leute, ging für alte Damen einkaufen, reparierte fremde Zäune oder half beim Reifenwechsel. Auch in Princeton gab es einen Quäkerkreis, den er wöchentlich besuchte. Ihn störte es nicht, dass Schwarze neuerdings ins Schwimmbad durften, und in der Abtreibungsfrage war er tolerant. Zu Thanksgiving lud er Obdachlose zum Essen ein, und auch sonst kam er an keinem Bettler vorbei, ohne ihm etwas zu geben.

– Du wirst es nie zu etwas bringen, sagte Elouise.

– Das ist nicht wahr, ließ Harvey Minus antworten. Eines Tages werden wir alle in den Himmel abberufen, und dann wird man uns nach unseren Werken beurteilen. Aber einstweilen leben wir in einem ziemlich eleganten Haus.

– Hör mit dem Unfug auf. In Elouises Gesicht stand nur ein einziges Wort: Armleuchter.

– So viel Freundlichkeit verdient es, mit einem Kuss belohnt zu werden. Harvey presste seine linke Hand auf Elouises Wange und gab ihr einen Schmatz.

– Kindskopf. Sie stieß ihn zur Seite.

– Wer wird denn gleich ...

– Hau ab. Sie zischte die Worte, als wollte sie eine Straßensperre zwischen sich und ihrem Mann errichten. Wo war die Zeit geblieben, als sie Späße machte oder verrückte Dinge ankündigte, wie ihm in den Bauchnabel zu beißen.

Im Spital saß er meist im Labor und analysierte Blut- und Urinproben, dazu kamen um die hundert Autopsien pro Jahr. Daneben bildete er Labortechniker aus, durchwegs junge Frauen, die in der Kunst der Gewebeanalyse unterrichtet wurden, den Umgang mit dem Elektronenmikroskop lernten, aber auch ausschwirrten, um von Patienten Proben einzuholen – so auch von Einstein. Von jenem Einstein, Ikone und PR-Phänomen, der alle elektrisierte. Obwohl kaum jemand auch nur annähernd verstand, worauf sich Einsteins Ruhm eigentlich begründete, war er eine Art leibhaftiger lieber Gott. Auch die angehenden Labortechnikerinnen rissen sich darum, ihn zu besuchen. Sie malten sich die Lippen an und ondulierten ihre Locken wie für einen Abschlussball. Also waren sie enttäuscht, als Harvey einmal entschied, selbst zu gehen, seine Arzttasche packte und losmarschierte.

– Ich sehe, Sie haben Ihr Geschlecht gewechselt, hatte der wissenschaftliche Burgherr hinter seinen Manuskript-Zinnen gesagt, der wusste, dass es mit ihm bald zu Ende ging. Vor Jahren hatte man ihm offenbart, dass die Ausbuchtung an der Aorta eines Tages platzen würde, und Einstein hatte geantwortet: Lassen Sie sie platzen. Kurz darauf entstand das berühmte Foto mit der rausgestreckten Zunge.

EINE AHNUNG VON BESTIMMUNG

Es war fünf Uhr nachmittags. Harvey saß samt dem Hirn in seinem Büro, sog mit zusammengebissenen Zähnen den Atem ein und fühlte einen wohligen Schauer. Welch unermessliche Summe an Zufällen hatte sie zusammengeführt. Einsteins Emigration, Harveys Tuberkulose, sein Blick auf das Schwarze Brett ...

Aber irgendetwas stimmt nicht. Von den Korridoren kam das Geklapper der Rolltischchen, Stimmen drangen gedämpft durch die Gänge, eine Sinfonie für Tabletts mit Tellern voller Speisereste. Nachtschwestern begannen ihre Runden, Patienten in Bademänteln schlurften herum.

Harvey hatte versucht, das Glas mit Einsteins Denkorgan in seine Arzttasche zu stellen, doch die war zu schmal. Also trug er das Hirn, das er keinesfalls unbeaufsichtigt lassen wollte, eingehüllt in einen Arbeitskittel zum Auto ... ein Gesicht wie ein Hund, der rohe Eier im Maul hält. Sein Lächeln war verkrampft, und als er über den Parkplatz trippelte, fürchtete er, eine Stimme könnte ihn zurückhalten. Jeden Moment konnte ein »Harvey, was fällt Ihnen ein?« erklingen. Nichts geschah. Niemand schien Anstoß zu nehmen daran, dass er mit Einsteins Hirn spazieren ging.

Gerade stellte er seinen Schatz auf den Beifahrersitz, als ihm jemand auf die Schulter klopfte. Harvey schreckte zusammen, drehte sich um und sah erst niemanden, dann einen Jungen, der einen karierten Mantel trug und viel zu große Gummistiefel. Strahlend blaue Augen blickten zu Harvey hoch. Das flachsblonde Kinderhaar leuchtete wie ein Heiligenschein.

– Entschuldigung, können Sie mir behilflich sein, mein Herr?
– Aber natürlich. Suchst du deine Mutter?
– Ich möchte zum Empire State Building.
– Was willst du dort? Harvey hatte seine linke Hand gehoben,

um Minus sprechen zu lassen, aber das würde der Junge nicht verstehen.

– Ich habe gehört, das Empire State Building sei das höchste Gebäude der Welt. Das will ich in Augenschein nehmen. Ich denke, das ist mein gutes Recht.

Eine Ausdrucksweise hat der Knabe.

– Dafür müssten wir nach New York fahren.
– Sie besitzen ein Auto.
– Wie heißt du?
– Lemuel.
– Das ist ein schöner Name ... *wenn man nicht an Lümmel denkt.*
– Bringen Sie mich nach New York?
– Das geht nicht. Am besten, du gehst zum Portier und wartest auf deine Mutter.
– Glauben Sie an Gott?
– Aber gewiss.
– Dann habe ich eine schlechte Nachricht für Sie. Jesus war nämlich ein Zeitreisender aus der Zukunft. Er musste sagen, dass er der Sohn Gottes ist, weil die Menschen damals primitiv gewesen sind und an die Möglichkeit einer Zeitreise nie und nimmer geglaubt hätten.
– Tss. *Worauf die heutige Jugend alles kommt.* Jetzt geh schön zum Portier.

Der Junge rührte sich nicht von der Stelle. Harvey ignorierte ihn, stieg in den Ford und fuhr so vorsichtig, als würde er eine dreistöckige Hochzeitstorte transportieren. Bevor er auf die Witherspoon Street bog, sah er nochmals zu dem Jungen. Lemuel hatte sich auf die Motorhaube eines mintgrünen Chryslers gesetzt und ließ die Beine baumeln.

Harvey war aufgeregt. Hätte ihn ein Streifenpolizist angehalten, er wäre durch keine Kontrolle gekommen. Eine Mischung aus Nervosität und Feierlaune, bis ihn ein mintgrüner Studebaker schnitt. *Herrgottsakra! Verrückt geworden?* Er wollte sich das Kennzeichen notieren, aber der Wagen hatte keines. An der nächsten Kreuzung holte er ihn ein und sah, dass aus dem hinteren Fenster Beine hingen, doch die beachtete er nicht ... am Steuer hockte ein Indigener – auch ohne Federschmuck konnte er es nicht verleugnen. Alles klar. *Da hat sich jemand aus seinem Reservat verirrt. Hoffentlich ist er nicht auf dem Kriegspfad.* Harvey wusste, diese Jungs hielten sich weder an Verkehrsregeln, noch beglichen sie Strafzettel, weil die nie Gegenstand eines Vertrags mit ihren Häuptlingen gewesen waren. Man musste froh sein, wenn sie am Beifahrersitz kein Lagerfeuer entfachten.

Seltsamer Tag, erst das Hirn, dann der Junge ... *Lemuel? Jesus ein Zeitreisender aus der Zukunft?* ... und jetzt Ureinwohner, Indianer – oder wie man im einundzwanzigsten Jahrhundert sagen würde: Native American. Dann änderte sich die Lichtstimmung, und Harvey fühlte sich beobachtet. Er blickte sich um, aber da war nur der Stadtkern von Princeton: Banken, Immobilienmakler, eine Rahmenhandlung, daneben eine Teppichreinigung und das Geschäft für Brautkleider. Einer spontanen Eingabe folgend ... oder war es Feierlaune? ... hielt er bei Polly's Luncheonette und ging mitsamt dem Hirn hinein.

Im Lokal, einer Mischung aus Restaurant, Bar und Imbissstube, glänzte alles vom Chrom und roch nach altem Fett. Harvey kannte die Besitzerin, die gar nicht Polly hieß, sondern Trisha, deutsche Immigrantin, charmant wie eine Puffmutter, dafür bekannt, gestrandeten Existenzen ein Hafen zu sein. Er stellte das umhüllte Glas auf den Tisch und studierte die Speisekarte, wo Cockpit, Computer oder Oxymoron angeboten wurden – eine Marotte der Besitzerin. Cockpit war Huhn mit Beilagen, Oxymoron irgendwas mit Rind, Computer geschmorte Truthahnbrust. Polly's Luncheonette war geschätzt für ihre vorzügliche Küche.

Harvey bestellte einen Bourbon und stieß einen Seufzer kosmischer Zufriedenheit aus. Er hatte es geschafft. Albert Einsteins

Hirn gehörte ihm. Er hatte nicht vor, es wieder herzugeben, zumindest nicht sofort. Zimmy würde sich gedulden müssen. Der Weiße Hase fühlte das Glück eines Briefmarkensammlers, der die Blaue Mauritius ergattert hatte. Er hielt sich nicht für sonderlich gebildet oder intelligent, glaubte aber, ein halbwegs vernünftiger Mensch zu sein, der sich Mühe gab, nach Gottes Gesetzen zu leben. Aber wozu hatte ihm der Schöpfer das Hirn eines Genies anvertraut?

An der Theke unterhielten sich zwei alte hässliche Männer über ihre Frauen und sagten Sätze wie:

– Meine hatte nie eine Figur, aber ihr Gesicht war nett, zumindest früher.

– Wenn meiner ein Hängebusen wächst, sieht sie mich nie wieder. Hängebusen sind das Letzte.

– Du müsstest das Gesäß von meiner sehen ... Ein Sack Kartoffeln ist dagegen elegant.

Harvey blickte verstohlen hin, sah zuerst nur Beine, die verspielt von den Barhockern baumelten. Und darüber? Der eine Herr hatte eine Alkoholikernase und nur noch wenige Zähne, der andere war am Kinn verwarzt. *Die haben es notwendig, schiach wie der Zins, aber große Töne spucken.* Zufrieden nippte der Hirnbesitzer am Whiskeyglas und blickte auf den Vorbau der weißbeschürzten Kellnerin, die ihm ein Schüsselchen mit Erdnüssen hinstellte. Ein Mann mit Cowboyhut setzte sich Harvey gegenüber und fragte, ob man ein Bier spendieren könne.

– Wenn gewisse Leute gewissen Leuten ein Bier ausgeben, sagte der Mann mit singendem Akzent, könnt ma sich in eine Lage versetzt fühlen, wo man einen Trick auspackt.

Harvey sagte nichts, rückte aber das verhüllte Glas mit dem Hirn zur Seite.

– Was is'n das? Sie ham ein Glück, wo doch ein Zaubertrick so eine persönliche Privatsache ist, dass man nicht nein sagen tut ... Der Kerl holte ein Taschentuch hervor, breitete es aus und stopfte es in seine linke Faust. Nun öffnete er die rechte Hand. Leer!

– Und wo ham ma jetzt das Tüchlein? Wo tut es sich verstecken tun? Simsalabim. Jetzt öffnete er die linke. Ebenfalls leer. Na? Wie tut Ihnen das gefallen? Der Zauberer ballte die linke Hand erneut zur Faust und zog, Hokuspokus, das Tuch hervor.

– Tut man uns jetzt ein Bier spendieren? Unser Name ist John Case ... Er sonnte sich in Harveys Staunen, das er als Zustimmung für den Deal auffasste. Der Mann plapperte ohne Unterlass, erzählte von Geschäften, todsicheren Wetten, künftigem Reichtum ... »wo man im Geld schwimmen tut«. Er träumte von einer eigenen Bar, in der er Hotdog-Wettessen veranstalten wollte ...

– Weil man darauf wetten kann. Eine Bar, wo uns Leute die Bude einrennen tun. Sonst fress ma einen in Terpentin eingelegten Kanarienvogel.

Harvey verzog keine Miene.

– Wollen Sie wissen, wie der Trick funktionieren tut? Wenn gewisse Leute anderen gewissen Leuten noch ein Bier ausgeben ... John Case winkte der Kellnerin und nahm zu Harveys Erstaunen seinen Daumen ab. Es war ein Gummidaumen, der auf seinem richtigen Daumen steckte. In den Hohlraum wurde das Tuch gestopft.

– Genial, oder?

Harvey lächelte milde.

– Wollen Sie mit mir wetten, dass ich eine Bierflasche mit einem Blatt Papier aufmachen kann?

– Ich wette aus Prinzip nicht.

– Papperlapapp. Kommen Sie ... um einen Hunderter.

– Nein.

– Was ham ma denn da? Der Mann zeigte auf das Stoffbündel. Thomas gab den Arbeitskittel weg und lächelte.

– Wonach sieht es aus?

- Eine große Walnuss, wo in einer Suppe schwimmen tut.

- Das ist das Hirn von Albert Einstein! Harvey sagte das mit so viel Nachdruck, dass die Leute an den Nachbartischen kurz zu ihm herüberschauten. Sofort bereute er seine Offenheit und wünschte, er hätte die Sache für sich behalten.

- Wer sowas sagt, ist ein, wo man ihn nennen tut ... Betrüger. Der Dampfplauderer machte große Augen. Dann kam ihm in den Sinn, dass er offensichtlich genarrt wurde, und lachte. Das ist, wo man sagt, eine großartige Idee. Wenn ich meine Bar aufmachen tu, stelle ich auch so ein Ding hinein, wo gewissen Leuten die Luft wegbleibt. John Case trank sein Bier aus und bestellte ein nächstes, diesmal in der geschlossenen Flasche. Sein Lachen klang wie das Niesen eines Hundes.

- Wetten wir also um das Glas mit Hirn. Wenn es mir gelingt, mit diesem Blatt Papier ... er holte eine Zeitungsseite ... diese Flasche Bier ... sie wurde wie auf Kommando gebracht ... zu öffnen, gehört das Ding da mir.

- Ich wette nicht.

- Was haben Sie zu verlieren? Glauben Sie, das geht? Mit einer Zeitung?

- Ich bin Pathologe, flüsterte Harvey.

- Dann haben Sie mit Toten zu tun? Den Tod mag ich nicht kennenlernen. Eigentlich war Case, wie er erzählte, Musiker, aber das hatte nicht geklappt, »weil die Leute Schweinsohren haben tun«. Er verglich sich mit Cole Porter und nannte Namen wie Thelonious Monk oder Fats Waller. Gleichzeitig begann er, die Zeitung zu falten, daneben erklärte er, warum grüne Flaschen das Licht weniger filterten als braune und daher für die Aromen des Bieres weniger zuträglich waren. Braune Flaschen sind besser! Dann nahm er die zu einem dicken Streifen gefaltete Zeitung und ... Plopp ... öffnete damit das Bier. Bitte schön! Er hielt die Hand neben seinen Mund und flüsterte, er heiße gar nicht John Case, sondern Wjatscheslaw Krysolov, komme aus Russland, wo seine Ahnen die Basilius-Kathedrale auf dem Roten Platz erbaut hätten, außerdem stamme er in direkter Linie von einem kalmükischen Fürsten ab, seine Vorfahren hätten sich als Ikonenmaler, Feldherren und Heilige hervorgetan. »Ein Onkel meines Großvaters hat Alexander Puschkin beim Duell erschossen.«

– Ich dachte, das wäre ein Franzose gewesen? Der Einwand kam von einem Nebentisch.

– Eben. Und wenn gewisse Leute etwas anderes behaupten, lügen sie. Die Familie meiner Großmutter war das Vorbild für Dostojewskis »Kirschgarten«, und Mussorgsky hat seinen berühmten »Feuervogel« meiner Tante Olga gewidmet. Wir wären Berühmtheiten, wenn wir nicht so bescheiden wären. Krysolov hatte sich richtig in Fahrt geredet, als sein Freund kam, der Vitali Windtmacher hieß und wenig redete.

– Was erzählst du da? Deine Vorfahren waren Posamentenmacher und Strumpfwirker.

Krysolov blickte Harvey an und flüsterte so laut, dass alle es hören konnten: Mein Freund ist ein Genie! Maler! Aber was für einer! Der malt Ihnen einen Picasso, den der Meister selbst für echt hält.

– Du immer. Vitali winkte ab.

– Leider ist er faul. Krysolov seufzte. Vielleicht der faulste Mensch auf Erden.

Bevor der Weiße Hase ganz hineingezogen wurde, rief er die Bedienung und bezahlte seinen Drink. Als er nach dem Glas griff, hielt ihn jemand am Arm.

– Und das Bier, wo gewisse Leute sich verpflichtet ham zu zahlen?

Harvey zog einen grünen Schein hervor, und John Case erzählte seinem Kumpel, dass gewisse Leute behaupteten, das Hirn von einem gewissen Einstein zu besitzen. Vitali zuckte mit den Achseln, doch Harvey enthüllte das Glas.

– Echt jetzt? Der vermeintlich faulste Mensch schnalzte mit der Zunge.

– Zumindest steht nicht Made in Germany darauf, sagte Harvey und wollte gehen.

– Und was ist mit der Wette? Zeitung, Bierflasche.

Harvey seufzte, zog noch einen Schein hervor, legte ihn auf den Tisch und ging. Noch im Lokal glaubte er »ausgenommene Weihnachtsgans« zu hören. Als er hinter dem Lenkrad saß, ärgerte er sich über seine Vertrauensseligkeit. *So etwas kann auch schiefgehen, Harvey, du musst vorsichtiger sein.*

Tatsächlich überlegten John Case vulgo Krysolov und Vitali Windtmacher bereits, ob sich mit diesem Hirn Geschäfte machen ließen.

– Brat mir einer einen Storch, wenn man damit nicht Böcke melken kann.

– Und wie sollen wir an dieses Hirn herankommen?

– Daran wird es nicht scheitern. Gewisse Leute haben einen Plan.

Zu Hause war der Tisch gedeckt. Die Kinder liefen kreischend durch den Garten, und Elouise beträufelte den Hackbraten. Im Fernsehen lief »Lassie«, aber niemand sah dem Collie zu, wie er wieder einmal die Welt rettete. Harvey stellte das Glas auf den Küchentisch und küsste Elouises Nacken. Er war in Hochstimmung, ahnte, dass er in seinem ganzen Leben noch nie etwas Edleres getan hatte, als dieses Hirn zu bewahren.

– Schau mal, Brezelchen.

Seine Frau drehte sich kurz um, lächelte leicht säuerlich und widmete sich wieder dem Kartoffelpüree.

– Gib mir Butter. Elouise wollte salzen, merkte aber, dass sie, wie immer leicht zerstreut, nach dem Zucker gegriffen hatte.

– Das ist das Hirn von Albert Einstein.

Elouise fiel die Schüssel aus der Hand.

– Musst du das mitbringen? Wozu? Soll ich es als Nachtisch servieren? Das Licht der Küchenlampe machte ihr Gesicht hart. Sie presste den Stampfer kräftig in die gelbe Masse und sagte, dass Arthur mit seiner Schleuder auf Spatzen geschossen habe, worüber sich Nachbarn beschwert hätten. Außerdem habe sie unter Thomas juniors Bett eine entsetzliche Entdeckung gemacht.

– Es liegt auf der Vitrine.

Harvey griff hinauf und ertastete ein Heft, das *Sonnenfreunde – Monatsheft für Körperkultur und Kunst* hieß. Er schlug es auf und sah nackte Frauen, ausgestattet mit nichts als ihrer natürlichen Schönheit. Unbekleidete Damen, die unter Palmen einherschritten, sich auf Felsklippen räkelten oder im Meer plantschten. Er betrachtete die teigigen Brüste und runden Hüften, in deren Mitten pelzige Kuppen saßen, und fühlte eine Mischung aus Erleichterung und Scham. *Sorgen müsste ich mir machen, wenn sich der Junior nicht dafür interessieren würde.*

– Das ist widerwärtig, zischte Elouise. Sie drehte sich um und betrachtete ihren Mann, der immer noch die Sonnenanbeterinnen studierte, mit einem Ausdruck fassungslosen Erstaunens. Was sagst du dazu?

– Ich ... Harvey stammelte. Das ist ... nicht so schlimm. Aber das hier, er klopfte auf das Glas. Verstehst du nicht? Das Hirn des größten Genies unserer Zeit. Hier ist es.

– So ein Genie kann er nicht gewesen sein, sonst wäre er nicht auf unserem Küchentisch gelandet. Elouise straffte die Schultern und sah Thomas in die Augen. Das größte Genie ist Jane Austen, dann kommen Virginia Woolf und Emily Brontë ... Sie hatte sich immer eine Tochter gewünscht, eine Tiffany, Audrey oder Tatum, aber bestimmt kein Hirn.

– Thomas junior ist noch nicht einmal vierzehn und schleppt schon solchen Mist an. Was sagst du dazu, dass sich dein Sohn einen Papierharem zulegt?

– Nun ... ich ... Harvey behielt seine Meinung lieber für sich.

Pornografie war verboten, und Frauen hatten für diese visuellen Aphrodisiaka wenig Verständnis. Er dachte an das noch nicht ausgeformte Pickelgesicht seines Sohnes und versuchte, es mit den runden Hüften und teigigen Brüsten in Verbindung zu bringen.

– Und das? Warum zeigst du mir das? So etwas verdirbt mir den Tag. Sie sah vorwurfsvoll zur Zeitung, die wie ein stummer Zeuge auf der Anrichte lag.

– Ich dachte, es würde dich interessieren.

– Das ist ekelhaft.

Harvey nahm das Blatt und betrachtete den abgebildeten Schwarzen. Atticus Greek war nach zwanzig Jahren des Mordes an den Wiseman-Schwestern überführt worden. Er war es, der die beiden in die Scheune im Sanatoriumspark gelockt hatte, um sie nach den Regeln des Metzgerhandwerks zu tranchieren. Atticus Greek war bei einer Verkehrskontrolle auffällig geworden, eine Routineüberprüfung hatte einen Verdacht ergeben, später waren Zeugen aufgetaucht, die sich erinnerten, ihn am Tatort gesehen zu haben. Der ganze Bericht strotzte nur so vor Begriffen wie Tatzeitpunkt, Tathergang oder Beweislage ... Auch Mechthild und Hedwig Wiseman waren abgebildet, zwei junge Frauen mit langen Zöpfen und schönen, aber harten Gesichtern. Sie sahen genauso aus wie die Gespenster, die Harvey im Sanatorium erschienen waren, abgesehen von den Augen. Und dann waren da Brandflecken am Boden gewesen ... Brandflecken, die die Knispelgrant für Zigarettenspuren gehalten hatte.

– Ekelhaft. Elouise zischte. Außerdem hast du wieder vergessen.

– Ich? Worauf?

– Hochzeitstag!

– Um Gottes willen. Harvey schlug sich an den Kopf. Dabei hatte ich vor ... Ich wollte dich überraschen, aber dann ... die Autopsie, das Hirn ... Das tut mir leid ... Er hatte feiern wollen, den

Triumph genießen. Einstein hob ihn heraus aus der Masse der namenlosen Pathologen, machte ihn bedeutend. Aber Elouise verdarb ihm die Laune. *Hochzeitstag? Und jetzt macht sie ein Gesicht wie acht Tage Regenwetter.* Während des Abendessens schwieg er.

Seine Frau schimpfte mit Arthur, erzählte von einer »Negerfamilie«, die zum allgemeinen Entsetzen in der Nachbarschaft eingezogen war ... *Neger!* ... damals eine übliche Bezeichnung, sechs Jahrzehnte später würde man dafür gelyncht werden. Das Magazin ließ Elouise unerwähnt. Sonnenfreund Thomas junior aß mit dem leidenschaftlichen Appetit eines Heranwachsenden. Gut vorstellbar, dass hinter seinem pickeligen Gesicht alles um Schamhügel und Milchdrüsen kreiste. Harvey dachte an das Hirn, während Elouises schrille Stimme heftig anschwoll. Seine Frau war teigig geworden. Harvey ahnte, er liebte sie nicht mehr, zumindest nicht mehr so wie früher. Wenn der Strom der Liebe zu einem Stausee anschwoll, aber unten nur ein dünnes Rinnsal herauskam, vertrocknete die Seele. Jede Laborantin erschien ihm attraktiver als diese leicht hysterische Frau, mit der er seit vierzehn Jahren verheiratet war. *Geheimnisvoll? Nein, depressiv! Hochzeitstag? Was gab es da zu feiern?*

Als junger Mann hatte er sich Hoffnungen auf sexuelle Aktivitäten gemacht, war eine Beziehung das Ziel seines Lebens gewesen, eine dauerhafte Verbindung von Teilchen und Antiteilchen. Das schlechte Vorbild seiner Eltern wurde aufgewogen durch die Sehnsucht nach einem kongenialen Partner, Lebensmenschen. In Harveys Vorstellung einer glücklichen Beziehung gab es wenig Platz für Widerspruch, seine Frau hatte zu gehorchen, fürsorglich und attraktiv zu sein. Er verlangte ja nicht, dass sie ihn auf Knien bediente und »Ich bitte schön um das Meinige, Herr Vater« winselte, nur Respekt und Liebe. Die Wirklichkeit war anders, wie der Witz, in dem Gott zu Adam sagte: Ich habe den perfekten Partner für dich, aber er kostet dich ein Bein und einen Arm. Das ist mir zu viel, erwiderte Adam. Was bekomme ich für eine Rippe?

Sein verträumtes Pilzchen! Was war daraus geworden? Wo war die Zeit geblieben, als sie in der Scheune übereinander hergefallen waren, sie ihren Mund auf seinen Bauchnabel gepresst und Happy Birthday getrötet hatte?

Auch Elouises Wunschliste hatte anders ausgesehen. Mittlerweile stand fest, dass sie mit einem prosaischen Harvey, der wöchentlich zu den Quäkern pilgerte, aber keinerlei Sinn für Romantik oder Poesie besaß, die nächsten dreißig, vierzig Jahre verbringen würde. Was war falsch gelaufen? Ihr Traumprinz schaufelte Kartoffelbrei in sich hinein ... groß und dumm, mit abwesendem Blick und einem blöden Grinsen im Gesicht, weil er dieses Ding angeschleppt hatte. *Ein Hirn? Für so etwas vergisst er den Hochzeitstag!*

– Was hat dieser Einstein Großartiges geleistet?

– Vielleicht lässt sich das nicht in Worten ausdrücken, weil es nicht in Worten gedacht worden ist, sondern in Mathematik.

– Dann kannst du mit deiner Mathematik auch die Kinder zu Bett bringen. Elouise räumte den Tisch ab und zog sich mit einem Buch zurück. Harvey brachte die Buben ins Kinderzimmer und war kurz davor, Thomas junior wegen seiner Sonnenfreunde anzusprechen, ließ es aber bleiben. Robert redete von einem Barney-Google-Comic, das er unbedingt haben müsse, und Arthur wollte einen Baby-Ruth-Schokoriegel.

– Kommt nicht in Frage! Harvey überwachte das Zähneputzen und betrachtete die Prozedur des Pyjama-Anziehens. Die Menschheit ist zwei Millionen Jahre alt, aber die Hälfte davon ging mit dem Ankleiden der Kinder drauf.

Als die Knaben endlich im Bett lagen, wünschte er ihnen mit der Stimme von Minus schöne Träume und knipste das Licht aus. Dann hoppelte der Weiße Hase mitsamt dem Hirn in sein Labor im Keller. Labor? Der Raum machte nicht viel her, erinnerte mit all den Büchern und Vorlesungsmitschriften mehr an einen Stauraum. Es gab einen Metalltisch und zwei Stühle, aber keinen Lampenschirm, nur nackte Glühbirnen. In einem Stahlregal türmten sich abgegriffene Ordner mit Aufschriften wie Steuer 48 oder Rechnungen 52. Es roch nach vergilbtem Papier, Moder und Mäusekot. Harvey stellte das Glas auf den Tisch, setzte sich davor und strahlte. Was wollte er mit dieser in Formaldehyd eingelegten Gewebemasse? Es war auf eigentümliche, fast atemberaubende Art schön, unterschied sich aber in nichts von anderen Gehirnen.

– Was soll ich mit dir, flüsterte Harvey. Kaum war es ausgesprochen, wusste er es. Aber es war mehr ein Gefühl und die vage Ahnung einer Bestimmung. Lange sah er es an und konnte es nicht fassen – das Hirn von Albert Einstein. Das komplexeste Organ im gesamten Universum, worin Raum und Zeit zu Ende gedacht worden waren, stand hier in seinem Keller.

Etwas später wälzte er sich im Bett. Seine Gedanken waren so aufgewirbelt, dass er nicht einschlafen konnte. Er drehte sich vom Rücken auf den Bauch, wieder zurück, versuchte es mit Seitenlage, hörte das Ticken der Uhr und konnte die Gedanken nicht abschalten. Es war gut, das Bett mit einem Menschen zu teilen, der Geräusche machte und einem die Decke wegzog.

– Was ist los, brummte eine schlaftrunkene Elouise. Harvey vermochte es nicht zu sagen.

DAS SALZ VON KÖNIG SALOMON

– Wo ist das Hirn? Ein Geruch von Englischleder und Zigarettenrauch wehte Harvey entgegen. Direktor Blummenfelt drückte ihm eine Zeitung in die Hand und zündete sich eine Chesterfield an. Lesen Sie! Die ganze Welt steht kopf. Es gibt Gerüchte, Einsteins Herz wäre in einem Mülleimer gelandet. Das ist Blödsinn. Aber das Hirn … Einsteins Familie hat es aus der Zeitung erfahren. Haben Sie mit denen gesprochen? Sie sind außer sich, reden von Skandal.

– Ich … nein. In Harveys Augen lag das Entsetzen eines in die Enge getriebenen Tieres. Wie gelähmt stand er da, alle Hochstimmung war dahin.

– Einsteins Sohn ruft ständig an und sagt, sein Vater wollte auf keinen Fall als Ausstellungsstück in einem Kuriositätenkabinett landen. Sie müssen diesen Hans Albert anrufen und ihm das Gehirn geben.

– Kommt nicht in Frage.

– Wie bitte? Er hat gedroht, das Spital zu verklagen.

– Einsteins Aorta sah aus, als wäre darin ein Böller explodiert.

– Das habe ich auch gesagt. Blummenfelt seufzte. Eine Operation hätte sein Leiden nur verlängert. Jedenfalls setzen Sie sich unverzüglich mit diesem Filius in Verbindung, sonst sind Sie gefeuert. Ist das klar? Das Spital kann sich solche Schlagzeilen nicht leisten. Wissen Sie, was auf dem Spiel steht? Meine Reputation! Der Direktor war so außer sich, dass er Harveys Kleidung nicht bemerkt hatte. Jetzt fiel ihm die gepunktete Masche auf. Zudem trug der Weiße Hase einen hübschen Zweireiher mit Schulterpolster. *Sieht aus wie der Butler der englischen Königin. Für wen hält er sich?*

– Sie rufen sofort Einsteins Sohn an und sagen ihm, was er hören will.

Harveys Kehle fühlte sich an, als wäre sie von winzigen Tischlern mit Schleifpapier bearbeitet worden. Ein Gefühl des Untergangs überkam ihn. Elektrokabel, Tuberkulose, Kriegsausbruch, Schwierigkeiten in der Ehe ... Sein Leben war eine Abfolge kleiner, großer und mittlerer Katastrophen, aber er besaß das Hirn von Albert Einstein und dachte nicht daran, es herzugeben.

Auf dem Weg ins Direktionsbüro überflog Harvey die Zeitung. Neben einem Bild von Einstein war er selbst zu sehen, *gut getroffen*. Im Büro schienen noch mehr Urkunden zu hängen und noch mehr Pokale zu stehen. Darüber hinaus gab es jede Menge überquellender Aschenbecher. Blummenfelt zündete sich eine neue Zigarette an, wählte die Nummer und reichte Harvey den Hörer.

Eine schnappende Stimme stellte sich als Hans Albert Einstein vor und brüllte nur ein Wort: Niemals! Sein Vater hätte keiner Autopsie zugestimmt und niemals gewollt, dass man sein Hirn entnimmt. Niemals! Es folgte eine Suada, in der die Wörter »unverzüglich«, »Klage« und »pietätlos« vorkamen.

– Gut, ich werde es Ihnen bringen, sagte Harvey konsterniert und fühlte dabei einen stechenden Schmerz bis hinunter in die Magengrube. Seit der Tuberkulose hatte er keine derartige Ohnmacht mehr gespürt. Er bemerkte, wie ihm der Boden unter den Füßen weggezogen wurde. Dann legte sich ein Schalter um, beschloss etwas in ihm, dieses Hirn loszuwerden. *Das Ding ist gefährlich. Sei froh, wenn du es abgeben kannst.*

– Sie können es dann in den Sarg legen, sagte er mit lakonischer Stimme. Wenn Sie wollen, dass es wieder in den Kopf kommt ... In welchem Leichenschauhaus befindet sich der Tote?

– Mein Vater wurde gestern verbrannt. Die Asche ist bereits verstreut worden. Hans Albert beruhigte sich.

– Verbrannt? Harvey räusperte sich. Dann müssen Sie das Hirn extra verbrennen lassen. Hören Sie, Herr Einstein ... der Pathologe schöpfte Hoffnung ..., wir haben das Denkorgan

Ihres Vaters nicht entnommen, um es in einer Wunderkammer auszustellen ...

– Das will ich Ihnen auch geraten haben!

– ... sondern, um es zu untersuchen. Dieses Gehirn kann von immenser wissenschaftlicher Bedeutung sein. Harveys Argument fiel in einen Brunnen des Schweigens. Es kam keine Reaktion, als er sagte: Vielleicht können wir den Sitz der Genialität lokalisieren und so die Menschheit von der Last der Dummheit befreien. Hat nicht Ihr Vater gesagt, dass nichts so unendlich ist wie die Dummheit der Menschen? Möglicherweise kann das Hirn helfen, Krankheiten zu heilen. Aber ich habe volles Verständnis, wenn Sie das nicht wollen.

– Nun ... Hans Albert klang verunsichert. Ich will auf keinen Fall dem Fortschritt im Weg stehen, aber wehe, Ihre Ergebnisse landen in Revolverblättern. Und das Hirn darf niemals ausgestellt werden. Niemals! Einsteins Sohn war durcheinander. Nicht nur die Sache mit dem Hirn machte ihm zu schaffen, auch das Testament. Helen Dukas, Einsteins Hausdrache, erhielt zwanzigtausend Dollar und die Rechte am Copyright aller Schriften, Stieftochter Margot, für das Verstreuen der Asche zuständig, bekam ebenfalls zwanzigtausend, Bruder Eduard, der in einem Schweizer Sanatorium für Geisteskranke dahinvegetierte, fünfzehntausend, und Hans Albert selbst nur lächerliche zehntausend. Das war ein Affront. Nicht nur, dass sich der Alte nie um ihn gekümmert und seine Mutter verstoßen hatte, er zeigte ihm auch mit seinem letzten Willen, dass er ihn nicht geliebt hatte. Tausend Gedanken schossen durch Hans Alberts Kopf, der schmerzliche Abschied aus Berlin, als er mit seiner Mutter und dem damals noch normalen Bruder nach Zürich verbannt worden war, damit der Vater ein inzestuöses Verhältnis mit seiner Cousine beginnen konnte ... rechthaberische Briefe, versprochene Besuche, die im letzten Moment abgesagt wurden ... nicht gehaltene Versprechen, Gleichgültigkeit ... Sein Alter mochte ein Genie sein, aber als Vater war er eine Niete, verantwortlich für unzählige Enttäuschungen und eine völlig verkorkste Vater-Sohn-Beziehung. Vielleicht würde eine Untersuchung des Gehirns zeigen, dass er emotionale Defizite hatte. Irgendwie gefiel Hans Albert dieser Gedanke, er war hin- und hergerissen.

– Ich verstehe Ihr Zögern, sagte Harvey. Ich selbst habe ein schwieriges Verhältnis zu meinem Vater, trotzdem möchte ich nicht, dass man ihn einmal aufschneidet, wobei das Gehirn von meinem Erzeuger bestimmt keine Genialität birgt. *Außer einem Elektrokabel würde man darin nichts finden.* Aber hätten nicht mutige Männer vor vierhundert Jahren gegen alle Widerstände damit begonnen, Tote zu sezieren, befände sich die Medizin noch an einem Punkt, an dem man Aderlässe und Klistiere für den höchsten Stand der Heilkunst hält ... Harvey stammelte, doch für Hans Albert hatte es gereicht, von einem schwierigen Vaterverhältnis zu hören, das machte den Pathologen sympathisch.

Schließlich sagte er zu, dass Harvey das Hirn für wissenschaftliche Zwecke behalten dürfe.

– Aber keine Ausstellung und keine Veröffentlichung der Ergebnisse in der Boulevardpresse!

Blummenfelt, der während des Telefonats drei Zigaretten geraucht und ein Glas kaputtgeschlagen hatte, nahm Harvey den Hörer aus der Hand, wollte etwas sagen, hörte nur das Besetztzeichen.

– Wir dürfen das Hirn untersuchen. Harvey lächelte.

– Haben Sie dazu die Befähigung? Der Direktor steckte seine Daumen in den breiten Ledergürtel und machte ein arrogantes Gesicht.

– Ich werde es Professor Zimmerman bringen, der ist die Koryphäe in der Branche. *Außerdem ist es besser, wenn ich mich davon trenne.* Harvey ließ den Direktor stehen, ging in sein Büro und widmete sich Blutproben.

Den ganzen Vormittag saß er am Mikroskop oder an der Zentrifuge und genoss das Gefühl, eine gefährliche Klippe umschifft zu haben, das Hans-Albert-Riff. Er war nicht an diesem Hirn zerschellt, konnte wieder Segel setzen und zusehen, wie der Schicksalswind ihn vorwärtstrieb. *Sollte sich doch Zimmy damit herumschlagen.*

Da kam eine junge Frau mit feenlangem Haar – Gretchen Gruenspan – und fragte, ob er Lust habe, sie zum Essen zu begleiten. Die angehende Laborantin war eine Schönheit mit einem Lächeln, das einen vieles vergessen ließ. Alle Ärzte und Pfleger waren hinter ihr her, aber sie war hölzern und geharnischt. Harvey war der Einzige, den ihre Schönheit unbeeindruckt ließ. Ärzte, der Portier, selbst todkranke Patienten überhäuften sie mit Komplimenten, pfiffen ihr nach oder konnten den Blick nicht von ihr lösen, alle außer Harvey.

– Essen? Der Weiße Hase starrte die Blondine an. Wir beide? Warum? Warum nicht?

Die Kantine wirkte anders, fast festlich. Das Gemurmel der Unterhaltungen war lebhafter, das Gekicher lauter. Als man den Pathologen mit Gretchen sah, wurde es einen Augenblick lang still, dann setzte das Geschnatter wieder ein.

Harvey kramte in den Schubladen seines Oberstübchens nach einem geeigneten Gesprächsthema. Leichen waren ungeeignet. Vielleicht Baseball? Football? Albie Booth? Babe Ruth? Nein ... seine Kindheit? Blechliesel? Elektrokabel? Auch nicht. Gretchen Gruenspan sah ihn mit großen Augen an, als er anfing, von seinem Quäkertum zu erzählen. Er redete von spiritueller Erfahrung, Gott und der Bibel.

Sie hielt nicht viel davon.

– Die Kirche ist eine Firma mit monetären Interessen. Fegefeuer, Zölibat ... all diese Dinge wurden aus wirtschaftlichen Gründen eingeführt. Gretchen beobachtete einen Marienkäfer, der über ihr Tablett krabbelte ... *na, du Frechdachs ...*, sagte, sie hätte nervöse Zustände, und ein Mann zum Einschlafen würde vielleicht beruhigend wirken. *Sollte das ein Scherz sein?*

– Ich schneide Körper auf. Harvey, der nicht wusste, was die junge Frau wollte, war geradezu redselig, erzählte von seiner einstigen Liebe, aus der ein Schlachtfeld an Nörgeleien und gegenseitigen Anschuldigungen geworden war. Sogar die Scheune im Sanatorium erwähnte er.

– Man hat jetzt einen Mörder gefasst, der damals ... aber das ist zu kompliziert. Er sprach von seinen Söhnen und zeigte ihr Minus, indem er seine linke Hand auf- und zuklappte.

Gretchen schmunzelte und ließ den Käfer beim Fenster hinausfliegen.

– Wenn man keinen Bezug zur Natur hat, ist es schwer, etwas für sie zu tun. Sie erzählte, dass sie bei den Massai in Tansania gelebt hatte, weil sie an Entwicklungspolitik interessiert war. In einem Kral!

– Ich war nie in Afrika, nicht einmal in Mexiko. Harvey betrachtete ihre feingliedrigen Hände und dachte, dass es ein Fehler war, immer alles zu vergleichen. An den Wochenenden verglich er die Kinder anderer Leute mit seinen – die fremden waren immer schöner und wohlerzogener. Auf jedem Parkplatz waren alle anderen Autos größer und besser als sein Ford, und jetzt verglich er Gretchen mit Elouise, wobei seine Frau ganz klar den Kürzeren zog.

– Die Schwarzen leben dort in Promiskuität. Es spielt keine Rolle, von wem die Kinder sind, weil sie von allen aufgezogen werden.

– Vielleicht ist die Ehe ein falsches Konzept, sinnierte Harvey. Aber sie muss für etwas gut sein, schließlich hat das Christentum damit die Welt erobert.

– Durch die Familie macht Besitz erst Sinn. Gretchen überschlug die Beine, und Harvey sah, wie das eine baumelte. Kurz blieben seine Augen daran hängen, war ihm, als hätte alles um ihn herum zu schwingen und pendeln angefangen – Lemuel, Beine aus dem Wagen des Indianers, Tresensitzer. Einen Moment lang hing sich sein Denken daran auf und ... baumelte.

– Die Ehe schützt alte Frauen. Es ist leider so, dass wir nach der Menopause weniger attraktiv sind. Gretchen sagte, dass ihr Dorf drei Stunden vom nächsten Markt entfernt gewesen war, wenn man mit dem Motorrad fuhr. Alle hatten gemeint, sie würde das nicht durchstehen, alleine als blonde Frau in Afrika ..., und tatsächlich hatte sie ein halbes Jahr lang Brechdurchfälle gehabt, aber dann ... Sie berichtete von wilden Tieren, unsagbar schönen Landschaften und Bäumen, deren Äste Wurzeln bildeten. Gretchens Augen waren urwaldgrün mit braunen Tupfen ... wie ein Jaguarfell ... Harvey hing an ihren Lippen, nein, baumelte daran. Im Dorf nannte man sie Mzungo, die Weiße, oder Vampir. Ihre Eltern gehörten einer christlichen Sekte an, sie war in Kinderheimen groß geworden, wo Bücher verboten waren, weshalb sie Bücher liebte. Mit achtzehn hatte sie genug von Religion ... »diesem verlogenen Verein« ..., und sie hatte genug von übergriffigen Erziehern, war nach Afrika geflohen. Danach eine Ausbildung zur Hotelfachfrau, weil man damit überall arbeiten konnte.

– Eigentlich wollte ich eine Tischlerlehre machen, und es ist mir auch gelungen, einen Lehrherrn zu finden, doch die Tischlerinnung verweigerte ihre Zustimmung. Die haben es schlichtweg abgelehnt, eine Frau in einem Männerberuf zu akzeptieren. Jetzt ist die Laborausbildung dran, aber mein eigentliches Interesse gilt Tieren. Sie redete von Artenschutz und der Perversion von Zoos.

– Faszinierende Frau, dachte Harvey und spürte, in seinem Hormonhaushalt geriet etwas durcheinander. Aber was wollte sie von ihm? Die Art, wie sie ihn ansah, verstieß gegen alle Regeln. Auch, dass sie ihn gefragt hatte, ob er mit ihr in die Kantine gehen wolle, entsprach nicht der Konvention. War es wegen des

Hirns? Sie hatten kein Wort darüber verloren, aber das musste nichts bedeuten. Außerdem war er entschlossen, es Professor Zimmerman zu überlassen.

Als der Weiße Hase wieder in seinem Büro saß, klingelte das Telefon.

– Wir haben dich in der Zeitung gesehen. Es war die Stimme seines Vaters, und für einen Moment keimte in Harvey die Hoffnung, er würde nun endlich das bekommen, wonach er sich sein Leben lang gesehnt hatte – Lob und Anerkennung.

– Du machst uns Kummer, sagte sein alter Herr, großen Kummer. Mit so etwas wollen wir nicht in Verbindung gebracht werden. Gib dieses Hirn zurück.

– Aber ... Ehe Harvey reagieren konnte, wurde die Verbindung unterbrochen. Nein! Er schüttelte den Kopf. War es Widerstand oder Trotz? Jedenfalls geriet sein Entschluss, das Hirn wegzugeben, ins Wanken.

– Du musst nach Hause!

– Ich gehe nirgendwohin, wo gewisse Leute sagen, dass gewisse Leute hingehen müssen. Krysolov-Case lallte, brabbelte etwas von der größten Geschäftsidee seit einem gewissen Henry Ford und grinste.

Vitali bugsierte ihn in ein Taxi, aber der kleine Gauner weigerte sich, seine Adresse bekanntzugeben ... »ganz gewiss nicht!« ..., stieg wieder aus, umrundete das Taxi und schimpfte mit dem Fahrer. Er wurde wieder in das Auto bugsiert, doch nun reichte es dem Chauffeur:

– Steigen Sie aus, sonst rufe ich die Polizei.

– Hat man das gehört? Wo gewisse Leute ... Ich heiße John Case, Krysolov umarmte einen Passanten, der ihn angewidert wegstieß.

Irgendeinen Passanten? Nein, er erwischte ausgerechnet mich, Sam Shepherd.

– Der Kerl ist unnatürlich. Krysolov rümpfte die Nase. Man kann es riechen.

– Lass den Mann in Ruhe. Du bist betrunken. Windtmacher zog ihn weg.

Unnatürlich? Ich? Der vierschrötige Mann mit angeklatschtem dunklem Haar, Knubbelnase von Walter Matthau'schem Ausmaß und einer Warze neben dem gespaltenen Kinn? Mit dem hellen Trenchcoat und dem weit in die Stirn gezogenen Fedora muss ich wie ein typischer Agent ausgesehen haben, Abziehbild aus einem Groschenheft. Was für eine halbgare Art Geheimagent? Das FBI war kein Geschäft für Herrenmode, und Bespitzelung ein ernstes Geschäft. Wohnungen verwanzen, Reinigungskräfte in ausländischen Botschaften überreden, die Inhalte von Papierkörben zu sichern, Kodewörter ausdenken ... Während der CIA Pläne zur Ermordung fremder Staatsmänner erarbeitete, mit halluzinogenen Drogen und chemischen Kampfstoffen hantierte, beschäftigten wir uns mit Beschattung. Mein Gehalt war nicht so üppig, dass ich mir Trüffel für das Risotto leisten hätte können.

Ohne den Betrunkenen weiter zu beachten, ging ich in Polly's Luncheonette und bestellte, das ist meine Schwäche, einen Espresso.

– Wo kann man hier telefonieren? Die Besitzerin zeigte mir die Telefonzelle, und ich sprach mit meinem Verbindungsmann, erzählte ihm von Harvey und Einsteins Hirn.

– Wir müssen verhindern, dass es den Russen in die Hände fällt, war der knappe Befehl, den ich erhielt. Kann sein, dass die Roten wieder Agenten schicken. Denken Sie an die Konenkova.

Tatsächlich hatte sich eine russische Spionin namens Margarita Konenkova an Einstein herangemacht und war ein paar Jahre lang seine Geliebte gewesen. Mein Vorgänger hatte es nicht geschafft, sie zu beseitigen. Erst mir, FBI-Agent Sam Shepherd, war es gelungen, die Dame zu einer Rückkehr in die UdSSR zu bewegen. Und nun musste ich mich um Harvey kümmern. Was, wenn dieser Pathologe unter der Maske des bürgerlichen Mediziners ein Kommunist war? Ich ahnte, dass da draußen in der amerikanischen Wirklichkeit die Zahl der Feinde wuchs. Schläfer, Spione, Netzwerke ... Leute ohne Religion, Kommunisten! Damals war die Zeit des Kalten Krieges. Mit der Atombombe hatten sich die Großmächte in eine Pattstellung manövriert, die alle halb wahnsinnig machte. Man experimentierte mit Gehirnwäsche, verdächtigte Unschuldige wie die Rosenbergs der Atomspionage und verurteilte sie, ohne mit der Wimper zu zucken, zum elektrischen Stuhl, peitschte sich zu einer unvergleichlichen Kommunistenhetze auf und war, man kann es nicht anders sagen, hochgradig hysterisch. Gerade dass Harvey offensichtlich unpolitisch war, machte ihn verdächtig.

Ich verließ das Lokal, stieß wieder auf die Betrunkenen, hörte den Namen Krysolov und wusste, ich musste auf der Hut sein. *Vorsicht, Shepherd. Vorsicht!* Aus den Augenwinkeln nahm ich wahr, dass der Betrunkene auf ein Auto sprang und eine Rede hielt:

– Herrschaften, Daseinsverklammerte, gewisse Leute mit Gewissen, hören Sie mich an. Ich bin ein Mann mit kaltem Herzen, aber heißem Kopf. John Case ist mein Name, aber gewisse Leute nennen mich auch Graf Raskolnikoff oder Anonimo Illustrissimo. Ich bin kein Alleswisser, und Sie sind keine Allesglauber, aber sehen Sie hier dieses Salz. Ein gewöhnliches Salz? Weit gefehlt. Es ist nach einem geheimen Verfahren behandelt worden, das meine Urahnen von König Salomon bekommen haben, und jetzt besitzt es Eigenschaften. Ganz gewisse Eigenschaften! Ein paar Körner täglich, und Sie werden befreit von jedem Leiden. Aber nicht nur das, Sie altern auch nicht mehr. Und noch ein Grund, sich für dieses Göttersalz zu entscheiden, es zieht Reichtum an. Daher zögern Sie nicht und kaufen Sie das Salz von König Salomon, der siebenhundert fürstliche Frauen und dreihundert Konkubinen gehabt und dank diesem Salz nach allen Regeln der Kunst befriedigt hat ...

– Das ist gewöhnliches Salz aus dem Supermarkt, sagte der einzig stehengebliebene Passant.

– Eben. Es ist getarnt, damit gewisse Leute denken ...

– Humbug. Der Passant machte eine abfällige Handbewegung und ging. Vitali zog Krysolov vom Auto und versuchte, ihn nach Hause zu bringen.

– Göttersalz, grölte der Betrunkene. Aber gewisse Leute sind zu blöd dafür. Zu blöd. Sie fürchten, ich könnte sie bestehlen. Aber, Vitali, sag selbst, bin ich ein Dieb? Höchstens ein Spezialist für Acquisition ...

Am nächsten Tag schrieben die Zeitungen, Hans Albert wäre mit einer Untersuchung einverstanden. Die *New York Times* feierte den Pathologen als denjenigen, der das Hirn untersuchen würde. Ähnliche Berichte standen in der *Washington Post* und im *Chronicle*. In der *Chicago Tribune*, im *Ledger* oder im *Boston Globe*, sogar im *Honolulu Star*. Niemand fragte nach Harveys Qualifikation. Der *Ottumwa Daily Courier* zeigte sein Bild und reihte ihn, den Neffen des ehemaligen Bürgermeisters Joseph Stoltz, zu Hippokrates und Paracelsus. Ob die wussten, dass Paracelsus den künstlichen Darmausgang ersonnen hatte und Hippokrates wichtigste Neuerung das Abführmittel war? Harvey war durcheinander, lag nachts lange wach, weil er nicht aufhören konnte zu denken. Das Hirn, Gretchen, der Presserummel, Zimmy, sein Vater ... *Reiß dich zusammen, Harvey.*

Er konnte nicht einschlafen, bevor er sich vergewissert hatte, dass das Hirn noch unversehrt im Keller war. Also erhob er sich, schlich die Treppen hinunter und überprüfte, ob der Tisch gerade stand, die Regale fest verankert waren. Was, wenn ein Erdbeben das Haus erschütterte oder Einbrecher kamen? Er nahm das Glas in seine Hände und wollte es ins Schlafzimmer bringen.

Plötzlich verkrampfte sich sein Körper. Nein, er stellte es zurück auf den Tisch, lieber nicht.

Am nächsten Tag kaufte Elouise alle Zeitungen, die sie bekommen konnte, schnitt sämtliche Artikel über ihren Mann aus und zeigte sie dem Hirn:

– Da siehst du, was du anrichtest, du Eiweißklumpen. Wegen dir verliert mein Mann noch den Verstand. Man sollte Katzenfutter aus dir machen. Das Hirn zeigte keine Reaktion.

Die Reporter wurden lästiger, erwarteten Harvey am Parkplatz des Spitals, verfolgten ihn in sein Büro und baten ihn, »Geschlechtsverkehr« zu sagen, wenn sie auf die Auslöser ihrer Kameras drückten. Harvey schwieg. Als sie gar nicht von ihm abließen, redete er von Wissenschaftlern, die unter seiner Leitung die Untersuchung vornehmen würden. Er wollte keine Namen nennen, doch dann rutschte ihm Zimmerman heraus.

Harry M. Zimmerman, der daraufhin sofort von Reportern aufgesucht wurde, wusste selbst nicht, was er mit dem Hirn anstellen würde. Der Professor erzählte von Oskar Vogt, der Lenins Gehirn untersucht hatte.

– Vergrößerte Pyramidenzellen sollen für Lenins Scharfsinn verantwortlich gewesen sein. Vogt hatte es verstanden, den Kommunisten mit Andeutungen das zu präsentieren, was sie hören wollten – Wladimir Iljitsch Uljanow war ein Genie.

Konnte Harry M. Zimmerman das auch? Natürlich. Er würde bestimmt etwas finden, das Einsteins Genialität bewies. Jetzt erzählte er den Reportern von Phrenologie und davon, dass Idioten oft größere Gehirne hatten als Normalbürger, die grauen Zellen von Kriminellen keine Auffälligkeiten aufwiesen und das Hirn von Carl Friedrich Gauß mit 3,289 Pfund kaum mehr wog als der Durchschnitt.

– Wer ist Gauß?, wollte ein Journalist wissen. Ein Massenmörder? Kriegsverbrecher?

– Mathematiker! Zimmy verdrehte die Augen. Und sein Hirn

war möglicherweise genauso schwer wie Ihres ... Er sprach von technischem Fortschritt, vom ersten Computer, der so groß war wie eine Wohnsiedlung, Nierentransplantationen, einem Heilmittel gegen Tuberkulose, Antibiotika, der DNA und kommunizierenden Neuronen.

Die Reporter fotografierten ihn, wie er am Mikroskop saß und freudig auf Einsteins Hirn wartete. Zweifellos genoss Zimmy seine fünfzehn Minuten Ruhm. Ob auch seine Frau die Berichte ausschnitt? Als das Hirn zwei Tage später noch nicht bei ihm eingetroffen war, rief er in Princeton an und erfuhr von Blummenfelt etwas, das ihn zutiefst erschütterte: Einsteins Hirn werde das Spital in Princeton nicht verlassen. Der Direktor zündete sich eine Zigarette an und sagte, die Gesellschafter ließen es nicht aus dem Haus. Es gäbe so viele Anfragen, dass man es behalten wolle.

– Und was werden die Zeitungsleser sagen? Das ist ein Skandal. Wer soll das Hirn jetzt untersuchen? Harvey? Zimmy war entsetzt und gleichzeitig erleichtert. Er hätte ohnehin nicht gewusst, womit beginnen.

– Tut mir leid. Blummenfelt warf den Hörer auf die Gabel und rieb sich die Hände. Dieses Hirn brachte sein Haus im Spitalsranking ganz nach oben.

Dabei stand das Hirn, das alle wollten, die ganze Zeit in Harveys Keller. Die Kinder zeigten es Freunden, und Elouise erzählte davon ihrer Nachbarin.

Harvey war gespalten. Einerseits wollte er die Bürde wieder loswerden, andererseits genoss er die Aufmerksamkeit. Im Spital wurde er von Ärzten gegrüßt, die ihn sonst ignorierten. In der Kantine behandelte man ihn ausgesucht höflich, und ständig riefen Reporter an oder kamen nach Princeton, um den Mann, der Einsteins Hirn in seiner Obhut hatte, zu interviewen. Wenn das so weiterging, kam er noch auf die Titelseiten der Sonntagsbeilagen.

Am 25. April wollte er eine Pressekonferenz geben, um über

die Fortschritte zu berichten. Vielleicht kam er sogar ins Fernsehen? Da rief Otto Nathan an. Der Testamentsvollstrecker schimpfte wie ein Rohrspatz. Blasen Sie das ab, sonst lasse ich das Hirn konfiszieren. Eine Pressekonferenz ist das Letzte, was wir brauchen.

Harvey fühlte sich wehrlos. Der Testamentsvollstrecker erschien ihm als Hüter von Moral und Anstand – ein Gerechter, aber keiner, wie er in der Bibel steht, sondern einer, der im Verborgenen unerbittlich für die Wahrheit kämpft, keine faulen Kompromisse eingeht, ehrenhaft zu seinen Werten steht und im entscheidenden Moment den Mut aufbringt, nein zu sagen. Einer, der Lügen entlarvt und unbarmherzig gegen jede Heuchelei ist. Harvey sagte ab.

BIBELSTUNDE

Ein Schiffbrüchiger ist alleine inmitten einer unendlichen Weite – umgeben von nichts als Horizont. Von oben setzt ihm die Sonne zu, von unten droht die Tiefe. Er klammert sich an alles, was er zu fassen kriegt. Bei Harvey waren es die Quäker. Einer spontanen Eingebung folgend, nahm er das Hirn mit zu einer Andacht der Gesellschaft der Freunde, nicht, um das Licht der Erkenntnis zu fühlen, die göttliche Stille, sondern um zur Ruhe zu kommen.

Der Versammlungsraum befand sich in einem alten Steinhaus unweit vom Institute for Advanced Study, wo Einstein und Gödel immer spaziert waren. Harvey begrüßte die Erlichs, Sully und Aileen, nickte den anderen zu und setzte sich auf eine der schlichten Holzbänke im spartanisch eingerichteten Saal. Da hingen keine Bilder an den Wänden, gab es weder Altar noch Heiligenfiguren, keine Kreuze, nicht einmal Kerzen, selbst die Vorhänge waren bieder und die Lampen ärmlich. Wie bei allen religiösen Zusammenkünften war die Atmosphäre völlig asexuell und weniger aufregend als eine Tupperware-Party. Niemand beachtete das Hirn. Die einen dachten, Harvey hätte einen Teil seiner Arbeit mitgebracht, die anderen, in dem Behälter wäre Eingemachtes.

Thomas stellte das Glas neben sich und schloss die Augen, wie er es schon hunderte Mal getan hatte. Niemand sprach, alle bemühten sich, mit ihrem Geist etwas Göttliches zu empfinden. Der Pathologe unterdrückte Husten, dachte an Gretchen, ihre Jaguar-Augen ... rief sich zur Ordnung, hörte tiefes Ausatmen seiner Glaubensbrüder ... *schnarcht da jemand?* ..., befahl die Gedanken in Richtung Wunder des Glaubens, Öffnen und Loslassen. Er wollte nicht nachdenken, aber das war unmöglich. Es ging ihm wie Dostojewskis jüngerem Bruder, nachdem ihm der angehende Schriftsteller befohlen hatte, nicht an blaue Erdbeeren zu denken. Oder waren es rosarote Eisbären? Versuche, dreißig Sekunden lang nicht an die Wörter Maghreb und Magenkrebs zu denken, es wird dir nicht gelingen. *Lieber Gott, ich danke dir für mein Leben, dafür, dass meine Familie gesund ist ...* Damit ließ sich Gretchen nicht vertreiben, sie war sein rosaroter Eisbär, sein Maghreb-Magenkrebs. Wie hatte sie gesagt? Schade, dass es im Verdauungstrakt kein Licht gibt, so können die Arbeiter da unten das bunte Gemüse gar nicht sehen.

Harveys innere Stimme murmelte Begriffe wie tiefes Vertrauen und bedingungslose Liebe, von denen er sich festen Grund unter den Füßen erwartete. *Magenkrebs, Maghreb, blaue Erdbeeren ... Gretchen, buntes Gemüse.* Seit ihm die halbe Welt wegen dieses Hirns nachjagte, trieb er haltlos herum. Jetzt fiel es ihm schwer, an Liebe, Gott und nichts zu denken. Plötzlich hörte er eine Stimme: »Isch da öpper?«

Was? Sprach Gott mit ihm? Ein Arbeiter in seinem Magen? In Anbetracht aller Vorkommnisse war das zu sonderbar, und Harvey ging nicht darauf ein, aber dann, er hatte die Augen geöffnet und ein aufflackerndes Licht gesehen, war ihm, als hätte er einen Gehörsturz. Da erklang es wieder.

– Isch da öpper? Isch scho nüni? Cha ni scho a Kafi bsteuwe?

Er sah Sully und Aileen Erlich, die versunken auf ihren Bänken saßen und zufrieden lächelten, den pensionierten Hausbesorger, zwei Witwen, eine Sekretärin, den Altwarenhändler und andere, die er kaum kannte. Alle schmolzen in ihren spirituellen Empfindungen – man hätte sie mit Brot auftunken können. Wieder erklang die Stimme:

– Han i hüt scho d Zitig gseh? Dos got ma o. Wo wär i do ufbewarit?

Harvey wusste, es war nicht Gott, der da sprach ... oder war Gott ein Schweizer? ..., auch kein Arbeiter im Magen, sondern das Hirn. Jawohl! Harvey hatte noch nie Schweizerdeutsch gehört und verstand kaum etwas, trotzdem war ihm klar, woher die Worte kamen.

Das Hirn sprach nicht wirklich, aber er hörte die Stimme klar und deutlich. Thomas' Gesicht wurde starr und verlor alle Farbe. *Erstaunlich, was man in der Finsternis eines Geistes alles hört.* War er überarbeitet, oder verlor er den Verstand? Der Mediziner wusste, dass Menschen, die unter großem Stress standen, gelegentlich Halluzinationen hatten. Aber die Stimme war deutlich, nicht so klar wie ein Nachrichtensprecher, eher klang sie hohl, als käme sie durch ein Rohr, Tonlage Seelöwe zur Brunftzeit.

Ihm war, als würde sein Kopf aus in Alkohol getränkten Bisquits bestehen, die jetzt auseinanderbrachen. Ich bilde mir das ein, sagte er sich und zog die Abstände zwischen den Worten in die Länge. Alles, was wahrscheinlich ist, ist wahrscheinlich falsch. *Stammt von Descartes.* Wie sollte dieses Hirn im Glas mit ihm sprechen? Lächerlich.

– Versteihs mi? Bisch mit di Gedanke scho bim Büfett? Söu dr e Guete wünsche?

– Einstein? Angurten? Harvey murmelte.

– Jo äbe. Ohni Bezugspunkt weisch nid, wie di bewegsch, wi das geit, sagte das Hirn. Bewiest dr das, dass i da Aubärt Einstein gsi bi? Du ghörsch dä Satz zum erste mou, deheim chasch überprüefe, ob er vo mir isch, oder?

Beweist gar nichts, dachte Harvey. Ich könnte das aufgeschnappt haben, und mein Kopf hat es gespeichert. Aber in Schweizerdeutsch?

– Werum hesch mi hüt do ane gschleppt?

– Vielleicht, weil ich dich zu Gott bringen wollte.

– Bi ni inere Bibustung? Dergäge isch sogar di Chäuer gmüetlech.

– Das ist keine Bibelstunde! Das ist eine Andacht, um zu Gott zu finden.

– Gott? I weis nid. Di Gott redt di ganz Zit i Glichniss, opferet sie Sohn, isch rachsüchtig gsi, oder?

– Jesus hat uns die Erlösung gebracht.

– Sowit i weis, isch er e langhaarige Gammler gsi, wo het bättlet, d Köpf vo de Lüt verwirrt u d Tischlerwärchstatt vo sim Vater abegwirtschaftet het. Er isch uf eme Esu gritte, stundelang gestorbe u aus Lich oghauen, wie we nüt wär.

– Das ist Ketzerei! Harvey sprach so laut, dass seine Glaubensbrüder aufschreckten.

– Alles in Ordnung?, fragte der pensionierte Hausbesorger. Die Erlichs sprangen auf und sahen ihn entgeistert an.

– Geht es dir gut, Thomas? Du siehst aus wie ein Hamster, der in einen Pool gefallen ist.

– Ketzerei? Was ist Ketzerei? Aileen sah ihn fragend an.

– Entschuldigung. Ich war in Gedanken. Harveys Miene war untypisch düster, sein Kopf fühlte sich an, als hätten hunderte winzige Bauarbeiter begonnen, darin Gräben auszuheben. Zum Glück waren die Arbeiter in seinem Magen in Mittagspause. Er holte Luft, um etwas zu erklären, klappte den Mund aber wieder zu, spürte, wie sich sein Gesicht rötete. Die Andacht war damit beendet, das Kuchenbuffet wurde gestürmt. *Wie hatte die Stimme gesagt? An Guete.*

Der Weiße Hase blickte zu dem Glas, doch das Hirn war still. Harvey kam sich vor, als wäre im Lexikon neben dem Eintrag »Idiot« ein Bild von ihm abgebildet, doch nachdem ein paar Glaubensbrüder und Schwestern kopfschüttelnd Tss-tss gemacht hatten, beruhigte sich die Stimmung.

Aileen sprach von einem intensiven Erlebnis, das sie gehabt hatte. Sie redete von einem warmen, weißen Licht und einer Vision von Gott im Universum. Harvey konnte ihr nicht folgen. Auch der Altwarenhändler und die Sekretärin hatten spirituelle Empfindungen gehabt.

– Ein langhaariger Gammler. Harvey rollte mit den Augen.

Als später administrative Fragen diskutiert wurden, waren seine Gedanken anderswo – nicht bei Gretchen oder blauen Erdbeeren, sondern bei dem Hirn. *War das möglich? Konnte Einsteins Hirn mit ihm gesprochen haben? Schweizerdeutsch?* Kurz faszinierte ihn die Vorstellung, es könnte sich um etwas Übernatürliches handeln, um die Manifestation einer anderen Realität, aber dann fielen ihm Geschichten über Leute ein, die behaupteten, sie hätten mit Verstorbenen gesprochen oder deren Stimmen auf Tonband aufgezeichnet. *Bestimmt eine Sinnestäuschung. Was sonst?* Er hatte von Luftkonstellationen gehört, die Bilder von schwebenden Schiffen ergaben ... *So ist die Legende vom Fliegenden Holländer entstanden.* Gab es Derartiges auch mit Geräuschen? Das Hirn von Missbrauchsopfern bildete multiple Persönlichkeiten, es gab Menschen, die nur ein halbes Gesichtsfeld hatten, Leute, die Töne rochen oder Zahlen als Farben sahen, weil irgendwelche Leitungen im Kopf falsch verdrahtet waren. Warum nicht eingebildete Stimmen? *Du hast einen kleinen Schwächeanfall gehabt, bist aber nicht umgekippt. Zentralhirn an Harvey, alles in Ordnung.*

Es gab selbstgemachten Rosinenkuchen, Haferkekse und Tee, der nach alter Polsterfüllung schmeckte. Das Hirn blieb ruhig. Niemand beachtete es. Harvey unterhielt sich mit Erlich über Baseball, wobei es ihm nicht um die Quote des Pitchers ging, nicht um Fastball, Slider, Curveball, den Einbruch im siebten Inning oder andere Details dieses Sinnbilds amerikanischen Lebens, bei dem alles gezählt wurde, was sich zählen ließ, sondern um die Überprüfung seines Verstandes. Er redete von legendären Spielen, nannte Trainer, die längst unter der Erde lagen, herausragende Werfer, und wunderte sich, was in seinem Kopf alles gespeichert war. Der Circle Change von Early Wynn oder die Quote von Bob Lemon ... und immer wieder DiMaggio, dessen Ehe mit Marilyn Monroe eben gescheitert war, DiMaggio und Babe Ruth, nach dem der Schokoriegel benannt war. Harveys Verstand schien einwandfrei zu funktionieren, er konnte sich an die kompletten Mannschaften der Giants und Dodgers erinnern, sogar die Namen seiner Kinder fielen ihm ein.

Hinter Erlichs Brummen hörte er zwei Damen die Verdauungsprobleme ihrer Hunde debattieren, und auch an den Gesprächen über Knieschäden war nichts Außergewöhnliches. Jemand öffnete die Tür, und alle spürten den lauen Frühlingswind, der draußen die frischgrünen Blätter wispern ließ und drinnen heiße Wangen kühlte. Harvey hatte eine epiphanische Vision gehabt. Oder war es Einbildung infolge von Überarbeitung? Tausend Gedanken tummelten sich in seinem Kopf, und als Sully meinte, er sähe abwesend aus, zuckte er nur mit den Achseln.

– Irgendwas bedrückt dich? Rück raus. Eine andere Frau? Erlich blickte verstohlen Richtung Aileen und flüsterte: Ich will ein Schwein küssen, wenn es nicht so ist. Völlig normal in unserem Alter. Er stupste Harvey mit dem Ellbogen und grinste sein schleimiges Sully-Erlich-Grinsen. Für ihn waren Frauen wie ein All-you-can-eat-Buffet.

– Nein, sagte Harvey, umklammerte das Hirnglas und konnte

es kaum erwarten, damit nach Hause zu kommen. Glaubst du an übernatürliche Phänomene?

Sully kratzte sein unrasiertes Kinn und nickte.

– Wenn ich eine heiße Braut sehe, weiß ich sofort, ich muss sie haben.

– Ich meine es ernst.

– Ich auch. Sully räusperte sich. Weißt du, im Krieg ... später war von heldenhaftem Verhalten die Rede, von Disziplin, Kampfkraft, taktischem Geschick. Später hat man mir den Dosendeckel zweiter Klasse umgehängt, aber damals ... damals habe ich erfahren, was Krieg bedeutet. Es war ein klirrend kalter Wintertag, wir hatten das Umland eingenommen und gingen auf Patrouille. Uns konnte nichts passieren, trotzdem hatte ich so ein Gefühl. Normalerweise marschierte ich voraus, aber an diesem Tag hörte ich Stimmen, die mir rieten, mich zurückfallen zu lassen. Sully, sagten sie, sei die Nachhut. Tatsächlich gerieten wir in einen Hinterhalt. Knallende Schüsse, Feuerbälle, Schreie, Blut. Später redete ich von feindlicher Übermacht und Todesmut, aber in Wahrheit konnte ich mich an nichts erinnern. Totales Blackout. Als ich wieder zu mir kam, waren drei Kameraden erschossen worden, und der vierte ... du weißt, was mit ihm passiert ist ... scheußliche Sache. Nur ich kam heil heraus. Verdanke ich diesen Stimmen. Sully klopfte sich an die Stirn.

– Ich kenne die Geschichte.

– Blödsinn. Was weißt du vom Krieg, du warst nicht dabei.

– Na ja. Harveys Augen schienen etwas zu suchen, was nicht da war. Ich meine Stimmen aus dem Totenreich.

– Das ist Humbug. Erlich lachte. Oder Einbildung. Weißt du, wie viele Damen sich für die wiedergeborene Kleopatra oder Marie-Antoinette halten? Wenn nur ein Viertel davon wahr wäre, hätten zweihundert Kleopatras und siebzig Marie-Antoinettes die Erde bevölkert. Natürlich gibt es Leute, die behaupten, sich wöchentlich mit Napoleon oder Hitler zu unterhalten, aber das sind die gleichen, die meinen, Frank Sinatra sei ein russischer Spion und Marilyn Monroe würde vom Mars kommen und wäre in Wirklichkeit ein grünes Männchen mit Stielaugen.

Wie alle anderen waren sie auf die Veranda getreten, und Harvey blickte zum kleinen Friedhof neben dem Steinhaus. Schlichte Grabsteine, meist nicht größer als Ziegelsteine, verwitterte Inschriften, die bloß Namen und Lebensdaten verrieten. Keine Kreuze oder Blumen. Was für ein Unterschied zu den Stelen, Obelisken und Skulpturen auf anderen Gottesäckern. Ob auch er, Harvey, hier enden würde? Auf dem Quäkerfriedhof in Princeton? Aber vielleicht stünde auf seinem Stein zumindest, dass Einsteins Hirn mit ihm gesprochen hatte.

Thomas kam sich vor wie James Stewart in »Mein Freund Harvey«. Er hatte einen weißen Hasen. Oder war er selbst das Kaninchen, das Alice ins Wunderland führte? Bei ihm war es kein Mädchen, sondern ein Hirn, das mal viel zu groß und dann wieder viel zu klein war. Aber wo waren Humpty Dumpty und der verrückte Hutmacher? Wo die Grinsekatze? Eine Herzkönigin gab es jedenfalls – seine Frau.

Elouise lackierte ihre Fingernägel und sprach davon, dass sie ... *allen die Köpfe abschlagen lassen müsse? Nein* ... einen Kühlschrank bräuchte, weil sämtliche Nachbarn einen hatten.

– Ich will nicht mehr vom Eisauslieferer abhängig sein. Wir leben im zwanzigsten Jahrhundert ...

Ihr Haar war onduliert, und die Wangen erinnerten dank viel Rouge an einen reifen Apfel. Sie trug ihr grünes Blümchenkleid, das Thomas immer gemocht hatte, und eine Perlenkette. Harvey beachtete sie so wenig wie die herumtollenden Kinder. Wortlos ging er in den Keller, stellte das Hirn auf den Tisch und sagte:

– Wieso? Wie kannst du sprechen? Willst du mich um den Verstand bringen? Während einer Andacht. Schweizerdeutsch! Du glaubst doch nicht an Gott. Er klopfte gegen das Glas. Was ist? Antworte! Das Hirn schwieg. Harvey fühlte einen Stich der Enttäuschung, schloss die Augen und versuchte, sich in dieselbe Stimmung wie bei den Quäkern zu versetzen. Er konzentrierte sich auf die Weiten des Universums und einen alles bestimmenden Geist ... doch er hörte nichts.

– Willst du mich zum Narren halten?

– Mit wem sprichst du da? Elouise stand in der Tür und sah ihren Mann misstrauisch an. Führst du Selbstgespräche?

– Ich muss in Gedanken gewesen sein.

Während des Abendessens saß Harvey geistesabwesend vor seinem Teller, schaufelte lustlos Erbsen und Steak in sich hinein. Heute fand er wenig Geschmack an seiner Lieblingsspeise. Er nahm seine Familie wie durch einen Zerrspiegel wahr, hörte seine Söhne als surrende Insekten und sah nichts von der Enttäuschung in Elouises Blick. Kaum waren die Kinder im Bett, standen dicke Tränen auf den Wangen seiner Frau, verschmierten Rouge und Kajal.

– Dir ist nicht aufgefallen, dass ich mich hübsch gemacht habe. Zum Essen hast du nichts gesagt.

– Du warst beim Friseur? Warum?

– Ich dachte, wir könnten uns einen schönen Abend machen, den Hochzeitstag nachholen, aber du bist so sensibel wie eine Mülltonne.

– Entschuldige, ich bin durcheinander, Brezelchen. Du musst dich nicht so auftakeln, um einen Kühlschrank zu bekommen.

– Auftakeln? Wenn du glaubst, ich hätte mich wegen eines Kühlschranks schön gemacht, bist du auf dem Holzweg ... Holzkopf! Elouise machte ein verzweifeltes Gesicht, wie es nicht einmal Teenager bei Liebeskummer zuwege brachten, wischte sich die Tränen ab, sah Harvey an, *keine Chance auf einen Versöhnungsfick*, und schüttelte den Kopf. Sie war gewohnt, dass ihr Mann verschwiegen war, aber diese Laune war ihr neu.

Harvey hatte keine Ressourcen für Eheprobleme, konnte nur

an das Hirn denken. *Ein sprechendes Hirn!* So etwas hat es noch nicht gegeben, in der ganzen Weltgeschichte nicht. Ob er einen Nervenarzt aufsuchen sollte? Nein. Bestimmt hatte er sich alles eingebildet. Es gab keine Gespenster und auch keine sprechenden Hirne, die gab es nur in seinem Kopf. Er dachte an die Samstagnachmittage seiner Jugend, als im Radio Spiele der Yankees übertragen wurden. Thomas musste alle Lampen ausmachen, weil sie Störgeräusche verursachten, was oft damit endete, dass ihm das Radio verboten wurde. Dafür gab es ein Rendezvous mit dem Elektrokabel. Danach hörte er die Spiele in seinem Kopf. So ähnlich war es jetzt auch.

Wenn das so weitergeht, werde ich mich bald bei Séancen oder der Kristallkugel einer Zigeunerin wiederfinden. Dieses Hirn ist gefährlich. Ich muss es weggeben, aber ich kann nicht. Er wollte nicht am Wahnsinn zugrunde gehen. Wie viele Menschen starben, weil sie durchdrehten und in eine andere Wirklichkeit abtauchten? Der Leichenbeschauer schrieb dann Suizid in die Spalte Todesursache, dabei war der nur die letzte Konsequenz einer Krankheit des Verstandes, eines Wahnsinns, der den Körper und die Seele vernichtet hatte.

Harvey dachte an eine Erzählung von Franz Kafka, in der eine Familie in Prag damit begann, Gespräche mit einem Käfer zu führen. Das Ganze ging so weit, dass sie das Insekt für ihren verlorengegangenen Sohn hielten. Sie richteten ihm sogar ein Zimmer ein und stellten jeden Tag Essen vor die Tür. Am Ende hat der Vater das Tier erschlagen oder mit Wanzenmittel vertilgt, Thomas konnte sich nicht mehr erinnern. Elouise hatte ihm die Geschichte im Sanatorium vorgelesen. Das ist etwas für Kammerjäger, war seine Reaktion gewesen. Sie war enttäuscht, weil er den tieferen Sinn darin nicht sah. Kafka, hatte sie gesagt, und dieser Satz hatte sich ihm eingebrannt, wollte in der Wahrheit leben. Aber was bedeutete das? In der Wahrheit leben? Hieß das, seiner Frau nichts von Gretchen erzählen? Nicht, dass man hin und wieder in die Dusche pinkelte oder sich in ein Handtuch schnäuzte? Vielleicht waren ja ein krummer Raum und eine bucklige Zeit die Wahrheit? Atomare Strukturen? Ein sprechendes Hirn? Oder war dieser Eiweißklumpen wie das Insekt bei Kafka?

Am Wochenende unternahmen sie einen Ausflug zu einem See, an dessen Ufern Blockhütten vermietet wurden. Das Gewässer glich einer großen Badewanne, aber in den Zedern am Ufer lachten Grünspechte, und Eichhörnchen hüpften fröhlich herum. Das Leben war fantastisch, alles fühlte sich richtig an. Harvey wollte seinen Söhnen das Fischen beibringen, erzählte von Aalen und zwölf Fuß langen Welsen, von Karpfen, die uralt waren und alles wussten ... *aber nicht redeten.* Alles, was er sagte, erinnerte ihn an Einsteins Hirn. Sie unternahmen Wanderungen, sammelten Bärlauch, fütterten Enten, ruderten auf den See hinaus und lobten Elouises Nudelsalat.

– Tiere sind auch Menschen, kreischte Robert, als sich Arthur anschickte, einem Feuersalamander die Beine auszureißen.

– Da hat dein Bruder recht, bestätigte Minus.

Tagsüber war der Himmel wie ausgewaschen, und abends wurde es frisch. Sie machten Lagerfeuer und spießten Würste ... Fische hatten sie keine gefangen ... auf Weidenstöcke. Das roch nach Abenteuer. Die Wursthäute platzten und verkohlten, schmeckten aber herrlich. Als Harvey Elouises rußverschmiertes Gesicht ansprach und meinte, sie gliche einem Rauchfangkehrer, sagte sie:

– Dann bringe ich ja Glück. Alle lachten. Thomas genoss die würzige Luft und liebte es, seinen Söhnen zuzusehen, wie sie in Ameisenhaufen herumstocherten oder mit Zündplättchenpistolen Cowboy spielten – Augenblicke, in denen er das Hirn vergaß und die Landschaft wie ein Pilger betrachte, der etwas vom großen Ganzen ahnt.

– Wie es wohl wäre, hier ein Haus zu kaufen? Dann könnten wir die Sommer da verbringen, und Weihnachten.

Ein herrliches Wochenende, wäre nicht irgendwann die Angst herangekrochen. Vielleicht brannte gerade jetzt, während sie Würste aßen, ihr Haus nieder? Oder Einbrecher stiegen ein und schleuderten das Hirn aus Bosheit gegen eine Wand? Es könnte sein, dass ein Regal umfiel oder eine Ratte das Glas hinunterstieß. Es gab so viele Gefahren, dass Harvey mulmig wurde. Selbst als sie am Ufer einen Biber sahen, fiel ihm die Möglichkeit eines Wasserrohrbruchs ein.

Wurde er gefragt, woran er dachte, sagte er etwas von Arbeit oder Essen, dabei kreiste sein Denken um das Hirn. Bei der Heimfahrt zitterten seine Hände dermaßen, dass ihn jeder Verkehrspolizist für einen trockenen Alkoholiker gehalten hätte. Beim Aufsperren der Tür fiel ihm zweimal der Schlüssel aus der Hand. *Bitte, lieber Gott, lass das Hirn unbeschadet sein. Ich verspreche, es nie wieder alleine zu lassen.*

Er rannte in den Keller, fühlte seinen Pulsschlag und ... Natürlich war nichts passiert. Harvey polterte ein Gebirge vom Herzen, als er das unversehrte Glas sah. Abends saß er lange davor und starrte es an. Das Hirn schwieg. Egal, wie beharrlich Harvey mit ihm sprach, ihm von seinem Leben als Pathologe erzählte, vom Lungensanatorium, der Scheune, Geistern und seiner Frau, vom Hirn bekam er keine Antwort.

– Es gab dort eine alte Apfelpresse, und wenn die Staubkörner wie Goldplättchen in den Sonnenlichtbalken glänzten, war es fast romantisch. Elouise war ein dunkler, süßlich riechender Ort, der in mir eine angenehme Melancholie hervorrief. Damals habe ich tatsächlich in der Wahrheit gelebt.

EIN KUSS, NACHDEM MAN IM MEER GETAUCHT IST

Im Spital ebbte das Interesse ab. Fragen nach dem Fortgang der Untersuchungen wurden spärlicher. Dafür drückte ihm Blummenfelt einen Brief in die Hand, dessen Absender nichts Gutes verhieß: Otto Nathan, Nationalökonom, zehnte Straße, Manhattan, New York. Harvey schlitzte das Kuvert auf, zog schweres Geschäftspapier heraus, überflog die Zeilen und spürte, wie seine Knie zu schlottern anfingen.

– Und? Was will der Knabe? Der Direktor war gespannt. Harvey! Muss ich Ihnen die Wörter wie mit einem Flaschenzug herauskurbeln?

Der Pathologe war erstarrt, blickte auf den Brief, sah vor seinem geistigen Auge ein Bild des Testamentsvollstreckers, der sich plötzlich in ein altes, hässliches Reptil verwandelte.

Geehrter Thomas Harvey, stand da, Sie haben Einsteins Hirn ohne Erlaubnis entfernt, worüber wir sehr verstört sind. Wir, Einsteins Nachlassverwalter Helen Dukas und ich, Otto Nathan, wünschen keine weiteren Untersuchungen! Sollte Ihnen Hans Albert diesbezüglich Genehmigungen erteilt haben, so sind diese ungültig. Einsteins Sohn hat weder die Befugnis noch irgendwelche Rechte. Wir erwarten die unverzügliche Rückgabe von Einsteins entnommenem Organ, andernfalls sind rechtliche Schritte unvermeidbar. Mit Grüßen, Otto Nathan, Nationalökonom.

Das war es, das Ende! Harvey lief ein Schauer über den Rücken, ihn schwindelte, und seine Gedanken gerieten durcheinander. *Das Hirn zurückgeben?* Blummenfelt riss ihm den Brief aus der Hand, überflog die Zeilen, zündete sich eine Zigarette an und sagte mit belegter Stimme:

– Da kann man nichts machen. Der sitzt in Manhattan und

erzählt herum, dass er es nicht geschafft hat, den Formaldehydgeruch aus der Nase zu bekommen.

– Dann muss ich nach New York.

– Heute?

– Es gilt, größeren Schaden abzuwenden. Harvey hatte sich gefangen, schritt forsch aus dem Zimmer und lief durch den mit Topfblumen gesäumten Korridor.

– Und die Leichen? Blummenfelt rief ihm nach. In der Nacht sind zwei gestorben, die aufgeschnitten werden müssen. Patienten warfen ihm verstörte Blicke zu, die der Spitalsdirektor mit einem verlegenen Lächeln quittierte.

Der Pathologe antwortete nicht. Ihm war zumute wie einem Baseballtrainer, der zum letzten Spiel einer enttäuschenden Saison ging, einem Spiel, von dem alle wussten, es würde den Abstieg besiegeln. Niemand außer ihm glaubte noch an ein Wunder.

Harvey stieg in seinen Ford-Kombi und startete den Motor. Als er aus dem Parkplatz bog, sah er im Rückspiegel den Jungen. Wie hieß der? Lemuel? *Jesus war ein Zeitreisender aus der Zukunft? Und Einstein?* Kurz trafen sich ihre Blicke. Thomas dachte daran, ihn mitzunehmen, um ihm das Empire State Building zu zeigen, aber was würde seine Mutter davon halten … Hatte er eine Mutter? Warum trieb sich der Knabe hier herum?

Harvey fuhr etwas über eine Stunde nach New York. Er hatte zu dieser Canossa-Fahrt dasselbe Verhältnis wie Amundsen zu seiner Südpolexpedition – nur musste er keine endlosen Eiswüsten durchqueren, sondern Staten Island und Brooklyn. Die Williamsburg Bridge beeindruckte ihn, dann ging es in zähflüssigem Verkehr die Bowery hoch bis zur zehnten Straße. Auf Höhe des Washington Square fand er einen Parkplatz, stieg aus und atmete die abgasgeschwängerte Luft der Metropole. Manhattan war das unumstrittene Zentrum des Universums. Kein Wunder, dass die New Yorker stolz auf ihre Stadt waren. Hier herrschte ein freches, frivoles Treiben voller Vitalität. Die Leute schwärmten von Cocktailpartys mit Gloria Vanderbilt oder Truman Capote. Es gab atemberaubend hübsche Frauen, Menschen, denen die Millionen förmlich aus den Ohren wuchsen, und daneben Bettler mit unterwürfiger Haltung, schiefem Grinsen. Harvey drückte einem einen Vierteldollar in die verkrustete Hand. *Fürs Schicksal.*

– Versprich mir, dass du dir darum nichts zu essen kaufst. Der Gammler sah ihn verwirrt an.

Die Bürotürme und Banken waren die hypertrophen Kathedralen des Geldes, Paläste der Macht, ein visuelles Fest der Großmannssucht. Ein Wunder, dass die Stadt nicht wegen ihres eigenen Gewichts versank. Die zehnte Straße war beschaulicher. Drüben in Chelsea besaßen die meisten Häuser nur vier, fünf Stockwerke, und auch in Greenwich Village standen keine Wolkenkratzer. Eine gemütliche Wohngegend, wie man sie auch in Oslo, Münster oder Chemnitz finden könnte.

Der Weiße Hase schlenderte zu einem mit Feuerleitern behübschten Backsteinbau, ging durch das offen stehende Tor und fuhr mit dem Lift in den fünften Stock. An der Klingel zog sich sein Magen zusammen, als würde bei jedem Ton eine Gruppe winziger Bergleute mit Pressluftbohrern seine Innereien bearbeiten. Zum Glück hatte der Bautrupp im Magen Mittagspause.

Als sich hinter der Tür nichts rührte, war Harvey enttäuscht. Er kam sich erniedrigt vor, klingelte noch einmal, wollte gehen, als sich ein Spalt auftat. Otto Nathan streckte sein feindseliges Haupt heraus ... zuerst die buschigen Augenbrauen, die wie frisch gedüngt herauswucherten. Eine Muräne, die ihre Höhle verteidigte. Der Alte trug einen seidenen Nachtmantel, hatte ungekämmtes Haar und erinnerte an einen abgewrackten, aber immer noch Gift speienden Oscar Wilde. *Oder an den verrückten Hutmacher?* Er sah aus, als käme er geradewegs aus dem Bett. Um elf Uhr vormittags? Zausel, dachte Harvey und griff unwillkürlich an seine gepunktete Masche. Seit er in Besitz von Einsteins Hirn war, trug er Zweireiher und Fliege, womit er aussah wie eine Mischung aus Gerichtsvollzieher und Operettenliebhaber.

– Sie habe ich nicht erwartet, sprach der Testamentsvollstrecker abweisend. Sind Sie gekommen, mir das Hirn zu bringen?

– Ich ... Harvey nahm all seine aufgesparte Lebenskraft zusammen, dachte an die Hühnersuppenzeit, die Monate in der Lungenheilanstalt, die Jahre in der Militärbaracke ... ich hatte in Manhattan zu tun, log er. Darf ich reinkommen?

– Ich habe keine Zeit. Nathan machte eine abwehrende Geste.

– Das macht nichts. Harveys Därme fühlten sich wie Wäsche an, die von Jahrmarktringern ausgewrungen wurde. Er empfand Demütigung, ließ sich aber nichts anmerken.

Nathan betrachtete den Pathologen mir strengem Blick und wartete, dass er sich wieder verzog. Er hatte Schlimmeres befürchtet als diesen Leichenaufschneider. Joseph McCarthy und das Komitee für unamerikanische Umtriebe besaß die Unverfrorenheit, ihn für einen Kommunisten zu halten. Einen Prozess hatte Nathan gewonnen, aber die Sache war noch nicht ausgestanden, war doch bereits die nächste Vorladung hereingeflattert, womit ihm unmissverständlich zu verstehen gegeben wurde, dass man Namen erwartete. Aber Nathan hatte nicht vor, irgendjemanden anzuschwärzen. Diese Kommunistenphobie erschien ihm geradezu hysterisch.

– Was ist? Auf Wiedersehen! Wenn Sie das nächste Mal uneingeladen kommen, bringen Sie das Hirn mit.

– Ich bin hergefahren, nachdem ich Ihren Brief gelesen habe.

– Ich habe zu tun, sagte Nathan mit fester Stimme. Diese Edgar-Hoover-Bande verdächtigt mich ...

– Sind Sie Kommunist? Harvey fummelte an seiner Masche und fing an, mit dem Fuß auf den Boden zu klopfen.

– Ein Kommunist in Amerika hat so viel Überlebenschancen wie ein Eislutscher in der Wüste. Wie Einstein bin ich Pazifist.

– Ich auch.

– Sie? Nathan überlegte, blickte seinen ungebetenen Besucher mit bierfarbenen Augen an, aus denen eine deutsche Brauerei herausleuchtete.

– Ich bin Quäker. Harvey versuchte ein Lächeln, das etwas aufgesetzt wirkte.

– Tatsächlich? Der alte Mann machte ein nachdenkliches Gesicht ... eine skeptische Muräne ... oder ein griesgrämiger Ebenezer Scrooge, nachdem ihm die drei Geister erschienen waren. Einstein mochte Quäker. Er hat oft gesagt, wäre er nicht Jude, würde er Quäker werden. Unwillkürlich trat Nathan aus dem Türrahmen und winkte Harvey in die Wohnung.

– Aber nur kurz.

In der Wohnung standen schwere deutsche Eichenmöbel, die aus der Zeit Kaiser Wilhelms stammen mussten. Oder aus Auerbachs Keller? Es roch nach Mottenkugeln. Der Alte bat Harvey, im Wohnzimmer Platz zu nehmen, stellte eine Teekanne und zwei Tassen auf den Tisch, die er fast bis zum Rand anfüllte.

– Was ist das Thema unseres Lebens? Nathan sprach mit professoraler Stimme. Die Liebe! Weshalb bekommen Menschen Kinder oder halten sich Haustiere? Weil sie bedingungslos geliebt werden wollen. Liebe heißt, sich auf Gedeih und Verderb auszuliefern ... bis einem das Genick gebrochen wird. Ich habe mit dem Tod Alberts den Boden unter den Füßen verloren ... Der Testamentsvollstrecker hatte feuchte Augen, wischte sie mit einem Ärmel ab.

– Glaubte Einstein an Gott? Harvey war in dem Couchsessel so tief eingesunken, dass es ihm den Bauch abschnürte. Er griff nach der Teetasse, merkte, wie seine Hände zitterten. Er stellte sie wieder ab und nahm stattdessen einen Keks, der wie eine Pressspanplatte schmeckte.

– Zuerst glaubte er an Physik und dann an Musik. Mozart, Haydn! Albert war ein leidenschaftlicher, aber nur mäßig talentierter Geiger. Wissen Sie, er hat gesagt, Gott würfelt nicht, Gott ist raffiniert, aber nicht bösartig. Doch das hat er nur verlautbart, um sich von den Quantenphysikern abzuheben. Nathans Gesicht wurde geschüttelt von einer Mischung aus Lachen und Weinen. Er hielt Religion für einen Traum kranker Menschen. Die Kirche ist immer dort, wo ihr Vorteil ist, aber das ist meine Meinung.

Also doch ein Kommunist, fuhr es durch Harveys Kopf.

– So etwas Ähnliches hat Gretchen auch gesagt.

– Wer?

– Eine Freundin. Thomas versuchte mit der Zunge einen widerspenstigen Kekskrümel hinter einem Backenzahn hervorzuholen und startete einen neuerlichen Versuch mit der Teetasse. Diesmal klappte es. Das Gebräu erinnerte, passend zum Keks, an ein Mittel zur Holzbehandlung. *Gekochtes Terpentin wäre schmackhafter.*

– Ich weiß nicht, ob er als Physiker an Gott glauben konnte. Ebenezer Scrooge vulgo Otto Nathan wirkte nachdenklich. Vielleicht hielt er ihn für den Unterschied zwischen Sein und Nichtsein, für den Baustein, der verantwortlich dafür ist, dass etwas ist und nicht nichts, für den tragenden Grund unseres Seins. Oder für den Ort, wo alle Widersprüche zusammenfallen, alle Paradoxien gültig sind, Relativitätstheorie und Quantenphysik zusammengehen.

– Ich verstehe nicht.

– Was wissen Sie über Einstein? Nicht viel, vermute ich. Nathan war noch immer feindselig. Jetzt begann er zu dozieren: Einstein hat vor fünfzig Jahren die spezielle und dann, zehn Jahre später, die allgemeine Relativitätstheorie aufgestellt, die besagen, dass Raum und Zeit keine absoluten Größen sind. Dann kam eine Bande von Quantentheoretikern und behauptete, etwas existiere erst, wenn man es beobachtete. Von Schrödingers Katze haben Sie bestimmt gehört. Das Tier lebt und ist gleichzeitig tot. So ähnlich ist es mit den Teilchen in der Quantenwelt, sie existieren und existieren nicht ... Albert hat versucht, diese beiden Theorien zusammenzubringen. Vergeblich. Seine letzten vierzig Jahre waren geprägt von Niederlagen. Er war der große Physiker, das weltweit gefeierte Genie, dessen Gesicht jedes Kind aus Schulbüchern kennt, aber bei seiner Arbeit hat er nur noch Fehlschläge erlitten. Er wollte die Wahrheit herausfinden, den Bauplan des Universums.

– Darum bin ich hier. Vielleicht kann sein Hirn ... Harveys Hände zitterten, als er wieder nach der Teetasse griff. Wieder schien es unmöglich, sie unfallfrei zum Mund zu führen.

– Was wollen Sie erforschen?

– Ja, sehen Sie ... Harvey bekam ein Funkeln in den Augen, er schien aus seiner Schüchternheit herauszukriechen. Natürlich konnte er nicht sagen, dass Einsteins Hauptprozessor mit ihm gesprochen hatte, also redete er von einer einmaligen Chance für die Wissenschaft. Eine solche Untersuchung ist nicht einfach, so ein Hirn ist wie das Universum ...

– Hmm. Nathan sah die Mischung aus Enthusiasmus und Wahnsinn in Harveys Gesicht, aber seine Gedanken gingen wie bei einer Balkenwaage hin und her, kippten mal in die eine, dann in die andere Richtung. Der Pathologe war ihm sympathisch, *ein Quäker, das sind gute Menschen*, aber er hatte Einstein versprochen ...

– Spielt es eine Rolle, ob das Hirn jetzt oder in zwei, drei Monaten bestattet wird? Ist Zeit nicht relativ? Harveys Handflächen waren schweißnass, er fühlte sich wie ein ausgedrückter Teebeutel. Immerhin schaffte er es, in zusammenhängenden Sätzen zu sprechen. Er ahnte, dass seine Mission Erfolg haben könnte. Der Alte war noch distanziert, aber jetzt war er keine grimmige Muräne mehr, eher ein zurückhaltender Aal.

– Ich habe Albert am Sterbebett versprochen, ihm treu zu bleiben. Wissen Sie, was er gesagt hat? Dann werden Sie sich mit

Mätressen begnügen müssen. Er meinte, ich müsse Kompromisse schließen.

– Es geht um die Wissenschaft.

– Wissenschaft? Ach, sehen Sie, das Unheil der Menschheit ist, dass sich der Einzelne immer als Teil von etwas Großem begreifen will. Rasse, Religion, Nation ... das führt zu Streit und Feindschaft. Sogar die Anhänger der Relativitätstheorie und die der Quantentheorie haben gegeneinander Krieg geführt.

– Ich bestreite nicht, dass Fortschritt auch negative Seiten hat. Stichwort Atombombe. Wussten Sie, dass der Grund vieler Erkrankungen im aufrechten Gang begründet liegt? Harvey wusste selbst nicht, in was er sich da hineinredete, aber er fuhr fort: Krampfadern, Hämorrhoiden, Sodbrennen, Meniskus, Hüftabnützung. Hätten unsere Vorfahren nicht entschieden, den Kopf höher zu tragen, wären uns viele Zivilisationskrankheiten erspart geblieben ... jedoch würden wir noch in der Elefantenscheiße herumtappen.

– Hier geht es nicht um Haltungsschäden, sondern um meinen toten Freund, dessen Hirn Sie sich angeeignet haben. Der Testamentsvollstrecker schüttelte den Kopf, erhob sich, ging in die Küche, füllte den Teekessel mit Wasser und stellte ihn auf den Herd. Amerika ist ein seltsames Land. Alle essen Erdnussbutter und rechnen damit, jeden Moment von den Russen mit Atombomben beworfen zu werden.

– Dafür haben wir Baseball. Harvey war Nathan in die Küche gefolgt und deutete auf ein Bild von Joe DiMaggio, das neben dem Porträt einer strengen Dame ... *vermutlich Nathans Mutter* ... hing.

– Interessieren Sie sich dafür?

– Ich liebe es. Babe Ruth. Damals der Schlag im sechsten Inning, und wie er dann gemächlich, nein, provokant betulich zum Homerun spaziert ist ...

Augenblicklich bekamen beide feuchte Augen, erzählten von

knapp verlorenen Meisterschaften und legendären Spielen. Ihre Sätze umschlangen sich wie wilder Wein. Die Truthahnhautfalte am Hals des Testamentsvollstreckers vibrierte, seine buschigen Augenbrauen funkelten, und Harvey fühlte an den Ohren heißes Blut pulsieren. Mit einem Schlag erreichte ihre Beziehung die First Base und rannte weiter ...

– Tja, Nathan hatte jetzt eine seltsam vertraute Empfindung. Vielleicht war dieser Pathologe, der so schweigsam war wie Gary Cooper und dann wie ein Wasserfall reden konnte, Teil des großen Plans? Er ging ans Fenster, sah auf die unter ihm liegende Stadt, als wäre er ein Fischer, der auf das Meer blickt, und dem von dem gleichmäßigen Geräusch der Wellen gesagt wurde: Keine Sorge, alles wird gut. Für einen Augenblick glich der Alte einem griechischen Philosophen, der wusste, dass er nichts wusste. *Second Base!*

– Meinetwegen. Machen Sie Ihre Untersuchungen, aber nur zu wissenschaftlichen Zwecken. Wehe, davon kommt etwas an die Presse. Helen Dukas wird an die Decke gehen, aber sie wird es überleben.

– Ich werde Sie in meine Gebete einschließen. *Homerun!* Der Pathologe wollte dem Alten um den Hals fallen, besann sich aber und sah zu, die Muränenhöhle schnell zu verlassen.

– Yes! Harvey rammte die geballte Faust in die Luft. Erleichterung und Dankbarkeit durchströmten ihn. Das musste gefeiert werden. Yes! Er durfte das Hirn behalten, und New York war die aufregendste Stadt der Welt, der glimmend heiße Faden in einer Glühbirne namens Erde. Manhattan 1955 war ein Ort, an dem man Kreativität förmlich in der Luft knistern spürte. Der große, süße Apfel. Alles atmete, sogar die Straßen.

Beschwingt schlenderte Harvey zu seinem Auto. Er war voller Energie, fuhr in die zweiundvierzigste Straße und ging zur Oyster Bar in der Central Station. Thomas, eben noch erniedrigt, fühlte sich wie Casanova, bevor er über zweiundsiebzig Jungfrauen herfiel, setzte sich an einen Tisch mit rotweißkarierter Decke und studierte die Speisekarte. Da gab es Austern von Rhode Island, Neufundland, Massachusetts, Maine ... Sie trugen Namen wie Pornodarstellerinnen: Lady Chatterley, Daisy Bucht oder Baronesse Punkt. Er bestellte Champagner und eine Platte mit Austern (gemischt). In seinem ganzen Leben hatte er noch keines dieser Schalentiere gegessen, aber irgendwer hatte gesagt, das Essen von Austern wäre wie ein Kuss, nachdem man im Meer getaucht ist. Gretchen fiel ihm ein ... *auch so eine Schaumgeborene.* Dann der Schock. Er hatte Muscheln erwartet, sah sich aber mit schleimigen Auswürfen konfrontiert. Zum Glück konnte er zusehen, wie sie an Nebentischen verzehrt wurden.

Nachdem er die Dinger minutenlang wie einen Gegner beim Duell angestarrt hatte, träufelte er Zitrone darauf und bearbeitete sie mit einem Gäbelchen. Dann begann er, sie zu schlürfen. Der Geschmack war eigenartig, wie Wasser in der Nase. Er konnte nicht sagen, was diese Gallertpatzen auf seinen Geschmacksknospen auslösten ... Pudding aus Salzwasser mit einer leichten Note dessen, was Frauen zwischen ihren Beinen haben ... *Besitzen Austern eine Speiseröhre? Einen Darm? Wie ist ihr Geschlechtsleben?* Harvey aß mit großem Ernst. Hätte ihn jemand beobachtet, wäre er nicht auf den Gedanken gekommen, dass dieser ungelenk wirkende Mensch etwas feierte. Wenn er sich freute, dann wusste er seine Hochstimmung meisterhaft zu verbergen. Aber innerlich jubilierte Harvey, und er bestellte einen zweiten Teller.

Er wusste nicht, wie er es geschafft hatte, Otto Nathan zu überzeugen, aber es war gelungen. Nun war es offiziell, er, Thomas Stoltz Harvey, war legitimiert, Einsteins Hirn zu untersuchen. Wahrscheinlich war er verrückt, aber er hatte sich noch nie in seinem Leben so wunderbar gefühlt. Ein Kellner goss Champagner nach, und Harvey war wie einem potenten Frauenhelden zumute. Was er an dem Hirn untersuchen wollte, wusste er nicht, aber er ahnte, dass es ihm Bestimmung war, diese Masse zu durchqueren, Katarakte der Hirnwindungen zu überwinden, Schluchten des Genialen zu durchforsten. Und vielleicht sprach es wieder, beantwortete alle seine Fragen.

In Princeton wurde Harveys Beschwingtheit jäh gebremst. Bereits in der Nacht fühlte er sich unwohl, und am Morgen war es, als würde er oben und unten gleichzeitig auslaufen. Die Austern forderten Tribut. Von wegen Kuss. Jetzt hatte er das Meer in sich, er wurde wie ein Seekranker wild herumgeworfen, von Schmerzwellen abgewatscht und kämpfte gegen das Ertrinken. Die Austern hatten sich in bösartige Krebse verwandelt, die mit Scheren in Gedärme zwickten. Elouise rief beim Spital an und meldete ihn krank.

Nun lernte Harvey die Schrecken der Bleikammern kennen. Am eigenen Leib musste er erfahren, dass es nichts Elenderes gibt als einen gekrümmten, nackten Körper, der über der Kloschüssel hängt. Entkräftet dämmerte er dahin und nahm nur verschwommen wahr, wie der trübe Tag zerging, Dämmerung über das Land kroch und als zähe Nachtmasse stockte. Auch am nächsten Tag war es nicht anders.

Aber in der Dunkelheit des Bewusstseins war nicht nur Leere und Verzweiflung. Harvey bildete sich ein, mit dem Hirn zu sprechen, hörte sich von Vorteilen der Religion reden, vom wunderbaren Quäkertum, während Einsteins Hirn die Gläubigkeit als naive Vorstufe der menschlichen Entwicklung abtat, um Toiletten mit Wasserspülungen zu erfinden.

– Hätte de Mensche von Ofang a Antibiotika ü Schmerzmittel ghätt, sagte Einstein, sie wäre nie auf d Idee kömme, Götter zu ersinne.

Diesmal sprach das Hirn gar nicht, war es nur ein Dialog in den Hinterkammern von Harveys Bewusstsein. Hatte es im Versammlungsraum der Quäker tatsächlich zu ihm geredet? Oder war es Einbildung gewesen? In seinem Kopf spielten sich hitzige Debatten ab. Verlor er den Verstand? War er der Richtige für diese Untersuchung? Wurden immer die Falschen auserwählt?

Drei Tage lang blieb Harvey liegen, verlor sich in wirren Tagträumen oder starrte an die Zimmerdecke. Es war, als blickte er in den Sternenhimmel und bekäme eine Ahnung von Unendlichkeit. Ahnung war ein zu schwaches Wort. Ihm war, als schälte sich die Oberfläche von der Wirklichkeit und gab einen Blick frei auf unbekannte Farben, außergewöhnliche Formen, eine Ewigkeit an Raum und Zeit. Es gab Momente absoluten Schweigens, in denen nicht einmal die Vögel sangen, von Elouise und den Kindern nichts zu hören war. Er durchlebte das ganze Gefühlsspektrum von Verzweiflung bis Glückstaumel, hatte Visionen wie die heilige Theresa, sah diesen Jungen, Lemuel, dessen Gesicht sich verformte, zu Gretchen wurde, dann sah er Ebenezer Scrooge mit der Blechliesel durch das Wunderland fahren, Blummenfelt erklärte einem weißen Hasen das Spital ... Thomas erkannte das Universum, fühlte Gott. In wacheren Momenten wusste er mit Gewissheit, es gab eine Zeit vor dem Hirn und eine nach dem Hirn ... auch wenn es keine Zeit gab.

Irgendwann war er wiederhergestellt, stieg aus dem Bett wie jemand, der nach einer Wüstendurchquerung eine Bar betritt. Sein erster Weg ging in den Keller, wo das Hirn wie eine Monstranz auf dem Arbeitstisch stand und strahlte. Harvey erzählte ihm von seiner Reise nach New York, von Nathans Wohnung, den Augenbrauen des Testamentsvollstreckers, Austern, der Vergiftung und Visionen. Das Hirn schwieg.

– Ich darf es behalten, sagte er zu Elouise. Ich bin offiziell beauftragt, das Hirn zu untersuchen. Er verspürte Lust, ihr etwas Pathetisches ins Ohr zu flüstern. Du musst mich jetzt ganz toll festhalten, Brezelchen, wollte er sagen, damit ich nicht abhebe ... doch er brachte es nicht über die Lippen.

– Schön für dich, murmelte seine Frau.

DIE GEBURT EINES STERNS

Im Spital ging alles seinen gewohnten Gang: Junge Assistenzärzte pressten Klemmbretter an ihre weißen Kittel, Schwestern unterhielten sich flüsternd in den Gängen und trugen brummenden Oberärzten volle Kaffeebecher hinterher.

Blummenfelt hatte ihm den Rücken zugewandt und sortierte Akten, als Harvey stolz von der Begegnung mit dem Testamentsvollstrecker berichtete. Schließlich drehte sich der Direktor um und zündete sich eine Zigarette an.

– Das bringt Publicity. Und wenn wir Ergebnisse vorweisen können … Wir werden doch etwas entdecken? Ich sehe bereits die Schlagzeilen.

Harvey sah ihn schweigend an, aber davon ließ sich Blummenfelt nicht beirren:

– So ein Hirn ist eine Weltkugel, auf der noch alle Kontinente unentdeckt sind. Ein Universum. Sie müssen nur die Galaxien finden. Verstehen Sie? Die Medien werden berichten! Das Spital wird groß herauskommen. Vielleicht bringen wir eine Tafel an: Hier wurde das Geheimnis von Albert Einsteins Genialität gelüftet. Wie finden Sie das?

Harvey verbiss sich das Lachen. Die Reputation des Spitals war ihm egal, aber die Tatsache, dass er und das Hirn im Mittelpunkt standen, löste ein Glücksgefühl aus. Blummenfelt erzählte von Krankenhaus-Rankings und Fanpost. Er überlegte, einen Schauraum einzurichten. Schließlich war in diesem Spital nicht irgendwer gestorben, sondern Albert Einstein. Darauf konnte man stolz sein. Man sollte aus seinem Sterbezimmer einen musealen Raum machen. Die Gesellschafter zögerten, aber er, Direktor Blummenfelt, würde hier ein Pantheon für Einsteins Hirn erschaffen. Der Glanz dieses Genies könnte das Spital erstrahlen lassen.

– Mhm. Harvey spürte ein Kitzeln in der Kehle.

– Vielleicht findet sich ein Künstler, der eine Skulptur anfertigt? Blummenfelt strahlte. Ich werde Porträts in Auftrag geben, eine Fotowand … Wir könnten einer Puppe seine Kleider anziehen und ihr einen Bart ankleben … *Warum nicht einen Glassarg wie bei Schneewittchen?* Je mehr sich der qualmende Sonnenkönig in Rage redete, desto absurder erschien Harvey die Situation, bis ihm Lachen den Mund füllte, er sich nicht mehr halten konnte und losprustete. Der Weiße Hase wurde geschüttelt, bekam kaum Luft und wedelte mit den Armen, als hätte er in eine Chilischote gebissen.

– Was ist los? Blummenfelt wusste diesen Ausbruch nicht zu deuten.

– Entschuldigung. Harvey hielt sich die Hand vor den Mund und rannte glucksend aus dem Zimmer in den Waschraum, um zu lachen. Doch nun kam nichts mehr, er atmete bloß heftig. Mit auf das Waschbecken gestützten Händen stand er vor dem Spiegel, betrachtete seinen ovalen Kopf mit der hohen Stirn, erkannte Züge seines Vaters, erschrak und hatte das Gefühl, alles schon einmal erlebt zu haben.

Reiß dich zusammen, Harvey. Gott hat dich mit einer Aufgabe betraut, jetzt zeig, dass du ihr gewachsen bist.

In den Korridoren ging es zu wie in einer Obstschüssel. Da wurden birnenförmige Menschen auf Bahren herumgeschoben, pressten sich apfelrunde Menschen durch enge Gänge, stolzierten Krankenpfleger mit Bananenbeinen, und an Schwestern wackelten Pfirsiche, Melonen.

Im Büro des Pathologen saß eine Feige, Gretchen, die gerade das frische Blatt eines Gummibaums willkommen hieß. Die angehende Laborantin redete mit allem. So kam es vor, dass sie sich in den Spiegel schaute und ihren Zähnen verkündete: Ihr seid toll. Ich werde euch pflegen.

Sie war vielleicht nicht das vornehmste und taktvollste Fräulein, mehr ein eigenwilliges Feenwesen, aber Harvey fühlte sich zu ihr hingezogen. Nicht nur, weil sie hübsch war, auch wegen ihrer unbekümmerten Art.

Gretchen straffte die Schultern und sah ihm in die Augen. Sie bot einen appetitlichen Anblick. Erregung sprudelte in Harvey hoch. *Nimm dich in Acht, alter Halunke, sonst setzt du deine Ehe aufs Spiel.* Unwillkürlich dachte er an Küssen und Ineinander-Atmen, aber dann fielen ihm die Austern ein, und er kam sich steif vor wie ein Holzscheit. Sie zeigte ihm eine Blutprobe und ergriff wie selbstverständlich seinen Arm.

– Haben Sie von den Atomversuchen im Pazifik gehört? Die müssen aufhören!

Thomas spürte, wie ihr Knie das seine streifte, war kurz davor, ihr Haar zu streicheln, fasste Mut, war doch zu feige, da klingelte das Telefon.

– Hören Sie, Harvey, sich zu viel zuzumuten ist eine gängige Methode, eine Katastrophe heraufzubeschwören. Die stramme Stimme gehörte Leutnant Colonel Webb Haymaker, dem Chef der militärischen Neuropathologie, der das Gehirn Mussolinis untersucht hatte, ohne einen Beweis für Wahnsinn, Genie oder Syphilis zu finden.

Der brüllende Leutnant befahl Harvey, zu einer Tagung der wichtigsten Hirnforscher nach Washington zu kommen, und der Weiße Hase fühlte sich geschmeichelt. Kein Zweifel, er gehörte nun zu den bedeutendsten Neurologen, alleine deshalb, weil er Einsteins Hirn besaß.

Als er auflegte, ließ Gretchen eine Wespe aus dem Fenster.

– Tiere sind großartig. Sie zu beobachten erweitert das Herz. In Tansania habe ich einmal in den Nachthimmel gesehen und die Geburt eines Sternes beobachtet. Glauben Sie mir das? Er ist aus dem Nichts aufgetaucht.

Als Harvey noch überlegte, ob das möglich war, hatte sie schon wieder eine Wespe entdeckt und lief ihr hinterher.

– Man hat mich zu einer Konferenz der wichtigsten Hirnforscher eingeladen.

– Na viel Vergnügen. Gretchen lächelte anerkennend und warf ihm einen Blick zu, der sein Herz erwärmte.

Mit geschwellter Brust und einem breiten Grinsen fuhr Harvey nach Washington. Er erwartete einen glorreichen Empfang, aber zuerst musste er Kontrollposten passieren, schenkte allen ein Lächeln und fühlte sich wie ein Kriegsheld vor einer Ordensverleihung. *Vielleicht hat man sich eine Überraschung ausgedacht?* Dann die Enttäuschung, man traf sich in einem unscheinbaren Büro. *Keine Ehrung, nur ein Kaffeekränzchen.* Thomas strahlte trotzdem, ihm war inmitten all der Kapazunder zumute wie einer Braut an ihrer Hochzeitstafel. Ein Glücksgefühl durchflutete seine Kehle.

Neben dem Mitfünfziger Haymaker, welliges Haar im Meerschweinchen-Bürstenschnitt, übervoller Aschenbecher, saßen Percival Bailey und der glatzköpfige Gerhardt von Bonin von der Universität Illinois in Chicago, Jerzy Rose aus Wisconsin, Hartwig Kuhlenbeck aus Philadelphia und Walle Nauta, ein Indonesier von der Johns Hopkins University in Baltimore, Maryland.

Alle sechs waren in Zivil, nur die eingestickten Adler in Haymakers Hemdkragen verrieten seine Armeezugehörigkeit. Die Professoren musterten den Weißen Hasen von oben bis unten. *Ist mir ein zweiter Kopf gewachsen, oder sitzt ein Gecko auf meiner Nase?* Harvey lächelte, zupfte an seiner gepunkteten Fliege und verbeugte sich. Die Gesichter der Koryphäen waren ernst, ihre Worte aber freundlich.

– Thomas Harvey. Haymaker kaute auf dem Namen herum, als wäre er zähes Fleisch. Der Leutnant bedankte sich für die Rettung von Einsteins Hirn, und ehe Harvey Gelegenheit hatte, seine Verlegenheit zu formulieren, begann der Leutnant die Möglichkeiten des Militärs aufzuzählen. Düsenjäger, Kampfhubschrauber, Radargeräte. Alle Entdeckungen dienen zuerst der Rüstung. Denken Sie an Leonardo da Vinci, genauso ist es bei Computern ... Nichts ist wichtiger als die Verteidigung unserer Freiheit! Der Mann schien alle Macht der Welt zu haben, zumindest strahlte er die Arroganz eines Menschen aus, dem alles, und zwar wirklich alles möglich war.

Die anderen Professoren stellten sich kurz vor und erklärten mit wenigen Sätzen ihr Forschungsgebiet. Der eine studierte Denkapparate von winzigen Würmern oder Taufliegen, der andere erforschte die Rolle bestimmter Hormone bei der Präriewühlmaus, und der nächste beschäftigte sich mit dem Inneren der Schläfenlappen und ihrem Einfluss auf Gefühle. Wörter wie präfrontaler Cortex oder Hypothalamus waren zu hören. Die Stimmung glich einer Lehrerkonferenz, bei der über einen Schüler geurteilt wurde. Harvey, überzeugt, gleich belobigt zu werden, platzte fast vor Stolz. Seine grauen Zellen produzierten wie verrückt Dopamin und erzeugten so ein angenehm wohliges Gefühl.

– Wie ich den Unterlagen entnehme, begann Haymaker, haben Sie während des Krieges gedient, Harvey. Sie haben Kleingetier seziert, an dem man chemische Experimente durchgeführt hat. Korrekt?

Harvey nickte, die Professoren lächelten milde.

– Ich darf davon ausgehen, fuhr Haymaker leicht gallig fort, dass Sie wissen, was Sie Ihrem Vaterland schuldig sind. Korrekt? Es gibt da nämlich gewisse Probleme mit Einsteins Zentralrechner. Probleme, mit denen wir uns beschäftigen müssen. Es ist zu Ihrem Besten. Sie als Patriot werden das verstehen.

– Welche Probleme? *Konnten die wissen, dass das Hirn redete?* Harvey schluckte, als hätte er eine tote Ratte im Hals.

– Das Problem sind Sie! Ihnen fehlt die Kompetenz für eine derartige Untersuchung.

– Sie richten vielleicht unwiederbringlichen Schaden an. Das kam von Bonin.

– Auch die Gehirne von Lenin und Stalin haben als unbrauchbare Scheibchen geendet. Kuhlenbeck verzog keine Miene.

– Sie besitzen zu wenig Erfahrung für eine solche Aufgabe. Haymaker zündete sich eine Zigarette an.

Zu wenig Erfahrung? Diese Wörter sausten wie eine Flipperkugel durch den Kopf des Weißen Hasen. Seine Welt zerbarst in Splitter, und in den Nebennieren wurde wie beim Jackpot an einem einarmigen Banditen das Stresshormon Cortisol ausgeschüttet. Bilder aus seiner Kindheit tauchten auf: Hartriegelbüsche, liebliche Weizenfelder, Reklametafeln des Molkereiverbandes und ... groß und gewaltig ... das Elektrokabel samt seinem Erzeuger ... Ich bitte um das Meinige, Herr Vater. Plötzlich hatte er das Gefühl, froh sein zu müssen, wenn am Ende dieser Unterredung seine Füße noch nach vorne zeigten.

– Ich habe Kurse belegt ... Angiografie, Pneumoenzephalografie ... Ich bin befugt, das Hirn zu untersuchen. Einsteins Testamentsvollstrecker hat mich damit beauftragt. Mich und nur mich ... Harvey wand sich wie ein Wurm, der die Spitze eines Angelhakens spürte.

– Darum geht es nicht. Haymakers Stimme war scharf wie die geschliffene Klinge an der Spitze eines Bajonetts. Ihnen fehlt die Kompetenz, die Ausbildung, der Geist.

– Ich habe Professor Zimmerman kontaktiert und nicht vor ...

– Es geht nicht darum, was Sie vorhaben oder nicht vorhaben, es geht darum, was wir brauchen und bekommen. Korrekt? Haymakers Haare sträubten sich, und sein Lächeln zeigte ein starkes amerikanisches Vorzeigegebiss. Schließlich steht die Sicherheit der Vereinigten Staaten auf dem Spiel. Wollen Sie uns das Corpus Delicti nun zeigen?

– Wie?

– Das Hirn! Wir würden es gerne sehen. Der Satz schwebte durch den Raum wie ein Ballon – groß und aufgeblasen. Alle blickten zu Harvey, der errötete.

– Ich … seine Stimme klang eingerostet … ich habe es nicht mitgebracht. Thomas stach in den Ballon, der platzte.

– Wie? Nicht mitgebracht? Was fällt Ihnen ein? Haymaker sprang auf und rannte im Kreis. Ja, was glaubt der Blödmann? Warum ist er dann hier? Glaubt er, das Militär finanziert Vergnügungsreisen? Denkt er, wir wollen sein vertrotteltes Gesicht sehen? Der Leutnant schüttelte den Kopf. Das ist eine der ernstesten Angelegenheiten, die mir jemals zu Ohren gekommen ist. Haymakers Blick war so geladen, dass Putz von den Wänden sprang und das Holz der Möbel zu splittern anfing.

– Die Präparierung ist nicht abgeschlossen. Harvey kam sich vor wie larvig verpupptes Ungeziefer, er geriet ins Stottern, verheddterte sich.

– Wann haben Sie vor, es uns zu bringen?

– Ich werde die Untersuchung selbst vornehmen.

– Sie? Ein erstauntes Raunen ging durch die Konferenzteilnehmer. Die einen lächelten sarkastisch, die anderen griffen sich an den Kopf, aber alle machten Gesichter, als hätte man ihnen soeben verkündet, dass Harvey beabsichtige, zu Fuß nach China zu marschieren – und zwar über das Meer.

– Sie haben also nicht die Absicht, es herauszurücken? Sind Sie kein Patriot? Wissen Sie, wie man das nennt? Unamerikanisch! Haben Sie kein Verantwortungsbewusstsein? Sind Sie Kommunist? Haymaker war ihm nun so nahe, dass Harvey den nikotingeschwängerten Atem roch. Nur damit wir uns richtig verstehen, Sie haben die verdammte Pflicht, uns dieses verdammte Hirn auszuliefern. Wenn Sie sich widersetzen, mache ich Sie fertig, verdammt noch mal. Ich werde dafür sorgen, dass Ihre Kinder sich einen anderen Vater wünschen und Ihre Frau die Scheidung einreicht.

– Otto Nathan würde einen Herzinfarkt bekommen, wenn ich das Hirn der Armee gäbe, murmelte Harvey. Einstein war Pazifist. Der Testamentsvollstrecker hat mich mit den Untersuchungen betraut. Mich, Thomas Stoltz Harvey. Seine Knie, nein, sein ganzer Körper zitterte, trotzdem sagte er mit allem Selbstbewusstsein, das er aufbrachte: Es wäre unverantwortlich, wenn ich es aus der Hand gäbe.

Hatte es bisher so ausgesehen, als wäre Harveys Leben eine Aneinanderreihung von Feigheit und Mutlosigkeit, die Geschichte eines Menschen, der es nicht fertigbrachte, für seine Ziele einzustehen, weil ihm der Mumm in den Knochen fehlte, so war er nun wie verwandelt – willensstark und selbstsicher, oder zumindest mutig genug, um nein zu sagen. Nein wie alle Gerechten. Nein, er würde dieses Hirn nicht hergeben. Auf keinen Fall.

– Hören Sie, Harvester, das Militär hat Anspruch auf dieses Hirn angemeldet, und wenn Sie nicht kooperieren, werden Sie die Konsequenzen tragen.

– Dann trage ich sie eben.

Die Hirnforscher schüttelten den Kopf. Schlechte Stimmung machte sich breit. Haymaker sprach von wissenschaftlichem Selbstmord und einem erwartbaren Reinfall. Das war so, wie wenn man die Mona Lisa einem Grundschüler zum Restaurieren gäbe. Wahnsinn. Er redete noch eine Weile lang auf Harvey ein und entließ ihn erst, als er ihm das Versprechen abgerungen hatte, sich die Sache noch einmal gründlich zu überlegen.

– Ich kann es nicht glauben, da lebendig rausgekommen zu sein, murmelte Harvey. Er hatte sich sein Leben lang an Vorschriften gehalten, immer das getan, was man von ihm erwartet hatte. Mit vierzehn Monaten hatte er zu gehen angefangen, mit acht Jahren die zweiten Zähne bekommen und mit dreizehn begonnen, die Möglichkeiten der eigenen Fortpflanzungsfähigkeit zu ergründen. Wenn es hieß, dies oder jenes wäre das Gesetz, halte dich daran, dann tat er es. Noch nie hatte es etwas gegeben, das ihn an Befehlen zweifeln oder sie gar missachten ließ – abgesehen von den Liebesstunden im Sanatorium. Damals konnte er nicht anders. Jetzt war es dasselbe. Zum ersten Mal in seinem Leben war er nicht feige gewesen, und es fühlte sich gut an, richtig gut.

Benommen ging er davon. Seine Beine waren das Einzige, was funktionierte, aber nicht einmal da war klar, ob sie ihn heil zum Auto bringen würden, fühlten sie sich doch an wie nass gewordene Brote. Eigentlich hatte er vorgehabt, ins Kapitol zu gehen und Lincoln zu grüßen. Er hatte am Weißen Haus vorbeifahren wollen, gehofft, einen Blick auf Präsident Eisenhower zu erhaschen. Oder auf seine Frau Mamie, von der es hieß, sie sei eine kichernde Spitzmaus. Aber die Begegnung mit den Hirnforschern war so beschämend gewesen, dass er Washington sofort verlassen musste. Er war ein Befehlsverweigerer, ein Widerständiger, Rebell, nein, schlimmer, ein Staatsfeind, einer, der nein gesagt hatte zum Staat, zu Amerika, zu allem. Und wie fühlte sich das an? Schrecklich, aber gleichzeitig auch richtig gut. Zum ersten Mal in seinem Leben erlebte er einen Gewissenskonflikt. Allerdings gab es nichts abzuwägen und nichts zu entscheiden, weil feststand, dass er das Hirn mit Klauen und Krallen verteidigen würde … wenn es sein musste, gegen die gesamte Armee der Vereinigten Staaten. *Die müssen schon mit der Nationalgarde anrücken, um es sich zu holen. Und nicht einmal dann werde ich es ihnen geben.*

Auf der Rückfahrt blickte er ängstlich in den Rückspiegel, weil er fürchtete, verfolgt zu werden. Diese Militärs gehörten nicht zu den Leuten, die in der Zeitung annoncierten, wenn sie Zahnweh hatten. Aber eines war klar, sie würden sich mit Harveys Weigerung nicht abfinden, ihn vielleicht der Spionage oder Gott weiß wessen bezichtigen.

Harvey hieß der Mann. Was in ihm vorgegangen wäre, wenn er geahnt hätte, dass ihn nicht bloß das Militär im Visier hatte, sondern auch das FBI, in dessen Auftrag ich, Sam Shepherd, ihm auf den Fersen war?

Eine halbe Stunde lang kam dem Weißen Hasen ein himbeerroter Dodge mit aufklappbarem Verdeck verdächtig vor, dann war es ein zimtbrauner Studebaker, später ein himmelblauer Chevy mit Weißwandreifen, aber keiner dieser Farbkleckse folgte auf Dauer. Obwohl Harveys Herz raste, fuhr er nicht direkt nach Hause, sondern machte einen Abstecher nach Philadelphia, lenkte seinen Ford zum Campus, ging in die Universitätsbuchhandlung und kaufte alles, was sie über Neurowissenschaft auf Lager hatten. Viel war das nicht. Neben einem populärwissenschaftlichen Buch über Hirne berühmter Leute und einem Übersichtswerk bekam er das Kompendium von Percival Bailey und Gerhardt von Bonin, den beiden Kapazundern, die ihn auf der Militärbasis angesehen hatten, als sei er völlig übergeschnappt. Harvey wollte wissen, wie man Hirne aufbewahrte und studierte. Er wollte, nein, er konnte Einsteins Denkorgan nicht mehr aus der Hand geben. Dieser Gewebeklumpen war seine Chance, dem Durchschnittsleben zu entfliehen.

– Zu wem hat das Hirn gesprochen? Zu mir. Er sagte das in Richtung Straße wie jemand, der ein heimliches Laster gestand. Aber hatte es wirklich geredet? Mittlerweile zweifelte er selbst, dass das stattgefunden hatte.

Als er heimkam, war es bereits finster. Die Kinder schliefen, und Elouise stellte ihm wortlos das Abendessen auf den Tisch, das er schweigend verzehrte. In der Küche herrschte atemlose Stille, und Harvey spürte, seine Frau war ein brodelnder Vulkan. Ihre Brüste hoben und senkten sich bedrohlich, und das Magma, das sich in ihr sammelte, bestand aus geschmolzenen Idealen.

– Warum kommst du so spät?, platzte es endlich aus ihr heraus. Die Buben haben eine Kröte gefangen, die sie dir zeigen wollten. Wo hast du dich herumgetrieben? Elouises Tonfall war derart feindselig, dass sich daneben selbst der spanische Großinquisitor wie ein netter Onkel angehört hätte. Harvey murmelte etwas von Militär und Geheimsache. Morgen würde er sich um die Kinder kümmern. Seine Frau sah die Bücher und keifte:

– Das können wir uns leisten? Hirnschwarten? Neurologiedingsbums? Und einen Kühlschrank? Du wirst immer mehr wie James Stewart in »Mein Freund Harvey«! Nur hast du keinen weißen Hasen, sondern ein Hirn. Anstatt dich um deine Familie zu kümmern, hoppelt dir dieses Ding im Kopf herum.

– Dieses Ding, wie du es nennst, ist eine Lebensaufgabe.

– Thomas! Komm zu dir. Es wird unsere Familie zerstören.

– Das wird es nicht. Warum? Weil ich euch liebe, Brezelchen. Harvey starrte wie in Trance geradeaus. Er hatte für heute bereits genug Unannehmlichkeiten gehabt. Als sich eine Gelegenheit bot, schnappte er die Bücher, ging in den Keller und wähnte sich eine göttliche Weile lang glücklich. Das schlichte Glas auf seinem Arbeitstisch in diesem unaufgeräumten Keller war, das spürte er, ein gerechter, fast heiliger Gegenstand, ein Tabernakel.

– Schau, was ich gekauft habe, sagte er zum Hirn. Die Neurowissenschaftler der Armee wollen dich in ihre Militaristenfinger kriegen, aber das lasse ich nicht zu. Was ist? Sprichst du nicht mehr? Du könntest dich bedanken. Es kam keine Antwort.

In den Büchern fanden sich Diagramme und Hirnlandkarten, in denen die diversen Sektionen des Denkorganes dargestellt waren. Harvey betrachtete Formeln und Diagramme. Er öffnete das Glas und ... na komm schon ... fischte die graue, an Mozzarella erinnernde Masse aus dem Behälter und legte sie auf eine Waage. Das Hirn war um hundertfünfunddreißig Gramm geschrumpft. War das die Seele? Ein fünf Unzen schweres entfleuchtes Etwas? *Ist das nicht zu viel? Sagt man nicht, die Seele wiegt einundzwanzig Gramm?*

– Warum redest du nicht? Wenn du stumm bleibst, werde ich dich zerteilen müssen. Hallo! Sprich! Das Hirn gab keine Antwort.

Es war zehn Uhr abends. Elouise schlief vermutlich. Harvey stellte sich vor, wie sie schmollend im Bett lag, aber dafür hatte er jetzt keine Zeit. Er beleuchtete und fotografierte das Hirn von allen Seiten, vermaß es, zeichnete es und ließ es schließlich wieder sanft in das Formaldehyd gleiten. Der Weiße Hase wusste, für eine Untersuchung musste er den Klumpen in Streifen schneiden, was ihm nicht gefiel. Er wollte die Ganzheit nicht zerstören. Wenn er es zerschnitt, so viel stand fest, würde das Hirn nie wieder mit ihm reden. Aber das war wohl ohnehin nur eine Sinnestäuschung gewesen.

Erst weit nach Mitternacht ging er zu Bett. Aus der schlafenden Elouise kam schwerer Atem. Bestimmt träumte sie von einem Kühlschrank. Harvey war so aufgeregt, dass er lange wach lag. Das Hirn bedeutete Aufstieg, Durchbruch und jene Ration Glück, die ihm zustand. Oder Untergang? Kurz dachte er an Gretchen, dann an die Militärbasis. Was, wenn der Leutnant mit der Meerschweinchenfrisur seine Drohung wahrmachte und die Militärpolizei ausrückte, um das Hirn zu konfiszieren? Oder etwas anderes? Er sah die Professoren förmlich vor sich, wie sie ihn auseinandernahmen: verwirrter Geisteszustand, Neigung zur Witzelsucht, vielleicht ein Hauch Schizophrenie? … Wie er sich gewunden hat. Ein eindeutiger Fall von … genau meine Diagnose … jedenfalls aus dem Formenkreis der Alkoholepilepsie … wahrscheinlich ein lädiertes Corpus callosum …

Eine dunkle Empfindung breitete sich in Harvey aus, verhinderte das Einschlafen. Den ganzen Tag hatte er sich danach gesehnt, ins Bett zu kriechen und sich die Decke über den Kopf zu ziehen. Nun, da es endlich so weit war, fand er keine Ruhe. Immerzu dachte er an die Professoren mit ihren sarkastischen Gesichtern, an Haymaker und das Militär.

Am nächsten Morgen fühlte er sich gerädert, nahm das Hirnglas mit ins Büro und sperrte es in einen Kasten. Nachdem er eine Leiche seziert hatte, überlegte Thomas, ob er nun mit dem Zerstückeln von Einsteins Zentralorgan beginnen sollte. Alle Welt erwartete Ergebnisse, aber dafür war ein Zerstören der Gesamtheit notwendig. Irgendetwas hielt ihn zurück.

Gretchen kam herein und stöhnte über eine beginnende Migräne.

– Irgendwann lasse ich dich frei, sagte sie. Das war typisch Gretchen Gruenspan, nicht nur, dass sie mit Pflanzen und Zähnen redete, nein, sogar mit einer Migräne. Als sie Harvey mit dem Hirn sah, wusste sie sofort, was in ihm vorging.

– Wie wäre es mit einem Porträt?

– Ein Porträt? Natürlich! Harvey klatschte in die Hände, griff zum Telefon, zögerte und rief dann Annie Bowie Brower an, die vor zwei Jahren ihn und seine Familie gemalt hatte. Er erklärte sein Anliegen, und die Malerin war so begeistert, dass sie noch am selben Abend mit Staffelei, Leinwand und Malkasten anrückte. Fasziniert betrachtete sie das Hirn, umkreiste es und sagte schließlich mit großer Künstlergeste:

– Es kommt auf die Beleuchtung an.

Harvey reichte ihr ein Glas Bourbon, und die grauhaarige, aber attraktive Annie lächelte ihm ein Du-darfst-mich-Küssen zu. Er spürte, wie jede ihrer Bewegungen und jedes ihrer Worte eine unsichtbare Grenze übersprang – wie Kinder, wenn sie über einen Bach hüpften. Er wusste, dass er nur die Tore öffnen müsste, und diese ganze Annie Bowie Brower würde über ihn hereinbrechen wie das Jüngste Gericht. Es war ihm bereits beim Modellsitzen für das Familienbild aufgefallen, aber damals hatte Elouise – einem angeborenen weiblichen Instinkt folgend – peinlich genau, fast zerberusartig darauf geachtet, dass er nicht mit ihr alleine war. Nun war er es. Nur das Hirn befand sich im Zimmer, und Harvey ahnte, dass Annie die Situation missverstehen würde. Bestimmt hielt sie das Hirnporträt für einen plumpen Vorwand, um eine Affäre zu beginnen. Er betrachtete ihr gewelltes Haar, das schmalgeschnittene Gesicht, den breiten Mund. *Schöne große Augen, aber die Fältchen rundherum sind zu tief. Hübsch, doch zu alt.*

– Wann haben Sie die nächste Ausstellung?

– Als realistische Malerin? Die Galerien stellen nur noch Dreiecke und Quadrate aus. Die heutigen Maler sind Geometrielehrer. Annie reagierte so, wie Harvey gehofft hatte, sie geriet in Rage, schimpfte über das Zeitalter der Geschmacklosigkeit, in dem niemand mehr an wirklicher Kunst interessiert sei.

– Ich schon. Harvey zeigte auf das Hirn.

– Haben Sie gewusst, dass abstrakte Kunst vom CIA gefördert wird? Warum? Weil man sozialkritische realistische Malerei verhindern will.

Harvey hatte dazu keine Meinung, war aber froh, Annies Lüsternheit zu entkommen. In den folgenden Tagen roch es in seinem Büro nach Terpentin und Ölfarben. Annie kam immer abends, weil der Spitalsbetrieb da ruhiger war, und forderte ihn jedes Mal auf zu bleiben.

– Es stört mich nicht, wenn man mir beim Malen zusieht.

Thomas wollte nicht. Ein paar Tage lang ließ er sich vom Portier verleugnen, der ihr ausrichten musste, dass Harvey früher gegangen war, sie ruhig weitermalen solle.

Die Künstlerin war enttäuscht, auch, dass sie das Hirn nicht aus dem Glas nehmen durfte, aber der Pathologe hatte ihr klargemacht, dass es dann in sich zusammenfallen würde. Die Haare in Annies Locken schienen heller zu werden, als sie um das Hirn schlich, Falten und Verwerfungen studierte. Nach ein paar Tagen war Harvey kurz davor, sie zu fragen, ob ihr etwas ungewöhnlich vorgekommen sei. Ob das Hirn gesprochen hatte? Er traute sich nicht. Die Situation war bereits so absurd genug, wenn die Malerin mit ihrem Pinsel Maß nahm und das Porträtierte mehr einem Schweinekopf in Aspik denn einem Nobelpreisträger glich.

Nach einer Woche war das Gemälde fertig. Sah man flüchtig hin, konnte man den grauen Klecks für das Werk eines Surrealisten vom Schlage Yves Tanguys halten. Bei genauerer Betrachtung zeigten sich sämtliche Details – eine Mondlandschaft oder Darmschlingen, und doch besaß es eine Aura, die einen zittern ließ.

– Sie sind ein Caravaggio der Hirnmalerei. Harvey war begeistert von der Detailtreue, die die sulzig trüben Hirnwindungen wie ein frisch geborenes Baby aussehen ließen. Welch exquisite Farbgebung! Kein seifiges Gräulich, sondern ein Changieren zwischen Rosa und Blauviolett mit einem Hauch von Pflaumenblau. Ein Meisterwerk!

– Was das Faszinierendste ist, es hat den Goldenen Schnitt. Annie strahlte. Sie stellte sich vertraut neben Harvey, legte ihren Ellbogen auf seine Schulter und seufzte. Beide standen da wie Eltern eines Wunderkindes, deren Sprössling gerade altägyptische Hieroglyphen entschlüsselt hatte.

Gut, dachte Harvey, Annie ist zwar nicht mein Typ, aber das Bild ist so fantastisch, dass ich sie jetzt nicht enttäuschen darf. Er legte seinen Arm um ihre Hüfte und begann sie sanft zu streicheln. Sie reagierte nicht so, wie er erwartet hatte, stürzte sich nämlich keineswegs auf ihn, sondern verhielt sich völlig ruhig. Seine Hand wanderte nach oben, und als sie auf Höhe des Büstenhalters war und sich vorwärtstastete, drehte Annie plötzlich, fast vogelartig ihren Kopf zu ihm, trat einen Schritt zurück und sagte schroff:

– Das ist im Preis nicht inbegriffen, Herr Harvey.

– Ich dachte, Sie … du willst es auch. Er war seinem nun geweckten Jagdinstinkt folgend hinterhergehechtet und hatte sie gepackt.

– Also, Herr Pathologe, wirklich nicht. Ich muss doch bitten!

Sie riss sich los, schüttelte den Kopf, schnappte ihre Malutensilien und stampfte »Frechheit« murmelnd zur Tür hinaus.

Nun verstand er gar nichts mehr. Was dem Weißen Hasen noch weniger gefiel, war, dass das Organ nicht mehr gesprochen hatte und ihm jetzt ein Grund fehlte, das Zerschneiden weiter hinauszuzögern.

WAS, WENN GOTT DOCH WÜRFELT?

Physiker glauben, dass sich die Welt mit Zahlen und Formeln darstellen lässt, Prinzipien der Mathematik auch Prinzipien der Dinge sind. Aber wie ist das mit Emotionen? Wie lassen sich Sehnsüchte oder Ängste darstellen? Mit irrationalen Zahlen? Was vor tausenden Jahren mit Einkerbungen in Knochen und dem Zählen von Fingergliedern begonnen hat, ist komplexer geworden. Die Menschen haben sich nicht mit den natürlichen Zahlen zufriedengegeben, die sie mit Gottheiten in Verbindung bringen konnten, sie haben eine Ziffer für das Nichts gebraucht, die Null, und sich immer noch unwahrscheinlichere Zahlen ausgedacht, die reellen Zahlen, die negativen Zahlen, und schließlich Zahlen, die weder größer noch kleiner als das Nichts sind. Nichts sind sie aber auch nicht. Zahlen, die ihrer Natur nach so unmöglich sind wie ein sprechendes Hirn von Albert Einstein, Zahlen, an die man nur noch glauben kann – imaginäre Zahlen. Vigesimalsystem, Duodezimalsystem, binäres System ... Darüber sind die meisten Mathematiker verrückt geworden, weil sie Gott in seiner ganzen Macht gesehen haben wie Lots Frau, als sie sich umblickte. Und Harvey? Ein einigermaßen funktionierender Verstand kann viel Seltsames ertragen, ehe er den Geist aufgibt.

– Guten Morgen, Doktor Harvey, wie geht es uns heute? Der Portier salutierte nachlässig.

Ja, wie ging es heute? Man konnte das auf hundert Arten beantworten. Emotional, beruflich, gesundheitlich, finanziell, digestiv, die Libido betreffend ... oder anhand eines Barometers der Hoffnungen. Alle Menschen steckten voller Wünsche, aber nur wenige wussten, was deren Erfüllung bedeutete. Kein Armer ahnte, was es hieß, als reicher Geldsack aufzuwachen. Keiner, der berühmt werden wollte, machte sich einen Begriff davon, was es hieß, bekannt zu sein. Kein Physiker wusste, wie es war, mit einer neuen Formel das Universum auf den Kopf zu stellen. Die meisten hatten nur eine vage Vorstellung von ihren Wünschen. Auch Thomas Harvey. Was erhoffte er sich von dem Hirn? Ein Glücksgefühl, wie es Pablo Picasso erfüllt haben mag, als er mit *Les Demoiselles d'Avignon* das erste kubistische Gemälde schuf? Oder Genugtuung, die Albert Einstein ein Lächeln unter den Schnurrbart zauberte, als man 1919 bei der Beobachtung einer Eklipse feststellte, dass Lichtstrahlen von der Sonnenmasse tatsächlich gekrümmt wurden, womit die Relativitätstheorie bewiesen war? Wollte auch Harvey mit diesem Hirn in die Sonne schauen und die Wahrheit sehen? Würde er das aushalten oder zur Salzsäule erstarren? Und was, wenn er bloß Zahlen sah, unmögliche Zahlen, die er nicht verstand?

Blonde Härchen glitzerten auf muskulösen Unterarmen. Harvey mochte Joseph Bley, der neuerdings in der Portiersloge saß. Davor hatte dieses Sinnbild eines Proletariers in einem Blechwalzwerk gearbeitet und war dort wegen seiner Gewerkschaftstätigkeit entlassen worden. Der Mann strahlte Wärme und Herzlichkeit aus, den von Arbeit geadelten Stolz aller Werktätigen, er kannte sich zwar nicht mit Zahlen, dafür aber mit Zangen und Gabelschlüsseln aus, reparierte Öfen, Brunnenpumpen oder Heizkessel, brachte kaputte Dieselgeneratoren wieder in Gang, wusste mit Rohrleitungen und Elektroanschlüssen Bescheid, verwehrte aber jede Bezahlung, weil, wie er sagte, die Menschen zusammenhalten müssten.

– Ich soll mich um einen Patienten kümmern, der körperlich nicht auf der Höhe ist.
– Was fehlt ihm?
– Er ist tot.

Dieser Humor war typisch Harvey. Er erkundigte sich nach dem in Zeitungspapier eingewickelten Buch.
– Literatur. Sozialistische Literatur. Joseph Bley trommelte mit den Fingern und ergänzte, dass sich zwei Männer nach Harvey erkundigt hätten.
– Wer denn?
– Weiß nicht. Es gibt solche und solche ... Das waren eher solche. Sie wollten wissen, wo sich Ihr Büro befindet. Merkwürdige Käuze.
– Hmm. Hatte Leutnant Haymaker Vasallen ausgesandt, die Causa prima zu stehlen? Dem stolzen Hirnbesitzer wuchsen Schweißtropfen an der Stirn. Er rannte in sein Büro, öffnete den Schrank ... und hoffte, dass dem Hirn nichts zugestoßen war. Da sah er es. Nichts passiert. Erleichterung. Auch Annies Gemälde stand an seinem Platz.

Träumt nicht jeder Mensch davon, bedeutend zu sein, gesellschaftlich aufzusteigen? Ein Fahrdienstleister wünscht einen Zugunfall, um eine reiche Gräfin retten zu können, ein Reitlehrer ersehnt sich eine Prinzessin zur Schülerin, ein Feuerwehrmann einen Brand, und ein Pathologe wünscht, dass auf seinem Seziertisch einmal jemand mit Bedeutung liegt. Wenn einem das Schicksal diese Gelegenheit gibt, muss man zupacken. Harvey würde sich das Hirn von keinem Haymaker dieser Welt mehr nehmen lassen. Aber heute war es so weit, Wünsche hin oder her, die graue Masse musste zerteilt werden.

Davor gab es eine von Blummenfelts gefürchteten Sitzungen. In einem Ärztezimmer drehten Chirurgen und Anästhesisten nervös an ihren Fingern. Lungenfachärzte rauchten, und der Proktologe bohrte in der Nase. Der Direktor begrüßte alle und nutzte die Gelegenheit, sein Spital zu loben. Eine Sonnenbrille zierte das Gesicht des kleinen Kettenrauchers, der vor Stolz fast platzte.

– Wir Amerikaner sind progressiv und modern. Unser Spital steht an der Spitze der Gesundheitsvorsorge. Wir gehen mit der Zeit. Eines Tages werden wir sogar Oberärztinnen haben. Nur Direktorinnen wird es niemals geben. Blummenfelt lächelte, er sprach von Investitionen und Dienstplänen, von neuen Schwesterntrachten mit Hauben, die nicht mehr wie gefaltete Servietten aussahen. Nur eines wurmte ihn: Das Personal wollte eine Gehaltserhöhung. Anstatt froh zu sein, hier arbeiten zu dürfen … Wir sind eines der wichtigsten Spitäler an der Ostküste, daher ist bei uns auch Albert Einstein gestorben! Weil wir es uns verdient haben!

Alle blickten zu Harvey, der Namen wie Hasi und James Stewart hörte und fühlte, wie ihm eine Röte ins Gesicht stieg.

– Unser Pathologe Thomas Harvey ist offiziell beauftragt, das Hirn des Genies zu untersuchen. Alle applaudierten. Blummenfelt klatschte in die Hände, die Tür ging auf, und »Hoch soll er leben« singende Krankenschwestern kamen herein. Eine trug eine Schokotorte mit brennenden Kerzen, auf die man mit Zuckerguss ein Porträt Einsteins gezeichnet hatte, die Ähnlichkeit hielt sich in Grenzen. Damit nicht genug, kam auch ein grauer Kuchen in Form eines Gehirns – der Gipfel an Geschmacklosigkeit. Die Ärzte johlten. Blummenfelt sprach von einer welthistorischen Bedeutung, und Harvey blickte verschämt zu Boden. Das hatte er sich nicht gewünscht. Er musste den Hirnkuchen zerschneiden, trank mehrere Gläser Sekt und ertrug die Schulterklopfer, die ihn Berühmtheit und Star nannten.

– Nicht doch. Ich mache nur meine Arbeit.

Als Harvey wieder in sein Büro kam, stand eine kleine Kompanie Blutproben auf dem Schreibtisch. Eine Assistentin hatte einen Schwächeanfall erlitten und war nach Hause geschickt worden, sodass er die Proben selbst untersuchen musste. Das nahm den ganzen Tag in Anspruch.

Erst abends kam er dazu, Mikrotom und Einsteins eingelegten Generalprozessor vorzubereiten. Gerade als er den Schrank öffnen wollte, erschien Gretchen, käseweiß statt gruenspanrosa. Sie war aufgelöst, weil sie vom Tod einer Jugendfreundin erfahren hatte. Ihre Stimme wimmerte, trotzdem redete sie vom Erziehungsheim, in dem der Heimleiter immer seinen Schoß an ihr gerieben hatte.

– Und wir mussten aufessen. Selbst wenn wir das Essen erbrochen hatten, durften wir nicht aufstehen, bevor der Teller leer war. Wer sich etwas zuschulden kommen ließ, bekam den Kopf in einen Kübel mit Eiswasser gesteckt, was bei mir zu einer schweren Lungenentzündung geführt hat.

Harvey ging zu einem Schrank, holte eine Flasche Four Roses und füllte zwei Gläser bis zur Hälfte an.

– Spült den Schmerz hinunter.

Gretchen trank, sprach aber weiter und stellte Fragen, die sie gleich selbst beantwortete, entschuldigte sich, dass sie ihm die Ohren zukleisterte, hörte nicht auf, von den Zuständen im Erziehungsheim zu reden, die sie mit den Verhältnissen in der Welt verglich.

– So wie mit Unmündigen umgegangen wird, werden auch alle anderen Geschöpfe zurechtgebogen. Die Atomversuche und die Staukraftwerke ... *Mit ihrer großen Brille gleicht sie einer Lehrerin.* Die Welt ist so verlogen. Wir dürfen uns das nicht gefallen lassen. Wir müssen ...

Ich muss Einsteins Hirn auf eine Wurstschneidemaschine legen.

– Aber der technische Fortschritt ist eine Notwendigkeit. Harvey hatte zeit seines Lebens die Regierung als etwas Erhabenes betrachtet, als gottgleiche Einrichtung, deren Ratschlüsse oft unverständlich, aber immer notwendig waren. Niemals wäre er auf den Gedanken gekommen, dagegen zu protestieren. Auch er spürte bedenkliche Tendenzen des Fortschritts, aber das rührte daher, war sich Harvey sicher, dass die Menschen kaum noch glaubten.

– Weil so viele Menschen ihren Gott verloren haben, geht es mit der Welt bergab.

– Gott ist Kitsch.

– Und wie gefällt dem Fräulein Gruenspan das? Er trank den Bourbon und zeigte auf Annies Ölbild.

Gretchen war sprachlos.

– Kein Rembrandt, aber die Furchen und Verschlingungen wirken ziemlich echt. Sie schob ihre Brille auf der Nase hin und her, war angetan von den Farbnuancen und Schattierungen. Man spürt eine Aura.

Der Weiße Hase überlegte, ob er ihr erzählen sollte, dass das Hirn gesprochen hatte. Aber wenn sie dann auf den Korridor lief und »Harvey ist verrückt!« brüllte? Er nahm ihren Geruch wahr, der aus der Mischung verschiedener Krankenhausdüfte hervorstach und wie ein Segen im Raum lag. Sie redete jetzt wieder von Naturkatastrophen, Atomversuchen, da griff er ihr an den Pazifik, also an die Schulter, sagte:

– Ich habe eine Aufgabe zu erfüllen. Das Schicksal hat mich auserwählt, dieses Hirn zu untersuchen und ...

Sie drehte sich um, nahm ihre Brille ab, blickte ihn an, als hätte er sich in einen Satyr verwandelt, aber nein, da waren noch die braunen Schuhe und keine behaarten Hufe. Gretchen bekam einen milden Blick, öffnete ihre von der Abendsonne vergoldeten Lippen ... *lasziv wie frisch geschälte Litschi* ... und näherte sich seinem Gesicht. Harvey war es, als würde ihr Antlitz in lauter Einzelteile zerfallen. Gleißendes Licht bahnte sich seinen Weg zu ihren Apfelbäckchen, brach in den gesprenkelten Schatten von Gretchens Stirn, floss über ihr Gesicht, funkelte in der moosgrünen Iris. Kleine Photonenpakete eigentlich, Quanten, wirkten wie ein Fluss aus Licht ... ein Fluss, in den man laut Heraklit nur einmal steigt ... Panta rhei. Er dachte an das Missgeschick mit Annie, verwarf die Malerin, umfasste zärtlich Gretchens Hals und ließ die direkt aus den Lenden kommende Elektrizität zu ihr hinübergleiten. Einen Moment lang sah sie ihn noch mit einem Was-ist-denn-in-Sie-gefahren-Blick an, dann ließ sie es geschehen. Alles fließt. Sie küssten sich. Bingo! Wenn das Universum tatsächlich aus Zahlen bestand, kam es zu Übereinstimmungen. Harvey spürte, wie sich eine Wurzel quadrierte, eine Rechenoperation zur Anwendung kommen wollte, alles Richtung Lösung strebte – Auflösung. War das die Erfüllung seiner Wünsche? Harvey umfasste ihren Körper, der knochiger war als jener von Elouise. Gretchens schlaffe Arme hingen wie verwelkte Tulpen an ihr herunter, sie war wenig entgegenkommend, leistete aber keinen Widerstand. Nichts oder nicht nichts? So muss es Leibniz gegangen sein, als er das binäre System fand. Oder jenem namenlosen Mathematiker, der entdeckte, dass sich zwischen den natürlichen Zahlen jede Menge anderer Zustände befanden. Nach einer gefühlten Ewigkeit ließen sie voneinander ab, und Gretchen sagte mit schmierölhaltiger Schiffsmechanikerstimme:

– Jetzt will ich Erdnussbutter-Cracker.

– Mir wären Himbeeren lieber, hauchte ihr Harvey ins Ohr. Sein Atem kitzelte. Es war der erste Augenblick seit einer gefühlten Ewigkeit, dass er nicht an das Hirn dachte. Er roch an ihrem Haar und wollte zurück in den Fluss, weiterküssen. Gretchen drehte den Kopf zur Seite.

– Nicht so schnell. Das war erst das dritte Mal, dass ich einen Mann geküsst habe. Plötzlich bekam ihre Stimme etwas Sängerknabenhaftes. Ich bin das, wovon man sonst nur liest, eine Jungfrau.

– Was? Nein! Harvey stieß sie erschrocken von sich und machte einen Schritt zurück. *Eine Jungfrau? Jesusmaria!* Es war, als hätte sie verkündet, von Aussatz befallen zu sein. Plötzlich wurde aus einer einfachen Gleichung etwas Unlösbares. Dafür, dass du keine Übung hast, war das gar nicht schlecht. Aber Tansania? Hast du nicht von Promiskuität gesprochen? In einem Kral mit lüsternen Eingeborenen gelebt?

– Man braucht keine Beziehung.

– Nur wenn man keinen Gott braucht.

– Beziehungen sind hinderlich. Gretchen setzte ihre Brille wieder auf und verschränkte die Arme. Ich will meine Freiheit nicht aufgeben, um irgendwann wie alle Paare schweigsam in einem spießigen Steakhaus zu sitzen und an einem Fleischklumpen zu würgen, weil man sich nichts mehr zu sagen hat, sich nur noch Gemeinheiten an den Kopf wirft. Sie stockte. Alle Männer haben sich in mich verliebt … und wollten mich einsperren.

– Aber …? Hast du nicht das Gefühl, dir entgeht etwas?

Da Harvey keine Argumente einfielen, setzte er alles auf eine Karte, wagte einen Kopfsprung in ihre Richtung, küsste sie wieder. Gretchen ließ es zu. Panta rhei. Diesmal griff er ihr an die Brüste und merkte … *ja, eindeutig, die Nippel fühlen sich versteinert an* … Erregung. Er hatte sie umfangen, als sie ihn wegdrückte und den Kopf hob.

– Es geht nicht. Immer wenn mir ein Mann zu nahe kommt, schlage ich ihn.

– Was?

Von wegen alles fließt, die Sache ist festgefahren.

– Das hängt mit dem Erziehungsheim zusammen. Dort hat man mich missbraucht.

– Du bist faszinierend. Er strich ihr durch das Haar. Aber du hast ein Trauma. Wie man das bewältigt, weiß ich nicht, aber wir sollten es versuchen. Ich bin überzeugt, dass Gott die meisten Probleme für uns löst.

– Gott ist wirklich nicht mein Ding.

– Dein Ding? Harvey versperrte das Hirn im Schrank, räumte die Four-Roses-Flasche weg, und sie gingen Richtung Ausgang. Joseph Bley blickte hoch und lächelte. Der Portier winkte Harvey

mit verstohlener Geste zu sich und zeigte auf eine Schwarzwälder Kuckucksuhr, an der er herumschraubte.
– Ist das niedlich. Gretchen grinste.
– Aber hören Sie doch. Bley zog an Metall-Tannenzapfen, der Kuckuck sprang heraus, und eine Melodie erklang.
– Ist es das, was ich glaube?
– Völker höret die Signale, summte Bley mit strahlendem Gesicht, auf zum letzten Gefecht, die Internationale erkämpft das Menschenrecht ...
– Hübsch, aber in die Kantine sollten Sie die nicht hängen. Gretchen warf Bley eine Kusshand zu, und als Harvey fragte, was das für eine Melodie gewesen sei, bekam er keine Antwort.

In Polly's Luncheonette saßen ein beleibter Mann mit Genießermund, lockigem Haar und Unterlippenbärtchen sowie sein kahlgeschorener Gehilfe: Krysolov und Vitali redeten von gewissen Leuten, die Musik machten: John Coltrane, Charles Mingus und anderen, deren Namen Harvey noch nie gehört hatte. Er und Gretchen kümmerten sich nicht darum. Sie nahmen an einem weit entfernten Tisch Platz und hatten keine Ahnung, dass die beiden schrägen Vögel die Absicht hatten, sich das Hirn unter den Nagel zu reißen. Zwar stand es nicht zuoberst auf ihrer Liste, aber der Plan war da. Sie wussten, wo sich Harveys Büro befand und wie man ein Türschloss aufbekam. Für sie ging es nun darum, einen potenten Interessenten für das gute Stück zu finden. Krysolov und Vitali hatten mit Hehlern gesprochen, die bei spleenigen Millionären vorfühlten, aber niemand schien an Einsteins Hirn interessiert zu sein. Also baldowerten sie andere Gaunereien aus.

Trisha, die Besitzerin von Polly's, wechselte ein paar freundliche Worte mit Harvey und nahm die Bestellung auf. Während der Pathologe ein Bier trank und einen *Burger*meister verzehrte, erzählte Gretchen von klassischer Musik und Literatur ...

Solange sie nicht mit der Geschichte von dem Prager Käfer anfängt.

– Ich lese gerade die moderne Version der »Odyssee« ... spielt an einem einzigen Tag in Dublin ... abgedrehte Geschichte. Ihrem Verfasser wurde eine Geisteskrankheit attestiert.

– Da lese ich lieber die Bibel.

– Wo es in der Bergpredigt heißt, wer masturbiere, solle sich die rechte Hand abschlagen?

– Diese Bibelstelle muss ich überlesen haben.

Gretchen schimpfte auf die katholische Kirche ... »verlogener Verein« ..., und Harvey kam der Gedanke, dass er dem Hirn eine solche Kirche zeigen müsse.

– Es ist nicht schlecht, Katholik zu sein. Die dürfen jetzt freitags Fleisch essen und denken über Kondome nach.

Trisha brachte eine zweite Runde und bemerkte, dass Harvey ähnlich alt sein müsse wie sie. Er sah sie an und lächelte. Tatsächlich war die Lokalbesitzerin einmal hübsch gewesen, mit der Betonung auf gewesen. Nun sah sie etwas anders aus, dazu Goldzähne, die aus den Mundwinkeln blitzten. Wie kam sie dazu, ihn so einzuschätzen? *Frechheit!* Aber es stimmte, zweiundvierzig, sein schütteres Haar war durchsetzt von grauen Eindringlingen, dazu hängende Lider, Falten um die Augen ... Was wollte er mit einer Achtundzwanzigjährigen? Wie alle Hoffenden wusste er nicht, was die Erfüllung seines Wunsches bedeutete.

– Trisha kommt aus Deutschland. Ich glaube, sie war da drüben in einem Konzentrationslager.

– Wirklich? Gretchen schnappte nach Luft, und Harvey war klar, es war ein Fehler, dieses Thema anzuschneiden. Es folgte ein Monolog über Nazis, die sich aufführten wie Heimleiter.

Harvey nahm ihr die Brille von der Nase und sah sie schweigend an. Gretchen war ein Mädchen, das Müttern ein Lächeln auf die Lippen zauberte und anderen Männern die Zornesröte in den Kopf steigen ließ, wenn man es ausführte.

– In fünfzig Jahren wird es keine Zivilisation mehr geben, sagte sie mit der rauen Stimme eines Seemanns, der verkündete, dass das Schiff gerade auf eine Sandbank gelaufen war und zu bersten drohte. Die Menschheit wird den Planeten vernichten.

– Bestimmt. Harvey hörte gar nicht, was sie sagte. Gretchen redete von der Zerstörung der Umwelt, der Ehe und dem irischen Autor, der die ganze »Odyssee« an einem einzigen Tag in Dublin spielen ließ. *Nicht auszudenken, wohin der das Neue Testament verlegen würde? Ein Vormittag in Limerick?*

Später brachte er sie nach Hause, unternahm aber keinen Versuch, sie zu küssen. Thomas wusste, wovon er träumen würde. Aber im Bett dachte er nicht an Gretchen, sondern an das Hirn. Er hätte es nicht im Spital lassen dürfen. Was, wenn Haymakers Leute oder wer immer die mysteriösen Männer waren, die sich nach ihm erkundigt hatten, wiederkamen?

Harvey wälzte sich bereits seit Stunden im Bett, als ein Mann Polly's Luncheonette betrat, sich zu Krysolov und Vitali gesellte und sagte, er wüsste jetzt jemanden, der sich für gewisse Dinge interessiere.

DIE GEBRÜDER WRIGHT

Die Wahrheit kommt scheibchenweise zum Vorschein, nicht als ganze Wurst – zumindest bei einem Hirn. Das Mikrotom war veraltet, mehr Schinkenschneidemaschine als medizinischer Apparat. Dennoch spannte Harvey das Hirn darin ein.

– Ich habe dir eine Chance gegeben, aber wenn du nicht mehr sprichst, werde ich dich zerteilen wie gestern den Kuchen.

Das Hirn glich einem traurigen Oktopus. Harvey fuhr sich durchs zerzauste Haar, sein Atem ging zu schnell, und er hatte die Gewissheit, ein Sakrileg zu begehen. Dennoch schaltete er das

Mikrotom an, sah, wie die scharfe Metallscheibe in Bewegung kam ... und fühlte sich wie ein Verbrecher, der zur Tat schritt. *Was um Gottes willen machst du da? Willst du wirklich Einsteins Hirn zerlegen? Ja! Ich muss es tun.* Der Motor schnurrte, und Harvey bewegte den Schlitten hin und her wie ein Golfspieler, der ein paarmal durch die Luft schwingt. *Golfspieler? Nein, wie Babe Ruth, wenn er mit dem Baseballschläger die Grashalme rasiert.* Dann setzte Harvey an, zögerte, spürte, wie sich sein Herz zusammenzog. Er ging zum Schrank, nahm einen Schluck aus der Four-Roses-Flasche, fühlte ein Brennen in der Brust, schritt zurück zum Mikrotom, fuhr wieder mit dem Schlitten vor und zurück.

– Das ist deine letzte Chance. Irgendwelche letzten Worte? Gut, du hast es so gewollt. Er nahm die Haltung einer medizinischen Kapazität an ... oder war es die einer Wurstverkäuferin? ... und ... *der Herr segne und behüte dich. Der Herr lasse dein Antlitz leuchten ... Wo ist der Engel Gottes, der dazwischengeht, wie er bei Abrahams versuchter Kindstötung dazwischengegangen ist?* Nichts. Na dann. Mit einem glatten Schnitt teilte Thomas das Hirn in zwei Hälften. Als wäre es Butter, glitt die Stahlscheibe durch das wabbelige Gewebe. Zsssk.

Der selbsternannte Hirnforscher wog die Hälften, notierte ihr Gewicht und schnitt sie dann in Scheiben, dick wie Sülze, die er fein säuberlich in Streifen und danach in Würfel teilte. Nach einer knappen Stunde hatte er mehr als zweihundert Stücke Hirngewebe von der Größe menschlicher Zehen. Das war's, aber wer denkt, jetzt wäre die Geschichte zu Ende, irrt. Nun ging sie erst richtig los.

Harvey hatte die Teile auf dem Tisch ausgebreitet und wusste, dass er keinen Fehler machen durfte. Jeder Kubus musste gekennzeichnet werden. Er wickelte eine Nylonschnur herum, woran er nummerierte Zettel band, damit man die Hirnwürfel später wieder zusammensetzen könnte. Kurz verzweifelte er, weil der Faden nicht immer hielt. Bald hatte er den Dreh heraus, arbeitete mit der Präzision eines Uhrmachers und der Sicherheit eines Piraten, der eine Schatzkarte entwarf. Gretchen kam herein und ...

– Hinaus! Sofort! Ich darf jetzt nicht gestört werden.

Als er fertig war, gab er die nummerierten Würfel in zwei große, mit Formaldehyd gefüllte Gläser ... erinnerten an eingelegte Artischockenherzen.

Harvey war zufrieden. Er machte alles, wie er es in der Fachliteratur gelesen hatte. Aber für eine Untersuchung waren diese Kuben nur bedingt geeignet. Er brauchte mikroskopische Folien, die er selbst nicht anfertigen konnte. Wer sollte sie bezahlen? Ein Laborant saß vier Wochen daran. Elouise rastete aus, wenn er ihr Erspartes dafür verwendete. Sollte er Blummenfelt bitten, bei den Gesellschaftern vorzusprechen? Aussichtslos. Otto Nathan würde ihn auslachen. Und Zimmy? Der könnte die Folien anfertigen, würde sie dann aber nicht herausrücken ... Es war zum Verzweifeln. Sollte ihm die Vorsehung Einsteins Hirn zugespielt haben, damit er es nicht untersuchen konnte? In seiner Not rief Harvey einen früheren Studienkollegen in Philadelphia an. Wilbur riet ihm, das Hirn zu bringen, dann werde man sehen. Niemand sprach von Geld.

Am nächsten Morgen blickte ihm im Spiegel ein nervöses, angespanntes Gesicht entgegen, er erkannte Züge seines Vaters. Die Kinder lärmten, Elouise war mürrisch. *Ich dachte, sie sei geheimnisvoll, dabei ist sie bloß depressiv.* Harvey streute Brotkrumen für die Tauben auf das Fensterbrett, streichelte die Häupter seiner Söhne und küsste Elouise in den Nacken.

– Ich weiß nicht, was ich ohne dich täte, Brezelchen.

Sie sah ihn mit glasigen Augen an und schwieg. Liebte er sie noch? Ihre Lippen waren schmal geworden, ihre Brüste schlaff und fahl die Haut. Vom ständigen Lesen hatte sie Ringe unter den Augen ... *Ringe? Schwarze Gürtel* ... aber dieser vertrocknete

Pilz war noch immer seine Frau. Ihr hatte er Treue geschworen, mit ihr würde er alt werden. Sein oberster Grundsatz lautete, sie niemals zu verletzten, es nie zu der latent aggressiven Gleichgültigkeit kommen zu lassen, die er von seinen Eltern kannte.

– Wenn du rausgehst, vergiss den Müll nicht, sagt sie. Ja, davon hing alles ab, vom Müll. Das Universum strebte unaufhörlich Richtung Unordnung, was die Physiker Entropie nannten, wenn man da nicht immer brav den Müll wegwarf, drohte alles im Chaos zu versinken.

Thomas Harvey hieß der Mann. Im Spital ging er zu Blummenfelt und ließ sich freistellen, um nach Philadelphia zu fahren. Als er sein Büro betrat, um das Hirn zu holen, merkte er, alles war verändert. Das universale Chaos hatte Fuß gefasst, um die Entropie voranzutreiben. Die Schreibtischladen standen offen, Papiere lagen verstreut auf dem Boden, doch soweit er feststellen konnte, war alles da – Annies Gemälde, das Bild von Albie Booth, vor allem das Hirn wirkte unberührt. Was sollte das bedeuten? Harvey dachte an Haymaker. *Ist das eine Drohung? Aber warum haben die Eindringlinge das Hirn nicht mitgenommen?*

Auf dem Parkplatz begegnete ihm Lemuel.

– Kutschieren Sie mich heute nach New York?

– Hast du kein Zuhause?

– Meine Mutter sagt, ich bringe Unglück.

– Das ist nicht nett von ihr. Bist du mit Direktor Blummenfelt verwandt?

Ohne den Unglücksknaben weiter zu beachten, stieg er in sein Auto und fuhr los. Dann blickte er in den Rückspiegel und sah, der Junge hatte die Hand gehoben, winkte aber nicht.

Die monoton vorbeiziehende Landschaft hatte etwas Beruhigendes, nur die überfahrenen Opossums und Gürteltiere am Straßenrand störten die Idylle – manchmal lagen Fleischfetzen auf dem Asphalt, dann sah er Tiere, die so platt waren wie Pizzateig. Dabei hatten sie nur die Straße überqueren wollen. Gut, dass Gretchen das nicht sah.

Nach einer zweistündigen Fahrt erreichte er die Universität, wo enthusiastische Studenten und abgehetzte Dozenten über den Campus liefen. Thomas sah muskulöse Sportstipendiaten und Cheerleader, denen die Bereitschaft zur Befruchtung aus allen Drüsen spritzte. *Einmal noch so jung sein.* Er ging zielsicher zu seinem Institut, das mit mintgrüner, fast blauschimmelkäseartiger Farbe frisch gestrichen worden war. An den Wänden zitterten Lichtreflexionen, und unweigerlich sah er in Hörsäle. Manche Tafeln waren mit so vielen Formeln vollgekritzelt, dass sich Harvey richtig blöd vorkam. Endlich begegneten ihm bekannte Gesichter.

– Joe DiMaggio, brüllte Orville Rickenbacker in seinem behäbigen Südwestsingsang und machte eine Wurfbewegung.

– Thomas! Altes Haus. Wilbur Mayer umarmte ihn. *Orville und Wilbur! Die Gebrüder Wright! Gut, sie hatten andere Familiennamen, aber die Vornamen passten.* Sie rührten Geschichten auf wie Eiswürfel in einem Cocktailglas, um sie dann genüsslich auf der Zunge schmelzen zu lassen. Da war von einem Milchbauern aus Ohio die Rede, der es zu einer Professur gebracht hatte, vom Sohn eines Apothekers, der wie Gary Cooper ausgesehen hatte ... Könnt ihr euch an Hühnerschädel erinnern? Oder an Klumpfuß? ... Das Aufnahmeritual ihrer Verbindung, die sogenannte Taufe ... *welch passender Name für eine christliche Verbindung namens Unitarier ...*, hatte sie alle zusammengeschweißt.

Orville und Wilbur waren älter geworden, Rickenbacker war ein kleiner Bauch gewachsen, und Mayers hohe Stirn ließ sich nur noch notdürftig mit dem langen Flankenhaar kaschieren. Sie zeigten Bilder von ihren Frauen, Kindern, Häusern, und Harvey fürchtete, überhaupt nicht mehr wegzukommen. Einladungen zu Abendessen hingen drohend in der Luft. Wenn er nicht aufpasste, würde er hier Weihnachten verbringen müssen.

– Ich bin wegen dem da hergekommen. Einsteins Hirn. Harvey hielt ein Marmeladenglas hoch.

– Eine interessante Angelegenheit.

Wilbur und Orville führten ihn in ein kleines Labor, wo eine grauhaarige Dame mit fusseligem weißem Shetlandpulli saß, in einem Reader's-Digest-Heft blätterte und den Eindruck einer auf Kundschaft wartenden Friseurin vermittelte. Ihre Beine baumelten ... *wieder einmal.*

– Das ist Martha Keller.

Klingt wie Folterkeller. Harvey bemerkte ihre unregelmäßigen Zähne, trat unsicher von einem Bein aufs andere. Die Laborrättin blickte kurz auf und sah durch Harvey hindurch. Als sie sich wieder in ihre Lektüre vertiefen wollte, sagte Orville, dass man einen Auftrag hätte.

– Die Plastifizierung von Einsteins Hirn, ergänzte Wilbur.

– Hat man euch nicht beigebracht, dass Lügen Sünde ist. Martha Keller lächelte säuerlich.

– Aber es stimmt.

– Das ist die größte Sache seit der Auferstehung Christi, ergänzte Orville.

Ohne ein Wort zu sagen, holte Harvey mehrere Würfel aus dem Glas, begutachtete sie und legte schließlich fünf aus verschiedenen Hirnsektionen stammende Kuben in eine Metallschale. Die Frau machte ein Geräusch, das an ein zurücksetzendes Müllauto erinnerte, dann betrachtete sie die Hirnklumpen und befand zwei für zu groß.

– Zu groß? Harvey ging zu einem Mikrotom, stellte es an und schnitt kleine Streifen ab. Die verkleinerten Brocken gab er der Laborantin, die Reste warf er zurück ins Glas. Immer noch zu groß?

– Einsteins Hirn? Frau Folterkeller betrachtete die Proben wie eine Chefköchin frische Trüffeln und sagte nur ein Wort: Celloidin.

– Bitte was?
– Celloidin! Sie erklärte, dass sie Celloidin bevorzuge. Andere waren für Paraffin, aber ihr erschien Kunststoff haltbarer. In zwei, drei Wochen könne er die plastifizierten Gewebeteile abholen.
– Großartig. Harvey war glücklich, dass das Thema Bezahlung nicht zur Sprache kam. Vielleicht glaubte Frau Keller, es handle sich um einen Auftrag ihres Instituts?

Mehr als zehn Jahre waren vergangen, seit er Wilbur und Orville zuletzt gesehen hatte. Die beiden wollten unbedingt ein Bier mit ihm trinken, also ging man in ein Pub. Sie redeten über Baseball, erzählten Witze und tauschten Erinnerungen aus. Harvey hörte zu und nickte. Aus einem Musikautomaten kamen Lieder wie aufblühende Blumen, um gleich wieder zu verwelken. Es roch nach schalem Bier, Frittierfett und Dozentenschweiß. Weder Mayer noch Rickenbacker waren an Einsteins Hirn interessiert, umso überraschter waren sie, als Harvey irgendwann nach dem vierten oder sechsten Bier sagte, dass es gesprochen hatte. Schweizerdeutsch!

– Dieser Moment kann nicht beschrieben werden, aber es ist wahr ... wirklich ... unglaublich, wie so etwas alles verändert.

Erst wussten Wilbur und Orville nicht, was er meinte, und als er ihnen die Situation im Versammlungsraum der Quäker schilderte, dachten sie an einen Witz. Da aber keine Pointe kam, blickten sie sich ratlos an und schwiegen.

– Wie ist es möglich, dass ein derart hoffnungsfroher junger Mann so schnell in Not und Elend stürzt, versuchte Wilbur einen Scherz, aber Orville lächelte nur milde.

– Er sieht so korrekt aus wie ein Opernkritiker, und doch hat er den Verstand verloren. Beide lallten.

Schließlich empfahlen sie Harvey, einen Psychiater aufzusuchen. Etwas unheimlich war ihnen die Geschichte doch.

– Glaubt ihr, ich bin verrückt? Harvey hatte einen leichten

Zungenschlag. Dann trötete er mit dem Mund, verdrehte die Augen und umarmte sie. War nur ein Scherz. Reingefallen! Wisst ihr, was Einstein gesagt hat, nachdem man ihn gefragt hat, wo er sterben will? In der Schweiz. Warum ausgerechnet in der Schweiz, Herr Professor? Ist doch klar, weil dort alles zwanzig Jahre später passiert. Harvey lachte.

– Ich denke, wir haben genug getrunken. Magst du hier übernachten? Meine Frau hat nichts dagegen. Wilbur herzte seinen Studienkollegen, blickte ihn mit glasigen Augen an und sagte, als sei es die tiefgreifendste Wahrheit der abendländischen Philosophie: Ein Bier ist ein Bier ist ein Bier. Das ist es, was die meisten nicht verstehen. Ein Bier ist ein Bier … Du musst hier übernachten, musst du.

– Kommt nicht in Frage, lallte Harvey. Ich fahre zurück, fahre ich! El-Elouise wartet mit dem A-A-Abendessen.

– El-Elouise? Das muss eine scharfe Schnitte sein. Wilbur lachte, dass Quantenphysiker ihre Freude daran gehabt hätten, kamen die Ha-ha-ha-Laute doch wie Pakete auf einem Förderband daher, aber man hörte dem Gebell an, dass es voller Verzweiflung war. Alles, was Gretchen über Beziehungen gesagt hatte, entsprach der Wahrheit. Es stimmte nicht nur bei Harvey, sondern auch bei Wilbur und Orville.

Als sie an der frischen Luft waren, bekam Thomas Schluckauf, bestand aber darauf, nach Hause zu fahren.

– Bleib hier. Du bist so dicht, dass du deinen Hintern nicht mehr von einem Erdloch unterscheiden kannst.

– Das geht nicht. Versprecht mir eins, passt auf Frau Folterkeller auf.

Eine Weile lang fuhr Harvey hicksend und in Schlangenlinien. Seine Sinne waren wie mit Mehltau belegt. Dann kamen im Radio Nachrichten über NS-Kriegsverbrechen. Als von grauenvollen medizinischen Experimenten berichtet wurde, nüchterte er aus. Plötzlich fühlte er sich selbst wie ein Nazi-Mediziner.

Harvey hatte das Hirn zerschnitten und eine Plastifizierung von Proben in Auftrag gegeben. Es würde nie mehr mit ihm sprechen. Der Schluckauf kehrte zurück, und der Weiße Hase fühlte sich entsetzlich. Er hatte die Stimme Albert Einsteins getötet. Wer weiß, was sie ihm erzählen hätte können? *Fühlt sich das richtig an? Mein Gott, was habe ich getan? Das habe ich nicht gewollt…*

Zu Hause wurde er von den Kindern überfallen. Arthur brauchte Geld, um sich ein Comicheft zu kaufen, Robert drohte, tot umzufallen, wenn sie keinen Hund anschafften, und Thomas junior hatte schlechte Zensuren.

– Weißt du, was unser Nachbar in so einem Fall macht? Elouise stand mit verschränkten Armen da und schüttelte den Kopf. Er geht zum Haselnussstrauch, schneidet eine Gerte ab, und wenn er mit seinen Rotzlöffeln fertig ist, wissen sie, was Respekt ist.

– Ich bin aber nicht unser Nachbar. Außerdem verabscheue ich Gewalt, das weißt du, Brezelchen. Harvey küsste seine Frau. Dann rief er Otto Nathan an und berichtete enthusiastisch von der Zerteilung des Hirns und seiner Fahrt nach Philadelphia.

Nathan schwieg. Der Testamentsvollstrecker war erschüttert von den Enthüllungen der Nazi-Kriegsverbrechen.

Zum Abendessen gab es Schnitzel mit Tomatensauce und Nudeln. Die Söhne aßen mit Begeisterung, und als Arthur »Kompliment an die Küche« sagte, mussten alle lachen.

– Kompliment an die Küche, wiederholte Minus, und sogar auf Elouises Lippen formte sich ein Lächeln.

Die nächsten Tage war Harvey damit beschäftigt, sich in die Bücher zu vertiefen. Gretchen war krank und das Verhältnis zu Elouise angespannt. Der Rasen gehörte gemäht, die Hecken sollten geschnitten und die Schnecken bekämpft werden, aber statt sich um den Garten zu kümmern, organisierte Harvey einen Flohmarkt zugunsten Obdachloser. Er war überzeugt, dass gute Taten belohnt wurden. *Liebe deinen Nächsten wie dich selbst.*

In den Büchern war von Phrenologie die Rede, von Joseph Gall und anderen Pionieren der Hirnforschung. Er erfuhr, dass das Denkorgan des Mathematikers Gauß nur wenig schwerer als ein durchschnittliches Hirn gewesen war, während jenes von Lord Byron gigantisch gewesen sein soll. Im neunzehnten Jahrhundert hatte es Gesellschaften von Hirnspendern gegeben, und nicht wenige Zentraleinheiten berühmter Menschen standen in Sammlungen – Walt Whitman, Iwan Turgenjew ... Wenn er Elouise erzählte, dass die alten Ägypter dachten, das Hirn wäre eine Art Kühlaggregat für das Blut, weshalb es vor der Mumifizierung mit Hakennadeln durch die Nase gezogen und weggeworfen wurde, keifte sie ihn an, er solle sich lieber um seine Söhne kümmern. Oder um den Garten!

– Die Ägypter hielten nicht das Hirn, sondern das Herz für den Sitz des Verstandes. In der Antike dachte man, das Hirn wäre dazu da, um Tränen zu produzieren.

– Thomas ist beim Rauchen erwischt worden, Arthur prügelt sich, und du hast nur dieses Hirn im Kopf. Setz es ein, wenn du eines hast. Harvey wusste, seine Frau lag richtig, in letzter Zeit hatte er sich zu wenig um seine Söhne gekümmert. Also nahm er Robert, den jüngsten, mit in das Spital, um ihn in die Geheimnisse seiner Arbeit einzuweihen. Da gerade eine Autopsie anstand, zeigte er dem Neunjährigen, was der Y-Schnitt nach Virchow war, Minus präsentierte ihm die einzelnen Organe und erklärte ihre Funktion. Es war absurdes Theater – Herz, Leber und Därme traten auf, die Milz musste befreit werden, eine böse Arterie stellte sich in den Weg. Dann kamen wie ein verrücktes Paar von Shakespeare beide Nieren ...

Robert hörte ein Knirschen und feuchte, schleimige Plumpsgeräusche, woran er sich sein Leben lang erinnern würde. Der Junge saß still auf einem Stuhl und machte ein Gesicht, als wäre er Zeuge einer Hinrichtung – eine Mischung aus Faszination und Ekel stand in seinem Gesicht. Jedenfalls bekam er eine Ahnung von der völligen Nichtigkeit menschlicher Existenz, die ein Neunjähriger unmöglich verarbeiten kann. Als Harvey ihn fragte, ob er einmal in der Prosektur arbeiten wolle, war sich Robert, bleich wie ein Leichentuch, nicht sicher.

AUCH EIN HIRN IST EIN MENSCH

In Polly's Luncheonette spielte eine Mariachi-Band, und dutzende Mexikaner sangen das Lied von der Küchenschabe, während eine Fünfzehnjährige im Brautkleid eine Torte mit brennenden Kerzen brachte. Das ganze Lokal feierte die Quinceañera, das lateinamerikanische Fest der Weiblichkeit, nur unsere beiden Gauner blieben unbeeindruckt.

– Der ganze Einbruch umsonst. Wer konnte mit sowas rechnen? Krysolov klopfte Vitali auf den Hinterkopf ... fauler Mensch! Wir hätten das Hirn mitnehmen sollen.

– Zerschnitten? Wir wissen nicht einmal, ob diese Würfel von Einstein waren. Vitali Windtmacher blickte unterwürfig.

– Gewisse Leute glauben, was sie glauben wollen. Eine Fälschung ist oft besser als das Original. Die Welt will betrogen werden. Gibt es ehrlichere Menschen als Betrüger? Krysolov kratzte sich am Kinn. Die Sache ist doch so, alle anständigen Bürger halten sich nur mit Notlügen über Wasser. Sieh sie dir an. Männer betrügen ihre Ehefrauen, und Mütter lügen ihre Kinder an. Politiker hintergehen ihre Wähler und Fabrikbesitzer ihre Gesellschafter. Der Pfarrer belügt die Gläubigen und der Lehrer seine Schüler. Lauter Gauner! Da ist ein Betrüger ehrlicher, da weiß man, was los ist. Nein, die Wahrheit ist nur die Haut der Verlogenheit. Die einzig Ehrlichen sitzen im Gefängnis. Warum, glaubst du, hat Moses keine steinerne Gesetzestafel vom Berg heruntergebracht, auf der gestanden wäre: Du sollst nicht lügen und be-

trügen? Gott mag die kleinen Gauner, weil er selber einer ist. Was sind denn seine Wunder? Betrügereien!
- Der Hehler hätte diese Würfel nicht genommen.
- Dann musst du Schecks und Sparbücher fälschen.
- Das ist schon einmal schiefgegangen.
- Fauler Sack! ... Wie wäre es mit Postraub?
- Pakete stehlen?
- Ach, was sind gewisse Leute dumm. John Case alias Krysolov schüttelte den Kopf. Man braucht Briefkuverts, in jedes kommt ein Dollar, und dann gibt es einen Hunderter, der kommt auch in ein Kuvert. Verstehst? Alle Briefe liegen in einer Schüssel, und für fünf Dollar darf man ein Kuvert ziehen. Man verliert also nicht viel. Aber man verliert immer, weil der Hunderter natürlich nie in einem Kuvert gelandet ist.
- Das klappt?
- Einmal gab es einen Typen, der ist ausgerastet ... hält mir plötzlich eine Knarre an die Birne. Ich stoße ihn weg, er kippt um, fällt gegen einen gewissen Randstein, der das Pech hatte, im Weg zu sein, und ist tot.
- Kein gutes Zeichen.
- Ich spreche von Wahrscheinlichkeiten.
- Hast du keine Gewissensbisse?
- Wieso?
- Es ist ein Mensch gestorben.
- Na und? Krysolov blickte zu der fünfzehnjährigen Mexikanerin, applaudierte und bekam einen Tequila spendiert. Die Mariachi-Band sang von einem schönen Himmelchen.

Das Leben verläuft nicht direkt, sondern in Umwegen. Wie ein Gewässer sucht es sich eine Bahn, um zu seiner Bestimmung zu gelangen. Bei Harvey war es das Hirn, das allem eine Richtung gab. Sein Leben schien in befestigten Kanälen zu laufen – Frau, Kinder, eine feste Anstellung, Quäkertum, alles deutete darauf hin, dass er sein Flussbett nie verlassen würde. Dann platschte dieses Hirn hinein, spritzte, schlug Wellen und ließ alles andere untergehen. Nun war Harvey einer starken Strömung ausgesetzt. Es war, als wären dunkle, nicht für möglich gehaltene Mächte am Werk.

Arthur stand wegen einer Prügelei knapp davor, von der Schule zu fliegen, Thomas junior war beim Biertrinken erwischt worden, und Robert hatte nach seinem Erlebnis im Autopsiesaal begonnen, Frösche und Mäuse zu sezieren. Wenn Minus nun ein Kompliment an die Küche schickte, fiel das Lachen verhalten aus. Und Elouise? Sie las viel, machte Hausarbeit, verlangte nie, dass man ihr beim Abwasch half, und doch wurde man das Gefühl nicht los, sie betrachte ihr Leben als leidige Pflichterfüllung. Wenn Harvey fragte, ob alles in Ordnung sei, grinste sie wie eine ausgepresste Zitrone und sagte säuerlich:

– Ja. Ich bin glücklich. Doch sah sie keineswegs so aus.

Harveys Ehe glich einem Splitter im Fingernagel. Das Holz, über das er einmal sanft gestrichen hatte, hatte sich als heimtückisch erwiesen. Er sagte sich: Wir dürfen nicht aufgeben, und er wollte auch nicht aufgeben.

Dann kam der ersehnte Anruf von Martha Keller. Ihre Arbeit war abgeschlossen. Wieder fuhr der Weiße Hase nach Philadelphia, wo sich Wolken wie Fäuste zusammengeballt hatten und er im sintflutartigen Regen nur in Schrittgeschwindigkeit vorwärtskam. Seine Scheibenwischer funktionierten nicht besonders, und alles, was er sah, war verwaschen. Auf dem Parkplatz gab es Rinnsale, die kleine Deltas bildeten. Regenrinnen liefen über, und auf den Straßen standen Pfützen. Studenten versuchten, sich feuchte Zigaretten anzuzünden ... *einmal noch so jung sein* ... und Harvey lief durchnässt in das Institut, wo Martha Keller in einem Reader's-Digest-Heft blätterte. Sie blickte auf, sagte etwas von Sauwetter und deutete, einen leichten Anflug von Stolz nicht verbergen können, auf zehn Pinienholzkästen.

– In jeder Box sind tausend Stück plastifizierte Hirnfolie. Frau Folterkeller hatte vorzügliche Arbeit geleistet – Weltklasse. Harvey nahm eine Folie und hielt den Streifen vor eine Lampe. Alles, was er sah, war ein Fleck, der ihn an eine zerquetschte Wanze erinnerte. *Eignet sich für den Rorschachtest, aber was willst du daran untersuchen?* Er bedankte sich, vermied das Thema der Bezahlung und war froh, dass auch die Laborrättin diesbezüglich nichts erwähnte. Nachdem er neun Boxen zum Auto getragen hatte, war er komplett durchnässt. Wasser stand in seinen Schuhen, und von seinem Kopf flossen kleine Bäche.

– Brauchen Sie einen Schirm? Frau Folterkeller blickte von ihrer Lektüre auf.

– Zu spät. Harvey wischte sich Wasser aus dem Gesicht und sagte, dass er ein Kistchen für seinen ehemaligen Chef hierlasse, Martha Keller solle Orville und Wilbur grüßen.

– Gut, dass Sie das erwähnen. Die beiden sind bei einer Tagung, haben mich gebeten, Ihnen das hier ... Moment ... zu geben. Martha Keller kramte in ihrer Schreibtischlade, fand ein Kuvert und reichte es Harvey. Dieser nickte und steckte es ein.

– Wollen Sie gar nicht wissen, was drinsteht?

– Ich kann es mir denken. *Die Rechnung! Aber ich werde mich dumm stellen.*

Trotz strömenden Regens tänzelte er zum Auto, und obwohl ihm der böige Wind das Haar zerzauste, trällerte er »I'm singin' in the rain«. Im Auto dampfte es, und die Scheiben beschlugen, dennoch fuhr er zur Universität Pennsylvania, wo er in das Institut für Neurochirurgie ging. Seine feuchten Schuhe quietschten, und die Sekretärin hielt ihn für einen nass gewordenen Boten. Er stellte ihr eine Box auf den Schreibtisch, wischte sie mit einem Geschirrtuch trocken und verkündete:

– Für Professor Kuhlenbeck.

– Was ist das?, fragte die Schreibkraft.

– Wonach sieht es aus?

– Urlaubsdias?

– Hirnproben von Albert Einstein.

– Vom Physiker? Die Sekretärin sah ihn an, als wäre er eine lebendig gewordene Wasserleiche.

Harvey ließ sich weder eine Bestätigung geben noch zu einer Erklärung bewegen. Er ging einfach zurück zu seinem Auto. Mittlerweile stachen Sonnenstrahlen durch die Wolkentürme, vollführten Jugendliche Wheelies auf Fahrrädern. Der Weiße Hase fuhr nach Princeton, holte die Gläser mit den Hirnkuben aus dem Spital, düste nach Hause und stellte sie gemeinsam mit den acht Pinienholzboxen auf den Kaminsims. Es bereitete ihm tierisches Vergnügen, seine Beute anzusehen. Wie ein Großwildjäger stand er da – stolz und mächtig. Dann holte ihn eine kratzige Stimme aus dem Dschungel seiner Träumereien.

– Was soll denn das? Elouise schnappte nach Luft und funkelte vor Zorn. Bist du durchgedreht? Viele Eigenschaften ihres Ehemannes ärgerten Frau Harvey, aber seine Fixierung auf dieses Hirn war ihr geradezu körperlich zuwider.

Harvey schwieg und lächelte.

– Du stinkst wie ein nasser Hund, und das hier hat im Wohnzimmer nichts verloren. Elouise hob zwei Kistchen vom Sims und trug sie in den Keller. Wenn du ein weiteres Familienmitglied willst, kauf dir einen Hund, aber Einstein kommt mir nicht ins Haus.

Harvey wusste, jede Diskussion war zwecklos, also half er ihr, seine Schätze in das Kellerlabor zu tragen. Er stellte die Boxen und Gläser auf den Tisch und betrachtete sie voller Ehrfurcht. Es war, als glitzerten die Kuben in den Gläsern in hellem kaleidoskopischem Licht. So musste sich der Glaskünstler einer gotischen Kathedrale fühlen, wenn das Sonnenlicht sein Werk zum Strahlen brachte.

Einsteins Hirn war in über tausend Einzelteile zerschnitten, nicht mehr komplett in Harveys Besitz, und doch fühlte er sich wie Zwerg Alberich, Hüter des Nibelungenschatzes. Dieses Gehirn hatte Zeit und Raum ausgehebelt, das gesamte Universum erfasst, war Gott auf die Schliche gekommen ... und befand sich jetzt in seinem Keller. Plötzlich, der Weiße Hase wischte gerade ein paar Brösel vom Tisch, änderte sich das Licht.

– I wot a Frou! Wie ein Peitschenschlag zuckte der Satz durch den Raum. Das Hirn! Es sprach wieder. *Wie ist das möglich?* Die Stimme traf Harvey wie eine Abrissbirne. Der kleine Kellerraum schien zu schwanken, die unverputzten Ziegelsteine pressten sich ängstlich aneinander, und der Weiße Hase rang nach Luft. Kündigte sich ein Nervenzusammenbruch an? Alzheimer? Oder war dies das erste Anzeichen eines Hirntumors? Beginnende Senilität? *Lieber Gott, warum prüfst du mich?* Er fühlte sich wie jemand, dem alles, woran er glaubt, gerade den Bach hintergeht.

– I wot e Frou, wiederholte das Hirn.

– A Frou? Was soll das sein?

– Was das söu si? E Frou ebbe, eine Frau!

– Eine Frau? *Ein ziemlich profaner Wunsch für das Hirn eines Genies.* Wie stellst du dir das vor? Harveys Muskeln waren weichgekochte Makkaroni, und er hatte das verstörte Gesicht eines Menschen, der unheimliche Zeichen an den Wänden sieht oder Stimmen unter seinem Bett hört.

– I wot berüehrt wärde! Zärtlichkit! Was isch do so schwär z begrife?

– Weißt du, wie du aussiehst? Wie Birnenkompott! Was denkst du, soll eine Frau mit dir anfangen? ... Eine Frau? Marilyn Monroe? Lauren Bacall? Die würden dich als Nachspeise servieren.

Das Hirn reagierte nicht. Harveys Herz war wie versteinert. Er wollte etwas sagen, brachte aber nur klumpige Wortgerinnsel heraus, mit denen er bestimmt noch eine halbe Stunde auf das Hirn einredete, doch da eine Antwort ausblieb, verschwand allmählich das durchgeistigte Lächeln aus seinem Gesicht und machte einer grimmigen Kälte Platz. *Ich bin verrückt! Durchgeknallt!* Aus dem Wirrwarr seiner Gedanken formte sich ein einziges Gefühl: Entsetzen. Er war völlig außer sich. *Das Hirn will eine Frau?* Verlor Harvey den Verstand? Hatte er die Grenze zwischen Normalität und Verrücktheit überschritten? Würde er bald in einer Irrenanstalt sitzen?

Er öffnete ein Glas, holte ein paar Gewebekuben hervor und streichelte sie. Dann legte er sie auf den Tisch, ging in die Küche hoch und suchte die Sonnenanbeter-Hefte. Wo konnte Elouise sie versteckt haben? Auf der Anrichte waren sie nicht, auch nicht hinten in der Schublade. Er stieg auf einen Stuhl, um auf dem Schrank nachzusehen, doch da lag nur ein verstaubter Kinderhandschuh.

– Was suchst du? Elouise, ganz von ihrem Lesesessel absorbiert, gähnte.

– Roberts Magazine. Die Sonnenanbeter-Hefte.

– Was? Seine Frau klappte ihr Buch zu und sah ihn böse an.

– Wo hast du sie hingegeben?

– Weggeworfen. Das ist Schund!

– Nein. Die Hefte waren also dem weiblichen Kampf gegen die Entropie zum Opfer gefallen. Obwohl Thomas wusste, dass seine Frau die besten Absichten verfolgte, erwachte in ihm der Wunsch, sie, wie man so sagt, ums Eck zu bringen. Er ging zurück in den Keller und redete drei Stunden lang mit dem Hirn, von dem keine Antwort kam.

– Warum sprichst du? Warum nicht? Was hat das zu bedeuten? Hiob hat Gott dieselben Fragen gestellt und keine Antwort erhalten. Aber du bist nicht Gott, oder? Geschieht hier gerade ein Wunder? Oder hat mein überforderter Verstand etwas nachgeholfen? Dergleichen Dinge geschehen doch nicht alle Tage ...

Als er zu Bett ging, schlief Elouise schon. Er streichelte ihr Haar und flüsterte:

– Du bist meine Frau, Brezelchen, egal, was passiert.

Für Harvey war der Schlaf ein flüchtendes Reh, das ihm stets entwischte.

Am nächsten Tag war er wie erschlagen, er wich den Menschen aus und starrte den ganzen Tag zum Fenster hinaus. Der Regen beruhigte ihn, und doch ertappte er sich dabei, dass er nicht an Blutproben und Zentrifugeneinstellungen dachte, sondern an das Hirn.

Zu Hause stieß er auf zwei Burschen, die Arthur mitgenommen hatte, um ihnen Einsteins graue Zellen zu zeigen. Als Elouise protestierte, sagte ihr Sprössling:

– Sie wollten nicht glauben, dass wir Einsteins Oberstübchen haben.

– Es kann aber nicht einmal die einfachsten Rechenaufgaben lösen, sagte der andere Bursche enttäuscht.

– Jetzt siehst du, wohin das führt, zischte Elouise Richtung Harvey. Ihre schrille Stimme glich einer Egge, die durch ihn pflügte. Du machst uns zum Gespött der Leute. Arthur hält es für eine Attraktion und kassiert Eintritt. Und Robert ist blasser geworden, seit du ihn zu deiner Arbeit mitgenommen hast. Seine Lehrer sagen, er ist so verträumt, dass sie ihn dreimal fragen müssen, ehe er reagiert ... Dieses Hirn muss weg.

Thomas schwieg. Die Meinung der Nachbarn war ihm egal, aber es wäre schön, wenn er sich mit seiner Frau unterhalten könnte, ohne von Anschuldigungen und Vorwürfen durchfurcht zu werden.

Niemand wusste allzu viel über die Funktionsweise eines Hirns, aber irgendwann, war sich Harvey sicher, würde man ihm auf die Schliche kommen. Es war noch nicht lange her, da dachte man, Größe und Gewicht seien für die Intelligenzleistung verantwortlich, dann hatte sich herausgestellt, dass diese Daten variierten – je nachdem, wo man das Hirn vom Rückenmark getrennt hatte und ob man vor dem Wiegen das Blut abgesaugt hatte oder nicht. Bei Gehängten, nicht wenige untersuchte Gehirne stammten von Verbrechern, staute sich das Blut im Kopf. Aber selbst wenn das alles in Betracht gezogen wurde, waren diese Daten unbrauchbar. Später vermutete man einen Zusammenhang zwischen Intelligenz und Oberfläche, gab es Wissenschaftler, die Hirne mit Goldplättchen bedeckten, um die Flächen zu vermessen. Danach lag das Hauptaugenmerk auf den Furchen ... Manche Wissenschaftler verbrachten Jahre mit nichts anderem als dem Vermessen dieser Einkerbungen und Rinnen. Nun wurden Gehirne zerschnitten und unter dem Elektronenmikroskop untersucht, aber die komplizierteste organische Struktur im ganzen Universum blieb rätselhaft.

In den nächsten Tagen schwieg das Hirn. Harvey hatte nicht vor, ihm eine Frau zu besorgen, stattdessen führte er das Leben eines Lieferanten. Schließlich hatte er Otto Nathan, dem Krankenhaus und praktisch jedem, der es hören wollte, versichert, eine wissenschaftliche Untersuchung zu leiten. Als Ergebnis konnte alles Mögliche herauskommen, aber nicht, dass das Hirn redete, noch dazu schweizerdeutsch. Also fuhr er nach Chicago, um Sidney Schulman, der den Thalamus studieren wollte, eine Box zu übergeben. Weiter ging es zur Universität von Illinois, um Bailey und Bonin, denen er auf der Militärbasis in Washington begegnet war und deren Buch er zu Hause hatte, einen Kasten zu bringen. Diese Geste, dachte er, würde auch Leutnant Haymaker beruhigen.

Percival Bailey, ein gutmütiges, aber grobes Schlachtergesicht, trug silbernen Bürstenhaarschnitt und schwarzgerahmte Brille. Mit heiserer Stimme krächzte er ein paar Dankeschöns. Gerhardt von Bonin war kälter, brummte mit abweisender Stimme und verschwand gleich wieder. Harvey erwähnte Zimmerman, sagte, er freue sich auf Ergebnisse, und streckte seine Hand zum Abschiedsgruß in Richtung Bailey. Der Professor verschränkte demonstrativ die Arme und lehnte sich zurück:

– Wann bringen Sie den Rest? Sie können damit ja doch nichts anfangen. Ihnen fehlt die Ausbildung. Sie sind kein Wissenschaftler, Harvester. Die Aufmerksamkeit haben Sie gehabt, jetzt geben Sie Einsteins Cerebrum den Leuten, die es untersuchen können.

Harvey schwieg, verließ das Institutsgebäude, setzte sich auf eine Parkbank und beobachtete die Studentinnen. *So jung müsste man sein.* Ob sich eines dieser Fräuleins für Einsteins Hirn interessierte? Vielleicht würde es dann wieder sprechen? Gedankenverloren griff er in seine Jackentasche und fand das Kuvert von Orville und Wilbur. *Die Rechnung!* Er bekam einen Schweißausbruch, riss den Umschlag auf und fand ... nein, keine Zehntausend-Dollar-Rechnung, sondern eine Visitenkarte: »Barney Tischbein. Psychoanalytiker« stand da in schnörkelloser, militärisch strammer Schrift. Auf der Rückseite war in Wilburs rundem Gekrakel vermerkt: »Wir meinen, du solltest hingehen. Barney Tischbein ist wundervoll!« Harvey machte ein säuerliches Gesicht.

– Habe ich euch nicht gesagt, dass die Sache mit dem sprechenden Hirn ein Scherz gewesen ist? Ihr habt mir nicht geglaubt ... zu Recht. Weil ihr dieselben Idioten geblieben seid, die damals ein vertrotteltes Aufnahmeritual initiiert haben.

Allmählich kehrte die routinierte Gleichförmigkeit zurück. Wochen, Monate vergingen, ohne dass jemand Einsteins Hirn erwähnte. Auch das Denkorgan blieb ruhig. Keine Rede mehr von einer Frau. Es sagte gar nichts. Hatte Harvey sich das eingebildet? Verlor er tatsächlich den Verstand? Wurde durch dieses Hirn alles, was er aufgebaut, wofür er gelebt und woran er geglaubt hatte, zerstört? Ging es ihm wie Bäumen, deren Blätter nun am Boden lagen, bald zu Dünger zerfielen für ein nächstes Leben nach dem Winter?

Ende November roch es nach Schnee, Kerzen und Strohsterne standen in den Fenstern. Elouise buk Kekse, und die Kinder bastelten Geschenke. Überall duftete es jetzt nach Zimt oder Lebkuchen, und in geheizten Stuben wurden besinnliche Lieder angestimmt. Harvey kaufte Weihnachtsgeschenke – Spielsachen für die Kinder und einen Staubsauger für Elouise. Er ging wöchentlich zu den Quäkern und bemühte sich, den Menschen Tröstendes zu sagen. Ein paar Mal stand er kurz davor, zu Barney Tischbein nach Manhattan zu fahren, doch konnte er sich nicht dazu entschließen.

Die Weihnachtsfeier der Belegschaft fand in Blummenfelts Büro statt. Während im Operationssaal der Spitalsbetrieb seinen gewohnten Gang nahm, standen in dem Zimmer mit den vielen Urkunden und Pokalen ein paar Ärzte und Schwestern, die Punsch tranken und beherzt in Keksschüsseln griffen. Harvey hatte diese Veranstaltung ignorieren wollen, doch Gretchen, ihr Haar war eine aufgetürmte Masse, Bienenkorbfrisur, hatte ihn mitgezogen. Sie schwärmte von Sonnenuntergängen in Tansania ... große Oper ... und ihrer Liebe zum Theater. Harvey nickte. Er war fasziniert von den grünen Kugellutscheraugen und der Ernsthaftigkeit dieser jungen Frau. Andere Ärzte klopften ihm wohlwollend auf die Schulter, nannten ihn alter Knabe, Sensenmann und Weißer Hase, aber keiner schaffte es, Gretchens Aufmerksamkeit zu erregen.

Blummenfelt trug eine Weihnachtsmannmütze und hatte ein derart gerötetes Hypertoniker-Gesicht, dass er aussah, als käme er geradewegs aus den verschneiten Wäldern Kanadas. Ein kümmerliches Plastikbäumchen stand in einer Ecke, an den gerahmten Urkunden steckte Tannenreisig, und am Lüster hingen Christbaumkugeln. Der Direktor hielt eine Rede über die Errungenschaften des Spitals und vergaß auch nicht, auf den Tag hinzuweisen, an dem sein Krankenhaus der Mittelpunkt der Welt gewesen war, weil Albert Einstein hier sein Leben ausgehaucht hatte. Harvey wurde erwähnt, und der Pathologe wäre am liebsten im Boden versunken.

– Vor ein paar Tagen ... Blummenfelt machte eine Kunstpause, ging zu Harvey und klopfte ihm auf die Schulter ..., vor ein paar Tagen wurde ich von einem Leutnant angerufen, Heumacher oder so, der meinte, ich müsse dafür sorgen, dass das Hirn der Armee übergeben werde. Harvey riss die Augen auf. Der Direktor zündete sich eine Chesterfield an und räusperte sich. Dieser Heumacher sagte also, er zweifle nicht daran, dass ich gehorchen werde. Aber der Kerl hat nicht mit Blummenfelt gerechnet, mit der Loyalität eines Spitalsdirektors. Nichts da, habe ich gesagt. Das Hirn bleibt hier. Und wenn Sie mit der Nationalgarde anrücken. Es gibt dafür niemand Besseren als unseren Harvey.

Der Weiße Hase seufzte erleichtert. Blummenfelt bekam Applaus, manche riefen Bravo, und eine Oberschwester überreichte ihm im Namen der Belegschaft Geschenke, die unschwer als Feuerzeuge und Aschenbecher zu erkennen waren. Das Spital seinerseits bedachte alle Mitarbeiter mit Kugelschreibern, Notizblöcken und einem in Packpapier eingewickelten Früchtekuchen.

– Vorsicht, da ist Rum drinnen.

Aus einem Kofferplattenspieler kamen Weihnachtslieder – Frank Sinatra, Dean Martin. Die Stimmung wurde gelöster, Ärzte machten sich an Schwestern heran, und Betrunkene grölten. Als ein Heizkörper aus seiner Verankerung fiel, weil sich zwei Chirurgen daraufgesetzt hatten, wurde Joseph Bley gerufen, der die Sache wieder in Ordnung brachte. Man bot dem Portier ein Glas Wein an, doch der Kuckucksuhren-Sozialist lehnte ab.

– Das können Sie nicht machen, er wurde umarmt.

– Mögen Sie unser Jesukindlein nicht?

– Gegen Weihnachten habe ich nichts, aber die Religion ist mir zuwider. Mit dieser Heiligen Schrift wische ich mir allenfalls den Allerwertesten ab. Bley verschränkte die Arme. Dieses Vertrösten auf ein Jenseits fördert nur soziale Ungerechtigkeit.

– Sind Sie Kommunist? Direktor Blummenfelt hatte einen

leichten Zungenschlag. Sagen Sie es ruhig. Einem guten Handwerker verzeihe ich alles.

– Jede Gesellschaft muss sich um ihre Armen und Schwachen kümmern, Bildung für alle, und es darf nicht sein, dass Leute nach Entlassungen obdachlos werden. Ich vergönne jedem seinen Reichtum, aber solange manche Menschen nicht genug zu essen haben ...

– Sie sind ein Romantiker. Blummenfelt klopfte ihm auf die Schulter.

Als sich die Feier ihrem Ende neigte, bot Harvey Gretchen Gruenspan an, sie nach Hause zu bringen.

Sie erzählte von Weihnachten im Kinderheim, wo sie immer Spielsachen der größeren Mädchen bekommen hatte. Im Spätsommer verschwanden alle Puppen und Stofftiere, damit sie zu Weihnachten neu verteilt werden konnten. Die Heimleitung meinte, uns fiele das nicht auf.

Harvey dachte an das Hirn. Ob ihm eine Frau wie Gretchen gefiele? In seinem Büro überkam ihn plötzlich das Verlangen, ihren Kopf zu berühren, das blonde Haar anzufassen. Er griff ihr an die Schulter ... *das hatten wir schon mal ...*, zog sie leicht zu sich, sah aufgebissene Lippen und küsste sie. Es war ein langer, merkwürdig unleidenschaftlicher Kuss. Gretchen wehrte sich nicht, erwiderte seine Zungenbewegungen nur zaghaft. Als er sie fragend ansah, sagte sie, er wisse, dass sie Jungfrau sei.

– Du bist neunundzwanzig! Worauf willst du warten?

– Vielleicht ist der Richtige noch nicht gekommen. Sie war jetzt nicht schön, nicht zärtlich und nicht seine Frau. Ihre Augen glänzten wässrig, und sie hatte die Haltung eines Kampfsportlers. Ich will, dass man mich als Person wahrnimmt und nicht als Blondine. Gretchen setzte sich auf das Sofa, Harvey daneben. Die Hälfte seines Hirns sagte: Du bist verheiratet, die ist zu jung für dich, viel zu jung, versündige dich nicht. Die andere Hälfte meinte: Krall sie dir! Das ist die Gelegenheit! Er streichelte ihre

Oberschenkel, wie man Brösel vom Tisch wischt, und sie ließ es geschehen, betonte, dass die meisten Beziehungen nicht zusammenpassten.

– Da sitzen sich Paare gegenüber und haben sich nichts zu sagen. *Ja, ich weiß, Steakhaus* ... In Tansania war der Strand abends von Einsiedlerkrebsen bevölkert. Die leben in Schneckengehäusen und ziehen Spuren in den Sand. Sie haben mich an Pfandflaschensammler erinnert. Vielleicht sind Menschen wie Einsiedlerkrebse? Aber dann gibt es Leute, Touristen, die diese Krebse brutal aus ihren Gehäusen ziehen. So kommst du mir vor.

– Bist du ein Einsiedlerkrebs?

Kurz war es so ruhig, als hätte jemand ein großes Schneckengehäuse über sie gestülpt. Dann sagte Gretchen, dass es Liebe selten gäbe und Sex überbewertet wäre. Außerdem fehle ihr Vertrauen. Sie sei in ihrer Jugend zehnmal umgezogen, war bei vier Gastfamilien und in zwölf Schulen. Sie sei immer alleine gewesen, kenne keinen körperlichen Kontakt, nur die Schläge der Eltern und Vergewaltigungsversuche der Heimleiter und Pflegeväter. Sie sprach wie ein Wasserfall, sagte, sie wolle die große Liebe, einen Menschen, dem sie vertrauen könne, der sie um ihrer selbst willen liebe.

– Hmm. Harvey wusste darauf nichts zu sagen. *Mit so einer komplizierten Persönlichkeit wird das Hirn wenig anfangen können.* Gretchen war gepanzert. Alles an ihr stieß ihn zurück. Aber Thomas Harvey war ein halbverhungerter Schiffbrüchiger, der an einem kahlen Sandstrand eine Konservenbüchse fand und keine Ahnung hatte, wie er an ihren Inhalt kommen könnte, ohne alles zu zerstören. *Zeit zu handeln.* Er riss gedankenverloren die Etikette herunter, küsste Gretchen und griff an ihre Feenrundungen, was sie ohne Gegenwehr geschehen ließ.

Der Weiße Hase war jetzt so triebgesteuert, dass er die Freiheitsstatue vergewaltigen hätte können. Also hob er ihren Rock, zog wie in Trance das Höschen runter, was sie mit leichter Gegenwehr, einer Mischung aus Panik und Pausenhofgekicher, geschehen ließ, und machte etwas völlig Unvorhersehbares, er küsste die buschige Stelle zwischen ihren Beinen. Sieben-Sterne-Stoff? Geriet er wie ein Trinker, der über einen im Eichenfass gereiften Bourbon sprach, ins Schwärmen? Nein, es war, als würde er gegen einen Kokon stoßen, ein Gespinst aus Angst und Scham. Und es fühlte sich an, als hätte er eine Matratze aufgerissen und würde die Rosshaarfüllung lecken.

Als der Connaisseur sie fragte, ob ihr das gefiele, kam als Antwort leises Stöhnen. Der Weiße Hase kam sich vor wie ein Medizinmann, der das Gift eines Schlangenbisses aussaugte. Er arbeitete mit seiner Zunge, wusste aber nicht, ob die Stelle richtig war. Gretchen, wahrscheinlich in Schockstarre gefallen, zeigte wenig Reaktion. Nach zehn Minuten wackerer Grubenarbeit war er noch immer nicht in der Zielgeraden und hatte obendrein einen Zungenkrampf. Irgendwann, sein Geist war die Aufstellungen mehrerer Footballteams durchgegangen und hatte einem Achtundvierzig-Stunden-NASCAR-Rennen beigewohnt, beendete er sein Treiben. Gretchen zog ihr Höschen an und streichelte seinen Rücken, wie man einen Hund tätschelt, der apportiert hat.

– Was muss ich anders machen?

– Nächstes Mal etwas höher, sagte sie mit fickrig-näselnder Stimme. Mehr war nicht aus ihr herauszubekommen. Sie zog sich an, brachte ihr Äußeres in Ordnung, und dann sah Harvey, wie ihr ganzer Körper von einem Weinkrampf geschüttelt wurde.

– Was ist los?

– Ich wollte meine Vernunft entlassen, wie einen Hausmeister wollte ich sie hinauswerfen, aber es ist mir nicht gelungen.

– Na, das wird schon.

Harvey drängte aus dem Zimmer. Im Korridor waberte das betrunkene Gelächter der letzten Feiernden.

Draußen hingen Eiszapfen von den Dachrinnen. Ein heftiges Schneetreiben hatte eingesetzt. Im Lichterschein der Laternen

tanzten hunderte Flocken ... *Wintermücken im Pelzmantel?* Harvey fühlte sich wie ein Grubenarbeiter, der in einem Skigebiet gelandet war. Er brachte Gretchen nach Hause und fragte sie beim Aussteigen, ob sie sich wiedersehen würden. Privat.
 – Ich denke schon. In ihren Augen standen Panik und Angst. Dazwischen funkelten Sternchen.
 – Könntest du dir vorstellen, er sprach zögerlich, irgendwann einmal mit Einsteins Hirn ...
 – Ja? Gretchen wusste nicht, worauf er hinauswollte.
 – Nun ... du bist eine schöne junge Frau. Ich könnte mir denken, Einstein hätte es gerne, wenn er einmal etwas anderes zu sehen bekäme als einen alten Pathologen.
Für einen Moment war Gretchens Gesicht verstört, dann entschied sie, dass es sich um einen Scherz handeln musste ... *seltsamer Humor* ... und lachte. Harvey wollte sagen, dass er es ernst meinte, aber da war sie längst im Schneetreiben entschwunden.

MANHATTAN TRANSFER

Obwohl man kaum von einer Liebesbeziehung sprechen konnte, schwebte Harvey auf Wolke sieben. Er hatte Gretchen erobert, ohne ihre Festung einzunehmen. Oder umgekehrt? Jedenfalls war er in ihrer Botanik gelandet, ihrem »Kleinen Feuchtchen« begegnet.

Es gab Augenblicke, da ließ ihn das Selbstbewusstsein des Verliebten beinahe platzen, aber schon im nächsten Moment zerfraßen ihn Schuldgefühle. Eben noch bestand die Welt aus knallbunt getupften Speiseeisfarben, doch nur kurz darauf war sie eine Suppe vernebelter Grautöne.

Bei Elouise war er über die Missionarsstellung nie hinausgekommen, und über Sexualität wurde im Hause Harvey nicht gesprochen. Seine Frau ließ die Besteigung, wie Harvey es nannte, alle paar Wochen über sich ergehen, war aber seit der Scheunenzeit nie besonders interessiert gewesen. Für das literaturaffine Pilzchen schien die eheliche Pflicht ein notwendiges Übel. Und Gretchen? Thomas ahnte, dass er über die Weihnachtstage an das Auspacken der Gruenspan denken würde.

Zu Hause wich er Elouise aus, fürchtete, sie würde ihm etwas anmerken. Harvey war, als stünde ihm in Großbuchstaben »Ehebrecher« auf der Stirn, als würden alle Gegenstände auf ihn zeigen und »Sünder, Sünder!« rufen. So trat er verlegen von einem Fuß auf den anderen, sprach von Weihnachtsgeschenken, dem Truthahn und merkte, dass er sich unwillkürlich kratzte. Sein Lächeln war wie angeklebt. Sie redete von Möbeln, einem neuen Schuhregal, Kleiderkästen, Stühlen ... *Will sie Versailles einrichten?*

Harvey war unfähig, klare Sätze zu artikulieren. Er hatte seine Frau betrogen und musste dafür in einer harten Währung bezahlen – Schuldgefühle. *Wie alle Sünder wirst du im ewigen Feuer brennen, du wirst in einem glühenden Kessel geröstet werden, während dir kleine Teufel heiße Nadeln in die Hoden stechen ...* Wenn er in Elouises Dunstkreis kam, wurde er nervös. *Halte deine Hände still, weich ihrem Blick nicht aus.* Beides misslang, doch sie, für die eine Harvey'sche Untreue weder in dieser Welt noch in einer anderen existierte, bemerkte nichts.

Als er am Tag vor dem Heiligen Abend im Keller neben dem Hirn saß und an Gretchen dachte, war es der ungünstigste Zeitpunkt für das Hirn, wieder zu sprechen. Doch das tat es:

– Wann besorgst du mir eine Frau? Da war sie wieder, diese Stimme aus verschütteten Zeiten, die weder hoch noch tief war, weder alt noch jung und am ehesten an die Radio-Neujahrsansprache des Präsidenten erinnerte. Oder an eine Kriegserklärung? Irgendwas war anders. Es redete nicht schweizerdeutsch! Harvey wuchs am Rücken eine Gänsehaut. Er betrachtete die Gläser mit den Gewebestücken, doch darin rührte sich nichts.

Ein Trick, den ihm die Wahrnehmung spielte? Als es das erste Mal passierte, war er sich sicher, den Verstand zu verlieren. Diesmal reagierte er gefasster.

– Wie stellen Sie sich das vor? Denken Sie, die Frauen reißen sich darum, von einem Kompott befriedigt zu werden? Ich habe mit einer Assistentin gesprochen. Sie wird vielleicht ...

– Wann?

– Kann ich nicht sagen. *Was machst du hier?* Ein Teil von Harvey war völlig normal, während sich der andere fragte, ob er hauptberuflich Psychopath geworden war. Er versuchte sich einzureden, dass das alles nicht wirklich passierte, weil es nicht passieren konnte. Doch das zog nicht. Am Heiligen Abend sprachen, hieß es, nach Mitternacht die Tiere. Aber das war eine Legende, außerdem war es einen Tag zu früh, und das Hirn kein Tier.

– Ich fühle mich wie ein aufgewachter Komapatient, sagte das Hirn, wie jemand, der von Kopf bis Fuß gelähmt ist und langsam merkt, dass er nicht mehr im Patentamt in Bern arbeitet.

– Sprechen Sie deshalb nicht mehr Schweizerdeutsch?

– Des säge ni nume, wen i e Frou überchume ... Aber Thomas Harvey ist nicht in der Lage, mir eine zu besorgen.

– Machen Sie sich keine Sorgen, Herr Einstein, ich kümmere mich darum. Wie geht es Ihnen?

– Das hier ist der deprimierendste Ort der Welt. Ich bin eingetunkt in einer trüben Brühe Materie. Der Raum ist zäher Teig, der alles verklebt. Wie heißt es in der »Göttlichen Komödie«: Du wirst zurücklassen müssen, was du am meisten liebst, du wirst erfahren müssen, wie das bittere Brot der Fremde schmeckt ... Hier gibt es kein Brot, nicht einmal Aggregatzustände. Manchmal fällt ein Stück Zeit heraus, aber das ist unwirklich. Außerdem fühle ich mich mies. Ich dachte, ich wäre bereit zu sterben, aber die Wahrheit ist, ich habe nie darüber nachgedacht, war völlig unvorbereitet. Und dann? Habe ich das Licht am Ende eines Tunnels gesehen? Nein! Kamen Lichtgestalten, mich in eine andere Welt zu führen? Fehlanzeige! Ich bin ja gar nicht richtig tot, und trotzdem gibt es keine Möglichkeit mehr, meine Fehler wiedergutzumachen. Die Stimme seufzte. Ich habe mich gegenüber meinen Frauen und Kindern abscheulich verhalten. Hans Albert verzeiht mir nicht, dass ich mich zu wenig um ihn gekümmert habe, und Eduard …? Der arme Kerl sitzt mit seinem Nebelkopf in einem Schweizer Sanatorium. Als Wissenschaftler bin ich gescheitert.

– Sie müssen sich an dem festhalten, was einen Menschen aus Ihnen macht, am Menschlichen.

– Am trüben Grunde dieser Mulde? Machen wir uns doch nichts vor, ich bin Gemüse. Sterben will ich.

– Das dürfen Sie nicht sagen, Herr Einstein. So etwas ist respektlos. Sie leben. Zumindest reden Sie. Vielleicht gibt es eines Tages die Möglichkeit, Sie in einen neuen Körper einzupflanzen. Oder wir fahren nach Lourdes.

– Ich habe damit gerechnet, im Himmel aufzuwachen oder im Körper eines Babys, zumindest als Pferd oder Hund … aber das hier? Keine andere Gesellschaft als Atome, die noch dazu strunzdumm sind, nichts von nichts unterscheiden können.

– Glauben Sie an Gott? Ich bin mir sicher, er zeigt uns den Weg.

– Hier, in diesem Hühner- und Gänseklein?

Handlungen haben Konsequenzen, nicht nur physikalische. Jedes Ereignis ist das Ergebnis anderer Ereignisse. Der Erste Weltkrieg begann wegen eines Fahrfehlers in Sarajevo, und die Prager Fensterputzer waren schuld am Dreißigjährigen Krieg. Amerika wurde dank eines Rechenfehlers entdeckt, und die Französische Revolution brach los, weil alle Kuchen ausverkauft waren. Aber welche Auswirkung hatte die Erstürmung Gretchens? Nach den Weihnachtsfeiertagen ging sie Harvey aus dem Weg. Tagelang bekam er sie nicht zu sehen, und falls doch, war sie nie alleine. Als er Gretchen Gruenspan endlich zu fassen kriegte, tat sie geziert, allerdings mit der Unbeholfenheit einer Vierzehnjährigen, die auf Dame macht. Bald redete sie ohne Unterlass. Sie wisse nicht, wohin mit ihren Gefühlen, nicht, ob sie verliebt sei. Außerdem kenne sie ihn gar nicht.

– Ich weiß nur, dass ich ständig an dich denke.

– Manche sagen, Verliebtheit ist, wie wenn der Wind plötzlich unter der Haut ist, aber ich denke, es ist Hormonausschüttung, und davon will ich mich nicht beherrschen lassen. Gretchen verschränkte ihre Arme. Ich träume von einem Felsen, der mich stützt, aber alle Beziehungen, die ich kenne, sind gescheitert. Die Menschen lieben weder sich selbst noch ihre Partner. Sie bleiben nur wegen der Konvention zusammen.

– Vielleicht, weil sie wissen, dass sie sonst einsam sind.

– Ich bin gerne allein. Alle funktionieren … und genau das will ich nicht! Sie sprach von fehlendem Vertrauen, ihrer schwierigen Kindheit, übergriffigen Heimleitern, Missbrauch.

– Aber wir … Hat es dir nicht gefallen? Er streichelte ihren Oberschenkel, grinste lüstern und dachte »Kleines Feuchtchen«.

– Was geschehen ist, ist nicht wegen mir passiert. Ich war nur der passive Teil, der Baum, an dem sich …

– Ein Schwein gerieben hat? Vergleichst du mich mit einem grunzenden Borstenvieh?

– Ob Bäume denken können? Nur im Moment äußerster Gefahr, aber dann können sie nicht flüchten. Gretchen lächelte. Vielleicht bin ich asexuell … Ich träume von Liebe, aber immer, wenn mir jemand nahekommt, ziehe ich mich zurück. Als Kind bin ich oft geschlagen worden. Meine Mutter glaubte, ich sei zurückgeblieben. Ich wurde hässlich angezogen, und die Haare wurden mir geschoren, um mich zu verunstalten. Dabei wollte ich normal sein, aussehen wie alle anderen.

– Du denkst zu viel. Harvey klopfte sanft auf ihren Kopf.

– Ich sehne mich nach einem Mann, der nicht sofort über mich herfällt, sondern warten kann, bis ich so weit bin.

– Das könnte lange dauern.
– Weiß ich nicht. Sie sah ihn mit grünen Lutscherkugelaugen an und lächelte.
– Tja. Harvey küsste sie, was sie geschehen ließ. Dann wandte sie den Kopf zur Seite und stieß ihn von sich.
– Können wir uns nicht platonisch lieben? Gretchens Stimme hatte einen unpersönlichen Ton, als spräche sie von einem Pachtvertrag.
– Ich habe ein schlechtes Gewissen gegenüber Elouise, es fällt mir schwer ...
– Mir auch, sagte Gretchen, verglich den kleinen, neben dem Fenster hängenden Kasten für das Jalousieband mit einem Elefantenohr und ging.

Elefantenohr? Wie alle Menschen, denen eine Reihe von Wundern zuteilwurde, war Harvey überzeugt, Anspruch auf mehr zu haben. War das nicht sein gutes Recht? Warum zierte sich Gretchen?

Zu Hause verkroch er sich im Keller, wo ihm das Hirn vorhielt, dass er einen niederträchtigen Charakter habe. Harvey trank drei Gläser Weißwein auf die Frauen und war bald so blau wie der Himmel an einem frostigen Tag, der Himmel der Trinker, der Himmel, von dem Mexikaner bei der Quinceañera sangen.

Der Winter 1956 hatte Princeton fest im Griff. Im Januar war es dermaßen kalt, dass einem das Wasser in den Augen gefror, und im Februar war es so eisig, dass die Kinder schulfrei bekamen. Harvey griff nun immer öfter zur Flasche – wenn er nicht aufpasste, würde er noch in einer Trinkerheilanstalt enden. Als Anfang März der Schnee schmolz, beschloss der Weiße Hase, nach New York zu fahren und den Seelenklempner aufzusuchen.

New York war elektrisierend. Da gab es Gerippe zukünftiger Wolkenkratzer, auf denen in schwindelerregenden Höhen Bauarbeiter Nieten setzten, während zu ebener Erde Kräne gigantische Stahlträger verluden. Die Upper Westside war dominiert von Backsteinbauten mit Feuerleitern, in deren Souterrain sich meist jüdische Geschäfte befanden. Daneben italienische Restaurants, die weder Kreditkarten, Reservierungen noch Kellner mit Tätowierungen akzeptierten. Kleine Hotels, unter deren Markisen Türsteher Spalier standen, meist in Uniformen, die ein Schneider von Marschall Josip Broz Tito entworfen haben musste. Im Central Park hielten pubertierende Knaben mit Bärenfellmützen und Chesterfield-Zigaretten Ausschau nach Enten.

Die Praxis von Barney Tischbein lag im neunten Stock eines protzigen Bürogebäudes und bot eine beeindruckende Aussicht auf Manhattan. Harveys Schritte wurden von einem akkurat daliegenden Teppich geschluckt. An den Wänden hingen, penibel aufgereiht, afrikanische Masken und Tierfelle. Die ganze Praxis erinnerte an das Puppenhaus eines Sauberkeitsfanatikers.

Der Psychoanalytiker, ein mickriges Männchen mit Hornbrille, riesiger Nase und einer Hose, deren Falten scharf wie Schwertschneiden wirkten, bat Harvey, in einem Lederfauteuil Platz zu nehmen.

– Was sagt Ihnen mein Name, begann der Psychofritze.

– Ich weiß nicht, was Sie meinen. Bei Tischbein denke ich an ein Tischbein ... auch wenn es wie Fischbein klingt, obwohl die Gräten haben ...

– Finden Sie, dass er jüdisch klingt?

– Ich weiß nicht.

– Haben Sie etwas gegen Juden?

– Sollte ich?

– Man sagt Juden eine besondere Beziehung zu Geld nach. Man sagt, sie haben es verstanden, die Welt davon zu überzeugen, dass sie Opfer der Nazis sind und man deshalb nie ein schlechtes Wort über sie verlieren darf, weil ihre halbe Verwandtschaft von barbarischen Germanen zu Lampenschirmen verarbeitet worden ist.

– Dann sind Sie Jude, Herr Tischbein?

– Ha! Da haben wir es! Wie kommen Sie darauf? Weil ich eine große Nase habe? Sie sind Antisemit. Ein mit Vorurteilen beladener Judenhasser, der in Leuten wie Tischbein geldgierige Intellektuelle sieht.

– Soll ich wieder gehen?

– Nein. Ich wollte Sie nur testen. Tischbein machte eine Geste wie der Papst, wenn er vom Balkon herab Leute segnet, lächelte. Erzählen Sie von sich. Sie sind Pathologe, das beinhaltet Implikationen.

– Ich glaube an Gott, nicht an Freud. Harvey sah den Doktor feindselig an.

– Warum sind Sie hier?

– Weil ich mein Leben retten will.

– Dann brauchen Sie einen Rettungsring. Hier funktioniert der Prozess nur, wenn Sie mit mir reden. Tischbein blickte auf die Uhr. Vielleicht beginnen Sie mit Ihrer Kindheit, das erleichtert den Einstieg.

Thomas erinnerte sich an sein Stottern, Schläge mit dem Elektrokabel und an eine Zeit, in der Wanderfotografen durch die Lande zogen. Damals fürchtete man den Zorn Gottes mehr als Bonnie und Clyde, die erst später kamen ...

– Erzählen Sie von Ihren Eltern.

– Mein Vater arbeitete als Jurist bei einer Versicherung, und meine Mutter ist die Tochter eines Predigers. Ich durfte nicht einmal einen Nagel in die Wand schlagen ... Wenn etwas kaputtging, wurde ich mit einem Elektrokabel verprügelt ... Aber das ist lächerlich. Hören Sie, Doktor, ich bin gekommen, weil ich kurz davor bin, den Verstand zu verlieren. Er blickte zu Tischbein, dessen Blick in die Ferne schweifte. Der wippende Kopf wirkte, als würde er etwas zählen.

– Es geht um das Gesamtbild.

– Als Kind musste ich Gemüse verkaufen ... Ich erinnere mich an Stachelbeeren, Vogelnester, Vaters Auto, die Blechliesel ..., aber deshalb bin ich nicht hier.

– Wie fühlt es sich an, wenn Sie an Ihre Kindheit denken?

– Nicht so süß wie Cremetörtchen ... Wissen Sie, in letzter Zeit haben sich merkwürdige Dinge ereignet, vor allem die Sache mit dem Hirn. Harvey gelang es mit wenigen Sätzen, die Ereignisse der letzten Monate darzustellen. Ich höre etwas, was andere nicht hören. Dieses Hirn spricht zu mir. Ich fürchte, ich verliere den Verstand ...

Tischbeins Gesicht zeigte nicht die geringste Regung. Harvey hatte erwartet, seine Geschichte würde ein übergroßes Staunen auslösen. Er hatte mit der Entrüstung von Blaubarts Frau gerechnet, als sie die verbotene Tür auftat, aber den Seelenklempner schien nichts aus der Fassung zu bringen.

– Gut, Einsteins Hirn hat also mit Ihnen gesprochen. Es will eine Frau? Tischbein überschlug die Beine, betrachtete Harvey argwöhnisch und gab ein selbstgefälliges Brummen von sich. Hören Sie sonst noch Stimmen, die Ihnen etwas befehlen?

– Nein.

– Bekommen Sie Botschaften aus dem Radio, die nur für Sie bestimmt sind?

– Auch nicht.

– Besitzen Sie besondere Kräfte?

– Ich? Woher denn?

– Haben Sie das Gefühl, verfolgt zu werden?

– Ich bin mir nicht sicher. Die Armee will Einsteins Hirn, aber von mir wird sie es nicht bekommen. Bin ich verrückt?

– Wer ist das nicht? Tischbein lächelte vielsagend. Die Wurzeln dieser Ereignisse liegen zweifellos in Ihrer Kindheit.

– Was hat meine Kindheit damit zu tun?

– Es handelt sich um externalisierte Fantasien, ein gängiger Bewältigungsmechanismus für Schuldgefühle.

– Ich habe keine Schuldgefühle ... das heißt, ich habe doch

welche, aber erst seit der Weihnachtsfeier. Sie müssen wissen, es gibt da eine angehende Laborantin, Gretchen ...

– Prägung, Ödipus, Verdrängung, murmelte der Analytiker. Leute, die in ihrer Kindheit Demütigungen ausgesetzt worden sind, erleben in Zwangslagen oft ein gewisses Lustempfinden. Schuld an Ihrem Unglück ist natürlich Ihre Mutter.

– Meine Mutter? Ausgeschlossen!

– Ihre Entrüstung ist der beste Beweis. Jedermanns erstes Zuhause ist eine Frau, und wenn man dann vertrieben wird ... Tischbein blickte auf die Uhr und räusperte sich. Die Psyche eines Menschen ist wie ein Baum. Sind die Früchte faul, liegt es an den Wurzeln ... unterdrücktes triebhaftes Verlangen. So wie ich das sehe, bekommen Sie Ihr Liebesleben nicht in den Griff, weshalb Ihr Über-Ich rebelliert. Der Seelenklempner nahm die Brille ab, hauchte auf ihre Gläser und begann, sie zu putzen. Manche Kollegen würden eine leichte Dementia praecox diagnostizieren, aber ich denke, aus psychoanalytischer Sicht haben wir es mit einer klassischen Übertragung zu tun. Das Hirn verleiht Ihrem Unbewussten eine Stimme.

– Es hat Dinge gesagt, die ich nicht wissen kann.

– Manchmal weiß unser Unbewusstes mehr, als wir ahnen. Was wissen Sie von moderner Physik?

– Nicht mehr, als dass ein Apfel zu Boden plumpst, wenn man ihn fallen lässt.

– Die Quantenphysik ist unverständlich. Ich selbst halte sie für ausgemachte Scharlatanerie. Im Gegensatz zur naturwissenschaftlich beweisbaren Psychoanalyse, bei der mit festen Größen wie Traum, Identität oder dem Unbewussten gearbeitet wird, doktern die an unsichtbaren Atomen herum. Derselbe Schwindel wie der Darwinismus. Da werden Affenknochen versteckt, und dann verkündet man die Entdeckung eines neuen Menschen ... Alles Humbug! Nur die Psychoanalyse ist eine empirische Wissenschaft mit konkreten, überprüfbaren Ergebnissen.

– Was soll ich jetzt tun?

– Das werden wir bei unserem nächsten Termin besprechen. Wann haben Sie kommende Woche Zeit?

– Ich weiß nicht ...

– Die Psychoanalyse ist ein langwieriger Prozess. Wenn sie Erfolg haben soll, müssen wir in Ihrer Kindheit beginnen, uns durch die Pubertät wühlen, all Ihre Erinnerungen freilegen.

– Und dann ist der Spuk zu Ende?

– Darauf hoffen wir. Tischbein blickte aus dem Fenster und zählte die Fenster eines gegenüberliegenden Hauses.

Schuld ist also meine Mutter? Ausgerechnet. Harvey schlenderte durch die Amsterdam Avenue und ging in einen Feinkostladen namens Greengrass, wo er für eine Portion Räucherlachs drei Dollar hinblätterte.

– Das ist Wucher. Harvey nahm an einem Tisch im Nebenraum Platz.

– Wucher wirde ich nicht sagen, Jingelchen. Wenn Sie wollen Wucher sehen, missen Sie auf einen Markt in Kairo gehen. Hat man Sie einmal gehaut iber das Ohr? Das kam vom Nachbartisch, wo ein grauhaariger Mann saß. Hier bei Greengrass sind die Preise geschmalzen, aber missen Sie bedenken, was kostet Miete, was kostet Personal, was kostet Leben. Sein wir mitten in Manhattan, wo Sie missen froh sein, nicht zu zahlen fir die Luft zum Atmen.

Harvey zuckte mit den Achseln.

– Gestatten, Mendel Zeligman, Besitzer der Stoffhandlung unten in der Zweiundsiebzigsten. Missen Sie haben gesehen, gibt es besten Damast aus Damaskus, kriegen Sie nirgendwo so scheene Fetzen wie bei Mendel Zeligman. Ohne eine Einladung abzuwarten, setzte sich der Grauhaarige zu Harvey, der an seinem Lachs kaute.

– Was Sie machen in der Stadt, wo man nennt de große Apfel?

Sieht der Mendel sofort, Sie sein nicht von hier. Wollen Sie mochen Geschenk für Ihre Weib? Zeligman tippte auf Harveys Ehering. Ist sie sicher eine gute Schickse. Hat der Mendel Seide aus China, werden ihr ibergehen die Augen vor Freude. Hat der Mendel Kattun aus Kalkutta, Gabardine ...

– Ich bin wegen Einstein hier.

– Dem Kaffeehausbesitzer? Eine tragische Geschichte ... die arme Frau. Na und erst die Kinder ...

– Dem Physiker!

– Hatte der auch eine Frau?

– Ich rede vom Nobelpreisträger.

– Uii. Das war ein großer Mann und a kleiner Jidd. Hat er herausgefunden, dass Universum ist nichts anderes als Stoffballen, was aufgerollt eine schene Fläche macht. Hat er gesogt, die Zeit ist eine Schere und der Raum ein Maßband ... oder so ähnlich. Alles relativ, vor allem der Preis. Hat man ihm alles abgekauft. War er eine große Schneider, der hat gemocht mit Zwirn und Nadel völlig neues Weltall.

– Ich bin der Pathologe, der seinen toten Körper untersucht hat.

– Gehert sich das? Wenn einer ist hiniber, sollt man ihn in Ruhe lassen. Ein Mendel Zeligman mecht nicht, dass man ihn aufschneidt, wenn er ist hin. Ein Mensch mechte seine Ruhe haben, besonders wenn er ist hiniber.

– Das mag stimmen, aber ich habe sein Hirn entfernt.

– Nein! Jetzt halten Sie mich am Schmäh? So a Schmonzes.

– War Einstein ein gläubiger Jude?

– Davon weiß der Mendel nichts, hätte aber werden sollen Präsident von Israel.

– Jedenfalls habe ich dieses Hirn bei mir zu Hause.

– Ist das die Meglichkeit.

– Ich soll es untersuchen, um herauszufinden, ob sich daran Genialität feststellen lässt.

– Ist es meglich?

– Aber das Tollste kommt noch. Es spricht. Harvey blickte zu Mendel, und der Stoffhändler machte ein Gesicht, als ob ihm sein Gegenüber gerade verkündet hätte, dass er mit einem Fingerhut den Pazifik auslöffeln wolle.

– Ist es meglich? Und was sagt es? Weiß es, wie sich die Stoffpreise entwickeln?

– Mir ist egal, ob Sie mich für verrückt halten, aber Einsteins Hirn redet zu mir. Deshalb bin ich von Princeton hergefahren, um einen Psychoanalytiker aufzusuchen.

– Das sind Gauner. Alles Tinnef. Seit der alte Doktor Freud in Wien ist aufgesessen seiner Pappenheimer, haben sich Legionen von Betrigern iber die Psyche ihrer Patienten hergemacht ... und iber ihre Brieftaschen. Für diesen Wiener Lustmolch war jede Spüle Symbol für a weibliches Becken, Scheren standen für gespreizte Schenkel und Kerzen für Pimmel. Der alte Mendel mechte nicht wissen, was der in ein Stopfschwammerl hineingedeutet hätte. Lustmolch! In allem sah er Löcher und Rohre und Stößel und Kolben. Hat er iberall gesehen eine, was man sagt, Fickerei. Die meisten Analytiker sein meschugge.

– Me... was?

– Haben eine Meise locker. Stellen fest, dass die Frau Mama eine Allergie auf Katzen hatte und der Herr Papa der Nachbarin hinterher war. Und das machen sie dann fir alles verantwortlich.

– Fünfzig Dollar hat er mir abgeknöpft.

– Sehen Sie. Wären Sie gleich gekommen zu Mendel Zeligman, hätten Sie erfahren, das ist ein Dibbuk.

– Ein was?

– Dibbuk ist a Ruach tezazin, a Geist von einem Toten, der keine Ruhe finden mog. Ein Dämon, wo dazu verdammt ist, immer in die Vergangenheit zu schauen.

– Das Hirn soll so ein Dibbuk sein?

– Sicher. Ein Parasit, der Seelen auffrisst.

– Und was macht man da?

– Sowas ist nicht koscher. Haben Se Mazel, dass Se haben getroffen einen Mendel Zeligman, was hat Stoffhandlung in der Zweiundsiebzigsten, wo es gibt besten Damast aus Damaskus, Kattun aus ...

– Was man da macht, habe ich gefragt, unterbrach Harvey ungeduldig.

– Muss man austreiben lassen von einem Rabbi.

Dibbuk? Rabbi? In Thomas' Kopf kreiste ein Mückenschwarm an Fragen.

– Melden Sie sich bei Mendel Zeligman, werden wir uns darum kimmern. Wenn ist wirklich ein Dibbuk, darf man nicht auf leichte Schulter nehmen.

– Aber ich bin Quäker.

– Na, und wenn? Man muss Gott geben, was Gottes ist. Wieviel hat man Judas gegeben – dafir, dass er euren Jesus hat verpfiffen? Dreißig Silberlinge, was sein umgerechnet fünftausend Dollar. Nehmen wir den Buddhismus, was ist eine Religion für Bergsteiger. Fuji, Himalaya, Sri Pada ... immer missen die auf Berge kraxeln. Das Judentum dagegen ist eine Kaffeehaussitzer-Konfession. Da war der Kaffee noch nicht erfunden, sein wir schon in die Kaffeehäuser gehockt und haben palavert. Warum sind wir vor dem ägyptischen Pharao geflohen? Weil die haben angebetet Götter, was haben Hunds- und Katzenköpf? Nein, wegen Kaffeehäusern, was nicht haben existiert. Nehmen wir die Moslems mit ihrer Manie, Frauen zu verhillen. Warum? Aus Angst. Das ist, wie wenn man hat a Rolex, sie aber nie trägt, weil es Gauner gibt, man nicht will, dass ein anderer die Zeit abliest ... Ein Dibbuk! Jawohl! Nehmen Sie das nicht auf die leichte Schulter.

Harvey betrachtete die Visitenkarte, die der Stoffhändler auf den Tisch gelegt hatte, und blickte zur Fensterscheibe, wo Kreidebuchstaben die Spezialitäten von Greengrass anpriesen. Dahinter verschwand der Stoffhändler in der Menge. Seine Kippa glich der untergehenden Sonne in der Dämmerung.

Dibbuk? Harvey war sich nicht sicher, ob nun er der Verrückte war oder dieser Zeligman.

EINE KLEINE LÜGE GEBIERT DIE NÄCHSTE

Als sich Einsteins Todestag jährte, riefen pausenlos Journalisten an und wollten wissen, welche Fortschritte es gab. Wieder war es, als wollte halb Amerika mit ihm reden, aber Harvey verweigerte die Auskunft, behauptete, ohne Erlaubnis des Nachlassverwalters dürfe er nichts sagen. Tatsächlich hatte er von keinem Empfänger der Hirnfolien eine brauchbare Rückmeldung erhalten.

Zimmerman war nichts aufgefallen, außer dass die Zellen für einen Mann in Einsteins Alter gut erhalten waren. Schulman meinte, ohne Vergleichsobjekte ließe sich nichts sagen. Bonin und Bailey schwiegen. Harvey war enttäuscht. Er war seit einem Jahr im Besitz des Hirns und hatte kein vorzeigbares Ergebnis. Ein sprechendes Hirn? Da könnte er gleich das Anmeldeformular einer Irrenanstalt ausfüllen.

Blummenfelt durchstöberte die Zeitungen und war ungehalten, da er nichts als Randnotizen fand, meist nicht einmal die. Harvey hatte den Direktor im Verdacht, die Journalistenmeute auf ihn gehetzt zu haben. Dieser kettenrauchende Unglücksbringer war eine Hybris auf zwei Beinen, erwähnte gegenüber jedem die Qualität seines Spitals und vergaß auch nicht, auf die Hirnforschung unter der Leitung Harveys hinzuweisen.

– Wir müssen Sie ins Fernsehen bringen. Vierzig Millionen Zuseher! Stellen Sie sich vor, was das bedeutet. Die Leute werden krank werden, nur um zu uns zu kommen.

Harvey wollte damit nichts zu tun haben. Bereits beim Gedanken an ein Fernsehstudio bekam er Schweißausbrüche. Er floh, nicht wirklich, aber die Reise nach Maryland, um Professor Walle Nauta eine Box plastifizierter Hirnproben zu übergeben, kam ihm gelegen. Und er nahm Gretchen mit, die während der gesamten Fahrt von Tansania schwärmte und auf Religionen schimpfte.

– Der Mensch ist eine Fehlkonstruktion – zu enger Gebärkanal, Haltungsschäden, schlechte Zähne. Selbst der ärgste Dilettant hätte das besser hinbekommen als Gott.

– Er hat seinen eigenen Sohn Mensch werden lassen.

– Der hätte älter werden müssen, um den Pfusch seines Vaters am eigenen Leib zu spüren. Gretchen lächelte. Gott ist ein Luxus, den ich mir nicht leisten kann.

– Ich habe einmal einen Jungen getroffen, der Jesus für einen Zeitreisenden aus der Zukunft gehalten hat.

– Ich glaube, seine Jünger waren auf Drogen. Haben die ihn nicht auf einer riesigen Teigkugel durch die Wälder reiten sehen?

– Über das Wasser ist er gegangen.

– Sag ich doch.

So ging es während der ganzen Fahrt, bis sie Baltimore erreichten.

– Stellen Sie den Kasten dorthin. Walle Nauta war über die Hirnproben keineswegs erfreut. Ich werde sehen, was sich machen lässt. Hat Sie Leutnant Haymaker kontaktiert?

– Das Spital. Warum?

– Der Leutnant ist jemand, der eine Ablehnung nicht akzeptiert. Kurz blitzte die Freundlichkeit des Indonesiers auf, doch als Harvey bereits auf einen Verbündeten hoffte, wurde er brüsk zurückgewiesen.

Der Professor wollte von Harveys Essenseinladung nichts wissen und komplementierte ihn hinaus. Gretchen hatte in der Zwischenzeit ein nettes Drive-in gefunden. Sie ließen sich Essen aufs Zimmer bringen, sahen sich einen Western mit James Stewart an ... *der kann mehr als den Hasenfreund spielen* ... und liebten sich. Thomas beugte sich über ihr Gesicht, und als der Gläubige die Lippen der Atheistin küsste, stand es fest. Der Wünschende war an seinem Ziel – und bekam, womit er nicht gerechnet hatte, eine Zeit, in der die Wörter ihre Form verloren und zerbröselten.

– Verweile noch, flüsterte Gretchen nach dem Akt.

– Bin ich der Goethe?

Die Zigarette danach befreite beide von der Notwendigkeit zu reden.

Jeder, der das ungleiche Paar sah, dachte unweigerlich: Der Mann hat Glück. Aber dieses Glück war kalt. Gretchens Interesse an aussterbenden Tieren, seltenen Pflanzen und Atomversuchen übertraf jenes an einem Austausch von Körpersäften bei weitem.

Zurück in Princeton, verkroch sich Harvey im Keller, las in neurologischen Büchern, saß stundenlang vor den Gläsern, dachte an Mendel Zeligman und wartete, ob das Hirn wieder sprechen würde. Vergeblich. War es ein böser Geist? Ein Dibbuk? Oder eine verlorene Seele? Was wollte es? Harvey hatte keinen blassen Schimmer. Man kann ja nicht erwarten, dass die Seele nach dem Tod sofort Gott gegenübertritt und mit ihm das Leben reflektiert. Vielleicht kommt man erst ins Wartezimmer namens Fegefeuer? Aber dann wäre er, Harvey, Einsteins Purgatorium.

Die Söhne wurden größer und fremder, ihre aus der Proportion geratenen Gesichter waren mit gelben Talgmonden übersät, die an geplatztes Popcorn erinnerten. Elouise verstand es, boshaft zu schweigen. Nicht einmal der neuerlich vergessene Hochzeitstag war ihr eine Erwähnung wert.

Nach außen gaben sich die Harveys den Anschein eines harmonischen Ehelebens, aber hinter der Fassade bröckelte es. Seine Frau vergrub sich in Büchern und war verschlossen. Seit ihr das Werk eines russischen Einwanderers in die Hände gefallen war, hatte sie für Harvey nur Missachtung übrig. In dem Buch ging es um einen Literaturdozenten, der sich in eine dreizehnjährige Göre verliebte. Elouise erkannte darin ihren Mann und in der Halbwüchsigen das Hirn. Das Buch war völlig unerotisch und dennoch ein Skandal, weil es die Liebe zu einer Minderjährigen thematisierte. Für Elouise lag das Ärgernis im Verhalten dieses Humbert Humbert, so der Name des Dozenten, der wegen einer unsinnigen Liebe alles aufs Spiel setzte und vernichtete – genau wie ihr Mann.

War dies das Leben, das sie führen wollte, das, wofür sie einst Schulfreundinnen beneidet hatte?

– Ist dir klar, wie wir dastehen? Als Familie des Mannes, der an Einsteins Hirn herumdoktert? Was sollen die Nachbarn denken? Und du? Was geht in dir vor? Elouises Stimme hörte sich wie Kreide auf einer Schiefertafel an. Sie hatte das Gefühl, verraten worden zu sein – ausgerechnet von dem Menschen, den sie einmal geliebt hatte.

Harvey schwieg. Mit den Kindern redete er als Minus, sonst saß er meist im Keller oder arbeitete im Garten. Der Birnbaum hatte die Kräuselkrankheit, die Thujen waren braun, und die Rosenbüsche ließen ihre Köpfe hängen. Wenn Elouise aus dem Fenster blickte, war ihr, als würden die alles verunstaltenden Erdhaufen, Produkte von Wühlmäusen und Maulwürfen, ihre Ehe symbolisieren.

Thomas war ihr fremd geworden, und sie spürte, dass sie sich nichts mehr zu sagen hatten. Immer öfter tauchte ein Wort in ihrem Kopf auf, das ihr nicht gefiel. Und je mehr sie es nach hinten drängte, desto kräftiger kam es zurück: Scheidung. Aber in ihren Kreisen verließ eine Frau den Mann nicht, nicht einmal dann, wenn er trank und gewalttätig war. Letzteres kam bei Harvey nicht vor, er verhielt sich bloß merkwürdig. Auch andere Männer hatten Hobbys, schraubten an Autos, bauten Modelleisenbahnanlagen, spielten Lacrosse oder gingen angeln. Aber kein normaler Mensch verbrachte seine Zeit mit einem Hirn im Glas.

Harvey betrachtete seine Frau, als wäre sie bösartiges Fettgewebe. Er hatte Schuldgefühle wegen Gretchen, ging Elouise aus dem Weg, trank und betete. Ob er wieder zu dem Seelenklempner fahren sollte? Er hatte wenig Hoffnung, dass das Gequatsche bei Barney Tischbein seine Ehe erträglicher machen würde. *Für den ist an allem meine Mutter schuld.* Und dieser jüdische Geist? Harveys Gedanken klebten an der Vorstellung, das Hirn könnte ein Dibbuk sein, wie Fliegen an einer Leimfalle.

Als ob es nicht bereits genug Probleme gäbe, rief noch Otto Nathan an. Der Testamentsvollstrecker erkundigte sich, wann und wo der Artikel über Einsteins Hirn erscheinen würde.

– Welcher Artikel?

– Direktor Blummenfelt hat mir versichert, Sie stünden unmittelbar vor einem Durchbruch.

– Na ja, wenn der Direktor das behauptet ... *dieser Unglücksvogel.* Die Untersuchung ist weit gediehen, ich warte nur auf die Ergebnisse der Professoren ... Harvey log. Er hatte noch nie einen wissenschaftlichen Artikel veröffentlicht. Bereits Gedächtnis und Bewusstsein waren der Gehirnforschung unverständlich, wie sollte da ein mittelmäßiger Pathologe Merkmale für Genialität finden? Trotzdem versprach er eine baldige Publikation.

Nachdem die Gruenspan ihre Abschlussprüfung bestanden hatte, lud Harvey – er selbst war ihr Prüfer gewesen – sie in Polly's Luncheonette. Heute fand keine mexikanische Quinceañera statt, saßen nur wenige Gäste im Lokal.

Thomas war Gretchen in den vergangenen Monaten nähergekommen und konnte nun mit Fug und Recht behaupten, dass er das besaß, was einem Mann Erfolg attestierte, eine Geliebte. *Der Mensch hat ein Glück.* War sie anfangs kalt wie ein Eislutscher ... *mit einem Gefrierschrank zwischen den Beinen ...,* so brachte er sie in wärmere Gefilde, zumindest in die nordfinnische Tundra. Sie hatten Mittagspausen gemeinsam in der Kantine verbracht oder waren abends auf einen Sundowner gegangen. Harvey hatte sich eine neue Couch für sein Büro angeschafft, auf der sie sich gelegentlich, wie es in der Bibel heißt, erkannten. Zu sich konnte er sie nicht mitnehmen, und in ihrem Untermietzimmer waren Herrenbesuche nicht gestattet. Für Harvey war das die Erfüllung seiner Wünsche, obwohl er sich alles anders vorgestellt hatte, unkomplizierter. Gretchen wirkte, als ließe sie es mit sich geschehen, dabei war ihr ungestümer Elan, mit dem sie durch das Leben stürzte, ungebremst.

– So geht es nicht weiter. Sie hämmerte jedes ihrer Worte, als schlüge sie Nägel in die Wand, um daran einen Satz aufzuhängen: Es ist aus!

– Haben wir keine schöne Zeit? Harvey kannte diese Diskussion. Er kam sich vor wie Laokoon im Würgegriff der Schlangen, nur war es bei ihm eine einzige Viper, deren Giftzahn er ausgeliefert war. Er hatte keine Freunde, nur Leute wie Sully Erlich, mit denen er betete oder Tennis spielte. Gretchen war eine Vertraute geworden, der er von seinen Problemen erzählen konnte, fast hätte er ihr die Sache mit dem sprechenden Hirn gebeichtet. Und jetzt wollte sie alles beenden? Unwillkürlich hob er die Hand, winkte Trisha und bestellt zwei Daiquiri.

Die Lokalbesitzerin erkannte sofort, was los war, mischte sich aber nicht ein. Zwei Tische weiter saßen Krysolov und Vitali. Die Gauner ersannen wieder Ideen, um an Geld zu kommen.

– Der Trick ist, man gibt gewissen Leuten das Gefühl, ein Geschäft zu machen, und nützt dann ihre Gier aus. Der älteste Kniff ist der mit dem Diamantring. Man findet ihn vorgeblich auf der Straße und tut so, als hätte ein zufällig vorbeikommender Passant ... das Opfer! ... auch ein Recht auf Finderlohn, leider hat man gerade keine Zeit, also erklärt man sich bereit, den vermeintlich kostbaren Ring gegen eine Kleinigkeit dem gierigen Dummkopf zu überlassen. Natürlich ist der Ring völlig wertlos ...

Als die Gauner Harvey sahen, fiel ihnen Einsteins Hirn ein. Zweimal waren sie in seinem Büro gewesen und hatten das zerteilte Hirn gesehen. Krysolov stieß Vitali an und blickte vielsagend in Richtung des Weißen Hasen.

– Das ist ein Zeichen für gewisse Leute.
– Vielleicht, aber kein gutes.

Gretchen sprach von einer unangenehmen Situation. So hatte sie sich ihre große Liebe nicht vorgestellt, sie wisse nicht einmal, ob sie ihn liebe. Er habe Kinder, eine Frau und viel zu wenig Zeit. Wenn er weiterhin eine Beziehung mit ihr wolle, müsse er sich scheiden lassen.

Scheidung? 1956 lässt man sich nicht scheiden.
– Wieso nicht? Wir leben in einer modernen Zeit.

Harvey schwieg und betrachtete ihr in Dämmerlicht getauchtes Gesicht. Eine Scheidung kam nicht in Frage. Er ließ die Sätze in sich sickern und fürchtete, Gretchen heute zum letzten Mal zu sehen. Sie war die hübscheste Frau, die er je zu Gesicht bekommen hatte, zumindest hier in Polly's Luncheonette. Harvey fühlte ein Zittern hochsteigen, dachte an das sprechende Hirn, seine Söhne mit ihren Popcorn-Schüssel-Gesichtern, Direktor Blummenfeld, und plötzlich erschien ihm sein ganzes Leben so absurd, dass er laut losprusten musste.

– Findest du das witzig?

Der Weiße Hase bekam kaum Luft, hatte Schnappatmung und fühlte, wie ihm das Blut zu Kopf stieg. Es dauerte, bis er sich beruhigt hatte. Erst als Gretchen meinte, dass sie sich mit Elouise unterhalten müsse ... dringend! ..., verging ihm das Gewieher.

– Die Sache geht uns schließlich alle drei an.
– Willst du mein Leben zerstören?
– Wir müssen uns mit der Situation auseinandersetzen.

Harvey schüttelte den Kopf. Sie tranken ihre Drinks aus und verließen das Lokal. Draußen fiel er unbeholfen über sie her. Gretchen stieß ihn weg und weigerte sich, in seinen Ford einzusteigen. Nachdem er eine Weile neben ihr hergefahren war, begannen ihre Füße zu schmerzen. Stöckelschuhe waren die falsche Ausrüstung für eine Nachtwanderung. Irgendwann blieb sie stehen und stieg trotzig in Harveys Wagen.

– Das hat nichts zu bedeuten.

Gleich nach Harveys Abgang fuhren Krysolov und Vitali ... *muss das sein?* ... zum Spital. Sie gaben sich gegenüber dem Portier als medizinische Notfälle aus ... »Liquiditätsprobleme, gewisse Leute konnten seit Tagen nicht mehr pissen« ..., gingen aber nicht zur Patientenaufnahme, sondern schnurstracks zum Büro des Pathologen, öffneten das Schloss, traten ein und fanden ... nichts. Weder im unversperrten Schrank noch auf den Regalen stand das Hirn. Nur Totenschädel, Bilder von Albie Booth, Blutproben. Vitali bückte sich, um unter der Couch nachzusehen, und fand einen Diamanten, nein, ein Damenunterhöschen. Er roch daran und verdrehte entzückt die Augen.

– Was soll das, du Schwein. Krysolov riss es ihm aus der Hand, roch ebenfalls. Wir sind wegen dem Hirn da. Vielleicht haben es gewisse Leute im Autopsiesaal verstaut?

Sie liefen in den Keller, gelangten in den gewünschten Raum und bekamen beinahe einen Herzinfarkt, als sie einen Toten auf dem Metalltisch sahen. *Kein gutes Zeichen.* Von Einsteins Denkorgan fehlte jede Spur.

– Jetzt stell dich nicht so an. Irgendwo muss es sein.

– Ich habe Muffensausen. Ein Hirn stehlen ist keine Heldentat.

– Ach was. Wir sind wie ein gewisser Robin Hood, bestehlen die Reichen, auch wenn die noch gar nicht reich sind. Warum sind wir Betrüger? Es gibt tausend Antworten. Weil wir einen schwachen Charakter ham, für Gerechtigkeit sind, die Besitzverhältnisse aus dem Gleichgewicht geraten sind ... Was ist?

– Da! Dreh dich um. Vitalis Stimme war ins Falsett gestiegen, kreischte. Nun sah es auch Krysolov – der Tote hatte sich aufgerichtet und die Arme ausgestreckt. *Himmel!* Schreiend liefen sie davon und fuhren zitternd zurück zu Polly's. Drei Schnäpse lang sagten sie kein Wort, dann begannen sie von glühenden Augen und Wolfszähnen zu fantasieren.

– Aus der Nase hat's geraucht, und der Mund hat gefaucht.

Nach dem sechsten Schnaps setzte sich Trisha zu ihnen und lachte, als sie die Geschichte hörte.

– Lazarus-Syndrom. Muskelreflexe. Ich war in einem Konzentrationslager, da habe ich das oft gesehen.

– Bist du eine gewisse, was man nennt Jüdin?

– Damals war ich Kommunistin.

Krysolov bestellte noch eine Runde und ließ sich von der Wirtin alles über das Konzentrationslager erzählen, nickte, als von Gas aus Duschköpfen, Leichenbergen und Verbrennungsöfen die Rede war.

– Warum interessiert dich das? Vitali flüsterte.

– Weil gewisse Leute gerne ihr Schuldgefühl mildern, indem sie Opfer beschenken. Vielleicht kann uns das mal nützlich sein.

– Habe ich Sie geweckt?

– Kennen Se haben. Wenn man sich so wie ich jetzt anhört nach dem Schlafen, muss etwas schiefgegangen sein ganz gewaltig. Nein, was soll ich schlafen um diese Zeit? Der alte Mendel Zeligman ist Stiegen raufgerannt.

– Ich rufe an, weil ... Sie haben mir Ihre Karte gegeben in diesem Laden, Greengrass ... Sie erinnern sich?

– Ist es meglich. Der alte Mendel hat gewusst, er ist kein Schmock. Was ist der widerständigste Parasit? Viren? Bakterien? Gedanken? Nein, ein Dibbuk. Hat der Mendel alles gebracht auf, was man so sagt, Schiene. Kommen Se nächsten Sabbat in de Zweiundneunzigste West, Ecke Broadway ... Hinter kleiner koscherer Bäckerei ist Wohnung von Rabbi Geldzahler, was kann mit Finger Wein zapfen aus Wand und was kennt alle Formeln, mit denen man kann erschaffen Golem oder auferwecken Tote.

Nehmen Sie mit das fragwirdige Subjekt, was Se nennen Hirn. Werden ma machen Austreibung von Dibbuk.

– Aber ich bin gar kein Jude.

– Ist Gott a Jidd? Was weiß man? Kennen Se haben oder kennen Se haben nicht. Ein Dibbuk hat Chuzpe, kann er gehen in alle Körper. Ein Dibbuk ist kein Suppenkasper. Kennen Se haben einen besen Fluch, oder kennen Se haben eine Ruh, die was koscher ist. Was wollen Se? Wenn Letzteres, dann missen Se kemmen an Sabbath.

Harvey legte den Hörer auf und überlegte. Sollte er das Hirn tatsächlich diesem jüdischen Ritual aussetzen?

Am Samstag saß er in seinem Ford, am Beifahrersitz lag, eingehüllt in Decken, das Glas mit den Hirnwürfeln.

– Heute ist es vorbei mit dir, du Geist, oder was immer du bist. Heute ist dein Jüngster Tag.

Das Hirn schwieg.

Während der Fahrt hing ein harter blauer Himmel in der Luft, der diesig wurde, als Manhattan näher kam. Die meisten Bewohner waren über das Wochenende in die Hamptons, nach Connecticut oder sonst wohin gefahren, jedenfalls war kaum Verkehr, Harvey fand einen Parkplatz in der Zweiundneunzigsten gleich bei der jüdischen Bäckerei. Er war etwas zu früh dran und kaufte sich einen Bagel mit Sesamkörnern.

Kauend ging er in das besagte Haus. Die Wohnung von Rabbi Geldzahler befand sich in einem klassizistischen Gebäude mit hohen, gotischen Fenstern. Ein Hauch von Verwahrlosung umwehte diesen Ort. *Hier könnte Doktor Frankenstein wohnen, aber ein Rabbi?* Dreckige Fenster, morsche Dielen, leichter Uringeruch und Spinnweben im Treppenhaus. *Wenn das eine Falle ist? Nicht alle Juden sind Opfer. Es hat sogar eine jüdische Mafia gegeben ... Und beten die nicht einen Tellerberg an, in der Hoffnung, für sie fällt etwas ab? Nein, der heißt Tafelberg ... oder Tempelberg?* Harvey öffnete eine Tür, trat ein und fühlte eine in Senilität erstarrte Atmosphäre. Es roch nach brennenden Kerzen, alten Büchern, Weihrauch.

– Ist er endlich da und macht ein Gesicht wie Jingelchen bei Bar-Mizwa, sagte der Rabbi und bat Harvey, näher zu kommen. An den Wänden hingen Thora-Rollen und Bilder von der Hand der Miriam, überall standen schwere Kandelaber. Rabbi Geldzahler trug eine Kippa und eine Art Türvorleger um die Schulter. Der Alte hatte graue Beikeles, und an seiner Hose hingen lose Sehnen, Gebetsschnüre.

– Ein Dibbuk ist die Seele eines Toten, die keine Ruhe findet und sich daher einen Körper sucht. Der Rabbi klang so ernsthaft wie der Sprecher einer Viehzüchtervereinigung nach dem Ausbruch der Rinderpest. Das ist eine böse Schwangerschaft. Ein Dibbuk ist nicht von dieser Welt. Wir müssen ihn vertreiben, sonst ... ergreift er Besitz von uns.

– Kennen Se haben, ergänzte Mendel. Harvey, der sich plötzlich sehr verloren vorkam, nickte.

Zehn in Totenhemden gekleidete Männer ... die zehn Gerechten ... standen in dem kleinen Raum, alle hatten schwarze, breitkrempige Hüte auf, unter denen bärtige Gesichter steckten. Bärte, die Rübezahl hätten erblassen lassen. Der Rabbi griff nach dem Hirn, doch Harvey schrie »Nein!«, fuchtelte mit dem Glas, als wollte er sich verteidigen. Plötzlich kam er sich vor wie ein Verräter.

– Das Hirn hat wochenlang nicht gesprochen. Ich habe mir das eingebildet, es mir anders überlegt. Ich wollte Ihnen nur mitteilen, dass Ihr Ritual nicht mehr notwendig ist.

– Schau einer an, hot er Angst wie beim Zahnzieher. Kennen Se haben einen Dibbuk in der Familie, was sein eine bese Fluch ... kennen Se leben in Besessenheit ...

Harvey beruhigte sich und ... seien Sie vorsichtig ... übergab sein Mitbringsel zögernd dem Rabbi. Der stellte das Hirn auf einen Tisch, und Harvey war, als würde der in die Tischdecke gestickte Davidstern kurz zittern. Zumindest die Bärte der zehn Gerechten bebten. Rabbi Geldzahler nahm ein geschwungenes Widderhorn, den Schofar, blies hinein, was einen lauten dumpfen Brummton ergab. Thomas dachte an den Megafurz eines Nashorns, war kurz davor zu lachen.

– Um den Geist zu erschrecken, erklärte Mendel und bat den Pathologen, sich in eine Ecke zu setzen. Kennen Se nehmen Platz, wenn es ist meglich. Der Weiße Hase fühlte sich wie ein Verbannter auf den Äußeren Hybriden.

Von seinem Exil aus beobachtete er, wie die Gerechten Psalme rezitierten. Dann begann Rabbi Geldzahler mit dem Gebet, rief die Namen der zweiundsiebzig Kabbala-Engel. Harvey verstand Uriel, Ezechiel, Israel und Gabriel. Alle anderen Namen hatte er noch nie gehört. Ein monotoner Singsang pendelte umher, etwas, das ein vertrautes Gefühl von Schuld aufkeimen ließ. Ein kalter Windhauch wehte durch den Raum, und der Weiße Hase bekam Gänsehaut.

– Meine Zuversicht ist meine Burg, hob der Rabbi an. Mit seinen Fittichen wird er dich bedecken, und unter seinen Schwingen wirst du Zuflucht finden ... Du sollst den Ewigen lieben, mit seiner ganzen Kraft und ... Ich spreche voller Hoffnung zu dir, der du errettest vor der Pest des Verderbens ... Kiddusch Haschem, Malchut Haschem ... Harvey hatte das Gefühl, in einem Meer an unverständlichen hebräischen Schriftzeichen zu versinken.

– Haschem schuldet uns nichts. Haschem ist immer ...

Die Gebete wurden eindringlicher, die Gerechten waren wie in Trance. Haschem hier, Haschem da.

– Alle Kräfte der Welt sind gegen dich angetreten und befehlen dir fortzugehen. Die Großen und Gerechten stellen sich gegen dich, daher weiche, Dibbuk. Weiche! Mit seiner Kraft und der Kraft der heiligen Thora, die mit schwarzem Feuer auf weißem Feuer geschrieben worden ist, zerreiße ich alle Fäden, die dich mit der Welt verbinden. Du hast die Welt verlassen und darfst nicht zurückkehren, bis das Widderhorn des Messias erklingt, daher befehle ich dir, diesen Körper zu verlassen. Weiche, Dibbuk! Weiche!

Nun bliesen die zehn Bärtigen in ihre Widderhörner ... *was für ein alttestamentarischer Radau ... so haben sie die Bewohner Jerichos verjagt ...*, der Rabbi nannte ihre Namen: Hindel, Itschel, Menasche, Geitel, Schlomo, Scheinwel ... sie alle waren Müßiggänger, fromme Juden, die bezeugten. Weiche, Dibbuk! Weiche! Der Rabbi zog mit einem Stock einen Kreis um das Hirn und forderte die Bärtigen auf, das Kaddisch zu sprechen, das Totengebet.

– Ausgelöscht sei dein Name ... Es kam zehnstimmig ... Das Herz der Welt hängt an den sechsunddreißig Gerechten. Ich befehle dir, zurück in die Wirrwelt zu gehen, ins Olam HaTohu, sonst kommt der Engel der Zerstörung und reißt dir mit seinen Hörnern die Seele aus dem Fleisch, wirft sie in das salzige Meer der Tränen ...

Die Prozedur dauerte eine Stunde oder ein Jahrtausend? Die Männer entzündeten Rauchwerk, beteten und wippten mit den Oberkörpern wie blechernes Aufziehspielzeug. Harvey hatte sich vorgestellt, dass irgendwann ein Knall zu hören wäre, Schwefeldampf aufstiege und ein zischender Geist aus dem Glas und schnurstracks in die Hölle führe. Doch nichts dergleichen geschah. Die Gerechten steigerten sich in ihren monotonen Singsang bis zum Höhepunkt, der Rabbi übertönte sie mit spitzen Tönen, doch sonst passierte nichts. Kein Blitz, kein Donner, nicht einmal ein leichtes Beben.

Irgendwann liefen den erröteten Gesichtern Schweißbäche hinab ... Weiche, Dibbuk! Weiche! ... Der Rabbi plärrte, und dann, kurz bevor der Erste aus Erschöpfung umfiel, wurde die Prozedur beendet. Die Gerechten reichten sich die Hände und nickten sich zu.

– Sind Sie fertig? Ist der Dibbuk weg? Erledigt?

Rabbi Geldzahler zündete sich eine Zigarette an, schoss habichtgleich auf Harvey zu und erklärte, die jüdische Gemeinde würde eine Spende nicht ablehnen.

– Kennen Se haben, murmelte der Pathologe.

Mendel Zeligman klopfte ihm auf die Schulter, und die Gemeindemitglieder bedienten sich bei den Keksdosen und Colaflaschen, die jetzt auf den Tischen standen.

– Ist der Geist fort? Kann ich damit rechnen, dass das Hirn nun nicht mehr spricht?

– So Haschem es will. Hoben wir gemocht, wos wir kennen mochen. Der Rabbi steckte die Scheine ein und zuckte mit den Achseln.

– Kennen Se haben, sagte Mendel. Kennen Se aber auch nicht haben. Was weiß man? Meglich is.

Auf dem Weg zum Auto hatte Harvey ein mulmiges Gefühl. War das, was er soeben zugelassen hatte, nicht verwerflich? Hatte er geholfen, etwas Böses aus der Welt zu schaffen? Oder hatte er den Geist eines Genies vertrieben? Er betrachtete die Hirnwürfel und streichelte das Glas. *Was geschehen ist, ist geschehen.*

Er fuhr gerade über die George-Washington-Brücke und sah im Rückspiegel eine in den Sonnenuntergang getauchte, goldglänzende Stadt, als ein schwacher Blitz alles erhellte, er eine Stimme vernahm. Die Stimme!

– Du glaubst doch diesen folkloristischen Unsinn nicht.

Harvey verriss das Lenkrad. Er bekam Augen wie elektrisch geladene Melonenkerne, und sein Herz wurde zu einer Pauke.

– Ich bin kein Dibbuk, sagte das Hirn.

– Und ich bin kein Jude. Harveys Stimme zitterte. Aber irgendjemand muss für alles verantwortlich sein. Ein sprechendes Hirn? Bin ich verrückt? Wo waren Sie während des Rituals? Haben Sie geschlafen?

– Schlaf bedeutet nichts, weil darin keine Zeit ist. Hier fühle ich mich so einsam, wie die Nacht finster ist. Es gleicht einer Landschaft nach einem langen Krieg. Aber Dibbuk?

– Ich habe es gut gemeint. Harvey räusperte sich. Das Judentum steckt voller Weisheiten. Gut, der Verzicht auf Schweinefleisch und der Hang zu Kopfbedeckungen ... auch dass verheiratete Frauen Perücken tragen ...

– Die Juden sind eine Gemeinschaft von Wartenden, doch ihr Erlöser kommt nicht. Sie haben einen rachsüchtigen, bösartigen Gott. Kein Wunder, dass sie ständig beten. Da wird eine Heuschreckenplage geschickt, weil ein paar vergessen haben, ihre Türschwelle mit dem Blut eines Lammes zu beschmieren. Und das Theater mit dem ungesäuerten Brot. Die haben nicht einmal einen Himmel, glauben, dass sie am Jüngsten Tag aus ihren Gräbern steigen und das Goldene Tor in Jerusalem durchschreiten. Lange habe ich gedacht, das sei bildhaft gemeint – der Jüngste Tag könnte das Ende unseres Universums sein und das Goldene Tor der Übergang in eine andere Dimension.

– Glauben Sie an Gott?

– Die Frage ist, ob Gott an mich glaubt. Ich verehre die Schönheit der Naturgesetze und die Harmonien in Mozarts Streichquartetten. Aber Religion? Die dient doch nur zur Bewältigung der Furcht, um eine Moral zu etablieren, oder im besten Fall, um sich mit dem Kosmos zu verbinden.

– Aber es ist sonderbar, dass Ihr Geist noch hier ist.

– Wo sollte er sonst sein?

– Im Himmel oder meinetwegen in der Hölle, aber bestimmt nicht in Gewebewürfeln. ... Vielleicht ist es meine Aufgabe, Sie zu Gott zu bringen.

– Daran glaube ich nicht. Bestenfalls an einen universellen kosmischen Geist.

– Vielleicht muss ich Ihre Pforten der Wahrnehmung öffnen, damit Sie das ganze Wunder des Glaubens erleben.

– Bring mich lieber nach Moskau.

– Moskau? Da leben lauter Atheisten. Harvey fiel die Kinnlade herunter.

– Und Margarita Konenkova, meine letzte Geliebte. Sie hat für den KGB spioniert, und wir haben uns geliebt. Trotzdem hat sie mir eine wichtige Formel gestohlen. Damit könnte man ... Sie darf nicht den Falschen in die Hände fallen.

– Russland? Die würden mich nach Sibirien schicken. In Ihrem Fall geht es um Erlösung. Glauben Sie an Jesus Christus? An die Liebe?

– Das Christentum basiert auf der Schwangerschaft einer Minderjährigen – Maria. Man versuchte, diese peinliche Geschichte zu vertuschen, und schickte sie, kurz bevor sie niederkam, nach Nazareth. Damit niemand Verdacht schöpfte, log man. Kind Gottes und so ein Blödsinn. Aber wenn man einmal mit dem Lügen angefangen hat, gibt es kein Halten mehr, eine Mogelei ergibt die nächste, und am Ende hat man eine Münchhausiade mit wundersamen Speisenvermehrungen, einem Spaziergang übers Wasser, Totenerweckungen und einer verschwundenen Leiche. Immer mit der Hoffnung, dass Lügen, wenn man sie oft genug wiederholt, eines Tags für wahr gehalten werden.

– Ketzerei! Harvey schüttelte den Kopf. Ebendeshalb muss ich Sie zu Gott bringen.

– Hören Sie auf.

– Ungläubiger.

– Mein Freund Gödel hat einen Gottesbeweis geschrieben.

– Wer ist das?

– Kurt Gödel, der größte Logiker seit Aristoteles. Er hat bewiesen, dass nichts bewiesen werden kann. Unsere Spaziergänge waren legendär.

– Und dieser Gödel, der bewiesen hat, dass nichts bewiesen werden kann, hat den Unbeweisbaren bewiesen – Gott?

– Mit Deduktion. Er hat aber auch geglaubt, dass er von seinem Kühlschrank vergiftet und von Engeln und Geistern verfolgt wird. Ein schwieriger Mensch. Sein Lieblingsfilm war »Schneewittchen und die sieben Zwerge«.

– Das beweist gar nichts.

DIE SCHWARZE MESSE

Wie ist es möglich, dass Menschen etwas, das ganz und gar zu ihnen gehört, einfach aufgeben, sobald sie erwachsen werden? Kinder glauben an die Existenz von Engeln, aber spätestens mit der Geschlechtsreife sind sie überzeugt, irregeführt und unbeschützt zu sein. Auch Harvey glaubte nicht an Engel, dabei wäre es naheliegend, dass man einem guten Menschen Helfer zur Seite stellt. Aber wie sollten diese Himmelswesen beschaffen sein? Mit Flügeln? Ritten sie auf dem Licht? Besaßen sie Menschengestalt? Waren sie Photonen oder pausbäckige Putti, wie man sie aus Barockkirchen oder Renaissancebildern kennt? Wovon ernährten sie sich? Gingen sie aufs Klo? Mussten Engel auf die öffentliche Meinung Rücksicht nehmen? Oder konnten sie tun und lassen, was ihnen passte? Kurt Gödel würde das vermutlich wissen, aber der verschrobene Logiker sprach seit Einsteins Tod mit so gut wie niemandem mehr.

Und Harvey? Sein Morgengesicht war voll krustigem Augentau. Sonst war das Aufwachen ein Moment vollkommenen Glücks, aber heute fühlte er sich grauenvoll. Es dauerte, bis er wusste, wieso: Er hatte einen schlimmen Traum gehabt, nicht von flügellahmen Engeln, sondern vom Tod seiner Mutter. Verarbeitete er so das Gespräch mit dem Psychoanalytiker? Thomas war seiner toten Erzeugerin mit einem Blumenstrauß entgegengelaufen und hatte ihr eine saftige Ohrfeige verpasst: »Das will ich nicht noch einmal erleben.« Seine Mutter lächelte und fuhr an einem

Lichtstrahl empor. An der Himmelspforte drehte sie sich um, winkte engelsgleich und sagte: »Der Tod muss ein Deutscher sein.«

Harvey nahm den Traum nicht ernst, rief aber trotzdem bei seinen Eltern an und erreichte niemanden. Stimmte die Nummer? Der Kontakt zu seinen Eltern war mit den Jahren ausgedünnt. Auch mit seiner Schwester hatte er kaum zu tun. Harvey mochte ihren Mann nicht.

Ruths Stimme klang genervt. Sie erzählte, dass der Vater bei ihnen zu Besuch war, alles auf den Kopf stellte, mit nichts zufrieden war.

– Und Mutter?

– Ist zu Hause geblieben, froh, dass sie den Alten ein paar Tage lang nicht sieht.

Harvey sagte nichts von seinem Traum. *Man will ja nicht die Hühner aufscheuchen.* Zwei Wochen später kam die Nachricht von ihrem Herzstillstand. Nun war Frances Stoltz wirklich bei den Engeln. Aber nicht einmal die Kinder, denen man das erzählte, glaubten es.

Die Beerdigung fand im kleinsten Kreis statt. Harvey reiste alleine an. Der Prediger redete von einem gottergebenen Leben, Pflicht und Himmelreich. Sätze wie »Gott sei Dank musste sie nicht lange leiden« oder »Sie hatte ein erfülltes Leben« waren zu hören.

Die Totenfeier fand zu Hause statt, weil der Vater Geld sparen wollte. Es gab faschierten Braten mit synthetisch schmeckendem Kartoffelbrei.

– Ich sag's euch, werdet bloß nicht alt. Altsein ist beschissen … da nützt keine Versicherung. Vater schimpfte auf seinen nichtsnutzigen Sohn ebenso wie auf seine Tochter. »Die können nicht einmal einen Nagel einschlagen.« Er erzählte anzügliche Geschichten über seine tote Frau und fluchte auf alles, was ihm in den Sinn kam. Den Gästen kredenzte er Billigwein, selbst trank er französischen Bordeaux für dreißig Dollar. Da er der vom Schicksal getroffene, trauernde Witwer war, wollte niemand etwas sagen.

Die nächsten Tage schwieg das Hirn. Harvey nahm es mit zu den Quäkern und ging in eine katholische Messe. Keine Reaktion. Dem Weißen Hasen war egal, dass hinter seinem Rücken geflüstert wurde. Er war ein respektabler Bürger, der nur eine Schrulle hatte, nämlich die, mit Einsteins Hirn Gottesdienste aufzusuchen.

Die Presse schien ihn vergessen zu haben, und auch von den Wissenschaftlern hörte er nichts. Als Blummenfelt eine Wohltätigkeitsgala veranstaltete, musste der Pathologe eine Rede vor den potentiellen Spendern halten. Eine Band spielte die neuesten Country-Schlager, und der Direktor ... weiße Cowboystiefel, Hut ... ergoss eine Lobpreisung in den Saal:

– Wir sind sogar an Feiertagen für Sie da. Und wir helfen unseren Patienten nicht nur gesundheitlich, von uns können sie erfahren, wo man am besten italienisch essen kann und welche Aufnahme einer bestimmten Beethoven-Sinfonie die gelungenste ist. Alle applaudierten. Die wohltätigen Gäste wussten nichts von Direktor Blummenfelts Führungsqualitäten. Der Unglücksrabe hatte die Gehälter aller Angestellten auf dem Schwarzen Brett ausgehängt. Als er auch noch angefangen hatte, sämtliche Spitalsmitarbeiter zu bitten, die Leistungen ihrer Kollegen zu beurteilen, wäre es fast zu einem Aufstand gekommen. Joseph Bley drohte mit Streik, fand aber keine Mitstreiter.

Der Direktor ist ein Spinner, sagte sich Harvey. Ein Pechvogel! Doch das nützte nichts. Als er an die Reihe kam, schlotterten seine Knie. Thomas sah die an runden Tischen sitzenden, gelangweilten Damen mit Dauerwellen, Abendkleidern und funkelndem Gehänge, daneben humorlos dreinblickende Begleiter. Gesichter, in denen sich das Wesen der zivilisierten Kultur widerspiegelte: Bildung, ein Hauch Borniertheit und Stolz auf das erworbene oder ererbte Vermögen. *Lauter reiche Leute.*

Harvey stellte sich vor, sagte, dass er denselben Namen trage wie der Entdecker des Blutkreislaufes, man ihn aber auch Sensenmann nenne, weil er Leichen aufschneide, sie ihm bestimmt lieber hier begegneten als an seinem Arbeitsplatz. Ein Scherz, der gründlich in die Hose ging. Selbst die Höflichkeitslacher klangen empört. Die Kehle des Vortragenden war trocken wie die Wüste Gobi, und seine Hände zitterten, als er einen kleinen Taschenspiegel hochhielt und fragte, wozu man den im Autopsiesaal brauche? Niemand reagierte.

– Um zu sehen, ob man sich rasieren muss? Nein, man hält ihn unter die Nase eines Toten, um sicherzugehen, dass er nicht mehr atmet. Denn sehen Sie, der Tod ist mein Geschäft. Irgendwann ist jeder dran. Der Koch gibt den Löffel ab, ein Gärtner beißt ins Gras, der Pfarrer segnet das Zeitliche ...

Im Publikum setzte Husten und Räuspern ein. Harvey begann, von Albert Einstein zu reden.

– Jemand, der schlauer ist als ich, hat gesagt, wir sind die Summe unserer Begegnungen. Und meine wichtigste Begegnung war – abgesehen von meiner Frau – die mit dem berühmten Physiker, dessen Denkorgan ich untersuchen darf. Er erwähnte ein paar Fachbegriffe der Hirnforschung und fühlte Feindseligkeit im Publikum. Plötzlich spürte er am eigenen Leib, was mit der Relativität der Zeit gemeint war. Jedes Wort dehnte sich zu einer kleinen Ewigkeit. Es war, als würde er von bösartigen Blicken durchlöchert wie der heilige Sebastian von Pfeilen.

– Ich weiß nicht, ob Sie gläubig sind, meine Herrschaften, aber ich darf sagen, dass für mich eine Welt ohne höhere Instanz keinen Sinn ergibt. Ich glaube an einen Allmächtigen, doch ich will Sie nicht bekehren. Ich erwähne das nur, um Ihnen meine Überraschung greifbarer zu machen, als dieses Hirn, das sich eingelegt in Formaldehyd in einem Glas befindet, plötzlich mit mir gesprochen hat. Harvey machte eine Kunstpause und blickte in sein verdattertes Publikum. Ein Herr hatte sich am Champagner verschluckt, eine Dame schüttelte ungläubig den Kopf, anderen stand der Mund offen.

– Ja, Sie haben sich nicht verhört, das Hirn spricht zu mir. Nicht immer, aber immer wieder. Natürlich wollen Sie jetzt wissen, was es sagt? Was denken Sie, wünscht sich der Geist dieses genialen Wissenschaftlers? Sie werden es nicht erraten, es ist etwas sehr Profanes … eine Frau! …, auch Hirne haben Bedürfnisse. Harvey blickte auf und sah, dass ihn die meisten seiner Zuhörer für verrückt hielten. Das Auditorium zeigte sich angemessen empört. Auch der hüstelnde Direktor war kurz davor zu platzen. Manche scharrten nervös mit den Füßen, andere falteten kleine Kunstwerke aus Servietten, und die Gesichter der Damen hatten einen mitleidigen Ausdruck angenommen. Selbst die Kellner waren stehengeblieben, um zu hören, was der Mann auf der Bühne sagte. Wurden sie Zeugen einer nie dagewesenen Peinlichkeit? Plötzlich geschah etwas völlig Unerwartetes. Harvey bekam ein kosmisches Grinsen, als wäre dieser Abend die lustigste Sache in der Geschichte der Menschheit. Er holte das Glas mit dem Hirn hervor und lachte. Er krümmte sich und klopfte sich auf die Schenkel. Als ihn der Direktor herunterholen wollte, fing er sich und sagte:

– Natürlich spricht das Hirn nicht … entschuldigen Sie den Scherz … es will auch keine Frau, aber meine wissenschaftliche Arbeit mit Einsteins Hirn ist wie ein intensives Gespräch, und je länger es dauert, desto mehr entdecke ich seine Genialität, etwas Wunderbares, das eines Tages der ganzen Menschheit zugutekommen wird.

Alle waren erleichtert, atmeten befreit aus und klatschten. Einige riefen Bravo, und andere erhoben sich zu Standing Ovations. Harvey hielt das Glas hoch, als wäre es ein Pokal, verbeugte sich. Später klopfte ihm der Direktor auf die Schulter.

– Sie haben mir einen schönen Schrecken eingejagt. Ich befürchtete, Sie kratzen die Kurve nicht mehr. Aber das haben Sie gut hinbekommen, die Spenden sind höher als erwartet.

Zu Weihnachten 1956 kam ein Brief von Otto Nathan. Der Testamentsvollstrecker beschwerte sich, dass es eineinhalb Jahre nach Einsteins Tod noch keine Untersuchungsergebnisse gab. Er fühlte sich betrogen und drohte mit einer Klage.

Im Januar darauf, gleich nach den Weihnachtsferien, fuhr Harvey wieder nach New York, wo Erinnerungen an verdorbene Austern und die Dibbuk-Austreibung hochkamen. Diesmal beeindruckten ihn die architektonischen Machtdemonstrationen der Rockefellers, Vanderbilts und Astors kaum. Er hatte kein Auge für die Baustellen, kein Ohr für den Lärm der Metropole … es war nicht laut, sondern sehr laut … Harvey hetzte in die zehnte Straße, die noch immer ruhiger war als der Rest der Stadt, betrat das Haus des Testamentsvollstreckers, kämmte sein Haar, strich die Bügelfalten seiner Hosen glatt und klingelte.

– Kommen Sie immer unangemeldet? Nathan sah mit forschendem Blick durch den Türspalt. Die Augenbrauen waren noch buschiger geworden. Er war mindestens so überrascht wie bei Harveys erstem Besuch, sagte, dass er keine Zeit habe, bat ihn trotzdem einzutreten. Wieder gab es Tee und Kekse. Das Gebräu schmeckte nach Heu und das Gebäck nach Kleie. Harvey spielte nervös mit einem Löffel, erwartete, dass Nathan das Hirn wolle, aber der alte Mann schien daran gar nicht interessiert zu sein, sprach von einem Reformladen, der drüben in Chelsea eröffnet hatte, von Entsaftern, Vollkornreis und Buchweizen. Er schimpfte auf die neuen Zeiten, in denen vom FBI Briefe geöffnet und vom CIA Telefonate abgehört wurden.

– Das Komitee für unamerikanische Umtriebe hat mich in der Mangel. Wenn die mit einem fertig sind, bleiben einem nicht einmal saubere Unterhosen.

Der Testamentsvollstrecker hatte andere Probleme als das Hirn. Schmutzwäsche! Details von Einsteins Privatleben sollten publiziert werden. Hans Alberts Frau hatte Liebesbriefe gefunden, worin der junge Einstein seine spätere Gemahlin umgarnte. Nathan machte unmissverständlich klar, dass er einer Veröffentlichung nicht zustimmte.

– Mileva Marić, Alberts erste Frau, übrigens selbst eine hervorragende Physikerin, ist 1948 gestorben, und jetzt erhofft sich dieses Luder von Schwiegertochter, diese Frieda, ein Geschäft. Sie sagt zwar, dass sie mit dem Erlös den Sanatoriumsaufenthalt von Hans Alberts geisteskrankem Bruder finanzieren will, aber das kaufe ich ihr nicht ab. Liebesbriefe publizieren? Das ist vulgär!

Harvey kämpfte mit Kekskrümeln an den Backenzähnen. Er wusste nicht, warum, aber er mochte diesen alten Mann, der in wohlgesetzten Sätzen sprach und wie aus einer anderen Zeit zu kommen schien, hinter der trockenen Fassade des Preußen eine warme und gütige Ausstrahlung besaß.

– Die Rechte an den Briefen liegen bei mir und Helen Dukas. Nathan goss Tee nach. Diese Frieda soll vor ihrer eigenen Haustüre kehren ...

– Wie war Einsteins Verhältnis zu Frauen?

– Was geht Sie das an? Für einen Moment blitzte in Nathan der kaltherzige Ebenezer Scrooge auf.

– Die Untersuchungen!, stammelte Harvey. Das wird nicht publiziert, aber es ist möglich, dass gewisse Regionen im Gehirn für das Triebleben verantwortlich sind.

– Einstein war ein Schwerenöter. Der Alte, nun wieder offenherzig, seufzte. Zahleiche Affären. Sogar mit einer russischen Spionin. Es gab kein weibliches Wesen, dem er nicht nachgestiegen ist ... Nathan sprach, als schnippe er Brösel von der Kleidung. Wissen Sie, das öffentliche Erscheinungsbild eines Menschen und sein Privatleben sind zwei Paar Schuhe. Über das Gesicht des Testamentsvollstreckers wogte eine Welle verzweifelter Liebe. Seine Stimme hatte an Kraft verloren, sank fast ins Flüstern, als er von Margarita Konenkova und anderen Frauen erzählte, mit denen Einstein Verhältnisse hatte. Er war ein Genie, aber nicht auf allen Gebieten.

– Konenkova? Lebt die noch?

– Davon weiß ich nichts. Sie ist kurz vor Kriegsende gemeinsam mit ihrem Mann zurück in die Sowjetunion gegangen. Diese mondäne Frau eines russischen Bildhauers, Spionin und Einsteins Geliebte ... Nathan schüttelte den Kopf. Das Techtelmechtel dauerte zehn Jahre, und wenn das Komitee für unamerikanische Umtriebe davon Wind bekommen hätte, wären beide im Gefängnis gelandet. Ich denke nicht, dass Albert ihr etwas Wichtiges erzählt hat.

Harvey dachte an seine Affäre mit Gretchen und machte das, was er meist tat, er schwieg. Als Nathan fertig war und eine peinliche Stille im Zimmer lag, berichtete er von den Untersuchungen, wobei er ziemlich übertrieb, dann stellte er in Aussicht, dass mit Ergebnissen bald zu rechnen sei ... Sofern ich das Hirn behalten darf.

– Gut. Nathan nickte, erhob sich und komplementierte seinen Besucher zur Tür. Am liebsten hätte Harvey melodramatisch die Arme ausgebreitet und ihn umarmt. *Yes!* Stattdessen drehte er sich um und fragte, ob Nathan die Adresse dieser Konenkova kenne, er würde ihr gerne schreiben.

– Ich habe keine Ahnung. Nathan schloss die Tür, um sie sogleich, wahrscheinlich weil er Harveys enttäuschtes Gesicht gesehen hatte, wieder zu öffnen. Ich werde sehen, ob sich etwas machen lässt.

Thomas wusste, er würde das Hirn nicht hergeben. Auf der Straße überlegte er, Tischbein oder Zeligman aufzusuchen, ging dann aber zu einem Italiener und aß Spaghetti. Am Nebentisch saß ein schmächtiger blonder Mann mit schwarzer Hornbrille, der in ein Notizbuch kritzelte. Es sah aus, als würde er Harvey zeichnen, nein, zwei Harveys, wobei der hintere Flügel hatte. Sogar wenn der Pathologe den Namen des Mannes erfahren hätte, wäre ihm niemals in den Sinn gekommen, dass es sich bei diesem Kritzler um den größten amerikanischen Künstler des zwanzigsten Jahrhunderts handelte, um einen Mann, der aber nicht mit gezeichneten Engeln berühmt werden sollte, sondern mit Suppendosen.

Als der Weiße Hase heimkam, war er von seiner guten Laune berauscht. Er sah Robert am Bordstein sitzen, der seine Hände mit weggespreizten Fingern in die Höhe reckte, wodurch sie sich vom grauen Himmel abzeichneten wie Seesterne.

– Hast du mir etwas mitgebracht?

– Du weißt doch ... Warte. Harvey blickte ins Auto, griff hinein und holte einen kleinen Ast hervor.

– Was ist das?

– Ein gewöhnlicher Zweig? Harvey sprach mit der hellen Stimme von Minus. Nein, dieser stammt aus New York, wo die Menschen übereinander wohnen und Züge unter der Erde fahren. Wir haben hier ein metropoles Hölzchen, das bereits der Hund von Walt Disney im Maul gehabt hat, oder, wer weiß, womöglich hat sich damit der Center der Knicks die Beißerchen gepult. Der ist so groß wie unser Haus und hat Zähne wie Zaunlatten.

– Was hast du da?

– Das? Oh, anscheinend hat sich jemand auf die Torte gesetzt. Nein, Moment, das ist doch ... jawohl ... nein, tatsächlich ... eine Schallplatte! Harvey entfernte das Geschenkpapier und zeigte Robert einen quadratischen Karton mit einer Geige darauf.

– Eine Schellackplatte?

– Vinyl. Das ist neu und nicht so zerbrechlich. Harvey hatte nicht nur eine Platte gekauft, sondern auch ein Radio mit integriertem Abspielgerät. Ein Holzkasten mit Drehknöpfen und Tasten aus elfenbeinfarbenem Bakelit. Der Deckel ließ sich hochklappen, und darunter verbarg sich … tandaradei … ein Schwenkarm samt Plattenteller.

– Wow! Robert war begeistert.

Harvey legte das Violinkonzert auf, und im Gesicht seines Jüngsten formte sich ein Lächeln.

In die ersten Geigenklänge drangen Elouise und eine Nachbarin. *Hatte die geweint?* Jedenfalls war ihre Nase gerötet. Mit einem Taschentuch wischte sie an ihren Glupschern … Augentau? …, konnte aber nicht sagen, was los war. Elouise blieben die Worte in der Kehle stecken. Der Klang der Musik schien beide zu beruhigen. Harvey schnappte seine Frau und drehte sich mit ihr im Kreis.

– Thomas! Spinnst du? Ich muss in die Küche. Die verheulte Nachbarin verabschiedete sich.

Angelockt von der Musik, kamen auch Thomas junior und Arthur.

– Hättest du nicht etwas Modernes kaufen können? Elvis Presley? Frank Sinatra?

– Presley hat eine Entenschwanzfrisur, und Sinatra trägt ein Toupet. Außerdem war die Platte im Angebot. Sie lief den ganzen Abend. Man aß Rindsbraten, Polenta mit geschmortem Gemüse und zum Nachtisch Eierkuchen unter Ahornsirup. Es war der glücklichste Abend seit langem. Als die Kinder zu Bett gegangen waren, fragte Harvey, was mit der Nachbarin los gewesen war.

– Stell dir vor, ihr Mann betrügt sie.

– Hat sie ihn erwischt?

– Das ist nicht notwendig, eine Frau weiß so etwas.

– Aha. Harvey lief ein kalter Schauer über den Rücken.

– Ich habe ihr gesagt, dass sie es nicht tragisch nehmen soll. So etwas gehört nun mal dazu im Eheleben. Das ist normal.

– Findest du? Harvey war erstaunt über die moderaten Ansichten seiner Frau. Ich denke nicht, dass so etwas dazugehört. Du liest zu viele Bücher. Meiner Meinung nach ist das Betrug.

– Beruhige dich. Bei uns wird so etwas nicht vorkommen, aber eigentlich ist nichts dabei. Nichts, das man wichtig nehmen sollte. Eine persönliche Kränkung? Na wenn schon. Elouise redete wie eine Hohepriesterin der Promiskuität. Fehlte nur noch, dass sie ihn zu einer Gruppensexorgie überreden wollte.

– Ich muss schon sagen, ich bin überrascht. Harveys Mund stand offen.

– Was ist? Gehen wir schlafen?

– Gleich. Thomas trug den Plattenspieler in den Keller und spielte den Gewebebrocken das Violinkonzert vor. Das Hirn zeigte keine Reaktion.

– Lieben Sie keine Geigen? Es ist Migränemusik, aber ich dachte, Ihnen gefällt's.

Am darauffolgenden Sonntag verkündete Harvey, dass er eine Gospelmesse besuchen werde. Die Jungs wollten ihn begleiten, aber er wimmelte sie ab.

– Geez, war die Antwort.

Der Weiße Hase lud das Hirn auf den Beifahrersitz seines Fords und fuhr ins Schwarzenviertel. In der Kirche, die kleine Sandsteinkathedrale sah aus wie der Präsidentenpalast von Timbuktu, gab es dicke Ladys, die den Gläubigen mit strengen Kommandos Plätze zuwiesen. Alle wunderten sich, was ein Weißer hier verloren hatte, aber nach einem Moment der Irritation wurde er ignoriert. Niemand beachtete das Hirn.

Der Pfarrer sah aus wie Louis Armstrong und sang mehr, als dass er predigte. Neben dem Altar stand eine Hammondorgel, in die ein kleiner Knabe wie besessen hämmerte. Außerdem ein goldgewandeter Chor, der ekstatische Gesänge fabrizierte. Amazing grace, how sweet the sound … Gott ist wunderschön. Ich will bei ihm sein ... Die Gemeinschaft der Gläubigen sang inbrünstig, klatschte und stampfte mit den Füßen, als ob es gälte, Kakerlaken zu zertreten. Harvey, der nicht auffallen wollte, tat dasselbe. Das war keine stille Andacht wie bei den Quäkern, keine Meditation, um das innere Licht zu sehen, sondern ein fröhliches Gehopse, Gesinge und Gejohle.

Der Priester trug eine violette Stola und ein riesiges Kreuz um den Hals. Dann, mitten in der Predigt, hielt er inne, blickte ins Publikum und fragte:

– Warum seid ihr hier? Warum? Um euch einen netten Vormittag zu machen? Um Freunde zu treffen? Wollt ihr neue Sonntagskleider ausführen? Oder seid ihr hier, um Gott zu begegnen? Aber wer von euch hat hier schon jemals Gott getroffen? Darum frage ich noch einmal: Warum seid ihr hier? Sie! Er sah zu Harvey, der sich verlegen abwandte. Ja, Sie meine ich. Das Weißbrötchen mit dem Buster-Keaton-Gesicht. Warum sind Sie hier? Was haben Sie hier zu suchen?

Alle drehten sich um zu ihm, und Harvey spürte, wie ihm das Blut ins Gesicht stieg. Er sah nichts als Augen, die in schwarzen Gesichtern steckten und ihn misstrauisch anblickten.

– Was hat ein Nachkomme von Sklavenhaltern bei den Söhnen und Töchtern von Plantagenarbeitern zu suchen? Was macht eine weiße Made unter lauter Dachpappe? Sollte die Rassentrennung nicht für beide Seiten gelten? Warum schweigen Sie wie ein ägyptisches Grab? Und was ist das für ein Marmeladenglas? Eingemachtes? Hühnersuppe? Soll ich es segnen?

Die Stimmung drohte zu kippen, und Harvey spürte, es fehlte nicht viel, und man würde ihn hinausschmeißen. Das war die harmloseste Möglichkeit. Wahrscheinlicher war, dass sich alle auf ihn stürzten und ihn kreuzigten. Doch da bekam die Stimme des Pfarrers einen sanften Ton:

– Er ist hier, weil das ein Gotteshaus ist, und weil Gott für alle Platz hat. Es gibt keinen Gott für die Schwarzen, wie es auch keinen Gott für die Weißen gibt. Gott ist für alle. Die Hammondorgel setzte ein, und alle sangen Halleluja, o Halleluja ... Amazing grace, how sweet the sound ... ein dickflüssiger Sound in der Lautstärke eines Wasserfalls. Die ganze Welt, Molekül für Molekül, zerfiel in Töne, löste sich auf in einem ohrenbetäubenden Sound.

Als der Klingelbeutel durchging, warf Harvey zwei Scheine hinein – sein Obolus. Die Messe dauerte drei Stunden. Halleluja, o Halleluja ... Der Pfarrer wetterte gegen die Sünde, gegen die Prostitution und all die Orte, wo kein Jesus war. Danach gingen Gläubige nach vorne, klatschten, sangen, tanzten. Manche kippten in Ohnmacht, sobald ihnen der Gottesmann die Hand auf die Stirn legte. Andere jubelten. Halleluja, o Halleluja.

Später wurden alle einzeln vom Pfarrer verabschiedet. Harvey saß noch in seiner Bank und flüsterte amazing grace ... erstaunliche Gnade, als sich die Kirche mit beißendem Geruch füllte. Der Weiße Hase wusste nicht, woher dieses Lüftchen kam, sah dann aber Obdachlose, die in das Gotteshaus stürmten. Aus der Sakristei wurden volle Einkaufswägen in das Kirchenschiff geschoben, und der Priester wie einige Helfer begannen, Essenspakete zu verteilen. Die Gammler stürzten sich auf schlabberige Toastbrote mit harten Eiern und aßen so würdevoll, wie es ihnen unter den gegebenen Umständen möglich war. Krümel verfingen sich in Bärten, große Klumpen Erdnussbutter klebten in Mundwinkeln, manche rülpsten, aber alle schwiegen und tranken brav Früchtetee. Die Kirchenleute passten auf, dass keiner mit Rum streckte.

– Was ist mit Ihnen? Der Pfarrer setzte sich zu Harvey. Wollen Sie an der Armenspeisung teilnehmen? Sie sind der erste Weiße hier seit Amerigo Vespucci. Was haben Sie bei uns verloren? Ich mag keine Milchbrötchen. Wissen Sie, warum? Weil Sie Jesus umgebracht haben! Nicht die Juden, sondern die weißen Männer. Verstehen Sie das, Sie käsegesichtige Kartoffel? Jesus war ein schwarzer Mann, aber die labberigen weißen Nudeln ... *Hat man je einen Priester gesehen, der sich ordinärer ausdrückt?* Was haben Sie da in dem Glas? Einen verschrumpelten Homunkulus?

– Das Hirn von Albert Einstein.

– Sie sind durchgeknallter, als ich dachte. Der Schwarze starrte ihn bösartig an, mit einem großspurigen Lächeln auf den Lippen, dann murmelte er etwas von ausgemachtem Trottel, dummem Zeug, fing sich und fragte: Glauben Sie an Gott? Ich meine das ernst? Glauben Sie an einen Gott, mit dem Sie sich nach Ihrem Tod vereinen werden? Einen Gott, der Ihre Sünden verzeiht, der Sie erlöst?

– Ja, sagte der Weiße Hase. Jawohl, das tue ich. Ich bin Quäker. Aber sehen Sie, dieses Marmeladenglas, das Hirn von Albert Einstein, glaubt an Naturgesetze, an Formeln, aber nicht an den Allmächtigen. Deshalb muss es hier auf Erden bleiben und darf nicht ins Paradies.

Der Priester blickte Harvey an, als hätte er gerade den Papst beim Onanieren erwischt, dann begann er zu lachen.

– Sie sind gut. Ich bin übrigens Pater Franklin. Wissen Sie, das Perfide am Teufel ist, er macht uns glauben, dass es ihn nicht gibt. Ohne Teufel vermehrt sich der Unglaube, und genau das will der Fürst der Finsternis. Der Engel Satan hat sich geweigert, der aus Lehm geformten Schöpfung Gottes zu huldigen, daraufhin hat man ihn zum Teufel geschickt, der er selber ist.

– Halten Sie mich für verrückt?

– Ich bin kein Arzt, nur Priester und Seelsorger. Meine Aufgabe ist es, den Leuten zu helfen, Frieden zu finden. Ich bin nicht für Hände falten, Gosche halten, habe nichts dagegen, wenn sich meine schwarzen Brüder und Schwestern erheben. Gott ist auf Seiten der Gerechten. Und wer ist immer auf der falschen Seite der Geschichte gestanden? Wir, die Schwarzen. Wir sind die wahren Juden. Pater Franklin schlug das Kreuzzeichen, blickte zum Himmel, dann zu Harvey. Das Hirn von Einstein?

– Sie glauben an einen Vagabunden, der den Leuten Märchen erzählt hat und am Kreuz gestorben ist? Ich zitiere das Hirn. Harveys Stimme senkte sich zu einem Flüstern. Das Hirn spricht zu mir.

– Wie? Es spricht? Pater Franklins Lachen gefror. Was für ein Tag ist heute?

– Sonntag, der 20. Januar 1957.

– Wie heißt unser Präsident?

– Dwight D. Eisenhower. Sie halten mich für irre?

– Ich hatte Leute, die überzeugt waren, der Teufel lebe in ihrer WC-Spülung. Eine betagte Dame hatte eine Marienerscheinung auf ihrem Schinken-Käse-Sandwich, und ein Schulmädchen behauptete, ein Schutzengel spiele mit ihr Schach.

– Sie glauben, dass Jesus übers Wasser gegangen ist, an redende Schlangen, Dornenbüsche oder an das Wunder der Auferstehung? Warum nicht an ein sprechendes Hirn? Es handelt sich um eine arme Seele, die Erlösung sucht.

– Sie können ihm eine Messe lesen lassen.

– Wollen Sie mir helfen?

– Seien Sie froh, dass ich nicht die Polizei rufe. Und jetzt hauen Sie ab.

Harvey verließ die Kirche, las den Schriftzug davor – Jesus liebt dich – und lud das Hirn ins Auto, als sich für einen Moment ein Wölkchen vor die Sonne schob.

– Ist das der Gott der Katholiken? Das Hirn! Harvey war starr vor Entsetzen. Es sprach wieder.

– Ich dachte, die Lehre Christi würde Sie, würde dich begeistern.

– Die Bibel?

– Das heilige Buch, dessen Aufgabe es ist zu zeigen, dass Gottes Ziele andere sind als die der Menschen.

– Beginnt mit einem Tauschhandel, Rippe gegen Frau. Eigentlich müssten alle Männer eine Narbe am Brustkorb haben. Lot hat seine Vorhaut mit einem Stein abgeschlagen, um mit seinen Töchtern Kinder zu zeugen. Oder war das Abraham? Der hatte ein Kind mit einer Sklavin, bevor er mit der greisen Sarah Isaak in die Welt setzte, den er umgehend schlachten wollte. Und was ist mit Lilith? Adams Frau vor Eva? Ein Dämon? Wie ich schon sagte, eine aus einer Notlüge entstandene Fantasiegeschichte. Etwa die Auferstehung. Warum muss der Leichnam verschwinden, wenn es um die Seele geht? Ist das Präputium auch auferstanden? Und das blutige Leintuch blieb zurück? Am dritten Tage! Freitags gekreuzigt und sonntags verschwunden? Wie soll das gehen? War der Kreuzigungsort in einer anderen Zeitzone als der Auferstehungsort? Die Geschichte stimmt hinten und vorne nicht.

– Die Erlösung von den Sünden durch Jesus Christus ist etwas Wunderbares. Harvey bekam ein versonnenes Gesicht. Wann sonst wurde die Liebe zum obersten Prinzip erhoben? Alle anderen Religionen fordern Opfer. Jesus hat sich selbst geopfert, er war das Lamm Gottes.

– Um uns von der Erbsünde zu befreien? Weil unsere Vorfahren einen Apfel gegessen haben, sind wir schuldig? Diese Sippenhaftung ist pervers. Die Stimme des Hirns war erregt. Und Liebe? In deren Namen Hexen verbrannt worden sind? Deretwegen man Kreuzzüge unternommen und Naturvölker umgebracht hat? Eine schöne Liebe ist das.

Harvey blickte nachdenklich aus dem Fenster und sah Pater Franklin in einen violetten 1950er Cadillac ... *eine motorisierte Stola* ... steigen. Der Motor heulte auf, hatte eine Fehlzündung, und schon raste der Priester davon.

DER LÄUTERUNGSBERG

Thomas Harvey hieß der Mann. Was geschah mit ihm? Verschwamm die Wirklichkeit und sah er Dinge, die nicht existierten? Konnte er das Hören riechen? Schmeckte er Farben? War seinem Verstand zu trauen? Oder löste sich alles auf und trieb wie Plankton durch einen trüben Geist? Verlor er durch Korrosionsprozesse seine Sinne?

Einsteins zweiter Todestag verlief unbemerkt – selbst Blummenfelt hatte darauf vergessen, einzig Joseph Bley sagte, dass der große Genius immer auf Seiten der Arbeiterklasse gestanden sei. »Der hat allen Kapitalisten die Zunge gezeigt.«

Gretchen arbeitete jetzt auf der allgemeinen Krankenstation und ging ihm aus dem Weg. Ihre Beziehung war zu einem routinierten Trott geworden. Und das Hirn? Es gab Tage, da dachte Harvey nicht daran, bis es wieder sprach:

– Warum hast du mich von den Toten aufgeweckt? Ich hasse dieses Glas, die Luft hier drinnen ist Gift.

– Warum sprechen Sie jetzt mit mir? Und warum so lange nicht?

– Weil ich nur für Momente auftauche aus der anderen Welt, sagte das Hirn.

– Aus welcher Welt?

– Es gibt da Berge und Meere, unendlich viel Raum und Zeit. Eine Helligkeit, die mir total erscheint. Oft liege ich ausgestreckt am Licht und sonne mich. Dann wieder bin ich zwischen den Atomen, durchschreite Lichtjahre in Augenblicken, gelange zu Abgründen der Leere, wo es weder einen Anfang noch ein Ende gibt. Es kommt zu einer Umkehr der Raumverhältnisse, je weiter man in die Unendlichkeit vordringt, desto kleiner wird alles.

– Die Vernunft muss sich bescheiden vor dem, was höher ist. Aber was wollen Sie von mir?

Das Hirn gab keine Antwort, aber Harvey ahnte, dass es Hilfe brauchte.

Im Mai hatte der Weiße Hase mit sich selbst eine Wette abgeschlossen: Besiegte er Sully Erlich im Tennis, würde er ihm von dem sprechenden Hirn erzählen, verlor er, behielt er die Angelegenheit für sich. Sully war Harveys einziger Freund. Sie hatten gemeinsam studiert, Radtouren miteinander unternommen und von denselben Mädchen geschwärmt. Erlich hatte sie bekommen. Braungebrannt, blonde Locken, sportlich und immer lächelnd, war er der Prototyp dessen, was man Sunnyboy nannte. *Ein Wunder, dass er nicht mit einem Surfbrett zur Welt gekommen ist.*

Sully war durch keine Tuberkulose gebremst worden, hatte eine gutgehende Arztpraxis und vor allem eine hübsche Millionenerbin zur Frau – Aileen. War Harveys Leben ins Stocken geraten, ging bei ihm alles glatt, ein Glückspilz. Sogar aus dem Weltkrieg war Sully Erlich als dekorierter Held zurückgekehrt. Er lebte in einer protzigen Villa, fuhr ein teures Auto – ein weißes Pontiac-Star-Chief-Bonneville-Cabriolet mit prächtigen Zierleisten – und reiste häufig nach Europa, um an der Adria zu segeln oder in der Schweiz Ski zu laufen. Harvey beneidete ihn, vielleicht sogar mit einem Anflug von Hass. Womit hatte dieser Mensch so viel Glück verdient? Sully war größer, hatte kräftige Augenbrauen, sah besser aus und war wahrscheinlich auch intelligenter.

Kein Wunder, dass er jedes Tennisspiel gewann. Heute aber nicht. Der Weiße Hase hatte noch nie so gut gespielt. Er drosch auf die Bälle, dass sie über den Begrenzungszaun fliegen mussten, doch landeten sie wie von Geisterhand gelenkt auf den Linien. Selbst wenn er sich bemühte, schlecht zu spielen, traf er den Ball noch mit dem Rahmen, sodass er über das Netz holperte und unerreichbar blieb. Erlich kam es vor, als stehe er einem Grand-Slam-Sieger gegenüber. Wie überrascht war er aber, als

Harvey nach dem Duschen im Clubhaus, sie hatten gerade Bier bestellt, das Gespräch mit »Halte dich fest. Du bist ein würdiger Arzt, und es macht sich nicht gut, wenn du umkippst« begann. In der Folge erzählte er vom Hirn.

– Kannst du dich an die Andacht bei den Quäkern erinnern, wo es aus mir herausgeplatzt ist?

– Das war merkwürdig.

– Damals hat das Hirn zum ersten Mal mit mir geredet. Harvey räusperte sich.

– Mit dir geredet? Wie? Du machst dich lustig über mich? Das erinnert mich an Alligatoren in der Kanalisation oder Schlangen in der Badewanne. Erlich klopfte Harvey auf den Hinterkopf.

– Mache ich einen verrückten Eindruck? Sei ehrlich, Erlich ... ein altes Wortspiel aus der Studienzeit.

– So wie du Tennis spielst? Sully legte die Stirn in Falten und setzte ein sarkastisches Lächeln auf. Hast du hin und wieder Schwindelgefühle? Ein Summen im Ohr?

– Nein!

– Das Hirn spricht also?

– Meinst du, ich bin verrückt? Ist das die Vorstufe eines Nervenzusammenbruchs?

– Wenn du sagst, das Hirn spricht, dann spricht es. Ich kann das natürlich nicht akzeptieren, weil es allem widerspricht, woran ich mein Leben lang geglaubt habe.

– Denkst du, mir geht es anders? Wenn du es herumerzählst, muss ich dich umbringen.

– Und was sagt es? Verrät es dir, wer die Meisterschaft gewinnt? Das Wetter? Diktiert es die Weltformel? Gibt es Tennisunterricht?

– Es möchte, dass ich mit ihm nach Russland reise.

– In die Sowjetunion?

– Wegen Margarita Konenkova, Einsteins letzter Geliebten, die jetzt in Moskau lebt.

– Du nimmst das ernst? Erlich kratzte sich am Kinn. Die Russen stecken dich in einen Kühlschrank, auf dem Sibirien steht.

– Es ist, als ob mein Leben einen Sinn bekommen hätte.

– Kann es Gedanken lesen?

– Nein. Harvey erzählte ihm alles von dem Hirn, von den kleinen Blitzen und Lichtveränderungen, der Stimme, die nur er hören konnte, vergaß nicht die Dibbuk-Austreibung und seinen Besuch bei Barney Tischbein, die Gospelmesse und den Wunsch des Hirns nach einer Frau.

– Wahrscheinlich bist du überlastet. Typisches Stresssymptom. Sullys Stimme glich der eines Werbefritzen, der im Fernsehen Küchenhobel anpreist.

– Worauf willst du hinaus? Dass mein Unbewusstes eine Stimme erschafft?

Erlich strich bedächtig über sein Bierglas, räusperte sich und empfahl Harvey, nach New York zu fahren, um sich einer Untersuchung mit dem Elektroenzephalografen zu unterziehen.

– Ist das notwendig?

– Wir müssen sehen, ob du Epileptiker bist.

– Oder plemplem?

– Wenn sich etwas Merkwürdiges herausstellt, das darauf hindeutet ...

– Ein Tumor? Meinst du, ich habe einen Hirntumor? Sei ehrlich, Erlich.

– Ich denke, es ist alles halb so wild.

– Halb so wild? Ich habe ein tennisballgroßes Geschwür im Kopf, und mein Freund Sully sagt, es ist alles halb so wild.

– Beruhige dich. Fühlst du dich verfolgt? Sprechen die Wände mit dir? Flüstern Stimmen in deinem Kopf? Steht »Geisteskranker« auf deiner Stirn?

– Ich rede mit einem Hirn!

– Dir fehlt Abwechslung. Such dir eine Freundin, das ist gut für die Gesundheit.

– Ich habe eine Freundin.

– Du hast was? Sullys Mund stand offen. Jetzt war er wirklich überrascht. Seit wann?

Harvey erzählte von Gretchen und reichte ihm ein Foto, das sie auf einem Pferd in Afrika zeigte. Nun war es Erlich, der neidisch wurde. Das hatte er Harvey nicht zugetraut. Sully strich sich durchs Haar, reckte sein Kinn vor und begann, vom Einlochen zu reden ... wenn sich die Chance bietet ... Er meinte Golf, den neuen Sport der Ärzte.

– Beim Golf lernt man sich kennen. Anfangs ist es wie Rasen vertikutieren, aber sobald man den Dreh heraußen hat ... Sully schwärmte von 7er-Eisen und Puttern, erklärte, wie man beim Chippen das Gras rasieren musste, und sprach mit heiligem Ernst von der Schwierigkeit, einen Ball im Sand zu schlagen. Dann studierte er nochmals das Foto von Gretchen ... *schöne Locken, hübsche Glocken ...*, wechselte zu seinen Affären, beschrieb den Vorbau einer Kellnerin, verwendete Wörter wie Fahrgestell und Karosserie. »Solche Hupen!« Harvey hatte das Gefühl, das Gespräch war zweihundert Meilen vom Thema abgekommen. Seit Aileen eine Millionenerbin war, musste sich Sully bei anderen Frauen Bestätigung suchen, anders war seine Schürzenjagd nicht zu erklären. Dieser Mensch besaß, was man besitzen konnte, wirkte aber trotzdem unzufrieden. Und Harvey? Sein Ehering klopfte leise gegen die Tischplatte. *Du bist der Richtige, um von Treue zu reden.*

Wenige Tage später saß der Weiße Hase im St. George's Hospital und ließ sich von einer Schwester ein metallenes Stirnband und Elektroden am Kopf befestigen.

– Jetzt weiß ich, wie es sich unter einer Trockenhaube anfühlt.

– Sie müssen keine Angst haben, sagte die Schwester.

Ich hatte keine Angst, bis Sie mich darauf aufmerksam gemacht haben, dass ich welche haben könnte, Kindchen.

Kurz darauf spürte er ein Kitzeln auf der Kopfhaut, das an

kribbelnde Ameisen erinnerte, und sah, wie eine Nadel über ein Millimeterpapier lief. Erst gleichförmig, dann mit gewaltigen Ausschlägen.

– Was bedeutet das?

– Das wird Ihnen der Doktor erklären.

Eine Woche später, in der Harvey furchtbar gelitten und sich mit der Diagnose Hirntumor angefreundet hatte, hielt Sully Erlich das Papier in Händen und fragte, ob es in Thomas' Familie Fälle von Wahnsinn gegeben habe. Der Weiße Hase verneinte. *Abgesehen von Vaters Hang zu Elektrokabeln und Blechlieseln ist mir nichts bekannt.*

– Nimmst du Gerüche wahr, bevor du das Hirn sprechen hörst? Riecht es nach Apfel?

Die Schreibtischlampe glänzte, und die Bilder an den Wänden ... *nichts, was sich ein zivilisierter Mensch in die Wohnung hängt* ... schienen zu raunen: Hirntumor. Sully kam ihm furchteinflößend vor. Heute gab er den Ton an, brummte vielsagend und machte ein finsteres Gesicht.

– Jetzt rück schon raus. Wie lange habe ich noch?

– Wovon sprichst du?

– Sei ehrlich, Erlich. Ich weiß, dass etwas nicht in Ordnung ist. Sag mir die Wahrheit.

– So, wie ich das sehe, meinte Sully, bist du zu sehr unter Druck. Die Erwartung wegen der Untersuchung. Außerdem steht es mit deiner Ehe nicht zum Besten. *Das sagst gerade du!* Bestimmt hält dich deine Kleine auf Trab, ich will ein Schwein küssen, wenn nicht.

– Lenk nicht ab. Was ist mit dem Tumor? Wie groß ist er?

– Du bist völlig gesund.

– Gesund? In Harveys Stimme lag fast Enttäuschung. Bist du sicher?

– Vielleicht gleicht deine Leber einem alten Küchenschwamm, oder dein Magen ist im Arsch, vielleicht sehen deine Adern dem

Kanalsystem von New Orleans ähnlich, aber dein Kopf ist in Ordnung.

– Dann bilde ich mir die Sache mit dem Hirn ein?

– Halluzinationen sind in Phasen von Überarbeitung nichts Ungewöhnliches. Manche Leute sehen einen weißen Hasen ... Erlich lächelte ..., andere schlafen schlecht oder nehmen zu ... oder ab ... Du wirst sehen, das geht vorbei.

– Die Sache dauert jetzt zwei Jahre.

– Ich bin mir sicher, das vergeht. Erlich wechselte das Thema, sprach von Aileen, die ein Rezept für gefüllten Kalbsbraten ausprobieren wollte. Sie würde sich freuen, wenn die Harveys zum Essen kämen.

– Aber wehe, du machst eine Andeutung über die Kellnerin.

Thomas hatte das Hirn zwei Wochen lang nicht beachtet. War alles Einbildung? Er fühlte Elouises schlechte Laune. Seine Frau wollte reden über das, was für sie und die Kinder das Beste sei, aber Harvey ... *Was soll das heißen? Reden über das Beste für sie und die Kinder?* ... flüchtete in den Keller.

Sie lag manchmal tagsüber im Bett und weinte. Thomas wusste nicht, wie reagieren. Er wollte seine Ehe beleben, die für den Familienmenschen, der er war, Lebensmittelpunkt und Heimat bedeutete. Er kümmerte sich wieder mehr um seine Frau, half beim Abwasch und im Garten, strich die Veranda und entfernte mit Hilfe eines chemischen Desinfektionsmittels ein Wespennest, vergaß aber, es später sicher zu verstauen.

– Willst du die Kinder vergiften?!, war Elouises Reaktion. Weißt du, was da passieren kann?

– Entschuldigung, kommt nicht wieder vor, sagte Minus.

– Geez, zischte Robert.

Harvey versuchte, sich für seine mykologische Frau zu interessieren, aber wenn er fragte, was sie in die Schreibmaschine klopfte ... Elouise hatte mit dem Abtippen wissenschaftlicher

Arbeiten begonnen ..., sah er, sie war blass, und ihre Stimme klang abweisend. *Dachte sie darüber nach, was für sie und die Kinder das Beste war?*

Thomas missfiel es, seine Frau sorgenvoll zu sehen. Die Trauer, die aus ihren Augen sprach, war unerträglich. Er schnitt die Hartriegelbüsche, hängte Wespenfallen in die Bäume und kaufte Elouises Lieblings-Erdnussbutterkekse. Sie merkte, wie sehr er sich bemühte, und war traurig, weil sie fühlte – mit dem untrüglichen Instinkt, den nur Ehefrauen kennen –, dass es nicht aus seinem Herzen kam.

Harvey bemühte sich um seine Durchschnittsfamiliennormalität. Er spielte mit den Kindern Baseball, räumte den Dachboden auf und wischte nach dem Duschen den Badezimmerboden trocken. Der Weiße Hase führte seine Frau zum Essen aus und kaufte ihr ein Kleid – scheußliches Blümchenmuster und so geschnitten, dass es nur einer magersüchtigen Zwölfjährigen passte, *aber der Wille zählt*. Sogar eine Reise nach England schlug er vor, um das Geburtshaus von Virginia Woolf, Elouises Lieblingsschriftstellerin, zu besichtigen. Doch kaum hatte sich das Eheleben beruhigt, kamen ihm wieder Flausen in den Sinn.

Eines Tages verkündete er, einem armenischen Hühnerzüchter die Garage zu überlassen, weil der samt seiner Geflügelzucht obdachlos geworden war. Die Söhne fanden das großartig, Elouise schüttelte den Kopf. Selbst als der Orientale sie mit Hühnerkeulen und Baklava versorgte, konnte sie sich damit nicht anfreunden.

– Ist Grundstock für Hühnerfarm. Amerikanisch-Armenian Huhn werden Welterfolg. Ich Sie beteiligen. Haben ich angefangen mit eine Huhn. Und jetzt?

Es roch nach Stall, Nachbarn beschwerten sich wegen des Gegackers.

– Nur vorübergehend, beruhigte Harvey, doch dieses »vorübergehend« dauerte bald acht, zwölf Wochen.

Selbst als der gallophile Armenier mit Robert kam und wetterte: »Das sein Schande, machen ganzes Stall verruckt, müssen nehmen Bürschchen an Kandare, müssen schlagen Flause aus Kopf«, zeigte Harvey Verständnis. Der Geflügelzüchter hatte den Halbwüchsigen derart fest am Ohr gepackt, dass sich der Knabe krümmte.

– Er hat nur ein Ei gemacht. Elouise verteidigte ihren Sohn. Wenn Ihnen das nicht passt, können Sie umziehen.

– Nur eine Ei gemacht? Wofür hält sich dieser Küken? Für Henne?

Tatsächlich hatte Robert aus einem Ytong-Block ein zwanzig Zoll hohes Ei gemeißelt und am Garagentor platziert. Die Hühner waren davon so beeindruckt, dass sie nur noch wenige, dafür aber riesengroße Eier legten.

– Wegen diese Ei Hühner fürchten Konkurrenz mit Riesenhenne. Haben Komplexen. Diese Knabe machen Kopfen von Huhn kaputt.

– Dann wird die Skulptur entfernt, und die Sache ist erledigt.

– Nur wenn sich dieser Geflügelbaron entschuldigt. Das kam von Elouise.

– Knaben müssen sich entschuldigen. In Armenien wir sagen, wer nach Peitschen ruft, müssen Peitschen hören.

– Dann schmeißen wir Sie raus. Robert schrie.

– Das machen wir nicht.

Harveys Interesse an seiner Familie war weniger ausdauernd als sein Mitleid mit Fremden. So stellte er kurz nach der Ytong-Ei-Geschichte aus reiner Großherzigkeit einen Gärtner an. Der Kerl schlief in einem VW-Bus, gab sich als Erfinder aus und kümmerte sich kein bisschen um den Garten. Und bestimmt, war Elouise überzeugt, konsumierte er Drogen.

– Und frech ist der! Als ich ihn auf den Rosenstrauch hinwies und meinte, der könnte eine Ausdünnung vertragen, hat mich der Kerl doch glatt gefragt, ob der Rosenbusch zu einem Vorstellungsgespräch müsse oder in die Oper gehen wolle.

Bald beklagte der Armenier das Fehlen von Hühnern, während es beim VW-Bus nach Brathähnchen roch. Dafür stieg der Pseudogärtner oft in ein Ei, das ihm jemand in den Stiefel gelegt hatte.

Harvey konnte einfach nicht ablehnen, wenn man ihn um Hilfe bat. Er steckte dem Pseudogärtner Geld zu und bezahlte für das Geflügel, obwohl seinen Söhnen die Hühnerfrikassees, Grillhähnchen und Geflügelsalate längst zum Hals heraushingen. Wildfremde lud er zum Essen ein, und hatte jemand eine Reifenpanne, blieb Harvey selbstverständlich stehen, um zu helfen. Er trug Damen den Einkauf hinterher, leitete eine Pfadfindergruppe, trainierte die Baseball-Schulauswahl, gab Nachhilfe, half Nachbarn beim Baumschnitt und reparierte kleine Gebrechen. Immer fand er bei anderen was zu tun. Elouise, die als Bibliothekarin arbeitete und an Treffen der Delaware-Dichtungsgesellschaft teilnahm, war das zu viel. Sie wollte eine idyllische Familie mit netten Kindern – keine Geez zischenden Rabauken, keinen vergammelten Gärtner, keine Hühnerzucht in der Garage und erst recht kein Hirn im Keller.

Ahnte Elouise etwas von Gretchen? *Und wenn? Sie hat selbst gesagt, so etwas gehört dazu.* Die Affäre war langsam in Gang gekommen, dann routiniert dahingerollt. Das mit der Liebe ist so eine Sache, der alle hilflos ausgeliefert sind, aber nur wenigen ist bewusst, dass die Hormonausschüttung der ersten Verliebtheit nach zwei, drei Jahren eingestellt wird. Dann sagt die Drogenausgabestelle, dass es nichts mehr gibt, und man nimmt die vermeintliche große Liebe, die man unter dem Hormoneinfluss vergöttert hat, ungeschminkt als das wahr, was sie ist – als Mensch mit Fehlern. Harvey wollte die Affäre beenden, aber Gretchen lenkte ihn vom Hirn ab, und durch das Hirn vergaß er seine Geliebte.

Sie trafen sich abends im Autopsiesaal, fielen auf dem Metalltisch übereinander her und gingen anschließend in Polly's

Luncheonette. Gretchen ließ es geschehen wie eine Missionarin, über die ein Zulu-Stamm hereinbricht. Harvey zerfraßen Schuldgefühle. Er fürchtete, nachts im Schlaf zu sprechen, sich durch eine Unachtsamkeit zu verraten. Nach den Schäferstündchen suchte er seine Kleidung nach blonden Haaren ab. Manchmal lief er die Straße auf und ab, nur um zu schwitzen, damit Elouise keine Gelegenheit bekam, den Geruch der anderen zu merken. Warum tat er sich das an? Er begehrte Gretchens Körper, liebte es, wenn sie mit Dingen sprach oder Insekten rettete, aber sie war keine Gefährtin. Außerdem hatte er eine Frau und drei Söhne, mit denen er alt werden wollte.

Elouise litt, war aber entschlossen, die Ehe weiter zu ertragen. Sie hatte gelernt, hundertachtzig verschiedene Gefühle mit »Ach so« auszudrücken. Ihr »Ach so« war Ausdruck des Zweifels wie der Bestätigung, diente als Beifall wie als Warnung, wurde zur Begrüßung verwendet, als Lob wie als Schelte. Das »Ach so« klang mal zynisch, mal ironisch, dann wieder gutmütig, war Aufforderung, Bitte, Frage oder einfach getreue Wiedergabe ihrer Gefühlslage. Ach so.

– In letzter Zeit hast du dich verändert. Ist etwas?
– Ich habe nichts.

Er begann unter ihrem Blick an sich zu zweifeln, und sie wusste, dass etwas verlorengegangen war, etwas, das sich nicht wiederherstellen ließ – Liebe. Aber sie sah auch, dass Harvey sich anstrengte. *Ach so.* Er verbrachte weniger Zeit mit dem Gehirn, las kaum noch neurowissenschaftliche Bücher, spielte häufiger mit den Kindern, baute ein Baumhaus und ließ sich auf Elouises Renovierungspläne ein. Sie wollte einen grünen Spannteppich, orange Polstermöbel und Tapeten mit pastellfarbenen Rechtecken. Dazu Lampenschirme mit abstrakten Mustern.

– Das ist jetzt modern!

Harvey widersprach nicht, half in der Küche.

– Was wird das?

– Ich schäle Zwiebeln.

– So geht ja die Hälfte verloren. Elouise nahm ihm die Zwiebel aus der Hand, klopfte mit einem flachen Messer darauf und zog leichthändig die braune Schale herunter. Als Harvey versuchte, es nachzumachen, tränten seine Augen. Trotzdem fuhr er fort, schälte drei Knollen, schnitt sie entzwei und dann in Würfel. Seine Augen brannten, als hätten sie in Chili gebadet. Zu allem Überfluss schnitt er sich in den Finger, blutete, ging zur Spüle, um die Wunde abzuwaschen. Die Fingerkuppe war fast ab, das Spülbecken färbte sich rot, er griff sich in die Augen … ahhh … verdammt … Nun sah er gar nichts mehr.

– Was machst du? Setz dich. Elouise versorgte die Wunde.

Harvey seufzte. In welchen Korridoren seines Gehirns mochte er sich wohl gerade befinden? Sie wollte vom neuen Truman Capote erzählen, von Arthur Miller und anderen Schriftstellern, er murmelte:

– Frieda ist tot.

– Ach so. Schon seit Jahren.

– Erst nachdem sie den Prozess verloren hat.

– Von welcher Frieda sprichst du? Von der mexikanischen Malerin mit dem Oberlippenbärtchen?

– Von Einsteins Schwiegertochter. Sie wollte seine Liebesbriefe herausgeben, aber der Nachlassverwalter hat es ihr verboten, und das Gericht hat ihm recht gegeben. Jetzt ist sie gestorben, an einem Aneurysma … genau wie Einstein.

– Und deshalb weinst du?

– Nein, das sind die Zwiebeln.

– Ach so.

DER KLEINE LEBEREGEL

1957 hatten die Russen eine Moskauer Promenadenmischung namens Laika in den Weltraum geschossen und der Welt die Überlegenheit des Bolschewismus demonstriert. Seither sah man Joseph Bley mit breitem Grinsen in der Portiersloge sitzen. Gerade, dass er keine Stachanow-Medaille trug und kein Chruschtschow-Bild in sein Kabuff hängte. Die Antwort der Vereinigten Staaten war exzessives Hüftkreisen, als wollten alle Amerikaner Planeten mit Umlaufbahnen sein! 1958 standen die US-Bürger im Bann eines neuartigen Objektes, das den Fortschritt sowie die physische, technologische, geistige und moralische Überlegenheit der Vereinigten Staaten zum Ausdruck brachte, nämlich des Hula-Hoop-Reifens.

Auf Kuba zettelte zum Leidwesen aller Elektrorasierer-Hersteller ein frustrierter, von Jesuiten erzogener Rechtsanwalt die Revolution der Bärtigen an, und NBC spielte die erste Folge von »Bonanza« – einem Western mit Glattrasierten.

Man betrat ein neues Zeitalter, eine Epoche wilder Musik, der Jugendrevolten und des Minirocks: die Sechziger. Familie Harvey merkte davon nichts.

1960 war geprägt vom Präsidentschaftswahlkampf. John Fitzgerald Kennedy, Senator von Massachusetts, trat gegen Richard Nixon an. Die einen hielten einen Dreiundvierzigjährigen für zu jung, andere sahen in ihm die Zukunft. Harvey interessierte sich nicht für Politik, aber Kennedy war ihm sympathischer. In der Fernsehdebatte wirkte er agiler als sein Konkurrent. Nixon war Quäker, aber kein Mann des Friedens, sondern ein unsympathisches Watschengesicht, während man bei Kennedy nicht anders konnte, als »Goldjunge« oder »Sonnenschein« zu denken.

Das ganze Jahr über hatten sich die Leute Slogans und Parolen anhören müssen, und am 8. November war es schließlich so weit. Das Volk trat zur Wahl an, und wenige Tage später wurde das äußerst knapp ausgefallene Ergebnis verkündet. JFK war zum fünfunddreißigsten Präsidenten der Vereinigten Staaten gewählt worden.

Die Leute in Princeton waren Demokraten, nicht wenige sogar Demokraten mit Schuldgefühlen, weshalb sie sich für humanere Gefängnisse einsetzten, unverständliche Avantgardekünstler unterstützten und gegen Atomwaffen protestierten. Für alle gab es einen Grund zu feiern. JFK – das bedeutete Aufbruch, Jugend, Moderne. Sogar sein Katholizismus wurde ihm verziehen, wenn auch schweren Herzens. Manche fürchteten tatsächlich, mit Kennedy würden sich die USA in eine Kolonie des Vatikans verwandeln.

Die Erlichs veranstalteten eine Wahlparty, bei der sie ihr neues Haus präsentierten: ein Wohnzimmer in der Größe einer Tiefgarage, einen Pool, in dem die nationale Schwimmauswahl hätte trainieren können, und einen Garten mit scheußlichen Metallskulpturen, die aussahen wie Relikte eines Verkehrsunfalls. *Typisches Neureichengeprotze.* Es gab Bowle, Heringshappen und Champagner.

Um zwanzig Uhr standen alle wie Putzerfische am Fernsehgerät, hoben ihre Gläser und lauschten der Rede ihres neuen Präsidenten. Die Augen der Anwesenden schienen zu schmelzen, als wären sie Butterflöckchen: JFK! Endlich kein scheinheiliges Gerede. Endlich einer, auf den man stolz sein durfte. *Obwohl er Katholik ist!* Die Frauen, allesamt in cremefarbenen Cocktailkleidern, schwärmten von Jackie Kennedy ... *die hat Klasse ...*, während sie die unförmigen, in schultergepolsterten Zweireihern steckenden Figuren ihrer Männer mit JFK verglichen. Nur Erlich trug ein geckenhaftes Sakko. Seit seine Frau zu Geld gekommen war, konnte er es sich leisten, die Kreationen berühmter Modeschöpfer auszuführen. Scheußlichkeiten, mit denen sich schwule Luxusschneider am neureichen Geldadel rächten.

Niemand ahnte, dass der frisch gewählte Präsident heimlich Marilyn Monroe bestieg und auch sonst auf alles kraxelte, was einen Rock anhatte. Seine Leibwächter, die alles mitbekamen, nannten ihn ob seiner geringen Standhaftigkeit Minutenmann. Kein Engel, aber egal. Alles besser als dieser obstinate Nixon, der immer sein Gesicht verzog, als hätte er gerade eine Zahnbehandlung hinter sich.

– Nimmst du noch Tennisunterricht? Ich meine, was macht das Hirn? Ich habe eine Studie über Halluzinationen gelesen und denke, es könnte sich um eine Revolte deines Verstandes handeln. Sully Erlich blickte Harvey selbstgefällig an. Spricht es noch?

– Ich unterhalte mich nicht mehr mit ihm. Thomas seufzte. Tatsächlich stand das Hirn seit Monaten unbeachtet im Keller. Auch jetzt wollte er nicht daran erinnert werden, genoss die Party, blickte Frauen mit Turmfrisuren hinterher, blieb an prallen Hintergestellen hängen und dachte bei jeder, sie sei attraktiver als Elouise. Seine Frau saß in einer Ecke, unterhielt sich mit Aileen Erlich und schaute düster drein. Harvey hörte pludriges, gehauchtes Kichern und das vertraute abfällige »Ach so«. Die Leute redeten nicht mehr über den neuen Präsidenten, sondern reproduzierten den neuesten Klatsch über Filmstars und Sportler. Ein Biologe erzählte vom Kleinen Leberegel.

– Was für eine Lebensregel?

– Leber-Egel! Ein Wurm, der in der Galle von Wiederkäuern lebt. Aber ihr glaubt nicht, was der für Wanderungen macht, dagegen sind Pfadfinder Stubenhocker. Zuerst wird er mit dem Kot ausgeschieden, dann verzehrt ihn eine Schnecke ...

– Schnecken essen Schafsköttel?

– Du willst nicht wissen, was Schnecken alles essen.

– Darum esse ich sie auch nicht.

– Ich habe sie beim Vogelfutter erwischt, warf eine Dame ein.

– Schnecken sind Kannibalen, ergänzte eine andere.

– Jedenfalls siedelt sich der Kleine Leberegel im Darm der Schnecke an, vermehrt sich und wandert dann stromaufwärts zum Rachen. Die Schnecke bildet Schleimbällchen, die sie aussondert, welche wiederum eine Leibspeise von Ameisen sind. Die meisten Leberegel-Würmer leben nun im Bauch des Insekts, ein paar aber kriechen Richtung Gehirn und beeinflussen dort das Nervensystem der Ameise derart, dass sie den unbedingten Wunsch verspürt, sich an der Spitze eines Grashalms festzubeißen, wobei sie eine Kieferstarre bekommt.

– Im wahrsten Sinne des Wortes ins Gras gebissen.

– So werden die Kleinen Leberegel samt den erstarrten Ameisen wieder von Grasfressern verzehrt, und der Kreislauf beginnt von neuem. Schaf, Schnecke, Ameise, Schaf ... Jetzt frage ich euch, wer denkt sich so etwas aus? Ein Gott?

– Igitt, wie hässlich, kreischte eine dürre Frau.

Auch Harvey beunruhigte diese Geschichte, er fühlte sich selbst wie eine Ameise, in deren Nervensystem ein Kleiner Leberegel steckte. Nur hatte er sich an keinem Grashalm festgebissen, sondern an einem Gehirn. Einen Augenblick lang spürte er die Flüchtigkeit aller Existenz, dann holte er sich Alkohol, verdrängte jeden weiteren Gedanken an Einstein und genoss das Fest. Man diskutierte über Wiedergeburt und die Möglichkeit, als Kleiner Leberegel zurückzukommen.

– Leute, die jetzt ein Drecksleben haben, werden im nächsten belohnt werden.

– Genießen wir unseres.

Aileen Erlich steckte sich eine blaue Zigarette an ... Sobranie, die teuerste auf dem Markt ... und sagte, dass ihr, als sie endlich ausgehen durfte, von ihrer Oma immer nachgerufen worden war:

– Sei vorsichtig! Es ist schon wieder jemand vergewaltigt worden. Alle lachten. Elouise sagte: »Ach so.«

Nun klopfte Erlich mit einem Messer gegen sein Glas, wartete die Stille ab und begann vom Krieg zu erzählen – die alte Geschichte mit der fünfköpfigen Patrouille, von der nur er lebendig zurückgekehrt war. Er und ein Zweiter, dem alles fehlte, was fehlen konnte.

– Und diese Geschichte bringt mich zu meinem Freund Harvey, dem Weißen Hasen. Thomas, steh bitte auf. Harvey spürte, wie sich alle Augenpaare auf ihn richteten, und er wäre am liebsten im Erdboden versunken.

– Ihr wisst, dass mein Freund den großen Albert Einstein seziert hat. Manche wissen auch, dass er ihm das Hirn entnommen hat und es jetzt bei sich aufbewahrt. Aber die wenigsten ahnen, dass dieses Hirn spricht.

Verräter! Harvey hatte noch nie jemanden so verachtet wie Erlich in diesem Moment. Alle sahen ihn erschrocken an, als wäre er ein Amokläufer mit Maschinengewehr und Sprengstoffgürtel.

Und du, Sully Erlich. Soll ich erzählen, dass du nicht nur im Krieg dabei gewesen bist, sondern auch beim Aufnahmeritual der Unitarier? Du, Orville und Wilbur. Soll ich allen sagen, wie ihr die Täuflinge gezwungen habt, Fischöl und eine Flasche Whiskey zu trinken? Wie ihr nachher das Wasser abgedreht habt, damit sie nicht gegen den Durst antrinken konnten? Damit nicht genug, habt ihr sie am nächsten Tag in ein Erdloch gestellt, mit kaltem Wasser übergossen, angepinkelt und dabei gebrüllt, dass es für Unitarier nur einen ungeteilten Gott gibt – im Gegensatz zu den dreifaltigkeitsgläubigen Trinitariern. Soll ich erzählen, wie ihr einen Jungen gezwungen habt, einem rohen Fisch den Kopf abzubeißen? Oder die Sache mit der Kröte?

– Nur ein Scherz, beruhigte Erlich. Nur ein Scherz. Das Hirn spricht genauso viel wie Harvey, nämlich nichts. Sully lachte.

Thomas atmete erleichtert aus. *Ja, nur ein Scherz ... wie damals die Taufe.* Trotzdem hätte ihn jetzt fast der Schlag getroffen. Er brauchte augenblicklich einen Drink. Unbekannte klopften ihm auf die Schulter und wollten ihn zum Essen einladen, damit sie später, wenn er ein berühmter Hirnforscher … oder wer weiß, vielleicht sogar ein Nobelpreisträger? … war, sagen konnten, ihn gekannt zu haben.

Sully verkündete, dass er zur Feier des Tages, zu Ehren Kennedys … *und um zu zeigen, was für geile Typen die Erlichs waren …* ein besonders Tröpfchen spendieren wolle – einen Cognac, der von Generalfeldmarschall Rommel in der Wüste Libyens vergraben worden war.

– Nazi-Cognac?
– Rommel-Rum.

Das Zeug roch wie der alte Öllappen eines Schiffsmechanikers, rollte aber auf der Zunge einen Samtteppich aus und kitzelte den Gaumen.

– Da ist bestimmt das Lusttröpfchen von Adolf Hitler drinnen. Alle lachten. Der Biologe erklärte das Verhältnis zwischen Alkoholgehalt und Verdunstung, nannte den sich verflüchtigenden Alkohol Engelschweiß und sagte, dass so ein Cognac in der Wüste nicht schlecht werden konnte.

Die Inhaberin eines Schönheitssalons verwickelte Harvey in ein Gespräch über Feminismus.

– Feminismus? Sully goss Rommel-Cognac nach und lachte. Ich war monatelang im Körper einer Frau gefangen, dann wurde ich geboren.

Die Feministin konnte nicht lachen, redete von Ungleichheit, Benachteiligung und der Notwendigkeit einer Frauenquote.

– Schrecklich. Der Biologe schüttelte den Kopf. Was käme da heraus? Nicht nur die Söhne der Oberschicht erhielten dann gute Posten zugeschanzt, sondern auch die Töchter. Wie soll sich da unsereiner aus der Mittelschicht nach oben arbeiten? Die Quote würde nur die Klassen verfestigen.

– So etwas kann nur von einem linken Macho kommen.

– Genau, ergänzte eine zweite Dame, die sichtlich angeheitert war. Ich fordere das Verbot aller weißen Männer! Sie dürfen keine Bücher mehr schreiben, keine Filmrollen übernehmen, in keinen Aufsichtsräten sitzen, keine öffentlichen Verkehrsmittel benutzen ... gar nichts.

Um der Diskussion das Wasser abzugraben, begann Sully mit seiner Kriegsgeschichte, nur dass er es diesmal nicht mit dem Hinterhalt und den drei toten Kameraden bewenden ließ.

– Wollen Sie wissen, was dem vierten geschehen ist, der den Faschisten in die Hände gefallen war? Die Schönheitssalonbesitzerin zuckte gleichgültig mit den Achseln, und die Angeheiterte rülpste.

– Der wurde mit einem Fallschirm abgeworfen. Anfangs dachten wir, was für ein seltsames Paket. Manche wollten darauf schießen. Dann sahen wir, es war ein Mensch, aber in welch erbärmlichem Zustand! Man hatte unserem Kameraden chirurgisch einwandfrei Arme und Beine abgetrennt, außerdem ... Sully zeigte auf seinen Unterleib. Die Feministin bekam große Augen ... *da half kein Schönheitssalon mehr* ... und hielt sich erschrocken die Hand vor den Mund. Man hat ihm die Zunge herausgeschnitten, aber seine Augen ließ man ihm ... Augen, die ich nie vergessen werde, baten nur um eines: Erschießt mich.

Und sie haben ihn erschossen. Harvey kannte die Geschichte, auch wenn er sie nie an sich herangelassen hatte. Die Faschisten wollten zeigen, was sie mit ihren Feinden machten. Dabei demonstrierten sie das, was der Krieg aus Menschen machte – Bestien. Aber war dieser lebende Torso nicht wie das Hirn? Oder wie eine festgebissene Ameise? Wollte er tatsächlich erschossen werden?

Als Elouise Harvey drängte, nach Hause zu gehen, meinte er, sie könne alleine vorausgehen.

– Du kommst mit, antwortete sie bestimmt. Kurz sah er ihr wahres Gesicht, ein Gesicht, das Verzweiflung und Not verriet.

Sie verabschiedeten sich, und Aileen meinte:

– Passt auf, es ist schon wieder jemand vergewaltigt worden.

Draußen war es so kalt, als hinge ein Vorbote des Winters in der Luft. Der Wind in den Bäumen glich dem Atem eines Riesen, und Äste warfen bedrohliche Schatten an die Hauswände. Harvey sprach von einer gelungenen Party, von Kennedy und ... Vielleicht ist Nixon auch ein Kleiner Leberegel? Hast du Aileens Zigaretten gesehen? Weißt du, was die kosten? Ein Vermögen! Elouise schwieg. Als sie ihr Haus erreichten, sagte sie beiläufig:

– Wer ist Gretchen?

– Welche Gretchen? Harvey, der eine leichte Schlagseite hatte, war augenblicklich nüchtern. Ist das der Name von Kennedys Frau? Nein ... eine Schriftstellerin.

– Tu nicht so unschuldig. Gretchen!

– Ach, die meinst du. Eine Laborantin. Ich habe manchmal mit ihr zu tun.

– Ach so, du hast mit ihr zu tun? Elouise lächelte eine Mischung aus Sarkasmus und Verzweiflung. Dann brüllte sie: Was ist dran an den Gerüchten, du hättest ein Verhältnis mit ihr! Mit einer Gretchen! Es pfeifen die Spatzen von den Dächern. Die ganze Welt weiß es, nur ich nicht, die dumme, betrogene Ehefrau.

– Von wem hast du diesen Unsinn? Ja, ich habe sie ein-, zweimal zum Essen ausgeführt, aber nicht mehr. Seine Gedanken irrten herum wie Laborratten in einem Labyrinth, suchten verzweifelt nach dem Ausgang, einer klugen Strategie, waren aber wie verkleistert.

– Ach so. Du hast nie mit ihr geschlafen?

– Nein. Jetzt lass mich in Ruhe. Ich will nicht darüber sprechen.

– Schwörst du es?

– Das ist Kinderei.

– Du betrügst mich mit einer Krankenschwester ...

– Laborantin!

– Was erwartest du? Liebst du sie?

– Natürlich nicht. Brezelchen!

– Spar dir dein Brezelchen. Ich will gar nichts hören.

– Warum regst du dich auf? Du hast selbst zur Nachbarin gesagt, das gehört dazu, ist nicht weiter tragisch, kommt vor …

– Das ist etwas anderes, etwas völlig anderes. Elouise brach in Tränen aus. In einem Exzess aus Wut und Enttäuschung schlug sie ihn, schrie:

– Ich bin fertig mit dir, Thomas Harvey. Fertig. Und heute Nacht schläfst du auf der Couch.

Couch? Er fühlte, all seine Gedanken – Metallspäne in der Nähe eines Magneten – scharten sich um dieses Wort. *Couch?* Seine Gedanken bissen sich an diesem Wort fest wie eine vom Kleinen Leberegel manipulierte Ameise am Gras. Couch! So musste sich Richard Nixon fühlen. Plötzlich war die ganze Situation wahnsinnig komisch. War er betrunken? *Wenn dies der Tiefpunkt deines Lebens ist, gibt es Schlimmeres. Couch?* Er bekam einen Lachkrampf, und Elouise schüttelte den Kopf. *Idiot!*

Am nächsten Morgen war die Stimmung frostig. Elouise machte das Frühstück, schwieg.

– Geez, zischte Robert. Seine Brüder wiederholten es, wobei sich das Zischen jedes Mal verlängerte: Geeeeez! Geeeeeeeeez! Sie schufen ständig Wörter, die die Erwachsenen nicht verstanden: Smash, Zap, Blam. Stammten diese Ausdrücke aus Comics oder von Sängern?

– Wascht euch die Ohren, da wachsen schon Kartoffeln, versuchte Minus einen Scherz. Niemand lachte, nur Elouise gab ein humorloses Bellen von sich.

– Geez. Das kam von Thomas junior. Robert drückte sich die Handballen auf die Augen und gähnte. Als Arthur ein Glas Milch umkippte, klatschte Elouises Hand völlig unvermittelt in sein Gesicht. Der Kopf des Jungen klappte zur Seite, auf seiner Wange wuchsen rote Streifen.

– Schlägst du neuerdings Kinder? Harvey war entsetzt und gleichzeitig froh, dass sich seine Frau mit Schuld beladen hatte. *So verhalten wir uns, wenn uns der Boden unter den Füßen weggezogen wird.*

– Es tut mir leid. Elouise fiel auf die Knie, umarmte ihren Sohn, der sie fassungslos ansah, und schluchzte. Verzeih mir bitte, ich … Mit einem knappen Blick sah sie Harvey wütend an. Seine Laune fiel komplett in sich zusammen. Für einen Moment erkannte er, wie verhärmt sie als alte Frau sein würde.

– Was bedeutet Philanthrop? Thomas junior sah seinen Vater fragend an.

– Geez. Jetzt kam es von Arthur.

– Das bedeutet, dass man keine Kinder schlägt. *Kleine Retourkutsche Richtung Elouise.* Menschenfreund. Phil ist griechisch und heißt lieben – Philosophie ist die Liebe zur Weisheit, frankophil, Philologie …

– Philipp, Fil-zpantoffel.

– Geez, ergänzte Robert. Die drei Burschen saßen in den Lichtstreifen der Morgensonne. Wie groß sie waren. Thomas junior war achtzehn, Arthur sechzehn, Robert vierzehn. Der eine interessierte sich für Motorräder, der Nächste für Modellflugzeuge, und Robert baute Gebilde aus Dominosteinen, die er dann zum Einsturz brachte. Außerdem war der Jüngste mit Zigaretten und Alkohol erwischt worden, hatte seine Mutter den Verdacht, dass er Ladendiebstähle beging. *Drei Fremde!*

Kaum waren sie aus dem Haus, umfasste Harvey Elouise von hinten, drückte sie und sagte:

– Geez. Ich liebe dich.

– Ach so? Sie erwiderte kurz den Druck, stieß ihn dann weg und lief weinend ins Badezimmer.

Ihm war, als griffe eine kalte Faust an sein Herz und drückte zu. Harvey hatte Angst. Was führte seine Frau im Schilde? Er ging zur Badezimmertür und sagte mit gicksender Stimme:

– Ich muss zur Arbeit. Alles wird gut, Brezelchen. Beruhige dich. Schluchzende Geräusche kamen als Antwort. *Was erwartest du? Du hast sie verraten, ausgerechnet sie, den Menschen, den du lieben solltest. Du hast ihr die Wahrheit genommen, sie betrogen.*

Im Spital wartete eine adipöse Leiche auf die Autopsie. Das Aufschneiden und Durchtrennen der Rippen machte knackende Geräusche, die an das Aufbrechen von Walnüssen erinnerten. Fettleber, ein Magen von der Größe eines Einkaufsacks … Als Harvey fertig war und in sein Büro ging, kam ihm Gretchen entgegen, das Gesicht weißer als ein Fischbauch:

– Deine Frau ist hier, zischte sie.

– Meine Frau? Wo? Wieso?

– Sie spricht mit Blummenfelt.

– Sag, das ist ein Scherz … sonst wird Blut fließen, sehr viel Blut.

– Ich bin ihr im Korridor begegnet. Sie hat mich angesehen, als ob sie mich fressen wollte. Funken haben gesprüht. Ein irrer Blick … Harvey streichelte Gretchens Wange und beruhigte sie.

– Ich fürchte mich nicht. Gretchen machte sich los und ging zurück an ihre Arbeit.

Tatsächlich saß Elouise im Zimmer von Direktor Blummenfelt, der eine Zigarette nach der anderen qualmte und sich mit einer Suada über Anstand und Moral konfrontiert sah. Ausgerechnet sein Pathologe? Harvey. Der aussah wie Buster Keaton, der stattlichste Langweiler von ganz Princeton. Eine Affäre? Mit Gretchen?

– Ich kann das nicht glauben. Blummenfelt schüttelte den Kopf.

– Wie können Sie so etwas zulassen? Elouise zitterte, ihre Stimme überschlug sich. Sie sind eine moralische Instanz. Sie müssen etwas unternehmen gegen diesen … Skandal. So etwas kann nicht im Interesse des Krankenhauses sein. Was sollen die

Patienten denken, wenn herauskommt, dass der Chefpathologe, ein verheirateter Mann, Vater von drei Kindern und Quäker, hier im Spital ein außereheliches Verhältnis mit einer Laborantin hat. Das ist ... ungeheuerlich!

– Wirklich schlimm. Blummenfelt nickte.

– Ein Skandal! Oder ist dieses Krankenhaus ein Sündenpfuhl?

– Frau Harvey, Elouise, der Direktor griff nach ihrer Hand, ich leite hier einen Gesundheitsbetrieb mit zu wenig Personal und geringen finanziellen Mitteln. Ich muss den Laden mit Draht und Spucke zusammenhalten. Sie können sich denken, wie schwierig das ist ... Wir sind eine Stütze der Gesellschaft ...

– Ach so? Schöne Stütze. Elouise holte Luft wie ein Sporttaucher, aber bevor sie dazu kam, ihre Schimpftirade fortzuführen, fiel ihr Blummenfelt ins Wort.

– Was soll ich machen? Ihren Mann entlassen? Der rotgesichtige Direktor machte ein Gesicht wie Ludwig XVI. auf dem Weg zum Schafott.

– Wenn das die einzige Möglichkeit ist ... Wenn Sie nichts unternehmen, stehe ich ab heute jeden Tag hier auf der Matte und mache einen Skandal. Elouise befreite ihre Hand aus der Umklammerung, erhob sich, schlug auf den Tisch und schickte ein paar Schimpfwörter Richtung Blummenfelt. Dann schritt sie durch das Büro wie ein Piratenkapitän über das Achterdeck. Schließlich stürmte sie halb fluchend, halb heulend und leicht nach Backbord krängend hinaus. Fregatte, dachte Blummenfelt. Der Direktor konnte Elouises Tirade noch eine ganze Weile lang hören, und Minuten später war es, als hätte er einen Schimpfwörter-Tinnitus.

Der rotgesichtige Mann zog seine Augenbrauen hoch und zündete sich eine Zigarette an, obwohl im Aschenbecher noch zwei brannten. Am liebsten hätte er zehn zugleich geraucht, um die schlechte Stimmung auszuräuchern. Die blonden Härchen auf seiner roten Haut glänzten, aber das war das Einzige, was strahlte. Was sollte er tun? Natürlich wusste er um die Affäre. Alle wussten es, aber zwischen wissen und wirklich wissen bestand ein Unterschied. Auch ihm hatte Gretchen gefallen, aber sie hatte ihn abblitzen lassen. Wegen so etwas konnte man niemanden kündigen, nicht im zwanzigsten Jahrhundert in einer demokratisch geprägten Stadt wie Princeton. Sollte er mit Harvey sprechen und auf Moral und Anstand pochen? Sittlichkeit? Der Pathologe würde ihn auslachen. Alle im Spital wussten, dass Blummenfelt selbst ein Weiberheld war – allerdings ein unglückseliger. Er musste etwas anderes finden, um diese Geschichte aus der Welt zu schaffen, etwas, das dem Ruf seines Spitals nicht schadete.

DIE GESCHICHTE VOM VERTRETER

Warum fließt Wärme vom Warmen ins Kalte und nicht umgekehrt? Ein Wiener Physiker fand heraus, es liegt an der Wahrscheinlichkeit, am Zufall. Ludwig Boltzmanns Theorien wurden nicht ernst genommen, er erhängte sich. Nur wenn Wärme vorhanden ist, gibt es einen Unterschied zwischen Vergangenheit und Zukunft. Flösse die Wärme des Kälteren ins Wärmere, verliefe auch die Zeit andersrum.

Ein halbes Jahr lang passierte nichts, dann, im Frühsommer 1961, kam es zum Eklat. Harvey fröstelte.

– Gefeuert. Ist es das, was du wolltest? Harvey sah Elouise verzweifelt an, doch seine Frau ... *ach so* ... verzog keine Miene. Blummenfelt hat mir den Entschluss des Aufsichtsrates mitgeteilt. Und warum?

– Weil du ein Verhältnis mit einer Gretchen Gruenspan hast! Sie sprach den Namen ihrer Nebenbuhlerin so abfällig wie möglich aus.

– Der Direktor hat von Aberglauben gesprochen, davon, dass das Spital keine Zimmer mit der Nummer dreizehn hat. Harveys Stimme war fast tonlos. Die Mischung aus Zigarettenqualm und Englischleder hat mich umgeworfen. Jedes Spital, sagte Blummenfelt, hat Skandale. Aber dieses Hirn ist ein Gespenst, das dem Krankenhaus schadet.

– Man hat dich wegen des Hirns gefeuert? Elouise zog ein Gesicht, als wollte sie sagen: Werde endlich erwachsen.

– Offiziell wirft man mir vor, dass es keinen Untersuchungsbericht gibt, ich einmal einen Truthahn im Autopsiesaal gegrillt habe. Die Treuhänder sind gestelzte Halbgötter in Anzügen, eine scheinheilige Countryclub-Clique. Schwarze Krankenschwestern dürfen keine Schwesterntracht tragen, um die Patienten nicht zu erschrecken. Schwarze Ärzte werden nicht eingestellt ... Verlogene Bagage! Siehst du jetzt, was du angerichtet hast.

– Die können dich nicht entlassen. Nicht wegen des Hirns.

– Können sie auch nicht. Man hat mich beurlaubt, aber es ist klar, was das bedeutet. Die Belegschaft ist dagegen. Ich gelte als hervorragender Pathologe ... aber das wird nichts nützen.

– Schuld ist das Hirn.

– Schuld ist dein Auftritt beim Direktor. Blummenfelt hat mich nie nach dem Stand der Hirn-Untersuchung gefragt.

– Das darfst du dir nicht gefallen lassen.

– Man hat mich aufgefordert, mich zu rechtfertigen, aber das mache ich nicht. Es ist besser zu gehen.

– Thomas?

– Es ist nicht wegen des Hirns, sondern wegen dir. Du hast mein Vertrauen missbraucht, Brezelchen. In den Rücken bist du mir gefallen.

– Dasselbe könnte ich sagen.

– Wegen dir hat man mich geschasst, weil der Direktor einen Skandal fürchtet. Mich entlässt man, während man einen kommunistischen Portier toleriert.

– Joseph Bley ist Kommunist?

– Er spricht nicht viel darüber, aber egal. Ich werde ausziehen.

Jetzt war es heraußen, und Harvey konnte im Gesicht seiner Frau dasselbe Entsetzen lesen, das auch er empfand. *Der Auszug aus Ägypten.* Es war keine bewusste Entscheidung, sondern etwas, das jemand anderer für ihn entschieden hatte, trotzdem war es schmerzlich.

– Dann müssen wir über die Scheidung reden.

– Scheidung? Harveys Gesicht fiel zusammen. Plötzlich war die Stimmung am Gefrierpunkt. Nun floss keine Wärme mehr, weder in die eine noch in die andere Richtung. Es war schlimm zu spüren, dass die gemeinsame Zeit nicht nur enden konnte, sondern tatsächlich vorbei war. Bis jetzt war er bloß benommen und verwirrt gewesen, nun bekam er Angst. Das Wort Scheidung arbeitete sich wie ein Kleiner Leberegel durch seinen Körper, Angst strömte in seine Organe, durchzuckte die Nerven, ließ einen Geysir in seinem Kopf hochgehen. Panik. Notlichter gingen an. *Wieso Scheidung? Was habe ich getan?*

– Du willst ausziehen. Elouise bedachte ihn mit einem eisigen Blick hasserfüllter Verachtung. Werde endlich erwachsen, Thomas. Wenn du auszuiehst, müssen wir uns scheiden lassen.

– Wir haben Probleme, weil jemand in mein Leben getreten ist.

– Ziehst du mit dieser Hure zusammen? Elouise weinte nicht, obwohl sie allen Grund gehabt hätte. Sie hatte sich entschieden, nicht zu weinen.

– Das weiß ich nicht. Vielleicht.

Kurz fühlte er sich wie eine sich häutende Schlange … *ein neues Leben* …, dann verspürte er den Impuls, gegen eine Wand zu treten, etwas kaputtzuschlagen, ging aber nur in das Schlafzimmer, packte zwei Koffer und fuhr damit zu Gretchen. Durch die Tür hörte er eine honigweiche Stimme »Fly me to the moon« singen. Aber so sehr er auch klopfte, Gretchen öffnete nicht. War sie nicht da? Wollte sie nicht zum Mond geflogen werden? Der Plan, bei ihr einzuziehen, war eine Schnapsidee. *Wir werden ein Haus mieten, zusammenleben. Ob das Geld reicht? Ich werde für die Kinder zahlen, für das Haus sind noch ein paar Raten fällig … Aber ja, irgendwie wird es sich ausgehen.* Er dachte an Gretchens dschungelgrüne Jaguaraugen und ihre unternehmungslustigen Brüste, fuhr in das nächste Drive-in und mietete sich ein Zimmer.

»Motel« stand in Leuchtstoffröhren über dem Eingang, aber der Kasten musste in einer Zeit erbaut worden sein, als die Gallone Benzin noch zehn Cent gekostet hatte. Das einzig Luxuriöse war der mit einem Wappen versehene Aschenbecher beim Portier, aber selbst der schien sich für seine Anwesenheit zu schämen. Als Harvey sein Zimmer betrat … ein Geruch nach Essigreiniger hing in der Luft …, geschah etwas Seltsames. Er war schon einmal hier gewesen. Zumindest fühlte es sich so an. Es ging ihm wie dem Leberegel, der den Weg ins Ameisenhirn kannte. Das Zimmer bestand nur aus einem Doppelbett … *mehr Kindergröße als Kingsize* …, einem Kühlschrank und einem wackeligen Regal, aber fürs Erste war es gut genug. An der Rezeption versuchte er verzweifelt, Gretchen telefonisch zu erreichen, machte Gesten zum misstrauischen Concierge, der mit zwei Fingern eine Schreibmaschine bearbeitete und an einer Bierflasche nuckelte. Gretchen ging nicht ran. Das Prozedere wiederholte sich. Als er sie gegen zehn Uhr abends endlich erwischte, war sie schnappig.

– Was machst du?

– Du kontrollierst mich.

– Sei nicht beleidigt und hör mir zu. Es gibt Neuigkeiten, ich bin von zu Hause ausgezogen. Wir lassen uns scheiden.

Gretchen schwieg, und eine Weile lang war nur das Tippen des Rezeptionisten zu hören. *Muss das sein?* Harvey deutete ihm, leise zu sein, doch der Mann mit dem vernarbten Gesicht und der Alkoholikernase reagierte nicht. Dann kam ein Stöhnen durch den Hörer, bevor Gretchen mit sachlichem Tonfall sagte:

– Auch ich muss dir etwas mitteilen. Ich wollte, dass du es als Erster erfährst.

– Bist du schwanger?

Der Rezeptionist blickte auf und starrte Harvey an. *Kümmere dich um deine Angelegenheiten.* Gretchen wartete einen Moment, und dann war die Wand des Motels noch ein bisschen grauer, der Rezeptionist sah noch schmuddeliger aus, und der Boden war um einiges schmutziger – nur der Aschenbecher glänzte.

– Ich gehe weg, sagte sie, als sei es das Selbstverständlichste der Welt. Nach Afrika. Es gibt da einen Amílcar Cabral, der den Freiheitskampf organisiert, die unterdrückten, vom Kolonialismus erstickten Völker dürsten nach Unabhängigkeit ...

– Und was wird aus uns? Ich dürste auch.

– Du bist bereits unabhängig.

– Bin ich nicht. Harveys Stimme zitterte. Ich kann nicht nach Afrika. Was geht mich deren Unabhängigkeitskampf an? Hast du mir nicht zugehört? Ich lasse mich scheiden!

– Das ist deine Sache. Hier geht es um unterdrückte Völker. Die brauchen mich.

– Wieso ausgerechnet dich, Fräulein Gruenspan?

– Wir sehen uns bestimmt wieder. Also ... mach's gut.

– Wiedersehen. Harveys Gesicht fing an zu jucken, und die Nackenhärchen stellten sich auf. Afrika? Die kühle Frau zieht es ins Warme, und die Zeit läuft verkehrt. Thomas war kurz davor, ihr die sieben biblischen Plagen an den Hals zu wünschen. Was an dieser Szene so niederschmetternd war? Gretchens Kaltherzigkeit, mit der sie ihren Entschluss verkündet hatte. Sie mochte sich um Tiere und Pflanzen sorgen, aber im Umgang mit Menschen war sie eine blutige Anfängerin. *Das ist kein Benehmen.*

– Wenn Sie einen Muntermacher brauchen, um die Ecke gibt es eine Bar. Der Concierge sah ihn mitfühlend an. Harvey schwieg.

Er fühlte sich so steif, als hätte man ihn gefesselt, in eine Kiste gesperrt und alles zusammen in einem Fluss versenkt. Nicht einmal ein Houdini könnte sich aus solch einer misslichen Lage befreien.

Was war los? Hatte man die nationale Tretet-Thomas-Harvey-Woche ausgerufen?

– Und Sie? Müssen Sie tippen, während man ein Gespräch führt?

– Wissen Sie, wie wenig man mir hier bezahlt? Der Rezeptionist nahm einen Schluck Bier und rülpste.

– Was schreiben Sie?

– Kurzgeschichten.

– Schriftsteller?

– Wie man's nimmt. Der Mann nahm ein Blatt und gab es Harvey. Können Sie behalten.

Die Geschichte trug keinen Titel und handelte von einem Staubsaugervertreter, der sich immer volllaufen ließ und nebenbei versuchte, Kurzgeschichten zu schreiben. Der Text war flapsig geschrieben, und es passierte nicht viel, bis der Mann, er hieß Hank, an eine Frau geriet, die ihn auf eine Größe von acht Zoll schrumpfen ließ ... das ist so ähnlich wie diese Kafka-Geschichte ... nur war der Käfer hier ein kleiner Mann und wurde zu ihrer Befriedigung missbraucht. Am Ende saugte ihn die Dame in seinen Vorführ-Staubsauger. Harvey hatte noch nie so etwas Ordinäres gelesen. Was wohl seine angeheiratete Literaturexpertin dazu sagen würde?

Thomas legte sich ins Bett und starrte auf die Risse an der Decke. *Auf acht Zoll schrumpfen? Der Kerl ist pervers!* Von draußen kam Verkehrslärm herein, das Gepolter anderer Gäste. Harvey versuchte zu schlafen, was nicht gelang. Er wälzte sich im Bett, überlegte, ob er diese Gretchen-Schlampe ermorden sollte. *Afrika?* Oder bei seiner Frau zu Kreuze kriechen? In seinem tiefsten Innersten wusste er, dass sich Elouise lieber mit Benzin übergießen und anzünden würde, als ihm zu vergeben. Egal, er würde eine andere Stelle finden, eine andere Frau und eine neue Filiale gründen. Er könnte sich einen Hund zulegen, Hundebesitzerinnen kennenlernen. *Oder mit dem Hirn spazieren gehen?* An eine Frau geraten, die auch ihn schrumpfen ließ ... Mitten in diesen Gedanken löste sich seine Angespanntheit, und er schlief ein.

Als er aufwachte, hatte es Minusgrade, und er stand mit dem Hirn im Badezimmer. Die Gläser waren offen, und er goss die Gewebewürfel in die Toilette. *Jetzt ist Schluss mit diesem Kürbis.* Die Würfel plumpsten in das dunkle Loch. *Harvey, was machst du?* Er hörte ein Gurgeln, fühlte sein Blut durch die Venen pumpen, zitterte, öffnete die Augen, lag verschwitzt im Bett.

Als er sich am Morgen im Spiegel betrachtete, sah er müde und um zehn Jahre gealtert aus. Harvey kam sich vor wie bei einem Hürdenlauf, bei dem die Hürden nicht zu sehen waren.

– Du musst zu Gretchen, sagte eine Stimme. Sie stellt dich auf die Probe, wartet, dass du sie überredest, Afrika zu vergessen. Wer ist schon ein Amílcar Cabral? Geh zu ihr, Thomas, und sieh zu, dass ihre Wärme auf dich übergeht ... Er gab nichts darauf. Durch die Ereignisse der vergangenen Tage war sein Vertrauen auf innere Stimmen nicht gerade gestärkt worden.

Harvey hatte immer Angst gehabt, er könnte etwas verlieren ... Dazu kamen düstere Gedanken über Armut, Krankheit, Obdachlosigkeit. Als ihn die Tuberkulose zurückgeworfen hatte, war es die Angst um seine Ausbildung. Dann kam die Furcht um seine Familie, um seinen Arbeitsplatz, seine Geliebte, das Hirn. Niemals hätte er gedacht, dass seine Ehe scheitern könnte. Nun, da er alles verloren hatte, gab es keinen Grund mehr, sich zu fürchten. Arbeitslos, getrennt, ohne Geliebte. Nur ein heilloser Romantiker hätte diesen Zustand als süßes Boheme-Leben bezeichnet, tatsächlich befand er sich im freien Fall Richtung Verwahrlosung. Ihm war nichts geblieben als die wöchentliche Andacht bei den Quäkern. Gott, war er überzeugt, würde es wieder richten. Seine Glaubensbrüder rieten ihm, sich nicht darauf zu verlassen. Sie empfahlen ihm eine Aussöhnung mit Elouise, doch dafür war es zu spät. Und dann war da das Hirn. Fast hätte er darauf vergessen.

Als er zu Elouise fuhr und mit seinen Sachen den Ford vollräumte, saß seine Frau schweigend in der Küche. Daneben thronte die Nachbarin und tätschelte ihre Hand. *Nimm es nicht so tragisch, das gehört dazu.* Unter beider Augen waren dunkle Ringe.

Elouise hatte ihm einen Anwaltsbrief in die Hand gedrückt und gefragt, was er mitnehmen wolle. Natürlich könne er jederzeit kommen, um die Kinder zu sehen. Harvey füllte zwei Bananenschachteln mit Büchern, packte Kleidungsstücke in das Auto und war erstaunt, wie wenig ihm seine Besitztümer bedeuteten. Steine, die er bei Ausflügen gesammelt hatte? Bilder von Albie Booth? Pokale von der Highschool? Nichts von all dem Krempel wollte er mitnehmen. Arthur und Robert waren in der Schule, Thomas junior machte ein bedröppeltes Gesicht, als wollte er sagen: Hört mit dem Scheiß auf und vertragt euch wieder.

– Klein bist du geworden, sagte Minus. Wenn du so weiterschrumpfst, wird man dich bald mit der Lupe suchen müssen. Tatsächlich überragte Thomas junior seinen Vater um einen Kopf. Harvey fuhr seinem Ältesten durchs Haar und sagte:

– Pass gut auf deine Mutter auf.

– Leb wohl. Elouise hackte ihm ein vogelhaftes Küsschen auf die Wange, er fuhr ihr zaghaft über die Schulter, sie wich zurück: Geh jetzt.

Er war bereits zurück bei dem Motel, als ihm das Hirn einfiel. Vergessen! *Elouise wird es entsorgen. Es wird ihr Spaß machen, Einsteins Zentraleinheit in den Müll zu werfen. Vielleicht hat sie es bereits getan?* Harvey bekam Gänsehaut. Er raste zurück, bemühte sich, unerschrocken auszusehen, als er klingelte – dort, wo er jahrelang selbstverständlich aus und ein gegangen war, musste er jetzt wie ein Fremder um Einlass bitten, ein fast fünfzigjähriger Pathologe ... Elouise öffnete. Er blickte in ihr Gesicht und sah in den zusammengepressten Lippen und flackernden Augen die ganze Wahrheit.

– Das Hirn! Hast du es ...?

Verzweifelt rannte er in den Keller, spürte, wie sein Puls raste, der sich erst beruhigte, als er alles unversehrt vorfand. Die Nachbarin kam ihm entgegen ... *ist die jetzt hier eingezogen?* ..., schüttelte den Kopf. Als er die Gläser und Boxen zum Auto trug, deutete ihm seine Noch-Ehefrau den Vogel.

– Du wirst daran zugrunde gehen, den Tag verfluchen, an dem du dieses Ding bekommen hast.

– Geschieht ihm recht, zischte die Nachbarin.

Im Motel stellte er die Gläser und Kästchen auf den Tisch und sagte, nun könne es wieder mit ihm reden, nun müsse es mit ihm reden. Das Hirn schwieg.

Harvey ging vor die Tür und blickte in den dunkelblauen Samthimmel, an dessen Rändern rote Streifen ausfransten. Schwalben drehten Runden, gaben Geräusche von sich, die an ein Umspannwerk erinnerten. Die Vögel zischten über Dächer und Bäume, als folgten sie einer Choreografie. Nur einer trudelte wie betrunken, taumelte, schien sich anderen anschließen zu wollen, verlor die Richtung, stand orientierungslos am Himmel. Thomas fühlte sich wie diese verwirrte Schwalbe. Er hatte unbändiges Verlangen, sich zu betrinken, gab dem Drang aber nicht nach, ging zurück in sein Zimmer und fühlte sich schmutzig. Hygiene genoss gerade keine Priorität, aber es war etwas anderes, eine Art Seelendreck. Harvey stand vor dem Spiegel, als er ein Blitzen wahrnahm.

– Was ist mit einer Frau?

– Du sprichst? Thomas zuckte zusammen, sah mit geweiteten Augen in das Glas, als wäre es Yoricks Schädel. Ein Satz Hamlets fiel ihm ein: »Ich könnte in einer Nussschale eingesperrt sein und mich für den König von unermesslichen Gebieten halten, wenn nur meine bösen Träume nicht wären.«

Eine endlose Minute lang starrte er das Glas an, konnte aber nichts Ungewöhnliches sehen. *Du verlierst den Verstand ... wie Hamlet. Nein. Da ist nichts, vor dem man Angst haben muss.*

– Was ist, sagte das Hirn. Du siehst blass aus.

– Leider bist du nur eine Halluzination, eine Reaktion auf meine Situation. Harveys Lächeln fiel um eine Nummer zu klein aus. Sein Kopf dröhnte. Freud hat gesagt, dass das Unbewusste nie direkt mit uns spricht. Es ist wie mit Stigmata ... Religiöse Fanatiker bekommen die Wundmale Christi ...

– Stell mir eine Frage.

– Wie viel ist dreihundertfünfundvierzigtausendneunhundertsechsundachtzig mal dreitausendvierhundertsechsundsiebzig?

– Eine Milliarde zweihundertzwei Millionen sechshundertsiebenundvierzigtausenddreihundertsechsunddreißig. Aber das ist kindisch.

– Wo habe ich meine Kindheit verlebt?

– Die meiste Zeit in Ottumwa. Du liebst den Mittelwesten, die Sonnenuntergänge, Getreidefelder, Billboards. Deine Großmutter hatte dort ein Haus hinter der Kirche, wo ihr Mann gepredigt hat.

– Woher weißt du das? Warum sprichst du mit mir? Du bist ein Streich, den mir mein Unbewusstes spielt. Was willst du? Du bist tot, zerschnitten, in Formaldehyd eingelegt. Du hast nicht einmal Sprechwerkzeuge.

– Trotzdem hörst du mich.

– Wie ist es im Jenseits? Es heißt, nach dem Tod tritt man seinem Schöpfer gegenüber und wird mit der Ewigkeit vereint.

– Die Welt, die man sieht, ist nur manchmal die Welt, die ist. Die meiste Zeit bin ich in einer fantastischen Landschaft aus Prismen und Kristallen, Strahlen aus Licht, oder in einem Meer aus trüben Formeln, aber dann taucht mein Bewusstsein auf –

und liegt nicht zusammengerollt in einem Motel-Bett und umklammert ein angerotztes Kissen, sondern verlangt nach einer Frau.

– Ich habe von Leuten gehört, die mit Goldplomben Radiosender empfangen. Wenn jemand stirbt, bleiben Uhren stehen, oder Bilder fallen von den Wänden. Aber ein sprechendes Hirn? Harvey wusste immer noch nicht, was er davon halten sollte. In letzter Zeit war so viel geschehen, dass er sich wie erschlagen fühlte.

– Glaubst du an die Unendlichkeit?

– Unendlichkeit? Thomas seufzte. Einen Augenblick lang hörte man den Wind um das Motel pfeifen. *Das untrügliche Anzeichen einer Geisteskrankheit?* Wäre ich Alkoholiker, könnte man es Delirium tremens nennen. Aber ich trinke nur mäßig, nicht mehr als andere, zumindest nicht viel mehr, nur manchmal. Zu oft habe ich vom Alkohol zerfressene Organe gesehen.

– Glaubst du an die Unendlichkeit?, wiederholte das Hirn.

– Der Versuch, mir das vorzustellen, schmerzt. Ich glaube, die Welt endet dort, wo es keine Antworten mehr auf unsere Fragen gibt. Wenn es die Unendlichkeit gäbe, müsste der ganze Himmel hell sein, weil sich überall ein Stern befände.

– Nicht, wenn das Licht der meisten Sterne uns noch nicht erreicht hat.

– Aber wenn sie bereits ewig leuchten?

Der Wind draußen klang jetzt wie ein Frauenschrei.

– Das Universum ist erstaunlich leer, sagte die Stimme.

– Eben, die Antworten begrenzen unsere Existenz.

– Wenn es die Unendlichkeit gibt, muss alles, was möglich ist, irgendwo existieren. Also auch ein sprechendes Hirn.

– Ich weiß, dass mein Unbewusstes spricht. Das Bewusstsein nutzt nur einen winzigen Prozentsatz unserer Gehirnkapazität, wenn sich ein kleiner Teil selbständig macht und wie die verwirrte Schwalbe am Himmel eigene Bahnen zieht …

– Wie wollen wir beginnen? Wie Charles Dickens? Balzac? Oder wie Daniel Defoes Robinson Crusoe? Aufgewachsen bin ich in Augsburg. Niemand hielt es für möglich, dass sich im Kopf des sprachlich zurückgebliebenen kleinen Albert Dinge zusammenbrauten, die das Universum auf den Kopf stellen würden. Ich hatte Probleme mit Obrigkeiten, habe mich in der Schule gelangweilt und musste froh sein, eine Anstellung dritter Klasse in einem Schweizer Patentamt zu bekommen. Aber ich habe mir immer Fragen gestellt. Wie wäre es, auf dem Licht zu reiten, oder warum fällt der Mond nicht auf die Erde. Und dann fügte sich etwas, Elektromagnetismus und Licht ... 1905 war mein magisches Jahr ... fünf Arbeiten, die die Welt aus den Angeln hoben. Das Ende von Raum und Zeit. Unser Universum ist wahrscheinlich die vierdimensionale Oberfläche eines elfdimensionalen Raumes. Ich wollte an ein ewiges Universum glauben, aber das war eine Eselei. Mittlerweile gilt es als sicher, dass unser Universum durch einen Urknall entstanden ist. Davor gab es keine Zeit und keinen Raum und somit auch keinen Platz für einen Schöpfer.

– Davon weiß ich nichts. Harvey verdrehte die Augen. Warum soll ich an Berechnungen glauben, die ich nicht verstehe? Gott tröstet mich mehr als Physik. Vielleicht dreht sich ja das ganze Universum um die Erde? Ist alles Illusion?

Das Hirn schwieg, aber Harvey spürte Einsteins Geist. *Er ist unerlöst, und ich muss ihm helfen.*

IM SCHNECKENHAUS

– Du siehst nicht gerade appetitlich aus. Aus deinen Nasenlöchern hängen Rotzfäden, und auf deinem Kinn klebt Speichel. Harvey nahm ein Glas mit Gewebewürfeln und fuhr damit in das Hechtviertel. Er sah rot beleuchtete Fenster und leichtgeschürzte Damen, die Fiebermeile der Sofortbefriedigung. »Schneckenhaus«, »Girls« oder »Magic Live Show« stand in Neonbuchstaben an den Fassaden. Bei einer Blondine mit üppigem Busen hielt er an, kurbelte das Fenster herunter und sah in den Schlitz, der sich ihm entgegenreckte.

– Gefällt sie dir, flüsterte er zum Hirn, das schwieg.

– Was kann ich Gutes tun?, fragte die Lady. Das Übliche? Oder stehst du auf die harte Tour? Gerade die, die so unschuldig aussehen wie du, sind die Schlimmsten, wollen gepeitscht werden oder eine Behandlung mit dem Besenstiel. Na? Lass mich raten … Handschellen und Dildo? Oder Natursekt?

– Es geht um meinen Freund hier. Harvey deutete auf das Glas am Beifahrersitz. Die Dame bekam große Augen.

– Was bist denn du für ein Perverser? Sie winkte ab und drehte sich um, aber er rief ihr hinterher:

– Es ist nicht, wie Sie glauben. Ich will nur, dass Sie zu meinem Kumpel hier etwas freundlich sind.

– Was soll das sein? Die Marmelade deiner Großmutter?

– Das Gehirn eines toten Freundes.

– Meine Fresse. Bist du krank?

– Ich zahle gut.

– Und was will der Spasti?

– Eine Privatvorführung.

– Ich rühr' das aber nicht an.

– Müssen Sie nicht.

– Harvey stieg aus, nahm das Glas und folgte der Liebesdienerin in einen Hinterhof, wo es in ein düsteres Zimmer ging. Er stellte das Hirn auf das Bett und befahl der Lady, gut darauf aufzupassen. In einer halben Stunde komme er zurück.

– Frauen stehen doch auf große Geister, das hier ist der größte überhaupt. Sie müssen ihm nur ein bisschen …

– Was ist mit dem Zaster? Zahlbar im Voraus, steht in den Geschäftsregeln.

Harvey nahm seine Brieftasche und legte ein paar Scheine auf den Schminktisch. Draußen griff er sich an den Kopf. *Was mache ich? Wie kann ich einer Fremden das Gehirn anvertrauen? Bin ich wahnsinnig?*

Er ging gerade auf die Straße, als ihn jemand rempelte. Können Sie nicht aufpassen! Der andere zog seinen Hut tiefer, doch der Weiße Hase erkannte ihn – Pater Franklin.

– Sie? Hier? Sie nehmen den Leuten die Beichte ab?

– Ich bin privat hier, wenn Sie das meinen. Auch mein Fleisch ist schwach.

– Haben Sie nicht gegen die Prostitution gepredigt? Gegen den Teufel der käuflichen Liebe.

– Auch mein Geist verspürt den Zwang, etwas Verbotenes zu wollen. Ich habe oft an Sie gedacht, Milchbrötchen. Was macht die Grütze von Einstein?

– Auch ein Hirn hat menschliche Bedürfnisse.

– Hier? Heiliger gottverdammter Scheiß. Entschuldigung. Spricht es noch?

Harvey zuckte mit den Schultern.

– Dann haben meine Gebete nichts gebracht. Ich kannte einmal eine Frau, die in ihrem Haus Schritte hörte – immer um halb drei Uhr nachts. Es war der verstorbene Vorbesitzer, der nicht loslassen konnte. Nach dem Lesen einer Messe war Ruhe. Aber das Hirn?

– Ich will ihm den Glauben näherbringen, das ist nicht einfach. Der Pathologe war froh über diese Begegnung, und ganz gegen seine Natur erzählte er in knappen Worten von Trennung, Entlassung und Geliebter.

– Adam und Eva, sagte Pater Franklin, sie saßen in einer Bar, und vor ihnen standen Drinks ... Bereits die ersten Menschen hatten Kommunikationsprobleme. Entweder war ihre Sprache ganz simpel: Du nix essen Apfel ... Oder sie besaß vierundzwanzig Fälle, zwölf Tempi und acht Zeiten. Was weiß man? Stellen Sie sich vor, Sie sind die ersten und einzigen Menschen. Keine Wirtshäuser, keine Nachrichten, kein Football ... und dazu ein Weib, das ständig aufwischt. »Lass dein Feigenblatt nicht herumliegen! Häng es in den Schrank!« Pater Franklin lachte. Nach dem zweiten Drink sagte er, der Erfolg des Christentums hätte nur eine Ursache, den Alkohol. Während die meisten anderen Religionen Abstinenz predigten, brauten christliche Mönche Bier. Schon Jesus sagte zum Wein, dies sei sein Blut. Dank dem Alkohol hat das Christentum die Welt erobert! Cheers. Der Pater bestellte eine nächste Runde und flüsterte mit leichtem Zungenschlag, Harvey solle das Hirn zurückgeben und seine Frau um Verzeihung bitten, bevor alles völlig aus der Bahn gerate.

– Ich bin nicht mehr der, der ich einmal war, sagte der Weiße Hase. Ich habe Angst vor mir selbst. Vielleicht bin ich nicht richtig im Kopf? Mein Leben steht an einem Abgrund.

– Blödsinn, Sie haben Ihren Glauben. Der Pater sprach mit sanftem Ernst und unverkennbarer Zuneigung. Er redete von Hiob und dem Willen Gottes, dem man sich beugen müsse.

Harvey fühlte, wie ihn ein warmes Gefühl durchströmte ... Da war es wieder, dieses Gesetz der Thermodynamik, dessentwegen sich der österreichische Physiker erhängt hatte. Sie waren beim vierten Drink angelangt, als ihn Pater Franklin mit glasigen Augen ansah und sagte:

– Nur schade, dass es Gott nicht gibt.

– Wie meinen Sie das?

– So wie ich es sage. Es gibt keinen Gott. Der Pfarrer hatte wässrige Augen, und eine Träne tropfte über seine Wange. Ich verkaufe Grundstücke, die nicht existieren.

– So etwas dürfen Sie nicht einmal denken. Gott ist das Wesentliche selbst. Die Menschen hoffen und beten ... Religion hält ihr Leben zusammen.

– Er ist ein stillgelegtes Postamt. Alle Gebete bleiben ungehört. Pater Franklin schluchzte.

– Eben haben Sie noch von der Frau erzählt, die Schritte hörte. Nachdem Sie eine Messe gelesen hatten, konnte der Verstorbene hinübergehen.

– Autosuggestion.

– Das ist nicht wahr. Gott existiert. Und er ist geduldig. Wenn Sie bereit sind, wird er Sie mit offenen Armen empfangen. Versuchen wir, die Dinge realistisch zu sehen. Warum sollte es Gott nicht geben? All die Gebete ...

– Können Sie dem Weihnachtsbasar spenden.

Harvey umarmte den traurigen schwarzen Mann, als ihm das Hirn einfiel. *Jesusmaria! Das Glas ist noch bei der Liebesdienerin.* Er stürmte in das Stundenhotel, drängte leichtgeschürzte Damen ... »He Süßer« ..., Transvestiten in enganliegenden Glitzerhosen ... »Hallo Schätzchen« ... und Freier beiseite, rannte zu dem Zimmer, riss die Tür auf, sah einen entblößten Fettsack, in dessen Schambereich ein Jojo auf und ab ging. Thomas blickte zum Schminktisch, in die Zimmerecken, seine Nerven waren gespannt wie Geigensaiten, sein Herz pochte ... – das Hirn war nirgendwo zu sehen.

– Jetzt aber raus, du Spinner! Der Dicke brüllte, das Jojo hatte ausgependelt.

Harvey war kurz davor auszuflippen, in seinem Körper sprangen Notstromaggregate an. Nirgendwo eine Spur der Prostituierten. Das Hirn war verschwunden. Er schritt die Gänge ab, fragte Fremde, ob sie eine Frau mit einem Marmeladenglas gesehen hätten, sah in Zimmer ... alles vergeblich. Als er im Hinterhof ankam, sank er zu Boden und wischte sich mit den Handballen Tränen von den Wangen. *Jetzt habe ich wirklich alles vermasselt.* Der Hof war vom kalten Neonlicht einer Bogenlampe überflutet, der Boden schien zu brennen. Eine Ratte huschte zwischen Mülltonnen hervor, und Harvey hätte sich am liebsten in einen dieser grauen Blechbehälter verkrochen. Er hatte alles verloren, Job, Frau, Kinder, Haus, Geliebte und nun auch noch das Hirn. Er war verzweifelt, als er ein bekanntes Gesicht sah. Lemuel! Der Junge sah genauso aus wie vor sechs Jahren.

– Wenn Einsteins Relativitätstheorie stimmt, sind Zeitreisen möglich. Und wenn das der Fall ist und die Menschheit nicht ausstirbt, müssen wir zwangsläufig von Leuten aus der Zukunft besucht werden. Die Frage ist nur, wo sind sie? Der Junge lächelte und ging, nein, schwebte davon.

– Bleib! Komm zurück! Harvey brüllte. Wer bist du? Ein Zeitreisender? Mein Schutzengel? Es muss doch jemand geben, der auf mich aufpasst ... Da hörte er eine Stimme:

– Wo bleibst du denn? Sollen mich die Mäuse fressen? Es war das Hirn. Irgendwer hatte es hinter den Mülltonnen abgestellt.

Eine Stunde später war er mitsamt dem Glas wieder im Motel. Der Rezeptionist drückte ihm eine Geschichte in die Hand, aber dafür war jetzt keine Zeit, wollte Harvey doch von Einstein wissen, wie es war.

– Der habe ich es gegeben, sagte das Hirn. Der ist das Wasser bei den Ohren rausgekommen. Hast du sie schreien gehört? Die seismologischen Institute müssen ein Erdbeben registriert haben.

– Angeber. Thomas lachte. Vor dem Einschlafen las er die Geschichte des Säufers an der Rezeption, die den vielversprechenden Titel »Offenbarung« trug. Es ging um einen Schimpansen, der die Gabe hatte, Frauen höchste Lust zu verschaffen. *Von wegen Offenbarung? Affenpaarung!* Die Sache sprach sich herum, und der Schimpanse landete in Gemächern von Königinnen und Präsidentengattinnen, denen er die Freuden der körperlichen Liebe enthüllte. Dreckskerl, murmelte Harvey, meinte aber nicht den Affen, sondern den Schreiber. *Wenn man ein Gesicht hat, das aussieht, als wären welche mit Stemmeisen und Geißfüßen dran gewesen ...*

BESCHATTUNGSUNTERNEHMEN

Das Unglück kommt ohne Vorankündigung, auf leisen Sohlen schleicht es sich ins Zimmer und ist dann einfach da – als schlimme Diagnose, Geldforderung oder Einberufung. Es ist der Kleine Leberegel im Kopf der Ameise, Harveys Entlassung oder Gretchens Entschluss, nach Afrika zu gehen. Das größte Unglück für einen Engel ist, wenn er erfährt, dass kein Himmel existiert. Aber Engel gibt es nicht, niemand glaubt an sie. Obwohl sie nicht nur in Wörtern wie »kennengelernt«, »zusammengelebt« »Stiegengeländer«, »entgegengelaufen« oder »Farbigengelächter« vorkommen, werden sie nicht wahrgenommen, nirgendwo.

Ein Beschatter und ein Engel haben viel gemeinsam. Vor allem dürfen sie nicht sichtbar sein und müssen alles beobachten. FBI-Agenten sammeln Daten und verfassen Dossiers, die dann in geheimen Aktenschränken landen. Bei Engeln kann es nicht anders sein, auch sie sammeln für Archive.

Als ich meinen Verbindungsmann anrief, riss es mir den Boden unter den Füßen weg. Mein Vorgesetzter war pensioniert worden, und es gab niemanden, der sich zuständig fühlte.

– Wer? Sam Shepherd? Sagt mir nichts.

Das Unglück, da war es.

Wie ist das möglich? Wir sind ein Unternehmen. Wir bilden das Rückgrat dieses Landes.

Ich erzählte von meiner Arbeit als Beschatter, von Einstein und dem sprechenden Hirn.

– Ja, es spricht. Ich bin nicht verrückt, habe es selbst gehört.

– Haben Sie auch kleine grüne Männchen gesehen? Die Stimme am Telefon hatte einen sarkastischen Unterton.

– Sie glauben, ich habe ein paar Umdrehungen zu viel im Turm?

– In Amerika gibt es das Recht der freien Meinungsäußerung, aber wo kämen wir hin, wenn wir das zulassen würden.

– Harvey war bei Otto Nathan in New York, von dem es heißt, er nimmt die Schriften von Karl Marx, um Fliegen zu erschlagen.

– Hören Sie, Shepherd, oder wie Sie heißen, vielleicht haben Sie es nicht mitbekommen, wir haben einen neuen Präsidenten, einen Katholiken, die Zeiten haben sich geändert. Es gibt jetzt andere Prioritäten: Kuba, Südostasien, Bolivien ... Unsere Frauen ziehen plötzlich Hosen an.

– Aber das Hirn von Einstein? Ich bin darauf angesetzt.

– Bekommen Sie Ihre Gehaltsschecks?

– Ja.

– Dann bleiben Sie an der Sache dran. Ich sehe, was sich machen lässt.

Ich legte auf und war enttäuscht. Enttäuscht? Meine Welt brach zusammen. Das FBI maß der Sache keine Bedeutung bei. Man hielt mich für einen Spinner. Egal. Ein Sam Shepherd würde die Sache nicht ruhen lassen. Hier ging es um die nationale Sicherheit, um das Wohl der Amerikaner. Und es lag in meiner Verantwortung. Je weniger Verantwortung man hat, desto wichtiger wird sie. Das ist wie bei einem Weichensteller, der täglich nur eine Weiche stellen muss. Und meine Aufgabe war es, dafür zu sorgen, dass der Zug in die richtige Richtung rollte.

Doch irgendwas passierte mit mir. Plötzlich war da dieser Geruch, schwefelig wie abgebrannte Streichhölzer. Und erst mein Kopf! Es war wie im Kino, wenn der Film langsamer wird, braune

Flecken auftauchen und dann das Bild verbrennt. Dahinter erscheint eine blendend weiße Fläche. So war es mit meiner Vergangenheit als FBI-Agent. Der Film schmorte durch, und ich wurde gezwungen, mein bisheriges Leben abzustreifen, ein Schatten meiner selbst zu werden, Mensch ohne Vergangenheit. Ich kämpfte dagegen an, durchlebte aber metaphysische Wahrheiten, Augenblicke, in denen der Wahnsinn so selbstverständlich wurde, dass er kein Wahnsinn mehr war. Ich verbrachte Tage oder Monate in meinem Hotelzimmer, ernährte mich von Espresso und begann, in der Bibel zu lesen, aber bereits die Verwandtschaftsverhältnisse im Alten Testament waren derart verworren, dass ich fast den Verstand verlor. Und das, was in dem heiligen Buch über Engel stand? Komplett an den Haaren herbeigezogen. Wie soll man einem inkontinenten, an vergrößerter Prostata leidenden Neunundneunzigjährigen beibringen, dass er Vater wird? Oder einer minderjährigen Jungfrau erklären, dass sie schwanger ist? Die Engel haben die Arschkarte gezogen. Isaak vor dem Messer seines vollfanatisierten Vaters zu retten, geht ja noch, aber sich von Lot bewirten lassen, der nur ungesäuertes Brot auf den Tisch stellt? Worüber will man mit so einem Heuchler reden, der sich auf eine Ménage-à-trois mit seinen Töchtern einlässt, nachdem er die Frau, seine Heimat und allen Besitz verloren hat? Wie verkommen muss man sein? Wo sind die Engel, wenn sich das Meer teilt und der Ägypterkönig blöd aus seiner Wäsche schaut? Wo, wenn die Wunder geschehen? Erst beim leeren Grab Jesu ist wieder einer da, um zu verhindern, dass Maria Magdalena den Römern eine Szene macht.

Der Name »Engel« geht auf ein griechisches Wort zurück und bedeutet Bote. Oder kommt er aus dem Hebräischen und heißt Schattenseite Gottes? Aber muss man sie deshalb als eunuchoide Halbtrottel darstellen? Wie auch immer, am Ende dieser Exerzitien stand euphorische Ermattung, und irgendwann begann es mit den mystischen Erlebnissen, die mir das Wesen der Dinge näherbrachten. Ich, FBI-Agent Sam Shepherd, verlor alle Furcht und begriff die Schwerkraft als Heimweh der Dinge. Mir wuchs keine Gloriole aus Blattgold oder so, aber irgendetwas tat sich, rührte um in mir. Ich hatte plötzlich Flügel, auch wenn man sie nicht sah.

– Du könntest in einem Möbelhaus arbeiten, nur vorübergehend. Oder du besinnst dich auf deinen Beruf.

Erlich trug ein gestreiftes Hemd, teure Manschettenknöpfe, Tweedweste und eine Pumphose aus Kammgarn. Er schwang die Eisen so gekonnt, als hätte er nie etwas anderes getan. Sully schwärmte von Golf als Schule für das Leben, verbrachte aber trotzdem die meiste Zeit damit, Bälle im Gebüsch zu suchen.

– Es ist keine Schande, als Gepäcksortierer seine Brötchen zu verdienen. Oder als Regalschlichter in einem Supermarkt. Du könntest in einer Gärtnerei anfangen. Ich selbst habe einmal in den Sommerferien … Erlich schnippte leicht angeekelt Erdkrümel von seinem Golfschläger.

Harvey war zufrieden, wenn er den Ball so traf, dass dieser ein paar Meter hoppelte.

– Du musst durchschwingen, belehrte ihn Sully. Deine Hände müssen zwei V bilden. Leicht in die Knie gehen …

Der Weiße Hase erzählte von Gretchen, und alles, was Sully einfiel, war:

– Man soll nicht verallgemeinern, aber von der Zusammensetzung einer Frau verstehen Pathologen nichts. Es mag Ausnahmen geben, aber du gehörst nicht dazu.

Harvey legte den Ball auf das Tee, nahm den Driver, konzentrierte sich, schwang durch und hatte spektakuläres Anfängerglück – die Kugel landete auf dem Grün.

– Das war Golf! Erlich klatschte anerkennend. Was macht das Hirn? Spricht es?

Thomas zog eine Grimasse und erschien seinem Freund plötzlich wie das Zerrbild eines Propheten: unrasiert, in fleckigen Hosen, verwirrter Blick. Gerade, dass sein Gestank nicht Fliegen anzog. Aber der Weiße Hase war kein Elias, Jeremias oder Ezechiel, kein Verkünder einer neuen Wahrheit, nur ein verwirrter Pathologe, dem das Leben übel mitgespielt hatte.

– Rühr nicht an das, was deinen Verstand übersteigt. Lass dir helfen, gib das Hirn weg.

Erlich hatte leicht reden, seine Frau war reich, er führte seine Arztpraxis nur zum Vergnügen, weil er ja nicht jeden Tag am Golfplatz stehen konnte und weil er so zu jungen Arzthelferinnen kam. *Trotzdem wirkt er nicht glücklich.*

Harvey schüttelte den Kopf. Sully wusste nicht, ob wegen seines Vorschlags oder der Fehlversuche beim Putten. Immer rollte der Ball haarscharf am Loch vorbei, und am Ende lag er weiter entfernt als zuvor.

– Ich will, dass du wieder auf die Beine kommst. Die Absteige, in der du lebst ... Du könntest in unser altes Haus ziehen, es steht leer, meine Praxis zur Hälfte übernehmen. Aber du musst das Hirn weggeben. Sully versenkte seinen Ball.

Der Weiße Hase nahm schweigend den seinen, setzte ihn aufs Tee, stellte sich davor, konzentrierte sich, holte aus und ...? Er traf ihn so unglücklich, dass der Schläger die Kugel bloß streifte und ihm der Ball mit voller Wucht gegen das Schienbein knallte. Thomas schrie, krempelte die Hose hoch und sah den geriffelten Abdruck auf der Haut. Es fühlte sich an, als wäre der Knochen gebrochen.

– Was hältst du von meinem Vorschlag?

– Niemals! Harvey steckte den Schläger in die Tasche und ging, nein, humpelte davon, ohne sich noch einmal umzudrehen.

Blöder Hund, dachte Erlich.

Wir schrieben das Jahr 1961, und alles strebte aufwärts. Der Benzinpreis war in sagenhafte Höhen geklettert, dreißig Cent pro Gallone, und die UdSSR hatte den ersten Menschen in den Weltraum geschickt. *Einen Sowjetbürger!* Doch auf der Welt wurde über nichts so heftig debattiert wie über den Zenit der Modewelt – die Kleider von Jackie Kennedy.

Nur mit Harvey ging es bergab. Er begriff, was die Leute meinten, wenn sie sagten, etwas ging den Bach runter. Er ernährte sich von in Kondensmilch aufgeweichten Donuts und Thunfisch aus der Dose. Gesunde Ernährung besaß keine Priorität. Monatelang hing die Müdigkeit an ihm wie ein unsichtbares Gewicht, hatte er im Nebel seines Kopfes nur Schemen von Elouise und Gretchen. Was trieben sie? Gab es Liebhaber? Gingen sie aus? Mit wem? Mal kam ihm seine Ehe vor wie ein mit Verbitterung beheiztes Fegefeuer, dann wieder wie ein großes Himbeersoufflé. Ständig tauchten Szenen aus seinem Leben auf, sah er sich mit Elouise in der Scheune, auf dem Armeegelände oder bei ihrem Umzug nach Princeton. Ob so ein Nervenzusammenbruch anfing? Was war Elouises Schuld, was seine? Hör auf, sagte er seinem übermüdeten Geist. Lass es gut sein. Okay, meinte der Kopf, nur um sofort wieder damit anzufangen: Du hast dein Leben verpfuscht. Und alles wegen dieses Hirns, das nicht an Gott glaubt.

Er ging mit dem Glas in die Kirche und erzählte ihm von Jesus, der die Liebe in die Welt gebracht hatte, doch das Hirn wollte davon nichts hören.

– Die Katholiken beten hässliche Heilige an, die Drachen erstechen. Oder eine Jungfrau, zu deren Füßen sich Schlangen winden. Was ist diese Gemeinschaft der Himmelsbewohner anderes als eine Ansammlung von rechthaberischen Miesepetern? Engstirnige Trotzköpfe, die sich lieber von Löwen zerfleischen lassen, als auch nur einen Millimeter nachzugeben. Die glauben aus Furcht oder wegen der Moral, aber nicht, weil sie das kosmische Ganze spüren. So redete das Hirn.

Meist lag Thomas im Bett und klimperte mit einem Schlüsselbund. Das beruhigte. Er verfasste Bewerbungsschreiben, die er an Labors und Firmen in New Jersey schickte, weil er nicht wegziehen, nicht der Möglichkeit beraubt werden wollte, seine Söhne zu besuchen. Dabei gingen Thomas junior und Arthur bereits aufs College in Yale, wo sie Bonesmen gworden waren, statt den Unitariern beizutreten, und der Jüngste, Robert, wollte nach Vietnam – er war siebzehn, liebte seine Dominosteine und hatte vor, ein fremdes Land zum Einsturz zu bringen. Harvey wollte ihn abhalten, aber der Junge ließ sich nicht umstimmen. »Jemand, der mit neun dem Zerschneiden einer Leiche zusieht, kann auch sein Land verteidigen.«

– Verteidigen? Werden wir von Vietnamesen angegriffen? Weißt du überhaupt, was das bedeutet, Krieg?

– Das verstehst du nicht. Von jemandem, der mit einem Hirn redet, wird das auch nicht erwartet.

– Woher weißt du das?

– Alle wissen es.

Alle? Dann hielten ihn seine Söhne für einen Spinner? Sie interessierten sich für Musik, die er nicht verstand, für Autos, die er nicht kannte, und zogen Kleidung an, die er als lächerlich empfand. *Rollkragenpullover, Kapitänsmützen, karierte Hosen!* Als ob das nicht genügte, stimmten sie noch in den allgemeinen Tenor von der notwendigen Aufrüstung ein. Man werde von Atomwaffen bedroht, müsse den Militäretat aufstocken, um die Sowjets von einem nuklearen Erstschlag abzubringen. Wer sich gegen die Verteidigung stelle, sei ein Verräter, der Pazifismus spiele nur den Bolschewiken in die Hände ... Alle drehten komplett durch.

Wenn Harvey geglaubt hatte, das Leben sei eine Folge von angenehmen Ereignissen, die zwangsläufig in einen Schaukelstuhl auf einer Veranda führten ... mit Enkelkindern auf dem Schoß und frischem Apfelkuchen samt Schlagobers auf dem Tisch ..., wurde er nun eines Besseren belehrt. Nicht nur von seinen Söhnen bekam er Absagen, auch von Firmen und Spitälern. Die Bank machte ihn auf sein überzogenes Konto aufmerksam. Ob er Erlichs Angebot annehmen sollte? Es dauerte Monate, bis er zu Vorstellungsgesprächen eingeladen wurde, bei denen er seine vor dem Badezimmerspiegel geübten Sätze aufsagen durfte. Schließlich wurde er bei einem Pharmakonzern eingestellt, doch seine Vorgesetzten waren dermaßen klebrig, dass er sich nach Blummenfelt und der Ruhe im Autopsiesaal sehnte. Einige Zeit arbeitete er in einem Privatlabor, wo man in den Vierzigern an der Spaltung der Atombombe geforscht hatte. Es war wenig zu tun, und er verdiente gut, doch das Hirn fühlte sich unwohl an diesem Ort voller Dämonen.

– Wir leben im Atomzeitalter, alles ist atomar – Staubsauger, Küchengeräte, eine Skimarke und sogar Bohnerwachs. Das Atom ist die Zukunft. Saubere Energie! Bald wird es von Atomenergie betriebene Autos geben. Harvey begann zu schwärmen.

– Die Atombombe kann uns auslöschen. Das Hirn klang betrübt.

– Was soll ich Robert sagen? Er will nach Vietnam. Was würden Sie ihm raten? Sie waren eine Lichtgestalt des Pazifismus.

– Nicht immer. Einstein seufzte. Der Militarismus ist die Ursache für den Zusammenbruch von Zivilisationen, aber manchmal muss man kämpfen.

– Das ist nicht wahr.

– Doch! Gegen gewisse Regime und Diktaturen geht es nicht anders.

– Das sagen Sie? Der Friedensapostel?

– Seit Kain und Abel führt die Menschheit Krieg – Sesshafte gegen Fremde, Bauern gegen Viehzüchter, Küstenbewohner gegen Bergvölker. Krieg ist in der Natur des Menschen, wie es in der Natur von Flüssen ist, dass sie manchmal über die Ufer treten. Ich bin für Abrüstung und für eine Weltregierung, aber in gewissen Situationen …

– Trotzdem kann ich nicht akzeptieren, dass Robert nach Vietnam geht. Das ist ein Schlag in die Magengrube. Ich habe als Vater komplett versagt.

– Ich auch. Jetzt weiß ich, weshalb ich keine Ruhe finde. Einstein machte eine Kunstpause. Es gibt in meinem Leben zwei Versäumnisse. Lieserl und Tete.

– Affären? Zwei Geliebte?

– Kinder! Lieserl ist die Leiche in meinem Keller. Niemand weiß davon. 1901. Ich war mit dieser hinkenden, kleinen Serbin zusammen – Mileva. Eine brillante Mathematikerin, die sich für mich aufgeopfert hat. Alles, was ich geworden bin, verdanke ich im Grunde ihr. Dann kam das Unglück, sie wurde schwanger. Es wäre uns damals nicht möglich gewesen, das Kind durchzubringen. Ich fühlte, dass ich zu etwas berufen war, eine große Sache in mir gärte. Mit einem Kind wäre es zu keiner Relativitätstheorie gekommen – weder zu einer allgemeinen noch zu einer speziellen. Also fuhr das Doxerl, wie ich Mileva nannte, zur Entbindung nach Novi Sad und hat das Kind ... Lieserl ... bei Pflegeeltern gelassen, ein paar Monate später war es tot – Scharlach. Das ist »das I von Novi Sad«, man kann es von hinten wie von vorne lesen, es bleibt der schwarze Fleck in meinem Leben. Niemand weiß davon.

– Das tut mir leid. Und Tete?

– Mein zweiter Sohn, Eduard. Er hatte meine Augen, meinen Mund. Die Sache mit dem Lieserl war tragisch, aber Tete ... An Eduard habe ich mich versündigt. Kinder sind keine Gleichungen, die man lösen kann. Ich sehe noch die Szene, als ich im August 1914 ihn, seinen Bruder und ihre Mutter von Berlin weggeschickt habe. Mileva und Hans Albert verstanden, was das bedeutete, aber der vierjährige Tete hat seine Hand aus dem Zugfenster gestreckt und mich traurig angesehen: »Papa, wann kommst du uns besuchen? Papa, wann sehen wir uns wieder? Papa, schreibst du mir bald?« ... Offiziell habe ich sie nach Zürich geschickt, weil der Krieg ausgebrochen war, aber das war nur ein Vorwand. Alle wussten, es gab einen anderen, triftigeren Grund – Elsa, meine Cousine zweiten Grades, mit der ich leben wollte. Mileva, Hans Albert und der kleine Tete standen mir im Weg, also habe ich sie kaltblütig abgeschoben.

– Haben Sie Ihre Söhne nie besucht?

– Milevas anklagende Blicke waren genauso unerträglich wie Zürich. Mit zwanzig wurde der arme Tete in die psychiatrische Klinik, das sogenannte Burghölzli, eingeliefert. Dementia praecox oder, wie man neuerdings sagt, Schizophrenie. Ich habe die Gesetze der Physik auf den Kopf gestellt, bei Tete waren es die Gesetze des Lebens. Wie bei mir stimmte sein Denken nicht mit der Realität überein. Alles Mögliche keimte in seinem Kopf, Sachen nahmen seltsame Formen an, nichts war mehr fest, alles bewegte sich oder zeigte Fratzen. Er war ein begabtes Kind, hat hervorragend musiziert, Schopenhauer und Kant gelesen, und dann ... das Unglück! Plötzlich hat er Mileva geschlagen oder ist er nackt herumgerannt und hat Besuchern ins Bein gebissen. Bei den Marićs gab es Fälle von Wahnsinn, auch Mileva hatte Marotten, aber schuld bin ich, der abwesende Vater.

– Das ist typisch für Söhne von Genies. Sie entziehen sich dem Wettbewerb mit dem Vater, flüchten in die Geisteskrankheit.

– Ich habe Tete im Stich gelassen, die zum Zugfenster rausgestreckte Hand nicht ergriffen. Eine tiefe Traurigkeit lag jetzt in der Stimme. Damals habe ich sie weggeschickt, um mit Elsa leben zu können. Heiraten Sie nie Ihre Cousine. Mileva und die Kinder bekamen Geld, wieder Geld, aber keine Gefühle, kaum Besuche. Hans Albert, den nicht der geringste Schleier eines Geheimnisses umweht, wurde damit fertig. Aber Tete war sensibel, er ist daran zerbrochen. Dabei habe ich ihn geliebt.

– Auch Abraham hatte zwei Söhne, und Gott hat von ihm verlangt, dass er den opfert, den er mehr liebt – Isaak.

– 1933, bevor ich nach Amerika ging, habe ich Tete das letzte Mal gesehen. Er war in dieser Klinik für Geisteskranke, hatte sich kurz zuvor das Handgelenk aufgeschnitten und mit Blut »Ich bin Einsteins Sohn« an die Wand geschrieben. Damals sprachen die Nazis von lebensunwertem Leben, ich war Goebbels' Staatsfeind Nummer eins, weil meine Theorien nicht in sein Weltbild passten. Die Nazis wollten keine richtige, sondern eine faschistische, eine deutsche Physik mit Kraft und Energie und Antisemitismus.

– Abraham hätte seinen liebsten Sohn hingegeben. Er hatte schon das Messer in der Hand.

– Die Nazis haben eine neue Rasse erfunden, den Mischling, und ich wusste nicht, ob sie in der Schweiz einmarschieren oder ob die Eidgenossen Tete an Deutschland ausliefern würden. Im Rütlischwur gibt es keinen Passus, der besagt, dass man den geisteskranken Sohn von Albert Einstein schützen muss ... Trotzdem bin ich emigriert. Obwohl ich wusste, dass ein schizophrener Tete nie nach Amerika würde reisen dürfen. Auf dem Weg nach Princeton machten wir in Zürich Halt, Elsa spazierte an der Limmat, und ich fuhr ins Burghölzli. Als ich an Tetes Tür klopfte, gab er keine Antwort, also trat ich in sein Zimmer. »Hat man dich zum Eintritt aufgefordert?«, waren seine ersten Worte. »Du brauchst eine Genehmigung. Erwartest du etwas, oder handelt es sich um einen reinen Höflichkeitsbesuch?« Aus dem vierjährigen Tete, der mir mit »Papa, wann kommst du mich besuchen« die Hand aus dem Zugfenster entgegengestreckt hatte, war ein wohlgenährter, junger Mann geworden, ein verhärmter, geistig verwirrter Eduard. Er hat mich gehasst. Ich war für ihn ein Monster.

– Lebt er noch?

– Er ist noch immer in der Klinik. Ich habe ihm nie geschrieben, weil mich seine Welt ängstigte. Tete hat davon gesprochen, dass Möbel weich wurden, er im Boden einsank. Alles, was ich an Theorien aufgestellt habe, hat er erlebt. Die Realität ist eine dünne Eisschicht auf dem Meer der Wirklichkeit. Wenn man einbricht, geht es einem wie dem Tete. Man wird in eine Tiefe gezogen, aus der es kein Entkommen gibt.

Sehr geehrter Herr Eduard Einstein,
Sie kennen mich nicht, ich bin der Pathologe, der Ihren toten Vater seziert hat. Ich habe ihm damals das Gehirn entnommen, das sich noch immer in meinem Besitz befindet. Die Erlaubnis dafür erhielt ich sowohl von Ihrem Bruder Hans Albert Einstein als auch vom Nachlassverwalter Otto Nathan. Nun habe ich durch Zufall von Ihrer Existenz erfahren. Ich hoffe, Sie erfreuen sich guter Gesundheit. Durch verschiedene, nicht näher zu beschreibende Umstände weiß ich, dass Sie unter dem Verhalten Ihres Vaters sehr gelitten haben. Ich glaube zu wissen, dass er darüber äußerst unglücklich ist. Daher möchte ich Sie bitten, ihm zu verzeihen, damit seine Seele Ruhe findet.

Harvey ergänzte ein paar belanglose Details, unterzeichnete und trug den Brief zur Post. Am nächsten Tag kündigte er im Labor und bekam, wie der Zufall spielt, eine Stelle in einem Psychiatrie-Institut mit luxuriösem Büro, Assistentin und diversen Vergünstigungen. Das sogenannte Narrenhaus, ein prächtiges Palais, lag in einem wunderschönen Park, der zu ausgedehnten Spaziergängen einlud. Doch es fühlte sich nicht richtig an. Dem Portier, das Gegenteil von Joseph Bley, war aufgefallen, dass er immer mit einem Glas zur Arbeit kam. Das Ambiente glich dem Lungensanatorium, in dem er Elouise kennengelernt hatte, und das Hirn kam sich vor wie in Tetes Burghölzli. Es gab dort welche, die sich mit Grunzlauten verständigten, andere hörten Stimmen, und einer hielt alle für Marionetten seines Geistes, glaubte, alleine im Universum zu sein, und behauptete, Menschen wären das Produkt seiner Einbildung.

Das Hirn sprach viel von Tete:

– Ob er im Burghölzli auch Elektroschocks bekommt? Ich kann es nicht ertragen, dass man meinen Sohn in Zwangsjacken und Gummizellen sperrt. Bestimmt gibt es dort Wärter, die ihn schlecht behandeln.

Harvey erzählte nichts von dem Brief, den er Tete geschrieben hatte, kündigte aber und wurde Altenpfleger. Es machte ihm nichts, verwelkte Körper in Badewannen zu heben oder mit Fäkalien verschmierte Bettwäsche zu wechseln. Es störte ihn nicht, wenn seinen Kindern, wie er die Alten nannte, Nahrung aus den Mundwinkeln tropfte, er Klistiere in runzelige Hintern stecken und Nachttöpfe entleeren musste. Ja, es kam sogar vor, dass er Minus auspackte und die Heimbewohner zum Lachen brachte. Thomas war gewissenhaft, aber ohne Leidenschaft, weil er nur arbeitete, um seinen Söhnen die Ausbildung zu finanzieren. Immer noch wohnte er in dem Motel und hatte keine anderen Gesprächspartner als das Hirn und manchmal den Concierge. Andere Leute legten sich Hunde, Katzen oder Kanarienvögel zu, der Weiße Hase hatte das Hirn. Hin und wieder sprach es, meistens nicht. Häufig stritten sie, weil sich Einstein durch Harveys Erzählungen an Elsas und Milevas Schlaganfälle erinnert fühlte.

– Ist es Zufall, dass meine zwei Frauen am gleichen Leiden verstorben sind?

Harvey hielt an der Idee fest, dem Hirn den Glauben näherzubringen, sagte, dass er Gott höher schätze als die Wahrheit. Einstein entgegnete, dass er an die Vernunft glaube und nicht an das Produkt menschlicher Angst, das sich Religion nenne.

– Die Welt ist rational verständlich, hat Ursachen und Wirkungen. Daher weiß ich nichts von einem Gott, der seine Schöpfung belohnt oder bestraft.

– Und da wundern Sie sich, dass alle Menschen in Ihrer Umgebung den Verstand verloren haben. Gehirnschläge, Wahnsinn ... Stimmen hören ... Harvey dachte an sich selbst und verstummte.

Einmal, der Weiße Hase löffelte gerade eine Dose Tortellini in Tomatensauce, meldete sich das Hirn – wie immer mit einer leichten Lichtveränderung.

– Wie kann man diesen Fraß hinunterbekommen? Noch dazu kalt.

– Seit die Menschen Fertignahrung essen, dauert der Zerfall ihrer toten Körper länger. Harvey hatte das Kreuzworträtsel der *New York Times* vor sich und verzweifelte an den Fragen.

– Willst du für immer hierbleiben? Wann gehst du zurück zu deiner Frau?

– Lass mich!

– Aber du solltest ... Willst du in dieser schmuddeligen Absteige alt werden?

– Ruhe! Harvey brüllte. Ich glaube nicht an Wiedergänger und Gespenster. Soll ich Knoblauch essen? Dir einen Pflock durchs Herz rammen, aber du hast ja gar kein Herz ...

– O doch, auch Hirne haben ein Herz. Bei Menschen bin ich mir da nicht so sicher.

– Du weißt nicht das Geringste von Gott. Du ... Jeder Versuch, das Universum zu verstehen, ist Ketzerei. Die Wege des Herrn sind unergründlich ... Die Schimpferei wurde von einem Pochen unterbrochen. Vor der Tür stand der Rezeptionist.

– Alles in Ordnung? Ich habe Schreie gehört.

– Bestens. Der Weiße Hase grinste verlegen und wartete, bis der Mann davongeschlurft war.

– Weißt du, wie ich war? Niemand konnte mir widerstehen, niemand. Das Hirn flüsterte. Und jetzt? Schau mich an.

– Warum sind Sie hier?

– Vielleicht, weil ich verdammt bin. Du könntest mir helfen, in den Zustand der Vollkommenheit zu gelangen.

– Wie soll ich Sie zu Gott führen, wenn Sie nicht glauben? Darf ich Sie daran erinnern, was Sie von den Quäkern und dem schwarzen Priester gehalten haben. Ich glaube an das ewige Leben und daran, dass Menschen durch die Gnade Gottes errettet werden, aber Sie?

– Vielleicht gibt es keinen Himmel, sagte das Hirn etwas kleinlaut ... und auch keine Hölle. Sollte es sie geben, wollen sie mich nicht. Vielleicht hat man mir Zeit gewährt, damit ich die Weltformel finde, die Theorie von allem.

– Ich dachte, Sie müssen Ihre Schuld an Tete begleichen?

– Die Weltformel ist wichtiger. Bring mich nach Russland, damit ich Margarita Konenkova sehe. Ich muss die Formel wiederhaben. Wenn sie den Falschen in die Hände fällt, kommt die Apokalypse.

– Das geht nicht. Wir befinden uns im Kalten Krieg.

Kalten Krieg gab es auch mit Elouise. Ihr Anwalt bombardierte Harvey mit Briefen, bei deren Lektüre ihm die Gesichtszüge entgleisten. Seine Ex wollte verletzen und wusste, wie. Gewaltige Summen standen im Raum, das Auto, eine Leibrente.

– Kenne ich, sagte das Hirn. Mileva hat das Nobelpreisgeld erhalten. Hundertzwanzigtausend Schwedenkronen! Sie kaufte Wohnungen in Zürich ... und verlor sie wieder, weil ihr der Bezug zum Geld fehlte.

Harvey dachte an Sarah, Abrahams Frau, die gegen ihre Nebenbuhlerin so lange gewütet hatte, bis Hagar, die Ägypterin mit dem arabischen Namen, in die Wüste floh.

Auch Elouises Nebenbuhlerin war in die Wüste gegangen. Gretchen hatte aus Guinea eine Ansichtskarte geschickt, adressiert an das Spital. Keine persönliche Mitteilung, nur liebe Grüße. Ein Kral mit Eingeborenen war darauf zu sehen.

Abraham hat sich mit der tobenden Sarah versöhnt, und Gott schenkte der Neunzigjährigen ein Kind – Isaak, das Lachen. Harvey wird sich mit Elouise nicht mehr versöhnen. Sie werden nicht gemeinsam alt werden, sich ohne Zähne küssen und darüber lachen. Aber Thomas brauchte eine Frau, notfalls eine ägyptische Sklavin mit arabischem Namen.

Im Altenheim gab es Pflegerinnen, die den schweigsamen Mann mit der steifen Haltung interessant fanden, aber zurückschreckten, sobald sie mitbekamen, dass er etwas schrullig war. Die wenigsten passten in sein Beuteschema. Entweder war ihre Nase zu groß oder der Mund zu klein, dann gefiel ihm die Figur nicht, stieß er sich an zu trockener Haut oder an Nervositätsflecken, und wenn es optisch nichts auszusetzen gab, redeten sie zu viel ... oder zu wenig. Von einer pummeligen Brillenträgerin bekam er einen Brief zugesteckt.

– Weil es mir nicht gelingt, die richtigen Worte zu finden, sagte sie und ging grinsend davon. Harvey öffnete das zusammengefaltete Blatt, sah zwei Herzen und las: »Lieber Thomas. Wie fange ich an? Sie haben keine Vorstellung, wie schwer es mir fällt, diese Zeilen zu schreiben. Ich habe Sie in den letzten Wochen beobachtet, und ich weiß nicht, wie ich es ausdrücken soll, aber mir sind einige Gemeinsamkeiten aufgefallen ... Auch Sie trinken den Kaffee schwarz. Ich glaube, wir sollten ihn gemeinsam trinken. Wenn Sie ähnlich empfinden, geben Sie mir ein Zeichen. Sollte ich mich aber getäuscht haben und Sie meine Gefühle nicht erwidern, bitte ich Sie inständig, diese Zeilen zu vergessen. Ihre Sheila.« Harvey dachte an das toupierte Haar, rote Hamsterbacken und die Brille dieser Dame, die reinsten Industrieglasfenster. Dann fielen ihm ihre stämmigen Waden ein, dick wie Schinkenkeulen, die einen gedrungenen Körper trugen, auf dem ein teigiges, nichtssagendes Gesicht saß. *Oberarme eines Gewichthebers.* Wie kam dieses Walross dazu, so vertrauensselig zu sein? Er bekam einen Lachkrampf – so laut, dass sich alle umdrehten.

Eine Woche später hieß es, Sheila habe sich erhängt. Harvey wollte davon nichts hören, hatte Gewissensbisse, bat Gott um Verzeihung. Wer war er, sich über dieses arme Wesen lustig zu machen, bloß weil sie ein paar Pfund zu viel auf die Waage brachte? Sie hatte sich ihm anvertraut, und er hatte sie verhöhnt. Ach

Harvey. Als Hagar in der Wüste war, erschien ihr ein Engel Gottes, um sie zu retten. Zu Sheila kam kein Engel, die hatten alle anderes zu tun. Also blieb Harvey die ganze Schuld.

Wie zur Strafe kam noch ein Brief, schlimmer als Elouises Forderungen und Gretchens Distanziertheit. Eine Schweizer Marke klebte darauf, im Briefkopf war ein massives graues Gebäude zu erkennen, das Burghölzli.

»Verehrter Herr Harvey, merken Sie sich eins: Ich habe keinen Vater. Der ehemals kleine Angestellte dritter Klasse beim Patentamt Bern ist es ebenso wenig wie der Nobelpreisträger. Nur weil wir beide von demselben Baruch Ainstein, Stoffhändler zu Württemberg anno 1650, abstammen, besteht noch lange keine Beziehung zwischen der stinkenden Sumpfblume, die sich alle gern ins Knopfloch stecken, und mir, Eduard Einstein. Dies ist der Grund, warum ich niemandem anvertraue, dass ich übers Wasser gehen, den Beton atmen sehen und mit Wölfen sprechen kann. Ein Mensch wie ich empfindet die Dinge anders. Nehmen Sie sich daran ein Beispiel und merken Sie sich: Jeder Mensch hat ein Recht auf Privatsphäre. Belästigen Sie mich daher nicht noch einmal mit diesem Physikus, sonst sehe ich mich gezwungen, die Behörden einzuschalten. Zum Schluss gebe ich Ihnen einen kostenlosen Rat: Die Formel für Glück steckt nicht in Zahlen. Ihr Eduard Einstein.«

Harvey zerknüllte den Brief, ohne ihn noch einmal zu lesen. Er dachte nicht an Einstein, dem er davon nichts erzählen wollte, sondern an seine eigenen Söhne, um die er sich wenig kümmerte. Würden auch sie ihn eines Tages als Monster sehen und nichts mehr mit ihm zu tun haben wollen? Würden sie einen Abraham in ihm erblicken, der bereit gewesen war, sie für seinen Glauben zu opfern? Auf einmal erkannte er entsetzt, wie wenig sie sich in letzter Zeit gesehen hatten, wie selten seinen Söhnen Gelegenheit gegeben wurde, sich gegen ihn aufzulehnen. Sein Vater wollte ihn mit einem Elektrokabel töten, doch Thomas konnte dieser

Welt entfliehen. Aber seine Söhne? Harvey stellte erschrocken fest, dass sie ihm kaum fehlten. Irgendwo hieß es, dass erst die Söhne ihre Erzeuger zu Vätern machten. Der Weiße Hase zweifelte, ob das bei ihm gelang. In diesem Punkt war er wie Einstein.

WAL, DA BLÄST ER

Von allen Frauen, die Harvey umgaben, kam nur eine in Frage: Lisa Scott-Brannigan, eine großgewachsene Australierin, deren kantiges Gesicht an Abraham Lincoln erinnerte. Vorstehende Backenknochen, höckerige Nase, ein leichtes Doppelkinn und ein Leberfleck am Hals. Trotzdem eine Schönheit. Lisa hatte wunderbare Lippen, perfekte Zähne, glattes, blondes Haar und asiatisch anmutende Augen als offensichtlichen Hinweis dafür, dass etwas Chinesisches im lupenreinen angelsächsischen Stammbaum herumgepfuscht hatte. Ihre Beine waren so lang wie ein Sommertag in Schottland. Sie hatte Schauspielerin werden wollen, in Perth und Adelaide auf Amateurbühnen gespielt, und arbeitete nun als Logopädin im Altenheim. Wenn sie durch die Gänge schritt – trotz ihrer Größe watschelte sie etwas –, gab sie Kommandos in alle Richtungen:

– B, Frau Miller, fest die Lippen pressen. B wie Besteck, Brummbär. Rrrr, Herr Okafour, lassen Sie die Zunge rollen …

Harvey, der gerade seinen fünfzigsten Geburtstag hinter sich hatte, spürte bei dieser Zweiundvierzigjährigen eine Vertrautheit. Er mochte ihre vulgäre Art, über Amerika zu schimpfen. »Ein Volk, das kein Marmite kennt, ist ein kulturloses Gesindel!« Auch, dass sie sich über alle lustig machte und Vergnügen daran fand, andere auf Grammatikfehler hinzuweisen, amüsierte ihn. Von Lisa ging eine puritanische Strenge aus. Sie war dickköpfig, willensstark und von guten Vorsätzen beherrscht.

– Ooooo, schön die Lippen spitzen.

Harvey las eine Geschichte des Rezeptionisten, diesmal ging es um Leichenwäscher, die sich an Toten vergingen ... die übliche Sauerei ... so etwas wäre dem Pathologen niemals eingefallen ..., als es läutete. Lisa? Nein, eine verhärmte Frau in Jeans und Norwegerpullover stand an der Tür. Nichts Freundliches lag in ihrem Lächeln. Wundgebissene Lippen, verwirrter Blick, fahrige Gesten.

– Ich muss es sehen. Sie zischte.

– Was? Harvey erkannte die Lady mit dem zusammengebundenen Haar nicht sofort, hielt sie für eine Spendensammlerin oder Nachbarin, der die Katze entlaufen war. Dann machte es klick: die Prostituierte, zu der er das Gehirn gebracht hatte. Ungeschminkt sah sie hausmütterlich aus, aber in ihren Augen lag etwas Bedrohliches.

– Ich muss mit ihm sprechen, sagte sie mit verzweifelter, beinahe hysterischer Stimme.

– Das Hirn?

– Was sonst?

– Ist nicht da. Woher wissen Sie, wo ich wohne? Wie stellen Sie sich das vor, hier ist nicht das Orakel von Delphi. Sie glauben doch nicht, dass ich jemandem, der Albert Einsteins Hirn zu Mülltonnen stellt, noch vertraue.

– Ich hatte es dort nur versteckt ... Wann kann ich es sehen? Ich muss. Im Gesicht der Dame lag eine wilde Entschlossenheit, ein Hauch von Wahnsinn.

– Es ist zu Untersuchungen im Spital. Thomas log, weil er spürte, dass mit dieser Person nicht zu spaßen war.

– Versprechen Sie, es mir zu bringen, wenn es zurück ist. Das war keine Bitte, sondern ein Befehl. Sie schien besessen. Da Harvey nichts erwiderte, hielt sie die Sache für beschlossen. Also abgemacht! Kaum war die Tür geschlossen, umkreiste Thomas mürrisch das Gehirn.

– Du hast mit ihr gesprochen? Mit einer Fremden? Was hast du ihr erzählt? Willst du lieber bei ihr sein? Für einen kurzen Moment zog Harvey diese Möglichkeit in Betracht. Einsteins Denkapparat könnte sich bei einer Prostituierten wohler fühlen als bei ihm? Das Hirn schwieg.

Der Weiße Hase sank auf das Bett, spürte, wie das Zimmer seine Form verlor, dunkler wurde. Man verfolgte ihn! Dieses Weibsbild würde ihn nicht in Ruhe lassen, nicht aufhören, ihm nachzustellen, bis es das Hirn hatte. Harvey erhob sich, packte seine Sachen und räumte sie ins Auto. Er bezahlte die Motelrechnung, verabschiedete sich vom Rezeptionisten, »Ihre Geschichten werden bestimmt groß herauskommen«, und fuhr zu Lisa Scott-Brannigan, der er sagte, dass er in Gefahr sei und darum bei ihr einziehen werde.

Lisas Mund stand offen wie ein Garagentor. G-G-G, jetzt versagte sogar der Logopädin die Sprache. Sie hatten bisher kaum mehr als zehn Sätze gewechselt.

– Bei mir einziehen? Heute? Mein Haar sieht schrecklich aus, von den Fingernägeln ist der Lack abgeplatzt ... Es ist nicht aufgeräumt. Ich muss meine Töchter fragen ... und Marmite kaufen. Außerdem ... sie gab Harvey zu verstehen, dass er warten solle ... muss ein Besucher ... sie streute Salz vor seine Füße ... Glück bringen.

– Die Töchter werden nichts dagegen haben. Harvey, leicht irritiert vom Salzstreu-Ritual, begann Koffer und Schachteln auszupacken.

– Du meinst, ich lasse dich nicht nur in mein Herz, sondern auch in meine Möbel? Die geschiedene Australierin war überrumpelt, half ihm aber, die Sachen zu verstauen.

– Stell keine Schuhe auf den Tisch ... bringt Unglück! Wer bedroht dich? Bist du in Gefahr?

– Ich liebe dich, Lisa.

– Aber wir kennen uns gar nicht.

– Wir werden uns kennenlernen.

Sie war einen Kopf größer als er, schlank wie Spargel, und ihre Beine unter dem Strickwollkleid waren ein Versprechen. Lisa hatte Stil, das zeigte sich in ihrer Wohnungseinrichtung wie an ihrer Kleidung – eine gelungene Mischung aus Boutique und Flohmarkt. Nur das Brathühnchen, das sie kredenzte, war faserig und trocken wie altes Kokosmark. Dazu gab es Instant-Kartoffelpüree und Himbeersaft mit Wodka.

– Das ist ein starkes Stück, Thomas Harvey, lachte sie und küsste ihn. Wenig später lagen sie im Bett, und Lisa stöhnte leise, als er mündlich zwischen ihren Beinen werkte. O, O, O ... *gute Logopädieübung*. Später zündete sie sich eine Dunhill an und grinste.

– Mein Mann hat das auch einmal gemacht. Danach ist er ins Badezimmer und hat Seifenwasser gegurgelt. Brian zwei war Brite, und das empfand er gar nicht gentlemanlike. *A Gentleman will walk, but never run.*

Harvey lag mit geschlossenen Augen auf dem Rücken und zog sich Härchen aus dem Mund. Lisa erzählte von Beziehungen, die Brian eins und Brian zwei hießen, Peter eins und Peter zwei, außerdem gab es einen Norman und einen Carl und einen ... *gut, das reicht*. Harvey solle sich nicht wundern, wenn er Männerhemden, Rasierer oder Modellbauflugzeuge fand. Manche Beziehungen hatten etwas abrupt geendet ...

Thomas fragte nicht, warum die Männer ihren Krempel niemals abgeholt hatten. Er streichelte ihren auf seiner Brust liegenden Kopf, dessen Gewicht dem eines prämierten Kürbisses nahekam. Was sie träumte? Er hatte ihr von dem Hirn erzählt, aber nicht, dass es sprach.

Der nächste Tag, beide hatten sich frei genommen, war ein Freitag ... zum Glück kein Dreizehnter. Sie frühstückten im Bett, und Harvey war zum ersten Mal seit Jahren glücklich. Es gab Eier mit Pflaumenmarmelade, Würstchen, Feigensenf und verbrannten Speck mit Marmite. *Keine Ahnung, wieso die Australier ganz verrückt nach diesem salzigen Fensterkitt sind.* Sie rauchten im Bett, tranken Bourbon – ein Überbleibsel von Peter zwei – und liebten sich. Lisas Töchtern war gesagt worden, sie sollten den Nachmittag bei Freundinnen verbringen. Gut, dass ihr Umzug zum Vater nach London bereits beschlossen war.

Weit nach Mittag erhob sich Lisa, ging in die Küche und kam verstört zurück.

– Du darfst nie das Brot verkehrt hinlegen, sonst reiten darauf Tote.

– Aberglaube. Harvey zuckte mit den Achseln.

– So etwas macht man nicht. Das ist wie über Silvester Wäsche aufzuhängen. Sie schaltete den Fernseher an. Zuerst ohne Ton, dann laut, und schließlich kreischte sie:

– Der Präsident … Man hat Kennedy erschossen! In Dallas! Ich wusste immer, dass Texanern nicht zu trauen ist. Nur weil du das Brot verkehrt herum hingelegt hast.

Harvey dachte erst an einen Scherz. An etwas Ähnliches, wie es Orson Welles mit der vermeintlichen Attacke von Marsmenschen im Radio aufgeführt hatte. *Wer sollte den Präsidenten erschießen? Was um Himmels willen hatte er in Dallas verloren?* Doch es stimmte. John Fitzgerald Kennedy, der von seinen Leibwächtern als Minutenmann verhöhnte und nur unzureichend beschützte Dauergrinser, war angeschossen worden. Noch wusste niemand, ob er durchkommen würde. Und die Blutspritzer auf Jackies blassrosa Mäntelchen? Würden die je wieder rausgehen?

– Das ist typisch für diese Katholiken! Wenn sie nicht gerade am Kreuz sterben, müssen sie sich erschießen lassen.

Als sie wenige Tage später in Polly's Luncheonette gingen, war die Sache entschieden. Alle unterhielten sich über den toten Präsidenten und seinen mutmaßlichen Mörder, Lee Harvey Oswald, der so gefährlich aussah wie eine halbe Portion Dosenpfirsiche und inzwischen selbst von einem Nachtclubbesitzer erschossen worden war.

– Wieder ein Harvey, sagte John Case, der sich jetzt Graf Krysolov nannte. Auf die Harveys muss man achtgeben. Gewisse Menschen, wenn sie Harvey heißen, sind gefährlich. Vitali nickte. Die Ganoven trugen schicke Anzüge, teure Ringe und Oberlippenbärtchen. Sie hatten sich als Holocaustüberlebende und als Vertreter von Boeing ausgegeben und zweihundert Mercedes-Benz bestellt. Die Deutschen witterten den Durchbruch auf dem US-Markt und verlangten … *von wegen deutsche Gründlichkeit* … nicht die geringste Sicherheit. Als sie feststellten, dass sie Betrügern auf den Leim gegangen waren, hatten die Halunken die Autos längst verkauft. Das Beste daran war, sie konnten sicher sein, dass Mercedes die Sache nicht an die große Glocke hängen würde. Graf Krysolov und Vitali Windtmacher residierten wochenlang im Grandhotel, gaben rauschende Feste mit Escort-Damen, verjuxten Unsummen im Casino, ließen sich englische Schneider und Pariser Friseure einfliegen, mieteten das Opernhaus in Caracas für eine Privatvorstellung und trieben so viel Unfug, bis das Vermögen futsch war. Nun gab es eine neue Geschäftsidee:

– Da nichts so universell ist wie die Angst vor dem Tod, kann man bei gewissen Leuten absahnen, wenn man das ewige Leben verspricht.

– Willst du eine Religion gründen? Vitali war skeptisch.

– Bin ich der Messias? Nein, die Sache ist viel einfacher. Wir steigen ins Tiefkühlgeschäft ein?

– Gemüse?

– Wir werden Leute einfrieren, um sie später wieder aufzutauen.

– Das funktioniert?

– Darum geht es nicht, solange wir kassieren.

Harvey und Lisa bekamen von dieser Unterredung nichts mit.

Er sah sie mit verliebten Augen an und fühlte, wie sich Übermut seiner bemächtigte. Ein warmes Gefühl stieg ihm in die Kehle, und er hätte am liebsten laut losgebrüllt, biss sich aber auf die Lippen und überreichte ihr ein Schächtelchen.

– Das ist nicht dein Ernst, war Lisas Reaktion, nachdem sie einen flüchtigen Blick hineingeworfen hatte. Thomas? Du bist verrückt. Sie sprach mit leiser, weit entfernter Stimme, und ihre Augen waren in die Ferne gerichtet.

– Und ob das mein Ernst ist. Ich bin zwar ein gebranntes Kind, aber Elouise war eine lesende Kommode, mit dir wird alles anders.

– Ich interessiere mich nicht für Bücher, sagte Lisa aufrichtig.

– Aber für Unsterblichkeit? Gewisse Leute haben ein Interesse daran. Graf Krysolov war an ihren Tisch getreten und grinste. Was würden Sie sagen, wenn man Sie nach Ihrem Tod einfriert, um Sie erst wieder aufzutauen, wenn die Medizin zu lebenserhaltenden Maßnahmen fähig ist?

– Großartig! Lisa strahlte.

– Langweilig, brummte Harvey, der den Gauner nicht wiedererkannte. Begrenzt nicht der Tod das Leben, verliert es seinen Wert.

– Aber die Möglichkeit! Gewisse Leute essen Vitamin C, chinesische Wurzeln, Algen, bulgarisches Hirtenjoghurt oder andere lebenserhaltende Substanzen, aber mit der Methode des Einfrierens gibt es Optionen. Krysolov besaß die Ausstrahlung eines Verführers, etwas, das gleichermaßen anziehend und beunruhigend wirkte, er hatte das, wovon alle träumten – die Zukunft. Seine Worte waren schillernde Seifenblasen:

– Vielleicht gibt es die Gnade der Unsterblichkeit? Und das Beste, sie kostet nichts.

– Nein?

– Sie müssen nur diesen Optionsschein unterschreiben. Vielleicht fallen irgendwann Gebühren an …

- Ewige Liebe! Lisas Augen funkelten.
- Das wäre ein Fluch. Der Weiße Hase schüttelte den Kopf. Und jetzt verschwinden Sie.

Harvey heiratete Lisa noch im selben Jahr. Irgendwann begann er, auch sie Brezelchen zu nennen. Zwei Töchter waren das Ergebnis: Frances, benannt nach Harveys Mutter, und Elisabeth, die beide leider nichts von Lisas Schönheit abbekommen hatten. Frances' Kopf war bei der Geburt so spitz wie ein Zuckerhut, und Elisabeth schielte schlimmer als Jean-Paul Sartre und Kafkas Felice zusammen.

Ein cholerischer Riese mit dem Gesicht eines Baseballtrainers wurde neuer Präsident – Lyndon B. Johnson. Die Beatles und die Beach Boys eroberten die Hitparaden, und bei den Harveys roch es nach vollen Windeln, Babycremen. Im Schlafzimmer stand eine Wiege und im Salon eine Gehschule. Ständig war ein Quengeln zu hören, nur das Hirn befand sich im Keller, schwieg. Seit dem Brief von Tete ... *oder seit dem Auftauchen der Prostituierten?* ... hatte es nichts mehr gesagt. Harveys Alltag wurde von den Babys bestimmt, außerdem dachte er ... weil es leicht ist, etwas zu glauben, das man bereits weiß, oder zumindest glaubt, es zu wissen ..., dass er sich alles eingebildet hatte.

Lisa war verändert. Sie hatte nach den Geburten ihre Lässigkeit verloren, war gereizt und explodierte bei jeder Kleinigkeit.

- Wie kann man nur ein Messer mit der Schneide nach oben liegenlassen? Darauf reiten die armen Seelen.

Thomas kam es vor, als wären in seinem Leben hochexplosive Stolperdrähte gespannt worden, nur gingen keine Landminen hoch, sondern Lisa, die sich bei den kleinsten Fehltritten in eine Furie verwandelte. Harveys Frau fühlte sich alleingelassen, vernachlässigt und sagte, sie hätte sich noch nie so einsam gefühlt. Und dann ihr Aberglaube! An einem Knopf drehen, wenn sie einen Rauchfangkehrer sieht, zum Geburtstag Kraut essen ...

Er versuchte ihr im Haushalt zu helfen, hatte aber kaum Kraft, wenn er vom Altenheim zurückkehrte. Der Weiße Hase gewöhnte sich daran, herumkommandiert zu werden. Einen Mann, so Lisas Grundsatz, muss man erziehen.

– Räum die Tassen weg, mach den Abwasch, lass nicht immer deine Wäsche herumliegen.

Wenn er sich ein Bier genehmigte, sah sie ihn böse an, und Zigaretten waren für sie mittlerweile Werkzeuge des Teufels. Die Kinder hatten Lisa verändert. Der Zustand ihrer Nerven zeigte sich an einem übertriebenen Ordnungssinn. Also dauerte es nicht lange, bis Harvey wieder in den Keller ging und mit dem Hirn redete.

– Nach Russland kann ich dich nicht bringen, aber in die Schweiz zu deinem Sohn. Noch kann ich Lisa mit den Kindern nicht alleine lassen, aber bald ...

Von welcher Seite man es auch betrachtete, Harveys Leben war nicht in der Spur. Er hatte Angst, die Prostituierte könnte ihn finden, Angst vor Lisas hysterischen Anfällen und Angst vor Otto Nathan, der einmal mehr vertröstet werden musste.

– Die Untersuchungen sind so gut wie abgeschlossen. In ein paar Wochen können sie renommierten Wissenschaftsverlagen vorgelegt werden.

Natürlich wurde nichts vorgelegt, weil es weder Untersuchungen noch Ergebnisse gab.

Lisa warf ihm vor, dass er zu wenig verdiente und zu viel an Elouise überwies. Der Weiße Hase kündigte im Altenheim und wechselte die Jobs wie andere Unterwäsche. Er war wie ein Hund, der vor lauter Apportierstöckchen nicht wusste, in welche Richtung er laufen sollte. Mal arbeitete er in einer Wäscherei, dann als Nachtwächter oder in einem Schlachtbetrieb. Er kümmerte sich um Hunde von Nachbarn oder sammelte Pilze, die er verkaufte. Harvey war so ungreifbar wie ein Teilchen in der Physik.

– Und dann das Hirn!

– Warum? Ich verbringe kaum Zeit damit.

– Du bist wie ein Alkoholiker. Die sagen auch, sie trinken nur hie und da ein Gläschen. Zu besonderen Anlässen, ein Fläschchen zum Mittagessen, abends ein Schnäpschen, vor dem Schlafengehen einen Schlummertrunk ...

Lisa versuchte, ihm eine Richtung zu geben, aber Harvey wurde zusehends haltloser. Bis sie auf die Idee kam, seine alten Freunde einzuladen, die Erlichs. Es gab thailändisches Curry, das nach Zitrone schmeckte, angebrannten Reis, gezuckerte Zwiebelringe und Steaks, die so zäh waren wie Gummisohlen.

– Man muss Marmite darauf geben, schwärmte Lisa.

Wäre Harveys Zukunft von diesem Abendessen abgehangen, er hätte sich erschießen können. Dennoch stand vor dem Dessert fest, er würde mit den Erlichs ein Pflegeheim für Kriegstraumatisierte eröffnen. Ein Glück, denn die undefinierbare Nachspeise ... Lisa nannte sie Pavlova, aber die Ballerina würde angesichts dieser formlosen Masse im Grab rotieren ... war nicht zu essen. Das Baiser war zu weich, die Sahne zu steif, der Zwetschkenröster hatte darin gar nichts verloren, und der Zitronensirup gab dem Gericht den Rest.

– Köstlich, log Aileen und schob den Teller von sich.

– Ich liebe australische Desserts, ergänzte Sully. *Sofern damit nicht gerade die Eingeborenen ausgerottet worden sind.* Doch zurück zum Pflegeheim. Bombensichere Sache. Der Staat macht Geld locker ... wasserdichte Sache.

– Wunderbar. Lisa klopfte auf Holz und strahlte. Vielleicht kann ich als Logopädin arbeiten?

Aileen bestand darauf, beim Abwasch zu helfen, sodass die Männer kurz alleine waren. Sully zog das Foto einer Blondine aus der Tasche.

– Studentin. Faustdick. Eine Künstlerin. Er küsste die Luft und klappte dazu seine Hand auf wie eine Blüte.

– Bist du verliebt?

- Verliebt? Sully verzog den Mund. Diese Weiber bedeuten nichts. Frage an Doktor Sommer, Erlichs Stimme wurde eine Nuance höher, um Ironie auszudrücken, ich bin heute Morgen aufgewacht und war grundlos schlecht gelaunt. Bin ich jetzt eine Frau? Er lachte und legte seinen Arm um Harvey. Weißt du, mir fehlt etwas im Leben, etwas Höheres, womit ich mich verwirklichen kann. Irgendwie ist alles lächerlich und unbedeutend.
– Das Sanatorium?
– Kann nicht schiefgehen.

Harvey nahm einen Kredit auf, um als Aktionär einzusteigen. Er leitete den Pflegedienst, organisierte die ärztliche Betreuung, das psychologische Resozialisierungsprogramm. Lisa machte Sprechübungen mit den Patienten, die, das wurde allen Angestellten eingebläut, Bewohner genannt werden mussten. Da gab es zitternde Männer, die kein Glas halten konnten, ohne alles zu verschütten. Andere stotterten oder versteckten sich beim kleinsten Geräusch unter dem Tisch und riefen: »Deckung! Flieger kommen!« Es gab welche, die in einen Stupor gefallen, vollkommen starr und stumm waren, andere hatten Panikattacken oder Schreikrämpfe. Austrainierte Männer, denen Speichel aus den Mundwinkeln lief, die nicht einmal alleine zur Toilette gehen konnten. Lebensunfähige Wracks, verwandelt von einem Krieg, der jungen gesunden Männern versprochen hatte, sie in hochdekorierte Heroen zu verwandeln.

Harvey nannte sie scherzhaft Simulanten oder Helden. Er ging in seiner Arbeit auf, ignorierte das Hirn, drehte sich weg, wenn er danach gefragt wurde. Unbeirrt, wie ein Maulwurf seinen Gang gräbt, war er nun auf das »Heimkehrers Palace« konzentriert. Es lief prächtig. Da gab es Altlasten vom Koreakrieg und jede Menge neuer Fälle aus Vietnam. Sie konnten sich vor Anfragen kaum erwehren. *Lauter Simulanten? Nein, arme Kerle.* Das Sanatorium besaß einen Gemeinschaftsraum mit Tischtennistisch, Fernseher und Brettspielen. Thomas hatte Sully im Verdacht, die An-

stalt nur gegründet zu haben, um seine Kriegserlebnisse zu verarbeiten. Manchmal drückte er den Patienten Spielzeuggewehre in die Hand und ermunterte sie dazu, Krieg zu spielen.
– Konfrontationstherapie!
Erlich nahm auch häufig an den Gruppengesprächen teil und konnte sich nur selten verkneifen, bei Kaffee und Kuchen seine Geschichte mit den traurigen Augen im menschlichen Paket zu erzählen, dieses Erlebnis mit dem Amputierten, das in Sully hinter all seinen Affären wie ein Schwelbrand kokelte.
– Wir haben den armen Kerl erschossen. Mussten wir.

Den Patienten standen Radio und Zeitungen ... *sogar der Playboy* ... zur Verfügung, doch die meisten saßen herum, monologisierten oder sabberten. Wenn einer behauptete, dass man etwas ins Essen mischte, damit Haare ausfielen oder man keinen Steifen mehr bekam, und anfing, alle aufzuwiegeln, musste er ruhiggestellt werden. Aber im großen Ganzen lief alles friedlich ab. Die Patienten erhielten Tabak und Zigarettenpapiere, die als Währung fungierten. *Daran ließe sich das System der freien Marktwirtschaft studieren.* Samstags wurden Haare geschnitten und Nacken ausrasiert, damit am Sonntag, wenn die Verwandten zu Besuch kamen, alle frisch gepellt aussahen. Manche Eltern waren sprachlos, andere redeten mit ihren Söhnen, als ob nichts geschehen wäre, erzählten von Nachbarstöchtern und Kaninchenställen. Und dann gab es welche, die in ihren geistesabwesenden, sich in halb katatonischen Zuständen befindlichen Stammhaltern Helden sahen, ihnen Orden ansteckten, von patriotischer Pflicht und Nationalstolz sprachen, während sich ihre Sprösslinge einnässten.

Wenn Harvey das Sanatorium betrat, erklang der Ruf:
– Wal, da bläst er.
Man nannte ihn Kapitän Ahab, und das Hirn, sofern er es dabeihatte, hieß bei den Patienten Moby-Dick. Tatsächlich hatte der Weiße Hase, der von allen als humorlos und ernst beschrie-

ben wurde, etwas von dem Quäkerkapitän, der den weißen Wal erledigen wollte. *Wal, da bläst er.* Aber auch nach nunmehr beinahe zehn Jahren wusste er nicht, wozu Gott ihm dieses Hirn gesandt hatte. Las er den Gewebebrocken aus der Bibel vor oder nahm er sie mit zu einer Quäker-Andacht, gab es keine Reaktion. Kaum war er sich aber sicher, dass es endgültig verstummt war, sprach das Hirn. Meist wollte es wissen, was in der Welt los war oder ob es neue physikalische Erkenntnisse gab. Trug ihm Harvey Artikel aus *Science* vor, fing es an zu schimpfen! »Idioten! Quantenmafia!« Manchmal ließ es sich zu Bemerkungen hinreißen, sagte Sachen wie, dass es für zwei Objekte unmöglich sei, zur selben Zeit den gleichen Raum einzunehmen, außer in der Zeit vor dem Urknall. Vor dreizehn Komma acht Milliarden Jahren war alles, was heute ist, auf einen winzig kleinen Punkt konzentriert. Alle waren eins. Ich war in dir und du in deiner Frau und deinem Auto, selbst Gott, wenn es ihn gibt, steckte in uns und wir in ihm. Das gesamte Universum war in einem winzig kleinen Stecknadelkopf vereint.

– Daran kann ich mich nicht erinnern, sagte Harvey. Außerdem möchte ich damals keine Klaustrophobie gehabt haben.

NARREN GOTTES

– Was machst du da? Lisa legte ihre Tasche auf den Vorzimmertisch, schlüpfte aus den Schuhen und sah Harvey mit einem Hammer in der Hand und einem Nagel zwischen den Zähnen. Hängst du ein Bild … Bevor der Satz zu Ende gesprochen war, erblickte sie eine ganze Menge eingeschlagener Nägel. Das Ganze glich einer Zeichenvorlage aus Punkten. Aber was für ein Bild ergab es? Harvey hatte hunderte Nägel in die Wände geschlagen, die nun alle irgendwie krank aussahen.

– Bist du übergeschnappt?

– Meine Schwester hat angerufen.

– Und dir befohlen, Nägel einzuschlagen?

– Nun sagt niemand mehr, dass ich das nicht kann.

– Bist du verrückt?

– Mein Vater ist gestorben. Abgekratzt. Thomas nahm den nächsten Nagel und schlug ihn voller Hass und Verzweiflung in die Wand. Gleich darauf den nächsten, einen weiteren, und noch einen ... als wollte er jemand töten. *Ich bitte schön um das Meinige, Herr Vater.*

– Tss. Lisa trug einen benutzten Teller in die Küche und vergewisserte sich, dass der Mülleimer ausgeleert worden war. Sie nahm einen angebrannten Topf vom Herd, füllte ihn mit Wasser und begann, darin wild zu reiben, als wollte sie ihn bis in die Molekülstruktur reinigen.

Bei der Beerdigung sah Thomas nach langer Zeit seine Schwester wieder. Der Kontakt war so lose, dass er kurz stockte, bis ihm ihr Name einfiel – Ruth. Obwohl sie nie gestottert hatte, war sie als Kind gehänselt worden, und Harvey war ihr nicht beigestanden. Im Gegenteil, er hatte den Spott befeuert, sie Ridicula, die Lächerliche, oder Rucola, die Bittere, genannt. Hatte er sich deshalb später kaum bei ihr gemeldet? Ihre Anrufe abgewürgt? Weil ihn Schuldgefühle plagten? Jedenfalls war aus Ruth eine erfolgreiche Juristin geworden, die mit ihrer Familie in Kanada lebte und keinerlei Ähnlichkeit mit dem verschüchterten, hässlichen Mädchen hatte, das seine Schwester gewesen war. Als der Sarg des Vaters in die Erde gelassen wurde, brach sie in Tränen aus.

– Er war ein Mistkerl, murmelte Harvey.

– Das ist nicht wahr.

– Dauernd hat er mich mit einem Elektrokabel verdroschen.

– Das stimmt nicht.

– Ich kann mich gut erinnern. Vorher musste ich immer »ich

bitte schön um das Meinige, Herr Vater« sagen. Danach hatte ich mich zu bedanken.

– Das bildest du dir ein. Das ist nicht wahr. Bestimmt nicht. Unser Vater war ein herzensguter Mensch.

Eine Woche später geschah etwas, das sich niemand erklären konnte. Harvey stieß seine Beteiligung am Sanatorium ab und kündigte. *Wal, da bläst er.* Erlich griff sich an den Kopf, Lisa war eingeschnappt.

– Ist es wegen dieses Mongos?

– Bist du von allen guten Geistern verlassen? Sully konnte es nicht fassen. Das »Heimkehrers Palace« ist eine Goldgrube, und du wirfst das weg? Erlich schüttelte den Kopf, begann aber sofort, von seinen Problemen zu reden. Er fühle sich nutzlos und vom Leben übersättigt. Segelturns, Golf und Skilaufen ... Tauchen vor Mauritius oder Fischen in der Arktis ... selbst die Partys mit Hostessen vom Escort-Service, alles erschien ihm hohl, aber er wusste nicht, was er anstellen könnte, um seinem Leben einen Sinn zu geben.

– Nichts ist so eine schwere Prüfung, wie alles zu besitzen. Reichtum ist eine Strafe. Das können sich andere Menschen gar nicht vorstellen. Nicht nur wegen der Angst, alles zu verlieren, auch wegen der Ziellosigkeit. Daher gibt es keine ärmeren Menschen als die Reichen. Ein armer Mensch kann sich nicht vorstellen, wie einengend Reichtum ist.

– Du tust mir leid, aber du hast deinen Glauben.

– Tja, Sully zuckte mit den Achseln. Ich glaube nicht an das Übernatürliche, an Engel oder Geister. Ich gehe zu den Quäkern oder in die Kirche, weil das von mir erwartet wird. Aber Gott? Ich glaube an Pillen gegen Sodbrennen, an den Busfahrplan, den Kontostand meiner Frau und daran, dass ich mit fünfundsechzig sterben werde.

– Wie kommst du darauf?

– Fünfundsechzig ist das Sterbealter der Erlichmänner. Mein Vater ist mit fünfundsechzig gestorben, sein Vater, alle seine Brüder. Bei mir wird es genauso sein.

– Dann hast du ja noch über zehn Jahre Zeit. Warten wir ab, was du sagst, wenn es so weit ist.

– Was ist nun mit dem Sanatorium? Willst du es dir nicht überlegen?

– Nein.

– Darf ich dazu anmerken, dass ich dich für einen augemachten Trottel halte? Hat es mit dem Hirn zu tun? Spricht es noch? Schreibt es dir jetzt vor, was du zu tun hast?

Harvey schwieg. Alle Versuche, ihn umzustimmen, scheiterten. Er war stur und nicht zu durchschauen – da glich er einem Teilchen, das zugleich auch Welle war. Wenn man ihn beobachtete, war er da, aber festmachen ließ er sich nicht.

Das Leben war ein Fluss, das den Weißen Hasen nun von Hafen zu Hafen spülte. Mal arbeitete er in New Brunswick, dann in Trenton oder Montgomery, aber immer blieb er im Dunstkreis von Princeton. Er war Nachtwächter, Paketsortierer, ja eine Weile lang verdingte er sich sogar als Parkplatzaufseher und Einpackhelfer in einem Supermarkt. Dann lieferte er Pizzas aus, kam sich vor wie Botenstoff im Körper der Gesellschaft. Ein Restaurantbesitzer aus Kroatien hatte ihm ein Motorrad zur Verfügung gestellt. Alle staunten über diesen alten Pizzaboten, hielten ihn für einen Einwanderer oder entlassenen Sträfling.

Lisa rümpfte ihr Näschen. Sie wollte Kleider kaufen, Porzellan aus Limoges, Lampen von Tiffany, auf Bälle gehen, träumte von Schmuck und Urlauben auf Hawaii. Alles Dinge, die er sich als Gesellschafter eines Kriegstraumatisierten-Sanatoriums leisten hätte können. Jetzt ging sein Verdienst für Elouise ... *ach so* ... und die Söhne drauf. Oft war nicht einmal genug vorhanden, um den Töchtern Schuhe zu kaufen. Pizzaauslieferer? *Wal, da bläst er.*

Lisa war wütend, und als sie in seinem Schreibtisch Zeitungsausschnitte von Gretchen Gruenspan fand, auch verwirrt.

– Seit wann interessierst du dich für Umweltschutz und Vegetarier? Sollen wir Blätter essen? Tatsächlich war Gretchen aus Afrika zurück und zu einer gefürchteten Umweltaktivistin geworden. Sie organisierte Sitzstreiks vor Fabriken, verteilte Flugblätter und ließ sich an Industrieschloten festbinden. Gretchen trug die Haare jetzt kurz und verkündete Parolen wie »Essen ist Mord« oder »Alle weißen Männer sind Verbrecher«.

Harvey erzählte Lisa nichts von der einstigen Affäre. Da er genug hatte vom kleinen Glück der arbeitenden Leute, die zu ihrem Beruf keine Verbindung besaßen, nur Zeit totschlugen, um sich über Wasser zu halten, zog es ihn wieder zu den Auserwählten, jenen, die Gottes Schöpfung geschaut hatten, aber nicht ertrugen. Menschen, die wussten, dass die Erde eine glühend heiße Magmakugel mit dünner Kruste war, die Unwirklichkeit des Weltraums fühlten, elektromagnetische Wellen spürten, Gravitationsfelder, Schwingungen, Radiowellen ... Menschen, die Engel sahen, von anderen aber für verrückt gehalten wurden. Narren! Im Mittelalter in Käfige gesperrt, in Tollhäuser verbannt oder als Besessene verbrannt. Später weggeschlossen. Bei Naturvölkern aber als Heilige verehrt.

Harveys letzte Anstellung in einer psychiatrischen Klinik hatte das Hirn nicht ertragen, weil es zu sehr an Tete erinnert worden war. Diesmal ließ sich Thomas nicht beirren, spürte er doch, dass die Narren dem Allmächtigen nahe waren und Einsteins Geist Erlösung bringen konnten. Da glich er ein bisschen dem Habsburger Joseph II., der sich in Wien einen Narrenturm hatte bauen lassen mit einem Oktaeder auf dem Dach, wo sich die Entlüftungsschächte aller Zellen trafen. Mit diesem Fluidum der Verrückten wollte der aufgeklärte Monarch in Verbindung mit seiner geliebten verstorbenen Frau und der ebenfalls toten Tochter treten.

Harvey bewarb sich im Marlboro Psychiatric Hospital mit mehr als tausend Insassen. Ein düsterer Backsteinbau, der einen ganzen Hügel einzunehmen, den Horizont zu erdrücken schien, ebenso Kaserne oder Internat sein hätte können. Nachts gellten verzweifelte Schreie durch die Gänge, und tagsüber gab es grauenvolle Ausbrüche von Gelächter. Bereits bei den Kriegstraumatisierten hatte es schwere Fälle gegeben, aber die umnachteten Seelen in der psychiatrischen Anstalt waren wirkliche Verrückte. Soldaten einer besiegten Armee, die sich wider alle Vernunft nicht ergaben, weil keine Nachrichten mehr zu ihnen durchdrangen. In den Schützengräben ihres Irrsinns waren sie sicher vor aller Erkenntnis, geschützt vor allen Kanonaden der Logik. Ihre Uniformen waren weiße Kittel, und ihre Orden? Aufenthalte in der Gummizelle. Da gab es einen deutschstämmigen Viehzüchter, der sich für Hitler hielt und überzeugt war, ein U-Boot verschluckt zu haben, zwei Napoleons, die sich gegenseitig der Hochstapelei bezichtigten, einen Rasputin und einen Handelsvertreter aus Michigan, der fünfmal täglich zum Gebet aufrief, weil er glaubte, er sei Mohammed.

Der Direktor der Anstalt hieß Kaunitz und machte einen kleinkarierten Eindruck. Er trug Sandalen, brachte sein Essen, selbstgebackenes Brot und Äpfel, von zu Hause mit, hatte immer eine Thermoskanne mit Tee dabei und Spartipps parat. Wie Blummenfelt lobte er seine Anstalt in den höchsten Tönen.

– Wir haben Sportanlagen und eine Keramikwerkstatt. Es gibt ein Patientenorchester, Gottesdienste in der anstaltseigenen Kapelle, und einmal jährlich veranstalten wir das Erdbeerfest mit der Wahl der Geisteskranken des Jahres. Wir experimentieren mit Hypnose und sind medizinisch auf dem neuesten Stand ... Mit der richtigen Führung wird diese Anstalt eines Tages Geschichte machen. Kaunitz sagte, Wahnsinn sei ein seltsames Phänomen, aber man erkenne Verrückte sofort. Die einen hätten schiefe Münder, andere diesen speziellen Blick.

Harvey blickte zum Eingangsportal und las den Spruch, der darüber in Stein gemeißelt stand: »Erkenne dich selbst.« *Wie beim Apollotempel zu Delphi.*

– Patienten, sagte der Direktor, seien Pole am Rand der Gesellschaft, und wir Normalen wären dazwischen. Aber alle könnten irgendwann in so einer Anstalt landen, weil sie Verdränger seien. Alle könnten durchdrehen.

– Ich auch? Harvey rollte mit den Augen.

– Sie werden mit Patienten keinen Kontakt haben. Falls aber doch, seien Sie vorsichtig. Hier sagen alle, dass sie zu Unrecht eingeliefert worden sind, nur deshalb aggressiv sind, weil ihnen eine große Gemeinheit widerfahren ist. Der Direktor lächelte. Für ihn waren die Narren keine Auserwählten, die Gottes Schöpfung zu nah gekommen waren, sondern Menschen mit geistiger Behinderung, verblödete Idioten, Trottel.

– Das einzige Problem, das wir nicht in den Griff bekommen, sind die Selbstmorde. Suizide, setzte Kaunitz an, als sie Zeugen eines Anfalls wurden. Eine Frau zeigte auf die Oberlichte und plärrte:

– Man hole eine Leiter, das Gefussel da muss weg, sonst werden wir ersticken. Gebt das weg! Sofort!

– Dschihad dem Dreck, ergänzte der Mohammed aus Michigan.

Die weißgekleideten Pfleger, kräftige Burschen mit Metzgergesichtern, reagierten nicht. Erst als die Frau sich auf den Boden stürzte und ihn ableckte, griffen sie ein.

– Schön brav sein, Leila, du bist kein Staubsauger.

– Wir dürfen sie nicht aus den Augen lassen. Gefahr der Selbstverletzung. Sie neigt dazu, ihren Kopf in die Toilette zu halten und sich als Frau Professor Misthaufen zu bezeichnen. Direktor Kaunitz sprach mit tiefer Stimme, wurde aber von Michigan-Mohammed übertönt, der ebenfalls zur Oberlichte zeigte und schrie:

– Die Sonne kommt, ich kann sie hören!

– Wer sind Sie, ich kenne Sie nicht. Ein Patient mit eingebeulter Schädelecke kam auf den Direktor zu, gab ihm die Hand. Ein anderer murmelte das Vaterunser.

– Niemand hat das Recht, mich einzusperren, brüllte Leila. Ich will das nicht. Ich bin gesund.

– Wir wollen dir helfen. Die Pfleger schnürten sie in eine Zwangsjacke und trugen sie davon.

– Die meisten Psychotiker, sagte der Direktor, spüren, wenn sie einen Schub bekommen. Tragisch ist, dass sie es wollen. Warum? Weil ihnen die Welt sonst langweilig erscheint. Wenn wir diese Anfälle nicht stoppen, sehen sie in Bodenmustern Schlangen und Dämonen, oder sie fühlen sich verfolgt, sprechen von Stimmen, die Befehle geben. Manche reden von einer Welt der letzten Dinge, andere von Orten, an denen es keine Schatten gibt. Die meisten sind harmlos, aber es gibt auch welche …

– Die Sonne kommt, ich kann sie hören, hallte es durch die Gänge, aber nicht die Sonne kam, sondern ein Gesicht, das Harvey kannte. Wie das Periskop eines U-Bootes tauchten verhärmte Gesichtszüge mit einem sehnigen Halsstrunk auf. Das von graumeliertem Haar eingefasste Antlitz wurde von stahlblauen Augen beherrscht, die ihn eisig anblickten: Trula Knispelgrant, der Drache aus der Tuberkulose-Heilanstalt. Sie sah genauso aus wie damals, nur älter. Die Oberschwester kam auf ihn zu, betrachtete ihn naserümpfend und zischte:

– Das war ja zu erwarten, dass Sie eines Tages in einer Irrenanstalt landen, Herr Hardy.

– Harvey, verbesserte der Weiße Hase.

– Sie sind hier, weil Sie nicht in der Lage sind, sich anzupassen, Herr Hardy. So waren Sie damals, und so sind Sie jetzt. Mich wundert, dass Sie nicht auf der Geschlossenen gelandet sind.

– Das muss ein Missverständnis sein, fiel Kaunitz ein. Herr Hardy, äh, Harvey wird unser neuer Pathologe.

– Aha, Leichenbeschauer?

Thomas wölbte seine Brust, doch von der Knispelgrant kam nur ein abschätziges Pfeifen. Mit festem Schritt marschierte sie davon, drehte sich noch einmal um und sagte spöttisch:

– Das wird Jesus freuen.

– Sie kennen unseren Hausdrachen bereits? Der Direktor lächelte.

– Das ist lange her.

– Oberschwester Knispelgrant betrachtet unsere Klinik als Mechanismus, der wie am Schnürchen läuft, wenn er nicht von gewissen Individuen gestört wird, den Patienten. Aber gut, sie hat ihre Meriten. Disziplin ist wichtig, um so ein Haus in Schuss zu halten, und wenn eine alte Jungfer das Kommando hat, trocken wie Erbswurst ... doch das ist nicht Ihre Baustelle, Sie werden mit ihr kaum zu tun haben.

– Was hat sie mit Jesus gemeint?

– Einen Patienten, der sich für Gott hält, glaubt, für das FBI zu arbeiten, und von einem sprechenden Hirn redet, das ein gewisser ... so ein Zufall aber auch ... Harvey besitzt. Er nennt jeden Harvey. Sie sind der Erste, der diesen Namen trägt ...

– Darf ich den Patienten sehen?

– Ich weiß nicht, ob wir ihm eine solche Konfrontation zumuten können.

Konnte das Zufall sein? Woher sollte dieser Patient von Harvey und dem sprechenden Hirn wissen? Thomas hing noch in diesen Gedanken, als zwei gutgekleidete Herren in den Gang schritten, Graf Kryslowski, wie er sich jetzt nannte, und Vitali. Sie verlangten den Direktor, weil sie das Gebäude kaufen wollten.

– Kaufen? Hierbei handelt es sich um eine staatliche Einrichtung. Kaunitz schüttelte den Kopf.

– Für uns geht alles, sagte der Graf.

– Wenn seiner Durchlaucht etwas gefällt, bekommt er es, ergänzte Vitali.

– Sie können dieses Sanatorium nicht kaufen.

– Schade. Ich habe mich bereits auf der Terrasse gesehen, wie mir das Dienstmädchen gebratene Wachteln serviert. Ich denke, ein Château Lafite-Rothschild würde hier passen.

– Sind das Verrückte? Ein Hilfswärter mit verschränkten Armen hob das Kinn.

– Verrückte? Der Graf lachte. Nein, nur unermesslich reich.

– Der Graf hat eine Methode entdeckt ... Er ist ein Finanzgenie.

– Psst. Kryslowski zischte. Wenn der Kasten nicht zu kaufen ist, verschwinden wir. Abends sind wir beim Senator von New Jersey eingeladen.

– Wie hat der Graf so viel Geld gemacht?, wollte der Direktor wissen.

– Er hat ein Händchen für das Anlagengeschäft. Vitali flüsterte. Man vertraut ihm tausende Dollar an, und zwei Wochen später hat er sie verzehnfacht.

– Interessant ... Macht er das auch für andere?

– Nur für gute Freunde und Menschen, die er mag.

– Denken Sie, ich könnte ihn darum bitten?

– Hmm. Vitali machte ein nachdenkliches Gesicht. Ich glaube kaum, dass Sie solche Summen zur Verfügung haben. Wissen Sie, mit Kleingeld gibt sich der Graf nicht ab.

Anfangs sah der Weiße Hase die Verrückten nur auf dem Seziertisch. Er testete das Blut der Toten, ihren Urin, studierte Hirne und hielt sich von den Korridoren fern, hinter deren verschlossenen Türen markerschütternde Schreie aus gequälten Körpern kamen. Allmählich aber sollte er auch Spritzen verabreichen oder sich um Verletzungen kümmern, die sich Patienten zugefügt hatten.

So bekam er mit, dass man die Insassen in vergitterte Betten sperrte, mit Elektroschocks behandelte oder ihnen Beruhigungsspritzen verabreichte. Sogar von Lobotomie, einem operativen Eingriff ins Gehirn, war die Rede.

Harvey kannte das Lungensanatorium und die Klinik für Kriegstraumatisierte, aber das waren Luxushotels verglichen mit dem hier – eine Mischung aus Gespensterschloss und Nazi-Versuchsanstalt. Wagte es ein Patient, nicht zu spuren, dann erschien die Knispelgrant, und ein Kopfnicken genügte, damit sich Pfleger auf den Aufsässigen stürzten und ihn gefügig machten. *Wie lautete das Motto? Erkenne dich selbst.* Mal hielten sie einem den Kopf in die Toilette, dann wieder zwangen sie einen, sich auszuziehen, und spritzten ihn mit eiskaltem Wasser ab, oder sie prügelten ihn, man könnte denken, aus Vergnügen, um bei dieser Selbsterkenntnis nachzuhelfen. *Bitte schön um das Meinige, Herr Vater.*

– Das haben Sie sich selbst zuzuschreiben, war der Kommentar der Knispelgrant. Freundlichkeit ist das Letzte, was Sie hier erwarten dürfen.

Harvey schämte sich, weil er es geschehen ließ. Er sah in den Verrückten Gotteskinder, Menschen, die durch Gänge pendelten wie Eisbären im Zoo, nicht begreifen konnten, dass sie wo anstießen, ihrem Geist Grenzen gesetzt waren. Es gab Pinheads, Mongoloide und, bei weitem in der Überzahl, paranoide Schizophrene – das war die Standarddiagnose für Menschen außerhalb der Norm. Aggressive Selbstverletzer und Katatoniker, die sich weniger bewegten als ein versteinerter Harztropfen. Das schockierendste Erlebnis hatte Harvey aber mit einer Hysterikerin.

Er ging gerade Richtung Speisesaal, als ihn etwas derart wuchtig ansprang, dass er meinte, die Angriffsformation der Denver Broncos würde ihn plattwalzen. Kurz darauf drückte ihm etwas die Kehle zu. Er spürte unsäglichen Schmerz, merkte, wie die Luft knapp wurde, sein Kopf in einem Brunnenschacht gelandet war und unterging. »Tod den Ungläubigen«, rief jemand weit entfernt. Seine Wahrnehmung geriet in eine Zeit ohne Zeit, einen Raum ohne Raum. Es war, als verschmölze er mit allem, kehrte zurück in einen Zustand vor dem Urknall. *Da möchte man keine Klaustrophobie haben.*

Dann wurde ihm von Pflegern der dunkle Schatten heruntergekratzt, und er sah, es war die Prostituierte, der er Einstein anvertraut hatte – aufgebissene Lippen, verschorftes Kinn und Wahnsinn in den Augen. Ein verschmutztes Kleid, Filzpantoffeln, jetzt würde niemand mehr für sie bezahlen. Verfolgte sie ihn? In der Bibel war es Maria Magdalena, die als Erste Christi Auferstehung bezeugte, und dank einer Hure namens Rabat wurde Jericho erobert, ja, das ganze Volk der Israeliten stammte von ihr ab. Hurenkinder! *Oft sind es die Geringsten, die bezeugen.* Aber Einsteins Hirn? Oder hat sie es in ein Taschentuch gewickelt, das nun einen Abdruck zeigt? Harvey wusste nicht, wie die Geschichte der Maria Magdalena ausgegangen war, aber diese Frau hier, so viel stand fest, war eindeutig verrückt.

Die Knispelgrant erschien, nickte mit dem Kopf, und ein Pfleger versetzte der Patientin einen derart festen Schlag, dass sie sich krümmte. *Erkenne dich selbst.* Thomas empfand Genugtuung und schämte sich zugleich. Bevor die Betäubungsspritze zu wirken anfing, lächelte ihn die Patientin grausig an und flüsterte:

– Ich habe den Engel gehört. Morgen weißt du, dass ich war, was ich bin.

– Eine paranoide Schizophrene, sagte der hinzugeeilte Stationspsychiater. Sie wirft Brotlaibe in die Toilette oder schleudert Bücher aus dem Fenster, um dann zu verkünden, dass die Welt gerettet ist. Meist harmlos. Der Vorfall eben war der erste dieser Art. Wissen Sie, dass die alten Griechen dachten, Hysterie komme aus der Gebärmutter?

– Viribus Uterus? Ob Maria Magdalena hysterisch war? Harvey war verwirrt.

– Die Athener glaubten, die ausgetrocknete Gebärmutter würde auf der verzweifelten Suche nach Spermium durch den Körper wandern und »Spermium, Spermium, wo bist du?« rufen. Der Psychiater lächelte. Hysterie, dachte man, käme zustande, weil sich die Gebärmutter im Gehirn festsetze, das sie für eingetrocknetes Sperma hielt. Im Gehirn! Wo sie Flüssigkeit entzog.

– Nichts hat so viele Frauen von der Hysterie geheilt wie der Vibrator. Ein murmelnder Verrückter kam auf Harvey zu, schüttelte ihm die Hand und sagte: Wer sind Sie? Ich kenne Sie nicht.

Harvey war weniger über die Attacke bestürzt als über die Tatsache, dass der einzige andere Mensch, der mit Einsteins Hirn gesprochen hatte, in einer Irrenanstalt gelandet war. Die Frau fiel hier nicht auf. Es gab einen Patienten, der überzeugt war, an mehreren Orten gleichzeitig zu sein. Ein anderer gab sich für einen Arzt aus, und der nächste war überzeugt, dass man ihn bald herausholen würde. Stammesbrüder aus der Sippe der Wahnsinnigen.

Alle Verrückten behaupteten, normal zu sein, während sich die Normalen recht verrückt benahmen. Der Direktor mit seinem selbstgebackenen Brot, die sadistisch veranlagte Knispelgrant, Pfleger mit Marotten ...

Und dann gab es den Spinner, der sich für Gott hielt. Bestimmt, dachte Thomas, hatte er durch die Hure von dem Hirn erfahren. Aber so war es nicht. Der Patient war nämlich ich, Sam Shepherd. Ja, ich bin, nachdem mich das FBI abserviert hatte, in dieser Anstalt gelandet. Vergitterte Fenster, Männer mit Schuppenflechte an der Stirn, Bettnässer, Stotterer, Psychopathen – und ich.

Da Sie sich jetzt vielleicht fragen, wie ich von dort aus Thomas Harvey und das Hirn beobachten konnte, muss ich mit der ganzen Wahrheit herausrücken: Ich bin ... halten Sie sich fest ... ein Engel, allerdings ohne sichtbare Flügel und Heiligenschein. Ja, so etwas gibt es. Nicht alle Engel heißen Rafael, Gabriel, Michael ... Es gibt auch Samuel. Wir sind keineswegs Stellvertreter Gottes oder Agenten des Guten auf Erden, wir beweisen auch nicht die Existenz von Teufeln. Der Stoff, aus dem Engel geschaffen sind, gleicht dem der Seele. Wir sind ein Aufstand gegen die Zeit und eine Überwindung der Chronologie. Wie sonst wäre es möglich, das alles zu berichten. Aber da die Welt nicht mehr an Engel glaubt, hat man mich in eine psychiatrische Anstalt gesperrt, mir Elektroschocks verpasst und gesagt, die würden meine Träume stoppen, was nicht stimmte.

Harvey hatte mich bereits vergessen, als wir uns im Aufenthaltsraum begegneten. Ich, der große Mann mit dem Riesenzinken im Gesicht ... Typ Gérard Depardieu oder Shepherdieu ..., ging auf Harvey zu, sah ihn mit durchdringendem Blick an und sagte: »Fürchte dich nicht.« Ich wusste alles über ihn, kannte seine geheimsten Träume, seine Lieblingsstellungen beim Sex, während er mich zum allerersten Mal sah. Vielleicht bekam ich deshalb einen derartigen Lachkrampf, dass ich in den Beruhigungsraum gebracht werden musste. Meist war ich dermaßen sediert, dass ich regungslos im Bett lag. War ich aber bei Bewusstsein, und Harvey lief mir über den Weg, raunte ich ihm etwas über Einsteins sprechendes Gehirn zu.

Als Zeichen der Heiligen Dreifaltigkeit trug ich stets drei verschiedenfarbige Paar Socken, weil das Christentum eine Lehre der Trinität ist – drei Tage war Jonas im Bauch des Wals, am dritten Tage zog Esther ihre königlichen Gewänder aus, drei Tage lang betete man das goldene Kalb an, drei Weise kamen aus dem Morgenland, am dritten Tage ist der Erlöser auferstanden, dreiunddreißig Jahre alt, im Namen des Vaters, des Sohnes und des Heiligen Geistes, am dritten Tag ist der Tag des Heils, Judas hat für seinen Verrat dreißig Silberlinge erhalten ... dreist ... Jedem, der es hören wollte, verkündete ich, dass ich das Alte und das Neue Testament geschrieben hätte, Äonen von Jahren alt sei, Hüter der Geschichte und die Reinkarnation von allem.

Harvey hielt mich für einen bekloppten Irren.

Manchmal ist er wie ein Gespenst, man kann glatt durch ihn hindurchsehen.
- Weiß man etwas über die Krankengeschichte von diesem Shepherd?
- Wenig. Der Anstaltspsychiater betrachtete mich abschätzig und wiegte seinen Kopf. Oft genügt die Verletzung einer Überzeugung, um das Urvertrauen zu erschüttern, die Ich-Permanenz und den Identitätssinn zu stören. Es kommt zu einer Zerrüttung der Identität sowie zu Zweifeln an den Strukturen der Gesellschaft. Man hat Shepherd eingeliefert, weil er in Kirchen rebelliert hat. Wenn man ihn fragt, warum er hier ist, sagt er, dass ihm alles gehört, er nach dem Rechten sehen muss. Gelegentlich verspricht er auch das Himmelreich, wenn man ihm zur Flucht verhilft. Oder er raunt einem ins Ohr, dass er nicht verrückt sei, schnell hier rausmüsse.

So kann es gehen, wenn man ein Hirn reden hört, man kommt in eine Irrenanstalt. Harvey trank nicht übermäßig, vergaß nicht, sich anzuziehen, bevor er auf die Straße ging, und redete mit keinen unsichtbaren Menschen, dennoch fürchtete er, den Verstand zu verlieren. Nein, er kokettierte bloß mit dieser Furcht, tatsächlich fragte er sich, ob er der Richtige war. Warum ich, hatte Moses den Herrn gefragt, als er ihm auftrug, die Israeliten in das Gelobte Land zu führen. Warum ich, fragte Abraham, fragte Lot, fragte Noah. Warum ich? Harvey war ein gottesfürchtiger Mann wie Hiob – ein Gerechter. Aber war er der Richtige für Einsteins Hirn?

Oft starrte er ins Leere und dachte an Princeton, Elouise, die Kinder, Gretchen ... Dann wurde er von einem schrillen Ton emporgehoben wie ein Taucher – Lisa wollte wissen, was los war. Harvey schwieg, doch sie ließ nicht locker, schimpfte ihn Eigenbrötler und Autist. Frauen können verletzend sein, aber Lisas Zunge war ein glühendes Schwert mit gezackter Klinge. »Wenn du deinen Arsch verlierst, weißt du nicht, wo du ihn suchen sollst.« Thomas versuchte sich zu wehren, doch sie überrannte seine Verteidigung und malträtierte ihn dermaßen ausdauernd, bis er ihr eines Tages alles erzählte – vom sprechenden Hirn, seinen Versuchen, ihm Gott näherzubringen, von der jüdischen Teufelsaustreibung, dem Psychiater und der Gospelmesse. Je mehr er preisgab, desto mehr fürchtete er, die abergläubische Australierin könnte das Hirn für einen Unglücksbringer halten. Warum war er ihr gegenüber so unsicher? Weil sie alles ernst nahm, aus jeder Kleinigkeit eine Tragödie machte? Aber seine stolze und unnahbare Frau reagierte ganz anders als erwartet.

Lisa lachte, dachte, er scherze. Dann, als sie begriff, dass ihm die Sache ernst war, meinte sie lapidar:

– Mohammed. Du musst es mit dem Islam versuchen.

– Das ist eine rückständige Religion von Wüstennomaden. Harvey streckte seine Arme aus und imitierte das Beten der Moslems. Die verpacken Frauen, ihr Prophet war ein kriegslüsterner Analphabet, und die Gesetzgebung ist auf dem Stand des frühen Mittelalters: Auge um Auge, Zahn um Zahn. Die hacken Dieben Hände ab, steinigen Ehebrecherinnen, peitschen Gotteslästerer. Hinterwäldler, die keine Malerei kennen und in Nachtclubs Orangensaft trinken. Die Männer tragen Kittel, und ihre Frauen gleichen Stoffballen. Das einzig Gute ist der Harem. Außerdem kenne ich keine Moslems.

– Dafür weißt du gut Bescheid.

Sie saßen in Polly's Luncheonette. In weichen glänzenden Wellen fielen Lisas Haare über ihre Schultern. Ihr Parfüm, eine leichte Note Maiglöckchen, war in dem verrauchten Lokal kaum ausnehmbar, dafür glänzten ihre Apfelbäckchen, und sogar der Leberfleck am Hals sah aus wie Schokolade. Man konnte nicht anders, als sich von ihr angezogen zu fühlen.

Eine triefäugige Frau stand an der verchromten Musikbox

und warf Vierteldollar-Münzen ein: Eddie Cochran sang »Three Steps to Heaven«. Die Frau kroch förmlich in den Lautsprecher hinein, stampfte, swingte, summte.

Hier gingen die Dinge behäbig, waren alle Zeiten eins – nur dass aktuell gerade Vasen mit Palmkätzchen auf den Tischen standen, Schokoladeosterhasen und bemalte Eier auf der Theke lagen. In der hintersten Ecke trank Graf Kryslowski Wodka, den er Birkenwasser und russische Seele nannte. Die Idee mit dem Tiefkühlen war erfolgreich gewesen – sie hatten zahlreiche Frostungen verkauft. Als es aber darum ging, den Ersten einzufrieren, erwies sich ihre Methode als Desaster, was nichts gemacht hätte, wären nicht Pressevertreter anwesend gewesen. Vitali und der falsche Graf legten den Toten in eine Blechwanne und gaben flüssigen Stickstoff hinzu. Was zum Triumph werden sollte, wurde eine Katastrophe. Erst zogen sie sich Erfrierungen zu, und dann, als sie den Toten für ein Foto anhoben, war er mit mäandernden blauen Kritzeleien übersät. Ein Journalist verkündete, dass das gefrorene Blut unwiederbringliche Gewebeschäden hervorrief, die ein Auftauen sinnlos machten. Daher könne Tiefkühlen nur funktionieren, wenn man Verstorbenen sofort das Blut aus den Adern lasse, was hier offensichtlich nicht geschehen sei. Der Graf wand sich heraus, musste aber froh sein, ohne Gerichtsverfahren davonzukommen. Da funktionierte der Verkauf der Wertpapiere besser. Seit er als millionenschwerer Geschäftsmann auftrat, riss man sich darum, ihm größere Summen anzuvertrauen. Den Anlegern erzählte er von derart gewaltigen Renditen, dass selbst vorsichtige Menschen wie Direktor Kaunitz den Verstand verloren. Dabei riet der sonst allen, nicht zu glauben, was man hörte. In der Irrenanstalt gab es immer Leute, die behaupteten, nicht verrückt zu sein. Patienten, die normal wirkten, erzählten von habgierigen Verwandten oder bösartigen Ehepartnern, die sie einliefern hatten lassen. Kaunitz glaubte keinem, aber bei Kryslowski war er schwach geworden.

– Ich besitze ein gesundes Urteilsvermögen, lasse mich nicht übers Ohr hauen.

Das System des Grafen funktionierte. Wenn jemand eine kleine Summe abheben wollte, gab es kein Problem. Schwierig wurde es erst, wenn die gesamte Investition verlangt wurde. Dann erzählte man, das Geld sei gebunden, mache gerade sagenhafte Gewinne ...

– Islam!, brüllte der Hochstapler, ohne mitzubekommen, worum es bei den Harveys ging. Gewisse Leute werfen sich auf ihren Teppich und strecken den Hintern in die Höhe. Harvey drehte sich um und sah, wie der Graf auf die Toilette wankte.

Nach dem siebenten Bier hatte Zeit keine Bedeutung mehr.

– Unser Gemüsehändler ist Araber. Lisa nahm Harveys Hand und tätschelte sie. Ich könnte ihn fragen ...

– Ob er mit einem Hirn im Glas sprechen will? Du bist verrückt, Brezelchen.

– Vielleicht reicht es, wenn er mit dir spricht?

– Du glaubst mir nicht?

– Ich weiß, wie wichtig dieses Hirn für dich ist, aber du hast Verantwortung gegenüber Frances und Elisabeth. Du musst für sie da sein ... und nicht bloß ab und zu den Minus spielen. Ich denke, wir sollten dem Hirn eine Chance geben. Vielleicht bringt ihm der Islam Erlösung. Wenn nicht, wird es das Beste sein, du gibst es weg.

– Weggeben? Harvey spürte seinen Herzschlag. Dann hielt er seine linke Hand hoch und ließ die Finger auf und zu schnappen.

– Minus will nicht, dass das Hirn weggegeben wird. Minus mag den Einstein.

– Hör mit dem Blödsinn auf! Irgendwann wirst du dich entscheiden müssen zwischen dem Hirn und deiner Familie.

Um null Uhr achtzehn blieb die Uhr stehen. Nicht nur die in der Bar, auch Harveys Armbanduhr. Es war der 18. April 1965,

Ostersonntag. Heute vor zehn Jahren war Albert Einstein gestorben. Der Weiße Hase wusste, was das bedeutete, das Hirn erlaubte sich einen Scherz.

GOTT IST GROSS

»Al Ellahoulid – Obst und Gemüse« stand über dem Laden. Harvey stellte das Hirnglas auf den Tresen, und der Gemüsehändler blickte ihn ratlos an.

– Selbstgemachtes Kimchi? Damit müssen Sie zu einem Chinesen. Ich hatte die eingelegten Roten Rüben eines Russen im Sortiment ... haben sich nicht verkauft. Nicht in Amerika, da müssen Rüben sternförmig sein und Streifen haben. Da Harvey nichts erwiderte, wurde der Gemüsehändler forscher: Du nix verstehen? Du sein hier falsch. Müssen gehen zu Gelbgesicht. Verstehen? Schlitzaugen.

– Das Hirn von Albert Einstein.

– Interessanter Name, wird sich aber nicht verkaufen. Der Gemüsehändler trug einen braunen Burnus, Plastikschlapfen und eine Art Teetassenwärmer auf dem Kopf. Sein Name war Haykel, und er bot Harvey Tee an.

– Oder lieber Bier?

– Ich dachte, Araber trinken nichts?

– Ich bin Syrer, aber das ist hier dasselbe. Der Orientale kaute Erdnüsse und grinste. Manche trinken, manche nicht. Also, was wollen Sie mit dem Hirn von Einstein? Gehen Sie zu einem Chinesen, die essen alles, was Potenz verspricht.

– Es spricht. Ich weiß, es klingt unglaubwürdig, aber manchmal redet es mit mir.

– Aha. Al Ellahoulid zog eine Augenbraue hoch und schnalzte mit der Zunge. Was sagt es?

– Vor allem glaubt es nicht an Gott. Diese eingelegten Gewebeklumpen sind Atheisten! Ich will ihnen Erlösung verschaffen. Jetzt klappere ich sämtliche Weltreligionen ab, und meine Frau meint, ich solle es einmal mit dem Islam probieren.

– Dann müssen Sie in die Moschee gehen und mit dem Imam reden, ich bin Gemüsehändler.

– Die Gelehrten würden mich auslachen, aber jemand, der die Religion lebt ... jemand wie Sie! Dieses Hirn glaubt an keinen Gott, nur an Formeln und Physik. Obwohl geschrieben steht, die Wege des Herrn sind unergründlich, will es dem Schöpfer auf die Schliche kommen.

Haykel sagte, er sei in Sachen Islam kein Experte, zwar besitze er einen Koran, aber dieses Buch sei verworren. Nach der Länge geordnet! Stellen Sie sich vor, man würde die Werke Shakespeares nach der Länge der Sätze reihen. Was ergäbe das für einen Sinn? Außerdem könne er schlecht lesen, und alles, was er darüber wisse, sei schrecklich. Nur Verbote! Der Orientale entblößte ein Zahnlückenlächeln.

– Ich habe Sie beten gesehen. Das war beeindruckend. Harvey nippte am bitter schmeckenden Tee. Erzählen Sie von Ihrer Religion. Er blickte zum Hirn und hoffte, Haykel würde es beeindrucken.

– Religion? In meiner Branche muss man früh aufstehen und aufpassen, dass nichts verfault. So ähnlich wird Gott es mit den Menschen machen. Wer angefault ist, kommt nach hinten ... *die Guten ins Töpfchen, die Schlechten ins Kröpfchen* ..., und wenn der Kunde nicht aufpasst, jubelt man es ihm unter. Wer Pech hat, landet auf dem Kompost. Gebete sind der Dünger und Sünden wie Schädlinge. Aus Gemüsesicht ist klar, wer in den Garten Gottes kommt.

Der dann ein Salat ist?

– Es gibt nur einen Gott, sagte der Gemüsehändler, nur einen, der den Himmel wölbte, sieben Himmel dehnte und sich all das

Gemüse ausgedacht hat ... Wer so etwas erschafft, muss Zeit haben. Nur Gott lenkt uns zur Wahrheit.

– Was ist die Wahrheit?

– Die Abrechnung am Ende des Monats, Gott und vielleicht noch der Koran. Wenn man am Ersten die Miete nicht zahlen kann, ist die Wahrheit eindeutig. Gott hat uns das Leben geschenkt, die Frauen und das Gemüse ... Wo ist eigentlich mein heiliges Buch? Haykel erhob sich und kramte in der Lade seines Tresens, holte Rechnungsblöcke, Autokataloge und Papiere hervor. Kein Koran. Da fiel ein Pornomagazin zu Boden. Harvey tat, als hätte er es nicht gesehen.

– Gott ist aller Dinge mächtig, er kennt die geheimsten Winkel der Herzen, und alles ist aufgezeichnet in seinem Kassabuch. Er weiß, dass wir uns mit so etwas ... Haykel hob das Pornoheft hoch ... vergnügen. Das hat der Westen erfunden, damit es zu keinem Geburtenrückgang kommt. Aber wo mein Koran ist, weiß Gott nicht. Er reichte Harvey einen Teller mit Pistazien- und Mandelgebäck. Gott hört und sieht alles, und zu ihm kehren alle Dinge zurück. Er gibt unserem Leben Sinn. Der Orientale ging zu dem Glas und klopfte mit dem Fingerknochen dagegen.

– Salem aleikum, Herr Einstein. Wollen Sie konvertieren? So wie Cassius Clay? Wenn Sie mich fragen, ist kein Unterschied zwischen Juden, Christen, Moslems. Alle beschnitten. Im Gedenken an das Opfer Abrahams, der sich als Hundertjähriger seinen Schniedelwutzvorsatz abgeschlagen hat? Nein, aus Hygienegründen, weil sich sonst die Vorhaut entzündet, zumindest wenn man in der Wüste lebt.

– Wie sieht euer Paradies aus?

– Da fließen Wein und Honig, außerdem gibt es Huris. Und alle loben und preisen Gott.

– Ist das nicht langweilig?

– Vielleicht gibt es auch Drinks mit bunten Schirmchen. Gott ist streng. Es gibt keinen Gott außer ihm, und wir sollen ihn fürchten. Auf die Ungläubigen warten qualvolle Strafen, ihnen wird Gott nie vergeben, dass sie ihn nicht genügend ehren oder gar nichts von ihm wissen.

– Dann ist er unlogisch, rachsüchtig und unbarmherzig?

– Er verlangt Respekt – wie Muhammad Ali. Ist das nicht verständlich? Er hat die Sterne gemacht, damit wir im Dunklen sehen. Er ist es, der uns erschaffen hat. Er verachtet Ungläubige, die das Leben mehr lieben als ihn. Ihm ist keiner gleich. Allah hat nicht gezeugt, und ihn hat keiner gezeugt. Aber langweilig? Nein. Gott handelt! Habe ich geflucht und das Gebet versäumt, sagt er, gut, du kommst in das Paradies, aber für dich gibt es nur vierzehn Jungfrauen. Lächerlich, entgegne ich. Habe ich gemacht den Hadsch, im Ramadan gefastet. Was gibst du? Höchstens achtzehn. Willst du mich beleidigen? Achtzehn kosten die Gebete. Ich habe Christen über das Ohr gehauen. Sagen wir dreißig? Vierundzwanzig. Ist das dein letztes Wort? So geht es die ganze Ewigkeit dahin. Das Paradies ist ein Basar, wo viel geschachert wird.

– Stimmt es, dass ihr an Engel glaubt?

– Es gibt gute und schlechte – wie bei den Menschen. Dschinn sind Wesen aus rauchlosem Feuer, jene Wesen, die vor uns die Erde bevölkert haben. Dann hat Gott den ersten Menschen aus Lehm erschaffen und ihm Leben eingehaucht. Viel mehr kann ich nicht sagen. Wir haben Fastengebote, und die Frauen sollen sich verschleiern. Der Islam ist eine tolerante Religion. Nur die Juden... Du sollst nicht kochen das Böcklein in der Milch seiner Mutter... und deshalb die ganzen Speisevorschriften, zwei Kühlschränke oder besser gleich zwei Küchen. Wir sind tolerant, aber was die Juden aufführen? Die sind fast so bescheuert wie die Hindus mit ihren Kühen... Ich bin wirklich tolerant, aber Rindviecherverehrung geht zu weit.

– Was ist mit Alkohol?

– Nicht vor dem Gebet. Haykel lachte. Sind Sie schon einmal an einem steinigen Strand gesessen und haben dem rollenden

Geräusch gelauscht? Es gibt Millionen runder Steine, aber kein einziger bildet eine perfekte Kugel. Kein einziger. Genauso ist es mit den Menschen. Gott weiß, dass keiner ohne Fehler ist. Wissen Sie, der Islam gibt mir das Gefühl, nicht alleine zu sein. Das Beten und Waschen, dreimal den Mund spülen, dreimal die Nase reinigen, das Gesicht, die Ohren ... alles dreimal ... Und wie der Gemüsehändler so redete, überkam Harvey eine große Müdigkeit. Seine Lider waren plötzlich bleiern schwer. Er fühlte einen warmen Wind, der ihm um die Wangen strich, und Stille, die ihm unter die Haut kroch. Dunkelheit verschluckte alles, bald gab es weder Klarheit noch Zusammenhang.

Als er die Augen wieder öffnete, saß er inmitten safrangelber Dünen. Keine Landschaft, sondern ein Versprechen von Ruhe und Unendlichkeit. Wohin er auch blickte, sah er nichts als Sand ... Sand und wieder Sand ..., als wäre er geschrumpft und im Puderdöschen seiner Frau gelandet. Harvey empfand keine Panik, sondern tiefe innere Gelassenheit. War er im Nirgendwo oder im Zentrum der Welt? *Wo ist Haykel? Wo das Hirn?* Der Weiße Hase zog die Schuhe aus und trat barfuß in den warmen Sand. Es tat gut, die Füße zu spüren, die kleinen Körner zwischen den Zehen. Er ging auf eine Düne, steiler als gedacht, und sah eine Oase mit Palmen. *Gott, ist das schön.* Wie aus dem Nichts tauchte ein in blaue Tücher gehüllter Mensch auf, reichte Harvey Datteln und Milch. Datteln? Süße Sushi-Rollen! Hamdulillah.

– Mit einer Hand kann man nicht klatschen. Der Tuareg lächelte und deutete auf das Glas: Kamelmilch. Als Harvey trank, begriff er, warum in der Wüste alle Weltreligionen entstanden waren. Hier verstand man sich auch ohne Worte, hatte man keine Träume, weil alles aufgesogen wurde. Hier brauchte man kein neues Auto und kein größeres Haus, man hatte den Himmel und die Sterne in Pflücknähe, den Kosmos in seiner ganzen Pracht. Hier leerte sich der Kopf, und man spürte Gott. Die Wüste war das Land der Heimatlosen, Gottes Land.

– Haben die Menschen hier so viele Wörter für Sand wie die Inuit für Schnee? Sand nach dem Regen, Sand, durch den eine Karawane gezogen ist, Sand in der Mittagssonne?

– Nein, sagte der Tuareg. Aber wir haben viele Begriffe für den Wind.

– Im Westen hat man die meisten Wörter für Geld: Knete, Mäuse, Moos, Zaster ... der blaue Mensch lachte ... und hier für Wind. Harvey sah jetzt glupschäugige Dromedare, deren Gesichter verzerrt wie durch ein Weitwinkelobjektiv wirkten. *Was für seltsame Tiere! Große Nüstern, dicke Lippen – nicht besonders anmutig.* Eine Schüssel mit Couscous wurde gebracht – wie Edelsteine auf Samtkissen lagen darauf Fleisch- und Gemüsestücke. Verhüllte Männer begannen zu klatschen und zu singen. Bismillah war das Einzige, was Thomas verstand. Einer bestimmte den Takt, indem er Steine gegeneinanderschlug, dann gab es eine kleine Trommel und ein Zupfinstrument. Bismillah. Es war tranceartige Musik, die einen unwillkürlich zum Ende allen Nachdenkens führte.

– Traditionell, sagte der Tuareg, sitzen wir am Boden, essen mit den Händen, alle aus einer Schüssel. Traditionell wird das Tier geschächtet, weil dann alles Böse aus ihm fortgeht. Traditionell sind die Frauen verhüllt ... bekommen Gäste sie nie zu sehen. Der Tuareg nahm einen Knochen ... *Gruß aus der Küche?* ... und saugte Mark heraus. Es gab geräucherte Melanzani, Kamelfleisch ... *intensiv wie Cornedbeef* ... und eine Sauce mit Granatapfelkernen, dann servierte der Windtrinker »arabischen Whiskey« – Tee. Der erste zum Reden, der zweite zum Zuhören, der dritte, um sich zu entscheiden. Der senffarbene Sand beruhigte, obwohl die Dünen wanderten und überall zerfetzte Autoreifen wie Schlangenhäute lagen. Harvey fühlte, der Himmel war unergründlich, beschützte aber vor dem, was dahinterlag, dem Unendlichen. Er blickte in die klare Sternennacht, und es war, als hielte der Himmel den Atem an, wäre alle Zeit geronnen, die

Reise zu seinem wahren Ich oder zu Gott hier am Ziel. Im nächsten Augenblick brauste ein Pick-up durch die Dünen, machte entsetzlichen Radau. Nein, es war Haykel:

– Vielleicht ist mein Gott für Ihren Einstein nicht das Richtige? Vielleicht steht er lieber als Kimchi beim Asiaten? Harvey öffnete die Augen und sah, er war wieder in dem Gemüseladen.

– Und was empfehlen Sie?

– Ich würde ihn fernsehen lassen. Natursendungen, hübsche Frauen ... Aber der Islam? Das gibt nur Missverständnisse. Wissen Sie, in unserem Kulturkreis wäscht man sich nach dem großen Geschäft, daher haben wir auf den Toiletten einen Wasserschlauch. Wenn jetzt Iraker, Syrer oder Ägypter in ein westliches Badezimmer kommen, sehen sie die Toilette, aber keinen Schlauch, und denken, was für dreckige Schweine diese Westler sind. Dann blicken sie sich um, sehen den Schlauch in der Dusche, ziehen ihre Schlussfolgerungen, und die Konsequenzen sind fatal. Wenn dann ein weißer Mittelschichtschrist die vollgeschissene Dusche sieht, denkt er: Was für Schweine ... Kulturelle Missverständnisse.

– Danke. Harvey erhob sich und reichte dem Gemüsehändler die Hand, zog sie aber gleich wieder zurück. Ich weiß nicht, ob es Einstein beeindruckt hat, aber mir hat es gefallen. *Besonders die Wüste.* Gott ist in all seinen Formen groß, und so ein kleines Menschenhirn hat ihm nichts entgegenzusetzen, da kann es sich noch so viele Formeln ausdenken.

– Nur die Unvollkommenheit ist vollkommen. Der Gemüsehändler grinste und biss in einen Apfel.

Kaum war Harvey zu Hause, stand Lisa schon beim Hirn und fragte, was es von Haykel hielt. Rede! Das ist ein anständiger Mensch, der arbeitet, während du den ganzen Tag in deinem Whirlpool liegst ...

– Sei nicht so gereizt. Harvey kratzte sich.

– Gereizt? Ich? Dann sprich du mit mir. Ich halte das nicht länger aus, und das weißt du. Lisas erhobener Zeigefinger ging wie ein Metronom hin und her. Ein sprechendes Hirn? Tss. Ich verstehe ja, dass Männer von Körperfunktionen besessen sind, aber ein Hirn im Glas? Du solltest dich untersuchen lassen. Wo habe ich da mitgemacht? Wenn das jemand erfährt? Du hast doch Haykel hoffentlich gesagt, dass er niemandem davon erzählen darf? Keiner Menschenseele!

– Ich ...

– Nichts hast du gesagt! Der Gemüsehändler wird es seinen Kunden erzählen, und dann weiß es die halbe Stadt. Willst du uns zum Gespött der Leute machen?

– Du hast mich hingeschickt.

– Spar dir deine Ausreden und widersprich mir nicht. Warum gehst du nicht ins Fernsehen und erzählst allen, dass das Hirn von Einstein mit dir redet? Das wäre so sensationell wie das rechnende Pferd oder der Zigarre rauchende Affe. Aber vielleicht lernst du dann die andere Seite der Irrenanstalt kennen. Ich weiß, der Herr hält sich für einen Gerechten, weil er immer zu den Quäkern geht. Aber von den wirklich wichtigen Dingen versteht er nichts, der selbstgerechte Herr Harvey, sonst würde er seine Schuhe parallel hinstellen, kein Salz ausborgen und niemals Messer und Gabel überkreuzen ... Du musst dich von diesem Ding trennen, Thomas. Sie warf einen verächtlichen Blick Richtung Glas. Das Hirn oder ich.

– Ich gebe es weg, wenn ich so weit bin. Harvey war sich seiner Schwäche bewusst, nahm ihre Hand, die sich kalt anfühlte. Versprich mir, dass du es nicht anrührst.

– Du bist so gemein. Lisa brüllte hysterisch. *Gebärmutter im Hirn?* Ich lasse mir mein Leben nicht zerstören. Meine Konstitution verträgt das nicht. Sie aß einen Löffel Marmite und begann zu weinen. Harvey umarmte sie, roch an ihrem Haar und dachte an das Hirn. Was es wohl von Haykel hielt?

– Versprich mir, dass du es weggibst. Lisa schluchzte.
– Das ist zu viel, was du verlangst.
– Du hast es versprochen.
Das Hirn aufgeben? Niemals! Ich habe Elouise angelogen, Otto Nathan etwas vorgemacht, die Kinder vernachlässigt, Sully Erlich ... alles nur wegen des Hirns. Es wegzugeben hieße mich selbst aufgeben.

Lisa fuhr zum Kindergarten, die Töchter abzuholen, und Harvey setzte sich neben das Hirn. Blöde Kuh, dachte er, schafgesichtige Giraffe, dumme Ziege. Er ging die ganze Zoologie durch.

– Natürlich werde ich dich nicht weggeben, aber warum schweigst du? Ich mache mich zum Affen, meine Frau glaubt mir nicht, dabei haben wir dir einen Moslem besorgt. Hat Haykel dich beeindruckt? Da wurde es eine Nuance dunkler, erklang die vertraute Stimme:

– Deine Frau hat viele Charaktereigenschaften, vor allem unangenehme.

– Sie ist eine Pharisäerin. Nutzt jede Gelegenheit, um sich zu empören und ihre moralische Überlegenheit zum Ausdruck zu bringen. Seit sie nicht mehr raucht und trinkt, benimmt sie sich wie eine Gralshüterin der Moral. Aber was soll ich tun? Ich liebe sie.

– Mileva hat sich auch so aufgeführt, als sie Elsas Liebesbrief gefunden hat. Was muss die hinkende Serbin auch in meinen Taschen kramen?

– Warum hast du im Gemüseladen geschwiegen? Haykel lebt seinen Glauben, dabei ist er völlig undogmatisch.

– Ich bin für Naturgesetze.

– An die glaube ich auch. Es ist ein Naturgesetz, dass man sich nach der Toilette die Hände wäscht. Ein weiteres Naturgesetz besagt, dass Männer, die nicht ordentlich gekleidet sind, kein Vertrauen verdienen. Borg dir niemals Geld von jemandem, der dich bei der ersten Begegnung duzt. Das wichtigste Naturgesetz ist aber: Widersprich niemals deiner Frau.

– Du nimmst mich nicht ernst.

– Doch, aber hat Haykel nicht recht? Der Islam ist kaum anders als das Christentum.

– Derselbe Aberglaube. Der Mensch braucht etwas, um seine Bedeutungslosigkeit zu überstehen. Was in der Religion Engel sind, bezeichnen Physiker als Neutrinos. Die durchqueren feste Körper. Jede Sekunde schießen hundert Millionen dieser kleinen Teilchen durch die Fläche eines Fingernagels.

– Und? Soll ich vielleicht zu meinen Schutzneutrinos beten?

– Unser Erdenleben ist ein Schatten. Vierzehn Milliarden Jahre ist das Universum alt. Und der Mensch? Vor sechzigtausend Jahren haben ein paar Hominiden den ostafrikanischen Graben verlassen, vor vierzigtausend Jahren hat man Südosteuropa besiedelt. Mit dem Ackerbau kam es zur Berufsteilung und zur wichtigsten menschlichen Errungenschaft, der Freizeit. Vor fünftausend Jahren wurde zur Klärung der Rechtsverhältnisse die Schrift erfunden, und seit ein paar Jahren gibt es Computer. Ist es da nicht Größenwahn, von Auserwähltheit zu sprechen?

– Gott hat Himmel und Erde erschaffen und bestimmt ihre Bahn. Ist das nicht dasselbe wie deine Raum-Zeit-Krümmung?

– Ein Gott, der alle Wahrheit beansprucht. Zweifler landen in der Hölle. Dieser Gott will eine Herde von Schafen, die zu allem ja und amen sagen.

– Genau wie die Physiker. Nur heißt bei euch die Hölle Dummheit. Aber Gott ist höher als Vernunft. Wer sich zu ihm erhebt, fällt tief.

– Weißt du, warum ich der Religion misstraue? Wegen Klaus.

– Welchem Klaus? Santa Klaus?

– Meinem Enkelkind. Einsteins Stimme hatte einen sanftmütigen Ton angenommen. Klaus war das zweite Kind von Hans Albert und Frieda. Nachdem die kleine Familie in die USA emigriert war ... sie durften ja im Gegensatz zu Tete ..., erkrankte Klaus an Diphtherie.

– Das tut mir leid.

– Es wäre nicht schlimm gewesen, wenn das Kind nicht das Pech gehabt hätte, von vertrottelten Eltern abzustammen. Hans Albert und Frieda waren Angehörige der Gemeinde Christi, einer Glaubensgemeinschaft, die auf die absolute Autorität der Bibel schwört. Mein verblödeter Sohn und seine hirnlose Frau haben Klaus jede ärztliche Hilfe verweigert und gesagt, Beten sei hilfreicher. Anstatt ihn zu einem Arzt zu bringen, haben sie Betkreise organisiert. Der Sohn des wichtigsten Physikers seit Isaac Newton benahm sich wie ein Vollidiot und ignorierte jede Möglichkeit der modernen Medizin. Fahrlässige Tötung nennt man das. Ich versuchte, sie umzustimmen, habe sie angefleht, den Kleinen in ein Spital zu bringen. Ich habe es mit Vernunft versucht, mit Logik, Drohungen, Wut und Zorn. Umsonst. 1938, das Jahr, in dem Otto Hahn die Kernspaltung entdeckte, die erst Lise Meitner zu deuten wusste, kam es zu einer Kettenreaktion. Der letzte Stein einer an Blödheit nicht zu überbietenden Dominoreihe fiel um, der sechsjährige Klaus, den man mit einem einfachen medizinischen Eingriff hätte retten können, starb. Und was sagen mein auf Gott vertrauender Sohn und seine strunzdumme Frau? Der Herr hat ihn zu sich geholt.

– Hmm. Harvey war verwirrt, ging zum TV-Gerät und schaltete es an. Vielleicht hat Haykel recht, lernt man mehr vom Fernsehen als aus Büchern? Der Weiße Hase stellte das Hirn auf den Couchtisch und wechselte zwischen den drei verfügbaren Kanälen ABC, CBS und NBC. Er übersprang Nachrichten, landete beim Sport und gelangte weiter zu einem Naturfilm über das Leben der Maikäfer.

– Was willst du sehen?

– Männer auf Ringseilen.

– Wrestling? Harvey schaltete hin und sah grölende Fleischmassen in skurrilen Verkleidungen, die aufeinander eindroschen. Ein maskierter Koloss sprang einem muskulösen Schönling in den Rücken.

– Das ist kein Sport. Alles verabredet.

– Mich erinnert es an Atomkerne. Vielleicht geht es bei den Teilchen ähnlich zu. Auch Außerirdische könnten so aussehen.

– Gibt es Leben außerhalb der Erde?

– Nicht für jemanden, der so fest an Gott glaubt wie du.

Der Schönling hatte den Maskenmann jetzt in den Seilen eingespannt und damit begonnen, ihn zu würgen. »Bring ihn um!«, schallte es aus dem Publikum. »Reiß ihm den Schädel aus und scheiß ihm in den Hals!«

Ist das der Zenit westlicher Zivilisation?

– Unsere Sonne ist im Universum so bedeutend wie ein Wasserstoffatom im Meer, sagte das Hirn. Winzig klein. Sogar wenn man bedenkt, dass es Engpässe in der Evolution gibt und sich die meisten Zivilisationen rasch selbst auslöschen, sollte es in den bewohnbaren Gebieten tausende höherentwickelte Kulturen geben. Die Frage ist nur, wo sind sie? Für mich ist die Vorstellung, dass wir alleine im Universum sind, genauso erschreckend wie die, dass es andere Wesen gibt.

– Weil du nicht an Gott glaubst.

– Klaus war mir ähnlich. Er hatte meine Augen. Ich mochte ihn sehr.

– Ich werde mit dir in die Schweiz fahren und deinen Sohn besuchen.

– Tete ist tot.

– Nein.

– Er ist im Burghölzli gestorben.

– Das ist schrecklich.

– Nicht für ihn. Ich habe herausgefunden, dass die Welt verrückt ist, unendlich groß, mit kollabierenden Sternen, gefräßigen schwarzen Löchern, Kollisionen, einer dunklen Materie, die verhindert, dass die Sonne von der Zentrifugalkraft aus ihrer Umlaufbahn geschleudert wird ... Tete hat darin gelebt. Das ist viel schlimmer.

– Vielleicht hätte er einen Vater gebraucht, keinen Egomanen. Harvey bereute diesen Satz sofort. *So spricht ein Zyniker und kein Gerechter.*

Was wir für feste Materie halten, besteht aus Atomen, deren Elektronen so klein sind wie Erbsen im Petersdom. Sie kreisen um ihre Mutter, den Atomkern, und klammern sich wie Kinder daran fest. »Mama, verlass mich nicht!« Wehe, wenn sie dereinst erwachsen werden und das Weite suchen. Ob dann die Welt zerfällt? Das meiste, was uns stabil und fest erscheint, ist Zwischenraum. Welch ernüchternde Erkenntnis, wenn wir begreifen, dass alles vermeintlich Feste Abstand und Entfernung ist, auch das Leben.

Lisa war nicht mehr die Frau, in die Harvey sich verliebt hatte, mit der er neu anfangen und Kinder haben wollte. Sie rauchte längst nicht mehr, rührte keinen Alkohol an und wurde zusehends neurotischer. Nun schimpfte sie nicht mehr auf die Amerikaner, die kein Marmite aßen, sondern über ihren Mann. Thomas kannte jede Veränderung ihrer Stimme, alle Nuancen der Tonlage. Nichts passte ihr. Sie warf ihm vor, seine Versprechen nicht einzuhalten, sich zu wenig um die Kinder zu kümmern, den Garten zu vernachlässigen, mit einem Wort, sie fühlte sich ungeliebt – und er merkte den wachsenden Abstand zwischen ihnen.

Alles im Universum basierte auf Symmetrien, aber Lisa und Thomas wurden sich immer fremder, waren wie Marmite und Vegemite, wie Materie und Antimaterie – kurz vor dem Annihilationsprozess, der gegenseitigen Auflösung. Nur verständlich, dass ihr Harvey aus dem Weg ging, sich lieber an seinem Arbeitsplatz in der Klapsmühle aufhielt.

Wenn sich Gelegenheit bot, suchte er meine Nähe und versuchte herauszufinden, was ich, Sam Shepherd, wusste.

– Eigentlich leben Sie gar nicht, sagte ich ihm dann. Sie sehen nur aus wie Harvey, aber Sie sind eine Attrappe, ein Harvey-Imitat. Da ich ihm nicht sagen durfte, dass ich sein Engel war, behauptete ich dreist, Gott zu sein, ging, wie es sich für einen Schöpfer geziemte, mit würdevoller Miene und auffallend aufrechter Haltung. Wenn man mich gemeinsam mit Harvey so schreiten sah, hätte man nicht sagen können, wer von uns der Patient war, wer der Arzt. Vermutlich haben wir wie die Spaziergänger Einstein und Gödel ausgesehen.

Für Thomas war es faszinierend und beunruhigend zugleich, dass ich fast alles über ihn wusste, die Namen seiner Söhne kannte, Elouise und Gretchen, Blummenfelt und Nathan, sogar Sully Erlich war mir ein Begriff ... »stinkreich, aber unzufrieden«.

– Woher wissen Sie das?

– Ich bin nicht nur der Allesbeweger und Erschaffer der Zeit, die ohne mich gar nicht die Zeit gefunden hätte, zu spät zu kommen, sondern auch FBI-Agent. Ich habe Thomas Harvey jahrelang beschattet.

Sehr wahrscheinlich. Jemand, der so auffällig ist ... bestimmt eins neunzig, dazu die Nase, der Pfrnak ..., muss Agent sein.

– Wieso sind Sie hier?

– Wegen eines Irrtums. Man hat mich verraten. Ich tischte ihm die Geschichte einer untreuen Ehefrau auf, der ich im Weg gestanden war. Als Harvey aber knurrte wie ein Hund, der mit einem Pantoffel kämpft, und ein Gesicht machte, als wollte er sich für meine Entlassung einsetzen, ergänzte ich: Adam und Eva aus dem Paradies zu werfen, war ein Fehler. Aber was sollte ich machen? Die beiden haben in schlampigen Verhältnissen gelebt ... in wilder Ehe! Und jetzt will man das Paradies auf Erden errichten ...

– Tja, Harvey stöhnte. Meine letzten Sätze hatten ihn auf den

Boden der Realität zurückgebracht, die nur lauten konnte: Sam Shepherd ist verrückt. Faszinierend, aber geisteskrank.

– Der Mensch geht an der Wirklichkeit zugrunde, nicht an Wundern. Aber mir geht es hier prächtig, man kümmert sich um mich, die Verpflegung ist ordentlich, nur der Kaffee schmeckt schal, dabei liebe ich Espresso ... Bedenklich ist bloß, dass ich unter lauter Irren bin. Manche sind gemeingefährlich, andere bewaffnet – zu Messern geschliffene Löffel, zugespitzte Schraubenzieher, Scheren ... Nachts brüllen sie, die meisten haben Wahnvorstellungen ... Anderen geht es wie Lots Weib, die es nicht ausgehalten hat, mich in meiner Schrecklichkeit zu sehen. Der Mensch erträgt es nicht, die ganze Schöpfung zu erkennen. Gott ist nicht der Gute, er ist nicht die Wahrheit, er ist das Ganze. Sie sehen, falscher Harvey, ich gehöre nicht hierher.

Sie glauben vielleicht, dass es dumm von mir war, mit Harvey zu reden, aber da wir einmal damit begonnen hatten, begann mir die Sache zu gefallen. Unsere Gespräche häuften sich. Wie Materie und Antimaterie suchten wir die Nähe des anderen und waren danach verstört. Es war wie bei Menschen, die sich zusammen betranken, um in einen gemeinsamen Traum zu fallen. Danach wacht man verkatert auf. Als ich irgendwann mit Schreiattacken und Essstörungen reagierte, kam von Oberschwester Knispelgrant der Befehl, die Gespräche zu unterlassen. Harvey hielt sich nicht daran – war wie Materie, die sich auflösen wollte. Immer wieder fand er meine Nähe und war erstaunt. Die Geschichte vom armenischen Hühnerzüchter, die Sache mit dem Ytong-Ei, seine Sitzungen bei den Quäkern, ja, er erfuhr sogar, dass ihm zwei Kleinganoven beinahe das Hirn gestohlen hätten.

Die Knispelgrant war stinkig. Gegen Harvey konnte sie nichts unternehmen, aber ich, Sam Shepherd, kam in eine Zelle, angeblich, weil ich randaliert haben soll. Als auch das nichts half, stellte sie mich in die Dusche und spritzte mich mit eiskaltem Wasser ab. Sie mischte mir Abführmittel ins Essen, sperrte mich in eine Zelle oder dachte sich andere Schweinereien aus.

– Das werden Sie bereuen, versprach ich ihr. Die Zeit wird kommen, da die Erde in eine andere Erde verwandelt wird, und der Himmel in einen anderen Himmel. Dann wird Gott die Schuldigen in heißes Pech tauchen, weil Gott vulgo Sam Shepherd nicht vergisst.

Die Treffen wurden fortgesetzt.

Direktor Kaunitz stolzierte glücklich durch die Gänge. Er hatte die Gewissheit, mit Wertpapieranlagen ein Vermögen gemacht zu haben. Mit der Selbstsicherheit eines Parvenüs ließ er alles durchgehen. Aber irgendwann meinte auch er, unsere Treffen müssten unterbleiben. Thomas fand Wege, trotzdem mit mir ins Gespräch zu kommen. So ging es Wochen, Monate, bis Harvey eines Tages mitgeteilt wurde, dass Patient Shepherd ein Bodenreinigungsmittel getrunken habe, mit schweren inneren Verätzungen in ein Krankenhaus überstellt worden sei und mit dem Tod ringe. Gleichzeitig wurde Harvey die Entlassung überreicht. Der gemeinsame Rausch hatte ein Ende. Annihilationsprozess.

– Warum sollte er so etwas trinken? Ich bin mir sicher, ...

– Es tut mir leid, sagte der Direktor, Sie sind ein hervorragender Pathologe. Aber ich kann nicht zulassen, dass Patienten irre werden. *Ha, was für eine Ironie!* Sie hatten Anweisungen ... aber nehmen Sie es nicht tragisch, Sie finden etwas Neues. Kaunitz sprach mit der Selbstsicherheit eines erfolgreichen Börsenspekulanten. Da kam der Hausmeister und legte ihm eine Zeitung auf den Schreibtisch.

– Nein. Das ist unmöglich. In Bruchteilen einer Sekunde verfiel der Direktor, war nur noch das Gerüst seiner selbst. Kaunitz wurde bleich, schnappte nach Luft und begann zu weinen.

Harvey drehte die Zeitung so, dass er sie lesen konnte. Graf Kryslowski war zu sehen. »Millionenbetrüger« stand darüber. »Flüchtig«.

Jetzt hat der Direktor die Möglichkeit, dem Motto seiner Anstalt auf den Grund zu gehen. Erkenne dich selbst.

– Nehmen Sie es nicht tragisch. Sie finden Ersatz. Harvey wählte mit Bedacht dieselben Worte, unterdrückte einen Lachkrampf, erhob sich und ging.

Lisa war nicht zu Hause, und das Hirn redete vom Universum, das nur existierte, weil beim Urknall ein Bruchteil der entstandenen Materie übrig geblieben, nicht sofort von Antimaterie vernichtet worden war.

– Wir verdanken uns einer Systemverletzung.

WIE DER RAUM ZU SEINEM BUCKEL KAM

An einem Menschen und seinem Tun kann das Geschick der ganzen Welt hängen. War Harvey ein Gerechter? Oder ein Spinner? Besaß er die wahre Weltsicht der Gottesfürchtigen, oder litt er an einer Psychose? Ein Mensch mit Bestimmung oder eine Ameise mit dem Kleinen Leberegel im Gehirn?

Lisa nahm seine Entlassung gefasst auf. Die Nachricht über den betrogenen Direktor schien sie zu freuen. »Geschieht ihm recht.« Sie wollte einen Ortswechsel. Am liebsten nach Australien, doch Melbourne oder Sydney konnte nicht einmal sie, diese willensstarke Frau, durchsetzen. Stattdessen zogen sie in ein Kaff nach Iowa. Ottumwa, wo Harveys Großvater presbyterianischer Prediger gewesen war, neunzig Meilen südöstlich von Des Moines. Thomas war ergraut, seine Hose hing schlaff herunter, und er trug jetzt dicke Brillen – ein gealterter Tom Hanks.

Ottumwa hatte sich zu einer modernen Westernstadt mit breiten Straßen und Shoppingmalls entwickelt. Die Stadt sah aus wie ein Lied von Dolly Parton. Dabei war es immer noch ein Provinznest mit Menschen, die Tag und Nacht Arbeitshosen und Gummistiefel trugen. Das bedeutendste gesellschaftliche Ereignis war die Kürbiskür im Herbst, zu der man Riesengewächse von bis zu fünfhundert Pfund ankarrte. Und der kulturelle Höhepunkt, den man sich stolz auf die Fahne schrieb, war ein Hotdog-Wettessen.

Das Farmhaus der Harveys stand so nahe an einem Wäldchen, dass sie Lebensmittel und Müll abschließen mussten, damit sie von den Waschbären verschont blieben. Hier sagten sich Fuchs und Hase Gute Nacht.

Im Sommer passierten drei außergewöhnliche Dinge: Die Ameisen machten ihren Paarungsflug durch Harveys Küche, Wespen begannen mit einer kleinen Invasion, und das Hirn, das seit dem Umzug geschwiegen hatte, sprach wieder. Es schimpfte auf die Religion, die immer wissenschaftsfeindlich gewesen war.

– Im Mittelalter wurde das Aufschneiden von Leichen verboten, weil die Kirche gefürchtet hatte, dass etwas zum Vorschein kommt, das der Lehre vom menschlichen Ebenbild Gottes widerspricht. Giordano Bruno wurde verbrannt, weil er behauptet hatte, dass das Universum unendlich sei, und Galileo Galilei musste seine atomistische Theorie widerrufen. Religion war immer rückständig.

– Die Zeiten haben sich geändert, sagte Harvey.

Das stimmte. In Amerika gab es ein neues Schlagwort – sexuelle Revolution. Junge Frauen trugen enge Höschen und Blusen mit weiten Ausschnitten. An den Kiosken lagen Zeitschriften mit Busenmädchen, und die ganze Welt schien sich nur noch über Sex zu unterhalten. Überall Orgien an lachsfarbenem Fleisch, Aureolen auf weichen Brüsten, Wälder aus Schamhaar. Im Fernsehen wurde über Orgasmen und G-Punkte diskutiert, aus Skandinavien kamen Unmengen an Pornofilmen – etwas anderes als die Sonnenanbeter-Hefte von Harvey junior oder die einschlägige Literatur des Gemüsehändlers.

Die folgende Episode fing mit einem großen Aber an. Harvey war an den Ohren drahtiges Haar gewachsen. Er liebte es, mit seinen Töchtern zum Kinderspielplatz zu gehen. Während Elisabeth und Frances in der Sandkiste wühlten oder in Pfützen sprangen, konnte er darüber nachdenken, ob das Universum unendlich war und ob es Außerirdische gab. Stand am Anfang ein Urknall? Saßen auch am Rand der Milchstraße Alien-Väter mit ihrem Alien-Nachwuchs auf Spielplätzen? Aber, hier war es, ganz egal, wie er diese Fragen beantwortete, sie hatten keinen Einfluss auf sein Leben und schmälerten auch seinen Glauben nicht. Da konnte ihm das Hirn noch so viel erzählen von Entropie, dem zweiten Grundsatz der Thermodynamik und anderen Dingen, die er nicht verstand. Egal, wie das Universum beschaffen war, es gab eine Konstante, und die war Gott – etwas, woran kein Denken heranreichte, etwas, das höher war als alle Vernunft. Das sollte doch auch dieses starrköpfige Hirn nun irgendwann begreifen.

Vielleicht ist unser Universum so klein wie das Atom eines Haares und muss sich fürchten, dass sein Besitzer zum Friseur geht. Vielleicht gibt es auch in unseren Atomen Galaxien. Aber selbst wenn dem so sein sollte, läuft am Ende alles auf dasselbe hinaus – auf uns! Wir sind seine Ebenbilder, die einzigen, die in unserer Welt existieren. Und damit ist Gott unwiderlegbar. Gerade seine Abwesenheit beweist, dass er da ist. Ein anwesender Gott würde nicht beachtet werden, wohingegen ein abwesender … Gott weiß, dass der Mensch allem misstraut, was wahr oder falsch ist, also bleibt er indifferent, schweigt und handelt nicht.

Der Gedanke schien Harvey so einleuchtend, dass er sofort dem Hirn davon berichten wollte. Das starrköpfige Ding sträubte sich gegen die Existenz Gottes, aber dieser bestechende Gedanke würde es zwingen umzudenken. Damit sollte es ihm gehen wie dem Saulus auf dem Weg nach Damaskus, es würde Gottes Größe fühlen. Harvey fragte eine Mutter, ob sie kurz auf Frances und Elisabeth aufpassen könne, und rannte nach Hause.

Kaum hatte er das Hirn aus dem Versteck geholt und gesagt, dass Abwesenheit die Anwesenheit bewies, platzte Lisa ... das große Aber ... bei der Tür herein und sah, was los war. Ihre Augen bekamen die Härte einer Stahlpresse, und die Lippen wurden zu Blechschneidern. *Aber, aber.* Harvey blickte sie mit einem derart entrückten Blick an, dass ihr das Blut in den Adern gefror, dann sprang er auf und umklammerte ihr Handgelenk.

– Du hast nichts gehört. Ich habe nicht mit dem Hirn geredet, das war ein Selbstgespräch.

– Wo sind die Kinder?

– Die Kinder? *Welche Kinder?* Spielen sie nicht oben? ... Um Himmels willen. Ich habe sie nur kurz ... Brezelchen, ich schwöre ... Harvey stieß Lisa zur Seite und rannte Richtung Spielplatz. Von Frances und Elisabeth war nichts zu sehen. Auch die Mutter, die er gebeten hatte aufzupassen, war wie vom Erdboden verschluckt. *Das darf nicht sein. Lieber Gott, jetzt kannst du beweisen, dass es dich gibt.*

– Haben Sie meine Mädchen gesehen? Frances hat blonde Zöpfe, und Elisabeth trägt eine rote Bluse. *Oder umgekehrt?* Harvey spürte, wie sich eine dumpfe Angst seiner bemächtigte, ihm die Kehle abschnürte. Er fragte Mütter, Kinder, sogar einen Säugling, doch niemand wusste etwas, und der Säugling konnte nicht sprechen.

– Du hast sie allein gelassen? Wegen des Hirns! Nun tauchte Lisa auf und machte ein Gesicht, als wollte sie Harvey die Augen auskratzen. Er suchte nach Entschuldigungen, Ausflüchten.

– Bestimmt kommen sie bald zurück. Brezelchen ... Er wollte Lisa umarmen, doch sie wich zurück.

– Rühr mich nicht an, sonst mache ich eine Szene, wie du sie noch nie erlebt hast. Wie konntest du sie hier alleine lassen?

– Ich habe eine Mutter gebeten, auf sie aufzupassen. Mir ist etwas eingefallen.

– Etwas, wofür du das Leben deiner Töchter aufs Spiel setzt? Frances! Elisabeth! Lisa lief kreischend herum, doch von den Mädchen fehlte jede Spur.

– Weit können sie nicht sein.

– Und wenn man sie entführt hat? In Lisas Stimme lag die Verzweiflung der ganzen Welt. Ihr war, als wäre mit einem Schlag alles sinnlos geworden. Sie war außer sich, hysterisch …
Da braucht es keine ins Gehirn wandernde Gebärmutter. Sobald sie begriff, dass sie alles verloren hatte, suchte sie einen Schuldigen und fand ihn auch – so zahlreich konnten Harveys Abers gar nicht sein.

– Du hast Angst, dass man dahinterkommt, was du wirklich bist. Ein verantwortungsloser Nichtsnutz! Bloody Bastard! Und wenn die Mädchen tatsächlich entführt worden sind? Oder tot? Sie hob Äste auf und schleuderte sie durch die Gegend. Entführt und tot wie das Lindbergh-Baby? Sie ging zu einem Zaun, riss Latten heraus und warf sie Richtung Harvey.

– Was machen Sie denn da, Lady? Ein Hausbesitzer starrte sie mit in die Hüften gestemmten Armen an.

– Tot! Lisa brüllte. Wegen dem da!

– Was immer auch geschehen ist, meinen Zaun trifft keine Schuld.

– Elisabeth! Frances! Lisa warf wütend eine Latte Richtung Zaunkönig, ging murrend zu Harvey und versetzte ihm einen Faustschlag.

Zwei Stunden blieben sie in der Nähe des Spielplatzes, liefen kreischend durch Straßen, klingelten an Haustüren, um nach dem Verbleib ihrer Mädchen zu fragen, dann gingen sie zur Polizei und gaben schluchzend eine Vermisstenanzeige auf.

Als sie verstört nach Hause kamen, spielten Frances und Elisabeth seelenruhig im Garten. Wenn Lisa jemals Dankbarkeit und

Glück gespürt hatte, dann jetzt. Ein Fremder saß auf der Veranda und rauchte. Der elegante Mann verbarg sein fleischloses Gesicht im Schatten eines Hutes und wirkte seltsam unnahbar.

– Sie müssen die Eltern sein, sagte er mit tiefer, irgendwie verzerrt klingender Stimme. Haben Sie meine Frau gebeten, auf die jungen Damen aufzupassen? Elisabeth musste für kleine Mädchen, aber groß. Da sind sie zu uns gegangen, und weil Essenszeit war, haben sie mit uns »gefuttert«.

– Was wir für Ängste ausgestanden haben. Lisa schenkte dem Fremden kaum Beachtung, sank auf die Knie, umarmte ihre Töchter und weinte. Harvey schüttelte dem Mann, der ihm bekannt vorkam, die Hand, die sich seltsam kalt anfühlte, und ging ins Haus, um das Hirn in Sicherheit zu bringen.

Am nächsten Morgen zog Lisa die Konsequenzen. Sie sagte entschieden, dass es so nicht weitergehe.

– Entweder du machst eine Therapie, oder das Hirn kommt weg, oder beides. Wenn man dir nicht einmal Kinder anvertrauen kann ...

Harvey meinte, sie müssten sich bei dem Fremden bedanken. Um Lisas Zorn zu entkommen, versprach er, eine Flasche Wein zu besorgen. Als es um die Übergabe ging, stellte sich heraus, dass weder Frances noch Elisabeth den Weg kannten. Sie führten ihre Eltern zwar zielsicher zu einem unbebauten Grundstück und behaupteten, hier wäre das Haus gestanden, sie wüssten es genau, aber an diesem Ort gab es kein Gebäude, nur hohes Gras und Dornenbüsche, alles von einer dicken Staubschicht überzogen. Ein geisterhafter Wind pfiff um ihre Köpfe, trug ihnen ächzende Geräusche zu.

Die Mädchen erzählten seltsame Dinge von einer ölig riechenden Dunkelheit, in die sie gesprungen seien. Sie sagten, die Fremden hätten Körper wie Gelee gehabt ... und sich ohne zu sprechen unterhalten. Das Essen sei eigenartig schleimig gewesen, und sie seien viel länger als nur ein paar Stunden weg gewesen, hätten eine Reise zu einem Stern gemacht, wo merkwürdige Wesen gelebt hätten. Keine Menschen oder Tiere, sondern Zahlen. Da gab es freundliche und unfreundliche, selbstverliebte, fröhliche, vollkommene. Und ihre Häuser waren Formeln.

Kinderfantasie!

– Märchenstunde oder was? Minus lachte, aber Harvey war gruselig zumute. *Sollten sie von Außerirdischen entführt worden sein? War dieser Fremde nicht sonderbar? Wie hat er zum Essen gesagt? Gefuttert! So drücken sich Landarbeiter aus, aber danach sah der Mann nicht aus.* Seine Frau tat das als Kinderei ab. Vielleicht hatte sie denselben verstörenden Gedanken, aber ... *fliegende Untertassen? Lächerlich!* ... In Büchern oder Filmen mochte so etwas existieren, aber nicht in der Realität, nicht in ihrer Realität. Da genügte Harveys merkwürdiger Fetischismus.

– Du hast versprochen, das Hirn fortzuschaffen. Lisa starrte ihren Mann an und wurde wütend. Und was hast du getan? Nichts! Weißt du, wie mich das kränkt? Sie begann zu weinen.

Er streichelte sie sanft und versprach, Einsteins Generalprozessor wegzugeben.

– Wann? Ich will ein Datum hören.

– Ich weiß nicht, bald.

– Also abgemacht. Lisa strahlte.

Natürlich brachte Harvey das Hirn nicht fort, auch wenn damit die Aushöhlung seiner Ehe munter voranschritt. Wie ein Süchtiger redete er sich ein, dass er jederzeit darauf verzichten, es sofort und problemlos hergeben könne. Bevor es aber dazu kam, wurde er von Ausflüchten überrannt, dazu kamen Schweißausbrüche, Zittern und ein Beengtheitsgefühl in der Brust. *Weggeben? Natürlich, aber erst nach dem Sommer, nicht vor Weihnachten, Einsteins Todestag im April wäre ein guter Zeitpunkt ...*

Die meiste Zeit stand das Hirn im Keller in einer Schachtel mit der Aufschrift »Weihnachtsdeko«. Zweimal jährlich wechselte er die Flüssigkeit im Glas.

Seine Frau entpuppte sich als Ausbund an Empfindsamkeit mit Sauberkeitswahn. Sie war eine Person mit Prinzipien, aber die hinderten sie nicht, ihn herumzukommandieren. Bei Lisa musste alles seine Ordnung haben, so sehr, dass es fast wehtat. Am liebsten hätte sie bereits im Januar alle Weihnachtseinkäufe erledigt und die Geburtstagsgeschenke gleich dazu. Wenn ihr etwas gegen den Strich ging, ritt sie ewig darauf herum und bekam Wutanfälle in der Größenordnung von Vulkanausbrüchen.

Im Grunde war sie unsicher, wollte verehrt werden und immer das letzte Wort haben. Wenn das Hirn zur Sprache kam, begann sie eine Schimpftirade.

– Was ist mit deinem Versprechen? Du bist so gemein! Das ist so ungerecht. Ungerecht!

– Aber ... da war es wieder.

– Davon will ich gar nichts hören.

Harvey dachte nun allmählich ernsthaft darüber nach, das Hirn loszuwerden. Ein Mann muss Grundsätze haben und danach handeln. Dieses Hirn, das spürte er, würde seine Ehe – nicht zum ersten Mal – ruinieren und damit seine Existenz. Lisa hatte durchklingen lassen, dass sie ihm bei einer Scheidung das letzte Hemd ausziehen wolle.

Andere Männer ließen sich scheiden, weil das Brust-, Bauch- und Oberschenkelgewebe ihrer Frau die Form verlor oder sie figürlich in Richtung Kugelstoßerin expandierte. Andere Ehen scheiterten, weil sich die Herren der Schöpfung jüngere Gespielinnen suchten, oder weil ihnen ein Partner, der auch reden wollte, zu anstrengend war. Bei den Harveys lag es am Hirn von Albert Einstein. Seine Versuche, diesem störrischen agnostischen Geist Gott näherzubringen, waren gescheitert, und wenn das Hirn von Raumzeit oder – meist abfällig – von Quantenmechanik sprach, wusste Harvey nicht, was es meinte. Er verstand nicht einmal die Relativitätstheorie und fand die Beispiele, die das Hirn anführte, recht abstrus.

Es mochte ja stimmen, dass ein fallender Gegenstand in einem fahrenden Eisenbahnwaggon für einen Menschen am Bahnhof anders zu Boden fiel als für die Leute im Zug, oder Astronauten im Weltall langsamer alterten als ihre Zwillingsbrüder auf der Erde, Menschen in einer geschlossenen Liftkabine nicht wussten, ob sie auf einem Planeten waren oder durch den Raum schwebten, aber was sollte das bringen? Raumzeitkrümmung? Dank Einstein lief der Raum mit einem Buckel herum und sah aus wie der Glöckner von Notre-Dame. Harvey hatte sich daran gewöhnt, mit dem Hirn zu sprechen, aber wie im Film mit James Stewart und dem weißen Hasen wurde es irgendwann Zeit, sich zu trennen. Also rang er sich tatsächlich dazu durch, es wegzugeben. Es ging, er spürte es immer klarer, um seine Existenz.

– Es muss sein. Lisa genoss ihren Triumph und verglich das Hirn mit einem Hund, den sie mal gehabt hatte. Was habe ich von ihm gelernt? Klarheit, weil man mit ihm konsequent sein musste. Dass ich attraktiv bin, schließlich hat er mich dauernd bestiegen. Und dass man unter Menschen auch ganz still sein kann. Der Tag, als ich ihn einschläfern lassen musste, war einer der schlimmsten meines Lebens. Seine leuchtenden Augen, mit denen er mich nach dem Spazierengehen dankbar angesehen hat … Es ging ihm gut, ich habe uns Schnitzel gemacht, für mich mit Marmite und für ihn ohne Salz. Als wir zum Tierarzt fuhren, konnte ich ihm nicht mehr in die Augen schauen. Er hat gespürt, etwas stimmt nicht … Aber das Merkwürdige war, dass er danach verschwunden war, nur noch befellte Materie. Sonst hätte ich ihn nicht in einen Teppich rollen und zur Tierkörperverwertung bringen können. Das Auto reinigen, weil er auf dem Weg zum Tierarzt Wasser gelassen hat.

– Das Hirn ist kein Hund.

– Aber etwas Ähnliches. Du wirst sehen, wenn das Ding erst weg ist, vergisst du es sofort. Es wird dir besser gehen … und uns auch.

Nun war die Sache keineswegs einfach. Schließlich konnte er das Hirn nicht auf den Müll kippen, an der Pforte eines Klosters deponieren oder eingerollt in einen Teppich zur Tierkörperverwertung bringen. Also beschloss er, nach New York zu fahren, um es Otto Nathan zu übergeben.

Wie immer fuhr er mit überhöhter Geschwindigkeit. Auf der Straße lagen plattgefahrene Gürteltiere, und Harvey fiel ein, an wen ihn der Fremde, der Frances und Elisabeth zurückgebracht hatte, erinnerte – an diesen Jungen auf dem Parkplatz in Princeton, der das höchste Gebäude der Welt sehen wollte und von einem zeitreisenden Jesus erzählt hatte. *Wie hieß der? Samuel? Lenny? Nein, Lemuel, aber der Knabe war damals sieben, acht Jahre alt, müsste jetzt zwanzig sein, während der Fremde jenseits der vierzig war. Seine Hand hatte sich merkwürdig kalt angefühlt, dazu die dunkle, verzerrte Stimme ... gefuttert? ... Ein Außerirdischer?*

Am Himmel grasten fette Schafe, deren Ränder in goldenem Licht erstrahlten. Ein Lichtschwert stach gerade durch die Wolkenkörper, als Harvey das schraubend schnaubende Geräusch einer Sirene hörte. Ein Ufo? Nein, er sah ein Blaulicht im Rückspiegel, fuhr an den Straßenrand und zeigte dem Polizisten die Papiere.

Auf die Frage, wo er so schnell hinmüsse, sagte er wahrheitsgemäß, nach Manhattan, um das Hirn von Albert Einstein abzugeben.

Der Beamte blickte Harvey an, als ob er gerade verkündet hätte, das Chrysler Building in die Luft zu jagen, den Präsidenten zu entführen und die Freiheitsstatue mit gelben Kringeln anzumalen.

– Haben Sie getrunken?
– Nein.

Das bundesstaatliche Kinn schob sich nach vor, und die polizeilichen Backenmuskeln bekamen Bizepsdimensionen. Harvey lächelte verlegen. Im Spiegelglas der Sonnenbrille, die der Staatskavallerist provozierend langsam aufgesetzt hatte, sah er sich in Verzweiflung schmelzen.

– Das ist die blödeste Ausrede, die ich jemals gehört habe. Das Gesicht des Polizisten verfinsterte sich, und Harvey bekam ein mulmiges, nach kleinstädtischem Gefängnis schmeckendes Gefühl. Plötzlich lachte der Beamte und zerriss den Strafzettel.

– Das Hirn von Einstein? Findet eine Tagung statt? Wer kommt noch? Leonardo da Vinci? Newton? Aristoteles? … Aber passen Sie auf, dass Sie in New York nicht unter die Räder, äh, Neger kommen. Die Schokos demonstrieren. Soll heiß hergehen.

Als Harvey wieder fuhr, meldete sich das Hirn.

– Du willst mich loswerden?

– Lisa lässt mir keine Wahl.

– Macht dich das traurig?

– Ich habe versagt. Weder ist es mir gelungen, wissenschaftliche Erkenntnisse zu gewinnen, noch konnte ich dir den Glauben näherbringen. Nicht einmal der Beweis eines fehlenden Beweises hat dich umgestimmt. Dabei hätte ich deswegen fast meine Töchter verloren. Um dich zu behalten, habe ich viel in Kauf genommen, aber jetzt ist Schluss. Worum geht es im Leben? Um Identität. Aber der Fortschritt schafft alles ab, was Menschen Identität bringt: Die Industrialisierung hat die Arbeit unnötig gemacht, die Wissenschaft hat Gott verdrängt, bald werden Computer unser Leben ersetzen … Wenn man mich fragt, wofür ich brenne, was mich ausmacht, dann … Harvey stockte … Ich denke, es wird das Beste sein. Wir bleiben natürlich Freunde …

Manhattan war elektrisierend. Überall junge Leute mit langen Haaren, bunten Kleidern und Kofferradios, aus denen Scott McKenzie oder The Doors dröhnten. Kein Wunder, dass strenggläubige Christen sagten, hier habe der Teufel sein Zuhause bezogen.

Einen Parkplatz in diesem neuen Babylon zu finden, war unmöglich, also fuhr Harvey zu einem Parkhaus, schnappte sich das Hirn und ging Richtung Nathans Wohnung. In der Luft lag pulsierender Lärm, der an eine Invasion von paarungswütigen Zikaden denken ließ. Als Harvey näher kam, sah er die Ursache: Menschen nach der Sprachverwirrung? Nein, eine Protestkundgebung. Skandierende Menschen mit Schildern. Bilder von Malcom X, Martin Luther King und Muhammad Ali wurden hochgehalten.

– Was ist hier los?, fragte er einen Passanten.

– Die Briketts fordern mehr Rechte, sagte der Mann pikiert. Keine getrennten Warteräume, Zugang zu öffentlichen Schwimmbädern, gemischte Schulen ... Wenn wir das zulassen, werden sie unsere Töchter schwängern, und eines Tages wird es schwarze Senatoren geben, vielleicht sogar einen Präsidenten ... nein, das dann doch nicht.

– Jetzt kommen die langsam auf den Trichter, wie beschissen es zugeht auf der Welt, widersprach ein junger Mann. Endlich merken die, dass das Gerede der Politiker verlogen ist. Die Afroamerikaner müssen sich wehren.

– Dummschwätzer! Eine Alte fuchtelte mit ihrem Schirm.

Der Protestzug schien die Stadt zu durchtrennen, weder in der einen noch in der anderen Richtung war ein Ende zu erkennen. Ein endloser Zug von grölenden, aufgebrachten Schwarzen. Da durchzukommen schien unmöglich, vor allem, wenn man weiß war und ein Glas in Händen hielt. Also beschloss Harvey, bis an die Spitze zu laufen, um dort die andere Straßenseite zu erreichen. Er ging neben den Demonstranten, aber schneller. Die Schwarzen warfen ihm aggressive Blicke zu, die besagten: Geh weg, du gehörst nicht zu uns. Immer wieder wurde er angerempelt und geschubst. Dann sah er einen Weißen mit rotblondem Haar, der grölte:

– Gerechtigkeit! Black is beautiful! Es ist toll, Farbiger zu sein!

Ein Albino? Nein, Harvey kannte dieses Gesicht – Joseph Bley, der Portier von Princeton.

– Die Unterdrückten müssen zusammenhalten. »Solidarität« stand auf seinem Shirt. Der Bauch darunter war gewachsen, aber Bley hatte noch immer dieses Funkeln in den Augen, das von seiner Überzeugung kam, für das Richtige zu kämpfen. Er nahm Harveys Hand, und gemeinsam kamen sie rascher vorwärts.

– Wir lassen es uns nicht länger gefallen, brüllte ein Redner, dass man unsere Studenten verhaftet, weil sie für gleiche Bildungschancen kämpfen. Wir nehmen es nicht mehr hin, wie Sklaven behandelt zu werden. Wir haben es satt, dass man versucht, uns Scheiße aufs Brot zu schmieren.

Die wogende Menge trennte Harvey und Bley. Bald waren vier Köpfe zwischen ihnen, bald acht, dann verloren sie einander. Thomas war komplett verschwitzt, als er der Spitze näher kam. Zu seinem Entsetzen stellte er fest, dass es kein Ende gab, der Zug bloß ausfranste und in ein Menschenmeer mäanderte. Er drängte durch schwarze Menschen. Versammlung der Dienstboten, war sein erster Gedanke. *Aber das ist keine Kundgebung von Onkel-Toms-Hütte-Negern oder Jazzmusikern. Die sehen alle verdammt aggressiv aus.* Vorne hatte man eine Bretterbühne aufgebaut, ein Gospelchor sang Halleluja, dann setzte eine Sängerin ein und begann *Strange fruit* zu intonieren.

Und was machst du jetzt, Thomas Harvey? Du hättest dich früher darum kümmern müssen, die andere Seite zu erreichen.

Er hatte sich durchgekämpft, sah, dass hinter der Holztribüne ein riesiges Polizeiaufgebot stand. Auch dort war die andere Straßenseite nicht zu erreichen. Es gab nur eine Möglichkeit, er musste über das Podium klettern. Solange die Menge Halleluja sang, sollte das möglich sein. Er bestieg das Holzkonstrukt, ging zielstrebig in Richtung andere Seite, als ihn beim Rednerpult eine Tomate traf. Für die Menge war sein Erscheinen äußerst seltsam, enterte doch gerade die unwahrscheinlichste Figur die

Bühne – ein Weißer mit Anzug, Masche und Buster-Keaton-Gesicht. Und was hielt er in den Händen? Ein Marmeladenglas?

– Keine Weißbrote, schrie jemand. Weg mit der Kartoffel! Verschwinde, Spargel! Harvey blickte in den Mob und sah inmitten der aufgebrachten schwarzen Gesichter ein weißes, eines, das er kannte: Mendel Zeligman, den Stoffhändler aus der Zweiundsiebzigsten.

– Hallo, sagte Harvey, ohne zu merken, dass er in das Mikrofon sprach. Er winkte zaghaft. Können Sie sich erinnern? Ich bin der mit dem Hirn.

– Verschwinde!, brüllten welche. Mach die Bühne frei. Andere buhten.

– Der Dämon ist nicht verschwunden, fuhr Harvey fort. Ich weiß gar nicht, wie ich hierhergekommen bin. Ich wollte nur auf die andere Seite.

– Buh!, grölte die Menge. Ruhe, Sklaventreiber!

– Seid ruhig, zischten andere. Wir wollen hören, was er zu sagen hat.

– Ihr nennt mich Skandinavier? Harvey sprach nun nicht mehr zu Mendel Zeligman, sondern in die Menge. Ihr haltet mich für einen Schweden? Harvey dachte an die Pornofilme. Mit diesen Schweinereien habe ich nichts zu tun. Glaubt ihr, nur weil man eine helle Hautfarbe hat, kann man Ski laufen? Wisst ihr, was ich hier habe? Er hielt das Glas in die Höhe. Das ist das Hirn von dem klügsten Menschen, der jemals gelebt hat. Die irritierte Menge schwieg.

– Das Hirn von Albert Einstein! Und dieser Albert Einstein war weiß, und er war Jude, aber bestimmt kein Skandinavier. Er hätte auch schwarz sein können oder gelb oder rot oder grün getupft. Und dieser Albert Einstein hat gesagt, dass nichts so unendlich ist wie die Dummheit der Menschen. Und Rassendiskriminierung ist dumm. Nur weil man weiß ist, ist man noch lange kein Skandinavier, nicht einmal Deutscher.

– Sklaventreiber!!, brüllte eine Stimme. Nun erst merkte Harvey, dass er etwas falsch verstanden hatte.

– Sklaventreiber? Skandinavier? Ich weiß nicht, ob Adam und Eva Schweden gewesen sind, oder Jesus, aber ich verstehe, dass ihr euch nicht länger für eine weiße Weihnacht à la Bing Crosby interessiert. Ich habe versagt, weil ich an diesem Hirn keine Genialität lokalisieren konnte. Vielleicht gibt es die gar nicht? Vielleicht sind alle Menschen genial, nicht nur die Einsteins. Vielleicht sind wir alle Skandinavier?

– Genau!, brüllten welche. Bravo! Andere klatschten.

– Ich meine, wenn wir uns alle anstrengen, sollte die Welt etwas wärmer werden.

– Bravo! Genau!

– Es gibt viele Gründe, warum sich der Durchschnittsmensch nicht alles gefallen lassen darf. Der eine hat eine Kanaille als Chef, beim Nächsten ist das Sexualleben am Gefrierpunkt, oder Immobilienmakler haben ihn betrogen. Andere sind sauer, weil sie sich keine Ärzte leisten können oder das Schulgeld, man ihnen das Liebste nehmen will, was sie besitzen, das Hirn von Albert Einstein. Darum fordere ich Skilaufen für alle. Weg mit Skandinavien!

Die Menge war erst zögerlich ob dieser surreal anmutenden Rede, brach aber bald, nachdem ein paar Bravo gerufen hatten, in Jubel aus – und wie auf einer Welle wurde Harvey von der Bühne gehoben. Unzählige Hände klopften ihm auf die Schulter, er wurde umarmt und geküsst, während auf der Bühne bereits der nächste Redner stand. Der Weiße Hase wurde von einer Woge durch das schwarze Menschmeer gespült. Endlich erwischte ihn Mendel Zeligman, zerrte ihn aus der Menge und bugsierte ihn in ein Taxi.

– Skandinavier? Ist es meglich? Kennen Sie den jüdischen Witz? Moischele, wie geht es Ihnen? ... Nu, verglichen mit wem? Mendel lachte. Wie kommen Sie hierher?

– Dasselbe könnte ich Sie fragen.

– Wo soll es hingehen? Der Fahrer war ein Inder, der sich über die Demonstranten lustig machte: Nichts arbeiten, aber Straßen verstopfen! Rindviecher!

– Obere Ostseite.

Der Wagen brauste los, und bald zogen draußen die Docks vom Hudson River vorüber.

– Wir sollten nach Harlem, so leer wie heute wird es dort nie mehr sein.

Keine halbe Stunde später saßen sie bei einem Italiener mit Zebras auf einer roten Tapete. Mendels Augen waren so goldbraun wie der Bourbon, den er bestellt hatte.

– Sie sind mir ein schenes Beispiel fir was man nennt Exempel. Ist es meglich? Auf einer Kundgebung schwarzer Bürgerrechtler zu schwingen eine Rede. Das hat Chuzpe.

– Und Sie? Was haben Sie dort gemacht?

– Nu, der alte Zeligman ist vielleicht ein Ignorant, aber vom Stoff, was man nennt Leben, versteht er was. Mein Großvater war Hausierer in Galizien, hat er Leuten Tinnef angedreht, aber gehabt Mazel, dass er ist ausgewandert.

Sie aßen Spaghetti mit Fleischsauce, tranken Chianti, und Zeligman erzählte Witze. Vom Geschäftsmann, der von seiner Frau mit dem Buchhalter betrogen wurde, vom Rabbi, dessen Sohn Moslem werden wollte, und von Christus, der nach der Auferstehung nicht mehr über das Wasser gehen konnte ... Warum? Hat er vergessen, dass er jetzt hat Lecher in de Fiße.

– Ich mache schwere Zeiten durch, stöhnte Harvey. Er sagte, dass gerade sein Universum auseinanderfiel, seine Frau darauf bestand, dass er das Hirn weggab.

– Ist es meglich? Wenn alter Mendel die Wahl hätte zwischen einem Heizstrahler, einer Schleimbeitelentzindung und dem Papst ... er kratzte mit der Gabel am Glas des Hirns, was ein knirschendes Geräusch ergab ... Harvey wusste nicht, ob eine Lebensweisheit oder ein Witz folgen würde ..., tätert Mendel sich fir Schleimbeitelentzindung entscheiden. Nur weil man ist a Jidd, muss nicht jeden Tag sein eine Therapie. Mendel erzählte von Demonstrationen, die nun ständig Laufmaschen in das Stadtgewebe zogen.

– Junge Goi tragen Che-Guevara-Plakate oder Castro-Sticker und fordern die Revolution, die sie halten fir ein romantisches Geschichtl. Aber die Revolution ist nicht romantisch. An den Universitäten gibt es nichts Schlechteres als hechstens ein Befriedigend, damit niemand nach Vietnam muss. Und was machen die jungen Leit? Alle reden vom Establishment, das was sie wollen stirzen. Was soll das sein? Schmafu! Gehert ein Stoffhändler zum Establishment? Die jungen Leit wollen kämpfen gegen den Imperialismus ... Kennen sie haben ...

Geschrei vom Nebentisch übertönte Mendels Stimme. New York war eine Stadt der Exzentriker, aber das Gejohle der drei Männer übertraf alles. *Ist es möglich?* Die kräftigen Kerle mit Bürstenhaarschnitt ... *Haymakers Meerschweinchenfrisur* ... brüllten etwas von Mohnkuchen, Montag, Mondlandung und Gott und Ordnung, die sie anbeten.

– Den Witz kenne ich, sagte Mendel. Stehen zwei Matrosen beim Pissoir, blinzelt der eine zum anderen und sieht, da steht Igaowa auf dem Zumpferl. Igaowa? Wie kann man sich das auf den Shlong tätowieren lassen? Von wegen Igaowa, wenn der ausgefahren ist ...

Schließlich sprang einer der Männer auf den Tisch, hob sein Weinglas und verkündete mit sämigem Kartoffelbrei-Südstaatenakzent die Überlegenheit Amerikas.

– Wir sind so mächtig wie Alexander der Große. *Mächtig genug, um kleine Diktatoren mit Raketen zu beschießen.* Deshalb fliegen wir zum Mond und werden, sagte der Bürstenhaarschnitt, die Bitte John F. Kennedys erfüllen. Mein Freund hier, er deutete auf seinen Kumpel, Buzz Aldrin, wird der erste Mann auf dem Mond sein. Das Los hat es so gewollt. Und wir zwei Schönen – Neil Armstrong und Michael Collins – werden ihm folgen. Wir sind die Weltraumpiloten. Jawohl.

– Wenn wir zum Mond fliegen, ergänzte der Zweite.

– Vielleicht in einem Film von Stanley Kubrick, lachte Collins.

– Tss, zischte Zeligman. Was muss man fliegen auf de Mond? Gibt es da oben Bagels, was haben keine Lecher? Ist koscher? Das ist Igaowa. Erinnert Mendel an Schlamassel vom Turmbau zu Babel, wo, wie Gelehrte ausgerechnet haben, vier Millionen Arbeiter dreitausend Jahre malochen hätten missen, um hunderttausend Meilen entfernten Himmel zu erreichen. Der Turm wär gewesen schwerer als die Erde selbst, hätt uns aus dem Weltraum hinauskatapultiert, der Stuss.

Harvey stand auf und gratulierte Buzz Aldrin. Er schüttelte ihm die Hand und sagte:

– Das Schicksal bestraft die, die es zu begünstigen scheint. Ich hoffe, Sie werden mit Ihrem Ruhm leben können.

Aldrin und Armstrong sahen sich kurz verdattert an, dann lachten sie.

Wir sind doch Schauspieler, die sich als Raumfahrer ausgeben. Aber wer weiß, vielleicht spielen wir nur Ihnen etwas vor, vielleicht der ganzen Welt.

HÜ-HOTT ZUM MOND

Aus dem Radio kam eine Stimme, die an geschmolzene Schokolade erinnerte – Marilyn Monroe. Lisa war ganz aus dem Häuschen, als sie hörte, dass er das Hirn weggegeben hatte.

– Du wirst sehen, nun wird alles gut. Sie strahlte.

Tatsächlich brachte Harvey es nicht fertig, ihr die Wahrheit zu sagen. Er hatte sich von seinem Schatz nicht trennen können und das Hirn wieder im Keller versteckt. Thomas setzte sich zu ihm, sobald Frau und Töchter außer Haus waren. Wie ein Alkoholiker in einem islamisch regierten Land, einer, der es nicht wagte, einen Drink zu nehmen, ohne vorher die Jalousien heruntergelassen zu haben. Die Angst vor dem Ertapptwerden hatte etwas Lähmendes.

Lisa meinte, das Hirn wegzugeben sei das Beste gewesen, was er habe tun können.

– Eine Scheidung hätte dich zerrissen. Ich bin die Liebe deines Lebens, über eine Trennung kämst du nicht hinweg.

Wenn ich es nur geschafft hätte. Harvey war ein trauriger Soldat, der vom Marschieren erschöpft war und den Sinn der Befehle nicht verstand. Er fürchtete, in eine Schlacht hineingezogen zu werden und bald vor dem Scherbenhaufen seiner zweiten Ehe zu stehen. Mindestens ebenso fürchtete er, seiner Lebensaufgabe – denn nichts anderes war das Hirn – nicht gerecht zu werden. Sein Leben bestand aus kleinen Scharmützeln, in denen er sich aufrieb, während ihm der Sinn des Krieges abhandenkam. Die Fahne, unter der er marschierte, war verblasst. Es ging immer weniger um einen erlösenden Triumph, geriet er doch tiefer und tiefer in einen Sumpf aus Lügen und Heimlichtuereien, bei dem es nur noch um das nackte Überleben ging. Er fühlte sich alleingelassen. Selbst Gott beunruhigte ihn. Hatte der Schöpfer nicht gerade für gottesfürchtige und gerechte Menschen immer die allerschwersten Prüfungen parat? Harvey hatte Angst vor Briefen, zuckte zusammen, wenn das Telefon läutete oder jemand am Haustor klingelte. Immer rechnete er mit dem Schlimmsten.

Eine Weile lang war Waffenstillstand, seine Frau anschmiegsam. Dann begann sie wieder, ihn zu korrigieren, seine Aussprache zu verbessern, seine Kleidung, Tischmanieren. »Gib deine abgeschnittenen Zehennägel nicht in die Blumentöpfe! Räum das Geschirr weg! Stell keine leeren Mayonnaise-Gläser in den Kühlschrank.« Immer fand sie etwas, das ihr nicht passte.

Sei nicht zu streng mit ihr, sie fühlt sich überfordert, außerdem ist sie eifersüchtig. Letzteres war sie wirklich, aber nicht auf andere Frauen, sondern auf alles, was die Aufmerksamkeit von ihr, Lisa, ablenkte. Im Herzen war sie immer noch Schauspielerin und süchtig nach Applaus.

Frances und Elisabeth beharrten nach wie vor darauf, von Außerirdischen entführt worden zu sein. Nachdem sie im Kindergarten von der großen Leere, die sich hinter dem Himmel ausbreitete, von Zahlenwesen und flüssigen Kreaturen erzählt hatten, wurden die Harveys zur Leitung bestellt, wo man eine ärztliche Untersuchung beschloss. Körperlich war alles in Ordnung, aber der Psychologe konstatierte ein Übermaß an Fantasie und ausgeprägten Geltungsdrang. *Ganz die Mutter.*

– Es kommt häufig vor, dass einem Kind die Fantasie einen Streich spielt, sagte der Seelenklempner. Es ist verstörend, sollte Sie aber nicht beunruhigen.

Und wenn an der Sache etwas dran ist? Blödsinn, Thomas, du glaubst ja auch nicht an den Weihnachtsmann. Nur, dass Einsteins Hirn mit dir spricht.

– Auf keinen Fall dürfen Sie Ihre Töchter fragen, was sie gesehen haben, so etwas verstärkt das Trauma.

– Und wenn sie die Wahrheit sagen? Thomas flüsterte. Ich meine, es gibt Dinge, die über unsere normale Erfahrung hinausgehen.

Der Psychologe hatte auf Lisas in engen Jeans steckende, faszinierend lange Beine geschaut, blickte hoch und betrachtete den Weißen Hasen, als ob er einen Kuckuck im Oberstübchen hätte.

– Schuld ist letzten Endes doch immer die Mutter. Thomas grinste, Lisa griff sich an den Kopf.

Der Psychofritze lachte verlegen und verabschiedete die Harveys.

– Bist du verrückt? Lisa zischte.

– Wenn es wahr ist? Du hast die mit weißem Staub bedeckte Wiese gesehen, und der Fremde hat »gefuttert« gesagt.

– Ja, und drei mal neun ist Donnerstag. Harveys Frau rollte mit den Augen. Außerdem sind Mütter niemals schuld. Wie kommst du auf so einen Unsinn?

In den nächsten Wochen konnte sich Thomas Anspielungen auf die Außerirdischen kaum verkneifen. Was er von seinen Töchtern zu hören bekam, war aber so abstrus, dass er es als Unfug abtat. Die Extraterrestrischen hatten keine Körper, sondern waren Strukturen wie das Craquelé in einer Keramikglasur. Sie redeten von Spinnennetzen, von Lichterketten, die sich in Körper verwandeln konnten – und die waren dann Zahlen. Kontakt mit den Menschen würden sie erst in ein paar Jahrtausenden aufnehmen, wenn wir dann noch existierten.

– Und was wollten sie von euch?

– Darüber dürfen wir nicht sprechen, sagte Elisabeth, und Frances zog mit ihrer Hand einen imaginären Reißverschluss vor ihren Lippen zu, verschloss sie mit einem eingebildeten Schlüssel und warf ihn weg.

Außerirdische? Harvey beobachtete seine Töchter, konnte aber nichts Besonderes bemerken. Sie aßen noch immer am liebsten Nudeln mit Ketchup, tranken gern Cola, spielten mit Puppen. Vermutlich hatten sie alles nur geträumt und sich dann mittels Autosuggestion in eine Wahnidee hineingesteigert. Trotzdem war Thomas zumute, als hätte man ihm die Schädelplatte abgeschraubt und mit einer intergalaktischen Klobürste im Kopf herumgeschrubbt. Er fühlte Nebel des Irrealen, die alles verschleierten. Vielleicht glich die Wahrheit der Sonne, deren Anblick man nur ertrug, wenn sich Wolken davorgeschoben hatten?

Und was meinte das Hirn?

– Außerirdische sind wie Fermats letzter Satz. Der Mathematiker des siebzehnten Jahrhunderts hat in einer Randnotiz festgehalten, dass er einen wunderbaren Beweis seiner Vermutung gefunden hat, dass $a^n+b^n=c^n$ für keine natürlichen Zahlen gilt, sobald n größer ist als zwei. Leider hatte er am Buchrand zu wenig Platz, um ihn aufzuschreiben. Seither versuchen alle, dieses Rätsel zu lösen. Verstehst du das? Natürlich nicht. Der Satz besagt, dass die Summe von zwei Würfeln, deren Seitenlägen natürliche Zahlen sind, nie einen dritten Würfel mit ganzzahliger Seitenlänge ergibt. Das gilt nicht bloß für dreidimensionale Würfel, sondern für alle Dimensionen. Um das zu begreifen, muss man Quadratzahlen fühlen können, Dreieckszahlen spüren. Der Beweis ist simpel, aber noch hat niemand ihn entdeckt. Genauso ist es mit den Außerirdischen.

Thomas seufzte. Als er Lisa mitteilte, dass sie umziehen würden, weil er in einem Privatlabor in Freehold eine Stellung gefunden hatte, wurde sie wütend.

– Was soll ich dort? Oh, was aus uns hätte werden können, aber der Herr Harvey lebt wie ein Zigeuner. Sie sprach mit der Geschwindigkeit eines Auktionators bei einer Viehversteigerung und hatte das Gebaren eines Richters, der mit der Todesstrafe droht. Ihr Gekeife besaß so viel Gravitation, dass sich sogar der bucklige Raum krümmte.

– Du bist eine wunderbare Frau, Brezelchen, versuchte Harvey sie zu besänftigen. Dabei dachte er, eine Familie ist der Tod für jeden freien Menschen.

Trotzdem zogen sie nach Freehold, New Jersey. Urbaner als

Ottumwa, aber auch hier gab es mehr Kirchen als Imbissbuden. Die Stadt war hundertzehn Meilen nordöstlich von Philadelphia und lag doch Lichtjahre davon entfernt. Lisa wusste, wie Kleinstädter tickten, die bestenfalls den Nachnamen des aktuellen Präsidenten kannten. Sie konnte mit Leuten umgehen, bei denen vierundzwanzig Stunden am Tag der Fernseher lief, es nur ein Gesprächsthema gab, den Wetterbericht. Sie fand einen Kindergarten und trichterte ihren Töchtern ein, ja nicht mehr von den Außerirdischen zu sprechen. Es gab einen netten Greißler, der Marmite führte, und ein Hallenbad. Lisa ahnte nicht, dass das Hirn noch immer ihr Begleiter war. Es hätte sie wahnsinnig gemacht.

Harveys Zeit mit Einstein war knapp bemessen. Es vergingen Tage, Wochen, in denen er kaum an ihn dachte. Er erzählte seinen Töchtern von der Zahnfee, telefonierte mit den Söhnen – nicht mit Robert, der noch in Vietnam war – und kümmerte sich um ein Eichhörnchen, das er Godzilla, Kurzform Zilly, nannte. Lisa wurde fast verrückt, wenn sie Nüsse in seinen Hosentaschen fand. »Ruinieren die Waschmaschine.«

Wenn er dann wieder in den Keller ging, war das Hirn wütend. Entweder es schwieg, oder Harvey bekam Vorwürfe zu hören.

– Du bist an der Wahrheit gar nicht interessiert. Du lenkst dich ab, um dir die großen Fragen nicht stellen zu müssen.

Harvey schwieg.

Als für den 20. Juli die Übertragung der Mondlandung angekündigt wurde, wollte das Hirn unbedingt zusehen.

– Wie stellst du dir das vor? Ich kann Lisa und die Kinder nicht fortschicken.

– Dein Problem. Ich bin ein Fan der Mondmission, seit ich aufrecht gehen kann.

Natürlich verstand der Weiße Hase, dass die Mondlandung für Einstein wichtig war. Er hoffte, dass das Hirn dabei endlich Seelenfrieden finden würde. Also entwickelte er einen Plan, erzählte Lisa von einem Bewerbungsgespräch, schmuggelte das Hirn in den Kofferraum seines Buicks und brauste los. Zuerst in den nächsten Drive-in, um Nahrung zu besorgen, dann in ein Motel – düsteres kleines Zimmer mit einem Fenster in einen dunklen Lichtschacht, auf dessen Grund drei Tauben verwesten. Das Hirn kam neben das TV-Gerät und sah, wie weiße und schwarze Streifen über den Bildschirm flackerten ... ein Mückenschwarm vor einem Zaun. Als das Bild stabil war, begann Harvey, sich mit Burger und Pommes vollzustopfen.

Die Übertragung dauerte Stunden, in denen das Hirn nichts sagte, aber manchmal jauchzte. Flimmernde Bilder zeigten Schneetreiben ... *Einer Suppe beim Köcheln zuzusehen, wäre spannender* ... Man zeigte Menschen auf den Straßen, die mit offenen Mündern den Kopf zum Himmel reckten, und in einem Fernsehstudio hatte man aus Pappe die Landekapsel nachgebaut, in die sich drei Schauspieler zwängten, die sonst im Kinderprogramm auftraten, um anhand von aufgemalten Knöpfen alles zu erklären: Wir sind jetzt in die Umlaufbahn des Mondes eingetreten ... Ist das gefährlich? Nein, da besteht kein Grund zur Sorge ... Bis es endlich so weit war, das ganze Dunkel noch dunkler wurde, ein Draußen zu einem Drinnen kippte, sich die Landekapsel der Mondoberfläche näherte, und der TV-Sprecher sagte:

– Also, ihr Lieben, es ist spät geworden. Jetzt schnappt euch dieses Baby!

Wozu dieses Theater, um auf einen pockennarbigen Sandbrocken zu gelangen? Vielleicht, um Ängste zu bewältigen.

Konnte man sich mehr den Elementen aussetzen als diese Astronauten? Nicht Buzz Aldrin war der erste Mensch auf dem Mond, sondern Neil Armstrong. *Waren die Schauspieler in Manhattan echt gewesen?*

Der berühmte Satz mit dem großen und kleinen Schritt war zu hören, schemenhafte Gestalten hoppelten durch das Bild, und Harvey dachte an den Witz, den er in Manhattan gehört hatte ...

In god and ordnance we adore ... Igaowa. Kain und Judas, von denen es hieß, sie büßten da oben mit Dornen auf dem Rücken ihre Sünden, waren nicht zu sehen.

– Ich habe das Gefühl, sie sind wegen mir raufgeflogen. Als hätten sie den ganzen Aufwand nur gemacht, um meine Theorien zu bestätigen. Die Stimme des Hirns war ohne Ironie.

– Sind die wirklich auf dem alten Knochen? Oder hat man Angst, eine Lüge zu gestehen? Ich belüge Lisa, um einem Streit aus dem Weg zu gehen. Vielleicht belügt die NASA uns?

– Jeder Mensch braucht etwas, das ihn zusammenhält, etwas, das ihn tröstet. Die Stimme des Hirns klang nachdenklich. Weißt du, warum es auf dem Mond keine Farben gibt? Weil er keine Atmosphäre hat. Da oben ist ein Meer aus Staub, Menhiren und durchlöcherten Stollen. Die Temperatur schwankt zwischen hundertdreißig plus und hundertsechzig minus.

– Das war nicht die Frage.

– Wie kannst du zweifeln?

– Du zweifelst auch an Gott.

– Ich zweifle nicht! Ich erkenne ihn nicht an. Die Stimme des Hirns klang traurig. Die Welt begann mit einem Rechenfehler, und Gott bezahlte dafür mit seinem Leben. Gott ist das Produkt einer Verschwörung. Jede Regierung ist unangreifbar, sobald sie sich auf eine höhere Instanz beruft.

– Du Ketzer! Warum fällt der Mond nicht auf die Erde? Weil ihn Gott da oben hält.

– Weil sich Erdanziehung und Zentrifugalkraft ausgleichen. So etwas kann man verstehen. Aber wie soll man sich eine Zeit vorstellen, in der keine Zeit existiert? Wie den ungeheuren Raum, der aus dem Nichts entstanden ist? Wie kann unser Verstand das unendliche Universum begreifen? Oder ist es, noch schlimmer, endlich? Wir sind Ameisen, die nur ihren Bau kennen, vielleicht noch Straßen in die nächste Zuckerdose. Die Welt ist sehr viel größer, aber für so ein Ameisenhirn wie das unsere nicht zu verstehen. Was ist in der Welt der Teilchen los: Keines lässt sich bestimmen, sie sind Welle und Teilchen gleichzeitig, ständig in Bewegung ... Die Welt besteht aus winzigen Ereignissen, die wild herumsausen, und trotzdem gibt es die Fotografie. Trotzdem hat der Mensch, dieses träge und behäbige Wesen mit seinem Ameisenbewusstsein, heute den Mond betreten!

– Mich wundert, dass man da oben keine Parkuhren aufstellt und Strafzettel kassiert.

Im Fernsehen wurden jubelnde Techniker in Kontrollräumen gezeigt. Ingenieure sprachen von einem neuen Zeitalter und von der größten Leistung der Menschheit. Einer redete von Fortschritten der Wissenschaft, erwähnte Newton, Edison und ... Einstein.

– Hast du gehört? Sie haben deinen Namen genannt. Ohne dich wären sie da nicht raufgekommen. Amerika ist stolz auf dich! Harvey hielt eine Packung Käsecracker in der Hand und stopfte kleine Teigräder in sich hinein.

– Lächerlich. 1933 wäre mir fast die Einreise verwehrt worden. Ein Verein patriotischer Frauen, der mich als Kommunisten bezichtigte und mir Pazifismus vorwarf, hatte tausende Unterschriften gesammelt. Für das FBI war ich wegen meiner Opposition zum NS-Regime verdächtig. Meine Stellungnahmen wider die Rassentrennung machten mich zu einem dubiosen Subjekt. Amerika verlangte von jedem jüdischen Einwanderer deutscher Herkunft ein Führungszeugnis – ausgestellt von der NS-Regierung.

– Heute verehrt man dich. Du solltest dich freuen.

– Ich fühle mich wie im Herbst 1922. Damals ist mir auch alles lächerlich vorgekommen. Warum? Weil man mir mitgeteilt hat, dass ich den Nobelpreis kriege.

– Du hast nicht gejubelt?

– Zehn Jahre lang war ich nominiert gewesen, aber für die Herrschaften in Schweden war die Relativitätstheorie nicht ausreichend bewiesen. Und dann, 1922, hat man mir den Preis für eine andere, unbedeutende Arbeit zuerkannt. Ich hätte vor Glück in die Luft springen müssen. Der Nobelpreis! Tatsächlich war ich so niedergeschlagen, dass ich die Reise nach Stockholm abblies, stattdessen Vorträge in Japan hielt.

– Das verstehe ich nicht.

– Das Essen in Japan ist ziemlich interessant. Und erst die Frauen ...

– Dafür sagt man keine Nobelpreisverleihung ab.

– Ich hatte einen Gipfel erreicht, den höchsten, aber da habe ich gesehen, wie bedeutungslos das ist. Mein Gipfel, für den ich mich abgemüht hatte, war bloß ein Sandkorn auf einem unermesslich großen Strand.

– Vielleicht hast du Gott gefühlt?

– Das glaube ich kaum. Es gab wenige Momente, in denen ich wirklich glücklich war. Am ehesten beim Segeln am Caputher See oder später in den Hamptons. Wenn man ganz den Elementen ausgesetzt ist, der Wind dreht, man so viel mit Halsen und Steuern zu tun hat, dass man an nichts anderes mehr denken kann, man einen Zustand des Halbdenkens erreicht, dann ahnt man, was Glück ist ... Einmal habe ich eine auf eine Sandbank gefahrene Jolle gesehen. Anstatt das Boot zu legen, um das Schwert herauszubekommen, versuchte der Mann, das Schiff zu ziehen, und seine dicke Frau stand auf dem Bug und schrie: Hü-hott! Hü-hott! Die Öffentlichkeit ist wie diese Frau ... Hü-hott ... und die NASA zieht. Das Paar rief die Wasserrettung, aber die meinte nur: Was habt ihr denn, legt das Schiff doch quer. Andere Segler haben sich lustig gemacht, aber die Frau hörte nicht auf zu brüllen: Hü-hott! Hü-hott! Der Mann zog wie verrückt, doch ohne Chance. Der Mann war ich.

– So geht es mir auch. Harvey seufzte.

Als sie wieder nach Hause kamen, fand Harvey Nussschalen auf dem Esstisch. Lisa hatte sie als Anklage hingelegt.

HELTER SKELTER

Alle großen weltpolitischen Entscheidungen fanden seit jeher im Sommer statt, wenn sich die eine Hälfte der Menschheit auf Sommerfrische befand, die andere an der Hitze fast zugrunde ging. Im Hochsommer wurde das Aztekenreich erobert, begann die Französische Revolution, brachen beide Weltkriege aus, fing man mit dem Bau der Berliner Mauer an. Im August marschierte die Sowjetunion in ein kleines europäisches Land ein, woraufhin die Bewohner Straßenschilder abmontierten und die Russen orientierungslos durch besetzte Gebiete irrten. So fühlte sich auch Thomas Harvey, er wusste nicht recht, wo er war und wo es langging. Alles erschien ihm undurchschaubar, und obwohl er sich bemühte, ein guter Vater und Ehemann zu sein, fehlte ihm die Empathie. War das typisch männlich oder typisch Psychopath? Denn eines gab es, wofür er brannte, log, betrog – das Hirn. Trotzdem wünschte er sich manchmal, die Zeit zurückdrehen zu können, zurück zu jenem Aprilmorgen 1955, als ihn Blummenfelt gefragt hatte, ob er die Autopsie machen wolle oder man jemand aus New York kommen lassen solle. Diesmal würde er nicht ja sagen, würde Hochzeitstag feiern und ganz gewöhnlich weiterleben. Aber dafür war es nun zu spät.

Auch der Sommer der Liebe 1969 war ein August-Ereignis. Plötzlich wurde alles blumig, bunt, sprach man nur noch von spacig, kosmisch und galaktisch.

Der sechsundfünfzigjährige Harvey spielte oft mit seinen Töchtern, liebte es, abends ein Lagerfeuer zu machen und Würste zu grillen. Damals wusste man nichts von erhöhter Karzinomgefahr und krebserregenden Stoffen in verkohltem Fleisch. Im Radio sangen die Stones, Janis Joplin und Jimi Hendrix.

Godzilla war zutraulich geworden. Die großen Ereignisse der Geschichte blieben von Eichhörnchen unbemerkt. Wenn das Tier aber versuchte, ins Haus zu gelangen, bekam Lisa einen Schreikrampf:

– Das sind Wildtiere! Die haben da nichts verloren.

– Eichhörnchen sind keine Wildtiere. Nicht Zilly.

– Seit du das Hirn weggegeben hast, redest du mit diesem Vieh. Einem Eichhörnchen!

– Für Zilly bin ich der Nussgott.

Als junge Leute fragten, ob sie ihren defekten VW-Bus in seinem Garten parken dürften, stimmte Harvey zu. Selbst Lisa hatte nichts dagegen, obwohl offensichtlich war, dass diese Langhaarigen Joints rauchten und in Promiskuität lebten. Frances und Elisabeth ... zum Glück hatten sie aufgehört, von Außerirdischen zu fantasieren ... liebten den Hund, einen haarigen Mischling vom Aussehen eines großen Staubfussels, der auf den Namen Hoffy hörte. Eigentlich Hofmann.

– Nach dem Schriftsteller?

– Mhm, grinsten die Hippies, die nicht zugeben wollten, dass weder der Verfasser des »Gestiefelten Katers« noch der junge Schauspieler aus der »Reifeprüfung«, sondern Albert Hofmann, der Entdecker des LSDs, Pate gestanden war. Wenn die Mädchen Frisbee spielten, sprang Hoffy hoch, schnappte sich die Scheibe und lief damit in den Gischtschleier des Rasensprengers.

Die Langhaarigen wollten über den Landweg nach Kanada, weiter nach China, Tibet und Indien. Vorerst aber stand nicht Wladiwostok, sondern Woodstock auf dem Reiseplan, wo ein Musikfestival stattfinden sollte. Ein Riesenknüller! Harvey bot an, sie hinzufahren, wenn sie ihr Gefährt nicht flottbekämen.

– Das ist wunderbar, Alter, umarmte ihn einer. Abgefahren.

Nur Lisa schmollte. *Immer muss er anderen helfen, dieser Nussgott, aber um seine Familie kümmert er sich nicht. Und dann mit diesen Gammlern, die nur von Frieden und Freiheit reden. Aber alles, was die von Freiheit verstehen, ist, nicht aufzuräumen und vier Wochen lang die Kleidung nicht zu wechseln.*

Tatsächlich machte sich Harvey drei Tage später mit fünf Hippies und dem Hund Hoffy auf nach Bethel, wohin das Woodstock-Festival verlegt worden war. Im Kofferraum lag, gut verstaut in einer Sporttasche, das Hirn. Die Fahrt dauerte acht Stunden. Kurz nach New York wurde der Verkehr zähflüssig, und je näher sie an ihr Ziel kamen, desto stockender wurde er. Was Harvey zu sehen bekam, konnte er nicht glauben. Abertausende Langhaarige, die auf Ladeflächen von Lastwägen saßen, in bunt bemalten Bussen oder in auf Autodächern montierten Schlauchbooten. »Voll abgefahren, Alter!« Ein Wallfahrtsort für Hippies. *Wie sagte Jesus? Wenn ihr nicht wie Kinder werdet, kommt ihr nicht in das Himmelreich.* Und das waren diese Hippies: Kinder!

– Hip bedeutet wissend, Alter. Hippies sind Wissende, verachten alles Unechte.

Hoffy bellte, und Harveys Begleiter grinsten wie Gutsbesitzer, die erstmals ihre Felder in Augenschein nehmen. *Oder wie erlöste Seelen im Paradies?*

– Da geht es voll ab, Alter. Wir lassen uns nicht verscheißern wie die Beatniks. Wir brauchen keine Genehmigung von General Electric oder Lockheed. Warum? Weil wir auf dem Kamm einer hohen, wunderbaren Welle reiten. Niemand hält uns auf.

Überall wurde gesungen und gejohlt. Alle high? Die Ordnungshüter waren überfordert, baten die Ankommenden, ihre Autos irgendwo abzustellen. Einheimische machten Gesichter, als wären menschenfressende Aliens gelandet. Manche verkauften Wasser oder Melonen zu unverschämten Preisen, doch davon ließen sich die jungen Leute die Laune nicht verderben.

In der Luft lag der süßliche Geruch von Marihuana, und die Langhaarigen forderten Harvey auf, sie zum Festival zu begleiten. *Riesenknüller!* Da waren barbusige Mädchen und bloßfüßige Typen mit umgeschnallten Gitarren und langen Haaren, und wenn ich lange Haare sage, dann meine ich wirklich lange Haare, wirklich wirklich lange Haare. Manche tanzten, andere sangen, und immer wieder verabschiedeten sich Pärchen aus dem Tross, um tänzelnd in einem Wäldchen zu verschwinden. Alles hier schien zu schreien: Körper, Körper! Oder Drogen, Drogen! – ... sind die Antwort auf alle deine Fragen. Fahnen wurden geschwenkt, auf denen »Liebe« stand. Liebe überall. *Sie versuchen das Himmelreich auf Erden zu errichten.*

– Himmelherrgottsakrament! Wenn das die Soldaten in Vietnam sehen könnten? Ist dies das Amerika, wofür sie den Kopf hinhalten? Oder der Vietcong? Ein Einheimischer mit qualmender Fünf-Dollar-Zigarre im Mund nahm Harvey beiseite, den er für einen anständigen Bürger hielt:

– Die werden unsere Kühe vergewaltigen. Das ist eine Invasion. Der D-Day. Und man lässt uns hier allein mit diesen Spinnern. Der Gouverneur hat den Notstand ausgerufen, aber wo bleibt die Armee?

– Das ist die Armee! Eine Armee der Liebenden. Harvey grinste. Die jungen Leute sind doch friedlich.

– Friedlich? Der Einheimische nahm die Zigarre aus dem Mund und spuckte aus. Haben Sie gehört, was letzte Woche in Los Angeles los gewesen ist. Da hat so eine »friedliche« Bande sieben Menschen umgebracht. Und damit nicht genug, haben sie mit dem Blut ihrer Opfer »Helter Skelter« auf die Wände geschmiert. Friedlich? Teufel sind das! Der Mann machte ein Gesicht, als würde es ihm nichts ausmachen, auf der Stelle alle Langhaarigen zu Hackfleisch zu verarbeiten.

Harvey schwieg. Die jungen Leute mit geflickten Jeans und nackten Oberkörpern erinnerten ihn an einen Urwaldstamm, der einem Liebesgott huldigte. *Oder einem Nussgott?* Aber die Stimmung war friedlich, wunschlos und von jeder Erinnerung befreit. Alle waren gut gelaunt. Dann sah er etwas, das ihm beinahe die Schuhe ausgezogen hätte: eine alte Frau mit langen grauen Haaren, milchweißer Haut und Hängebusen. Harvey war, als würden die Posaunen des Jüngsten Gerichtes blasen und ätzende Speicheltropfen auf den Boden fallen. Die Alte hatte ein geflochtenes Band im Haar, und wären da nicht die stahlgrauen Augen gewesen, er hätte sie nicht erkannt – Trula Knispelgrant. Der sadistische Hausdrache war als Hippiequeen auferstanden. Sie kam auf Harvey zu und küsste ihn.

– Herr Hardy, wie schön, Sie hier zu sehen.
– Harvey!
– Egal. Sie war entweder leicht beschwipst oder stoned oder beides, jedenfalls schien sie nicht bei Sinnen, als sie sagte: Ich habe mein Leben vergeudet. Fast wäre ich als alte Jungfer versauert, doch dann kam George. Sie zeigte auf einen pummeligen Lockenkopf mit Schnauzbart, der bestimmt nicht einmal halb so alt war wie sie. George hat mir gezeigt, worauf es ankommt.
– Schaut wie ein Heiratsschwindler aus, sagte Harvey.
– Das ist gemein. Die Knispelgrant lallte. Hast du das gehört, George? Bist du ein Heiratsschwindler?
– Was denn sonst! Der Schnauzbart hob sie hoch und rannte mit ihr davon. Die Knispelgrant juchzte wie von Sinnen.

Harveys Gruppe kam auf einen Hügel und blickte in ein schier unendliches Menschenmeer. Menschen, nichts als Menschen. Sie konnten die Bühne als kleinen Punkt ausmachen und hockten sich ins Gras. Das war das Paradies. Der Ort, wo alle Gegensätze zusammenfanden. Ein Junge verteilte Manna, nein, winzige Pillen, kleiner als Süßstoff.

– Was ist das?
– Macht gute Stimmung, Opa. Garantiert einen Gratisritt. Damit fühlst du dich wie ein zwei Tonnen schwerer Pottwal, der über den Ozean galoppiert.

Harvey schluckte das Plättchen und spürte keine Wirkung, *alles Einbildung* ... dann kippte seine Wahrnehmung in eine Schräge. Die Töne waren plötzlich unendlich weit auseinander, um im nächsten Augenblick geballt auf ihn zuzurollen. Die Latzhose eines Mädchens dehnte sich aus und überspannte als Himmelszelt die Welt. Thomas hörte Töne, die nicht mehr synchron waren. Sogar der Boden geriet außer Kontrolle, war nun nicht mehr fest, sondern schien aus Schaumgummi zu sein, man sank metertief ein, wurde hochkatapultiert. Harvey sah eine amerikanische Flagge, deren Streifen aus der Unendlichkeit kamen, sich in Zuckerwatte verwandelten. Eine alte Frau saß an einem Eimer, schälte Kartoffeln und warf sie in den Himmel, wo sie zu Planeten wurden. Hier war der Mittelpunkt des Universums. Im nächsten Augenblick fingen die Perspektiven an durchzudrehen wie eine verrücktspielende Kompassnadel, kamen Wände auf ihn zugerast, Wände aus Geräuschen. Thomas sah Farben explodieren und Formen ineinanderlaufen, sogar die Teilchen der Atome konnte er herumsausen sehen. Er schloss die Augen und sah Blitze, Feuerwerke ... und übrig blieben Würfel und Quadratzahlen. Fermats letzter Satz? Er konnte ihn fühlen. Das erste Mal seit Jahren war Leben in ihm, echtes, herrlich sprühendes Leben. Es war ganz deutlich zu erkennen, das Universum war ein Jojo, das sich ausbreitete und dann wieder zusammenrollte.

– Gleich kommt Janis Joplin!, schrie jemand, das Lachen der Musik, weil sie ihre Blüte ist. Harvey fiel es schwer, sich zu konzentrieren. Er war jetzt in einem Film mit Marilyn Monroe, deren Füße wie Trommelstöcke über eine Pauke trippelten, die sich als riesiger Platz entpuppte. *Himmlischer Friede?* Mickey Mouse tauchte auf und zog ihn in eine Zeichentrickfilmwelt, wo sich alles dehnte und stauchte wie aus Gummi. Doing! Kawusch! Harvey hatte das Gefühl, sein Kopf würde davonfliegen – und seine Zehen wären so weit entfernt wie der Äquator.

Dann sah er ein Mädchen, dessen Gesicht nicht in ihrem Kopf bleiben wollte, sich immer weiter ausdehnte. Er sah sie ... ertrank in ihrem Blick ... in ihrer Tasche kramen.

– Toll, du hast was zu essen mit, strahlte sie und hielt das Hirnglas hoch.

– Magic Mushrooms, die kenne ich, grölte ein Bursche.

– Nein, das ... das ist Einstein, krächzte Harvey. Seine Stimme hörte sich an, als hätte er keine Stimmbänder, sondern vermoderte Schnürsenkel im Hals.

– Geiler Name. Das gibt kosmische Zustände.

Harvey raffte sich hoch, doch das junge Paar lief mit dem Hirn davon.

– Bleibt da! Das ist das Hirn von Albert Einstein.

– Abgefahren! Die beiden rannten Richtung Bühne, Harvey hinterher. »Hare Krishna« stand auf einer Bretterwand, doch die Buchstaben bewegten sich, wurden zu »Helter Skelter«. *Was hat das zu bedeuten?* Als er die Hinterbühne erreichte ... wegen seines seriösen Aussehens wurde ihm überall Platz gemacht ..., spielte gerade eine Band namens Samanta, Sinatra, Satan ... nein, Santana, die Harvey an eine Reihe von Kurzschlüssen in einem Umspannwerk erinnerte.

– Hey, ich kenne Sie. Mann, Sie sind diese bekannte Autorität auf dem Drogensektor, sagte einer und umarmte ihn. Timothy Leary!

– Peace, Mann, sagte ein anderer. Fick den ollen Papst.

Der Trommler von Santana hatte sich in einen Rausch gespielt, und plötzlich stand das Mädchen mit dem Hirnglas auf der Bühne, griff sich das Mikro und sprach wie eine Priesterin ins Publikum:

– Freunde, ich habe eine Vision. Wir alle stecken in einem riesigen Darm, der sich zusammenzieht. Versteht ihr? Wir stecken alle in einer Verstopfung. Aber hier habe ich ein Abführmittel, den Leib des Herrn. Kommet und esset alle davon. Es verspricht uns kosmische Erleuchtung. Das Hirn von Albert Einstein! Die Menge jubelte, und Harvey nahm verschwommen wahr, wie das Mädchen das Glas öffnete und die Würfel wie Hostien verteilte.

– Der Leib Einsteins.

– Sieht aus wie Artischockenherzen.

– Schmeckt wie Schweinsfüße in Aspik.

Binnen kurzer Zeit war das Hirn verschlungen. Santana spielte immer noch, und der Trommler wirbelte – ein wahrer Künstler, der die Zuhörer dazu brachte, sich vor Verzückung auf dem Boden zu wälzen.

Harvey hatte das Gefühl, in erheblichen Schwierigkeiten zu stecken. Tränen bildeten sich in seinen Augen, und er hätte nicht zu sagen vermocht, ob aus Trauer oder Glück. Er nahm das leere Glas und ging. Es begann zu regnen, und binnen kurzer Zeit verwandelte sich das Festivalgelände in eine morastige Schlammgrube. Nackte hatten ein Spalier gebildet und veranstalteten ... das ist eine Wucht ... auf dem braunen Matsch eine Rutschpartie. Aber sie schlitterten nicht über den Boden, sondern bekamen eine Aureole aus allen Spektralfarben und sausten durch Galaxien, bis die Erde nur noch eine weit entfernte, blaue Murmel war.

Frauen von einem Nachbarschaftsverein verteilten Sandwiches, und zwei alte Männer, die selbstlos Klos reinigten, lachten. Ein Hubschrauber landete und transportierte Kranke ab.

– Schlechtes LSD erwischt.

– Ich liebe die ganze Welt, brüllte eine Göre, die höchstens siebzehn war. Ich bin die Mutter des Universums. LSD ist heilig, die Abkürzung zur Realität.

– Wir werden das Establishment bekämpfen, ergänzte ein Junge und zog sich nackt aus. Die Tyrannei des unbarmherzigen Konkurrenzkampfes muss ein Ende haben, brüllte er, als er sich seiner weißen Rippunterhose entledigte. Wir lassen uns nicht länger verarschen! Schluss mit Schwanzvergleich! *Du hast es notwendig.*

– Das Hirn ist weg! Kleine Lichtwirbel blitzten auf und kreisten in Harveys Kopf. *Das ist die babylonische Verwirrung. Zugleich Jericho, Sodom und Gomorra.* Er spürte eine melancholische Traurigkeit. Das kommt heraus, wenn Menschen auf der Erde das Paradies errichten wollen. Schlimmer hätte es nicht kommen können, höchstens wenn er mit Charles Manson auf Reisen gegangen wäre.

– He, was ist mit dir, komm zu dir, Mann. Er spürte ein Rütteln und öffnete die Augen.

– Dich hat's voll erwischt, komplett die Peilung verloren. Harvey dämmerte, dass alles eine Vision gewesen war, ein Horrortrip. Er griff nach seiner Sporttasche – das Hirn ... Es war noch da. *Dem Himmel sei Dank.* Aus den Lautsprechern grölte Janis Joplin – *Oh Lord, won't you buy me a Mercedes Benz ... Sicher nicht!* Harvey erhob sich und ging durch das Festivalgelände. Es war, als hätte sich die Welt in einen verrückten Campingplatz verwandelt. Alle schienen den Verstand verloren zu haben, tanzten, sangen. Er begegnete einem Mädchen, das ihn aufforderte, die Braut zu küssen. Die Kleine hatte gerade, wie sie stolz verkündete, eine Kerze geheiratet.

– Sie ist die Liebe meines Lebens! Licht! Das ist voll abgefahren. Brennende Liebe! Wenn ich bei ihr bin, schmilzt sie dahin wie Wachs.

Als Harvey hinter dem Lenkrad seines Autos saß, wurde es kurz dunkler.

– Wahnsinnsreise, sagte das Hirn.

– Ja, lächelte der Weiße Hase.

– Einer von den Jugendlichen hat LSD ins Glas gegeben. Das war schräg. Ich habe die Weltformel gesehen. Sie war riesig, und ich bin hindurchgefahren wie mit einem Raumschiff. Den Urknall habe ich erlebt, die Zeit davor, wo alle ganz gedrängt zusammengelebt haben, die Welt ein winzig kleiner Punkt gewesen ist. Das Universum ließ sich mit einem einzigen Gedanken umarmen. Bis die ersten Teilchen abgehauen sind. Es gab Ausreisekontrollen, aber mit Schleppern, Schleichwegen und Bestechung ... Irgendwann hatte jede Teilchenfamilie einen draußen ... Sie hielten sich als Illegale über Wasser, aber bald darauf wollten sie ihre Familien nachkommen lassen. Man erzählte sich

Wunderdinge vom Leben draußen. Ein paar Teilchen fingen an, von einem großen Reich zu träumen. So begann es zu rumoren, und es kam zum Urknall. Damit ist alles aus den Fugen geraten, das Erscheinen des Raumes und der Zeit ... Sie haben sich aufgefaltet wie eine Zeitung ... Das hat die Denkweise der Teilchen komplett über den Haufen geworfen. Alle haben sich in einer Weise aufgeführt, die nicht normal, sondern atomar zu nennen ist. Die ersten Lebensgemeinschaften bildeten sich, sagten, sie seien Moleküle und andere Sachen ohne Hand und Fuß. Wer damals ein Planet gewesen ist, glaubte, im Recht zu sein. Mir ist es gegangen wie Tete, wenn er in seinem Wahn gefangen war, ich habe die Dinge gesehen, wie sie wirklich sind. Überall waren Gesetzeshüter und hatten Formelbücher in der Hand, aber das Universum besaß so viel kriminelle Energie, dass es sich an keine Ordnung halten wollte. Kaum wurde irgendwo eine Gesetzestafel aufgestellt, wurden ihre Regeln sofort gebrochen. Diese ganzen Teilchen und Quarks und Quanten sind wie unfolgsame Kinder.

– Hast du dir die Weltformel gemerkt?

– Natürlich.

– Und?

– Zu banal.

Da sah Harvey die Knispelgrant am Straßenrand. Er hielt an und öffnete die Wagentüre. Bevor sie einsteigen konnte, musste er die Tasche mit dem Hirn auf den Rücksitz verfrachten. Die ehemalige Oberschwester schwieg, aber irgendwann brach es aus ihr heraus:

– Halten Sie mich für einen schlechten Menschen, Herr Hardy?

– Ich habe gesehen, wie Sie Patienten gequält haben. Harvey räusperte sich. Sie haben ihnen Beruhigungsmittel gespritzt, sie mit eiskaltem Wasser übergossen, Zigaretten auf Handrücken ausgedämpft, nachdem Sie zuvor »Dich mag ich ja am allerliebsten« gesagt haben.

– Manche Patienten sehen aus wie Menschen, aber das, was einen Menschen ausmacht, fehlt.

– Und deshalb darf man sie stundenlang in Löcher sperren? An Ihnen habe ich gesehen, wie wenig Mitgefühl und Freundlichkeit in dieser Welt existieren. Aber ich bin auch nicht besser.

– Das dürfen Sie nicht sagen, Sie haben Empathie.

– Nur Angst, einmal selbst in einer Klapsmühle zu landen.

– Dann habe ich es also verdient? Die Knispelgrant begann zu weinen. Wissen Sie, ich bin in einem strengen Elternhaus aufgewachsen.

– Das bin ich auch.

– Sie haben recht. Ich war ein hartherziger Drache. Wissen Sie, wieso? Weil ich Angst hatte. Jedenfalls habe ich meine gerechte Strafe nun erhalten ... diesen Heiratsschwindler! Sie haben ihn durchschaut, den George. Dabei habe ich ihm ein Motorrad gekauft. Betrüger! Stellen Sie sich vor, dieser schnauzbärtige Halunke ist mit einer Jüngeren ausgebüxt.

– Das tut mir leid. Harvey kratzte sich am Kinn. Wann waren Sie zuletzt in Marlboro? Wie geht es Shepherd? Hält er sich noch für Gott?

– Er hält sich nicht dafür, er ist es. Trula sagte das ohne jede Ironie. Harvey machte ein Gesicht, als ob sie soeben gestanden hätte, eine Hexe zu sein, die in Walpurgisnächten auf ihrem Besen Richtung Blocksberg flog, um dort mit pferdefüßigen Teufeln zu kopulieren und Gulasch aus Kleinkindern zu verzehren.

– Er ist die menschgewordene Dreifaltigkeit. Der Allwissende, geboren von einer Jungfrau und gekommen, die Sünden von der Welt zu nehmen. Shepherd hat in sechs Tagen die Welt erschaffen ... und am siebten Kaffee ... Die Knispelgrant stockte, sah Harveys Fassungslosigkeit, dann prustete sie los, klopfte sich auf die Schenkel und hatte Mühe, zu Luft zu kommen. Nur ein Scherz. Sie sind drauf reingefallen, richtig? ... Ruhiger ist er geworden. Und zu schreiben hat er angefangen.

– Schreiben? Was denn? Die Bibel?

– Wirres Zeug ... ich glaube, über Einstein ... und Engel ... unerträglich selbstgerechter Stil.

– Über Einstein? Albert Einstein? Harvey bekam einen Schweißausbruch.

IN DIESEM HASEN STIRBT GERADE EINE BLUME

Die Dinge standen in einer gottgleichen Ordnung zueinander. Aber schlug im Herbst auch die göttliche Laune wie das Wetter um? Der Oktober war jedenfalls grau und nebelig, braune Blätter deckten alles zu, und ab Anfang November lag morgens Raureif auf der Wiese. Zilly ließ sich nicht mehr blicken. Dann fiel der erste Schnee und kam etwas, das Harvey den Tag verdarb: ein Brief von Otto Nathan.

Als Thomas die penibel gesetzten Zeilen las, gruben sich seine Fingernägel in die Handballen. Der Testamentsvollstrecker monierte, dass es vierzehn Jahre nach Einsteins Tod noch immer keine Publikation gab. Vierzehn Jahre! Der Nationalökonom äußerte seine Befürchtung, sich in Harvey grundlegend getäuscht zu haben, schrieb von Moral, Ehre, der maßlosen Überheblichkeit eines Unbedeutenden, und verlangte das Hirn zurück. Unverzüglich.

Der Weiße Hase zitterte wie ein Matrose, der das erste Mal einen Mast erklomm. Wieder fühlte er ein Schwanken, wieder war er voller Selbstzweifel und dachte daran, es zurückzugeben. *Aber die darauf folgende Leere würde ich nicht ertragen.* Gib das Hirn weg, schrie es in seinem Kopf. Was hockst du an Sonnentagen im Haus und sprichst mit einem Glas? Bist du ein Psychopath? Er hielt sich die Ohren zu, doch es nützte nichts. Die Schreie drohten seinen Schädel zu sprengen.

– Was ist? Lisa merkte, etwas hatte sich verändert. Warum so trübsinnig?

– Es ist der Testamentsvollstrecker, er denkt, ich habe das Hirn noch.

– Du hast es ihm zurückgebracht.

– Habe ich nicht. Ich geriet damals in eine Protestkundgebung, kam nicht zu Nathans Wohnung, bin Richtung Broadway gelaufen, dann zum Central Park. Am Ende habe ich es vor dem Dakota Building abgestellt.

– Dann hast du mich angelogen? Lisa verschränkte ihre Arme, hob das Kinn und sah ihn böse an. Das erniedrigt und beleidigt mich. Das ist ... Aber warum beim Dakota Building?

– Weil es aussieht wie das Schloss vom Zauberer von Oz – ein Haus, in dem die Reichen und Mächtigen wohnen.

– Nun will er es zurück?

– Ja.

– Was machst du jetzt? Lisa zog ein misstrauisches Gesicht. Ihre einstige Schönheit war etwas verblasst, der lange Hals sehniger geworden, das Backenfleisch nicht mehr straff, und seit sie sich die aschfahlen Haare nicht mehr färbte, war sie auch keine Blondine mehr. Ihre Stimme klang, als würde man in Stangensellerie beißen.

– Ich werde lügen, brummte Harvey, sagen, dass ich das Hirn noch besitze. Ich muss ihn überzeugen, es mir zu lassen. Morgen fahre ich nach Manhattan.

– Da komme ich mit.

– Warum?

– Weil ich zu Macy's will.

Also fuhren sie zwei Stunden von Freehold nach New York. Harvey freute sich darauf wie Marie-Antoinette auf die Guillotine ... *das wird kein Kuchenessen* ..., trotzdem stieg er auf das

Gaspedal. Fast hätte er einen Chrysler mit einem aufs Dach geschnürten Hirsch gerammt ... *Womit die Leute herumfahren!* ... Die Jagdsaison war voll in Gang.

Als sie an Nathans Tür standen, waren Harveys Knie aus Teig. Nicht der Testamentsvollstrecker öffnete, sondern ein dreihundert Pfund schweres, Schokoriegel kauendes Walross.

– Das ist Consuela, meine Haushälterin. Nathan kam hinter den schweren, in Leggins steckenden Fleischbergen hervor. Er war gebeugter als beim letzten Mal, seine wenigen Haare wirkten gebleicht, und die Augenbrauen glichen kleinen Urwäldern.

– Da ist ja dieser charakterlose Bursche, war seine Begrüßung. Außerdem hat er Schulden, er verwahrt etwas, das mir wichtig ist. Nathan zwinkerte Lisa zu, die verlegen lächelte.

– Kommt herein, ihr Banditen. Wir wollen die Zeit nicht mit Wirklichkeit beschmutzen. Consuela macht uns Tee. Nathans Gang war wackelig geworden, seine Hände zittriger. Sie sprachen über die Mondlandung, die Dodgers und Mozarts Violinkonzert. Die Haushälterin, schroff wie ein Gefängniswärter, brachte Tee. *Der altbekannte Heu-Geschmack.* Kaum war man auf Vietnam zu sprechen gekommen, verwandelte sich der graublasse Schatten in einen wütenden Kämpfer. Der schlaffe Körper versteifte sich, und Nathan brüllte, dieser Krieg müsse aufhören, die Verbrechen sofort beendet werden ... Harvey dachte an Robert, seinen jüngsten Sohn, der sich nicht mehr zurechtfand, seit er aus der Armee ausgeschieden war. Elouise hatte von Drogen und kleinen Diebstählen gesprochen. Harvey, in Erziehungsfragen nachlässig, war nicht imstande gewesen, sich darum zu kümmern. Robert, der das absurde Organtheater im Anatomiesaal gesehen und später ein Ytong-Ei und Ketten aus Dominosteinen gemacht hatte, Robert, Liebhaber von Barney-Google-Comics und Komplimente-an-die-Küche-Sender, war seit seiner Rückkehr wie verwandelt. Mit »Er wolle seinem Land dienen« und »Wir müssen Amerika verteidigen« war er zu den Marines gegangen. Zurückgekommen ist er als depressives Wrack, gezeichnet von Appetitlosigkeit und Schlafproblemen.

Dann kam Nathan auf das Hirn zu sprechen.

– Haben Sie es mitgebracht?

Der Weiße Hase räusperte sich, erklärte, dass sich sein Leben auf den Kopf gedreht hatte ...

– Gestellt, korrigierte Lisa. Du meinst gestellt.

– Wie auch immer. Die Gesellschafter von Princeton verfolgen mich ... Ich werde ständig desillusionisiert ...

– Desillusioniert, das heißt desillusioniert, berichtigte Lisa.

– Und wann bekomme ich das Hirn? Nathan runzelte die Stirn. Ich mag Sie wirklich, Herr Harvey, auch Ihre Frau gefällt mir ... er zwinkerte Richtung Lisa ..., aber irgendwann hat selbst meine Geduld ein Ende.

– Vielleicht sollten wir an die frische Luft gehen, unterbrach Lisa. Ich wollte ins Macy's, aber wir könnten eine Stadtrundfahrt machen?

– Ausgezeichnete Idee. Nathan klatschte in die Hände. Ich war schon jahrelang nicht mehr in Little Italy und Chinatown ...

– Passen Sie auf, dass Sie sich nicht den Tod holen. Die Haushälterin half dem Alten in einen Mantel, stülpte ihm eine Pudelmütze über den Kopf und band ihm einen Schal um.

– Ich komme nicht mit, muss Besorgungen erledigen. Harvey war die Situation peinlich. Am liebsten wäre er nach Hause gefahren, hätte sich das Hirn geschnappt, um irgendwo unterzutauchen. Also fuhren Nathan und Lisa ohne ihn. Der Weiße Hase schlenderte ziellos durch die Stadt, sah Artisten am Washington Square, roch den süßlichen Duft von Marihuana, trottete weiter nach Soho, landete in Tribeca, machte kehrt Richtung Meatpacking District. Er fühlte sich ausgelaugt wie ein Schauspieler nach der Vorstellung. Aber Manhattan, dieser urbanisierte Zauberer, lenkte ihn ab. Was kam aus dem Zylinder? Hübsche Frauen mit Puderquasten auf vier Pfoten, Mädchen in kurzen Jacken und hohen Stiefeln, Geschäftsleute, Bettler ... Harvey konnte trotzdem nur an eines denken – das Hirn. Was war ihm eingefallen, seine Frau mit dem Alten alleine zu lassen? *Sie wird ihm alles erzählen. Das ist das Ende.* Um auf andere Gedanken zu kommen, ging er in ein Oben-ohne-Restaurant, wo von Punktscheinwerfern verfolgte Kellnerinnen auf Rollschuhen unterwegs waren. Junge Dinger präsentierten lächelnd ihre Vorzüge und wackelten verwegen mit dem Hinterteil, wenn ihnen Betrunkene Obszönitäten zuriefen. Thomas sah einen kleinen grauhaarigen Mann mit dicker Hornbrille. Als er durch seine Speicher lief, in hintersten Kammern kramte, Schränke und Laden öffnete, um zu sehen, ob er dieses Gesicht aus dem Fernsehen oder der Zeitung kannte, fiel es ihm ein: Barney Tischbein. *Der Seelenmetzger! Zivilisationsschamane! Der behauptet hatte, Thomas' Mutter sei an allem schuld.* Wie wäre Harveys Leben verlaufen, wenn er mit dem Psychofritzen in die Tiefen seiner Kindheit hinabgestiegen wäre? Hätte das Hirn irgendwann geschwiegen? Würde er noch in Princeton leben, verheiratet mit Elouise, deren Hirn vom vielen Lesen eingetrocknet war ... Er verlor sich in der Möglichkeit eines anderen Lebens, zahlte, erhob sich und ging.

– Schade, dass Sie die Behandlung abgebrochen haben. Tischbein war ihm nachgelaufen.

– Sie erinnern sich?

– Natürlich. Wie geht es Ihnen? Sprechen Sie noch mit dem Hirn?

– Nein, log Harvey. Das hat aufgehört.

– Dann haben Sie Glück gehabt. Der Psychotherapeut blickte auf die Uhr, sah durch Harvey hindurch und schien etwas zu zählen.

Glück? Warum habe ich Glück gehabt? Man kann die Frage nach dem Befinden auf hundert verschiedene Arten beantworten. Gesundheitlich geht es mir gut. Beruflich gab es Irrwege. Ich bin glücklich ein zweites Mal verheiratet. Na gut, glücklich ...

– Was zählen Sie?

– Ach nichts, nur die roten Autos.

Rote Autos? Harvey blickte an seinem Gegenüber hinab, sah glänzende Lederschuhe, akkurate Falten an der Hose, ein penibel gerade gerichtetes Stecktuch. *Der Mensch sieht aus wie ein Origami auf zwei Beinen.*

– Da haben wir es. Sie haben einen Tick. Schon in Ihrer Praxis ist mir eine penible Ordnung aufgefallen. Fühlen Sie sich als Gast in Ihrem Körper? Träumen Sie von Ungeheuern? Haben Sie Angst vor Unordnung?

– Ach was. Tischbein winkte ab, verzog aber unwillkürlich das Gesicht, bekam ein Zucken.

– Sie hatten eine schwere Kindheit. Ist es Ihnen nicht geglückt, sich mit dem Vater zu identifizieren? War Ihre Mutter zu behütend? Hatten Sie negative Erlebnisse? Aus Harvey kamen die Worte unverdünnt und löffelweise. Sie müssen Ihre Kindheit durchforsten.

– Hören Sie auf.

– Auch wenn es schmerzhaft ist, ist es Ihre Pflicht, sich damit auseinanderzusetzen. Harvey hob mahnend den Zeigefinger. Ich bin mir sicher, in Ihrer analen Phase ... Wahrscheinlich hatte Ihre Mutter einen Waschzwang ... Oder es liegt an Ihrem Vater ... Ich persönlich fand ja an der Ödipus-Geschichte immer den blinden Seher am interessantesten, aber bei Ihnen war es vielleicht die fehlende Auflehnung ...

– Nein! Aufhören! Tischbein hielt sich die Ohren zu.

– Sie wollen ein glückliches und freies Leben führen, sind aber unfrei und unglücklich, weil Sie sich wie ein Betrüger fühlen?

– Schluss!

– Schuld ist Ihre Mutter.

– Neiiin! Barney Tischbein begann zu kreischen und lief zappelnd zurück in das Lokal. *Neurotiker.* Harvey seufzte. Ja, den blinden Teiresias fand er interessant, so wie in der Bibel Judas

Ischariot, zu dem Jesus sagte: Ich wünschte, du wärst nie geboren. Aber ohne Verrat keine Kreuzigung, keine Auferstehung und auch keine Erlösung. Judas war der Katalysator der Heilsgeschichte, der zündende Funke, der Böse, der das Gute erst ermöglichte.

Und Harvey? Auch er ein Judas? Einer, der seine Welt verriet, um den Messias der Physik zur Erlösung zu zwingen? Zurück bei Nathans Appartement, war seine Selbstbeherrschung aufgebraucht. Als er auf Lisa und den Testamentsvollstrecker traf, war er außer sich, trockener Mund, Schweißflecken.

– Da ist ja dieser ehrlose Kerl. Nathan schob seine Brille nach unten, blickte über ihren Rand.

– Alles in Ordnung, zwinkerte ihm Lisa zu. Du kannst das Hirn behalten. Doppelzwinker. Harvey atmete auf, blickte zu seiner Frau und dem Testamentsvollstrecker. Dann bekam er einen Lachanfall, den er erst abwürgen konnte, als er Consuela sah.

Auf der Heimfahrt wurde lange Zeit geschwiegen, dann sagte Lisa, dass ihr Nathan auf den Popo geklopft und versucht habe, sie zu küssen. Sogar an die Titten wollte er ihr fassen.

– So alt und intellektuell kann ein Mann gar nicht sein, dass er nicht auch ein Schwein ist.

1970 war kein gutes Jahr für die Popkultur. Die Beatles lösten sich auf, Jimi Hendrix und Janis Joplin starben, das deutsche Fernsehen stellte die beliebte Unterhaltungssendung »Der goldene Schuß« ein, und in Chile sollte der amerikanische Geheimdienst gegen den marxistischen Präsidentschaftskandidaten agitieren, weil der Geschäftsführer von Pepsi-Cola, ein guter Freund Richard Nixons, um seine Abfüllanlage fürchtete.

Im Februar 1971 kam der nächste Brief von Nathan. Harvey dachte, es würde sich um verspätete Weihnachtsgrüße handeln, doch der Inhalt war der gleiche wie vor über einem Jahr. Wieder forderte der Alte das Hirn zurück, wieder fuhren Harvey und

Lisa nach New York. Die ewige Wiederkehr desselben ist ein faszinierender Gedanke, der allerdings bedrückend wirkt – vor allem, wenn es sich um die immergleichen Lügen dreht. Diesmal kamen Frances und Elisabeth mit, die schulfrei hatten.

Es war einer jener klaren, kalten Tage, wie sie typisch für die Ostküste sind. Der eisige Wind peitschte gegen die beschlagenen Fenster, von den Dächern hingen Eiszapfen, und Lisa glaubte nach wie vor, dass Harvey das Hirn längst weggegeben hatte. Consuela war noch fülliger geworden, trotzdem zwängte sie ihre Kartoffelstampfer in Leggins, der Tee schmeckte wie eh und je. Harvey sprach von einer geplanten Monografie, Kostenvoranschlägen und einem baldigen Erscheinungstermin. Neuerlich gelang es ihm, Nathan umzustimmen. Vermutlich wollte der Alte bloß die Mädchen loswerden, die während der Unterredung tuschelnd auf der Couch saßen. Der blasse Alte wirkte wie ein in der Kontemplation gestörter Philosoph, aber Harvey entging nicht, dass sich sein Blick an Lisas Brüsten verfing und dort unbotmäßig lange hängenblieb. Der Testamentsvollstrecker erzählte von einem Gefängnis an der Sechsten, einem hässlichen Kasten, den man abreißen wolle, um dort einen Park zu errichten. Er redete von Bürgerinitiativen und Schlangen bei den Suppenküchen, davon, dass nun viele junge Leute in das Viertel zogen, es oben beim Chelsea Hotel von Künstlern nur so wimmelte – Salvador Dalí, Arthur Miller, Bob Dylan ... Aber was immer er auch sagte, seine Augen hingen an Lisa. *Lustmolch!*

Auf der Heimfahrt sagte Frances, dass Manhattan eine Stadt sei, in der es überall aus den Straßen dampfe, als ob darunter jemand rauchen würde. Oder ist da ein Vulkan? Elisabeth fragte, ob Harvey an Engel glaube.

– Fangt ihr wieder damit an. Die Antwort kam von Minus.

– Jeder Mensch hat einen Engel. Aber sie sind nicht verpflichtet, uns zu helfen.

In den folgenden Jahren sollte sich die Kommunikation mit Nathan auf Weihnachtskarten konzentrieren. Lisa liebte solche Grußbotschaften, ließ meist schon im August ein Foto ihrer Familie machen, um alle Verwandten und Bekannten – vor allem die in Australien – zu beglücken. Die Harveys vor Kerzen, die Harveys vor Weihnachtsdekoration, die Harveys mit roten Zipfelmützen und Igor Strawinsky, ihrer Katze, die sich nicht streicheln ließ und für das Foto festgehalten werden musste. *Dieses Tier hat seinen Beruf komplett verfehlt. Kein Talent zur Schmusekatze.* Alle bekamen solch ein Bild, auf dem mit Glitzerstift »Merry Christmas« geschrieben stand.

1972 wurde das Land vom Watergate-Skandal erschüttert, und Nathan teilte mit, dass sich ein Wissenschaftler aus Hongkong für Harveys Arbeit interessiere. Außerdem plane die Universität von Chicago, ihn, Harvey, zu einem Vortrag einzuladen.

Dann stand der nächste Umzug an. Diesmal ging es nach Wichita, Kansas, wo dem Weißen Hasen eine Stelle in einem biomedizinischen Labor angeboten worden war. Hier konnte er mit Blutproben und Hormonen experimentieren. Thomas liebte den Mittelwesten, das Land der Pfannkuchen und Regenbögen.

– Was hältst du davon?, fragte er das Hirn. Kansas ist so flach wie ein Pfannkuchen, ein Sonnenblumenstaat.

– Können die Verlorene Eier?

– Verlorene Eier? Ich dachte, du willst erkennen, wie die Dinge wirklich sind? Hinter die Grenzen des Wissens sehen? Die grundlegende Ordnung der Welt erfahren?

– Das kann man nur an Orten, an denen es Verlorene Eier gibt. Außerdem ist das ein Phänomen, das Gravitationsfelder überwindet.

– Vielleicht erlebst du in Wichita so etwas wie den Urknall.

– Der Urknall war ein einmaliges Ereignis.

– Was einmal passiert ist, kann jederzeit wieder vorkommen.

1973 war ein enttäuschendes Jahr für die Musik. Die neuen Alben von Bob Dylan und den Stones fanden keinen Anklang, John Lennon verlor sich in Yoko Ono, und in der Gesellschaft breitete sich wie Neurodermitis eine neue Bewegung aus. Die Jugend, der man die Mondlandung geschenkt hatte, war von Sehnsucht nach einem präindustriellen Arkadien erfüllt, wollte zurück zur Scholle, Gemüse anbauen, geflickte Latzhosen tragen und sich mit undestilliertem Brunnenwasser waschen. Doch anstatt sich den Mormonen anzuschließen, gründete man Reformhäuser, veranstaltete Protestkundgebungen gegen den Fleischkonsum und hörte die Beach Boys. *Ausgerechnet die Beach Boys!* Angeführt wurde die Bewegung von einer gutaussehenden Mittvierzigerin, die im Fernsehen eine Rückkehr zur Natur forderte:

Gretchen Gruenspan. Harvey erkannte sie sofort. Im silbriggrauen Licht des Fernsehers sah sie gewöhnlich, fast bedrohlich alltäglich aus, besaß aber ein oscarreifes Grinsen, wenn sie erklärte, dass Essen wirklich Mord, Männer wirklich Missbraucher und das Pasteurisieren der Milch wirklich wirklich ... *sie liebte dieses Wort* ... eine Katastrophe sei, weil dadurch nützliche Keime getötet wurden. Thomas dachte an die Couch in Princeton, versuchte sich ihre Haut in Erinnerung zu rufen, die kleinen Fältchen, Härchen, die Farbe ihrer Schamlippen ... *das kleine Feuchtchen ...*, aber es ging nicht, die Bilder entglitten.

– Sind Sie schon einmal in einem Fischschwarm geschwommen?, fragte Gretchen den Moderator. Hatten Sie das Gefühl, ein Teil davon zu sein? Je mehr man weiß, wie schön die Welt ist, desto mehr will man, dass sie auch so bleibt. Uns ist die Achtung vor der Natur abhandengekommen. Tiermast, chemische Dünger und Insektenvertilgungsmittel ... Darum plädiere ich für autofreie Städte.

– Aber wie komme ich dann an meinen Arbeitsplatz?, warf der Moderator ein.

– Man wird sich neue Sachen überlegen müssen.

– Das klingt ja sehr durchdacht. Der Fernsehmensch grinste zynisch. Autofreie Städte? Die Städte sollten idiotenfrei werden. Wie wäre es damit?

– Es müssen neue Fortbewegungsmodelle gefunden werden. Wir müssen das wagen. Alle müssen ... der Einzelne muss ... Gretchen steigerte sich in diese Müsserei hinein und wurde zur meistgehassten Person Amerikas.

– Sie hat recht, sagte Lisa.

Es klingelte.

– Bin ich hier bei Thomas Harvey? Mein Name ist Windmill Winston, Professor für Biologie an der Universität von Chicago. Ich muss ...

– Sie auch?

Der Mann trug eine sandfarbene Cordjacke, ein gestreiftes Hemd, und seine glatten Haare hingen über beide Ohren. Haben Sie meine Briefe bekommen?

– Ich weiß nicht. Müsste ich? Harvey wusste nur zu gut, dass er die Briefe erhalten, aber kaum gelesen hatte. Ihm war nicht daran gelegen, vor Studenten aufzutreten. Er hätte auch nicht gewusst, was er ihnen über das Hirn erzählen sollte. Dass es mit ihm redete? Er es zu einer Prostituierten gebracht hatte? Die jüdische Dämonenaustreibung? Das Gespräch mit dem Gemüsehändler?

Nun aber, da der Professor auf ihn einredete, sagte, welch großartige Erfahrung es für die Studenten wäre, mit ihm zu sprechen ... im Hintergrund kreischten die Kinder, Gretchen deklamierte ihre Müsserei im Fernsehen, und Lisa telefonierte so laut, dass es die ganze Straße hören konnte ..., nun konnte er nicht anders, als dem Professor zuzusagen. Eine Entscheidung, die er sofort bereute.

Wenn Amerikaner vom Mittelwesten sprechen oder vom Herzland, dann meinen sie Städte wie Wichita, das am halben Weg zwischen Kansas City und Oklahoma City liegt, inmitten einer endlosen Ebene aus Mais- und Weizenfeldern, wo es nichts gibt als Zuckerrübenfabriken, illegale Schnapsbrennereien, Autorennen und Kühe. Überall Getreidesilos, die an antike Tempel erinnern, nur steht nicht »Erkenne dich selbst« darauf, sondern »Bank of America«, »John Deere« oder »New Holland«. Die Leute reden, als würde ihnen gerade der Hals umgedreht, was sich anhört wie Luft, die aus einem prall gefüllten Schlauch entweicht. Allesamt stramme Republikaner, Abstinenzler, Waffennarren, die mindestens zweimal pro Woche in die Kirche gehen und sich vor nichts so fürchten wie vor dem Sozialismus.

Wichita war eine jener Kleinstädte, die es nie in einen Reiseführer schafften, weil es dort nichts gab, das eine Erwähnung lohnte, nichts, womit man Touristen locken konnte. Man blickte auf eine geruhsame Existenz zurück und sah einer friedlichen Zukunft entgegen, bis im Januar 1974 die Mordserie des Bind-Torture-Kill-Serienmörders begann. Nicht bloß deshalb hatten die Leute in ihren Nachtkästen Handfeuerwaffen und ... griffbereit unter den Betten ... Gewehre – es lag auch daran, dass die Menschen eigenbrötlerisch und wehrhaft waren. Wenn ein Auto eine Fehlzündung hatte oder die Frau des Bürgermeisters eine neue Frisur austrug, war das ein Gesprächsthema für Wochen. Die *New York Times* hatte hier weniger Leser als in Kirgisistan. Nun versetzte der *Wichita Eagle* mit Berichten über ungeklärte Morde seine Leserschaft in Angst und Schrecken.

Der Weiße Hase summte ein Beatles-Lied – *Kansas City*. Er arbeitete in verschiedenen Labors und an den Wochenenden für ein medizinisches Service, das ihn als Vertretung in Spitäler schickte. Er liebte die Arbeit in den Krankenhäusern, die ihn an seinen Kinderarzt-Traum erinnerte. Das Hirn war meist bei ihm – in einer Sporttasche verstaut, fiel es nicht auf.

Thomas hatte Schuldgefühle, weil er seine Frau belog. Auch Dennis Rader, der BTK-Killer, führte ein unscheinbares, fast vorbildliches Leben mit Frau, Kindern und Vorsitz im Kirchengemeinderat, brachte aber nebenbei Menschen um, verkleidete sich nachher wie seine Opfer und fotografierte sich in abstrusen Posen. Ein freundlicher Mann mit Halbglatze und Henriquatre-Bart, der nach dem Morden seelenruhig nach Hause ging und weiterlebte, als ob nichts geschehen sei. Halleluja. Zum Glück waren nicht alle so gestört wie dieser Kleinstadt-Psychopath, aber führten nicht die meisten ein Doppelleben, verbargen Geheimnisse vor ihrer Familie? Die einen gingen ins Bordell, andere wetteten heimlich oder frönten sonst einer Leidenschaft. Bei Harvey war es das Hirn.

Lisa war noch attraktiv, aber hochneurotisch. Wenn Thomas abends nach Hause kam, war alles mit Zeitungspapier ausgelegt, und überall standen Eimer mit Farbe, in der Spüle lagen Pinsel. Seine Frau beschuldigte ihn, sich nicht an der Renovierung zu beteiligen. Wenn er sich damit rechtfertigte, dass er Geld verdiene, keifte sie:

– Wofür? Bekommt doch alles Elouise! Oder betrügst du mich? Wenn ich dir draufkomme, dass du dich mit einer anderen einlässt, gnade dir Gott! Sobald sie sich beruhigt hatte, redete sie von Tapeten … die mussten bunt sein und große Muster haben …, von rotgestrichenen Türen, blauen Tischen, orangefarbenen Lampenschirmen. Das entspricht dem Zeitgeist. Wegen der Morde hatte Lisa eine Sicherheitsfirma kommen und ein neues Schloss einbauen lassen. Ob Dennis Rader, der damals bei einer solchen Firma arbeitete, die Arbeit durchführte oder jemand anderes? Ob Lisa einfach Glück hatte oder nicht der Typ des BTK-Killers war? Man weiß es nicht.

Die Töchter waren ausgezeichnete Schülerinnen, die Harveys eine Vorzeigedurchschnittsfamilie, und zumindest auf den Weihnachtsgrußkarten sahen sie glücklich aus.

– Wäre es nicht schöner, wenn dieses Versteckspiel ein Ende fände?, fragte das Hirn. Wir könnten jeden Tag zusammen sein ... Mit der Geheimniskrämerei wäre Schluss. Weißt du, wie ich mich fühle?

Harvey, hin- und hergerissen, wurde von Lisa beschuldigt, eine Affäre zu haben:

– Ich wollte mit dir reden.
– Worüber?
– Über uns.
– Gibt es ein Problem?
– Du verhältst dich merkwürdig. Betrügst du mich? Hast du ein Verhältnis?
– Natürlich nicht.
– Glaube nicht, du kannst vor mir etwas verbergen. Lisa steigerte sich in einen Eifersuchtsanfall, als das Telefon klingelte.
– Es hat gedauert, Ihre Nummer herauszufinden. Otto Nathans Stimme war brüchig. Er erzählte von einem Sturz in der U-Bahn. Alles nur, weil ich am Washington Square einem Mädchen einen Keks abgekauft habe. Wenig später erlebte ich alles sehr viel intensiver. Leute blickten mich an und hörten nicht auf damit, mich anzusehen. Die Zeit war gedehnt, ich konnte das Denken in Gesichtern sehen, ging wie auf Wolken und war von Tönen eingehüllt. Consuela, Sie wissen, meine Haushälterin, meinte, das müsse ein Haschkeks gewesen sein. Jedenfalls wurden die Treppen zu Todesstiegen, und dann kam mir der Boden entgegen, langsam, aber unausweichlich ... Drei gebrochene Rippen, eine zweimal, weiß der Teufel, wie das geht. Ohne Consuela wäre ich verloren ... Er kam auf Helen Dukas, Einsteins Drachen, zu sprechen:
– Sie ist mit der Hirn-Situation nicht glücklich, will, dass das ein Ende hat. Letztes Jahr ist Hans Albert gestorben. Herzinfarkt ... Einsteins Sohn war kein großer Wissenschaftler, aber ein erfolgreicher Ingenieur. In Jugoslawien hat man eine von ihm

entworfene Brücke gebaut. In Novi Sad, wo die an Scharlach gestorbene Lieserl begraben worden ist? Sofern sie nicht noch lebt und als Marica Albertowitsch Bücher über Partisanen, treulose Eltern oder Atomraketen schreibt. Harvey dachte an Klaus, dem man die medizinische Behandlung verwehrt hatte, an Frieda, die Einsteins Liebesbriefe publizieren wollte, und an das Telefonat im April 1955, bei dem ihm dieser Hans Albert erlaubt hatte, das Hirn zu untersuchen.

– Das tut mir leid. Er hat vermutlich jede medizinische Hilfe abgelehnt und darauf bestanden, dass man für ihn betet.

– In der Tat, Hans Albert war ohne den geringsten Anflug eines Geheimnisses, *das hatte Tete über ihn gesagt,* aber sehr religiös ... Wie auch immer. Helen Dukas hat recht, Sie besitzen das Hirn jetzt fast seit zwanzig Jahren und haben nichts veröffentlicht.

– Es gab Verzögerungen. Einer der wichtigsten Neurologen ist gestorben. Ein Manuskript ging bei einem Brand verloren, aber wir arbeiten daran, die verlorene Zeit aufzuholen.

– Sie haben mich einmal nach Margarita Konenkova gefragt. Nathan räusperte sich.

Konenkova? Die russische Geliebte Einsteins, die ihm eine Formel gestohlen hat.

– Ich denke, ich habe eine Spur. Allerdings fehlt mir die Zeit, dem nachzugehen. Ich muss mich um Consuelas Bruder kümmern, der sitzt im Todestrakt des Leavenworth-Gefängnisses ..., ganz in der Nähe von dem Kaff, wo Sie jetzt sind. Consuela schwört Stein und Bein auf seine Unschuld.

TOTE MÄUSE

Ob es Zufälle gibt oder nicht, darüber streiten sich die Geister. Harvey hatte dem Vortrag an der Universität nur aus Zufall zugestimmt, und jetzt war er gar nicht zufällig nervös. Die furchteinflößenden Gebäude der Universität von Chicago verkörperten den seifig-protestantischen Geist des neunzehnten Jahrhunderts. Überall roch es hier nach Wissenschaft und Intellekt, nach Wahrheit und Lehre. Die Luft knisterte. Studenten hetzten vorbei, und Harvey hätte in all den Gängen und Korridoren wohl nie das Institut für Biologie gefunden, wenn ihm nicht ein Mann mit Bulls-Jacke zu Hilfe gekommen wäre. Er hielt einen mit toten Mäusen gefüllten Kübel in der Hand und kannte Harvey. Der Weiße Hase brauchte etwas, bis er in der korpulenten Gestalt Joseph Bley erkannte.

– So ein Zufall! Was machen Sie hier? Kuckucksuhren aufhängen? Die Internationale singen?

– Hausmeister! Es ist immer dasselbe, sobald man meine Gesinnung erfährt, werde ich gefeuert. Aber ich kämpfe weiter. Wie gefällt Ihnen meine Arbeitsstätte? Beachten Sie die Holzvertäfelungen ... Aber wenn mein Geist nicht alles beseelen würde ...

– Was ist mit den Mäusen? Harvey zeigte in den Kübel, worin kleine graue Klumpen in schmutzigem Wasser trieben.

– Mit denen kämpfe ich auch; es gibt zu viele Bucheckern am Campus. Aber ich habe diese Falle entwickelt. Über dem mit Wasser angefüllten Eimer wird ein kleines Mühlenrad angebracht, worauf ich Erdnussbutter streiche, und wenn die Mäuse dann »trippeltrappel« über die Leiter laufen, um an das Rad zu kommen, landen sie im Wasser und erfahren, was es heißt, sich mit Joseph Bley anzulegen – sie ersaufen.

– Den Tieren fehlt eine Gewerkschaft. Harvey lachte.

– Ach was. Es folgte ein Exkurs über das amerikanische Gesundheitssystem – da geht es auch um Mäuse – und das verlorengegangene Selbstverständnis des Proletariats, ehe Harvey der Weg zum Institut für Biologie erklärt wurde.

– Trippeltrappel. Der Hausmeister ließ seine Finger durch die Luft laufen und lachte.

Windmill Winston hatte ein rundliches Gesicht, runde Brillengläser und einen runden Kopf. Das war aber auch schon alles, was rundlief.

– Wissen Sie, die Studenten stehen meiner Arbeit kritisch gegenüber. Ich erforsche die Sozialstruktur von Insekten, und deshalb hält man mich für einen ... Sie wissen schon.

– Kennen Sie den Kleinen Leberegel?

– Ein Parasit. Meine Partei sind die Ameisen ... faszinierendes Völkchen. Nervös? Windmill klopfte Harvey auf die Schulter. Sie werden, davon bin ich überzeugt, das Auditorium begeistern. Aber machen Sie sich auf merkwürdige Fragen gefasst. Der deutsche Philosoph Hegel hat den Begriff des Zeitgeists geprägt, was nicht selten ein Vorwand für Dummheit ist.

– Meine Frau renoviert gerade nach dem Diktat des Zeitgeists.

– Unter den Studenten gibt es welche, die glauben, die Wahrheit für sich gepachtet zu haben, und jedem sofort Rassismus unterstellen. Es gibt Maoisten, Feministinnen, Trotzkisten ...

Harvey, der das Hirnglas in einer Ledertasche verstaut hatte, wurde dem Direktor vorgestellt, der in einem Büro mit geschnitzter Holzvertäfelung, Lederfauteuils und Kamin residierte. Der kleine Machiavelli ... *ein zweiter Blummenfelt* ... trug einen zweireihigen Kammgarnanzug mit Stecktuch und langweilte Harvey eine halbe Stunde lang mit der Geschichte der Universität. Es folgte eine Aufzählung der hervorgebrachten Nobelpreisträger. Selbst die Topfpflanzen gähnten oder ließen demonstrativ ihre Blätter hängen.

Den Hörsaal erreichte man über Schleichwege. Bei Harvey

hätten alle Alarmglocken schrillen müssen, aber selbst in seinen kühnsten Vorstellungen war nicht vorgesehen, was gleich passieren sollte.

Zuerst sah er den mit Kassetten vertäfelten Saal, den Marmorboden und die mit neogotischen Girlanden verschnörkelten Holzbänke, in denen die Studenten saßen ... besser: lümmelten. Was für ein Hort der Bildung? Hier wohnten hehre humanistische Ideen, war, das spürte man sofort, die Aufklärung zu Hause, reines, unverfälschtes Denken. Das berstend volle Auditorium glich einem Hetztheater des Barocks, wo man Hunde gegen Stiere hatte antreten lassen. Bildungswütige Jugend? Nein, argwöhnische Fratzen. Langhaarige in Jeansjacken, Batik-Hemden.

Der Professor stellte Harvey als bedeutenden Pathologen vor. Dem schlotterten die Knie. Menschenmengen hatte er noch nie gemocht. Er packte das Hirn aus, stellte es auf das Katheder und begann zu erzählen, wie er dazu gekommen war. Er redete mit trockenem Mund von Aufgaben und Zielen der Hirnforschung, als sich plötzlich eine Studentin meldete.

– Entschuldigung, darf ich eine Frage stellen? Soll das heißen, manche sind von Geburt an intelligenter als andere?

– Was verstehen Sie unter Intelligenz?, ergänzte ein anderer.

– Sind Farbige, Asiaten oder Indigene Ihrer Meinung nach blöder?

– Ich weiß nicht, Albert Einstein ... Harvey stammelte.

– Blablabla, brüllten welche. Die Stimmung drohte zu kippen, und Harvey wusste, dass er nun nichts Falsches sagen durfte. Wie war es gelungen, damals in Manhattan die Meute der schwarzen Demonstranten zu besänftigen? Er versuchte, die Sätze zusammenzukratzen, und sagte:

– Glaubt ihr, nur weil man skandinavische Ahnen hat, ist das Leben eine Zuckerschnecke?

– Blablabla. Die Jeunesse dorée benahm sich wie eine Horde Affen.

– Wisst ihr, was ich hier habe? Harvey hielt das Glas in die Höhe. Das Hirn von Albert Einstein. Und dieser Einstein war kein Neger, kein Schwede, und er war auch keine Frau. Ich weiß nicht, ob Adam schwarz gewesen ist, oder Jesus, aber ich verstehe ...

– Blablabla ... Rassist! Chauvinist! Plötzlich erfüllte ein Getöse das Auditorium. Entrüstete Studenten erstürmten das Podium und hielten Transparente mit Hakenkreuzen hoch. Sie brüllten etwas von Rassismus, Darwinismus und Pseudowissenschaft.

– Solche Hirnuntersuchungen wollen nur die Überlegenheit des alten weißen Mannes beweisen, schrie eine aufgebrachte Studentin mit Ohren, die wie Henkel einer Teetasse abstanden. Dafür waren ihre Brüste enorm und das Hinterteil fantastisch.

– Buhh, verliehen andere ihrer robusten animalischen Gesundheit Ausdruck.

Harvey wusste nicht, was los war, blickte zu Windmill Winston, der in seinen Stuhl sank, als wollte er sich in ein Schneckenhaus zurückziehen.

– Ich muss doch bitten, versuchte der Professor mit verhungerter Stimme zu beruhigen. Haben Sie Respekt vor Einstein, einem Mann der Friedensbewegung.

– Um Einstein geht es nicht.

– Die Untersuchung zu Unterschieden zwischen Hirnen hat zu unterbleiben!, kreischte Madame Henkelohr-Sexbombe.

– Das ist rassistisch. Neunzehntes Jahrhundert! Das ist frauenfeindlich. Das ist darwinistisch.

– Aber Darwin ... Harvey stammelte ... ein Mann der Wissenschaft ...

– War ein Rassist, unterbrach ihn eine Stimme.

– Nazi! Nazi!, wurde jetzt skandiert.

– Doktor Harvey ist extra angereist ... Winston gab nicht auf.

– Nazi! Die ganze Biologie ist eine Nazi-Wissenschaft.

– Warum studieren Sie sie dann? Windmills Stimme klang verängstigt.

– Blablabla. Wer in Kategorien wie Mensch und Tier denkt, ist ein Faschist.

– Aber, Sie können doch nicht alles, woran die Wissenschaft seit zweihundert Jahren, seit Linné …

– Blablabla.

– Buhh!

Nun flogen mit Wasser gefüllte Luftballons auf die Bühne, und dem Vortragenden blieb nichts übrig, als die Flucht anzutreten. Winston nahm Harveys Hand und zog ihn Richtung Ausgang. Die Studenten jubelten.

Da riss sich der Weiße Hase los, ging seelenruhig, aber etwas angekränkelt zum Pult, nahm das Hirn und sagte:

– Sie haben recht, meine Herrschaften, an diesen Gewebeklumpen gibt es rein gar nichts zu untersuchen. Und ich erforsche auch nichts, weil ich nicht die Ausbildung dazu habe. Aber ich unterhalte mich mit diesem Hirn. Wir sprechen über Gott und die Welt, über Musik und Wrestling. Leider interessieren sich diese Gewebeklumpen nicht für Football.

Der Studentenschaft stand der Mund offen. Der Zorn in ihren Gesichtern verwandelte sich erst in Ratlosigkeit, dann in Aufmerksamkeit, ja Fasziation.

– Wissen Sie, ich mache die Welt glauben, dass ich Untersuchungen leite, um Einsteins Genialität festzustellen. Ich weiß nicht, ob das möglich ist und was es bringen soll. Ich bin mir nicht einmal sicher, ob dieser Einstein wirklich ein Genie gewesen ist oder nur ein Scharlatan. Mein Sohn hat einmal, Jahre ist es her, ein großes Ytong-Ei in einen Hühnerstall gestellt, worauf die Tiere so erschraken, dass auch sie größere Eier legten. *Und dann zog derselbe Sohn nach Vietnam, um denen zu zeigen, wer die größeren Eier hat. Mit versprudeltem Gehirn kam er zurück.* Vielleicht war Einstein eine Art Ytong-Ei für den Hühnerstall namens Physik. Vielleicht sind seine Theorien nur ein großer Bluff, um die anderen einzuschüchtern ... Ich sage nur deshalb, dass ich Forschungen betreibe, damit ich dieses Hirn behalten darf. Warum? Weil wir uns prächtig unterhalten. Wenn ich Ihnen etwas für Ihr weiteres Leben mitgeben kann, dann eines: Glauben Sie an sich. Lassen Sie sich von nichts und niemandem von Ihrem Weg abbringen, egal wie groß Ihre Eier sind.

Die Studenten klopften auf die Bänke, und Harvey hatte feuchte Augen. Er war glücklich. Zum ersten Mal, seit er in Besitz des Hirns war, hatte er die Wahrheit gesagt und war dafür nicht, wie befürchtet, in der Luft zerrissen, sondern bejubelt worden. Zufall? Er ging zu einem verdatterten Windmill Winston, und gemeinsam verließen sie das Hetztheater Hörsaal. *Glück gehabt.*

Draußen entschuldigte sich der Professor.

– Es tut mir leid. Die Studenten halten sich für fortschrittlich und uns für verfilzte Mammuts aus der Vorzeit, dabei herrscht in ihren Köpfen tiefste Provinz. Sie glauben, alles begriffen zu haben und die Wahrheit zu kennen, benehmen sich aber wie intolerante Idioten ... Ameisen. Aber Sie, Herr Harvey, haben die Situation wunderbar gemeistert. Wie sind Sie darauf gekommen zu erzählen, dass Sie gar nichts erforschen?

– Weil es die Wahrheit ist. Harvey lächelte, und Winston sah ihn verwirrt an. Dann beschloss er, dass es sich um einen Scherz handeln musste.

– Ich verstehe. Die Biologie ist eine gefährliche Wissenschaft. Studenten wollen nichts hören von natürlicher Selektion, nicht, dass Menschen verschieden sind, es bereits im Aufbau der Trockennasenprimaten Unterschiede gibt. Man hält uns für Rassisten, und wenn wir sagen, dass uns die Bildung einer Fortpflanzungseinheit ... also einer Familie ... quasi in die Wiege gelegt ist, rasten sie aus. Wir sind Wissenschaftler. Wenn wir nicht aufpassen, verbietet diese moderne und ach so aufgeschlossene Jugend die Evolutionstheorie. Am liebsten würden sie jede Wissenschaft verbieten, die etwas anderes lehrt als das, was ihnen in den Kram passt. Sie wollen nicht als Studenten wahrgenommen werden, sondern als Personen unterschiedlicher Hautfarbe oder als Mehlgesichter mit gleichgeschlechtlicher Orientierung. Sollen sich ein Schild umhängen. Als weißer Mann mit normaler sexueller Orientierung ist man unglaubwürdig. Mein Gott, Winston imitierte jetzt einen tuntenhaften Schwulen, vielleicht sollte ich eine Geschlechtsumwandlung machen oder zum Judentum konvertieren? Meine Güte, diese sagenhafte Blödheit ... Ihre Forschungen, Herr Harvey, nun sprach er wieder normal, sind zu kompliziert, um sie diesen intellektuellen Landeiern zu präsentieren.

Harvey spürte, seine Freude war verfrüht gewesen. Aber eines hatte ihn der Ausflug gelehrt: Die Wahrheit war eine absolutistische Monarchin, die keine anderen Herrscher neben sich duldete, Kriege befahl und ihre Feinde brutal vernichten ließ. Die Studenten waren um nichts besser als die Dozenten und Professoren, alle marschierten unter irgendeiner Fahne. Und Harvey? Nun, er glaubte an Gott genauso wie an das sprechende Gehirn, aber er wollte niemanden überzeugen.

Vor dreizehn Komma acht Milliarden Jahren geschah zum letzten Mal etwas, das keine Ursache hatte. Seither hielt sich alles, zumindest dachten das Physiker und Gläubige, an das Ursache-Wirkung-Prinzip. Vor dreizehn Komma acht Milliarden Jahren entstand das Universum aus dem Nichts. Die ersten vierhunderttausend Jahre war es so heiß, dass sich nicht einmal Atome bilden konnten. Es herrschte eine derartige Hitze, dass den Teilchen der Schweiß von der Stirn lief und das Licht keine Lust hatte, sich zu bewegen. Kühlende Gewässer gab es nicht, geschweige denn ein frisch gezapftes Bier. Alles betete um eine kühle Brise; Ventilatoren und Klimaanlagen waren ausverkauft. Dann kühlte das Universum ab, begannen die Teilchen den entstandenen Raum zu besichtigen. Makler machten sich daran, ganze Galaxien zu verschachern. Die ersten Sterne siedelten sich an und fühlten sich sogleich als Alteingesessene, die neu ankommende Planeten als schmutzig, arbeitsfaul, kulturlos und sexbesessen diffamierten. Die Autochthonen verlangten von den Zuziehenden eine Aufenthaltsbewilligung, Arbeitsbescheinigung, ein polizeiliches Leumundszeugnis, ärztliche Atteste und so weiter. Wer jetzt noch keine Umlaufbahn hatte, fand so schnell keine mehr und ging als Wanderarbeiter durch das All. Die meisten zerbröselten. Der Rest ist Geschichte.

Auf einem unbedeutenden Planeten in einer von Billionen Galaxien schrieb man das Jahr 1975 und den Monat August. Für Juden war es das Jahr 5735, für Moslems Scha'ban 1395, die alten Maya hätten es 12.18.2.1.4 genannt, und für die Chinesen war es 4672, das Jahr des Hasen.

Die Medien hatten ihre Aufmerksamkeit von den Morden des BTK-Killers auf einen verschwundenen Gewerkschaftsführer gelenkt, der den Urknall verkehrt herum vollzogen hatte. Auch bei den Harveys löste sich alles auf, aber nicht ohne Ursache.

– Lügner! Du hast mich betrogen! Lisa stand mit verschränkten Armen im Wohnzimmer und zog ein angewidertes Gesicht.

– Was ist los?

– Du hast diesen Mongo noch. Ich weiß es.

Harvey ließ die Kinnlade hängen. Hatte seine Frau das Glas gefunden? Das Hirn entsorgt? Der Gedanke war einfach und grausam logisch zugleich. Ursache und Wirkung. Thomas machte zwei Schritte auf sie zu, stolperte, fiel, registrierte aber erst, als der Boden näher kam, seine Wahrnehmung grobkörniger wurde, dass sich sein Körper an Newtons Gesetze der Schwerkraft hielt, es ihn der Länge nach hinknallte.

– Das ist ein Vertrauensmissbrauch, kreischte Lisa, während er sich aufrappelte. Doch jetzt weiß ich, wie sehr ich dich liebe. Du bist unzuverlässig und egozentrisch ... der ruhige Tonfall unterstrich die Gehässigkeit ihrer Erklärung ... deine Fähigkeiten als Vater sind limitiert, dir geht es immer nur um dieses Hirn. Du bist gemein und asozial. Aber ich habe jetzt auch jemanden.

– Du hast was? Überraschung ist ein viel zu schwaches Wort für das Gefühl, das Harvey durchzog. Fast wäre er gleich noch einmal hingedonnert. *Ein Nebenbuhler?* Dafür gab es keine Gravitationsgesetze. Thomas war völlig von den Socken.

– Michael hat mit Guano ein Vermögen gemacht.

– Mit Vogelscheiße?

– Möwen-Losung! Ich brauche jemanden, der mich liebt. Hier. Sie holte ein Foto hervor, das einen blonden Anzugträger mit geglättetem Haar wie aus einer Haarwasserreklame zeigte. *Mach den Mund zu, du Michael, sonst fliegt eine Wespe hinein.*

– Ich werde mit den Mädchen zu ihm nach Florida ziehen. Für dich ist das besser, dann kannst du dich deinem Mongo widmen.

– Du sollst nicht so reden. Harvey war nur halb bei der Sache, dachte an das Hirn. War es unversehrt?

– Mongo! Lisa keifte, aber in ihrem Gesicht lag ein Strahlen. Sie wirkte hübscher, aufgeblüht, als hätten sich all ihre Hormone zusammengetan, um dem Körper eine letzte Blütenpracht zu entlocken. Jede ihrer Zellen schien den Rock zu heben und »Ich bin eine Frau im besten Alter« zu brüllen. In Lisas Augen lag der Glanz einer tiefen sexuellen Befriedigung. Und wer war dafür verantwortlich? Ein Möwenscheiße-Distributeur, der den Mund nicht zubrachte.

Harvey hatte Tränen in den Augen. Völlig unvorbereitet war er mit einer neuen Wahrheit konfrontiert worden. Sie betrog ihn, weil sie immer gefürchtet hatte, hintergangen zu werden. Oder weil er das Hirn nicht weggegeben hatte? Ursache-Wirkung-Prinzip. Oder weil Sommer war, Zeit aller Kriegsanfänge? Trauerte er um seiner selbst willen? Jedenfalls war er wie erschlagen ... eine ertrinkende Maus im Kübel der Gewerkschaft untreuer Ehefrauen ... und gleichzeitig froh, als seine Frau ... *diese Schlampe!* ... schmollend in ihr Zimmer schritt ... trippeltrappel. So konnte er nachsehen, ob mit dem Hirn alles in Ordnung war. Er raste in den Keller, konnte es nicht finden. Weder war es im Regal noch in einem Schrank. Panik überkam ihn, als er in den leeren Kofferraum stierte. Auf dem Rücksitz des Autos lag nur Elisabeths Puppe. Auch in der Garage war nichts zu finden. Verzweifelt wühlte er durch Kisten und Schachteln, schnitt sich an einer Heckenschere, fand einen Koffer mit alter Winterkleidung, Gartenmöbel, Luftmatratzen ... sogar einen Hula-Hoop-Reifen ... alles Mögliche, aber kein Hirn. Eine Verlustangst durchfuhr ihn, kalt wie flüssiger Stickstoff. Er kam sich vor wie am Rand des Universums, wo es keine Zeit gab. Ob auch das Universum an einer Mauer endete, an der ein Schild mit der Aufschrift »Non plus ultra« hing? Weiter geht es nicht. Oder stand dort schlicht: Betreten verboten. Privatbesitz!

Lieber Gott, mach, dass dem Hirn nichts zugestoßen ist.

Verstört ging er ins Schlafzimmer, wo Lisa schlief. *Diese Apnoeröcheln ausstoßende Kanaille hat das Hirn entsorgt! Außerdem betrügt sie mich! Mit einem Möwenscheiße-Michael! Und jetzt schnarcht sie wie ein zufriedenes Walross mit Nebenhöhlenentzündung.* Eine erschreckende Leere machte sich breit. Alles sinnlos! Er spielte mit dem Gedanken, sie zu erwürgen, versuchte zu beten, doch auch Gott kam ihm unglaubwürdig vor. Vielleicht hatte Einstein recht? Gab es keinen Gott, nur Naturgesetze? Ursache-Wirkung. Die ganze Wahrheit ein einziges Nichts? Das Universum Zufall? Aber wenn man einem Menschen sein Heiligstes nimmt, muss man mit Konsequenzen rechnen ...

Am nächsten Morgen fühlte er sich wie gerädert. Lisa ging ihm aus dem Weg und sprach kein Wort. Teilnahmslos torkelte Harvey durch das Haus, trank Kaffee, wobei er gleichgültig registrierte, dass die Milch sauer war und ausflockte. Irgendwann stand er vor der Abstellkammer, sah die Schachtel mit der Aufschrift »Weihnachtsdeko«, blickte hinein und ... Da war es! Das Hirn! Ein Wunder! *Danke, lieber Gott.* Harvey tat einen Freudenschrei, lief in die Küche, traf auf seine Frau, packte ihren Kopf und küsste sie.

– Was ist los? Bist du froh, mich bald los zu sein?

– Ja. Nein. Ich weiß nicht.

Licht bestand aus kleinen Paketen, und auch Wärme wurde in Form von Päckchen abgegeben. Bei Lisa waren es Koffer und Schachteln. Sie war schon immer eine Frau der Tat, zwei Tage später zog sie aus und bestätigte den zweiten Satz der Thermodynamik: Alles wird immer komplizierter. Harvey spürte, wie sich die Welt verfinsterte.

– Magst du es dir noch einmal überlegen?

– Ich kann nicht. Michael ist so ein toller Mensch, sogar du würdest ihn mögen. Wenn du wüsstest, wie liebevoll er mit seiner Frau umgeht.

– Er ist verheiratet?

– Sie leben in offener Beziehung.

– Das stört dich nicht?

– Ich brauche jemanden, der sich um mich kümmert.

– Habe ich mich nicht gekümmert? Wie hat er es angestellt, dieser Michael? Mit der alten Du-siehst-traurig-aus-Masche? Nicht, dass Frauen immer traurig dreinsahen, aber dieses »Du siehst traurig aus« implizierte die Existenz eines besseren Lebens, das der Sprecher offenbar kannte. Ein billiger Trick, aber da Frauen immer eine höhere Form des Glücks ersehnten, waren sie für so etwas anfällig.

Harvey blieb in Kansas, suhlte sich im Liebeskummer, verfluchte Möwenscheiße-Michael und wünschte Lisa die Krätze zwischen den Beinen. Einen Augenblick hatte er das Gefühl, als stünde der Tod im Zimmer. Dann war es, als ob er alles durch einen Duschvorhang wahrnähme. Seine Stimme bekam den winselnden Ton des Selbstmitleids, in den Ohren begann es fürchterlich zu rauschen, und er versuchte zu onanieren, was nicht gelang, weil der Kopf voller Gedanken war.

Harvey vermisste weniger das Milchzahnlachen seiner Töchter als die Strenge seiner Frau. Gab es Schlimmeres als die Erkenntnis, dass die Frau, in die er sich verliebt hatte, nicht mehr existierte? Er dachte an ihre asiatischen Augen, die ihm jetzt verlogen vorkamen, und er begann zu trinken, weil der schmale Weg Richtung Schlaf nur im Zustand der Berauschtheit zu finden war. Nach drei, vier Stunden wachte er wieder auf und fühlte sich erledigt. Wochenlang konnte er nur an Lisa denken. Lisa. Ihr Lächeln, ihre Kommandos oder ihr Körper, wenn sie in der Badewanne saß. Ständig fielen ihm Ereignisse ein, die Hochzeit, ihre Fahrten nach New York, die Geburten der Kinder, Umzüge, die Suchaktion auf dem Spielplatz, ihr Zwinkern, nachdem sie Nathan bezirzt hatte ... Wie ein General nach einer verlorenen Schlacht durchfocht er seine zweite Ehe, um am Ende dazustehen wie der einzige Überlebende eines gefallenen Bataillons. Er schimpfte auf den Möwenscheiße-Importeur ... *offene Beziehung? Eine Schweinerei!* ... Thomas versuchte sich einzureden, dass es ein Glück war, sie los zu sein. Diese eingebildete Neurotikerin mit ihrem Putzzwang ... Aber er liebte sie. Oder war es das beleidigte Gefühl, abgestoßen und ersetzt worden zu sein? *Es heißt, die Zeit heilt alle Wunden, aber wenn es gar keine Zeit gibt?* Reiß dich zusammen, Harvey! Lass dich nicht so gehen. Gib ihr nicht so viel Macht.

Warum sie das getan hat, ist eines der großen Welträtsel. Ich rede mir ein, dass ich darüber hinwegkomme, aber das stimmt nicht. Ich belüge mich. Und wenn ich diesen Michael in die Finger bekomme, mache ich Apfelmus aus ihm. Ich hasse Florida. Und Australien. Und Marmite. Ein Tornado soll über sie hinwegfegen, alles unter Möwenscheiße begraben ... nein, so darfst du nicht denken.

Um sich zu beruhigen, ging Harvey stundenlang spazieren. Er

marschierte täglich drei, vier Stunden – so war sein Tinnitus erträglich. Harvey lief über Felder und durch Wälder, aber sogar die Vögel schienen ihn auszulachen, nicht nur die Grünspechte, selbst Frösche und Grillen machten sich lustig über ihn. Leute, denen er begegnete, hielten ihn für einen verwahrlosten Propheten aus dem Alten Testament. Dabei war er ein liebeskranker Pathologe, den ein Hirn aus der Bahn geworfen hatte. Er war mit Sätzen wie »Benütz dein Hirn« aufgewachsen, doch das Hirn hatte ihn benutzt. Was konnte er tun? Geschehenes ließ sich nicht ungeschehen machen, Lisa war fort. Ursache-Wirkung. Er versuchte sich einzureden, dass sie bald zurückkäme, mit diesem Michael nicht glücklicher sein konnte als mit ihm, seine Töchter ihren Vater brauchten, aber im Grunde seines Herzens wusste er, das würde nicht geschehen. Sie hatte gestrahlt wie ein Honigkuchenpferd. Irgendetwas musste dieser Michael mit ihr angestellt haben ... *diese Drecksau ... nein, das darfst du nicht sagen, freu dich, wenn sie glücklich ist.*

Als er eines Tages von einem Gewaltmarsch heimkam, fühlte er sich schwindelig. In seinem Kopf spielte der Tinnitus verrückt – es ging zu wie in einer Verschrottungsanlage: Pressen stampften, Schredder zermerscherten, und Walzen rollten. Alles rumpelte, quietschte, krachte, verzerrte, zermarterte. Harvey warf einen Blick in die Zeitung und merkte, die Buchstaben waren verschwommen. Irritiert lief er in die Küche und trank Wasser. *Unterzuckert?* Er nippte am Cola, das noch von den Mädchen stammte, doch sein Zustand besserte sich nicht. Ein Gewürz stach ihm ins Auge. Gelb war alles, was er assoziierte. Gelb? Was für ein Wort! Auf dem Etikett stand »Kurkuma«, und ihm war, als hätte er das noch nie gehört. Kur-ku-ma? Ku-Klux-Klan unter den Ge... Wie hießen diese Dinger, die man übers Essen streute? Gewurzeln? Pürzel? Alle Wörter wirkten fremd – wie Kleidung, die nicht passte. Nun machte sich Panik breit. Er fühlte seinen Puls galoppieren, hörte Stimmen plärren: Schlaganfall! Hirnschaden! Du bist verloren! Die Zukunft würde er als sabbernder Greis verbringen, der Jahre brauchte, um ein Wort zu finden. Er streckte seine Arme aus und führte beide Zeigefinger zueinander ... funktionierte! Auch das Balancieren auf dem Rand eines Teppichs klappte. Aber die Namen? Wie hieß der Krankenhausdirektor in Princeton? Irgendetwas mit dicken Blumen ... Bitumenfett? Harvey konnte sich vage an sein Aussehen erinnern ... roter Kopf, weißer Cowboyhut, Kettenraucher ..., aber der Name war hinter einer Nebelwand. Und seine erste Frau? Elouise! Wie weiter? Schwan? Schwanz? Swankey! Okay. Wie hieß der Testamentsvollstrecker? Jack? Daniel? Der Name war ausgelöscht. Und Einsteins Sekretärin? Luna? Duna? Verschüttet!

Nicht, dass ihm die Worte auf der Zunge lagen, er hatte keine Ahnung, stand vor verschlossenen Türen. Betreten verboten! Privatbesitz! Sein Gedächtnis war verschlammt. Harvey schwitzte, war verzweifelt. Alles aus. Das war die ganze Wahrheit. Lisa hatte ihn auf dem Gewissen. Diese selbstbeherrschte Frau war die Ursache seines Zustands. Die Wirkung? Verheerend! Alles, was er je gewusst hatte, war im morastigen Schlamm seines Kopfes versunken, würde bestenfalls als verkrustete Moorleiche wiederauftauchen. Da kam die von Lisa zurückgelassene Katze, schnurrte. Wie hieß die? Schostakowitsch? Rimski-Korsakow?

REISBÄLLCHEN

Es heißt, Glück hinterlässt nur flüchtige Spuren, während sich Niederlagen tief in das Bewusstsein graben. Erst in dunklen Zeiten zeigt sich eines Menschen wahres Wesen. Nach einer Stunde war Harveys Panikattacke vorbei. *Kein Schlaganfall! Kein Herzinfarkt!* Jetzt wusste er den Namen der Katze wieder. Igor Strawinsky, Exemplar einer privilegierten Spezies, Produkt jahrtausendelanger Evolution, hervorgegangen aus altägyptischen Mäusefängern, die sich am Nil von Getreidebauern ködern lassen hatten. Das Tier miaute, als ob es einen toten Pharao aufwecken wollte, schärfte seine Krallen an einem ... *nein, das ist kein Obelisk* ... Lederhocker und pinkelte auf das Sofa.

Strawinskys Augen waren Schlitze, womit in seinem Kopf seit jeher bewiesen war, was Physiker erst mit dem Doppelspaltexperiment begriffen, den Welle-Teilchen-Dualismus. Nicht von ungefähr hat Schrödinger in seine Kiste ein Tier gesetzt, dem teuflische Kräfte und neun Leben nachgesagt werden. Katzen können Geister sehen, hatte Lisa gesagt. Nun war sie, seine zweite Frau, selbst ein solcher. Der Schmerz des Verlassenseins war geblieben. Auch der Tinnitus hämmerte wie Hephaistos in Harveys Ohren. Lag es an der Trauer oder am Alkohol? Er fühlte sich wie Judas nach seinem Verrat, hatte eine halbe Flasche Bourbon intus, als eine Neurowissenschaftlerin anrief. Marian Diamond sei auf Gliazellen spezialisiert ... *was für Gazellen?* ... und möchte Einsteins Hirn untersuchen. Harvey lallte anzügliche Bemerkungen, schaffte es aber, die Adresse zu notieren, und trug am nächsten Tag ein Kästchen mit plastifizierten Proben zur Post. Die Existenz der Boxen war von Lisa nie beanstandet worden. Seiner Frau war es um das Glas gegangen. Diamond schrieb postwendend, dass sie Gewebeproben bräuchte. Er rief sie an und versprach, ihr bald welche zu senden, fragte, wie sie aussehe ... »sicher sind Sie eine fesche Katz« ... und ob sie mit ihm ausgehen wolle.

– Nein, das will ich nicht. Die Wissenschaftlerin war einigermaßen verwirrt.

Thomas ertrug das Haus nicht mehr, das ihn in jedem Winkel an Lisa und die Mädchen erinnerte. Der Duschvorhang, die selbstgemachte Marmelade, sogar die Staubfusseln – alles atmete den Geist von Lisa, überall war ihr »Setz-dich-gerade-hinschmatz-nicht-beim-Essen-vergiss-nicht-die-Gläser-wegzuräumen« zu hören. Am liebsten hätte er die Tür aufgerissen und nach dem BTK-Killer gebrüllt: Komm und erlöse mich!

Wollte er das wirklich, oder machte er es sich in seiner Trauer bequem? Erstaunlicherweise besitzt der Mensch die Fähigkeit, selbst Tragik für sich zu nutzen.

Der Weiße Hase wollte nach Weston, Missouri, übersiedeln, weil er dort eine Arztpraxis übernehmen konnte. Erschwingliche Ablösegebühr und freundliche Leute. Außerdem war Kansas City nahe. Als praktizierender Arzt, dachte er, würde er sich zwar den ganzen Tag mit Bluthochdruck, Gliederschmerzen und Wasser in den Beinen herumschlagen, aber auch Frauen kennenlernen, und eine Frau brauchte er, um Lisa zu vergessen.

Er war mit den Vorbereitungen für den Umzug beschäftigt, als ihn beim Greißler eine kleine Brünette ansprach. Das Kunstlicht betonte ihre Blässe und brachte die Sommersprossen zur Geltung, mit denen ihr Gesicht gesprenkelt war.

– Doktor Harvey? So ein Zufall. Törööt! Es folgte eine Fanfare weiblichen Gelächters.

Harvey konnte sich nicht erinnern, dieses Persönchen zu kennen. Nur das Törööt erinnerte ihn an »Wal, da bläst er«.

– Rachelle Ross. Wir haben uns getroffen, als Sie im Psychiatrischen Krankenhaus in Marlboro gearbeitet haben. Wissen Sie nicht mehr? Mein Großvater. Sie erinnern sich bestimmt. Er litt an Demenz und hielt sich für einen Adeligen. Einmal ist er ausgebüxt und ließ sich auf ein Schloss bringen. Dort hat er alle überzeugt, ein blaublütiger Aristokrat zu sein. Sie hatten ihm sogar geglaubt, dass er ein Spross des russischen Zaren sei. Die Kleine lachte. Rachelle hatte ein süßes Stupsnäschen und einen großen Mund. *Die hat ein Gesicht!*

Marlboro? Sofort hatte Harvey Bilder der Nervenheilanstalt im Kopf, wo Patienten mit Stromschlägen behandelt oder in der Badewanne verbrüht wurden. Da gab es Menschen, die sich für Hitler hielten, oder andere, die sich alles, was sie zu fassen kriegten, in den Anus steckten. Aber Adelige? Im Keller gab es eine Sammlung mit eingelegten siamesischen Föten, Wasserköpfen, Babys mit Wolfsrachen. Aber davon bekamen die Besucher nichts mit. Und dann war da dieser faszinierende Irre, der sich für Gott hielt und vom sprechenden Hirn wusste. Außerdem die falsche Maria Magdalena.

Langsam dämmerte Harvey, dass er Rachelle dort gesehen hatte.

– Arbeiten Sie noch als ...
– ... Flugbegleiterin? Habe ich nach der Scheidung aufgegeben, schon um zu vermeiden, bei meinem Exmann mitfliegen zu müssen. Ich wollte nicht länger in einer Leidensgemeinschaft leben. Wie sagte meine Mutter immer: Heirate nie einen Piloten. Törööt! Jetzt illustriere ich Kinderbücher.

– So ein Zufall, murmelte Harvey, ich bin auch geschieden. Wissen Sie, Rachelle ...

– Nennen Sie mich Mauki, sagen alle ... Wollen Sie mich zum Essen ausführen? Es darf gestrahlt werden, ein Engel ist in Ihr Leben getreten. Törööt! Wissen Sie was, ich gebe Ihnen meine Nummer. Mauki nahm seine Hand und schrieb auf Harveys Hemdsärmel mehrere Zahlen. Keine Angst, das geht wieder raus.

Am nächsten Abend saßen sie in einem Steakhaus, aber nicht schweigend, wie es Gretchen dereinst prophezeit hatte. Mauki passte besser als Rachelle. Sie war das Gegenteil von Lisa: klein, Delphinbeinchen, ein lustiges Lausbubengesicht voller Sommersprossen. Außerdem redete sie ohne Unterlass, erzählte von Blumen, die besser wuchsen, wenn man mit ihnen sprach, von ihren drei Töchtern und vor allem von Kinderbüchern und Keramik. Sanfte Worte waren das, die Harveys Tinnitus wie Wellen umspülten.

Manche Menschen können von Abenteuern mit wilden Tieren und Kopfgeldjägern erzählen und langweilen trotzdem. Andere beschreiben, wie sie im Park auf einer Bank sitzen, einem

Blatt beim Fallen zusehen, und man hängt an ihren Lippen. Mauki gehörte zu Letzteren. Sie erzählte, wie überrascht sie gewesen war, als ihr in der Pubertät Brüste wuchsen.

– Da war es vorbei mit Gorilla-Spielen.

– Gorilla-Spielen?

– Ugah-ugah. Sie trommelte mit den Fäusten gegen ihre Brüste, lachte. Dann füllte sie ihre Gabel mit Fleisch, Kartoffeln, Salat und sagte, bevor sie das überladene Esswerkzeug in den Mund steckte:

– Sei Zeuge! Eigentlich sollte ich sagen, schau weg, aber so bin ich nun einmal.

– Biofleisch.

– Da schmeckt man gar nicht, dass das Tier gelitten hat. Mauki rollte mit den Augen.

Wenn sie nicht sprach, gab sie Töne von sich, pfiff, schnalzte mit der Zunge oder zischte Wörter wie Tandaradei. Törööt. *Ein Mensch gewordener Rummelprater.* Harvey war entschlossen, sich in dieses elfenartige Wesen zu verlieben, das Wörter wie Poschmelze für Durchfall oder Hügelbett statt Bügelbrett verwendete. Und weiß der Teufel, was ihn ritt, aber er erzählte ihr von seiner Trennung … warum tut man Menschen, die man liebt, immer weh? …, dass die Söhne nicht zurückriefen und von Einsteins Hirn, das die Ursache für das Scheitern seiner Ehen gewesen war.

– Das Hirn von Albert Einstein? Mauki war begeistert.

– Manchmal spricht es.

– Aha. Die Brünette sah ihn mit großen Augen an, und für einen Augenblick war die Stille dicker als jede Daunendecke.

– Bei Ihnen alles in Ordnung?, platzte ein storchenbeiniger Kellner hinein.

– Danke. Harvey nickte. Kaum war der Stelzvogel wieder weg, flüsterte er:

– Die werden ausgebildet in der Kunst des Gästestörens.

– Darf ich lecken?

– Lecken? *Das ist normalerweise mein Job.* Harvey wusste nicht, was sie meinte.

– Den Teller. Während ihre Zunge durch den Fleischsaft fuhr und das Sommersprossengesicht hinter der Porzellanscheibe verschwand, kam zwischen schlabbernden Schmatzgeräuschen hervor:

– Zurück zum Hirn. Es spricht? Wie in einer Kindergeschichte, wenn die Tiere reden?

– Versuch nicht, das Unbegreifliche zu begreifen.

– Dagegen hilft das Kauen von Baldrianwurzeln und Sport. Mauki lachte. Harvey wusste nicht, warum. Nahm sie ihn nicht ernst?

– Vielleicht bilde ich mir das ein. Es kann aber auch sein, dass Einsteins Agnostikerseele unerlöst ist. Beide Möglichkeiten sind niederschmetternd. Ich möchte ihm Gott näherbringen. Aber das, wonach ich suche, habe ich nicht gefunden ... Noch ein Dessert?

– Nur wenn es eine Liebeserklärung ist.

Als sie wenig später nackt beisammen lagen, sagte sie:

– Du bist wärmer als ich.

– Das ist die Zeit. Zeit ist Energie.

– Dann müssen ältere Menschen wärmer sein.

Später, als alles andere, nur keine Teller, geschleckt wurde, geschah ein kleines Wunder, Harveys Verschrottungsanlage wurde stillgelegt, der Tinnitus verschwand so unvermittelt, wie er gekommen war – und mit ihm so gut wie alle Gedanken an Lisa –, Marmite, Australien, Guano, die Töchter ... alles war gelöscht.

Mauki flüsterte in Richtung seines Bauchnabels.

– Was redest du?

– Eine Geheimsprache zwischen mir und deinem Körper.

Er fühlte sich in Maukis Gegenwart dermaßen aufgehoben, dass er ihr seine intimsten Geheimnisse anvertraute. Harvey erzählte vom Leichenaufschneiden und davon, dass die Toten keineswegs mit angelegten Händen auf dem Metallbett lagen wie in Polizeifilmen. Manchmal streckten sie die Hände aus, als wären sie ein Hampelmann. Einmal hat sich einer aufgerichtet ... Lazarus-Symptom. Vor Schreck wäre ich fast umgekippt.

Mauki ging ins Badezimmer, ließ die Tür offen und furzte. Andere hätten sich entschuldigt, sie aber sagte:

– Das Dampfschiff legt ab. Alle Mann an Bord. So war sie, immer einen lustigen Spruch auf den Lippen. Törööt.

Thomas schmunzelte. Als sie zurückkam, sagte sie Richtung Furz:

– Du bleibst im Badezimmer. Wehe, du kommst mit. In dem Buch »Die Welt der Frau« steht, dass Damen nicht furzen. Wenn doch, dann niemals in Gegenwart eines Mannes. Daher ist es besser, wenn Männer einer Erwerbstätigkeit nachgehen. So ist es zur Arbeitsteilung gekommen. Vielleicht ist auch das Universum ein großer Furz. Wir haben uns nur längst daran gewöhnt. Deshalb sagt man auch, das ist atmosphärisch ... Sie redete eine Weile lang weiter, hielt inne und meinte:

– Der Gesprächigste bist du ja nicht gerade. Eher wie ein Seesack, dessen Schnüre zugezogen sind.

– Das wird an gewissen Erfahrungen liegen ... Mein Vater war ein strenger Mensch.

– Lebt er noch?

– Als er gestorben ist, habe ich Nägel eingeschlagen. Mutter hat an mein Talent geglaubt, mich immerzu ermuntert, aus meiner Begabung etwas zu machen. Für Vater war ich ein Versager. Ich weiß nicht, was schlimmer war ... Die unangenehmste Erfahrung machte ich in der Schule. Ich hatte mich verliebt, in Betsy. Wir haben in den Pausen gemeinsam gekocht, Gerichte mit Laub und Zweigen.

– Lecker. Mauki fuhr sich mit der Zunge über die Lippen.

– Irgendwann habe ich ihr einen Liebesbrief geschrieben.

Dummerweise hat ihn Dwight, mein bester Freund damals, gesehen, und dieser widerliche Kerl hat ihn gestohlen. Ich war viel zu sehr mit der Übergabe beschäftigt, als dass ich den Diebstahl bemerkt hätte. Wie sich Dwight dann in der großen Pause auf einen Stuhl stellte und meinte, er müsse etwas verkünden, dachte ich an einen Spaß. Als er anfing mit »Meine allerliebste Betsy ...«, wäre ich bereitwillig im Erdboden versunken. Das gab ein Gelächter. Ich habe mich dann bis zur Abschlussklasse in der Toilette eingeschlossen. Betsy hat nie wieder mit mir gesprochen.

– Das tut mir leid. Mauki nahm seine Hand und streichelte sie.

– Ich war aber auch kein Engel. Einmal habe ich ein Mädchen von zu Hause weggelockt. Ich bin in den Wald mit ihr gegangen, wo ich sie an einen Baum gefesselt habe.

– Wirst du dasselbe auch mit mir machen? Mauki lächelte, aber in ihrem Gesicht lag Verunsicherung. Für einen Moment lang dachte sie, man konnte es sehen, an den BTK-Killer.

– Damals war ich zehn.

– Auch Serienmörder haben klein angefangen.

– Ich bin Quäker, Pazifist.

Zufällig kam das Gespräch auf Gretchen Gruenspan, die sich einen zweifelhaften Ruf als Umweltaktivistin erworben hatte. Die Leute hassten sie, weil sie die Müsserei verkündete, für Schließungen von Fabriken eintrat, gegen den Bau neuer Autobahnen protestierte und ein Pornografie-Verbot forderte. Mauki bewunderte sie. Harvey verschwieg, dass er sie kannte.

Er fühlte sich wohl in Maukis Gegenwart. Als er fragte, ob sie seine Frau werden wolle, sagte sie:

– Niemals! Dann fiel sie ihm um den Hals. Kurz war er sich nicht sicher, ob sie ihn umarmte oder versuchte, ihn zu erwürgen.

– Natürlich will ich, bin ich willich ... Törööt!

Eine nächste Hochzeit? Das ging jetzt etwas schnell, aber so war Harvey nun einmal. Bei der Trauung waren nur Maukis Töchter und Schwiegersöhne anwesend. Es gab eine kleine Feier, und am nächsten Tag zog das Paar nach Weston, dreißig Meilen nordwestlich von Kansas City. Bald nannte Harvey auch seine dritte Frau Brezelchen. Anfangs rutschte es ihm heraus, aber nachdem es ihm ein paar Mal über die Lippen gekommen war, fühlte es sich richtig an. Er übernahm die Arztpraxis in der Tausenddreihundert-Seelen-Gemeinde und wurde bald nur noch als Herr Doktor angesprochen.

Weston, Sin City genannt, war auf Alkohol und Tabak erbaut, besaß die älteste Destillerie Amerikas. *Die brennen Schnaps aus Kuhdung.* Die Frischvermählten mieteten ein elegantes viktorianisches Haus, und das Leben kam in ruhigeres Gewässer. Der Weiße Hase wurde Präsident des Rotary Clubs, betreute als Arzt das Football Team der Schule und ging regelmäßig zu den Quäkern – es gab nur vier Mitbrüder, aber das machte nichts. Die Leute schätzten ihn. Selbst als er das Hirn zu einem Rotarier-Treffen mitnahm, um über seine Lebensaufgabe zu sprechen, nahm niemand daran Anstoß. Mauki richtete sich eine Töpferwerkstatt ein, drückte Muscheln und Blätter in Tonformen, Harvey ging in seiner Tätigkeit als Landarzt auf.

– Ich bin froh, dass wir uns gefunden und sofort erobert haben, sagte Mauki, während sie versuchte, eine verheddertе Halskette zu entwirren. Menschen wissen oft nicht, wer sie wirklich sind. Wenn sie es wissen, ist es meist zu spät.

– Was machst du da?

– Ketten schaffen die größtmögliche Unordnung. Selbst wenn sie in einer Tasche liegen, schaffen sie es, sich heillos zu verheddern. Ohne es zu wissen, formulierte Mauki den zweiten Hauptsatz der Thermodynamik, die Lehre von der Entropie, die besagt, dass alles immer komplizierter wird.

– Wie viel Zeit es doch kostet, diese Dinger zu entknoten!

– Hauptsache, du fängst nicht an, das Haus zu renovieren.

– Warum?

– Weil das immer der Anfang vom Ende meiner Ehen war.

Elouise wollte einen grünen Teppich, Lisa hat alles gestrichen und mit scheußlich bunten Mustern tapeziert.

– Keine Angst. Solange unser Wohnzimmer nicht aussieht, als wäre ein Wal darin explodiert ...

Alles war wunderbar harmonisch, bis Harvey Reisbällchen auffielen, die rund um seine Praxis lagen. *Alles wird immer komplizierter.* Er hielt sie für Meisenknödel, sah dann aber einen Inder, der davor kniete und allem Anschein nach betete. Der Mann trug einen schlammgrünen Anzug mit erdfarbener Krawatte, war aber barfuß.

– Was machen Sie da? Wollen Sie, dass sich Ratten ansiedeln?

– Einen Körper aus Wind für den Toten, sagte der Mann. Ohne Ritual bleibt der Tote ein Geist.

– Welcher Tote? Ist hier einer Ihrer Verwandten gestorben? Ich habe die Praxis erst kürzlich übernommen.

– Einstein.

– Was? Warum Einstein?

– Die Seele des Toten ist rastlos, muss befreit werden. Die Zähne des Inders blitzten. Er kam näher und drückte Harvey einen Jutesack in die Hand.

– Was ist das? Der Weiße Hase blickte hinein und sah eine braune Masse mit Strohhalmen. Es stank entsetzlich.

– Kuhdung. Sie müssen den toten Einstein darauf betten.

– Gut, dass es keine Witwe gibt, sonst müsste ich die wohl verbrennen?

– Mein Name ist Wallfahrtsort, und ich bin ein Zweimalgeborener, Träger einer Heiligen Schnur. Ich bin wegen Einstein hier, weil alles Teil des Ganzen ist und das Ganze in allem steckt. Geschichte ist ein Strom, der ins Meer fließt, die Ewigkeit. Das Universum hat Bewusstsein. Was ist Leben? Der Funke eines Glühwürmchens. Wussten Sie, dass es Sumpfvögel gibt, die ihr Nest mit Schlamm auskleiden und dann Glühwürmchen hineinstecken? Die Tierchen leuchten noch zwei Wochen lang.

– Was wollen Sie, Herr ... Wallfahrtsort?

– Ich muss mit Einstein das Universum begehen.

– Ist das nicht vermessen? Ich weiß ja nicht, wie gut Sie zu Fuß sind, aber sollten Sie nicht mit einer kleinen Runde im Park anfangen? Sind Sie Hindu oder Buddhist?

– Ja.

– Schön. Ich glaube nämlich nicht, dass der alte Physiker gerne Reis mit ranziger Butter gegessen hat. Einstein mochte schwäbische Hausmannskost, Spätzle, Schupfnudeln, Herrgottsbschissli ... Harvey hielt den Inder für einen Scharlatan ... oder Verrückten ... jedenfalls wollte er nichts mit ihm zu tun haben, traute sich aber nicht, es zu sagen. *Immer höflich bleiben.*

– Die Wahrheit führt nicht unbedingt zu Weisheit. Wallfahrtsort konnte eine kleine Aufwallung selbstgefälligen Stolzes nicht unterdrücken. Ich will ihm den Tempel der wiedergeborenen Wissenschaftler zeigen.

– Kommt nicht in Frage. Thomas machte eine abweisende Geste.

– Wofür würden Sie sterben, Herr Harvey?

Woher kennt der meinen Namen? Vom Türschild?

– Sterben? Ich? Einer meiner Söhne hat mich das einmal gefragt, aber ich kann mich nicht erinnern, was ich geantwortet habe.

– Für die Liebe? Nur Egozentriker sterben für die Liebe. Für eine Freundschaft? Niemals. Oder für die Wahrheit? Dafür sterben nur Idioten. Aber Erlösung!

– Hören Sie, Herr Wallfahrtsort ...

– Wenn Ganesha auf Reisen geht, reitet er auf einer Ratte. Der Inder sprach salbungsvoll. Am Ursprung war weder Sein noch Nichtsein, kein Raum, kein Himmel, keine Zeit, weder Tod noch Unsterblichkeit. Finsternis war durch Finsternis verdeckt, der Lebenskeim in Leere eingehüllt. Dann kam das Begehren in die nichtexistierende Welt, ein allererster göttlicher Gedanke. Das

Lustprinzip. Was folgte, war das, was Physiker den Urknall nennen. Ich nenne es Entfaltung.

– Warum erzählen Sie mir das?

– Weil die Schöpfung nicht zu Ende ist. Sie muss fortgesetzt und erweitert werden. Der Inder lächelte, schüttelte Harvey die Hand und ging. Wir sehen uns.

– Das würde mich sehr freuen. *Verdammte Höflichkeit.* Harvey blieb verdutzt zurück. *Alles wird immer komplizierter.* War der Hinduismus etwas für Einstein? Er öffnete den Jutesack, roch hinein und musste sich beinahe übergeben. Es stank, als hätte man die Löcher sämtlicher Emmentaler gesammelt.

RÜCKKEHR DER ENGEL

1978. Ein Pole wurde Papst, und in Persien übernahm ein bärtiger, frauenfeindlicher Antialkoholiker das Ruder, um das Land in Iran umzubenennen, was Land der Arier bedeutet. *Wozu der ganze Geografieunterricht, wenn sich Grenzen und Namen dauernd ändern?* Der bärtige Turbanträger errichtete einen Gottesstaat, was für Homosexuelle die Todesstrafe, für Frauen den Schleier und für Bierbrauer den Ruin bedeutete. Außerdem wurde der höchste Berg der Welt erstmals ohne Sauerstoffflaschen bestiegen. Aber egal, wohin man schaute, egal, wohin man kam, es gab keine Engel mehr. Nirgendwo. Es gab natürlich überall Engel – aus Schokolade, Porzellan, Holz und Goldpapier, es gab Engel in Liedern, auf Postkarten und jede Menge Spielzeugengel, Anhänger, Ohrclips ... oder die Jahresendflügelfiguren in sozialistischen Ländern, aber stumme Mittler, die eine Verbindung zu Gott hatten, seinen Willen verkündeten oder befahlen, gab es keine mehr. Niemand glaubte mehr an sie, weil man begonnen hatte, Gott der Vernunft zu unterwerfen. Also befreiten die Engel keinen Petrus mehr, erschienen keinem Zacharias oder verkündeten Kindsnamen. Stattdessen saßen sie unerkannt in Wartehäuschen, schliefen über Luftschächten oder in verlassenen Häusern und sagten ihr »Fürchte dich nicht« allenfalls zu Vulkanen, Flüssen oder Lawinenhängen. Sie hofften, eines Tages wieder gebraucht zu werden. Für Engel gab es keine Stellenvermittlung, keine Umschulungskurse und keine Ersatzbeschäftigung – eine harte Zeit. Manche litten unter Depressionen, andere hatten Burnout – Berufsrisiko.

Nicht nur für Engel war es eine schwere Zeit, auch für Sully Erlich. Seit seinem fünfundsechzigsten Geburtstag lief er mit einem Puls von hundertvierzig herum. Erst hatte er Treppen, Autos, Flugzeuge, Fischgerichte und alle anderen Gefahrenquellen gemieden, dann, überzeugt von seinem gemäß Familientradition unausweichlichen nahen Ende, hatte er darauf gepfiffen.

Er war mit einem silbergrauen Cadillac Eldorado ... Ledersitze, Klappdach ... bei Harvey vorgefahren und hatte ihn zu einer kleinen Spritztour eingeladen. Sie fuhren in den Country Club und tranken einen Martini, noch einen zweiten, weil man auf einem Bein nicht stehen kann. In einer Hotelbar legten sie mehrere Margaritas nach, zu denen später ein paar Mojitos kamen. Obwohl Harvey längst das weiche Gewicht der Berauschung fühlte, das ihn kaum noch gerade sitzen ließ, legten sie zum Abschluss drei ... *oder waren es vier, fünf, sieben? ...* Cosmopolitans drauf. *Zu viele Füße, um noch gerade zu stehen.* Schließlich landeten sie mit zwei Flaschen Rum, wofür Sully dem Barkeeper ein Vermögen gegeben hatte, in einer feuchten Wiese und blickten in den klaren Sternenhimmel.

– Warum trinkt man? Um gemeinsam einen Traum zu leben.

Blätter raschelten im sanften Windgeflüster, und Harvey hatte das Gefühl, die Welt sei in eine Schieflage geraten, rutschte langsam hinunter.

– Du darfst nicht so viel saufen. Sully rülpste. Wenn man irgendwelches Zeug hört, ist das ein Signal.

Harvey blies in die Öffnung einer Rumflasche. *Wal, da bläst er.*

– Die Welt ist voller Rätsel. Und da oben stehen keine Antworten. Sully zeigte zu den Sternen. Was ist mit Jimmy Hoffa geschehen, was mit den Flugzeugen im Bermudadreieck oder der Mannschaft der Mary Celeste? Nur lächerliche Menschen fürchten den Tod, der unser Freund ist. Ich bin einer davon. Ich habe Angst.

– Du stirbst nicht.

– Natürlich. Weißt du, was das Schlimmste ist? Die Welt wird weiterexistieren. Die Celtics werden Meister, Barkeeper werden Idioten wie uns Rumflaschen für dreihundert Dollar verkaufen, die Beatles werden wieder zusammenfinden, und Aileen wird Charity-Dinner veranstalten. Neuerdings isst sie vegetarisch, weil es ihr egal ist, ob das Essen kalt wird oder verwelkt. Sie trinkt nichts mehr und schwärmt für Ronald Reagan.

Harvey sagte, dass er manchmal von Lisa träumte, dieser verrückten Marmite-süchtigen Australierin, ihm das Auto leer vorkam, seit seine Mädchen nicht mehr kichernd auf dem Rücksitz saßen. Aber die waren von Außerirdischen entführt worden, nein, doch sie lebten jetzt in einem fremden Territorium, bei einem Michael.

– Ich werde sterben, stöhnte Sully. Die historischen Ereignisse ahmen sich einfallslos nach. Wie mein Vater und sein Vater und alle ihre Brüder werde auch ich mit fünfundsechzig abkratzen.

– Vielleicht spricht das Hirn mit mir, weil es noch etwas zu erledigen hat auf dieser Welt? Frieden stiften.

– Ich liebe Frieden. Sully lallte. Mir ist egal, wie viele Frauen und Kinder dafür draufgehen.

– Jeder Versuch, dieses Universum zu verstehen, ist lächerlich. Harvey sprach von Woodstock und seiner Zeit in Marlboro. Er erwähnte die Liebesdienerin im Norwegerpullover, die Knispelgrant, seine Zeit im Lungensanatorium, die Geister der Wiseman-Schwestern, seinen Vater und einen Patienten, der sich selbst für Gott hielt.

– Ich werde sterben. Sully weinte. Sterben wie der arme Kerl, den wir erschießen mussten. Hast du zu Lisa noch Kontakt? Eine schöne Frau. Jetzt, wo ihr so lange auseinander seid, kann ich es dir ja sagen.

– Du hast mit ihr etwas gehabt?

– Lisa hatte unglaublich lange Beine. Und ihre Augen! Irgendwie asiatisch. Sie fühlte sich einsam und ungeliebt. Du warst ja nur mit deinem Hirn beschäftigt.

– Wie oft?

– Steif wie ein Brett. Wie ich immer sage, Frauen, die nicht kochen können …

– Wie oft?

– Spielt das eine Rolle?

– Dann hast du sie auf die Idee gebracht, mich zu betrügen. Harvey nahm einen Schluck aus der Rumflasche, spuckte auf Sully und ging. *Blöde Pimmelfresse! So etwas schimpft sich Freund. Falscher Kriegsheld. Idiot. Soll an seinem vielen Geld ersticken.*

Am 10. Oktober schwebten Folienballons im Zimmer; Harvey wurde sechsundsechzig. Ein freundlicher grauhaariger Mann, der Angst hatte, zu viel zu reden. Seine Karriere war nie richtig in Gang gekommen und mit dem Hirn in eine schier endlose Achterbahn geschlittert. Aber eine Karriere hatte ihn nie interessiert. Harvey war bescheiden, ein Gerechter, wie er in der Bibel steht. Sein Engel sah zwar, was er machte, war aber kaum bei ihm. Sein Engel war gefangen.

Der Weiße Hase hatte nie genügend Kenntnisse für eine Untersuchung, aber bald, versicherte er jedem, würde es eine Publikation über das Hirn geben. Dass sich kein einziger der mit

Proben bedachten Wissenschaftler je zurückgemeldet hatte, verschwieg er.

Das Hirn war unter Cider-Schachteln verstaut. Wollten Nachbarn es sehen, holte er es hervor.

– Sieht aus wie Fischsuppe.

– Mich erinnert es an Erdnussflocken.

Immer wieder, vor allem zu Einsteins Geburts- oder Todestag, kamen Reporter, um Geschichten über das Hirn zu schreiben. Wenn Mauki öffnete, musste sie Harvey verleugnen.

– Nicht zu Hause? Wie rücksichtslos, er hätte wissen müssen, dass wir kommen. Die Journalisten stellten einen Fuß in den Türspalt.

– Weiß er, dass Einsteins Augen in einem Banksafe liegen? Was macht er mit dem Hirn? Dasselbe wie Galvani mit Froschbeinen, der bewiesen hat, dass man Nudeln zum Leben erwecken kann?

– Glaubt er, seine Forschungen sind nützlich gegen Alzheimer?

– Thomas Harvey ist wie das tapfere Schneiderlein im Märchen. Mauki ballte die Faust und erklärte, was sie meinte: Er nimmt Käse in die Hand, drückt zu, und der Riese glaubt, der Schneider kann Wasser aus einem Stein pressen.

Die Reporter wussten nicht, was die Somersprossen-Frau damit sagen wollte. Verschwanden sie nicht, erzählte sie ihnen das Märchen von den wilden Schwänen, worin sich Kröten auf die Brüste eines Mädchens setzten. Oder sie sagte, dass es nicht gut sei, wenn alle alles sagten, weil das auf dasselbe hinauslief, wie wenn man gar nichts redete. Ich kann Ihnen nur erzählen, dass ich gerne reise, Keramik mache und in der Nase pople. Finden Sie das unanständig? Auch der Papst popelt gerne, wenn er sich zum Gebet zurückzieht ... da bleibt kein Finger trocken ... darum nennt man ihn auch Popelfex maximus. Das war selbst den hartgesottensten Reportern zu viel.

Zeit ist eine Suppe, der es nicht gelingt, aufrecht zu stehen, weil sie andauernd zerläuft. Dennoch hatten Helen Dukas und Otto Nathan genug Brühe, um einen John Stachel anzuheuern, damit der sich um Einsteins Nachlass kümmere. Nathan wollte ein Triumvirat, aber der Verlag vertraute Stachel, und der entpuppte sich als ... nomen est omen ... pain in the ass, war nicht bereit zu kooperieren. Das ging so lange, bis Nathan prozessierte – und verlor. Das Letzte, was er jetzt noch brauchen konnte, waren Berichte über Einsteins Hirn, wie es in einer Cider-Schachtel unter einem Bierkühler lag. Genau das geschah aber.

»Einstein hat bewiesen, dass Schwerkraft, Elektromagnetismus, Licht und Elektrizität verschiedene Formen derselben Sache sind. Er hat die Physik revolutioniert. Und jetzt liegt sein geniales Hirn in einer Abstellkammer«, schrieb die *Kansas City Times*. Das brachte die Suppenschüssel zum Überlaufen, der Raum krümmte sich, und Nathan schimpfte ins Telefon:

– Das ist pietätlos!

Harvey schluckte. Wie waren die Zeitungsfritzen an diese Information gekommen? Er hatte Lisa im Verdacht, sich zu rächen.

– Ich bin gerade umgezogen, stammelte er. Die meisten Hirnteile befinden sich bei Wissenschaftlern. Sie wissen selbst, wie reißerisch diese Schmierfinken schreiben.

– Solche Schlagzeilen sind eine Katastrophe. Außerdem, führte der Testamentsvollstrecker aus, habe er einen Brief von einem japanischen Mathematikprofessor ... Suzuki oder so ähnlich ... bekommen, der das Hirn sehen wolle.

Harvey beschwichtigte ihn genauso, wie er Marian Diamond vertröstete. Er tat das, was er immer machte, wenn es brenzlig wurde, er spielte auf Zeit ... damit die heiße Suppe abkühlte.

Seit sich herumgesprochen hatte, dass er Arme gratis behandelte, wurde seine Praxis geradezu überrannt. Im Wartezimmer drängten sich Tagelöhner, Rentner, Obdachlose. Harvey hatte eigentlich keine Zeit, dem einzelnen Patienten mehr als zehn Minuten zu schenken, trotzdem beschränkte er sich nicht auf das Ausstellen von Rezepten und Arbeitsunfähigkeitsbescheinigungen, hörte allen aufmerksam zu und bemühte sich zu helfen, so gut er konnte.

Mauki hatte sich einen Brennofen angeschafft und fertigte Tassen und Teller. Thomas mochte ihre Keramik, in der sich gepresste Blumen oder Insekten wiederfanden. Sie war die erste Frau, die nichts dagegen hatte, wenn er abends in den Keller ging und sich zum Hirn setzte. Manchmal fragte sie ihn sogar, was sie geredet hatten.

– Ich habe ihm vorgelesen, was auf den goldbeschichteten Schallplatten zu hören ist, die die NASA ins Weltall geschickt hat: Initiationsgesänge von Pygmäen, ein Gesang aus Neuguinea, die Arie der Königin der Nacht, Sackpfeifer aus Aserbaidschan.

– Wie hat es reagiert?

– Es hat gesagt: Die Außerirdischen werden uns für Musikbanausen halten.

– Außerirdische? Mauki fiel ein Becher aus der Hand. Gibt es die?

– Die Chancen stehen gut. Aber das Hirn sagt, die interessieren sich für uns so wie wir für einen Ameisenhaufen. Wenn nicht gerade ein Windmill Winston kommt ...

– Wer?

– Egal.

Mauki kehrte die Scherben auf und schwieg. Harvey wusste, was sie dachte, dass nicht der Geist von Albert Einstein mit ihm sprach, sondern ein Teil seines Unbewussten. Aber, und das war ihr gar nicht hoch genug anzurechnen, sie stellte ihn deshalb nicht in Frage, versuchte ihn zu keinem Psychoanalytiker zu schleppen, sondern nahm es genauso hin, wie sie ein seltsames Hobby oder eine Warze an der Stirn hingenommen hätte.

Sie kramte in ihrer Kroko-Imitat-Handtasche nach Zigaretten, fand einen Brief und reichte ihn Harvey.

– Fast hätte ich darauf vergessen.

Thomas sah den Trauerrand, las »Erlich« als Absender und wusste sofort, was los war.

– Also doch.

– Etwas Schlimmes?

– Er hat recht behalten. Sully hatte Angst, dass er wie alle Männer in seiner Familie mit fünfundsechzig sterben werde.

– Das tut mir leid. Mauki zündete sich eine Winston an und sah Thomas zu, wie er den Brief öffnete und ein bedrücktes Gesicht machte.

– Woran ist er gestorben?

– Oh! Aileen ist tot. Plötzliches Herzversagen während einer Europareise. Sully lebt.

– Schrecklich. Gehst du zur Beerdigung?

– Man hat sie in Österreich begraben … auf dem schönsten Friedhof der Welt – in Grundlsee.

– Dann ruf Sully an und sag, wie sehr du mit ihm fühlst.

– Auf keinen Fall.

Unter Harveys Patienten fanden sich Republikaner wie Demokraten, Rechtsanwälte wie Obdachlose, Hausfrauen und Erntehelfer, aber alle schimpften auf Gretchen Gruenspan. Egal, ob sie Krebs, Diabetes oder andere auf Umwelteinflüsse zurückzuführende Krankheiten hatten, niemand war ihnen so verhasst wie diese Aktivistin, deren Forderungen das ganze Wirtschaftsgefüge in Gefahr brachten.

– Stellen Sie sich vor, Herr Doktor, diese Person will das Benzin besteuern. Sie will sogar den Pressschinken verbieten! Und das Rauchen! Jetzt hält diese gestörte Dauerempörte einen Vortrag in Kansas City. Mit nassen Windeln müsste man sie aus der Stadt prügeln. Solche Leute sind gefährlich. Die richten mit ihrem Umweltschutz die ganze Welt zugrunde.

Harvey beschloss hinzufahren, um sich Gretchens Vortrag

anzuhören. Die Polizeipräsenz war gigantisch. Es gab Protestkundgebungen, und viele forderten, dass man dieser Hexe das Maul verbieten müsse.

– Die Leute früher wussten schon, warum sie Scheiterhaufen errichteten.

Gretchen trug eine Kurzhaarfrisur und sprach von den Wundern der Natur. Sie erzählte von Missbrauch in Erziehungsheimen, Afrika, einem Initiationserlebnis in der Wüste und vom ökologischen Gleichgewicht.

– Der Mensch ist einfallslos, verglichen mit der Vielfalt der Tiere. Durch Filme wie »Der weiße Hai« wird eine ganze Spezies verdammt. Dabei gibt es mehr Tote durch Kuhattacken, Mückenstiche oder Bienenstacheln. Sie berichtete vom Artensterben und sich ändernden Meeresströmen ... beängstigenden Zahlen und Statistiken.

– Die Tiere haben keinen Gott!, rief jemand aus dem Publikum.

– Vielleicht ist jeder Ameisenhaufen ein Tempel? Bei Tieren gibt es Jäger und Tarner. Die einen verstecken sich oder machen sich unsichtbar, die anderen wollen satt werden. Aber alle arbeiten unentwegt. Tiere kennen keine Freizeit. Wenn ein Gott sie erschaffen hat, muss er fleißige Kreaturen lieben, die ständig mit Nahrungsbeschaffung, Nestbau oder Fortpflanzung beschäftigt sind. Aber ob Gott Menschen liebt, die die Natur zerstören? Gretchen redete von gestrandeten Walen, toten Wäldern, verseuchten Gewässern, Atommüll.

Als sie geendet hatte, kam zaghafter Applaus, der von Buhrufen durchsetzt war. Man wolle das nicht wissen, riefen welche. Harvey blickte sich um und sah eine Gruppe bärtiger Männer und Frauen mit Kopftüchern. *Die könnten auch im Iran für den Ayatollah jubeln.*

– Wissen tötet Gott, riefen sie. Erklärung zerstört die Natur. Bildung macht dumm. Nur wenn die Wissenschaft verboten wird, kann die Würde des Menschen wiederhergestellt werden. Wir wollen billiges Benzin und kein blödes Gequatsche.

Gretchen klatschte höhnisch in die Hände und kreischte:

– Jesus hat gesagt, ihr sollt nicht töten, aber glaubt ihr, nur weil er nicht auch gesagt hat, werft keinen Müll weg und verunreinigt nicht die Flüsse, dürft ihr das tun? Es geht um Schadstoffemissionen ..., selbst wenn wir Fabriken zusperren müssen und weniger produzieren ...

Die Menge buhte. Tomaten, Eier und Schuhe flogen auf die Bühne. Gretchen zeigte dem Publikum ihren Mittelfinger und verließ die Bühne. Harvey ging zum Hintereingang, wo er geduldig wartete. Sie kam mit Nervositätsflecken auf dem Hals und im Kostüm einer Geschäftsfrau. Als sie ihn sah, hielt sie ihn erst für einen Autogrammjäger, dann für einen Attentäter. Erst beim dritten Hinsehen dämmert es ihr.

– Harvey? Thomas Harvey? Wirklich? Du lebst in Kansas?

Er blickte in ein unverändertes, aus der Ferne vieler Jahre kommendes Lächeln, das ihn zurückversetzte nach Princeton. Sie besaß denselben herben Charme, der ihn damals bezaubert hatte. Thomas rang um Worte, um eine dem Wiedersehen würdige Ouvertüre. In diesem Moment kam ein Passant und bespuckte Gretchen. *Hexe!* Harvey stand regungslos daneben. Sie wischte sich den weißen Schleimfaden von der Bluse, seufzte.

– Die Menschen sind so dumm.

– Du bist eine Jeanne d'Arc des Umweltschutzes.

– Warst du einmal an einem heißen Tag daheim in einem nichtklimatisierten Zimmer? Hast du kreischende Kinderstimmen von draußen gehört, Menschen, die in einen See gesprungen sind, während dir der Schweiß in Strömen hinabgeflossen ist? Dann weißt du, wie es mir geht.

– Du kämpfst gegen Windmühlen.

– Kansas? Gretchen packte ihn an den Schultern. Wie kannst du hier leben?

– So schlecht ist es nicht. Sunflower State ...
– Ich habe Elouise getroffen.
– Was? Und?
– Sie ist ziemlich mager, aber Tränensäcke ... wirklich, wenn sie nicht aufpasst, tritt sie noch darauf. Angesehen hat sie mich, als wollte sie mir die Augen auskratzen.
– Warum? Harvey machte das nachdenkliche Gesicht eines Mannes, der in den Himmel blickt und sich nicht entscheiden kann, ob die Wolkenformation eine unbekleidete Frau oder ein tanzendes Kamel darstellt.
– Sie glaubt, ich habe ihr alles genommen. Dabei bin ich nicht schuld am Scheitern eurer Ehe. Aber Frauen machen immer die Nebenbuhlerin verantwortlich. Es gibt unter Frauen keine Solidarität.
– Ich wollte dich zum Essen einladen.
– Das ist nett, aber ich fahre nach Chicago. Vortrag morgen.
Zu Windmill Winston?
– Grüße Joseph Bley von mir, du erinnerst dich, der Portier mit der Kuckucksuhr ...
– Also dann. Sie reichte ihm zaghaft die Hand und ging zu einer schwarzen Limousine, wo ein Fahrer wartete, der ausstaffiert war wie ein Offizier der preußischen Armee von 1914. Im Fond des Wagens saß eine dicke junge Frau. Gretchen stieg ein, umarmte sie so innig, dass der Raum, der eine Suppenschüssel ist, einen Buckel machte und etwas Suppenzeit verschüttete.

14. März 1979. Der Wecker klingelte, Mauki streckte sich, gähnte und rief »Aktivierung«. Dann küsste sie Harvey ... Ich bin ein penisfressendes Schlafmonster mit Krakenbeinen, einem Hexenzahn und gleich heißem Kaffee in der Tasse ... Sie lachte, sprang auf und machte sich ans Werk – Buttercremetorte, weil schwäbischen Apfelkuchen konnte sie nicht. Zur Krönung wurden dutzende Geburtstagskerzen in das Werk gesteckt. Mittags öffnete

Harvey eine Flasche Wein und stellte ein Bild Einsteins neben die Torte, daneben das Hirn. Sie zündeten die Kerzen an, sangen »Hoch soll er leben« und gratulierten zum hundertsten Geburtstag. Das Hirn schwieg.

– Du musst die Kerzen ausblasen. Gut, ich mache es für dich.

Auch als Harvey dem Hirn die Berichte in den Zeitungen zeigte ... Titelseite auf dem *Time Magazine* ... Jahrhundertgenie ... das Foto mit der rausgestreckten Zunge ..., blieb es still.

Ein paar Tage später fragte es, wo die Geschenke blieben.

– Es ist schwer, jemandem wie dir etwas zu schenken.

– Wie wäre es mit einer Frau?

– Weißt du nicht mehr, was mit der letzten passiert ist? In einer Irrenanstalt ist sie gelandet.

– Zu meinem Fünfziger bin ich vor den Gratulanten aus Berlin geflohen. Damals bekam ich den Tümmler, das Segelboot für Caputh.

– So etwas kann ich mir nicht leisten.

– Aber ein Fernsehgerät.

– Was willst du dir anschauen?

– »Mein Freund Harvey«.

– Sehr witzig. Der Weiße Hase schüttelte den Kopf.

– Ich möchte eine Familie.

– Deine Frauen sind ebenso tot wie deine Söhne. Du hast nur mich.

– Familie ist die Antimaterie von einem selbst. Je mehr sie einen ausfüllt, desto ...

Ausgerechnet jetzt rief Nathan an und sagte, er habe die Adresse von Margarita Konenkova, gebürtige Woronzova, herausbekommen.

Na bitte, Einsteins letzte Geliebte lebt. Jetzt muss nur noch eine Möglichkeit gefunden werden, um nach Russland zu reisen. *Mit einem Hirn?* Das Einfachste wäre es, an das Neuro-Institut in Moskau zu schreiben und um eine offizielle Einladung zu bitten.

Aber die USA würden Harvey mit dem Hirn nicht ausreisen lassen, den Sowjets keinen propagandistisch ausschlachtbaren Erfolg gönnen. Er sah schon, wie man es inmitten einer Militärparade in die Höhe hielt. Wenn er das Hirn aber illegal mitnahm, stellte sich die Frage, wie er es durch die Grenzkontrollen bringen konnte. Als Amerikaner war ihm untersagt, sich in Russland frei zu bewegen. Die Sache schien aussichtslos. Man bräuchte einen Engel ...

DER TEMPEL DER WIEDERGEBORENEN WISSENSCHAFTLER

Mitte Juni tauchte Wallfahrtsort wieder auf, diesmal in einem weißen Anzug, barfuß. Der Mann hatte gewelltes pechschwarzes Haar, strahlend weiße Zähne und eine große Gurkennase, womit er überall als Vorzeigeinder durchgegangen wäre. Man konnte ihn sich gut als Maharadscha auf einem geschmückten Elefanten oder als Polizeiinspektor in Kalkutta vorstellen.

– Ich bin gekommen, um mit Einstein das Universum zu umrunden.

Harvey beschlich ein mulmiges Gefühl, aber die fleckig gelben Augen des Mannes strahlten etwas von der Ruhe des Himalayas aus und signalisierten, es sei töricht, Angst zu haben. Thomas wollte ihn trotzdem in das Siedlungsgebiet der Teufel oder zumindest zum Anbaugelände des Pfeffers schicken, ohne dabei unhöflich zu sein. Er schwieg, was der Inder als Zustimmung begriff.

Wallfahrtsort erzählte, wie er vor Jahren mittellos nach Amerika gekommen war, weil ihm sein Guru dazu geraten hatte. Anfangs musste er auf der Straße leben und sich von Abfällen ernähren, aber der Kosmos ließ ihn nicht verkommen. *Der Kosmos?* Junge Leute, die in der westlichen Lebensweise keinen Sinn mehr sahen.

Erst hat er sie bekocht ... »die jungen Leute lieben Papadam« ... und ihnen Geschichten erzählt, später begann er, sie in Meditation zu unterrichten.

– Man zählt mit dem Daumen die Fingerglieder, mit den beiden am Daumen sind es vierzehn. Dann macht man es blind und fragt sich, wo der Geist ist. In den Fingern! Also schickt man ihn in den Arm, den Körper, den Ort, das Land, über die Erde, hinaus ins Universum. Wallfahrtsort lächelte, dass man glaubte, sein Gesicht würde jeden Augenblick zerreißen.

– Ich habe den jungen Leuten beigebracht, dass sie sich nicht mit trivialen Dingen wie Denken oder Verstehen aufhalten dürfen. Nichts ist so töricht wie die Vernunft. Der Westen denkt, man könne nichts Relevantes über das Universum herausfinden, wenn man jahrelang auf einem Stock sitzt und meditiert, aber genau das Gegenteil ist der Fall. Erst wenn man auf einem Stock sitzt und meditiert, begreift man den Kosmos. Immer mehr verstanden, dass es falsch ist, mit dem Beten aufzuhören, der Spiritualität zu entsagen, nur um dem Vergnügen zu frönen. Sie sahen, dass nicht der Erlös, sondern Erlösung das Ziel ist. Heute ist daraus eine Bewegung geworden. Zeit ist das Land, durch das wir ziehen. Wir sind Staubkörner in der Luft, die in der Sonne funkeln. Das Gesicht des Inders erinnerte an einen verschrumpelten Apfel, aber dennoch strahlte es so viel Güte und Zufriedenheit aus, wie das Universum alt war. Er lud Harvey ein, zu seinem Tempel in Kansas City zu kommen. Es ist der Tempel der wiedergeborenen Wissenschaftler. Aber bringen Sie das Hirn mit! Sie wollen doch, dass es lebt.

– Ich komme ganz bestimmt. Harvey reichte dem Inder die Hand und lächelte. Keine Faser seines Körpers wollte den Inder besuchen, aber er konnte einfach nicht unhöflich sein.

– Wir machen eine Revolution gegen das Denken, damit die Welt glücklich wird. Indien und Amerika werden sich verbinden. Amerika ist das falsche Indien. Einstein wird leben!

Der Mann war ein Rätsel, ein Vakuum. Harvey lächelte verlegen.

– Ich weiß, du wirst mich nicht enttäuschen. Wallfahrtsort legte ein Fähnchen auf den Boden und ging.

– Wie soll ich Ihren Tempel finden, rief ihm der Weiße Hase nach, doch der Inder reagierte nicht. Egal, Thomas hatte ohnehin nicht vor, diesem Menschen noch einmal zu begegnen. Er würde nicht nach Kansas City fahren, keinen Tempel suchen, dann würde dieser Wallfahrtsort die Zeichen schon zu deuten wissen.

– Glaube ist Wissen, ohne zu wissen, sagte Mauki, als er ihr von dieser Begegnung erzählte. Die Wahrheit ist auch wahr, wenn sie nicht erkannt wird. Wenn sich Atome entschieden haben, sich in einem Körper zu versammeln, muss das etwas bedeuten.

– Ich bin froh, dass er mir keine Reisbällchen mehr vor die Praxis legt. Was soll ich bei diesem Freak?

– Du könntest auch Hunde mit Steinchen bewerfen und zählen, wie oft du sie im Auge triffst. Mauki lachte.

Harvey hatte sich entschieden, den Inder zu vergessen. Er ging seiner Arbeit nach, erkannte im Spiegelbild Züge seines Vaters, was ihn erschreckte, und dachte über den Artikel eines wissenschaftlichen Journals nach. Darin wurde behauptet, dass es eine Region im Hirn gebe, die für das religiöse Empfinden zuständig sei. Sollte Gott das Produkt von Enzymen und Synapsen sein? Irgendwann kamen aus seinem Auto merkwürdige Geräusche, die man sich in der Werkstatt nicht erklären konnte. *Gibt es auch im Auto eine Region für Gott?*

– Am besten fahren Sie zu einem Spezialisten. Ölige Mechanikerhände überreichten ihm einen verschmierten Zettel mit einer Adresse in Kansas City.

Während der Fahrt starrte Harvey aus dem Fenster und spürte die Leere der Landschaft in seinem Kopf. Er landete in einem trostlosen Industriegebiet, wo jugendliche Junkies herumlungerten. Thomas sah düstere Gestalten und hatte plötzlich Angst vor einem Überfall. Warum hatte er ausgerechnet heute das Hirn mitgenommen? Er hielt an einer heruntergekommenen Tankstelle, sah mit Seife verschmierte Schaufenster, stieg trotzdem aus, um das Hirn von der Rückbank in den Kofferraum zu verfrachten, als ihn von hinten eine Stimme packte.

– Haben Sie unseren Tempel also gefunden. Der Inder! Heute nur mit einem Dhoti bekleidet, einem um die Hüften zusammengeknoteten Stoff. Er umarmte Harvey und presste ihm einen Daumen an die Stirn. Auch das Hirnglas bekam einen roten Punkt.

– Ich ... also ... eigentlich wollte ich zu einer Werkstatt.

– Eben. Wallfahrtsort legte seinen Arm um Thomas' Schulter und führte ihn in ein schäbiges Gebäude. Thomas folgte ihm nur höflichkeitshalber, sah nichts als Leere, eine entsetzliche Abwesenheit von Leben. Tempel? Nun, es handelte sich um eine aufgelassene Fabrik. Ein Geruch nach Schmierfett hing in der Luft ... *erinnert an Rommels Cognac* ... in einer Ecke türmten sich Decken, Autoreifen, Werkzeuge. Ein Stahlträger mit dem Gerippe eines Lastenkrans. Überall Räucherstäbchen, Schälchen mit rotem und gelbem Pulver, außerdem Bilder von Murti, dem Göttlichen. Kleine Statuen von Ganesha, Hanuman, dem Affengott, und Kataragama, der sechs Köpfe hatte und auf einem Pfau ritt. Daneben stand ein Käfig voller Ratten. Bei ihrem Anblick nahm Harvey den Geruch wahr – bestialisch!

– Ich muss wieder gehen.

– Die Leute wollen einfache Geschichten mit schönen Menschen, aber das ist eine Illusion, Bollywood. Der wahre Tempel ist hier. Wallfahrtsort deutete auf den Rattenkäfig. Der Tempel der wiedergeborenen Wissenschaftler. Sehen Sie, das ist Darwin, der alte Rassist. Hier haben wir Newton, Galilei, Gauß ... Edison! Musst du am Gitter knabbern? Der Mensch neigt dazu, seine Seele für den reinen Geist zu halten, dabei ist er so vergänglich wie eine Schneeflocke im Feuer. Die Frage ist, warum gibt es Leid, wenn es einen allmächtigen Gott gibt?

– Ich weiß nicht. Harvey fühlte sich unwohl, wollte aber nicht brüsk erscheinen.

– Entweder ist Gott ein Sadist, oder er ist nicht allmächtig und somit kein Gott. Das ist das Dilemma. Der Westen hat Gott getötet. Die Hindus haben ihn geopfert. Die Welt ist der geopferte Gott. Wallfahrtsort drehte sich um und ließ Asche zu Boden rieseln. Dann griff er Harvey ins Haar und sagte: Magst du dich rasieren? Du hast das Recht auf einen kahlen Schädel.

– Beginnt ihr eure Gespräche immer so? Ein wohlig warmes Gefühl durchflutete ihn jetzt, er hatte tatsächlich Lust, sich scheren zu lassen, aber was würde Mauki sagen? Würde sie überhaupt noch irgendetwas sagen?

– Ein geschorener Schädel ist Ausdruck für Einfachheit und Entsagung. Aber wie du willst. Ich muss jetzt meine Jünger holen.

– Nein, ich werde gehen.

– Das wäre unhöflich. Wenn Einstein leben soll, musst du bleiben.

Wenig später tanzten rotgewandete Glatzköpfe um den Pathologen und das Hirn. Alle waren barfuß und hatten den verklärten Blick von Berauschten. *Rein wie Kinder und Engel.*

– Oder Narren, sagte das Hirn. Ich hoffe, du weißt, was hier geschieht.

– Wovon sprichst du? Ich bin nur höflich.

Junge Männer mit nackten Oberkörpern erschienen und rammten sich Eisenhaken durch ihr Hüftfleisch. Andere hängten sie an Ketten und zogen sie an die Decke hoch.

– Sie wollen das Paradox von der Endlichkeit der Unsterblichkeit aufheben. Alles ist das Eine, das Eine ist alles, sagte Wallfahrtsort. Somaśambhupaddhati, Somaśambhu's Kriyākāndakramāvalī.

Man legte Harvey Blumenkränze um den Hals. Auch das Hirnglas wurde geschmückt.

– Was wir wahrnehmen, ist ein Trugbild, sagte der Inder. Liebe, Schmerz und Trauer sind Einbildung. Auch der Tod ist kein Räuber, der in unsere Existenz eindringt und uns das Leben stiehlt. Wir hängen viel zu sehr an Dingen, haben der Welt noch nicht entsagt. Wir sind zu schwach.

– Schwach, schwach, schwach, sangen die Jünger.

– Ich hatte einen Asketen, der es geschafft hat, acht Tage nur auf einem Bein zu stehen, dann rannte er davon. Wallfahrtsort blickte zur Decke hoch, wo sich die Hängenden Nadeln durch die Wangen rammten. Er nahm Harvey das Hirnglas ab und begann, damit um den Rattenkäfig zu marschieren.

– Die Weltseele ist nicht auf das Göttliche begrenzt, die Weltseele kann nicht sterben, deklamierte er. Somaśambhupaddhati, Somaśambhu's Kriyākāndakramāvalī.

– Schwach, schwach, schwach, kam von den Jüngern.

– Wir aber, die wir im Kreislauf der Wiedergeburt gefangen sind, angekettet in uns selbst, wir, deren Geruch die Götter räuspern lässt, wir, die wir von unserer Selbstsucht trübe Seelen haben, wir haben erkannt, dass das Neue auch im Alten ist, die Zukunft auch in der Vergangenheit, Gott im Menschen, Leben im Tod.

– Worauf läuft das hinaus?

– Auf Opferung. Sarkasmus lag in der Stimme des Hirns.

– Worauf das hinausläuft? Wallfahrtsort grinste.

– Schwach, schwach, schwach.

– Auf eine ultimative Meditation über das Wesen des Bewusstseins, einen Spaziergang an die Grenzen des Universums. Realität ist ein immer dagewesener Geist, eine Bewusstheit, die alle beseelten Wesen erfasst hat. Aber nichts ist von Dauer, nichts ist wirklich. Was einmal war, ist nicht mehr. Was sein wird, ist noch nicht.

– Mmmmmm. Die tanzenden Anhänger brummten einen kehligen Laut, der an eine Armee elektrischer Zahnbürsten erinnerte, und eine alte, voluminöse Frau trat vor und sprach mit leiser Stimme:

– Du sollst keinen Schmerz essen, sagte einst Yashoda zu Krishna, der sich als armseliges Menschenkind verkleidet hatte. Schmerz ist Materie am falschen Ort. Sie sah in Krishnas Mundhöhle, erblickte die gesamte Weite des Universums, alle Tage der Vergangenheit und alle Tage der Zukunft und die Dreigestalt der Materie.

– Na? Wallfahrtsort grinste. Dasselbe, was die Physik lehrt. Wir müssen von der Lehre der Leere ausgehen, in der Leere enden.

Ein Trank wurde verteilt. Harvey bedankte sich und lächelte. Er hatte kein Bedürfnis nach vergorener Milch oder etwas in der Art, aber als höflicher Gast wusste er, was sich gehörte.

– Bist du verrückt, kreischte das Hirn. Willst du sterben?

– Ich weiß, wie man sich benimmt. Harvey schüttelte den Kopf. Außerdem ist es hier nett. Ich bin glücklich.

– Glücklich? Du weißt nicht, was das heißt. Ich war glücklich in meinem Sommerhaus in Caputh, beim Segeln ... Hüh-hott, Hüh-hott, mit Margarita Konenkova war ich glücklich, obwohl sie mich bestohlen hat.

– Man muss sein Ego bändigen, sagte der Inder. Bald gibt es keine Meditation mehr, keinen Gegenstand zum Meditieren, nur noch Nichts, keine Leere, keine Worte. Bald sind wir vom Atem des Nichts in Schwingung versetzt und ... er machte eine Kunstpause ... erlöst.

– Ich glaube an einen Gott im Himmel, der sich um die Seele sorgt. Harvey nahm den Becher und bekam einen zweiten für das Hirn. Er schraubte den Deckel ab und machte sich bereit, den Trank hineinzuleeren. Die Gesänge schwollen an.

– Schwach, schwach, schwach.

– Wir haben keine Angst vor der Zeit, weil wir wissen, das Ende aller Dinge ist bei Gott. Bei Gott ist Leben und die Ewigkeit. Wallfahrtsort hob seinen Becher und trank. Alle taten es ihm gleich, auch Harvey. Zuvor leerte er den Inhalt des anderen Bechers zum Hirn.

– Prost, Albert.

Harvey spürte, wie ihm schwarz vor Augen wurde. Der Raum begann sich zu verbiegen, und die Zeit verformte sich, wurde irgendwie in sich selbst zusammengefaltet. Dann kam eine Übelkeit, gegen die der eingebildete Schlaganfall nach Lisas Abschied ein Vergnügen gewesen war. Leben? Nein, es war der Tod. *Dabei wollte ich nur höflich sein.*

Ihnen steht ein großer Tag bevor, war im Horoskop gestanden. John Case alias Krysolov wusste, warum. Er würde ein Pornokino eröffnen. Kolossale Sache!

Ein Stöhnen war zu hören. *Erstes Filmgeräusch?* Es war weit entfernt, als ob ein Nachbar Gymnastik machte. Der selbsternannte Graf schenkte dem Geröchel keine Aufmerksamkeit, blickte verstohlen um sich, doch von seinen Geschäftspartnern war nichts zu sehen. *Wo bleiben diese Mexikaner? Feiern die eine Quinceañera?* Er ging zu der aufgelassenen Fabrik und hörte, das Wimmern kam aus diesen Mauern ... *klingt wie ein kehlkopfkranker Hund.* Krysolov öffnete den Rollladen, erwartete, einen unanständigen Film zu sehen, und erstarrte. Rote Rechtecke klappten auf ihn zu, griffen nach ihm wie klebrige Hände eines Schleimmonsters.

– Die sind so kaputt wie gewisse Leute in Japan, nachdem man die Atombombe auf sie geschmissen hat. Er wollte damit nichts zu tun haben. Bloß nirgendwo hineingezogen werden. Von den

Mexikanern war nichts zu sehen. Er ging zurück zu seinem Truck und zündete sich eine Zigarette an. Die Leute sind tot, beruhigte er sich, für die können gewisse Menschen nichts mehr tun. Vor allem nicht gewisse Leute, die sich um ihre Geschäfte kümmern müssen. Man sollte hingehen und ihre Taschen leeren, die brauchen jetzt nichts mehr. Im nächsten Moment sah er sich an einem Münzfernsprecher stehen und den Notruf wählen.

– Gewisse Leute brauchen Hilfe. Wenn Sie mich fragen, ist da Schreckliches im Busch, ein Massenselbstmord oder so ein Scheiß.

Dann hörte er Sirenen. Von überall kamen Einsatzfahrzeuge. Polizeiautos und Ambulanzen. Krysolov sah Autos vor der Fabrik. Polizisten und Sanitäter stürmten hinein. *Den Deal mit den Mexikanern können sich gewisse Leute in die Haare schmieren.*

Gibt es ein Leben nach dem Tod?

Harvey kam sich vor wie ein Tiefseetaucher nach einem Unterwasserunfall. Er war einer tiefschwarzen, beengenden Finsternis entkommen, und als sich seine Augen öffneten, war es, als hätte man seinen Verstand mit Ziegelsteinen eingemauert. Er musste Stein für Stein herausbrechen, damit die Realität wieder zu ihm durchdrang. Eine Realität aus Neonröhren und Emailkästen, verstellbaren Betten und dreieckigen Haltegriffen, die wie Gottessymbole von der Decke hingen. Eine Realität mit Plastiktabletts und braunen Stützstrümpfen, in denen Krankenschwestern steckten, die Schere-Stein-Papier spielten, was bei ihnen Gips-Einlauf-Beruhigungsspritze hieß. Harvey starrte in ein Lichtquadrat an der Decke und dachte an Fermats letzten Satz. *Keine gerade Zahl.* Dann sah sein inneres Auge eine in einem Fass steckende Leiche, die auf dem Grund eines Stausees lag – der verschwundene Gewerkschaftsführer Jimmy Hoffa. Er sah Leichen, die in Brückenfundamenten einzementiert waren, vermahlen zu Tierfutter oder in einen Bohnenmus-Burrito eingearbeitet. Auf all diesen Toten ruhte eine fette Kuh – Amerika. Thomas fühlte sich, als hätte er Jahrhunderte geschlafen.

Draußen strahlte die Sonne vom Himmel. Das Spitalszimmer war so ziemlich der letzte Ort, an dem man diesen Tag verbringen wollte. Er sah das Hirn, das man ihm neben das Bett gestellt hatte ... »Sie haben sich daran geklammert wie ein Neugeborenes an die Mutter« ..., ging damit zum Waschbecken und wusch es.

– Lebst du noch? Sprich!

Andere Patienten beäugten ihn skeptisch, doch Harvey ließ sich nicht aus der Ruhe bringen, streifte das Patientenhemd ab, zog seine Kleidung an ... sogar die Brieftasche war da ... und schlich in den Obduktionsraum, wo er das Glas mit Formaldehyd füllte. Nachdem er einen weißen Ärztekittel gemopst hatte, schlenderte er Richtung Ausgang und marschierte schnurstracks hinaus.

Kansas City war nicht so maßlos wie Manhattan, keine Hauptstadt der Sünden, Lügen und Manipulationen, kein Babylon. Bescheidener. Im Zentrum türmten sich Bürotürme, in deren Untergeschossen Warenhäuser, Restaurants oder Schönheitssalons um Kundschaft buhlten. Tafeln warben für Immobilienbüros, Banken, Waschsalons oder die Lotterie. Eine Kirche verkündete: »Jesus kommt! Bist du bereit?« Das war das Leben, in das Harvey zurückgekehrt war.

Verloren irrte er durch Straßen, Häuserschluchten, Täler aus Beton und Glas. Schließlich landete er im Schwarzenviertel, dem 12th and Vine, wo die Gebäude niederer, verfallener waren. Der Weiße Hase hörte Musik und wurde in eine Höhle getrieben, einen Jazzkeller. An den Wänden hingen Bilder von Count Basie, Eddie Heywood, Woody Herman, Oscar Peterson und anderen. Auf der kleinen Bühne spielte ein Quartett aus Sax, Piano, Kontrabass und Trompete. Als der Saxofonist begann, durch ein Mundstück zu singen, wuchs Harvey eine Gänsehaut. Er hatte gerade ein zweites Bier bestellt, als es dunkler wurde.

– Du kippst das Zeug in dich hinein, sagte das Hirn, als würde es um Mitternacht verboten werden.

– Du lebst? Gott sei Dank. Ich hatte befürchtet ...

– Wenn du nicht aufpasst, bist du bald besoffen wie ein Wasserbüffel.

Die Musik glich Herbstlaub, wurde durch den Raum gewirbelt, bildete Strudel und schwebte, getragen von der Thermik, verspielt herum. Harvey lächelte und spürte, wie sein Bewusstsein davonsegelte. Er konnte die Harmonie nicht fassen, und doch war sie zu ahnen, es war eine Melodie kurz vor ihrem Zusammenbruch – vorhanden und auch wieder nicht.

– Das ist Katzenmusik, monierte das Hirn. Bruckners Achte oder Mahlers Vierte ... meinetwegen Schostakowitsch, das berührt. Ein Violinkonzert von Mozart ... die Jupiter-Sinfonie ...

– Dagegen ist nichts einzuwenden, aber Jazz ist genauso großartig. Der *Potato Head Blues* von Louis Armstrong ...

– Nein! Jazz und Klassik vertragen sich nicht. Das ist wie Quantenphysik und Relativitätstheorie.

– Und ich sage, Jazz ist wunderbar. Jetzt schrie Harvey fast, merkte, dass ihn die anderen Gäste ... *lauter Farbige* ... misstrauisch anglotzten. Der Mann hinter dem Tresen sah ihn so angestrengt an, dass er schielte. Nur die Musiker ließen sich nicht irritieren. Der Saxofonist, Eddie Harris hieß der Mann, griff einen Satz Harveys auf und sang ihn durch sein Mundstück: »Jazz ist wunderbar.« Einen winzigen Moment lang hatte Harvey das Gefühl, alles zu verstehen – das Universum mit all seinen Teilchen. Einen Augenblick lang war alles einleuchtend und klar. Dann setzte das Piano ein, und alles war vorbei.

Wer hat gesagt, ein Pornokino ist ein bombensicheres Geschäft? Vitali feixte. Wahrscheinlich hat der Herr eine Eingebung gehabt, gedacht, auf die Lust der Leute ist Verlass?

– Wer konnte mit einem Videorekorder rechnen? Das haben

gewisse Leute absichtlich gemacht. Krysolov trug ein geripptes Unterleibchen unter dem karierten Sakko und eine abgewetzte Melone auf dem Kopf.

– Und der Deal mit den Mexikanern? Wer muss die Polizei rufen? Jedes von Vitalis Worten war ein Peitschenhieb.

– Da wäre ein ganzer Laden abgekratzt. Gewissen Leuten war ziemlich blümerant.

– Blümerant? Wer redet so geschwollen? Hat der Herr eine menschliche Seite an sich entdeckt. Vitalis Lachen klang so falsch wie ein Glasauge, und Krysolov glich einer Katze, die einen Plastikfisch verputzt hatte.

– Wie sieht es mit Ihnen aus, ging er auf einen fremden Mann zu, glauben Sie, dass ich mit einem Bogen Zeitungspapier eine Bierflasche öffnen kann? Es war der alte Trick, nur war dieses Mal das Opfer Polizist.

DER SCHWARZE ENGEL

Eine kleine Lüge ergibt die nächste und so weiter, bis man am Ende in einem gigantischen Lügengewässer schwimmt. Das Hirn hatte Ähnliches über das Christentum gesagt. Bei Harvey war es das Flunkern über seine wissenschaftliche Befähigung, dann kamen Notlügen hinzu, ein Verschweigen des sprechenden Hirns, und irgendwann war er dort, wo er jetzt war – haltlos herumtreibend auf einer uferlosen See.

Sein unverwüstlicher Glaube diente ihm als Navigation, doch auch er sah die neuen Leuchttürme, den Fortschritt. Nun gab es Supermärkte mit fünfzig Sorten Frühstücksflocken im Regal, zwanzig verschiedenen Erbsendosen, hunderten Schokoriegeln. Plötzlich gab es Dauerläufer, die in hässlichen Trainingsanzügen herumrannten, und Börsenspekulanten, die Aktienkurse in Telefone brüllten. Alle beteten sie ihre Arbeit an. Für Jogging war Thomas zu alt, und die Börse erschien ihm unmoralisch, Arbeit war und blieb sein Ideal.

Mauki, heilfroh, dass er dem Inder entronnen war, mochte die selbstlose Art, mit der er seine Praxis führte.

Was ist Gesundheit? Ein Schweigen der Organe. Harvey hörte sich die Sorgen der Leute an, verschrieb Schmerzmittel und machte Hausbesuche. Ein unterbeschäftigter Arzt lässt Patienten warten, hängt Diplome auf und inszeniert sich. So etwas hatte Harvey nicht nötig. Sein Wartezimmer war immer voll. Aus ganz Kansas, ja sogar Missouri und Iowa kamen Mittellose, um sich untersuchen zu lassen. Wenn jemand pleite war, verlangte Harvey nichts, bezahlte sogar Medikamente. Die Leute redeten nicht gerne über Politik, lieber über Bluthochdruck, Herzrasen oder Diabetes. Schimpfte aber jemand auf Neger oder Einwanderer, wurde er von Harvey, da kannte er kein Pardon, aus der Praxis gewiesen.

– Recht so, bestärkte ihn Mauki. Wenn sie sich Zeiten zurückwünschen, in denen man Abtreibungen mit rostigen Kleiderbügeln vorgenommen hat, sollen sie zu einem anderen Doktor gehen.

Einer von Harveys Patienten war ein glatzköpfiger, russischstämmiger Hypochonder mit der Konstitution eines Holzfällers und einer derart knarzigen Stimme, dass er in jedem Märchen-Hörspiel die Kröte hätte sprechen können. Sein Name war Tschaba Erdmann, und er kreuzte dauernd mit neuen eingebildeten Krankheiten auf. Einmal hatte er Schluckbeschwerden und dachte an Kehlkopfkrebs, bei Kopfschmerzen rechnete er mit Hirntumor, dünne Ausscheidung war ein untrügliches Anzeichen für Darmkrebs, und wenn ihn der Rücken stach, fürchtete er Nierenversagen. Noch nie war Harvey ein gesünderer Mensch begegnet.

Irgendwann kamen sie auf die Sowjetunion zu reden. Der Doktor sah vorsichtig um sich und sagte, dass ihn dieses Land sehr interessiere. Einmal ins Bolschoi-Theater, einmal auf den Roten Platz ... *und einmal die Konenkova treffen.* Kein Problem, krächzte der Exilrusse. Er sei Vorsitzender einer Handelsdelegation, die Reisen nach Moskau organisierte. Er werde sich darum kümmern. Harvey glaubte ihm kein Wort.

Gelegentlich fuhr der Weiße Hase nach Wichita, wo die Mordserie des BTK-Killers zum Stillstand gekommen war, um in einem Labor auszuhelfen. Außerdem arbeitete er im für seine Härte bekannten Lansing-Gefängnis in Leavenworth, zwölf Meilen südlich von Weston. Hier verschrieb er fiebersenkende Mittel und Antibiotika. Harveys hauptsächliche Aufgabe bestand aber in der Untersuchung von Enddärmen, um festzustellen, ob jemand vergewaltigt worden war. Fürchterliche Geschichten kamen da heraus, und nicht selten sah er Beweise ihrer Wahrheit.

Die Strafanstalt glich einer englischen Ritterburg. Stacheldraht rankte wie wilder Wein über den Mauern, auf den Wachtürmen patrouillierten Uniformierte mit frostigen Gesichtern. Die Stimmung war so bedrückend wie in New York, als die Dodgers ihren Umzug an die Westküste verkündeten. Man wusste nicht, was deprimierender war, die gleichgültigen Wärter oder die sediert wirkenden Gefangenen in ihren schlaff herabhängenden braunen Overalls mit den Initialen des Gefängnisses auf dem Rücken. Selbst wenn einem Häftling eine Beleidigung entfuhr und der Wärter dann die Faust mit weggestrecktem Zeige- und Kleinfinger zeigte, wirkte das »Kannst du zwischen den Zeilen lesen« wie beiläufig.

Widerwillig ließ sich Harvey in den Todestrakt führen, wo ein Mann über Schmerzen klagte. Schwerfällig trugen ihn seine Beine den düsteren Gang entlang. Ein bedrückender Ort, erfüllt von abgestandenem, schalem Geruch. Es gab zwölf Zellen zu je zwei mal drei Meter, die nichts außer Bett, Kloschüssel und Waschbecken enthielten. Vierundzwanzig Stunden brannte eine Glühbirne. Die Todeskandidaten wurden einmal pro Woche rausgelassen, um zu duschen und Kleider zu wechseln, entsprechend beißend war die Luft.

– Vorsicht, flüsterte der Vollzugsbeamte, als er Harvey in die Zelle führte, die Leute hier sind durch die Abstinenz so geil, die können Dinosaurier schwängern. Der Patient war schwarz wie Kohle. Es gab kakaobraune, milchkaffeebraune, haselnussbraune, erdnussbraune Farbige, aber dieser hier war schwarz wie eine Aubergine. Ein voluminöser Mensch, der unter heftigen Bauchschmerzen litt. Nachdem ihn der Beamte an einen Ring in der Mauer angekettet hatte, drückte der Arzt in das schwammige Fleisch und achtete auf die Reaktion. Keine Blinddarmentzündung, Gallenblase in Ordnung ... vielleicht Nierensteine oder Leberzirrhose? Er verschrieb ein Abführmittel und versprach, bald zurückzukommen.

Am nächsten Tag war der Häftling wiederhergestellt. Sein Name lautete Atticus Greek, und trotz grauer Schläfen besaß er die Ausstrahlung eines übergewichtigen Kindes. Heute sah man seine großen weißen Augen, schöne Zähne und Lippen in der Farbe von Pflaumen in einem Holunderkompott. Wenn Harvey jemals einen unschuldigen Menschen gesehen hatte, dann war es dieser Schwarze. Lag es an der Kopfform, am gewinnenden Lächeln oder an den Augen, jedenfalls stand fest, dass der nicht einmal einer Fliege etwas zuleide tun konnte. Unweigerlich fragte sich Thomas, wieso dieser Koloss zum Tode verurteilt worden war.

Atticus sprach von Panik, die er während seiner Krankheit ausgestanden hatte ... einer Ratte hinter der Stirn.

– Von Ratten habe ich die Nase voll. Harvey dachte an den Käfig der wiedergeborenen Wissenschaftler. *Aber seltsam, dass Todeskandidaten um ihr Leben fürchten. Ihr Dahinvegetieren gleicht dem Dasein von Hühnern in Legebatterien, trotzdem klammern sie sich daran.*

– Seit Nietzsche die Nachricht vom Tod Gottes überbracht

hat, ist es egal, wo man seine Zeit verbringt. Der Schwarze warf Harvey einen traurigen Blick zu, sah zum vergitterten Fensterschlitz am oberen Zellenrand, der einen winzigen Flecken Himmel zeigte.

Harvey fielen Zeichnungen auf. Wie von Kinderhand gemacht, stellten sie alle nur ein einziges Motiv dar: Hasen. Lachende Hasen, böse Hasen, große Hasen, kleine Hasen, Hasen in karierten Hosen, Hasen mit Zipfelmützen ...

– Glauben Sie an Gott?

Diese Frage hatte Harvey nicht erwartet. Er nickte.

– Ich nicht, sagte der Schwarze. Gott hat sich das letzte Mal vor zweitausend Jahren blicken lassen, ein paar Zaubertricks gezeigt und zugesehen, wie man seinen Sohn an ein hölzernes Gestell nagelt. Gibt es einen größeren Halunken? Die Menschheit muss etwas finden, woran sie glauben kann. Etwas, das über Horoskope oder Marienerscheinungen auf Pfannkuchen hinausgeht.

– Hasen? Harvey bereute diese unbedachte Äußerung sofort.

– Warum nicht. Atticus schmunzelte. Ich liebe diese Tiere. Sie sind schnell und klug. Aber Gott? Der Schwarze hatte plötzlich eine pathetische Ausstrahlung. Religion ist erfunden worden, um Menschen zu beherrschen. Was ist das für ein Gott, der Adams Sünde nicht verhindert, um sich dann an ihm und all seinen Nachkommen zu rächen? Da werden Generationen für Vergehen ihrer Urahnen gestraft. Ein eifersüchtiger, eitler Gott ist das. Nein, es gibt keinen. Wenn er keinen Leib hat, kann er nicht handeln, hat er aber einen, ist er vergänglich. Wundern Sie sich, hier so etwas zu hören?

– Nun ja, die meisten Leute im Todestrakt wollen Frieden schließen, zum Glauben finden.

– Weil sie es nicht ertragen, dass alles umsonst gewesen ist. Wir Menschen sind alleine auf der Welt. Wir haben nichts außer unserer Würde. Die Religion ist erfunden worden, um uns Schuldgefühle zu machen. Aber Atticus Greek hat keine Schuldgefühle.

Der Arzt verdrehte die Augen, verabschiedete sich und stand schon in der Zellentür, als ihn der Häftling bat, das Hirn zu grüßen. Sagen Sie ihm, Gott ist ein Nichts.

– Welches Hirn? Harvey hatte einen metallischen Geschmack im Mund, als hätte er an Batterien geleckt.

– Einsteins Hirn!

– Woher wissen Sie davon? Hängt das am Schwarzen Brett?

– Aus der Zeitung. In Atticus' Augen lag die Güte der ganzen Welt. Beehren Sie mich wieder, Doktor, dann erzähle ich Ihnen mehr.

Harvey ließ sich von einem Vollzugsbeamten durch endlose Gänge und Sicherheitsschleusen führen.

– Was halten Sie von diesem Atticus? Auf mich wirkt er nicht wie ein Verbrecher.

– Keine Ahnung, sagte der Schließer. Wir haben hier fünfzehn, zwanzig Prozent Unschuldige, aber erzählen Sie das den Richtern und Politikern.

Draußen sah Thomas Häftlinge, die Terpentin aus Bäumen zapften und rosa blühende Hartriegelbüsche zuschnitten. Alle arbeiteten, nur zwei saßen auf einer Bank, unterhielten sich und rauchten. Sie hatten kurzgeschnittene ergraute Haare, aber Harvey erkannte sie an den genießerischen Mündern und fliehenden Stirnen: Wjatscheslaw Krysolov und Vitali Windtmacher, die beiden Gauner, die Leute einfrieren wollten und den Direktor der psychiatrischen Anstalt um ein Vermögen gebracht hatten. Waren sie also erwischt worden.

– Warum arbeiten die nicht?

– Das sind Heiler, antwortete der Wärter auf Harveys gemurmelte Frage.

– Heiler?

– Sie haben dem Direktor mit seinem Rheuma geholfen, und sie behandeln alle Vollzugsbeamten und ihre Familien gegen kleine Vergünstigungen.

– Wie heilen die? Das sind Betrüger!

– So etwas dürfen Sie nicht sagen. Ihre Methoden sind unkonventionell, aber wirksam. Meist begutachten sie den Urin und wissen gleich, was los ist. Sie legen Hände auf oder raten, die schmerzende Stelle bei Mondlicht zu entblößen.

Halunken!

– Es heißt, sie haben Frank Sinatra von seinem Magengeschwür geheilt. Mir haben Erdbäder geholfen. Der Wärter sprach inbrünstig.

– Erdbäder?

– Ich hatte Verdauungsstörungen, aber seit ich mich wöchentlich eine Stunde lang in eine Grube setze und mit Erde bedecke, sind sie weg. Die Poren füllen sich mit den Natursäften der Erde und entziehen dem Körper alles Gift.

– Dann frage ich mich, warum ich herbestellt werde, wenn hier solche Wunderheiler wirken?

– Das fragen wir uns auch. Der Wärter verzog sein Gesicht, griff sich an den Bauch und rannte Richtung Toilette.

– Da haben wir es, keuchte er. Bereits Ihre Anwesenheit stört die Wirkung der Erdbäder.

Als Mauki erfuhr, dass viele Gefangene keine Post erhielten, nicht einmal zu Weihnachten, machte sie »Ui«.

Ui stand in der Sammlung berühmter letzter Worte an der sechsten Stelle. Auch Heinrich Schliemann sagte, als er Troja entdeckte, ui. Ui war das letzte Wort von Marie-Antoinette auf dem Schafott, und sogar der Steinzeitmensch, der sich an der ersten Suppe den Mund verbrannte, tat seine Verwunderung mit diesem Laut kund: Ui ... Mauki beschloss, Karten zu schreiben, weil es wichtig war, den Häftlingen zu vermitteln, dass jemand an sie dachte.

Erdbäder? Harvey gingen die Gauner nicht aus dem Kopf, die zeigten, wie leicht es war, die Welt zu betrügen. *Menschen glau-*

ben, weil sie glauben wollen. Alle wollen betrogen werden. Und er? Was, wenn Atticus Greek recht hatte, es keinen Gott gab? Was, wenn kein höheres Wesen existierte, der Mensch alleine in einem riesigen Universum existierte, kurz aufflackerte und gleich wieder verlosch? Ohne Hoffnung auf ein Weiterleben nach dem Tod. Diese Möglichkeit erfüllte ihn mit Traurigkeit. Dann war der Mensch nichts weiter als ein vernunftbegabtes Tier. Glaubten Tiere an Gott? Errichteten sie Schreine, Kirchen, Moscheen? Nein, bloß Nester, Burgen, Baue, Lager. Harveys Sinn schwenkte zu den Rotschwänzchen unter dem Dachstuhl. Das Männchen war pausenlos unterwegs. Erst Nest bauen, dann das brütende Weibchen füttern, später die Jungen. Wofür? Damit die Art erhalten bleibt, der Nachwuchs später genau dasselbe macht ... Jahr für Jahr, bis in alle Ewigkeit. Waren Menschen anders? Ja! Auf Menschen wartete Gott, ein Paradies. Oder nicht? Gab es nach dem Tod nur ein großes Ui?

Bei seinem nächsten Termin in der Strafanstalt spürte Thomas die Verzweiflung gefangener Tiere. Nach deprimierenden Untersuchungen ließ er sich in den Todestrakt führen.

– Aber Greek ist nicht mehr krank.

– Nachkontrolle.

Atticus staunte.

– Ist das notwendig?, fragte Harvey, als der Wärter dem Häftling Handschellen anlegte und diese an den Metallring kettete.

– Vorschrift, brummte der Uniformierte.

– Ich glaube nicht, dass ich hier in Gefahr bin.

– Hochsicherheitsverwahrung. Genau genommen dürften Sie nur durch eine Glasscheibe mit dem Häftling sprechen. Der Beamte verließ die Zelle und stellte sich breitbeinig neben das Gitter.

– He, Schließer, hast du so dicke Eier, dass deine Beine nicht zusammengehen?, brüllte es aus einer Zelle.

– Hat es dir den Schwanz eingeklemmt?, kam aus einer anderen.

Atticus seufzte.

– Sie sind ein gefährlicher Mann, Doktor. Wollen Sie mir ein Konversationslexikon andrehen? Oder eine Lebensversicherung?

Der Schwarze lachte so herzlich, dass Harvey kurz vergaß, wo er sich befand. Der Häftling hatte fleischige, unbeholfene Hände, schnaubte wie ein Flusspferd, trotzdem ging so viel positive Energie von ihm aus, dass man nicht verstehen konnte, wie er an diesen düsteren Ort gelangt war.

– Ganz schön mutig von Ihnen, noch einmal herzukommen. Vielleicht bin ich der Zodiac-Killer oder der BTK-Killer aus Wichita.

– Für mich wirken Sie unschuldig.

– Und wenn ich Sie täusche? Atticus blickte auf das Bild eines niedlichen Hasen. Sah man genauer hin, erkannte man furchterregende Schneidezähne.

– Meine Menschenkenntnis hat mich noch nie betrogen.

– Vertrauen Sie niemals einem Häftling, schon gar nicht hier, im Todestrakt. Wissen Sie, wer in Leavenworth gesessen ist? Der größte Lügner aller Zeiten, Frederick Cook.

– Wer ist das?

– Cook hat behauptet, den höchsten Berg Amerikas bestiegen zu haben, den Mount McKinley, dabei war er nur auf einem ähnlich aussehenden Felsen, um sich dort fotografieren zu lassen. Dann hat man ihn bejubelt, weil er behauptet hat, als erster Mensch am Nordpol gewesen zu sein. Eine glatte Lüge, aber kein Grund fürs Gefängnis. Dort ist er als betrügerischer Geschäftemacher gelandet. Muss ein sympathischer Mann gewesen sein, dieser Cook. Aber das Beste ist, auch Peary, der nun als erster Nordpolbezwinger in den Schulbüchern steht, war niemals dort. Lauter Schwindler.

– Sie machen einen ehrlichen Eindruck.

– Von allen Jahreszeiten ist der Sommer die schlimmste, weil man weiß, draußen spielt sich das Leben ab. Halbnackte Mädchen mit nichts bekleidet als einem Faden, eisschleckende Kinder ... und man ist eingesperrt wie eine Maus in der Käseglocke.

– Wir haben die größte Hitzewelle seit 1947. Auf dem Boden köchelt ein Hitzeflimmern, die Luftfeuchtigkeit ist unerträglich, und die Leute verfallen in Lethargie, sobald sie auf das Thermometer sehen.

– Ich habe seit Jahren nicht mehr in die aufregende sternenübersäte Nacht des Mittleren Westens geblickt. Hat man die Sterne schon nach Imbissketten oder Sportvereinen benannt?

– Die Welt da draußen wird immer verrückter. Harvey räusperte sich und fühlte einen merkwürdigen Gedanken, er beneidete Atticus – seine Unfreiheit, der nahe Tod, die enge Zelle, dazu die Gewissheit in Glaubensfragen, alles schien ihm einen Augenblick lang besser als sein eigenes Leben.

– Sie sind wegen des Hirns hier, ich weiß. Weil Sie mit ihm sprechen. Sie glauben, Verantwortung für Einsteins Seelenheil zu haben.

– Woher wissen Sie das? Harvey hatte ein Déjà-vu. Es war wie mit mir, Sam Shepherd, dem Schutzengel in der Zuflucht bietenden Irrenanstalt ... nur gab ich mich für Gott aus, und Atticus war eingefleischter Atheist.

– Wissen Sie, worüber ich mir am meisten den Kopf zerbreche? Über meine Henkersmahlzeit. Die meisten geben sich mit einem Steak und Pommes zufrieden, aber ich hätte gerne Chateaubriand mit Süßkartoffelchips und danach eine Crème brûlée. Ob der Gefängniskoch das hinbekommt? Ich sitze seit fünfundzwanzig Jahren in diesem Loch und bin so gut wie tot, da kann man doch zumindest einmal ein anständiges Essen verlangen.

– Daran sollten Sie nicht denken.

– Wieso nicht? Wussten Sie, was man nach der Henkersmahlzeit und dem Gespräch mit dem Seelsorger als Letztes macht, bevor man zur Hinrichtung geführt wird? Duschen, damit man frisch gewaschen drüben ankommt ... eher, damit sich die Bestatter nicht ekeln. Dennoch bin ich glücklich. Warum? Weil ich mit mir im Reinen bin, nicht an Himmel und Hölle glaube, sondern an Erde zu Erde. Tatsächlich strahlte der Gefangene eine überheblich wirkende, geradezu majestätische Ruhe aus.

– Dann leben Sie ohne Hoffnung?

– Wieso soll Gott, nachdem er sich eine halbe Ewigkeit mit Müßiggang die Zeit vertrieben hat, plötzlich eine Welt erschaffen? Noch dazu eine so unvollkommene?

– Ich glaube an die Liebe, daran, dass jeder Mensch Gottes Ebenbild ist, und an Jesus Christus. Harvey klopfte sich auf die Brust.

– An diesen Taugenichts? Der ist zu Recht ans Kreuz geschlagen worden. Wie kann jemand behaupten, Gottes Sohn zu sein? Dieser Narr hat nur Unglück gebracht. Liebe predigen und Vergnügungen verbieten. Gibt es etwas Langweiligeres? Der war nicht besser als Frederick Cook.

Harvey verstummte, konnte seinem charismatischen Gegenüber aber nicht böse sein.

– Es gibt nur einen seriösen Führer, die Vernunft! Die Philosophie hat Gott getötet. Hegels Idealismus hat den Atheismus begründet. Für Feuerbach ist Gott eine Projektion, und Marx hält die Frage nach Gott für unsinnig.

– Was bleibt uns dann noch ... ohne Gott?

– Freiheit! Atticus schlug gegen eine Mauer. Wer Gott tötet, ist frei.

– Das ist nicht wahr. Nein! Harvey schrie, und der Wärter blickte in die Zelle:

– Alles in Ordnung?

– Ja, wenn man davon absieht, dass dieser Dickschädel Gott leugnet.

– Tss. Der Schließer schüttelte den Kopf. Dafür sollte man ihn hängen.

– Gott ist ein Liebender. Harvey suchte nach Argumenten

und sagte seinen Spielplatzsatz: Der beste Beweis Gottes ist das Fehlen jedes Beweises. Gerade die Tatsache, dass er nicht zu beweisen ist, beweist ...

– Blödsinn. Unser Sein hat keine Ursache, keinen Grund, keine Notwendigkeit. Der Mensch ist Gott, alleine sein Handeln füllt die Leere. Ich bin hier drinnen als Atheist freier als alle Gläubigen draußen.

Harvey seufzte. *Ein Atheist, ein Ungläubiger, aber trotzdem ist er mir sympathisch.*

– Interessiert Sie, warum ich sitze? Wir dürfen das nicht erzählen, aber mehr als zum Tod verurteilen können sie mich nicht. Atticus flüsterte.

– Wegen Mord?

– Ich soll ein Schwesternpaar auf dem Gewissen haben. Die Wisemans ... 1940.

– Nein.

– Haben Sie davon gehört? Mechthild und Hedwig.

– Und ob. Harvey befand sich mit einem Schlag wieder in der Scheune. Er sah Elouise, die Knispelgrant und das Lungensanatorium ... die Brandflecken nach der Geistererscheinung.

– 1955 war ich in Texas. Sie wissen, wie die da unten über Farbige denken. Damals konnte einem ein Tankwart verweigern, das Klo für Weiße zu benutzen, wenn das Klo für Schwarze defekt war – und das war es immer. Ging man aber in die Büsche, pfefferten einem brave Bürger, die nichts taten, als ihr Recht zu verteidigen, eine Ladung Schrotkörner in den Hintern. Lief man als Dunkelhäutiger durch eine Stadt, beobachteten einen dutzende nervöse Augenpaare hinter Fliegengittern. Die glaubten, die Apokalypse würde hereinbrechen, nur weil sie einen Schwarzen sahen, der keine Kette um die Füße trug. Atticus' Stimme war samtig und warm. In Montrose hat mich ein Polizist angehalten. Der Streifenwagen hatte sich versteckt, und die aufheulende Sirene ließ mich zusammenzucken.

– Sie sind zu schnell gefahren. Atticus imitierte den schroffen Tonfall eines Polizisten.

– Dreißig Meilen? Seine Stimme gickste.

– Nennen Sie mich Sir. Wenn ich Ihre Meinung hören will, teile ich sie Ihnen vorher mit. Sie sind auf der Durchfahrt?

– Ja, Sir.

– Steigen Sie aus.

– Ja, Sir ... Ich war einen Kopf größer als der Polizist. Als Quittung für diese Respektlosigkeit wurde ich gegen das Auto gedrückt. Am liebsten wäre ich weggerannt. Die Gewissheit, von hinten erschossen zu werden, hielt mich zurück. Ich fragte mich, ob es eine Möglichkeit gäbe, heil aus der Situation herauszukommen. Da tauchte der Sheriff auf wie ein alles verfinsternder Himmelskörper. Man zwang mich in den Streifenwagen, schlug mich und stellte mir Fragen nach meiner Einstellung zur Wiedereinführung der Sklaverei.

– Das ist ein Missverständnis, Sir.

– Willst du sagen, ich mache einen Fehler? Der Sheriff blickte mich höhnisch an.

– Nein, Sir.

– Du weißt, was passiert, wenn ein Nigger aufmuckt.

– Ja, Sir.

– Aber wieso, sagte Harvey, hat man Sie für den Mord der Schwestern Wiseman ...?

– Der Sheriff wollte mich drankriegen. Er hat herausgefunden, dass ich zum fraglichen Zeitpunkt einen Job in der Gegend hatte. Der Rest ist Geschichte. Pflichtverteidiger, ein Richter, der Schwarze nicht leiden konnte ... Zeugen, die irgendeinen Farbigen gesehen hatten ...

– Sie müssen in Berufung gehen. Wir leben in einem Rechtsstaat.

– Das Wort Rechtsstaat erregt hier vor allem eines – Heiterkeit. Meine Berufung wurde dreimal abgelehnt. Es gibt Sieger und Verlierer. Kennen Sie Leibniz? Der hätte seine Freude mit diesem binären Code. Nur Sieger bekommen Anerkennung, während Loser ... Das Gemeinwohl ist etwas, von dem nur Verlierer sprechen. Ich bin auch für die Todesstrafe. Wie kommt die Allgemeinheit dazu, Mörder durchzufüttern.

– Das ist ...

– Gegen Ihre christliche Gesinnung? Ihr Problem, Herr Harvey.

Ein sehr mürrischer Wärter klopfte gegen das Gitter, und Atticus sagte:

– Grüßen Sie Consuela. Das ist meine Schwester. Sie arbeitet als Haushälterin bei einem Finanzberater in Manhattan. Sie kennen sie.

– Woher ...? Harvey hatte den Verdacht, dass Atticus seine Krankheit nur vorgetäuscht hatte, um mit ihm in Kontakt zu kommen, verwarf den Gedanken aber, weil ihn der unschuldig zum Tode Verurteilte weitaus mehr verstörte. *Man muss gegen dieses Unrecht etwas unternehmen.*

Draußen begegneten ihm Wjatscheslaw und Vitali oder wie immer die hießen. Sie grüßten den Doktor mit weit ausholenden Gesten und grinsten. Nicht nur, dass sie sich wie französische Adelige in den Tuilerien bewegten, sie behandelten auch die Justizbeamten wie Lakaien. Zwei Wärter trugen ihnen Pakete hinterher.

Harvey ließ sich zum Direktor führen und bat, Einsicht in die Akte Atticus Greek nehmen zu dürfen.

– Manche verstehen es meisterhaft, einen um den Finger zu wickeln. Der Direktor hatte sein langes graues Haar zu einem Pferdeschwanz zusammengebunden und schob Harvey einen Umschlag über den Schreibtisch.

– Was ist das?

– Fotos von den Opfern ... das, wofür Greek verurteilt worden ist.

Thomas zog ein Bild hervor und gab es angewidert sofort wieder zurück.

– Und die Prozessakten?

– Wir haben hier nur das Urteil und sein Führungszeugnis. Für den Akt müssen Sie sich zum Bundesgericht bemühen. Aber ich sage Ihnen gleich, das ist vergeblich. Atticus wird in sechs Monaten hingerichtet. Der Gouverneur hat sein Gnadengesuch abgelehnt.

Harvey ließ die Gerichtsakte ausheben und wusste nicht, was er denken sollte. Sein Rechtsempfinden war in den Grundfesten erschüttert, sah er doch, was er befürchtet hatte: Die Verurteilung beruhte auf Indizien und Aussagen von Zeugen, denen ihr von Vorurteilen geprägter Rassismus selbst in der gestelzten Gerichtssprache anzumerken war. Atticus hatte ein Alibi, vielleicht nicht wasserdicht, aber glaubwürdig. Letztlich basierte die Verurteilung auf der Aussage eines Briefträgers, der gesehen haben wollte, wie ein Schwarzer das Anwesen der Wiseman-Schwestern betreten hatte.

DIE RUSSISCHE SEELE

Im Morgengrauen kamen Lieder wie *Boat on the River* oder *Morning Has Broken* aus dem Radio. Harvey fuhr zu Patienten, um zu überprüfen, ob sie ihre Tabletten schluckten. Bei manchen versorgte er die Katzen und bereitete das Frühstück. Ein Harvey hätte nie eine Agentur angeheuert, um Ausstände einzutreiben. Er war leidenschaftlicher Quäker ... *Wal, da bläst er ...*, ein hilfsbereiter Humanist, der mehr Zeit damit verbrachte, Fremden zu helfen, als sich um seine Familie zu kümmern.

Während Robert in einem Heim für Suchtkranke lebte, waren Thomas junior und Arthur längst verheiratet. Harvey sah sie kaum, auch nicht ihre Kinder. Rief er an, hatte niemand Zeit. Seine Töchter gingen in Florida zur Schule und lebten bei einem Mann, der Vogelscheiße zu Geld machte. Wenn er an diesen Michael mit seinem selbstsicheren Gesicht dachte, bekam Harvey eine Eifersuchtsattacke. Er war neidisch auf das Wetter in Florida, auf große Autos, Gärtner, die Möwendünger verwendeten. Aber das war alles, was vom Lisa-Kult geblieben war – vielleicht noch eine Abneigung gegen Australier, Marmite und abergläubische Leute. Thomas musste für seine Exfrauen zahlen und für die Töchter. War er in Verzug, kamen Anwaltsbriefe.

Sein Bankberater machte ihm Vorhaltungen und behandelte ihn wie einen Bittsteller. Dabei müsste er nur das Hirn verkaufen. Ständig wurden ihm Angebote unterbreitet.

– Was meinst du, sagte er dann zu Einstein, soll ich dich verscherbeln?

Meist schwieg das Hirn. Einmal aber verfinsterte sich der Raum, und die vertraute Stimme sagte:

– Wenn du meinst, wir seien fertig.

– Du glaubst nicht an Gott. Ich habe dich mit dem Hinduismus bekanntgemacht, gut, das wäre fast schiefgegangen, mit dem Christentum, dem Islam, vielleicht noch mit dem fliegenden Spaghettimonster, aber du zeigst kein Interesse.

– Glaube ist der Weg des geringsten Widerstands. Religion ist Aberglaube. Ich bin Anhänger der Naturwissenschaften, wollte immer verstehen, wie Dinge funktionieren.

– Was versprichst du dir von diesen Erkenntnissen? Ist die Wissenschaft das Tor zum Paradies auf Erden? Eine verkappte Heilserwartung?

– Als Kind war ich oft alleine. Nachts habe ich in den Sternenhimmel geschaut und mich gefragt, wo das Ende des Universums ist.

– Wenn du wenigstens an Quantenphysik glauben würdest.

– Was weißt du von Quantenphysik?

– Ich habe einiges gelesen. Harvey klopfte sich an die Stirn. Ist es nicht so, dass das Universum an einem Tag entstanden ist, der kein Gestern hatte? Urknall?

– Das nimmt man an.

– Die Quantenphysik behauptet, dass Teilchen nur existieren, wenn sie beobachtet werden.

– Daran habe ich mich nie gewöhnen können. Das Hirn blubberte.

– Außerdem heißt es, dass alles ohne Ursache geschieht, im leeren Raum Teilchen aufpoppen und gleich wieder verschwinden.

– Im Vakuum existieren Quantenfelder.

– So ist das Universum entstanden, es ist aus dem Nichts aufgepoppt. Das ist aber nur möglich, wenn es einen Beobachter gegeben hat. Und wer soll dieser Beobachter sein, wenn nicht Gott?

– Vielleicht sind wir die Beobachter?

– Wir waren damals nicht da. Oder – hast du selbst gesagt – so intim, dass wir uns alle in einem winzigen Punkt gedrängt haben. Klaustrophobie durfte man vor dem Urknall keine haben. Und vermutlich nicht mehr als zwei Kinder.

– Wenn es keine Zeit gibt, war immer alles da und wird auch immer alles da sein.

– Darüber muss ich nachdenken. Harvey kratzte sich am Kinn.

– Da das Universum vor dreizehn Komma irgendwas Milliarden Jahren entstanden ist, stellt sich die Frage, wo war Gott davor? Wenn Gott ein Teil des Universums ist, ist auch er endlich. Oder ist er außerhalb?

– Ich werde nie über jemanden, der nicht anwesend ist, etwas Schlechtes sagen, verkündete Atticus' Anwalt, aber dieser Staatsanwalt, der Greek in die Todeszelle gebracht hat, ist ein karrieregeiler Kerl ohne Skrupel.

Harvey hatte den Juristen um ein Gespräch gebeten, und jetzt saß er in einem Lincoln Continental mit Mahagoni-Armaturenbrett und lederbezogenem Lenkrad. Der Anwalt war aufgeschwemmt wie Elvis Presley kurz vor seinem Tod, trug einen schokoladebraunen Anzug, ein gelbes Hemd mit gepunkteter Fliege und stopfte Donuts in sich hinein.

– Ich habe die Prozessprotokolle gelesen.

– Die Behauptungen der Staatsanwaltschaft waren komplett schwachsinnig. Gerade deshalb sind die damit durchgekommen. Der Anwalt hielt Harvey die Pappschachtel mit den Donuts hin, aber Thomas lehnte ab.

– Und der Briefträger?

– Ein verbitterter, ausgetrockneter Mann, aber unbeirrbar in seiner Aussage.

– Dann kann man nichts mehr tun? Sie glauben doch auch, dass Atticus unschuldig ist?

– Was ich glaube, spielt keine Rolle. Wir haben alle Instanzen durch. Eine Begnadigung durch den Gouverneur war die letzte Hoffnung, aber der denkt an seine Wiederwahl, und solange neunzig Prozent der Bürger für die Todesstrafe sind ...

– Dann wird Atticus hingerichtet?

– Wir werden auf unzurechnungsfähig plädieren, vorübergehende Identitätsstörung, aber das bringt höchstens einen Aufschub.

– Es darf nicht sein, dass wir einen Unschuldigen umbringen. Vierzig Jahre nach der Tat! Harvey stieg aus und ging über den Parkplatz zu seinem Wagen.

– Machen Sie nichts Unüberlegtes! Der Anwalt hatte die Seitenscheibe heruntergekurbelt und brüllte Harvey hinterher. Teigbrösel spritzten aus seinem Mund. Ich bin mir nicht sicher, ob er wirklich so ein Lämmchen ist. Der Briefträger war ziemlich überzeugend.

Im Januar 1980 kam völlig unerwartet die Einladung zu einer Russlandreise. Tschaba Erdmann hatte Wort gehalten und alle notwendigen Bescheinigungen und Visen organisiert. Der alte Hypochonder hatte eine nichteingebildete Reise auf die Beine gestellt. Außerdem war Erdmann froh, als Harvey ihn wegen seines schäumenden Urins beruhigte.

– Bei Stress kommt das manchmal vor.

– Ich fürchte eine Nierenbeckenentzündung, Blutkrebs oder Diabetes.

– Sie haben nichts davon.

– Und die Schmerzen?

– Bilden Sie sich ein.

– Auch eingebildete Schmerzen können wehtun.

– Ihnen fehlt nichts. Vielleicht haben Sie Reisefieber, aber das bekomme ich auch.

– Sie werden sehen, sagte Erdmann mit Kratzstimme, Moskau wird Ihnen gefallen. Und ich bin glücklich, wenn ein Arzt mitreist. Sind Sie sicher, dass der schäumende Urin ...

– Hat nichts zu bedeuten.

Harvey war außer sich. Endlich würde er das Hirn zur Konenkova bringen. Aber wie sollte er es mitnehmen, und was passierte, wenn er beim Zoll gefilzt wurde? Auf Ratschlag Maukis kaufte er bei Walmart ein Glas Schweinskopfsülze und füllte das Hirn hinein. Vor dem Abflug wickelte er das Glas in Geschenkpapier und gab es in den Aktenkoffer. Er hatte aber noch etwas anderes zu erledigen, das Treffen mit dem Briefträger. Wenn es ihm gelänge, ihn dazu zu bewegen, seine Aussage zurückzunehmen, müsste Atticus' Prozess neu aufgerollt werden.

Der Mord an den Wiseman-Schwestern war 1940 geschehen, Greek, damals zwanzig, war mittlerweile im Pensionsalter. Aber wie alt mochte der Briefträger sein? Woran konnte er sich erinnern, sofern er noch lebte?

Harvey gelang es, Howard Fowler, so hieß der Mann, in einem

Männerwohnheim in Boston ausfindig zu machen. Die Brüder schliefen in Vierbettzimmern, es roch nach Inkontinenz, Zahnfäule und überreifen Bananen, überall lag schmutzige Wäsche, in Fowlers Zimmer stand ein mit leeren Weinflaschen gefüllter Einkaufswagen, und aus dem Fernseher kam Werbung für Fitnessgeräte. *Herrgott, lass mich nicht in so einer Einrichtung enden.* Der ehemalige Briefträger steckte in einem schlabbrigen Trainingsanzug, war unrasiert und trug Häschenpantoffeln. *Wie passend.* Harvey lief zwar nicht Gefahr, laut loszuprusten, aber seine Mundwinkel zuckten. Er dachte an Atticus und seine Vorliebe für Hasen. Der ehemalige Briefträger war wackelig auf den Beinen, die Hände zitterten, doch seine Stimme verriet, dass er im Kopf noch klar war.

– Der Prozess liegt ein Vierteljahrhundert zurück, aber ich kann mich gut erinnern. Und das Brikett lebt noch?

– Es grenzt an ein Wunder, dass Atticus Greek, das Brikett, wie Sie ihn nennen, nicht längst hingerichtet worden ist. Aber nun ... Wissen Sie mit Bestimmtheit, dass Sie ihn vor vierzig Jahren gesehen haben? Während Harvey den Fall ausbreitete, rauchte Fowler eine Zigarette. Als Thomas fertig war, dämpfte er sie aus und sagte:

– Sie sehen, wie ich hier lebe. Ich weiß nicht, welches Interesse Sie an diesem Bratpfannengesicht haben, aber vielleicht denken Sie, man kann den alten Fowler bestechen. Ich könnte etwas Unterstützung brauchen. Die staatliche Pension ist ein Witz. Aber sehen Sie, selbst wenn Sie mir eine Million bieten würden, könnte ich nicht lügen. Wissen Sie, warum? Weil ich glaube, dass Immanuel Kant recht hat. Lügen bringen Unheil in die Welt, sogar Notlügen.

– Aber die Geschichte ist vierzig Jahre her. Wie können Sie da mit Bestimmtheit sagen, dass Sie Atticus gesehen haben? Vielleicht war es ein anderer Schwarzer, der ihm ähnlich sah?

– Weil ich nicht anders kann.

– Wenn Sie Ihre Aussage zurücknehmen ... Sie müssen nur sagen, dass Sie sich nicht mehr sicher sind ...

– Es tut mir leid, aber das kann ich nicht. Fowler sah Harvey mit traurigen Augen an, worin weder Stolz noch Sarkasmus lag. Es war der Gesichtsausdruck eines Gerechten, eines Menschen, der nein sagen musste, selbst wenn die ganze Welt um ihn herum ja grölte.

– Starrköpfiger alter Narr. Harvey schüttelte den Kopf. Ich werde nicht zulassen, dass ein Unschuldiger hingerichtet wird. Er stand auf, trat gegen den Einkaufswagen mit den leeren Flaschen und ging.

Am nächsten Tag zwang ihn Mauki, Pelzstiefel und Wintermantel anzuziehen ... »in Russland ist es bitterlich kalt« ..., außerdem packte sie ihm Hauben, Fäustlinge und selbstgestrickte Socken ein.

Die Reisegruppe umfasste zehn Personen, von denen Harvey drei kannte: Vitali, Graf Kryslowski ... *wer hat die freigelassen?* ... und Joseph Bley. Die beiden Halunken waren wie eh und je, Bley war schwammiger geworden.

– Wissen Sie, sagte er zu Thomas, früher bin ich mit Leib und Seele Sozialist gewesen, jetzt sehe ich ein, dass dieses Experiment nicht ohne Fehler ist. Aber gibt es Alternativen? Ich denke nicht. Darum reise ich dorthin, um mir ein Bild zu machen. Kennen Sie den Witz mit dem russischen Arbeiter, der zu seinem Vorgesetzten sagt: Chef, wir brauchen Schmieröl. Das Rad an der Schubkarre macht oink ... oink ... oink. Du bist entlassen, tönt darauf der Chef. Warum? Darf man kein Schmieröl fordern? Darauf der Chef: Das Rad soll nicht oink ... oink ... oink machen, sondern oink-oink-oink. Bley lachte.

Thomas war noch nie so weit geflogen, aber 1980 wurden Passagiere von den Fluglinien wie Könige behandelt. Die Sitzplätze waren komfortabel, es gab Sekt. Nur Erdmann jammerte:

– Während des Starts darf man nicht rauchen, außerdem muss

man sich anschnallen. Wenn das so weitergeht, wird man bald eine Maske tragen und die Hände in die Höhe halten müssen. Es wird noch so weit kommen, dass man vor dem Einsteigen die Schuhe ausziehen muss und auf Waffen untersucht wird. Nein, so etwas würden sich die Passagiere nicht gefallen lassen ... da könnte man auch verbieten, Flüssigkeiten mitzunehmen.

Die meisten Delegationsteilnehmer sahen aus wie Leute vom Geheimdienst. Nur Krysolov und Windtmacher nicht. Was wollten die in Russland? *Den Sowjets Sterne verscherbeln?*

– Heimwehteufel, sagte Krysolov. Von allen Geschichten, die ich erzählt habe, ist keine so wahr wie die, dass ich aus Russland stamme. Ich war ein Kind, als gewisse Leute, nämlich meine Eltern, geflohen sind ...

Als das Flugzeug zur Landebahn rollte, erklangen seltsame Geräusche. Rauschen und Hämmern ... hörte sich an wie das Werk eines Zwölfton-Komponisten. Als die Kiste abhob, wurden alle durchgerüttelt. Der Flug selbst war ruhig.

In Prag machte man Zwischenstation. Harvey kam im Transitbereich neben einer nervösen jungen Deutschen zu sitzen, die sich ständig umblickte. Wie es der Zufall wollte, saß er auch im Flugzeug neben ihr. Inge war eine hübsche, aber kernige Person mit vollen Lippen, einer etwas zu breiten Nase, krausem Haar und honigfarbenen Augen. Sie hatte Nervositätsflecken im Gesicht, scharrte mit den Fingern an der Lehne und schlug ständig ihre Beine übereinander – mal in die eine, dann wieder in die andere Richtung.

– Atmen Sie tief durch. Harvey schenkte ihr ein Lächeln. Statistisch betrachtet, ist Fliegen sicherer als Autofahren.

– Hören Sie auf, zischte sie, ich kann jetzt nicht reden.

Nach dem Abheben entspannte sie sich, trank aber sofort einen Wodka und jagte gleich einen zweiten hinterher.

– Was machen Sie in Moskau? Harveys Stimme war freundlich.

– Ich bin beruflich dort, Inge blieb schroff.

Nach dem vierten Wodka wurde sie redseliger.

– In Moskau fängt ein neues Leben an.

– Sind Sie Kommunistin?

– Antiimperialistin! Begonnen hat alles damit, dass man mir ein Auto geschenkt hat, sagte sie mit leichtem Zungenschlag.

– Deswegen fliegen Sie nach Russland?

– Ich komme aus Hameln, einer Stadt, die wegen des Rattenfängers bekannt ist. Wir waren acht Kinder, und von diesen wurden Brigitte, Ulla und ich regelmäßig von der größten Ratte, die Hameln je hervorgebracht hat ... vom Vater ... sie stockte ..., missbraucht. Als er anfing, sich an den jüngeren Schwestern zu vergehen, hat es mir gereicht. Es kam zum Eklat. Hätte mich Mutter nicht auf den Dachboden gesperrt, wäre ich von dieser Riesenratte totgeprügelt worden.

– Das tut mir leid. Nun trank auch Harvey einen Wodka. Auch ich wurde als Kind geschlagen ... mit einem Elektrokabel, also einem Textilkabel mit Drähten drinnen. *Ich bitte schön um das Meinige, Herr Vater.*

Inge sah ihn an, ergriff seine Hand, und für einen Moment spürten beide eine Zärtlichkeit, wie sie eigentlich nur zwischen Geschwistern möglich ist.

– Damals wusste ich, die sehen mich nie wieder. Ich war in der Sozialistischen Jugend aktiv gewesen, bei den progressiven Kräften Hamelns, aber Revolution konnte man in Hameln keine machen, da musste man nach Berlin.

– Sind Sie eine Radikale?

– Ich wusste nicht, wohin mit meiner Wut. Vermutlich war es Protest gegen meinen Missbrauchsvater, gegen das Heile-Welt-Mäntelchen, das man unserer Familie umgehängt hat. Deswegen war ich sensibilisiert und sah all die Nazis, die immer noch das Sagen hatten: Richter, Staatsanwälte, Schuldirektoren, Industriekapitäne. Ich erkannte, der Kapitalismus ist ein anderer Vater, genauso streng, genauso unerbittlich, genauso übergriffig. Hitler ist die Erbsünde der Deutschen, aber nicht alle erkennen ihre Schuld ... Meine Freunde in Berlin waren Leute der Kinderladenbewegung, Emanzen, linke Spontis oder Leute, die nach Indien getrampt sind. Wir haben für die Freilassung baskischer Unabhängigkeitskämpfer protestiert, von denen wir zuvor noch nie etwas gehört hatten, zum Boykott von Spanien-Urlauben haben wir aufgerufen, Genossen in Italien unterstützt ... Mir war das zu wenig. Ich habe Reden gehalten, von Antiimperialisten genauso geschwärmt wie von Sozialrevolutionären. Ein Flugblatt gegen die Springerpresse, von dem ich überzeugt gewesen bin, es würde die Menschheit wachrütteln, blieb völlig ohne Folgen. Haben die unterdrückten und ausgebeuteten Proletarier das Zentralorgan der Manipulation, die *Bild-Zeitung*, beiseitegelegt und sich zum gerechten Kampf erhoben? Schnecken! Nieder mit dem Imperialismus, Unterstützung dem Vietcong, habe ich gebrüllt, Supermärkte beklaut und Lebensmittelpakete an Gefängnisse geschickt. Und dann bin ich verarscht worden, ich bekam dieses Auto – einen Opel Kadett, Synonym der deutschen Spießigkeit, aber ich war jung und naiv.

– Ich verstehe nicht. Was ist daran schlecht?

– Kaum war der Wagen auf meinen Namen angemeldet, haben ihn sich die Leute, die ihn mir geschenkt hatten, ausgeborgt. Es waren Illegale. Sie sind zu einem Waffenversteck gefahren ... und erwischt worden. Von da an hatte mich die Polizei im Visier. Befragungen, Überwachung, angezapfte Telefone. Mein Arbeitgeber meinte, es tue ihm leid, aber damit wolle er nichts zu tun haben. Also hat er mich entlassen. Mein Vermieter sagte, ohne Arbeit müsse er mich kündigen. Es tue ihm leid, aber ...

– Sie waren unschuldig.

– Wenn man als Kind missbraucht wird und sieht, dass dieselben Leute das Land regieren ... Inge kippte den nächsten Wodka. Für mich stellte sich die Frage, wie hältst du es mit Gewalt, Inge.

Mein Engel sagte, lass dich nicht auf sowas ein, das ist nichts, Inge, aber ich habe ihn ignoriert. Ulrike Meinhof war tot, dann die gescheiterte Flugzeugentführung von Mogadischu, die Todesnacht in Stammheim, die Schleyer-Entführung. Der Deutsche Herbst ging zu Ende, und ich war plötzlich eine Illegale.

– Eine Terroristin? Harvey zuckte zusammen.

– Ich bin da hineingerutscht. Ein Psychologe würde sagen, es ging um die Überwindung meines Missbrauch-Traumas. Ohne meine Wut im Bauch wäre es nicht dazu gekommen. Wir haben Banken ausgeraubt und Gefangene befreit, ich lenkte das Fluchtauto.

– Gefangene befreit? Harvey musste unweigerlich an Cowboyfilme denken, und an Atticus Greek.

– Wir haben Waffen in Gefängnisse geschmuggelt und Schließer als Geiseln genommen.

– Sie haben in Kauf genommen, dass Unschuldige zu Schaden kommen?

– Steigbügelhalter eines Unrechtssystems.

– Ich bin Quäker und Pazifist.

– Ja. Warum nicht. Inge orderte den nächsten Wodka ... Für die Palmers-Entführung bin ich nach Wien, habe Wohnungen organisiert und alles ausbaldowert. Danach wurde der Boden zu heiß, wir flohen nach Bulgarien, weiter nach Bagdad, Libyen, Paris.

Harvey stutzte. Er saß neben einer der meistgesuchten Personen Europas – einer jungen Frau, die sich der Rache verschrieben hatte. Auch sie hatte eine Wahrheit, der sie alles unterordnete. Auch sie glaubte an höhere Ideale, die alles rechtfertigten. Besaß er das Recht, sie dafür zu verurteilen?

– In Prag hat man uns festgenommen, meine Genossen waren von den Fahndungsplakaten amtsbekannt. Die DDR hat uns rausgeholt und ein Angebot gemacht – Gesichtsoperation in Moskau, neue Identität ... Und Sie?

– Ich habe das Hirn von Albert Einstein in einem Glas für Schweinskopfsülze.

Inge sah ihn irritiert an und lachte.

– Ich habe das alles erfunden. Ich bin Touristin. Manchmal erzähle ich Geschichten, um zu sehen, wie die Leute reagieren ...

Sie trank den nächsten Wodka, schlief ein und lehnte sich an Harveys Schulter.

– Wir Deutsche verdanken Hitler, dass wir so gute Menschen sind, murmelte sie. Hitler ist unsere Erbsünde und unser Stigma. Einem Deutschen fällt eher die Hand ab, bevor er eine Glasflasche in einen Papiercontainer wirft ...

Als sie zu schnarchen anfing, schloss auch Thomas die Augen.

Nach der Landung kam eine Durchsage des Kapitäns der Interflug:

– Herzlich willkommen in Moskau. Sie können Ihre Uhren jetzt um dreißig Jahre zurückdrehen, nein, Stunden, Entschuldigung.

Am Fuße der Gangway fielen einige Delegationsteilnehmer auf die Knie und küssten den vereisten Boden. Auch Joseph Bley machte ein glückseliges Gesicht:

– Dass ich das erleben darf. Das Paradies.

Der Flughafen glich einer verschneiten Märchenlandschaft.

Es ging in einen großen Saal mit Zollbeamten, die an Tischen standen. Harvey traf auf einen Uniformierten, der aussah wie Breschnew ... *dieselben Krötenaugen*. Noch nie hatte er einen Mann gesehen, der so müde wirkte. Harvey schwitzte – und das lag nicht an seiner Winterkleidung. Als er gebeten wurde, seinen Aktenkoffer auszuräumen, fiel er vor Aufregung fast in Ohnmacht. Er erklärte, dass die Schweinskopfsülze ein Geschenk sei. Der Zöllner öffnete das Glas und roch daran. Es stank nach Formaldehyd, und der Russe wusste nicht, was davon zu halten war. Harvey, darauf vorbereitet, legte einen Hundert-Dollar-Schein unter das Glas. Der Zöllner warf ihm einen strengen Damitbrauchst-du-mir-nicht-kommen-Blick zu. Harvey legte einen zweiten Schein daneben. Der falsche Breschnew sah ihn zornig an, rief seinen Vorgesetzten. *Jetzt ist alles aus.* Ein General des Grenzschutzes kam angetrabt, setzte ein missmutiges Gesicht auf, sagte ein paar scharfe Worte zum Zöllner, schickte ihn weg, steckte das Geld ein und machte zu Harvey eine Jetzt-verschwinde-Geste. Thomas griff nach dem Glas, doch der General klopfte ihm auf die Finger.

– Njet!

– Das ist ein Geschenk, flehte Harvey.

– Njet, beharrte der Russe.

– Ohne dieses Glas gehe ich hier nicht weg. Njet oder nicht nett. Thomas verschränkte die Arme, und der Russe sah ihn fassungslos an.

– Was ist los? Wollen Sie nach Sibirien? Erdmann versuchte Harvey zu beruhigen. Er hatte allen Reiseteilnehmern eingebläut, niemals einem Beamten zu widersprechen. Niemals!

– Der Herr weigert sich, mir mein Glas zu geben.

– Schweinskopfsülze bekommen Sie in Moskau auch. Der Delegationsleiter flüsterte.

– Hier geht es ums Prinzip.

– Vergessen Sie das Prinzip. Morgen fahren wir ins Gum und kaufen so viel Sülze, wie Sie wollen.

– Nein. Harvey sah den Beamten, der immer noch seine Hand auf dem Glas hielt, böse an. Wenn Sie mir mein Eigentum nicht geben, fange ich zu schreien an.

– Sind Sie verrückt? Glauben Sie, wegen Ihrer Sülze wird der Dritte Weltkrieg ausbrechen?

– Das ist mir egal.

– Seien Sie vernünftig. Tschaba Erdmann sprach mit dem Zöllner, der den Kopf schüttelte. Njet. Das Russisch hörte sich wie Schmatzen an.

Endlich gab der Zöllner nach, spuckte und ging.

– Was haben Sie gesagt, wollte Harvey wissen, aber der Delegationsleiter sah ihn grimmig an und blickte dem General hinterher, dem etwas in die Quere gekommen war – Inge. Zwei Uniformierte hatten die lallende Deutsche gepackt und führten sie ab. *Was geschieht mit ihr?*

– Das wird Ihnen leidtun!, kreischte sie.

Dasselbe, was mit Ihnen fast passiert wäre. Sibirien! Gulag!

– Hören Sie auf, das sind Märchen. Joseph Bley strahlte wie ein Kind unter dem Weihnachtsbaum. Wir erleben eine heroische Zeit. Hier lebt man für die Zukunft und den Fortschritt!

Erdmann gab Harvey das Glas und drängte Richtung Ausgang. Doch plötzlich waren Soldaten neben ihnen, führten sie in einen »Saal der Ehrengäste«. Als alle Delegationsteilnehmer darin versammelt waren, erschien ein Empfangskomitee, übergab den Amerikanern Blumensträuße. Mädchen in Volkstracht erschienen und verteilten volle Wodkagläser.

– Herzlich willkommen, sagte ein alter Russe. Wir freuen uns, Sie hier bei uns, in der Sowjetunion, begrüßen zu dürfen. Er umarmte Erdmann, zog ihn an sich und küsste ihn auf beide Wangen.

– Lassen Sie mich die jungen Männer ansehen, die so weit gereist sind, um das Land ihrer hehren Ideale zu besuchen …

Nach einer endlos langen Ansprache ging es zu einer motorisierten Eskorte, die sie zum Hotel bringen sollte. Das Erste, was Harvey auf der Straße auffiel, war der Geruch. *Ausdünstungen der Zukunft und des Fortschritts?* Die Abgase der Autos stanken entsetzlich, und die Menschen verströmten Duftwolken, die an eine Mischung aus feuchtem Hund und Sauna mit Wodka-Aufguss erinnerten. Aus den Häusern kamen Dämpfe von Kohl- und Krautsuppen, und die Bettwäsche im Hotel roch stark nach Desinfektionsmittel. Sogar Bley gestand, dass diese Gerüche eines heroischen Arbeiter-und-Bauern-Staates nicht würdig seien.

In Amerika hatten sie eine Ahnung von Frühling verspürt,

hier war alles tief verschneit. Nordpolkälte. Harvey stellte das Hirn auf den Nachttisch seines Hotelzimmers und lachte:
– Moskau. Ich werde dich zur Konenkova bringen.
– Du musst vorsichtig sein, sagte das Hirn. Ich habe kein gutes Gefühl.
– Warum?
Einstein schwieg.
Der Anblick von Kirchen mit Zwiebeltürmen und Milizionären unter Pelzkappen mit Maschinengewehren war kein Trost.

Die Delegation wurde mit der herrschenden Doktrin bekanntgemacht, die besagte, dass man in einer heroischen Zeit lebe und sich entsprechend zu verhalten habe. Es gab ein strammes Besichtigungsprogramm, und Genosse Harvey, wie er von allen genannt wurde, wusste nicht, wie er zur Konenkova kommen sollte. Es gab keine Taxis, und die öffentlichen Verkehrsmittel wirkten bedrohlich – an den Bushaltestellen drängten sich Menschen mit Paketen und vollen Hühnerkäfigen. Der Weiße Hase konnte keine kyrillischen Buchstaben entziffern, fühlte sich unter Beobachtung, sah allerorts Polizisten und auf den Straßen Kontrollposten mit Panzersperren und bewaffneten Soldaten.

Von Sicherheitsleuten umgeben, besichtigte die Delegation den Toten Platz und den Roten Lenin ... *oder umgekehrt.* Überall gab es Bruderküsse. Und wenn er mit Erdmann sprach, machte der nur:
– Pssst, man hört mit.

Sogar die Schwänze der Hunde waren sichelförmig. Es gab keine Plakate, die für Zigaretten, Whiskey oder Rasierwasser warben, nur Bilder mit dem Generalsekretär der KPdSU, dem Vorsitzenden des Präsidiums des Obersten Sowjets und vierfachen »Helden der Sowjetunion« – Leonid Breschnew. Auch Marx und Lenin waren zu sehen, Arbeiter und Bauern, darüber Parolen: Wir erneuern das Leben der Landbevölkerung. Die Straßen hießen: *Boulevard der jungen Schlosser* oder *Straße der*

fleißigen Bergarbeiter. Man besichtigte riesige Denkmäler für die Befreier vom Faschismus und Fabriken, die hier Kombinate hießen.
– Na, ist das nicht wunderbar, schwärmte Bley.
– Was soll hier so großartig sein? Aus den Schornsteinen qualmt schwarzer Ruß, die Leute sind arm, und wenn jemand aufmuckt, landet er in einem Straflager.
– Blödsinn. Alle sind glücklich, weil es keine Klassen gibt. Alle leben im Wohlstand. Gratisschulbildung. Genug zu essen. Keine Bettler.
– Und keinen Gott. Das kam von Krysolov. Er und Vitali hatten begonnen, Ikonenbilder und sakrale Gegenstände zu kaufen. Sie hatten vor, einen ganzen Container zu füllen und ihn nach Amerika zu schicken. Angeblich wollten sie damit die Kirchen der Exilrussen bestücken, tatsächlich planten sie, die Sachen als Antiquitäten zu verscherbeln.

Die Abende verbrachte man in Kultursälen mit schweren Samtvorhängen und dicken Teppichen. Beim Eintritt musste man die Schuhe ausziehen und bekam stattdessen Filzpantoffeln. Sage und schreibe achtzehn Sowjetbürger zeigten, dass es sich bei diesem Schuhwechsel um einen Willen des Kollektivs handelte – sie erklärten und überwachten das Ausziehen, nahmen entgegen, nummerierten, überreichten einen gestempelten Zettel ... kein Wunder, dass es hier keine Arbeitslosen gab. *Zukunft und Fortschritt!*

Kinderchöre sangen sich Lieder über die russische Seele von derselben, Volkstanzgruppen traten auf, und Apparatschiks hielten Reden, bei denen selbst die größten Enthusiasten einschliefen. Es ging um Kolchosen, Fünfjahrespläne und das Komitee zur Planung eines Komitees für die Wahl des nächsten Komiteevorsitzenden.

– Lang lebe der Bolschewismus. Tod den Feinden der proletarischen Revolution. Nieder mit der Bourgeoisie. Die Leute brüllten. Danach gab es Kwass und Wodka, bis die ersten Amerikaner Kasatschok tanzten, was an hüpfende Frösche erinnerte. Joseph Bley war bald so sturzbetrunken, dass er lallend zu singen anfing: »Saufen bringt Verderben, Unzucht, Krankheit, Sterben. Saufen bestellt Teufels Pfründe. Trinken ist nur Sünde ...« *Morgen wird er nicht einmal den Wecker hören, geschweige denn eine Kuckucksuhr.*

– Wenn ein missliebiges Gesicht von einer Fotografie wegretouschiert wird, ist es wahr. Ein Uniformierter hatte sich neben Harvey gesetzt und sprach mit samtiger Stimme von Realität und Staat. Was halten Sie von der Sowjetunion?

– Es ist so kalt, dass einem das Wasser in den Augen zufriert. Brrr. Der Weiße Hase rollte mit der Zunge.

– Mögen Sie Moskau?

– Ja. Sicher. Thomas sah den anderen skeptisch an.

– Das macht mich glücklich. Wir haben hier die besten Kartoffeln für den besten Wodka. Auch das Kraut ist nirgendwo so gut wie bei uns. Es gibt die besten Eier von den glücklichsten Hennen.

– Arbeiten die auch in Kolchosen?

– Aber nicht doch, Herr Harvey. Wer wird denn gleich zynisch werden?

– Sie?

– Woher ich Ihren Namen kenne? Wir wissen alles über Sie. Ich bin übrigens Oberst Schinkschonow, Schura Schinkschonow.

– KGB?

– Nennen wir es Höflichkeit. Wir informieren uns über unsere Gäste, um ihnen alle Wünsche zu erfüllen. Als Pathologe und Besitzer von Albert Einsteins Hirn werden Sie das Moskauer Hirninstitut besichtigen wollen? Richtig? Vielleicht können wir ein Treffen mit Frau Konenkova organisieren.

– Woher wissen Sie?

Der Oberst lächelte vielsagend. Er hatte ein feines, aber undurchschaubares Gesicht und eine straffe Körperhaltung, diszipliniert bis in die kleinen Zehen.

– Wir wissen, dass Sie im Flugzeug neben einer jungen Deutschen gesessen sind. Haben Sie mit ihr gesprochen?

Erst jetzt wurde Harvey klar, dass er verhört wurde. Er schüttelt den Kopf:

– Kein Wort.

Am nächsten Tag wurde Thomas beim Frühstück – es gab Pelmeni, Blinis und eingelegtes Gemüse – aufgefordert, sich bereitzuhalten. Ein Fahrer brachte ihn zum Hirninstitut, einem Paradebeispiel sozialistischer Architektur, wo ihm die Leiterin filetierte Scheiben von Lenins Gehirn zeigte. Auch die Zentraleinheiten von Stalin, Majakowski und anderen Geistesgrößen waren zu bewundern. *Schade, dass Einstein das nicht sehen kann.* Die Leiterin, eine kleine, aber strenge Person, redete von Pyramidenzellen und dem Wernicke-Zentrum, vom Broca-Areal und der Sylvischen Furche. Selbstverständlich schwärmte sie von Oskar Vogt, der an Lenins Gehirn Genialität festgestellt hatte, während sie Wladimir Bechterew, den Pionier der Hirnforschung, geflissentlich verschwieg, der war nämlich auf Geheiß Stalins ermordet worden, nachdem er dem Diktator eine Paranoia attestiert hatte.

– Wir befinden uns im Pantheon der Gehirne. Stalin, Eisenstein, Stanislawski ... Die Gehirne brauchen wie Goldfische regelmäßig Pflege, sonst sind sie bald in einem beklagenswerten Zustand. Sie zeigte auf Gläser, in denen zersetztes Gewebe in einer trüben Flüssigkeit schwamm. *Sieht aus wie vergessene Zwiebelsuppe.* Das sind Gehirne von Klassenfeinden.

– Interessant, nicht? Für die Öffentlichkeit nicht zugänglich, aber für Sie machen wir eine Ausnahme. Der Oberst ... *Stinkt-schon-noch? ... Schinkschonow!* ... stand hinter Harvey und lächelte. Heute trug er eine mit Orden geschmückte weiße Uniform, und an der devoten Unterwürfigkeit der Leiterin erkannte Harvey seine Macht.

– Frau Konenkova erwartet uns.

Nun ging es in einer Limousine zu einem offiziellen Gebäude. Uniformierte standen an der Treppe. Neben der Tür prangten steinerne Atlanten, deren Gesichter aussahen, als würden sie alle Teilrepubliken von Turkmenistan bis Kamtschatka tragen, dahinter ein Portier, der beim Anblick des Obersts salutierte. Sie gelangten in einen Prunksaal mit riesigen Ölgemälden. Schinkschonow zeigte auf eine großflächige Meeresszenerie und wies auf ein winziges Detail, auf Ertrinkende, die sich an ein gekentertes Boot klammerten.

– Wunderbares Gleichnis auf die Menschheit. Oder soll ich sagen auf den Kapitalismus?

– Hier die Ahnenreihe der Ausbeuter. Der Oberst wies auf eine Wand voller Porträts. Iwan der Schreckliche ... soll seine Untertanen gezwungen haben, Zehennägel zu essen. Katharina die Kleine. Die Arme brach sich das Genick, als sie durch ein Stiegengeländer gerutscht ist. Woronin der Gefräßige, von dem es heißt, er hat ganze Landstriche kahlgefressen – samt den Lakaien.

Harvey studierte die Gesichter, als eine grauhaarige Alte in den Saal trat. Sie stellte sich als Margarita Konenkova vor und strahlte.

Der Oberst klatschte, woraufhin Krimsekt und Kaviarbrötchen serviert wurden.

Die runzelige Russin erzählte von ihrem Mann, dem Bildhauer Sergei Konenkov, der damals eine Büste von Einstein gefertigt hatte. Das war der Beginn ihrer Affäre mit dem Physiker. Sie sagte, dass sie ihn geliebt habe, aber nicht so sehr wie ihre Heimat Russland.

– In Amerika hätte ich es nicht aushalten können. Da ist der Mensch nicht frei, da wird alles zensuriert.

Harvey erzählte vom Hirn und davon, dass er ein besonderes Verhältnis zu Einstein aufgebaut habe. Als der Oberst kurz hinausging, beugte er sich zu der Alten und flüsterte ihr ins Ohr:
– Sie haben eine Formel gestohlen. Die müssen Sie mir geben.
Die Alte sah ihn mit großen Augen an.
– Das Hirn spricht mit mir. Ich denke, mit dieser Formel könnte es etwas anfangen.
Die Alte sagte, sie wisse nichts von einer Formel. Wenig später kam der Oberst zurück. Seine Freundlichkeit war einer schroffen Übellaunigkeit gewichen. Ohne viel zu sagen, komplementierte er Harvey hinaus und übergab ihn einem Fahrer, der ihn zurück in das Hotel brachte. Auf der Fahrt wurde Harvey klar, dass man ihn belauscht hatte. *Jetzt wissen die, dass ich mit dem Hirn rede, und halten mich für komplett plemplem. Sie wissen auch, dass ich wegen einer Formel hier bin.*
– Stell dir vor, wen ich getroffen habe, sagte er zum Hirn. Thomas berichtete von der Begegnung, und das Hirn sagte:
– Diese Konenkova war nicht echt.
– Wie?
– Eine Schauspielerin.
– Woher willst du das wissen?
– Sonst hättest du jetzt die Formel.
Obwohl man allen Delegationsteilnehmern eingebläut hatte, niemals alleine das Hotel zu verlassen, schlich Harvey über einen Hinterausgang hinaus und dann weiter durch Moskaus Straßen. *Die Konenkova soll eine Schauspielerin gewesen sein?* Er ging in einen staatlichen Laden, in dem nur Mehl und Kernseife in den Regalen standen. Denkt man an die fünfzig Chipssorten und hundert Haarshampoos in amerikanischen Supermärkten ....
– Entschuldigung, haben Sie Wurst?
Der Verkäufer lachte.
– Kommen Sie nächste Woche wieder, dann haben wir vielleicht Reis. Vielleicht nicht.

Als Harvey zu einer Kirche kam, wollte er hineingehen, sah aber, dass darin ein Bildhaueratelier untergebracht war. Riesige Gipsköpfe, Helden der Revolution, hingen an der Decke. Am Boden lag eine monumentale Faust.

Ein Arbeiter gab ihm einen freundlichen Stoß mit dem Ellbogen.

– Toll, oder?

– Suchen Sie wen?, fragte ein anderer, der gerade mit den Ketten eines Lastenaufzugs hantierte.

– Kennen Sie den Bildhauer Konenkov? Ich suche seine Frau. Harvey kramte nach dem Zettel mit der Adresse.

– Margarita? Was wollen Sie von ihr?

– Ich komme aus Amerika, um sie zu sehen.

Die Arbeiter sahen sich an und begannen eine lebhafte Diskussion. Während der eine Harvey missgünstig beäugte und meinte, Amerikaner hätten haarig zu sein und dunkle Bärte zu tragen, war der andere der Meinung, dass US-Bürger alle kahlköpfig seien. Außerdem hätten Amerikaner, woran man sie sofort erkenne, immer eine Flasche Coca-Cola in der Hand.

Schließlich meinte einer:

– Sagen Sie einmal: Kukuschka kukuschonku kupila kapjuschon. Nadjel kukuschonok kapjuschon, W kapjuschonje kukuschonok smjeschon.

– Kuckuck ...

– Sie haben Glück. Kommen Sie. Ich bringe Sie hin.

– Zur Konenkova?

– Kommen Sie. Das Glück wartet auf keinen, es rennt über das Land, und wenn man ihm begegnet, darf man nicht zögern, es zu packen.

Sie stiegen in einen alten Lada, und Harvey bat den Mann, beim Hotel vorbeizufahren, weil er ein Geschenk holen wolle. Wieder schlich er über die Hintertreppe, und als er zurück war, konnte sich der Arbeiter das Lachen kaum verkneifen.

– Schweinskopfsülze? Ich glaube nicht, dass die Konenkova das isst, selbst wenn es aus Amerika kommt. Sie ist sehr alt.

– Essen soll sie es auch nicht.

– Nur anschauen? Ihr Amerikaner seid komisch.

Sie verließen das Zentrum, fuhren durch trostlose Wohngebiete, und Harvey schien es, als würde die bleiche Sonne am perlmuttfarbenen Himmel noch farbloser werden. *Hat ihr niemand die Doktrin von der heroischen Zeit verkündet?* Der Arbeiter versuchte den Unterschied zwischen den Baustilen Stalins, Chruschtschows und Breschnews zu erklären. Je länger die Fahrt dauerte, umso mehr zweifelte Harvey. Fuhren sie wirklich zur Konenkova? War das nur ein plumper Trick, um ihn auszurauben? Vielleicht zu ermorden?

Endlich hielten sie vor einem Plattenbau und gingen durch ein dunkles Stiegenhaus, in dem es nach Urin stank.

– Leider werden die Glühbirnen im Treppenhaus immer gestohlen.

– Frau Konenkova muss eine Berühmtheit sein. Harvey war nun überzeugt, Verbrechern auf den Leim gegangen zu sein.

– Sie ist meine Tante, sagte der Arbeiter.

Das soll ich glauben?

Der Mann klingelte an einer Tür, und es dauerte nur Bruchteile einer Sekunde, bis dahinter ein Miauen zu hören war. Eine alte Frau öffnete, und dutzende Katzen blickten zu den Besuchern hoch.

– Ist das Jüngste Gericht ausgebrochen? Falls nicht, lasst mich in Ruhe. Ich habe zu tun.

– Hast du neue Katzen? Der Arbeiter nahm ein Tier und streichelte es.

– Es sind keine guten Zeiten für Katzen. Es gibt Säuberungen. Die Alte sah aus wie ein verschrumpelter Pfirsichkern, den man geteilt und leicht versetzt wieder zusammengefügt hatte. In ihrem Blick und ihrer Art zu gehen lagen Reste von Primadonna-

Allüren. Eine verblühte Blume, an der viele Kolibris genascht hatten. Der Arbeiter stellte Harvey vor, und sie betrachtete naserümpfend seine nassen Schuhe.

– Es ist nicht aufgeräumt. Sie bat beide in die Wohnung. Immer wenn Gäste kommen, fällt mir das auf. Aber wer besucht schon eine Tote? Sie trat versehentlich einer Katze auf den Schweif, der Schrei fuhr allen durch Mark und Bein.

Das Wohnzimmer roch nach Katzenausscheidungen, war überheizt und mit überladenen Bücherregalen vollgestellt. An den wenigen freien Flächen hingen Bilder, die die Konenkova als junge Frau zeigten – eine faszinierende Schönheit.

– Ich habe entschieden, den Eisregen und das Schneetreiben schön zu finden. Nur an den Wind kann ich mich nicht gewöhnen, aber der kommt auch aus dem Westen, wie alles Schlechte.

Während Harvey, der nun etwas ruhiger war, erklärte, was er wollte, sprang ihm eine Katze auf den Kopf. Die Alte nahm das Glas Schweinskopfsülze, stellte es auf den Tisch und holt eine Flasche Wodka. Als der Weiße Hase kapierte, was sie vorhatte, hielt sie bereits eine Gabel in der Hand.

– Um Gottes Willen, nein. Das ist das Hirn von Einstein.

– Wird den Katzen trotzdem schmecken. Sie lachte und küsste das Glas. Dann ging sie zum Klavier und spielte eine Bach-Suite. *Nicht so grandios wie Glenn Gould, aber für eine alte Frau mit knochigen Fingern ganz passabel.*

– Für Albert.

– Gefällt Ihnen die Sowjetunion?

– Ich war vorhin in einem staatlichen Laden ...

– Da können Sie sehen, was Marx und Lenin angerichtet haben, diese Halunken. Schuld sind die englischen Textilarbeiter mit ihrem Elend. Dieses Gesindel hat die deutschen Philosophen inspiriert.

Die Alte redete von Literatur, von Puschkin, Gogol und Katzen. Man kann Ideale verlieren, wie man ein Bein verliert, aber wenn man den Glauben verliert ... Wie sagte schon Dostojewski: Das Christentum ist die Freiheit, sich zu entscheiden. Sehen sie sich Gagarin an, sie deutete auf eine schwarze Katze, verträgt sich nicht mit Solschenizyn, was nicht heißt, dass sich einer der beiden mit Sacharow, das ist der Weiße da hinten, vertragen würde ... Trotzdem glauben sie an die Zukunft und den Fortschritt. Und sie tun gut daran, denn auch morgen wird es Futter geben.

– Sie sollen eine Formel entwendet haben? Harvey war ungeduldig geworden.

– Formel? Ich sollte für ein Gleichgewicht der Kräfte sorgen, Informationen über das amerikanische Atombombenprogramm beschaffen, aber Einstein war darin nicht involviert.

– Und die Formel?

– Mag sein, dass ich in einem unbedachten Moment etwas eingesteckt habe ..., aber ich habe die Formel nie jemandem gezeigt. Die Alte erhob sich, kramte in einer Lade, holte ein silbernes Zigarettenetui hervor, klappte es auf, schob einen doppelten Boden beiseite und fischte ein Stück Papier heraus. Bitte schön.

Thomas sah ein Gewirr von griechischen Buchstaben und mathematischen Zeichen.

– Das? Er hielt den Zettel vor das Glas, aber vom Hirn kam keine Reaktion.

Die Konenkova sank in ihren Stuhl, blickte zum Arbeiter und sagte, sie fühle sich jetzt sehr müde. Das war für Harvey das Zeichen zum Aufbruch. Er befreite sich von den Katzen und erhob sich.

– Darf ich die Formel abschreiben?

– Nehmen Sie sie mit. Ich verstehe sie ja doch nicht.

Im Hotel las er dem Hirn die Formel vor.

– Was hat das zu bedeuten?

– Am besten, du vernichtest es.

– Vernichten? Wir sind deswegen nach Russland geflogen, ich

habe mit mehr Glück als Verstand die Konenkova gefunden, um diese Formel zu bekommen. Jetzt sag, was hat sie zu bedeuten? Ist das die Formel von allem? Lässt sich damit die Welt retten?

– Besser, du weißt es nicht. Sobald du es weißt, werde ich nie mehr mit dir sprechen.

Am nächsten Tag wurde die Delegation mit einem Bus zum Flughafen gebracht. Tschaba Erdmann klagte über Kopfschmerzen und bedankte sich. Er sagte auch, dass zwei Delegationsteilnehmer nicht mitkommen könnten, weil sie die Bürger der Sowjetrepublik geschädigt hätten. Die Teilnehmer raunten, und Harvey wusste, dass Krysolov und Vitali es diesmal übertrieben hatten. Und er? Wenn man dahinterkam, dass er eine Formel ausführte? *Dann wäre ich geliefert.* Die anderen verglichen ihre Souvenirs: Babuschkas, geschnitzte Bären, Sowjetsterne. Alle schwärmten, nur Harvey schwitzte, und Bley schwieg.

– Sind Sie traurig, das Paradies zu verlassen?

– Lassen Sie es mich so sagen, ich verstehe, dass die Zeiten hart sind, man aus Löwenzahn und Zuckerwasser Honigersatz macht. Aber Rüben anstatt des Löwenzahns und den Zucker ganz wegzulassen, das geht zu weit.

– Was ist mit Ihren heroischen Gefühlen?

– Pah.

Am Terminal begegnete Harvey einer Gestalt mit komplett einbandagiertem Kopf. An den traurigen, honigfarbenen Augen erkannte er, wer sich in dem Verband verbarg – Inge, die deutsche Terroristin.

– Ah, der Mann aus Amiland, flüsterte sie. Können Sie sich erinnern? Wenn der Verband ab ist, erkennt mich niemand mehr. Fliegen Sie auch nach Perm? Ich werde mich in Sibirien auskurieren, aber nur kurz, dann wird man mich in den antiimperialistischen Kampf einbinden.

Eingebunden ist sie jetzt schon.

– Ich wünsche Ihnen alles Gute. Harvey streckte ihr die Hand entgegen, doch da waren schon zwei uniformierte Hünen, die sie in Richtung eines Flugsteigs zogen. Er blickte ihr versonnen hinterher und ging zu einem Schild, auf dem »Berlin« stand.

Als die Passagiere zum Einsteigen aufgerufen wurden, klopfte Harvey jemand auf die Schulter. Er drehte sich um und blickte in das glattrasierte Gesicht von Oberst Schinkschonow.

– Herr Harvey, würden Sie mich bitte begleiten.

– Mein Flugzeug ...

– Wird ohne Sie abheben. Der Russe packte ihn am Arm und zerrte ihn durch das Flughafengebäude. Draußen wartete ein Polizeiauto, das sie durch die halbe Stadt fuhr. Der Oberst schwieg, und Harvey klammerte sich an seine Tasche mit dem Hirn. Er bemerkte, dass einige Straßen renoviert waren, andere nicht. Es gab Häuser, deren untere Stockwerke frisch gestrichen waren, während die oberen desolat wirkten.

– Wenn Staatsgäste durchfahren, sehen sie nur die unteren Häuserhälften. Schinkschonow zwinkerte. Die Sowjetunion ist das beste Land der Welt. Nehmen Sie nur meinen Vater. Er hat als Sandwichverkäufer in Zügen angefangen, aber er hat die besten Sandwiches von Moskau bis Leningrad gemacht ... mit geräuchertem Käse und Mayonnaise und Eiern ... Was aus ihm geworden ist? Nichts. Sein ganzes Leben ist er Sandwichverkäufer geblieben. Er hat hunderttausenden Zugreisenden eine Freude bereitet mit seinen belegten Brötchen. Denken Sie nur, was Amerika aus ihm gemacht hätte. Einen Besitzer von Fastfood-Restaurants! Er wäre sein eigener Klassenfeind geworden. Ein reicher Imperialist mit vielen Sorgen. Widerlich.

Sie erreichten einen sozialistischen Palast, gingen durch endlos lange Gänge und landeten vor einer massiven roten Tür, die sich bei ihrem Erscheinen wie von selbst öffnete. Zwei Uniformierte schleppten einen blutenden Mann heraus. Der Oberst und Harvey gingen in den kahlen Raum. Es gab hier nichts als ein paar klobige Holzstühle.

– Was hat das zu bedeuten? Warum hat man den Mann zusammengeschlagen?

– Er hat einen Witz gemacht ... einen sehr schlechten Witz.

– Und ich?

– Sie haben etwas, das für die Bürger der Sowjetrepublik von Bedeutung ist, Herr Harvey.

– Ich weiß nicht, wovon Sie sprechen.

– Von der Formel, Sie Narr. Wir können Sie durchsuchen, verprügeln oder Ihnen das Hirn wegnehmen, aber Sie haben Glück, mein Fünfjahresplan ist bereits erfüllt. Außerdem bin ich der Meinung, Sie werden genauso freiwillig mit uns kooperieren wie Ihre Freunde. Der Oberst klatschte in die Hände, Krysolov und Windtmacher wurden hereingebracht.

– Wenn Sie sich beeilen, erreichen Sie alle drei den Flug nach Wien und sind morgen wieder in ihrer geliebten imperialistischen Heimat.

Harvey blickte zu Krysolov und Vitali.

– Mach schon, oder sollen wir hier zu Borschtsch werden.

– Deshalb haben Sie mich hergebracht? Harvey lachte. Ich kann mit dieser Formel ohnehin nichts anfangen. Er holte den Zettel aus der Brieftasche, überlegte kurz, ob er ihn in den Mund stecken und runterschlucken sollte – ging es nicht um die Rettung der Welt? –, aber nein, er war kein Held und das hier kein James-Bond-Film. Also gab er das Papier dem neben ihm stehenden Krysolov. Der kleine Gauner reichte es aber nicht weiter in die ausgestreckte Obersthand, sondern bildete eine Faust und, so schnell konnte Schinkschonow gar nicht schauen, stopfte es hinein.

– Und wo ist die Formel jetzt? Hokuspokus Fidibus ... Der lächelnde Krysolov öffnete die Faust und zeigte dem Oberst, der dabei fast in Weißglut geriet, die leere Hand.

– Das ist ... Sie kommen in ein Straflager!

– Nur nichts überstürzen. Krysolov zeigte seine andere Hand, worin der Zettel war. Schinkschonow war erleichtert, nahm das Papier und salutierte. Leben Sie wohl, meine Herren.

Wenig später saßen alle drei in einem Auto. Harvey entspannte sich erst, als er Schilder sah, deren Aufschrift er als »Airoporto« entzifferte. Am Flughafen wurden sie in keinen Saal der Ehrengäste geführt, dafür nahm sie ein Kofferträger zur Seite und fragte flüsternd, ob es stimme, dass man in Amerika arme und alte Menschen einfach entsorge? Ob sie ihm helfen könnten, dorthin auszuwandern. Sie müssten ihm nur eine Einladung schicken und für ihn bürgen ... Ehe er weitersprechen konnte, tauchten zwei Uniformierte auf, und der Kofferträger wurde abgeführt.

Im Flugzeug kam Harvey neben einem zeternden österreichischen Schriftsteller zu sitzen, der in einer Tour monologisierte:

– Kein Berufsstand ist so verlogen wie jener der Burgtheaterdirektoren. Auch die Direktoren der Landesbühnen sind anmaßende Heuchler und Dilettanten, die eine egozentrische Machtbesessenheit hinter ihrer angeblichen Kunst, die doch nur Epigonentum ist, verstecken. Aber selbst der Leiter des unbedeutendsten Bauerntheaters in irgendeiner Scheune bei Hinterunterstinkenbrunn ist ehrlicher als der durch und durch verlogene Burgtheaterdirektor, der die Welt glauben machen will, dass noch der unbedeutendste Furz, den er von sich gibt, Anmut und Genie hat.

Harvey sah ihn entgeistert an, aber der Mann beachtete ihn nicht. Er hatte so rote Ohren, dass er damit die Dunkelkammer eines Fotografen ausleuchten könnte. Oder war es ein beginnender Heiligenschein? Jedenfalls redete er unbeirrt weiter:

– Obwohl mir der Menschenschlag dieser Burgtheaterdirektoren wohlbekannt ist und mir mit jeder Faser ihrer Burgtheaterdirektorenhüllen gegen den Strich geht, denn nichts anderes sind sie, Burgtheaterdirektorenhüllen, leere Kokons, aus denen jede Form von Intelligenz längst geflohen ist, Marionetten, die nichts als hohle Phrasen von sich geben und sich nur auf eine Rolle verstehen, auf jene des Empörten – aber sie sind nicht wirklich empört über die Hinterwäldler und Holzköpfe, die in Österreich öffentliche Ämter bekleiden, weil in Österreich noch nie jemand anderes ein öffentliches Amt bekleidet hat als ein hinterwäldlerischer Holzkopf. Sie sind auch nicht wirklich empört über die Nazi-Gesinnung, die das Land nach wie vor durchtränkt, sie spielen das nur, weil sie dadurch unangreifbar werden, und der in seiner Minderwertigkeit gefangene Österreicher automatisch zusammenzuckt, wenn ihm so ein Empörter entgegentritt –, obwohl es also keine größeren Empörtheitsspieler gibt als die Burgtheaterdirektoren, man jeden Satz eines Burgtheaterdirektors hernehmen und davon ausgehen kann, dass es sich um eine schamlose Lüge handelt, weil kein Berufsstand so verlogen ist wie jener der Burgtheaterdirektoren, fliege ich nach Wien, um ebendort Burgtheaterdirektor zu werden. Ist das nicht empörend? Als ob das hinterwäldlerische österreichische Theaterpublikum, und es gibt kein verblödeteres auf der Welt, bereits der Erwerb einer Eintrittskarte in ein österreichisches Theater kommt einer totalen geistigen Bankrotterklärung gleich ... und trotzdem will ich dort Theaterdirektor werden, um meiner Empörung Luft zu machen ... dabei ist Theater etwas für Leute, die zu faul zum Lesen sind, lauter Stoffe, die zu schlecht sind für Verfilmungen ... In dieser Tour ging es während des gesamten Flugs dahin.

In Wien entschwand der rotohrige Schriftsteller Richtung Ausgang. Dafür kam Harvey im Transitbereich ein anderer knubbelnasiger Schreiber entgegen, der die Absicht hatte, sich anständig zu besaufen. Es war der Portier aus dem Motel, der mit seinen dreckigen Geschichten so viel Erfolg hatte, dass man ihn zu einer Lesereise nach Europa eingeladen hatte. Er erkannte Harvey, begrüßte ihn herzlich und drückte ihm ein Buch mit Kurzgeschichten in die Hand. Thomas, mittlerweile in einer McDonnell Douglas DC-10 der Pan Am, las eine dieser Storys, worin es um eine Fruchtbarkeitsgöttin mit vielen Brüsten ging, die Männer mit ihrer Möse aufsaugte und wie eine fleischfressende Pflanze verdaute. *Die übliche Schweinerei.*

Am Ende des Fluges sollte der schriftstellernde Portier so viele Drinks intus haben, dass man darin einen Walfisch hätte konservieren können.

Bei der Gepäckausgabe wusste Harvey nicht, ob die Russen es geschafft hatten, seinen Koffer in das richtige Flugzeug zu verfrachten. Egal, abgesehen von den Geschenken für Mauki war nichts Wichtiges darin – das Hirn befand sich in seiner Tasche. Beim Rollband stieß ihm jemand in die Seite. Krysolov! Seit Verlassen des KGB-Gebäudes hatten sie kein Wort miteinander geredet.

– Na, wie haben wir das gemacht? Der alte Gauner zeigte ihm einen nach oben gereckten Daumen.

Harvey nickte. Da hob Krysolov den Plastikdaumen hoch und holte .... voilà, was ham gewisse Leute da? ... den Zettel heraus, den richtigen – die Formel!

– Das ist doch ...? Und was hat der Russe bekommen?

– Eine selbsterstellte Umrechnungstabelle von Rubel in Dollar.

TANZ AUF DEM VULKAN

Man weiß nicht, wie am Tag der Kreuzigung das Wetter in Jerusalem gewesen ist. Dafür ist bekannt, dass am Montag, an dem John Lennon erschossen wurde, dicke Wolkenungetüme über Manhattan hingen. Eine dünne Eisschicht überzog die Straßen, und der Central Park war verschlammt. Für Millionen Menschen brach mit Lennons Tod eine Welt zusammen. Nur einer, ein Schriftsteller, erlebte Genugtuung. Sein Roman über den Enten fütternden Jungen mit der Bärenfellmütze erreichte sagenhafte

Publizität, und J. D. Salinger konnte sicher sein, dass seine große Liebe, die sich vierzig Jahre zuvor Charlie Chaplin an den Hals geworfen hatte, an ihn denken würde. Tatsächlich verschwendete Oona Chaplin in ihrer Schweizer Villa gar keinen Gedanken an den Schriftsteller. Dabei wäre ohne Oona der »Fänger im Roggen« nie geschrieben und John Lennon vielleicht nie ermordet worden. Außer ihrem fantastischen Aussehen war ihr nichts anzulasten. Die Stirn eine Nuance zu hoch, das Gebiss zu kräftig, die Stimme zu hell, dennoch war Oona die bezauberndste Frau des ganzen Universums. So musste Helena ausgesehen haben, deretwegen der Trojanische Krieg ausgebrochen ist. Wegen einer Oona wurden Völker ausradiert und Landstriche devastiert. Wegen so einer haben sich die Beatles aufgelöst ... Nur hieß die nicht Oona, sondern Ono. Vielleicht wurde auch Jesus wegen einer Oona gekreuzigt, aber da wissen wir nicht einmal, wie das Wetter gewesen ist. Bekannt sind nur seine letzten Worte: Mein Gott, warum hast du mich verlassen? John Lennon soll gesagt haben: Ich bin getroffen worden.

Aber nicht nur der Beatle ward getroffen, sondern alle. Mit Lennons Tod rückte die Welt zusammen. Es war ein Anschlag auf das westliche Leben ... ähnlich wie einundzwanzig Jahre später Nine-Eleven.

Lisa dachte an das Hirn vor dem Dakota Building. War das Zufall? Albert Einsteins Hirn neben dem toten Lennon? Welche Rolle spielte dieses Gebäude mit seinen verschnörkelten Giebeln, Spitzdächern und Erkern? Die Geländer waren mit Wassermännern verziert, flankiert von Drachen, die in Stangen bissen. Dazu der Name eines ausgelöschten Indianerstammes. Sollten die das Haus verflucht haben? Dann fiel ihr ein, dass Harvey das Hirn gar nicht dort abgestellt hatte ... Sofort fluchte sie auf ihren Exmann und küsste Michael.

Der Weiße Hase hielt einen Vortrag vor gelangweilten Schülern, redete von Einstein und der Hirnforschung. Die Kinder kicherten und waren nicht bei der Sache, manche summten Beatles-Lieder. Erst als Harvey ihnen in verschwörerischem Tonfall gestand, dass das Hirn mit ihm sprach, hingen sie an seinen Lippen.

– Einstein lebte lange in der Schweiz, also verfällt er manchmal ins Schweizerdeutsche, was sich ähnlich anhört wie Pennsylvania Dutch. Han e mir öppas varzähle, versuchte Harvey sich als Imitator.

Die Schüler glaubten ihm nicht, aber es kam zu Diskussionen über Raum und Zeit. Ein Mädchen meinte, das Universum müsse aus einem anderen Universum geboren worden sein.

– Dann ist es gefickt, murmelte ein Junge. Alle lachten.

– Oder es ist ein Ei, zischte ein anderer.

– Hat es vor dem Urknall Schokolade gegeben? Softeis? Erdnussbutter?

– Ist Gott ein Fan der White Sox oder der Bulls?

– Warum hat er die Ermordung John Lennons zugelassen? Wie kann er bei all den Kriegen und Verbrechen untätig zusehen? Warum sorgt er bei Diktatoren nicht dafür, dass es zu spontanen Selbstentzündungen kommt?

– Vielleicht, weil wir nur das sehen, was schiefgeht. Nicht aber all jene Katastrophen, die vermieden worden sind. All die Beinahe-Atomkriege, verhinderten Explosionen, Erdbeben, gescheiterten Attentate. *Vielleicht wollte er, dass ihm Lennon ein Lied auf seine himmlischen Erdbeerfelder schreibt? Oder war auch sein Wunsch, dass Oona an ihn denkt?*

1981. Schönheit ist etwas, das Resonanz erzeugt. Für Einstein hat es im Universum nichts Schöneres gegeben als die Violinkonzerte Mozarts. Für andere war der Gipfel aller Ästhetik Jodie Foster. Und diese Schauspielerin wäre fast dafür verantwortlich geworden, dass die Welt aus den Fugen geriet. Zuerst wurde ein ehemaliger Sportreporter und drittklassiger Schauspieler vierzigster

Präsident der Vereinigten Staaten, und die Nachrichtendienste lagen sich vor Begeisterung über diesen holzgeschnitzten Republikaner in den Armen. Die Geiselaffäre in Teheran ging nach vierhundertvierundvierzig Tagen glücklich zu Ende, und der befürchtete Einmarsch der Sowjets in Polen fand nicht statt. Alles gut. Doch dann gab es noch Jodie Foster – auch so eine Oona Chaplin, die Resonanz erzeugte. Um ihre Aufmerksamkeit zu erregen, wollte ein junger Wirrkopf Ronald Reagan erschießen, was auch fast gelang. Um die Arbeitsplatzsicherheit von Präsidenten war es nicht gut bestellt. Präsident der USA war einer der gefährlichsten Berufe überhaupt, kam gleich hinter Drogenkurier in Kolumbien und Frauenrechtsbeauftragter in Saudi-Arabien. Die Kugel blieb zwei Fingerbreit vor dem präsidialen Herzen stecken und bewahrte so die Welt vor einem Chaos. Nancy Reagan, eine kleine, aber willensstarke First Lady, hätte nämlich umgehend dafür gesorgt, dass man den libyschen Abkömmling nomadisierender Schafhirten aus seinem Amt bombt. Sie hätte sich in Afghanistan eingemischt, anstatt bärtige Turbanträger zu unterstützen, in Mittelamerika Ordnung geschaffen und weltweit sämtliche zwielichtigen Diktatoren aus dem Weg geräumt. Vielleicht wäre auf ihr Geheiß ein dritter Weltkrieg ausgebrochen? Und alles wegen eines verwirrten Jünglings, der Jodie Foster imponieren wollte. Auch so waren die Zeiten unruhig. Schussattentate schienen groß in Mode. Lennon, Reagan, und auch auf den Heiligen Vater wurde gefeuert.

Bei Otto Nathan rief ein Reporter der *Kansas City Times* an, sagte, dass der Pathologe jede Auskunft verweigere. Nathan war nicht erstaunt, dass es nach wie vor keine Publikation gab. Helen Dukas meinte, die Geschichte mit dem Hirn sei abstoßend, eine Einsetzung dieses Thomas Harvey habe niemals stattgefunden.

Nathan, sonst kompromisslos, war bei Harvey milde. Der Mann war ihm sympathisch – Quäker, Baseball.

Zur selben Zeit wurde beschlossen, Einsteins Nachlass nach

Jerusalem zu bringen. Nathan war daraufhin täglich nach Princeton gependelt, um die persönlichen Dinge Einsteins zu vernichten. Was gingen die Leute Briefe an, in denen es um Alberts Schweißfüße oder seine Unfähigkeit als Vater ging? Was interessierte sie sein Nagelzwicker oder der Nasenhaarschneider? Am liebsten hätte Nathan alles verschwinden lassen. Helen Dukas war dagegen, sie verehrte Zahnbürsten, Taschentücher, Stoffservietten, alles, womit Einstein in Berührung gekommen war.

Im Februar 1982 war es dann so weit. Israelische Soldaten kamen in die Mercer Street nach Princeton, parkten ihren Lastwagen in der Einfahrt und verluden den Nachlass, um ihn nach Israel zu schaffen. Bücher, Manuskripte, Fotos, Einsteins Stehpult – alles kam in das Gelobte Land, wo angeblich Milch und Honig flossen. Besser waren die Falafel-Stände, aber dafür brauchte man nicht in den Nahen Osten zu gehen. Zumindest wenn man Mendel Zeligman glaubte, der seinen Stoffladen verkauft hatte, in Jerusalem lebte und … ist es meglich? … sich nach Manhattan sehnte, weil ihm die orthodoxen Juden mächtig auf den Keks gingen. Und die Falafel in der Upper West Side waren um nichts schlechter.

Während die Soldaten den Lkw beluden, saß Helen Dukas schweigend da. Ohne ein Wort zu sagen, kollabierte sie zwei Tage später und starb. Sie hatte ihr Leben Albert Einstein gewidmet, nun, da er endgültig weg war, wurde sie nicht mehr benötigt. Ihre Aufgabe war erfüllt. Die kleine, hagere Frau war seit 1928 seine Privatsekretärin, Haushälterin, Nachlassverwalterin gewesen, hatte bescheiden in seinem Schatten gelebt, vielleicht gehofft, dass Einstein eines Tages auch mit ihr eine Affäre beginnen würde, wie er es mit dieser Russin und vielen anderen getan hatte. Da gab es eine Toni Medel, eine Estella Katzenellenbogen und eine Margarete Lebach, mit der er in Caputh einen Sommer lang segeln ging. Wenn die antanzten, hatte Elsa das Feld zu räumen, wofür sie sich mit Taschengeldkürzungen, Rationierung der Zigarren oder pappigen Schupfnudeln revanchierte. Wusste Einsteins zweite Frau Bescheid? Ahnte sie etwas, oder wollte sie, extrem kurzsichtig, wie sie war, nichts sehen? Aber für das Naheliegendste, ein Techtelmechtel mit seiner knochigen Sekretärin, war der Physiker zu klug. Einstein wusste, dass er die Beziehung zu seiner guten Fee nicht mit Gefühlen belasten durfte. Helen Dukas war Einsteins längste und unkörperlichste Beziehung.

Harvey schrieb Nathan, dass die Frau, die er kennengelernt habe ... *und der er an den Po gelangt hat, dieser alte Lustmolch ...*, jetzt in Sarasota, Florida, lebe ... mit den Töchtern und einem Spediteur für Vogelscheiße. Er, Harvey, sei nach wie vor in Kansas und habe eine neue Frau an seiner Seite. Er erzählte von der Russlandreise und erwähnte Wissenschaftler, die kurz davorstünden, ihre Studien zu veröffentlichen.

Nathan hatte andere Sorgen. Der Rücken schmerzte, sein Kopf war überanstrengt, und ohne Consuela wäre er längst in einem Altenheim gelandet. Manhattan war laut und bunt geworden. Überall schossen gläserne Wirbelsäulen in die Höhe. Wenn er die Fenster seiner Wohnung öffnete, war es, als ob ihn ein Drache anhauchte – das Rauschen der Klimaanlagen. Dazu die nervtötenden Sirenen der Einsatzfahrzeuge. Und an allen Ecken Schwarze in Schlabberhosen, die einen nicht auszuhaltenden Radau machten, den sie Hiphop nannten. Und dann noch die Graffiti.

In Nathan löste das alles keine Resonanz aus – trotzdem war er nicht dagegen. Aber Harvey? Der Alte glaubte ihm nicht, dachte, er hätte das Hirn dem Falschen anvertraut. Helen Dukas war tot, die Arbeit des Nachlassverwalters getan, nur das Hirn ... dieses verfluchte Hirn ... Hans Albert hatte einen Fehler gemacht, als er dem Pathologen erlaubt hatte, es zu behalten.

Harvey und Mauki zogen in ein schmuckes Häuschen nahe Leavenworth, wo es nichts gab als Felder und Scheunen. Die einzige Attraktion war ein Karussell-Museum. Sie hatten einen großen Garten, um den sich Mauki kümmerte. Im Kampf gegen Wühlmäuse setzte sie Jauche aus Holunderblättern ein, den Flieder besprühte sie mit schwarzem Tee – gut gegen Blattläuse. Außerdem pflanzte sie Tomaten und Gurken, gab mit Speiseöl vermengte Haferflocken in die Vogelhäuschen und beobachtete, wie sich Kohlmeisen, Kleiber und Spechte darum stritten.

– Die Vögel kommunizieren, aber nicht mit uns.

Wie das Hirn. Es will mir auch nicht sagen, was die Formel zu bedeuten hat. Harvey kämpfte mit Hartriegelbüschen und Schlinggewächsen, die sich auf der Hecke breitmachten.

Auch Einstein gefiel es, weil ihn der Garten an sein Sommerhäuschen in Caputh erinnerte.

– Die Sommer am Caputher See waren die schönsten meines Lebens. Nie war ich so glücklich wie bei den Segeltörns, wenn eine steife Brise wehte, ich mit meiner Jolle hart am Wind fuhr. Fast wäre ich deshalb in Deutschland geblieben – trotz dieser schrecklichen Menschen, die plötzlich den Ton angaben. Hühott!

– Ich verstehe nicht, wie ein ganzes Land diesem Hitler auf den Leim gehen konnte. Das ist, als ob man Tomaten fragte, ob sie Braunfäule haben wollten, und alle begeistert ja brüllten.

– Hitler hat den Leuten Arbeit versprochen und Größe. Wenn man nicht gerade Jude, Kommunist oder Pazifist gewesen ist, war das eine gute Zeit.

Mauki sagte morgens nach dem Aufwachen Sätze wie:

– Mir ist ein Schwanz gewachsen ... ein Meerjungfrauenschwanz! Aber niemand darf ihn sehen, sonst verwandelt er sich in Beine.

Abends spielte sie mit Nachbarn Schneckenbingo, wobei sie sich zuriefen, wie viele Nacktschnecken jeder im Laufe des Tages mit der Gartenschere zerschnitten hatte. Eigentlich konnte sie keinem Tier etwas zuleide tun, aber Nacktschnecken waren grauenvolle Schleimwesen.

Harvey gefiel es, wie sie im Garten arbeitete, Mohn und Rittersporn pflanzte, mit Hortensien und Magnolien redete und Igel fütterte. Sie scherzten oft und waren glücklich. Mauki drückte dann ihren Kopf an seine Brust, ließ sich streicheln und flüsterte:

– Ich bin froh, dass wir uns gefunden haben. Frau und Mann ergänzen einander. Es muss nur koordiniert werden, und das ist Aufgabe der Frau. Männer haben daran kein Interesse. Das ist wie bei Kindern, wenn sie sagen, ja, Mama, ich räume mein Zimmer auf, aber erst, wann ich will. Dann ist es aber meistens schon gemacht ...

So war das Leben ein paar Monate lang unbeschwert, bis ihr kleines Glück jäh gestört wurde. Die Bedrohung kam mit einem Brief – von Elouises Anwälten. Man wies darauf hin, dass Harvey es seit der Scheidung verabsäumt hatte, die Unterhaltszahlungen dem Preisindex anzupassen. Es ging um eine Nachforderung von hunderttausend Dollar. Der Weiße Hase war wie vom Blitz getroffen. Wie kamen diese herzlosen Juristen ... *diese moralischen Nacktschnecken* ... auf eine solch unverschämte Summe? Sie hatten einen enormen Zinssatz hineingerechnet, trotzdem ... Thomas spürte, wie sein Blut schwerer wurde, in die Beine sackte und den ganzen Harvey in den Abgrund zog. Hunderttausend Dollar? Nichts konnte ihn davor bewahren, eingesogen und verschluckt zu werden. Seine Ersparnisse waren für das Haus draufgegangen, und er wusste keine Möglichkeit, das Geld aufzutreiben. Man würde ihn pfänden, auf die Straße setzen. Er sah sich schon auf Pappkartons schlafen, all sein Hab und Gut in einem Einkaufswagen, das Hirn umklammernd ... Und wer steckte dahinter? Elouise! Diese ach so unschuldig wirkende Büchernärrin. Dieser mykotische Käfer! Diese Pilzvergiftung! Er versuchte, sie anzurufen, doch vergeblich. Auch seine Söhne ließen sich verleugnen.

Mauki erkannte, dass etwas nicht stimmte. Statt sich ihr anzuvertrauen, ging er mitsamt dem Hirn zu Atticus Greek. *Vielleicht sitze ich selbst bald hinter Gittern?* Anstatt sich um die Anwälte zu kümmern, wollte er dem Hirn ... Was wollte er? Ihm einen Atheisten zeigen! Greeks Hinrichtung war beschlossen, doch seinem Anwalt war es gelungen, einen Aufschub zu erwirken.

Dieses Wissen um einen unschuldig Verurteilten verursachte Harvey Magenkrämpfe. Immer wenn er das Gefängnis betrat, fühlten sich seine Eingeweide an wie heiße Schläuche, heute aber hatte er ein wohliges Gefühl.

– Doktor Harvey? Sie leben? Eben habe ich an Sie gedacht.

Atticus klatschte in seine schwarzen Patschhände. Telepathie ist ein erstaunliches Phänomen. Lächelnd ließ er die Prozedur des Ankettens über sich ergehen.

Thomas stellte das Hirn ab, und der Häftling betrachtete das Glas.

– Da ist es also, das Hirn des größten Genies seit Pythagoras. Na, Kleiner. Glaubst du an Wiedergeburt? Die Welt versinkt im Chaos. Sechs Milliarden Menschen, und jeder will alles haben, jeder lässt einen Furz und glaubt, es sei die Atombombe. Was man Gott nennt, ist in Wirklichkeit die Summe aller Gedanken. Wir sind nicht mehr fähig, die Welt als Ganzes wahrzunehmen. Wir brauchen neue Götter, glaubhaftere. Würde muss unser Bezugspunkt sein.

Das Hirn schwieg. Harvey war beeindruckt von Greeks Gedanken, die einfach und grausam logisch klangen.

– Mit Amerika geht es bergab, wenn solche Menschen wie Sie zum Tode verurteilt werden, Herr Greek.

– Seit die Dodgers übersiedelt sind, wir einen drittklassigen Schauspieler als Präsidenten haben und es bei Pan Am kein Gin Tonic mehr gibt, ist unser Land verloren.

– Ich wollte Ihre Freilassung. Harvey sprach mit schuldbewusstem Unterton. Aber dieser Briefträger, Howard Fowler, ein starrköpfiger alter Mann in Häschenpantoffeln ...

– Pst. Atticus schüttelte den Kopf. Dafür haben Sie mir das Genie gebracht. Na, Professor, ist es wahr, dass auf einem Berg die Eier länger brauchen, bis sie kochen? Dafür ist am Meer die Morgenlatte härter, stimmt's? Aber das wird durch den Druck der Blase ausgeglichen. Der Schwarze lachte. Vielleicht liegen unsere Gehirne in einem Tank, und diese Gewebewürfel hier denken sich alles aus?

Was die Mode betrifft, waren die Achtziger ein schwarzes Loch, ein Jahrzehnt der Geschmacklosigkeit. Männer trugen Krawatten, die aussahen, als wäre eine Gemüselasagne darauf explodiert, und Frauen zwängten sich in Anzüge, Bundfaltenhosen, trugen scheußliche Frisuren und liebten Muster, die an plattgewalzten Salat erinnerten. Fernsehantennen wurden gegen Satellitenschüsseln ausgetauscht, Autos verloren ihre Flossen, und Aids schob der freien Liebe einen Riegel vor, auf dem groß »Tod« und »Seuche« stand. Die Leute wurden fett. Harvey nicht, worum Mauki ihn beneidete.

Aber musste er sich mit siebzig anziehen wie ein Berufsjugendlicher? Jeans, Chucks, Baseballkappe. Thomas hatte sich mit Elouises Anwälten auf einen Vergleich geeinigt, der ihm etwas Aufschub gewährte. Er war somit nicht nur hochverschuldet, sondern so sicher wie ein einbeiniger Seiltänzer über einem brodelnden Vulkan, dessen Lava rief:

– Komm, Thomas, hüpf in unseren Schlund, lass dich umarmen, trau dich ... Es war das Finanzamt, das ihn einschmelzen würde. Um seinen Verpflichtungen nachkommen zu können, hatte er jahrelang bei der Steuer getrickst. Bei einer Prüfung wäre er geliefert, würde fallen und verdampfen.

1983 bekam Marian Diamond endlich Hirnproben. Harvey

hatte sie in einer Tupperware-Box geschickt. Sie stellte fest, dass Einsteins Hirn mehr Gliazellen besaß als andere, und sorgte damit für einen Riesenwirbel. Die Medien posaunten, dass Einsteins Genialität nun bewiesen sei. Reporter machten Homestorys mit Diamond. Dass Gliazellen nichts anderes als Leim für die Nervenzellen sind, und die Vergleichshirne von psychisch kranken Menschen stammten, tat der Sache keinen Abbruch. Es war wie mit dem alten Witz: Was geschieht, wenn eine Familie Sperma mit Fensterkitt verwechselt? Die Gläser fallen aus dem Rahmen.

WELTGERICHT

Manche Kinder glauben, dass immer, wenn sie ein Fenster zerschlagen, ein Engel aufsteigt. Einige halten auch als Erwachsene daran fast, darum geht alles zu Bruch. Aber so viele Engel kann es gar nicht geben.

Das Jahr 1986 begann mit einer explodierenden Raumfähre und sieben toten Astronauten. Weitere Katastrophen folgten: In der Sowjetunion kollabierte ein Atomkraftwerk, Aids machte definitiv Schluss mit der sexuellen Revolution, und Metallica brachten »Master of Puppets« heraus. Über Leavenworth kreisten Hubschrauber, Hundestaffeln durchkämmten Felder, und im Radio hieß es, dass der Schwerverbrecher Atticus Greek ausgebrochen sei.

Harvey wurde zum Gefängnisleiter bestellt, der seinen Zorn kaum zügeln konnte.

– Sie! Sie haben ihn besucht, und wir, wir sind uns sicher, er hat Helfer gehabt.

– Wie ist er ausgebrochen? Harvey, erfüllt mit einer leichten Genugtuung, konnte sich ein Lächeln nicht verkneifen.

– Über den Lüftungsschacht.
– Atticus ist völlig ungefährlich. Jetzt war der Weiße Hase kurz davor, laut loszuprusten. Er ist zu Unrecht verurteilt worden.
– Sie! Sie sind ihm auf den Leim gegangen? Der Direktor schüttelte den Kopf.
– Ich hatte mit Atticus Greek intensive Gespräche. Das ist ein philosophisch gebildeter Mensch, für den ich meine Hand ins Feuer lege.
– Womit Sie sich ordentlich verbrennen. Der Knabe hat ganz andere Sachen auf dem Kerbholz. Alleine auf seiner Flucht hat er zwei Wärter umgebracht.
– Atticus?
Der Direktor schob Fotos über den Tisch. Schrecklich verstümmelte Leichen waren darauf zu sehen.
– Aber die Wiseman-Schwestern …? Er hat erzählt … Harvey betrachtete die Bilder und war fassungslos. Oberflächlich begriff er das Gesagte, aber die Bedeutung wollte nicht in seinen Kopf. Konnte es sein, dass Atticus ihn getäuscht hatte? Sollte der Briefträger doch richtig gelegen sein?

Zwei Tage später wurde der Ausbrecher gestellt. Er hatte sich in einem Haus verbarrikadiert, wollte mit Harvey sprechen.
– Ich möchte Ihnen abraten, der pflückt Sie auseinander. Der Direktor spielte mit seinem grauen Zopf. Es ist Ihre Entscheidung, aber Greek ist wahnsinnig. Er trägt ein Hasenkostüm, ist bewaffnet und hat ein siebenjähriges Mädchen in seiner Gewalt.
– Ich werde mit ihm reden. Harvey fühlte sich betrogen und war so wütend wie beim Anblick großer Schüler, die einen kleineren verprügelten.
– Er hat gesagt, Sie, Sie müssen etwas mitbringen.
– Ich kann mir denken, was. Harvey wurde in einem Polizeiwagen nach Hause gebracht, wo der Beamte versehentlich hupte.

Mauki kam aus dem Haus gestürmt, sah den Streifenwagen und sagte:

– Es gibt zwei Gründe fürs Hupen: Rechthaberei und Angst. Dann sah sie Harvey und stotterte: Man hat dich verhaftet? Wegen der Zahlungsrückstände! Warum hast du nie etwas gesagt?

Er küsste sie.

– Mach dir keine Sorgen, Brezelchen. Ich bin nicht verhaftet, es geht um einen Gefangenen.

– Bist du zum Abendessen zurück?

Er gab keine Antwort und holte das Hirn.

– Bouletten auf Kartoffelbrei? Fisch mit Salat? Mauki spürte, dass etwas nicht in Ordnung war, schlang ihre Arme um ihn. Sie versuchte zu lächeln und sagte:

– Vergiss nicht, um zwölf Uhr verwandelt sich die Kutsche zurück in eine Nussschale.

Thomas musste sich losreißen und ging zum Polizeiwagen. *Warum werden immer die Falschen ausgewählt? Wie ruhig wäre mein Leben ohne dieses Hirn verlaufen?*

Vor einem heruntergekommenen Haus, Atticus' Zufluchtsort, standen Polizeiautos, Scharfschützen waren postiert, und der Einsatzleiter gratulierte Harvey zu seinem Mut. Er ging mit ihm die Sache durch wie ein japanischer General mit seinen Kamikaze-Piloten die Entscheidungsschlacht.

– Sie müssen das nicht machen.

– Vielleicht kann ich ihn zum Aufgeben bewegen.

Harveys Füße wollten davonlaufen, aber sein Kopf zwang sie, Richtung Haus zu gehen. Er war Passagier in seinem Körper, konzentrierte sich auf einen feuerroten Flamboyant-Baum. Das Gewächs erinnerte an den brennenden Dornenbusch in der biblischen Wüste. Aber Thomas war nicht Moses, und im Flamboyant erschien kein Name Gottes.

– Harvey kommt jetzt zu Ihnen rein, brüllte der Polizeichef in ein Megafon.

Der Weiße Hase ging langsam, öffnete die Tür, trat in das Haus und sah zwei von Fliegen umsurrte Leichen, Inseln in einem Meer aus Blut.

– Da ist ja der alte Schweinedoktor. Atticus trug ein weißes Hasenkostüm und sah dennoch alles andere als niedlich aus. In seinen Augen blitzte Wahnsinn. *Was ist aus dem gutmütigen Menschen geworden? Ich war von seiner Unschuld überzeugt.* Der Schwarze lachte diabolisch und richtete ein Sturmgewehr auf Harvey. Die Frage ist, ob wir uns das Leben nur einbilden.

– Atticus, was wollen Sie?

– Ein Telegramm von Erzengel Michael persönlich. Einen Beweis dafür, dass nicht alles Simulation ist ... Damit haben Sie nicht gerechnet, Doktorchen. Vielleicht hat der große Lügner Frederick Cook doch die Wahrheit gesagt und war am Nordpol? Und vielleicht hat Greek gelogen?

– Werden Sie mich erschießen?

– Der Mensch ist Gott geworden, damit Gott zum Menschen wird. Atticus sprach mit heiligem Ernst. Nur ein Mann ohne Moral ist ein freier Mann.

– Was ist mit dem Mädchen?

Greek drehte sich um und nickte. Ein wie ferngesteuert wirkendes Kind trat aus seinem Schatten und summte:

– Eckstein, Speckstein, alles muss versteckt sein.

– Ich schicke jetzt die Geisel! Der Schwarze brüllte. Das Mädchen umarmte Atticus und ging seelenruhig zur Tür hinaus.

– Was sind das für Menschen? Harvey sah zu den beiden Leichen, junge Leute. Warum mussten sie sterben?

– Der Tod ist mein Brot. Wenn es keinen Gott gibt, ist alles bedeutungslos. Atticus spuckte auf die Toten. Der Mensch ist menschlich nur durch das, was er an Übermenschlichem vollbringt.

– Mord?

– Nicht, wenn alles simuliert ist. Leben ist Existenzverwirrung.

Ein Mord ist eine Tat zur Entfaltung, notwendig, um den Hohlraum zu füllen.

– Sie sind ja krank, verrückt.

– Ich bin die Ähnlichkeit aller Dinge, die Veranschaulichung des Unanschaulichen, ein dunkler Engel, aber der ungläubige Herr Thomas hat mich nicht erkannt, genauso wenig, wie er seinen hellen Engel nicht bemerkt hat.

Welchen hellen Engel?

Da erklang ein Wehklagen, das Harvey zusammenschrecken ließ.

– Ein Baby? Hier ist ein Baby?

– Und wenn?

– Ein unschuldiges Wesen.

– Dessen Eltern tot sind.

– Geben Sie es der Polizei. Ich bringe es raus.

– Keine Bewegung! Der Mann im Hasenkostüm richtete sein Gewehr auf Harvey. Eckstein, Speckstein, alles muss verreckt sein.

– Was soll dieses alberne Kostüm?

– Der Hase symbolisiert die Auferstehung. Das Leben.

– Warum haben Sie mich herbestellt?

– Sie haben sich selbst herbestellt. Weil das Hirn mit mir reden muss.

– Über Nietzsche diskutieren?

– Gott ist dem Untergang geweiht.

– Das ist nicht wahr. Solange Leute an ihn glauben.

– Wenn es Gott gäbe, würde er nicht zulassen, dass es mich gibt. Ein Lächeln huschte über Atticus' Gesicht. Ich habe den Himmel entgottet und Gott zerhimmelt, ich bin der Übermensch. *Übermensch? Ein Metzger im Hasenkostüm.* Harvey bemerkte Blutspritzer auf dem Fell.

– So viel Aufatmen war nie. Atticus ging einen Schritt auf Harvey zu. Der deutsche Walkürenbart sagte den totalen Werteverfall voraus …

– Und damit rechtfertigen Sie ... Harvey stockte. Ich habe an Ihre Unschuld geglaubt. Ich wollte, dass Sie freikommen.

– Ich bin unschuldig ... und frei. Greek lachte ein dunkles, abgründig höhnisches Lachen. In einer Welt ohne Gott ist ein Mord kein Verbrechen, außerdem darf er nicht gesühnt werden, wenn der Mörder binnen neun Tagen am Grab seines Opfers Suppe isst. Und jetzt stellen Sie das Hirn ab. Öffnen Sie die Tür daneben.

– Wollen Sie mich in den Keller sperren?

– Da unten wird Ihnen nichts passieren.

– Gibt es kein Licht?

– Los.

– Was ist mit dem Baby? Was haben Sie vor?

– Gehen Sie!

Harvey stellte das Hirn ab und tapste in den dunklen Keller. Er bekam Juckreiz zwischen den Beinen, und der Puls war jenseits der zweihundert. Sein Körper begriff, dass etwas Unheilvolles im Gange war. Er ahnte, sein Leben würde über lange Zeit hinweg nicht mehr in den gewohnten Bahnen verlaufen. Da waren dunkle Silhouetten, er spürte Spinnweben im Gesicht und roch Moder.

Nach einer Weile hörte er Atticus unsagbare Worte hervorbringen, Worte, die ein Mensch nicht aussprechen konnte. Der Schwarze brüllte, und soweit Thomas ihn verstand, klagte er Gott an.

– Du hast die anderen Götter nicht geliebt, du Gott, sondern ermordet! Was sagst du zu deiner Entschuldigung? Andere Menschen hast du neben mir gehabt, du Gott. Ein Bild hast du dir von mir gemacht, mich aus Lehm geformt. Du hast getötet, Seelen gestohlen, Gläubige anderer Götter begehrt. Nicht zu reden von den faulen Tricks. Für die Eroberung Jerichos musste eine Hure einen roten Faden ins Fenster hängen, wer nicht gehorchte, wurde mit Dürre und Unfruchtbarkeit bestraft oder musste seine Kinder opfern. Wer am Sabbat Reisig sammelte, wurde gesteinigt. Du bist von dir aus falsch, du Gott ... du lieber Gott. Wie kann ein Allmächtiger behaupten, lieb zu sein? ... Es hörte sich an wie das Jüngste Gericht, nur wurde nicht Atticus Greek auf seinen Lebenswandel geprüft, sondern Gott.

– Du hast mich verleugnet, Gott, brüllte der Schwarze, mich verschmäht, meinen Namen schlecht gemacht, dich nicht an meine Gebote gehalten. Du weißt selbst nicht, wo in deinem komischen Universum oben und unten ist.

Harvey vermutete, dass Greek das Hirn für Gott hielt. Der Verrückte schimpfte auf die Zeit als irreversible Katastrophe, den Raum ... und das Sein als entwürdigende Degeneration des Nichtseins. Atticus zog gegen die Wissenschaft vom Leder, die die Religion ersetzt hatte, aber keinen Trost bot.

– Je mehr man im Dreck der Schöpfung umrührt, desto mehr stinkt's! Ein sündiger Gott bist du, voller Verfehlungen. Du bist das Böse.

Was hatte der Irre vor? Jetzt kreischte das Baby. Harvey schwante Fürchterliches. Gab es Schlimmeres als einen empörten, aufgeblasenen Intellektuellen? Noch dazu in einem Hasenkostüm? Da erklang das Geräusch splitternden Glases. *Der Übermensch hat das Hirn gegen eine Wand gepfeffert.* Harvey musste nach oben, Atticus zur Vernunft bringen. Lag es an den zahlreichen Superhelden-Filmen, die er im Laufe seines Lebens gesehen hatte? Oder an seinem Alter? Jedenfalls war Harvey ohne Angst. Er hatte nicht eingegriffen, als seine Schwester Ruth von Mitschülern gehänselt worden war, er hatte den entwürdigenden Taufen seiner Studentenverbindung zugesehen, die Strafen seines Vaters erduldet. Noch einmal würde er das nicht mit sich machen lassen. Diesmal war es an der Zeit, sich zu wehren. Als er die Treppe unter sich knarzen hörte, dachte er an Mauki, ihre Gespräche. Wie er ihr vom Hirn und von Physik erzählt hatte, brachte sie Dornröschen ins Spiel, bei dem die Zeit auch stehengeblieben war.

– Vielleicht geht es uns mit den neuen Erkenntnissen wie Menschen, die aus einer dunklen Höhle ins Licht gehen. Ihre Augen brauchen, bis sie sich umstellen ... Die Ausdehnung des Raumes hatte Mauki mit einem Eisenbahnnetz verglichen, mit Knotenpunkten, Haltestellen, Verspätungen. Und zum Urknall war ihr eingefallen, dass davor die Leute wie Ölsardinen zusammengepfercht gewesen sein mussten. Bestimmt gab es welche, die den bevorstehenden Urknall im Knie gespürt hatten – wie einen Wetterumschwung. Damals muss eine fürchterliche Wohnungsnot geherrscht haben, und es gab im gesamten Universum keine Putzfrau ... Solche Sachen sagte Mauki, dieses elfenhafte Wesen. Dinge wie, dass die Menschen am Äquator jünger und leichter waren, weil sie dort wegen der höheren Rotationsgeschwindigkeit langsamer alterten und wegen der Zentrifugalkraft nicht so viel wogen ... Ob er sie jemals wiedersah? Harvey, kehre um, sagte sein Schutzengel, was geht dich dieser Verrückte an, aber Thomas hörte nicht auf, die Stufen hochzusteigen, war schon an der Kellertür und öffnete sie sacht.

Das Baby kreischte, und Atticus schrie:

– Eckstein, Speckstein, alles muss verreckt sein.

Harveys Stirn glühte, sein Blut schien zu kochen. Einmal hatte er Mauki erzählt, dass die Temperaturen auf dem Mond zwischen minus hundertsechzig und plus hundertdreißig Grad schwankten. Dann kann da oben niemand leben, hatte sie gesagt. Es sei denn, die Leute halten sich nur an der Grenze auf. Dann sind sie zur einen Hälfte käsig und zur anderen verbrannt wie Lastwagenfahrer-Unterarme.

Er stand jetzt im Vorzimmer, und seine Augen mussten sich erst wieder an das Licht gewöhnen. Dann sah er, wie Atticus das Baby hochhielt. Thomas blickte im Raum umher und sah das zerborstene Hirnglas, Gewebebrocken an der Wand. Ohne nachzudenken stürzte er hin.

– Gehen Sie weg, Harvey, sonst muss ich Sie erschießen.

– Dann komme ich in den Himmel. Wissen Sie, wieso? Weil ich daran glaube. *Ich bin nämlich ein Gerechter.* Aber Sie können mich gar nicht erschießen, weil Sie nicht existieren. Das haben Sie selbst gesagt.

– Ich bin der Antichrist, der Übermensch, der Gottgleiche.

– Sie sind der Weiße Hase aus »Mein Freund Harvey«. Ich habe Sie ausgedacht. Es gibt Sie gar nicht.

– Das will ich sehen. Atticus legte das quengelnde Baby auf den Boden und richtete das Gewehr auf Harvey, der damit beschäftigt war, das Hirn einzusammeln. Als er aufsah, blickte er in das schwarze Loch des Büchsenlaufes. Damit würde also alles enden. Von einem Verrückten erschossen. Hatten ihm das seine Schicksalsgöttinnen an der Wiege prophezeit?

– Wiedersehen, Harvey.

– Warten Sie, wenn Sie wirklich so ein Genie sind und die Welt eine Lüge ist, dann sollten Sie ...

Ein schnalzender Laut erfüllte den Raum, und Thomas sank zu Boden. Das war's. Er spürte, wie er in eine Dunkelheit sank, seine Sinne abtauchten in ein großes Unbestimmtes, wo der Raum die Zeit auffraß.

– Harvey, wo sind Sie? Die Schreie klangen breiig und schienen sich auszubreiten wie der Märchen-Milchbreiberg. Thomas sah einen Aufkleber an der Wand: »Nixon ist ein Kriegsverbrecher.« Dann fiel sein Blick auf Atticus. Der Hase lag am Boden, eine breiförmige Hirnmasse trat aus seinem Kopf.

– Alles Simulation, flüsterten seine Pflaumenkompott-Lippen, aber der Schmerz ist verdammt gut gemacht ... verdammt gut.

– Ein Scharfschütze hat ihn erledigt. Durch das Fenster.

Harvey blickte zu dem uniformierten Schützen und fröstelte – er kannte diesen Mann, wusste aber nicht, woher. Er hatte ein Lächeln, das ihm wie ein großes Fürchte-dich-Nicht im Gesicht

stand. Im nächsten Moment sah Harvey das Hirn und war erleichtert. Er fand ein Glas, gab es hinein und fragte:
- Was hast du Atticus erzählt?
- Von Elsa, meiner zweiten Frau.
Das ist ja das Kitschigste, was ich je gehört habe.
- Sie war eine passionierte Spargelköchin, machte den besten Eiersalat und wunderbaren Erdbeerschnee, nur ihr Selleriepunsch war gefürchtet. Elsa liebte Pralinen, hat mich mit dem Taschengeld knapp gehalten und war extrem kurzsichtig. Aus Eitelkeit trug sie keine Brille, was einmal dazu führte, dass sie bei einem Festbankett damit begann, die zur Dekoration auf den Tisch gelegten Orchideen zu verspeisen, weil sie sie für Salat hielt.

Harvey ging zum Flamboyant und zupfte ein paar Blüten aus. Mauki freute sich darüber. Am nächsten Tag kaufte sie alle Zeitungen. Darin war von tapferen Polizisten die Rede, das siebenjährige Mädchen wurde als Heldin gefeiert, das Baby als Wunder gepriesen und auch der Einsatzleiter lobend erwähnt. Nur Harvey und das Hirn kamen nicht vor.

- Besser so. Was müsste ich mir sonst von meinen Patienten alles anhören.

NAKED LUNCH

Das Leben ist ein Theaterstück, aber kaum kennt man seine Rolle, wandelt sich das Bühnenbild und beginnt die nächste Szene. Diesmal klingelte das Telefon. Mauki hob ab und hörte eine alte Stimme:

- Was sagt ein Gen, wenn es ein anderes Gen trifft? Halogen! Otto Nathan hatte nie Witze erzählt, aber heute, am Weihnachtstag 1986, war ihm danach. Er war zweiundneunzig Jahre alt, aber klar im Kopf. Mauki schmunzelte höflich.

– Soll ich Thomas holen? Er ist Schnee schaufeln.

– Lassen Sie das. Wissen Sie, vor mehr als dreißig Jahren starb Albert Einstein. Vormittags war die Autopsie ... Nathan dachte an die Übelkeit, die der Anblick seines tranchierten Freundes ausgelöst hatte ..., am frühen Abend wurde er kremiert. Seine Stieftochter hat die Asche an einem Ort verstreut, den nur sie kennt, weil Einstein Angst hatte, in amerikanischer Erde verscharrt zu werden, ein Ort für obskuren Personenkult entsteht. Ich kann mir aber denken, wo Margot hingegangen ist. Im Institute for Advanced Study gibt es diesen Weg, den Albert immer mit Gödel entlangspaziert ist, und dort steht ein Baum, der singt. Eine alte Föhre, die durch Blitzschlag einige Äste verloren hat, aber wenn der Wind in sie hineinfährt, hört es sich an wie Gesang. Nicht gerade *It's A Long Way To Tipperary*, aber irgendwie herzergreifend ... Harvey bekam die Erlaubnis, das Hirn zu untersuchen. Die Frage des Besitzes wurde nie geklärt. Ich denke, Ihr Mann ist für die Untersuchung ungeeignet, aber ich mag ihn.

– Thomas ist ein guter Mensch, sagte Mauki.

– Ja, das ist er. Ein guter Mensch, aber ein erbärmlich schlechter Wissenschaftler.

Nathan lachte und legte auf. Einen Monat später war Einsteins Nachlassverwalter tot. Der große Regisseur hatte ihn von der Bühne geholt, und Anfang Februar 1987 bekam er seinen, wenn man so will, Schlussapplaus – einen Gedenkgottesdienst. Zwei Tage später wurde Otto Nathan im Familiengrab an der Seite seines Bruders beigesetzt.

Der Nationalökonom hatte fast fünfzig Jahre in den USA verbracht, aber zuletzt wieder häufig von Deutschland gesprochen, vom Mäuseturm in Bingen, von pfälzischen Bratwürsten, Armen Rittern mit Zimt, deutschem Apfelkuchen. Das Leben dehnt sich aus wie das Universum, fällt dann in sich zusammen, und am Ende ist man wieder in der Kindheit angelangt, über die man nie hinausgekommen ist. Das Leben beginnt als Komödie, aber je länger es dauert, desto mehr entpuppt es sich als Trauerspiel.

Bei der kleinen Gedenkfeier waren Otto Nathans verwitwete Schwägerin, deren einziges Kind Doris und die Haushälterin Consuela anwesend. Harvey wusste weder, dass der Nachlassverwalter jüdischen Glaubens gewesen war, noch dass er eine Familie gehabt hatte. Trotz mehrerer Besuche und zahlreicher Telefonate hatte er von diesem Menschen nie etwa Privates erfahren.

Der Trauerredner erwähnte Nathans Flucht vor den Nazis, sprach von Protesten gegen den Vietnamkrieg, Wirtschaftsstudien und Albert Einstein ... Otto Nathan verstand sich als linker Pazifist ..., und er war tolerant. Als sich seine Nachbarn über Junkies beschwerten, die ihre Wohngegend vom Washington Square Park und dem Chelsea Hotel kommend quasi umzingelten, war es Nathan, der um Verständnis für sie warb.

Harvey dachte an die Augenbrauen, die buschigsten, die er je gesehen, an Lustmolchavancen, von denen Lisa erzählt hatte, und den Treppensturz, weil er einem Mädchen einen Haschkeks abgekauft hatte. Dabei wollte er nur freundlich sein. *Und dann kam ihm der Boden entgegen. Als ich ihn zum ersten Mal besucht habe, nannte ich ihn Zausel und Muräne.* Der Weiße Hase musste schmunzeln, er trug einen viel zu dünnen Dufflecoat und fror. Harvey hatte das Hirn mitgebracht, weil mit Otto Nathan der Letzte aus Einsteins Umfeld gestorben war. Helen Dukas, seine Söhne Tete und Hans Albert, beide Frauen, mittlerweile auch die Konenkova, selbst Margot, die noch bis vor wenigen Monaten mit dreißig Katzen in Princeton gelebt hatte ... alle waren abgetreten. Nun stand das Hirn alleine auf der Bühne, schwieg.

Nathans Schwägerin hielt Harvey für einen jener wunderlichen Männer, die ihre Zeit auf Friedhöfen verbrachten und keine Trauerzeremonie ausließen. Umso erstaunter war sie, als er mit Consuela sprach. Melancholischer Klang lag in ihren Stimmen, als sie auf Atticus zu sprechen kamen. Von einer glücklichen Kindheit im Süden war die Rede, von Soul Food und Bluessängern, aber auch von bitterer Armut, Rassenhass. *Vielleicht ist das Leben nur ein Albtraum?* Harvey erzählte von Besuchen im Gefängnis. Als er auf Atticus' Ende zu sprechen kam, war es, als müsste er sich jeden seiner Sätze wie Nasenhaare mit einer Pinzette herausreißen. Er redete von Veranlagung und Sozialisation, von Atheismus und Nietzsche, sagte aber nichts von dem toten Paar, nichts von dem Baby und schon gar nichts von Atticus' Jüngstem Gericht. *Was war das bloß gewesen? Eckstein, Speckstein, alles muss verreckt sein.* Consuela wollte davon gar nichts wissen, sagte, dass sie bei Nathans Sterben dabei gewesen war.

– Ich habe genug gelebt, hat er geflüstert. Dann ein Gebrabbel, das ich nicht verstanden habe. Wenn Sie meinen, dass Sie jetzt sterben, dann müssen Sie das alleine machen, habe ich gesagt. Aber ein Mensch wie Otto Nathan stirbt nicht einfach so. Er hat die Augen aufgemacht und mich mit seinen dünnen Ärmchen zu sich auf das Bett gezogen. Dann hat er mich umarmt. Welche Anstrengung ihn das gekostet haben muss ... Es war seine Art, sich zu bedanken. Und mir ist nichts Besseres eingefallen, als »ach schön« zu sagen. Ja, das war ein bisschen mager. Sie lachte ihr schrilles Consuelagelächter. Später habe ich die Spiegel abgehängt und alle Fenster aufgemacht, damit seine Seele gehen kann, ja, die Seele, von der es heißt, sie wiegt eine Viertelunze. Wie sagt ein Gen zu einem anderen? Halogen. Ein fürchterlich schlechter Witz, aber Otto Nathan ... *dieser alte Casanova* ... hat ihn geliebt.

Zwei Jahre später die nächste Szene. Thomas wurde vor die Ärztekammer zitiert.

– Wir haben Briefe erhalten, die Sie diskreditieren. Der junge, glattrasierte Vorsitzende hatte ein freundliches Gesicht. Anschuldigungen, Fehlverhalten ... aber keine Sorge, Doktor Harvey. Es heißt zwar, Sie hätten den einen oder anderen Patienten falsch behandelt, aber das ist kein Grund zur Beunruhigung. Sie müssen nur Ihre fachliche Kompetenz nachweisen … eine Prüfung, die Sie mit links schaffen werden.

Harvey war mit seinen sechsundsiebzig Jahren in keinem Alter, in dem sich die Massenträgheit einfach überwinden ließ. Aber erst einmal in Bewegung versetzt, lernte er wie besessen, beschäftigte sich mit Anatomie, Krankheitssymptomen und Arzneimitteln. Einstein sagte, dass er aus Aberglauben bei Prüfungen immer dieselben Socken angezogen habe.

– Natürlich durften diese Glücksbringer nicht gewaschen werden, und es kann sein, dass ich das Studium nur wegen meiner olfaktorischen Geheimwaffe bestanden habe.

– Ich werde das ohne Stinkesocken schaffen. Harvey klopfte sich an die Stirn. Abends ließ er sich von Mauki abfragen, und als er siegessicher zum Examen schritt, war er frei von Zweifeln.

Bei der Prüfung saß er alleine in einem Klassenzimmer. Plötzlich schien es, als würden alle Wörter dicker werden. Die Schiefertafel, Neonröhren und Fragen auf dem Papier. Alles wirkte furchteinflößend. Es war, als hätte er gefrorene Wölkchen im Kopf, aus denen das Wissen nur tröpfchenweise kam. Je länger er über diesen Aufgaben saß, desto wacher wurde das Tier, das ihn mit einem grauenvollen, nach Verderben riechenden Atem anfauchte. Harvey kannte seinen Namen – Angst.

Das Gespräch zwei Tage später mit der Kommission war ähnlich wie jenes damals mit Leutnant Haymaker und den Professoren.

– Ihre Ergebnisse sind bescheiden, sagte der Vorsitzende und blickte ihn an, als sei er ein kompletter Matschkopf, dem man aber wegen des Ärztemangels die Lizenz lassen wollte. Harvey stand da mit hängenden Schultern, vorgetriebenem Bauch und baumelnden Händen. Mauki hatte ihm ein Hemd gebügelt, aber das verbesserte sein Erscheinungsbild nur unwesentlich. Er sah aus wie einer, der kein Wort verstand. In seinem Inneren brüllten Stimmen: Mach den Mund auf, Thomas, verteidige dich!, aber er brachte nichts heraus.

– Sie arbeiten als praktischer Arzt. Der Vorsitzende war Mitte dreißig, hatte pechschwarzes Haar, war selbstsicher wie ein Börsenguru, die Verkörperung einer neuen, schnellen, hochtechnisierten Welt. Ihre Behandlungsmethoden, Doktor Harvey, gelten als unkonventionell. Die Zeiten, als Ärzte den Urin ihrer Patienten verkostet oder Blutegel angesetzt haben, sind vorbei. Der Lackaffe lächelte. Heute ist Gesundheit die neue Religion, welche Sünden bestraft und das ewige Leben verspricht. Verstehen Sie? Wir wollen Ihnen helfen, doch Sie müssen uns entgegenkommen.

Durch Harveys Verstand jagte Entsetzen. *Du befindest dich in einem Albtraum.* Endlich brachte er den Mund auf und sagte:

– Jemand will mir schaden. Wissen Sie, ich behandle viele Menschen gratis, manchen bezahle ich die Medikamente.

– Vielleicht jemand, der es nicht erträgt, dass Sie noch gewisse Wörter sagen?

– Stimmt, manchmal sage ich Neger, aber ich meine das nicht abwertend, gerade die Schwarzen kommen gern zu mir, vor allem, weil ich selten etwas verlange. Von denen würde mich keiner, entschuldigen Sie das Wortspiel, anschwärzen ... Jetzt weiß ich es. Diese Studentin! Sie wollte ein Plakat über die Vorteile der Eileiterdurchtrennung aufhängen. Ich habe ihr gesagt, dass das in meiner Praxis nicht geht. War es diese Dame? Hat sie mich angezeigt?

– Die Welt hat sich weiterentwickelt, Doktor Harvey. Manche Verhaltensmuster sind nicht mehr zeitgemäß, egal ob es um Urinverkostung oder das N-Wort geht. Aber wegen so etwas verliert man nicht die Lizenz. Noch nicht. Der Vorsitzende räusperte sich. Haben Sie noch etwas vorzubringen?

– Nun ... Ich untersuche das Hirn von Albert Einstein.

– Tatsächlich?

Ja, du geleckter Idiot, tatsächlich. Harvey war so aufgebracht, dass er ohne nachzudenken ergänzte:

– Es spricht zu mir.

– Sie meinen, die Ergebnisse haben eine Aussagekraft?

– Nein, es redet ... über Physik, Gott, Frauen ...

Das Lächeln des Vorsitzenden gefror und fiel aus dem Gesicht. *Das war es wert.* Harvey grinste. Sein Gegenüber war wie versteinert, sah Harvey an, als ob er nicht glauben konnte, was er eben gehört hatte.

– Das Hirn spricht?

– Jawohl.

– Interessant. Ein seltsames Unbehagen lag nun im Raum. Auf einmal schien es nichts Wichtigeres zu geben, als den Prüfling loszuwerden. Der Vorsitzende räusperte sich und komplimentierte Thomas hinaus.

– Der Bescheid wird per Post zugestellt.

Vier Wochen später kam er, und Harvey wusste, was drinstand. Durchgefallen. Er war jetzt siebenundsiebzig und ohne Berufsberechtigung.

Mauki rang nach Atem, und es dauerte, bis sie sich so weit beruhigt hatte, dass sie sich wieder in vollständigen Sätzen ausdrücken konnte.

– Dafür habe ich das Hemd gebügelt?

In Berlin fiel die Mauer, und das Ende der Geschichte wurde ausgerufen. Die Amerikaner, die im Sport das Unentschieden nicht verstanden, hatten gesiegt, der Kommunismus war am Ende, detto Harveys Praxis. Wegen fachlicher Inkompetenz geschlossen! Der Weiße Hase schämte sich und erzählte allen, dass er sich in den wohlverdienten Ruhestand begebe. Maukis Wunsch, nach Lawrence zu ziehen, wo die Familie ihrer Tochter Ginny lebte, kam da gerade recht. Szenenwechsel.

Lawrence, Kansas, war die nächste Westernstadt. Die wievielte Station seines unsteten Lebens? Swarthmore, Hartfort und all die anderen Kleinstädte, in denen Harvey seine Kindheit verbracht hatte, Yale, das Lungensanatorium, später Edgewood, wo er vergaste Tiere sezieren musste, Princeton, ein paar Zwischenstationen, ab 1967 Ottumwa im Mittleren Westen, 1969 für drei Jahre zurück nach New Jersey: Freehold. Seit 1972 aber Kansas und Missouri, *wo das Land flach wie ein Pfannkuchen ist*, erst Wichita, dann Weston. Und nun Lawrence, wo es eine große Universität mit einem hervorragenden Basketballteam gab, die meisten Leute aber in der Landwirtschaft tätig und mit Mais, Weizen oder Hirse zu Wohlstand gekommen waren. Wie erkennt man eine Kleinstadt? Es gibt eine Hauptstraße, auf der paarungswillige Burschen mit offenen Cabrios und dröhnenden Autoradios auf sich aufmerksam machen, indem sie stundenlang hin und her fahren. Wenn die Jagd erfolgreich ist, wird die Beute eine Weile lang stolz vorgeführt, aber nicht lang, und das aufgetunte Auto wird gegen eine behäbige Familienlimousine eingetauscht.

Auftritt Ginny. Sie sah aus wie ihre Mutter, aber verhärmter. Eine rechthaberische Person mit einem Hang zur Intrige ... *wie Lisa ...*, hörte nicht auf zu reden, während Mauki und Harvey schwiegen. *Liebenswürdig wie ein schrill läutendes Bakelit-Telefon.*

– Die Nachbarn haben euren Einzug misstrauisch beäugt. Von den Kindern kam, so böse seht ihr gar nicht aus ... Im Haus herrscht absolutes Rauchverbot, und ich will euch nie betrunken sehen ... verstopft nicht die Toilette, wenn ihr duscht, passt mit dem Abfluss auf, und solltet ihr kochen, schaltet den Dunstabzug an, sonst gibt es Feueralarm, der kostet ... Je mehr sie quasselte, desto unruhiger wurde Harvey, was sie veranlasste, noch schneller und schriller zu reden.

Die Alten zogen in den oberen Stock des Farmhauses. Und obwohl es genug Platz gab, kam es zu Spannungen. Ginny erwartete Hilfe bei der Kinderaufsicht, doch Mauki war nur mit Keramik beschäftigt. Bishop Bishop, Ginnys Mann, war Bankdirektor und auf dem intellektuellen Niveau einer Ackerfurche. Seine Kunden waren Bauern, die sich über Landwirtschaftsmaschinen und Getreidepreise unterhielten. Über etwas anderes konnte man auch mit ihm nicht reden.

– Bei dem stand die Kinderschaukel zu nahe an der Mauer.

– Du bist gemein. Dishmop Bishop, wie Mauki ihn nannte, ist nur ein bisschen …

Tatsächlich fühlte sich Harvey alt, nutzlos und ausrangiert – wie ein abgewetzter Turnschuh. Jetzt, da alle dicke Sohlen mit Gel trugen, die bei Kinderschuhen sogar blinkten, kam er nicht mehr mit. Thomas war, als wäre er unversehens in einem Beckett-Stück gelandet, in der Mülltonne. Er vermisste seine Patienten, die Anrede Herr Doktor. Außerdem hatte er kein Geld, weil alles immer noch an Elouise, Lisa und die Töchter, die er freiwillig unterstützte, ging. Der einzige Job, der ihm angeboten wurde, war der eines Gastrokritikers, aber seine Geschmacksknospen konnten gerade einmal salzig und süß unterscheiden.

– Du solltest im Kirchenchor singen, meinte Ginny.

– Wenn du meine Gesangskünste kennen würdest, Kindchen, würdest du das nicht in Erwägung ziehen. Gegen mich ist Florence Foster Jenkins ein cherubinischer Engel.

– Du wirst wie der Willi von nebenan enden.

Tatsächlich war ihr Nachbar wegen seiner Übellaunigkeit bei sämtlichen Kindern der Nachbarschaft verschrien. Angeblich ballerte er auf Vögel, vergiftete Hunde und drohte, jeden, der sein Grundstück betrete, zu erschießen.

Niemand in der Nachbarschaft wusste mit dem Namen William Burroughs etwas anderes zu verbinden als einen kauzigen Alten. Auch mit den Namen seiner Besucher, Männer namens Allen Ginsberg oder Lawrence Ferlinghetti, konnte niemand etwas anfangen. *Alte Saufköpfe! Gealterte Hippies, die es zu nichts gebracht haben.* Auch Harvey wusste nichts von Burroughs, fand ihn aber sympathisch. Der einzige Schriftsteller, der es überzeugend bringen konnte, ein knallharter Bursche zu sein. Innerlich war der Alte mit dem Hut und der Hornbrille im scharfkantigen Gesicht aber ein von Drogen weichgespülter Schwuler, ein Marshmallow im Kostüm eines Stemmeisens.

Burroughs liebte Wortspiele, die Harvey nicht verstand, war kindisch und heulte manchmal wie ein Schoßhündchen, das sich die Pfote eingeklemmt hatte. Er besaß eine Designercouch, in seiner Toilette stand ein Lufterfrischer mit Pinienduft, und auf dem Wohnzimmertisch thronte ein riesiger geschnitzter, von Pfeilen durchbohrter heiliger Sebastian. Böse war er auf die ganze Welt, weil sie ihn vergessen hatte und stattdessen Schnulzenschreiber feierte.

– Während man in der Jugend trinkt, um sich zu enthemmen, säuft man im Alter, damit man besser schlafen kann. Eine völlige Umkehr des Zwecks.

Die beiden Männer saßen oft auf Burroughs Veranda, tranken … nein, soffen … und kommentierten die Welt wie Statler und Waldorf in der Muppet-Show.

– Der Arzt hat es mir verboten, aber zufällig sind Trinken und Rauchen die einzigen Dinge im Leben, die mir Vergnügen bereiten.

– Lass mich einen Toast aussprechen auf den erfolglosesten Dichter Amerikas.

– Ich erhebe mein Glas auf den unfähigsten Pathologen aller Zeiten. Prost.

Sie machten sich über Satellitenschüsseln lustig, die aussahen wie Monde, und wenn Streifenhörnchen über Dächer und Stromleitungen trippelten, sagte Burroughs:

– Ich liebe Streifenhörnchen. Dann stand er auf, holte sein Gewehr und schoss ein paar Mal in die Luft.

Beide Männer träumten davon, dass ihr Leben andere Abzweigungen genommen haben könnte. Im Madison Square Garden den Gong bei Boxkämpfen betätigen ... oder Kapitän der Staten-Island-Fähre ... Pilot von Wasserflugzeugen in der Karibik ... Bärenjäger in Alaska ...

Burroughs konnte sich kaum mehr an seine wilden Dichterjahre erinnern. Paris, Kalifornien, Marokko, »Naked Lunch« ... 1940 hatte er sich aus Verzweiflung einen Finger abgeschnitten, und 1951 wollte er in Mexiko seiner Frau ein Glas vom Kopf schießen, traf aber leider den selbigen ... Das schien in einem anderen Leben passiert zu sein, zu einer Zeit, als man die Dampflokomotive erfunden hatte. Es war, als wäre es einem anderen William S. Burroughs passiert. Zärtlich strich er über seine alte Underwood-Reiseschreibmaschine und stöhnte.

– Die Natur besteht nicht aus Gesetzen, sondern aus Gewohnheiten. Panta rhei, sagt der alte Grieche Heraklit, alles fließt.

Es dauerte nicht lange, und Harvey vertraute Burroughs an, weshalb er Einsteins Hirn besaß.

– Du willst ihm Gott näherbringen? Und dann rennst du in Kirchen? Das ist bescheuert.

– Wo soll ich sonst hingehen?

– Ich werde es dir zeigen.

Obwohl Thomas auf die Einlösung dieses Versprechens drängte, wurde er vertröstet.

Während sich für Burroughs kaum jemand interessierte, bekam Harvey regelmäßig Briefe von Menschen, die einen Teil des Hirns wollten – Hausfrauen, Unternehmer, Herausgeber von Landwirtschaftszeitungen.

Journalisten gingen vor seinem Haus auf und ab wie Reisende an einem Bahnhof. Er zeigte sich nicht, und Ginny keifte sie an. Hatte sie das erledigt, stürmte sie ins Haus und schimpfte mit Harvey.

– Verkauf das Gemüse endlich, dann könnt ihr euch ein eigenes Haus leisten.

Journalisten flogen extra nach Kansas City, fuhren mit Mietautos nach Lawrence, aßen Barbecue und Steaks, tranken das würzige Bier der lokalen Brauerei, waren aber enttäuscht, dass sie weder Harvey noch das Hirn zu Gesicht bekamen. Manche sprachen mit Burroughs. Der Beat-Poet setzte seine Worte wie Rauchkringel in die Luft, ließ sie hochsteigen und sah zu, wie sie Ketten bildeten. Ein Dichter? *Seit Franklin Roosevelt an die Macht gekommen ist, hat er nichts mehr veröffentlicht. Es heißt, er soll seine Frau erschossen haben ...* Dann kreuzte Lisa auf. Einfach so, ohne Vorankündigung. Ihre Beziehung mit dem Möwenkot-Importeur war gescheitert. Die Frau, die Harvey einst geliebt und nach der Trennung kurze Zeit beinahe kultisch verehrt hatte, war eine Drei-Sterne-meschugge-Neurotikerin geworden. Resthübsch, aber ihr Hals war faltig, die Backen hingen schlaff herab, der Mund ging bogenförmig nach unten wie ein kleiner Boomerang, und das gefärbte kurze Haar, ein Bob, wirkte wie eine Perücke.

– Was willst du?

– Mich verabschieden. Ich fliege nach Guatemala, um dort zu heiraten. Sie holte ein großes Nudelglas aus ihrem Koffer und goss den Inhalt auf den Küchentisch. Lauter Cent-Stücke. Harvey und Mauki staunten.

– Damit willst du nach Guatemala?

– Das ist alles, was ich habe. Das und drei Marmite-Gläser.

Mauki machte Kaffee, und Harvey, den Lisas Anwesenheit aus der Fassung brachte, kippte eine Tasse um. Lisa kreischte:

– Meine einzige Hose!

– Was ist mit Elisabeth und Frances?

– Elisabeth studiert, Frances arbeitet au pair in London. Lisa kniete auf dem Boden und wischte wie verrückt Kaffee auf.

– Und Michael?

– Warum sprichst du nicht mit den Journalisten? Lisa überging Harveys Frage.

– Erstens, weil ich nicht die Ehre habe, sie zu kennen, zweitens habe ich keine Lust, drittens, weil wir in einem freien Land leben und ich machen kann, was mir passt.

Lisa föhnte ihre Hose und bemalte sich die Lippen ... *man ist schließlich eine Dame* ..., dann trat sie vor die Tür, um mit den Reportern zu reden.

– Ich bin Harveys zweite Frau Lisa Scott-Brannigan, sie zeigte den Küchenschwamm und wrang ihn aus. Sie können mir glauben, das Ding ist lebendig, darum nennt man Harvey auch Weißer Hase ... Kennen Sie den Film mit James Stewart? ... Oder haben Sie den Film »Donovans Gehirn« gesehen? ... Das, was Einstein zwischen den Ohren hatte, kommuniziert ... Ich bin übrigens Schauspielerin, in Adelaide spricht man heute noch von meiner Julia, obwohl ich nur die Zweitbesetzung gewesen bin ... Ihre Sätze waren derart wirr, dass ihr niemand Gehör schenkte. Da aber der *Lokalanzeiger* am nächsten Tag ein Foto von ihr brachte, war sie zufrieden. Abends reiste sie ab – vermutlich Richtung Guatemala, um anderen eine Szene zu machen.

– Michaels Firma hat Bankrott gemacht, sagte sie zum Abschied. Außerdem kämpft er mit einem aggressiven Pankreaskrebs.

– Das hat er nicht verdient. Harvey seufzte. In der Tinnitus-Zeit hätte er darüber gejubelt, jetzt empfand er nicht die geringste Genugtuung.

GOTT DER DINGE

– Die Navajos haben sechzig Arten, das Wort Wolke auszusprechen, und die Eskimos kennen hundert Ausdrücke für Schnee, aber die Kirche der Gegenwart findest du nur in Manhattan.

Burroughs klopfte auf seinen weinroten VW Käfer und sagte, dass das Radio nun repariert sei.

– Ohne könnten wir nicht nach New York fahren – zur Kirche der Gegenwart. Harvey holte das Hirn, und Mauki kämpfte mit einer Reisetasche.

– Reißverschlussprobleme können wir jetzt keine brauchen.

Wenig später tönte *Hang on, Sloopy* aus den Boxen. Sie saßen zu dritt in der rostigen Klapperkiste und sangen mit. Das Hirn stand zwischen Harveys Füßen. »Hang on, Sloopy, Sloopy, hang on ...«

– Ich dachte immer an Snoopy von den Peanuts.

Burroughs gestand, dass es eine Weile her war, seit er zum letzten Mal gefahren war. Seine Hände zitterten, er fuhr zu schnell, aus dem Auspuff des Käfer kam Apnoeröcheln, aber irgendwann, sie hatten alles von Pink Floyd bis Canned Heat gehört, erreichten sie ihr Ziel, Greenwich Village. Es hatte neununddreißig Grad Celsius, der Asphalt kochte, und Harvey fürchtete, das Hirn könnte einen Hitzschlag bekommen. »Hang on, Sloopy, Sloopy, hang on ...«

Nicht weit von hier hat Otto Nathan gewohnt. Sie besuchten aber nicht die Wohnung des Testamentsvollstreckers, sondern gingen in eine Galerie ... die angesagteste Galerie ..., wo große Skulpturen ... *aus Heuballen? ... nein, es ist Seegras* ... gezeigt wurden. Die Ausstellung trug den Titel: »Alles Arschlöcher, außer Mutti«.

Da waren schwarzgekleidete Damen mit Turmfrisuren und silbernem Gehänge, alte Glatzköpfe in dunklen Anzügen und

Freaks mit dickgestelligen Sonnenbrillen. Burroughs wurde umarmt und als Meister angesprochen.

– Was spricht er, der Dichter?

Der alte Poet lächelte. Tom Waits, Laurie Anderson, David Byrne und andere Berühmtheiten, von denen Harvey noch nie gehört hatte, standen gelangweilt herum. Der Weiße Hase fühlte sich mit seinem karierten Hemd etwas unwohl, er sah aus wie ein Bauarbeiter in der Abendschule. Da kam eine aufgedonnerte Lady auf ihn zu.

– Ich habe Sie erkannt. Sie bohrte ihm ihren Zeigefinger in die Brust. Leugnen ist zwecklos. Geben Sie zu, Sie sind es.

Harvey wusste nicht, was sie meinte, lächelte verlegen.

– Thomas, flüsterte die Dame. Gestehen Sie, Sie sind es.

– Woher kennen Sie meinen Namen?

– Sie sind es! Die Dame klatschte begeistert. Ich habe es gewusst.

– Ich weiß nicht, wovon Sie sprechen.

– Sie Schlingel. Jetzt wackelte die Dame mit ihrem Zeigefinger. Ich liebe Ihre Bücher ... auch wenn Sie manchmal übertreiben und ein kleines Schweinchen sind. Sie zeigte auf Harvey und brüllte: Er ist es! Ihr weit aufgerissener Mund formte den Namen Thomas Pynchon.

Mauki hatte ein Ich-verliere-gleich-die-Beherrschung-Lächeln aufgesetzt und flüsterte:

– Was haben wir hier verloren? Lauter Gespritzte.

Harvey zuckte mit den Achseln. Er griff sich ein Glas Wein und hörte, wie sich die Leute über die Kunstwerke unterhielten. Für ihn waren es zugeschnittene Heuballen, wie sie im Mittleren Westen vor Dorffesten aufgestellt wurden. Die Besucher redeten von Ausweitung des Skulpturenbegriffs, sozialer Plastik, Transzendenz. Eine grauhaarige Dame in einem schlichten, aber teuren Designerkleid war nahe am Orgasmus, als sie über die feinen Strukturen der Seegräser ins Schwärmen geriet.

– Eine Reminiszenz an den Impressionismus. Monets Seerosen!

Mich erinnern die Dinger an eine Mischung aus Dung und dem, was bei einem Reißwolf rauskommt, dachte Harvey. Die Dame aber sah darin ein Symbol für Vergänglichkeit. Tatsächlich schien sie unzählige missglückte Schönheitsoperationen hinter sich zu haben, und obwohl die Wangen prall waren wie frisch gepflückte Äpfel, konnte der sehnige Hals ihr wahres Alter nicht verleugnen.

Als ein weißer Pilzkopf erschien, ging ein Raunen durch die Vernissage-Besucher.

– Andy, hörte man welche murmeln.

Der hagere, ganz in Schwarz gekleidete Mann warf einen flüchtigen Blick auf die Skulpturen, begrüßte ein paar Leute und verschwand wieder.

– Der Geist von Andy Warhol, sagte ein Herr verblüfft.

– Ein verrückter Schauspieler, erklärte eine Dame.

Ein Herr mit dunkler Hornbrille, Anzug und Sandalen ... keine Socken! ... schlug mit einem Messer gegen sein Glas. Sobald er sich der ungeteilten Aufmerksamkeit gewiss war, begann er mit einer Ansprache. Für Harvey war es, als würde der Mann Altbabylonisch sprechen.

– Wunderbar, flüsterte eine Dame mit Raucherstimme. Es gibt keinen besseren Kunsttheoretiker als diesen Lederer.

Ich verstehe kein Wort von diesem Läuterer, sagte ihre Begleitung. Aber ich liebe ihn.

Es fielen Begriffe wie dreckige Kontextualisierung, räudige Diskursivität, anarchistisches Environment, dekonstruierte Sinnstiftung ...

Gerade als Randy Lederer dabei war, die Seegras-Heuballen mit van Goghs Landschaften gleichzusetzen und sie auf eine Stufe mit Rembrandt hob, riss sich ein riesiger Hund los, dessen Vorfahren in Georgien wahrscheinlich Bären gejagt hatten, und begann schmatzend und sabbernd die freiliegenden Zehen des Kunsttheoretikers abzulecken. Der zwanghafte Erläuterer, der nicht einsah, dass auch sein Körper Ausdünstungen produzierte, war hin- und hergerissen zwischen Wut und Lachen.

– Toulouse-Lautrec! Eine Dame mit dicker Perlenkette und einem Fisch im Haar ... ja, sie trug tatsächlich eine Goldbrasse mit aufgerissenem Maul am Kopf ... brüllte. Nein, brüllen ist das falsche Wort, es war der scharfe Tonfall einer Königin, der Herz-Königin, wenn sie »Kopf ab« zischte. Harvey wusste instinktiv, dass es sich um die Galeristin handeln musste.

Inzwischen leckte das Tier wie besessen an den lederernen Zehenzwischenräumen, wobei sich der Kunsttheoretiker bemühte, seriös zu bleiben. Ein sabberndes Schlürfen erfüllte den Raum.

– Das ist fragmentarisch! Ein Besucher war entzückt. Ein Fraktal!

– Eine soziale Plastik, pflichtete ein anderer bei. Das ist wahrhaftige Dekonstruktion.

In Lederers Gesicht standen Lachen und Verzweiflung. Er erläuterte unbeirrt weiter, aber von seinen Füßen kam schmatzendes Geschlabber, das klang, als würden sämtliche Bewohner eines Altenheimes ihren Kakao austrinken. Gleichzeitig!

– Toulouse-Lautrec! Was fällt dir ein?

Da drehte sich das Monster um, hechtete in Richtung einer Rollstuhlfahrerin – und begann, ihr Knie zu begatten. Ein kleiner Mexikaner packte das Tier und versuchte, es wegzuziehen. Er schaffte es tatsächlich, das Vieh Richtung Ausgang zu zerren. Da blieb der Hund stehen, hob ein Bein und markierte mit dem gleichgültigen Gesicht einer Kuh, die gemolken wird, eine der Skulpturen.

– Nein! Toulouse-Lautrec!

– Na, wie gefällt es euch? Burroughs hatte sich von seinen Verehrern gelöst und bewegte sich im schwankenden Gang eines

Seemanns, der monatelang auf einem Schiff gewesen war. Der Gute hatte einen sitzen.

– Wir verstehen nicht, was wir hier sollen. Harvey hatte das Hirn unter die Achsel geklemmt und unterdrückte ein Gähnen.

– Genau, bekräftigte Mauki. Wir kommen uns vor wie das Schwein bei einem hawaiianischen Luau. Fehlt nur noch, dass man uns Äpfel in den Mund steckt und über einem Feuer röstet.

– Kirche, sagte Burroughs. Der Kunstbetrieb ist die Kirche der Gegenwart. Schaut euch die Damen an ... sehen aus wie bigotte Kerzenschluckerinnen, nur luxuriöser. Die Kuratoren und Kritiker sind die Priester. Galerien und Museen gleichen Tempeln.

– Und Gott?, fragte Mauki.

– Die Kunst! Die Kunst verleiht den Dingen Bedeutung. Sie ist Gott. Burroughs strahlte, und Harvey wusste, dass dies für Einstein der falsche Gott war. Er wollte seine Begleiter gerade zum Aufbruch überreden, als ihm jemand auf die Schulter klopfte.

– Na, wie gefallen Ihnen die Arbeiten, Herr Pynchon? Die Galeristin und ein unscheinbares Männlein hatten sich zu ihm gestellt.

– Pynchon? Burroughs zog sich seinen Hut in die Stirn und rollte mit den Augen.

– Ich muss Ihnen den Künstler vorstellen, er liebt Ihre Bücher. Die Galeristin strahlte, und das Männlein lächelte verlegen.

– Darf ich etwas fragen? Harvey musterte den dürren Mann im karierten Anzug.

– Nur zu. Der bleiche Künstler griff nach einer Zigarette.

– Ich verstehe nicht viel von Kunst, aber ich hätte gedacht, wenn man sein Leben dafür aufwendet ... Harvey stockte ..., nun, ich hätte geglaubt, dann müsste in den Werken auch eine Seele stecken, Herzblut.

– Wie bitte? Der Künstler verzog sein Gesicht. Ich bin der wichtigste Künstler der Gegenwart, das können Sie im *Art Magazine* nachlesen.

– Der wichtigste und der teuerste, ergänzte die Galeristin.

– Selbst Peggy Guggenheim hat mir Stil attestiert. Es steht außer Frage, meine Arbeit hat gesellschaftliche Relevanz. *Gesellschaftliche Relevanz? Diese Seegrasklumpen?* Und da kommen Sie mit solch profanen Begriffen wie Seele und Herzblut? In welcher Zeit leben Sie? Haben Sie die Pop-Art und die Postmoderne verschlafen? Ihre Bücher sind übrigens langweiliger Käse! Da ist es spannender, Farbe beim Trocknen zuzusehen.

– Aber ich wollte nur … Harvey stammelte. Es hätte mich interessiert, worum es Ihnen geht, was Sie ausdrücken wollen.

– Hast du das gehört! Pff! Der Künstler schien nun sieben Fuß groß zu sein. Dieser kleine Schreiberling macht sich lustig über mich.

– Ich dachte nicht, dass du dich mit solchen Bauern abgibst, sagte die Galeristin zu Burroughs, rümpfte die Nase und dampfte entrüstet ab.

– Was haben sie? Harvey zuckte mit den Achseln.

– Nimm es nicht tragisch. Burroughs grinste. Ihre Vorfahren stammen in direkter Linie von den Leuten der Mayflower ab.

– Aber ich wollte doch nur wissen, was der Künstler aussagen will.

– So etwas fragt man nicht. Das ist unanständig.

– Warum?

– Würdest du Gott fragen, was er mit seiner Schöpfung zum Ausdruck bringen wollte? Ich habe es ja gesagt, Kunst ist die neue Religion. Und das oberste Gebot aller Religionen ist zu glauben, nicht zu verstehen.

ENDSPIEL

Was ist Wirklichkeit? Realität, die wirkt wie ein Medikament? Eine Halluzination? Oder ist die Wirklichkeit ein Waschmittel, das in alle Poren eines Stoffes namens Wahrnehmung dringt? Die Existenz ist so ein Stoff, gefärbt mit allerlei Substanzen, strahlt sie ein paar Jahre in den schönsten Farben, zersetzt sich und zerfällt.

Natürlich wusste Mauki Bescheid, aber sie wollte nicht Bescheid wissen. Etwas in ihr schälte sich heraus wie ein Schmetterling aus einer Puppe – doch diesmal war es kein Törööt. Sie ahnte, was kam, konnte aber nicht davonflattern. Die ersten Anzeichen gaben sich harmlos, sie brachte Märchenfiguren durcheinander oder wusste plötzlich nicht mehr, warum sie grüne Zweige auf das Bett streute und Milch in den Garten stellte. Dachte sie, Jesus würde auf seinem Esel durch ihr Schlafzimmer reiten? Oder wollte sie Feen und Engel füttern?

Harvey merkte wenig. Und wenn ihm etwas auffiel, dachte er, so schlimm kann es nicht sein. Er war ein Gerechter, der seine Arbeit am Haus Gottes voranbringen musste. Ein alter Mann, der aus Sorge um seine Zahnprothese am liebsten aufgeweichte Kekse aß und begann, Schrullen zu entwickeln. Wenn nicht pünktlich um halb eins das Essen auf dem Tisch stand, begann er nervös auf die Uhr zu blicken. Immer noch war er freundlich, höflich, hilfsbereit, aber er klagte über Schmerzen in den Knien, im Rücken, und sein Bewegungsradius wurde kleiner. Der Verfall ließ sich nicht aufhalten.

Seine Wirklichkeit war Ginny. Wenn hässliche Menschen wenigstens nett wären, aber Maukis Tochter war ein ständig nörgelndes Ekel.

– Trink nicht so viel! Lass nicht überall Tassen herumstehen. Wenn du rauchen musst, dann nicht im Garten ... Dauernd ließ sie abgezählte Geldbeträge herumliegen, um Harvey später des Diebstahls beschuldigen zu können.

Mauki war seit dem Umzug nach Lawrence ein Kokon aus Verdrossenheit gewachsen. Sie sprach noch mit Dingen und Pflanzen, die sie für Wesen hielt, verglich alles mit Märchen, aber ihre Verspieltheit war einer Unsicherheit gewichen. Nur selten machte sie jetzt noch Geräusche. Manchmal räumte sie Karotten in den Schrank, fütterte Möbel oder bügelte Teppiche. Das Gefühl, dass etwas nicht stimmte, kristallisierte sich heraus.

Früher hatte sie gefragt, ob Sommersprossen Winterschlaf hielten und ob sie das Mädchen sein dürfe, das in seiner Achselhöhle wohnte. Wie ein schlafender Schwan war sie dann an Harveys Brust eingerollt gelegen. Jetzt roch sie nach altem Fleisch, raspelte sich mit der Käsereibe ein Stück Daumen weg oder erstickte beinahe an einem Cookie. Wie alle alten Leute verlor sie ständig irgendetwas oder vergaß auf dem Weg von einem Zimmer in ein anderes, was sie dort wollte. Manchmal sprach sie Thomas mit dem Namen ihres früheren Mannes an oder glaubte, wieder als Flugbegleiterin arbeiten zu müssen. Alzheimer light und Verwirrtheit waren die Namen des schlüpfenden Falters.

– Du wirst doch nicht die Frechheit besitzen und ernstlich erkranken, keifte Ginny.

Harvey ahnte, lange konnte es nicht mehr dauern, und Mauki würde keinen Zweig mehr auf dem Busch haben, wie ihr Großvater in einer Anstalt sitzen und sich für eine Gräfin von und zu halten. Er war bereit, sie zu pflegen, aber nicht unglücklich, als das Verhältnis zu Ginny eskalierte. Mauki hatte versucht, Wäsche im Mikrowellenherd zu trocknen, und Ginny gab ihm die Schuld. Am Ende ihrer Tirade meinte sie, es wäre wohl besser, wenn er auszöge.

Wieder brachen neue Zeiten an. Harvey packte seine Sachen, küsste Mauki ... mach's gut, Brezelchen ... und bezog einen alten Wohnwagen auf einem Dauercampingpatz, wo dicke Hunde herumlagen, verrostete Fahrzeuge, vergammelte Reifen, kaputte Maschinen ... *Amerika ist das großartigste Land der Erde, wo jeder alles werden kann, auch arm, aber die Armen sind faul, sonst wären sie nicht arm. Daran glauben alle, bis es sie selbst betrifft, und dann hört ihnen niemand mehr zu* ..., umgestürzte Zäune, Müllsäcke. Das Gelände vermittelte den Eindruck einer heruntergekommenen Hühnerfarm. Im Sommer staute sich die Hitze, im Winter kam man mit dem Heizen nicht nach, und im restlichen Jahr hatte man wegen des heftigen Windes das Gefühl, auf einem Schiff zu sein – aber immer noch besser als in einer Einkaufstüte zu wohnen.

Harveys Leben glich dem Universum – je weiter er sich vom Ursprung entfernte, desto rasanter ging es dahin. Nichts war schneller als das Licht, nur das Universum selbst an seinen Rändern. Thomas nahm einen Job im Volkszählungsbüro an, fünfzehn Dollar pro Stunde. Mit gekrümmter Wirbelsäule und Clipboard schleppte er sich von Haus zu Haus und hielt den Leuten einen Fragebogen unter die Nase. Er sah verrostete Limousinen, Boote auf Anhängern, Gartenzwerge und immer wieder die amerikanische Flagge. Da waren Hausfrauen in Nachthemden, Rentner mit Schrotflinten, Studenten, die an Motorrädern schraubten. Einmal öffnete ein ausgemergelter junger Mann, der nur Boxershorts und Socken trug. Die Bartstoppeln auf der weißen Gesichtshaut erinnerten an Strünke eines abgemähten Maisfeldes. *Eine unterernährte, in Mohn gewendete Made.* Doch entgegen dieser Erscheinung war der Mann ausgesprochen fröhlich.

– Wundern Sie sich über mein Erscheinungsbild? Ich habe diese neue Krankheit, Aids.

Harvey wich einen Schritt zurück.

– Keine Angst, ist nicht ansteckend. Außerdem gibt es ein Gegenmittel. Doktor Krysolov hat herausgefunden, dass Aids durch einen parasitären Wurm übertragen wird. *Ein Kleiner Leberegel?* Wenn man diesen Talisman trägt, verschwindet er. Der

Mann zeigte auf einen hässlichen Stein, der um seinen Hals baumelte.

– Doktor Krysolov?

– Ein Genie! ... kommt aus Russland, musste vor den Kommunisten fliehen. Jetzt stellt der Doktor seine Heilkräfte in den Dienst der Menschheit. Das Beste ist, er verschenkt die Wundermittel. Dieser Talisman hat nichts gekostet.

– Sie haben nichts bezahlt?

– Nur Versand und Bearbeitungsgebühr, achthundert Dollar. Der Stein kommt aus Afrika ...

Harvey seufzte. Er wusste, wer Doktor Krysolov war. *Aber sollte man den Leuten die letzte Hoffnung nehmen?*

1990 traf er Joseph Bley wieder, der fett geworden war, aber immer noch eine Woody-Guthrie-Kappe trug, vom Stolz der Arbeiterklasse schwärmte und gegen die Entideologisierung wetterte.

– Wem nützen Minderheitenrechte? Der herrschenden Klasse! Schwule, Behinderte, Indianer, Emanzen, Schwarze ... bald weiß man nicht mehr, wer links und wer rechts ist, Männlein oder Weiblein. Entzweiung der Versklavten. Alles nur zum Machterhalt der Besitzenden. Wir müssen das Bewusstsein proletarisieren ...

Harvey, der darauf nichts zu sagen wusste, zupfte an seiner Schirmkappe mit dem Vogel-Maskottchen der Universität Kansas, dem Jayhawk. Bley klopfte ihm auf den Bauch ... »Sie haben schon besser ausgesehen!« ... und vermittelte einen Job in einer, nein, in seiner Plastikfabrik, wo der Personalchef Thomas misstrauisch beäugte.

– Ein Studierter? Der Mann, ein knochiges Vogelgesicht mit dünnem Bart, betrachtete Harveys Zeugnisse und schüttelte den Kopf. Warum will ein Pathologe, Laborleiter, Arzt bei E & E arbeiten? Es ist laut, staubig und stinkt. Ich würde Ihnen gerne etwas anderes anbieten, aber bei uns müssen Sie auf einem Gerüst stehen und den Extruder mit Granulat befüllen, von dem wir selbst nicht wissen, ob es gesundheitsschädlich ist. Schaffen Sie das?

– Ich brauche Geld. Harvey zog an seinen Hosenträgern und ließ sie auf das karierte Flanellhemd klatschen.

– Na schön. Ich will Ihnen eine Chance geben. Aber nicht, dass Sie mir hier eine Gewerkschaft gründen.

Es war eine staubige, schweißtreibende Arbeit, aber der Weiße Hase beklagte sich nicht. Da ihn der Pakistani, der ihn anlernte, beharrlich als Doktor Hawaii ansprach, war er ganz zufrieden, tauchten damit doch vertraute Bilder auf, Bilder von seinem überfüllten Wartezimmer, bunte Hemden, Palmenstrände, hoffnungsfrohe Patientenaugen. Jetzt starrten ihn Millionen Granulatkörner an und riefen: Nein, nicht in den Extruder, verschone uns! Acht, neun Stunden stand er jeden Tag auf dem Gerüst, ritzte Säcke und leerte Granulat in den Maschinenschlund, während Bley in seiner Portiersloge saß, die Internationale summte oder stolz herumspazierte und ein Gesicht machte, als würde das Werk nur dank ihm funktionieren. Einmal führte der alte Sozialist sogar seine Familie herum, wobei sein Gebaren an das eines Schlossherrn erinnerte, der Touristen seine Latifundien zeigte.

– Hier haben wir den Schmelzofen, da geben wir das Duroplast in die Formen, das ist unsere Pressanlage ...

Im Dauercampingplatz lebten Leute, denen die Armut bis zur Unterkante der Oberlippe stand: kinderreiche Einwanderer, Alkoholiker, Verrückte. Es gab dreizehnjährige Mütter, die sich für zwei Dollar prostituierten, mexikanische Crackdealer und greise Hippies. Für die meisten die letzte Station vor der Obdachlosigkeit. Auch das gab es in Amerika, im Land der unbegrenzten Möglichkeiten. Alle träumten von großen Autos, Villen mit Pool und dicken Goldketten, wie sie Hiphopper trugen. Sie hassten jene, die ärmer dran waren, und bewunderten korrupte Politiker, skrupellose Geschäftsleute, verlogene Spekulanten, weil sie selbst genauso werden wollten. Sie schimpften auf Einwanderer und Leute, die auf der Straße lebten, schluckten aber nicht, wenn von Millionenbetrügern die Rede war.

Harvey, den jedes Gericht, das komplizierter war als Spiegeleier, ängstigte, ernährte sich von Take-away-Speisen und Dosenravioli, die er nicht selten kalt hinunterwürgte.

– Schämst du dich nicht?, war alles, was seinem ältesten Sohn dazu einfiel. Eine Barackensiedlung in Kansas?

– Es ist ein Trailerpark, und Lawrence ist der Mittelpunkt Amerikas, hier hat der Bürgerkrieg begonnen ...

– Und was wird in deiner Fabrik hergestellt?

– Kennst du Glückwunschkarten? Ich mache die transparenten Leisten für Supermarktregale, damit die Karten nicht herunterfallen.

– Das klingt ja ziemlich wichtig. Wenn wir Platz hätten, könntest du zu uns ziehen. Thomas junior kündigte an, ihn bald zu besuchen, kam aber nie.

Außer Burroughs kam überhaupt niemand. Sie setzten sich in klapprige Liegestühle, tranken, rauchten und sahen in die Wolken.

– Woher wissen wir, was wir glauben zu wissen?

– Ab einem gewissen Alter lebt man nur aus Trägheit fort.

– Glaubst du an ein Weiterleben nach dem Tod?

– Erinnere dich an die Zeit, in der wir nur an das eine gedacht haben, von dem wir wussten, dass es existiert, ohne es selbst erlebt zu haben.

– Du meinst, das Himmelreich ist wie Sex?

Burroughs begann *Cielito lindo* zu summen und brummte:

– Ich denke oft daran, obwohl ich längst zu alt bin.

Als die Verfilmung von »Naked Lunch« herauskam, war es mit diesen Gesprächen vorbei. Burroughs wurde wiederentdeckt und als der wichtigste amerikanische Schriftsteller des zwanzigsten Jahrhunderts gefeiert. Er wurde zu Talkshows eingeladen, zu Filmpremieren, Wohltätigkeitsveranstaltungen ... wie eine Sau durchs Dorf getrieben ... alle rissen sich um ihn.

Willi benahm sich, als mache er aufs Neue Bekanntschaft mit sich selbst. Er tat gleichgültig, aber wer ihn kannte, sah, wie sehr er sich in Pose warf. Wenigstens behielt er die Geschichte mit dem sprechenden Hirn für sich. Meist lächelte er milde und dachte an Heraklit ... Panta rhei.

Als »Naked Lunch« in der Auslage von Lawrence' Buchhandlung lag, kaufte sich Harvey ein Exemplar, las ein paar Sätze, die ihn an den Portier aus dem Motel erinnerten, und schüttelte den Kopf. Er hatte gehofft, dass ihm das Buch gefallen würde, warf es aber mehr oder weniger ungelesen in den Müll.

Was ist das Leben? Ein mühevolles, von Bitterkeit durchsetztes Dahinschleppen von einer Fata Morgana zur nächsten – und am Ende weiß man nicht, wer und was man ist. Das ganze Leben klammert man sich an dünne Fäden, hoffend, mit etwas Höherem verbunden zu sein. Bis irgendwann keine Wirklichkeit mehr daran hängt, man feststellt, dass man betrogen worden ist.

1992 beging ... feiern kann man es nicht nennen ... Harvey seinen achtzigsten Geburtstag. Dauernd klingelte das Telefon. Kinder und Enkelkinder schickten pflichtschuldigst Glückwünsche.

Thomas Harvey hieß der Mann. Er war in einem Alter, in dem es Mühe machte, ein Marmeladenglas zu öffnen. Verpackungen bereiteten Probleme. Ohne Hilfe konnte er keinen Videorekorder installieren, nicht zu reden von Computern und Schnurlostelefonen. Die Welt hatte sich weiterentwickelt, aber niemand fragte einen achtzigjährigen Hilfsarbeiter, ob er damit einverstanden sei. Es war eine Epoche spöttelnder Ironie, in der jeder ins Rampenlicht wollte – eine skeptische, alle Werte zersetzende Zeit. Früher hatte man gedacht, der Klassenfeind arbeite unermüdlich an der

Zersetzung der amerikanischen Werte. Jetzt glaubte niemand mehr daran, jeder klammerte sich an seine selbstgezimmerten Attrappen vom glücklichen Leben. Auch Harvey war überzeugt, für etwas Höheres bestimmt zu sein.

Folget mir, sagte Jesus zu seinen Jüngern, und die Fischer ließen ihre Netze liegen, um ihm nachzulaufen. Bei Harvey war es das Hirn, das »Folge mir« geraunt hatte. Die Familien der Jünger sahen die verwaisten Netze und fürchteten zu verhungern. Auch Harveys Verwandte hatten für seine Spinnerei kein Verständnis. Ihrer Meinung nach gab es nur eines, dem man nachrennen durfte: Geld. Alles andere waren falsche Götter. Daher konnte niemand verstehen, wieso er in einer Plastikfabrik arbeitete und Leisten für Glückwunschkartenregale herstellte.

– Warum bekommst du keine Pension?
– Nicht genügend eingezahlt.

Das Werk, von allen nur Mühle oder Hütte genannt, war gefährlich. Man hörte immer wieder, dass jemand einen Arm verloren hatte, unter dem Walzwerk zerquetscht worden, mit einer Hand in ein Räderwerk geraten war. Harvey trug einen gelben Schutzhelm, eine Plastikbrille und Ohrenschützer. Vom Staub bekam er Ausschläge, und selbst nachts spürte er das Vibrieren des Extruders in den Knochen. Trotzdem konnte er es sich nicht leisten, alles hinzuschmeißen. Wenn man Christ ist, muss man den Weg Jesu gehen. Was aber, wenn man Quäker und im Namen eines Hirns unterwegs ist?

Wenn ihn Arbeitskollegen nach Einsteins grauen Zellen fragten, lud er sie zu sich nach Hause ein und zeigte ihnen die Gläser, sagte aber nichts. Sonntags ging er zu den Treffen der Gesellschaft der Freunde, und wenn man ihn zu einem Barbecue einlud, kam er, trank zwei Bier, lobte das zarte Fleisch, sprach über Baseball und ging wieder. Er war für alle der freundliche alte Mann, aber niemand wusste, was in ihm vorging. Man sah ihn oft am Friedhof, der unweit vom Trailerpark gelegen war, und dachte, er würde jemanden betrauern, dabei sah er sich nur fremde Gräber an. Fütterte er Eichhörnchen, hatte man einen Beweis seiner Gutherzigkeit. Und hieß es, dass er mit dem Hirn spreche, machte man kein Aufheben daraus. Das taten Kinder schließlich auch, allerdings mit Stofftieren und Puppen, nicht mit dem Genius von Albert Einstein.

Es gibt kein grundlegenderes und perfekteres Rätsel als das der Zeit. In unserer Wahrnehmung ist sie ein gleichförmiger Brei, aber manchmal bricht ein Klumpen heraus, und dann ist ein Monat vorbei – oder ein Jahrtausend.

Seit Harvey im Wohnwagen lebte, stand das Hirn auf dem Esstisch. Sie unterhielten sich wie ein altes Ehepaar.

– Du lebst in einem Trailerpark, hast Mauki und die ärztliche Lizenz verloren und arbeitest als Hilfsarbeiter.

– Ich habe das Richtige getan.

Harvey sah jetzt aus wie Marlon Brando, aber hübscher. Er hatte ein scharfgeschnittenes Gesicht, den Ernst der Männer von Qumran und den Eifer der Essäer. *Liebe hat nichts mit Gerechtigkeit zu tun.* Er lebte sparsam, schrieb Schecks für die Exfrauen und war stolz, dass die meisten seiner Kinder einen Universitätsabschluss hatten.

Als er wieder einmal einen dieser Anwaltsbriefe öffnete und sich über eine hohe Nachforderung ärgerte, spürte er einen Stich in der Brust. Er wollte hinfassen, doch seine Hand war wie gelähmt. Nicht nur die Hand, sein ganzer Körper. Er stand als Scherenschnittvorlage im Wohnwagen und konnte sich nicht rühren, wusste, er würde gleich umfallen und sich etwas brechen. Panik raste durch seinen Kopf. *Hirnschlag? Herzinfarkt?* Schließlich gelang es ihm, langsam auf den Boden zu sinken. Nun kam der Schmerz. Er fror, hatte Schüttelfrost und hörte Wasser in seinem Kopf ... nein, es waren Schweißtropfen, die von der Stirn zu Boden platschten. Jeder Aufprall klang unsagbar laut, als würden ganze Schwimmbecken ausgeschüttet. War das der Tod? Der Zustand jenseits aller Zweifel?

Harvey konnte sich nicht bewegen, wusste aber, dass er etwas tun musste. Das Hirn stand am Küchentisch und schwieg. War dies das Ende? Thomas stellte sich vor, jemand anderer zu sein, ein fremder Körper, und es gelang ihm, zum Telefon zu robben. Er wählte die Notrufnummer, legte aber wieder auf, weil er fürchtete, die Sanitäter könnten das Hirn für psychedelische Pilze halten. Er rief Burroughs an, sagte mit brüchiger Stimme:

– Herzinfarkt. Hilfe.

– Ich komme, sagte Willi. Tatsächlich dauerte es eine Stunde, bis er da war. Burroughs tapste wie berauscht um den am Boden kauernden Harvey und sagte schließlich, dass es ihm nicht leichtfalle zu helfen.

– Ich habe Schlaftabletten geschluckt und muss mich übergeben, sonst schlafe ich ein.

– Kotz in den Garten. Harvey stöhnte.

Eine betrunkene Mexikanerin schimpfte, als sie den gebeugten Dichter sah, der zur Antwort den Hut schwenkte und Cucaracha brüllte. Als Willi seinen Freund endlich in den VW Käfer verfrachtet hatte, sagte er, er sei so aufgeregt, dass er erst mal eine rauchen müsse.

– Bist du verrückt? Ich hatte einen Herzinfarkt, da kannst du doch jetzt keine qualmen.

– Was du immer anstellst. Müsste ich über dich schreiben, käme nur ein Schelmenroman in Frage – episodenhaft, unzusammenhängend, ein aus der Unterschicht kommender Held ... das ist bei dir umgekehrt.

– Versprich mir, dass du dich um das Hirn kümmerst, falls ich nicht zurückkomme. Für mich ist das so wichtig wie für dich die Underwood.

– Warum hast du mich angerufen? Was ist mit Mauki? Sie ist doch eine fruchtige Zitrone, die sich über alles stülpt.

– Es geht ihr nicht besonders. Glaubst du, ich muss sterben?

– Panta rhei, der alte Kampf zwischen Vergänglichkeit und Ewigkeit. Nachdem die Griechen jahrhundertelang an Heraklits »Alles fließt« geglaubt hatten, kam Parmenides und behauptete, dass alles immer gleich bleibe, sich gar nichts verändere.

– Was bedeutet das?

– Alles bleibt, wie es ist, obwohl es sich wandelt. Burroughs warf die Zigarette aus dem Fenster und fuhr los. Seine Hände zitterten, und er hielt an der nächsten Tankstelle.

– Was ist? Harvey hauchte.

– Ich muss etwas trinken. Burroughs sprang aus dem Wagen, kaufte ein Sixpack Bier, trank und rülpste.

– Bist du verrückt? Geht es nicht in deinen Kopf, dass ich sofort ins Spital muss? Mein Leben ist kein Schelmenroman!

– Ich bin meinem Gehirn genauso ausgeliefert wie du deinem. Weißt du, bei den Drogenexperimenten ging es darum, die Wirklichkeit zu erfahren; erkennen, wie der Geist funktioniert. Es gibt Autisten, die wissen für jedes Datum den Wochentag, andere haben ein fotografisches Gedächtnis. Ich wollte immer sehen, was hinter der Fassade ist. Jetzt sind meine Gehirnzellen durch inaktives Bindegewebe ersetzt.

– Fahr endlich. Ich könnte an einem Hirnödem sterben oder an einem Subduralhämatom.

– So schlimm wird es nicht sein. Glaubst du, vergeht die Zeit in einer Sanduhr irgendwann schneller oder langsamer?

– Fahr!

– Die Sandkörner werden durch Abnützung kleiner, gehen also schneller durch die Engstelle. Aber kleinere Körner bedeuten, dass sie mehr zusammensacken, es länger dauert, bis sie eine Markierung erreichen ...

– Fahr!

– Ist ja gut. Beruhige dich. Was hältst du von einem Bildungsroman der Aufklärung?

– Los jetzt!

Im Spital wurde Burroughs von einer Schwester erkannt, und im Nu hatte sich eine Traube von Autogrammjägern um ihn geschart. Man wollte wissen, wie ihm die Verfilmung gefalle, woran er gerade scheibe, ob er auf den Nobelpreis hoffe ... Es dauerte, bis jemand fragte, was ihm fehle, ob er Hilfe brauche.

– Mir geht es ausgezeichnet, aber meinem Freund ...

Alle sahen zu dem bleichen Harvey, der regungslos in einer Ecke kauerte und »Naked Lunch ist eine Sauerei« murmelte. Er wurde an ein EKG angeschlossen, das keinerlei Ausschlag zeigte.

– Entweder das Gerät ist kaputt, oder Sie sind tot. Der junge Arzt holte ein zweites Gerät, das ebenfalls nicht reagierte. *Tot?* Der dritte Kasten funktionierte. Die Diagnose war ernüchternd: Herzinfarkt.

– Keine Sorge, es gibt eine neue Methode, die Sie schützt. Es handelt sich um ein Metallgitter, das ein nochmaliges Verschließen der Adern verhindert.

– Ein Stahl-Dildo für Venen. Burroughs grinste.

Harvey wurde ein Stent gesetzt, und in den nächsten Tagen erlebte er das Spital erstmals von Patientenseite. Sein Zimmergenosse hatte eine Nierenoperation hinter sich und musste jeden Morgen in einen Trichter pissen. Als er einen Bimsstein hineinlegte, wären die Ärzte beinahe ausgeflippt.

– Wie konnte das durch Ihre Harnröhre?

Ein anderes Mal setzte sich der Spaßvogel eine Halloweenmaske auf, drückte den Notrufknopf und versteckte sich unter der Decke. Die herbeigeeilte Schwester hätte fast der Schlag getroffen, und Harvey musste derart lachen, dass seine Wunde aufplatzte.

Dennoch durfte er bald nach Hause.

– Schonung, riet der Arzt. Doch Thomas hielt sich nicht daran. Als er mit dem Rad zu Mauki fuhr, die in der Mitte der Stadt wohnte, wogegen der Wohnwagenpark außerhalb lag, hoffte er, dass es ihr besserging. Vielleicht gab es eine wundersame Heilung wie im Märchen? Aber nein. Ginny teilte ihm emotionslos mit, dass ihre Mutter nun in einer Einrichtung lebe und einzig und allein er daran schuld sei.

– Was ist geschehen?

– Sie hat begonnen, ins Bett zu nässen, ist durch die Nachbarschaft geirrt, mit Schlafrock und Pantoffeln, außerdem hat sie eingebildeten Besuch gehabt – ihre verstorbenen Eltern oder andere Leute. Sie hat ihnen Kaffee gemacht und Kuchen … Wir dachten, diese Spinnerei würde vergehen. Aber irgendwann ist sie wegen dieser Besucher zur Stadtverwaltung gegangen.

– Sie hatte Angst?

– Sie wollte sie anmelden, weil wenn die schon hier sind, sagte sie, muss alles eine Ordnung haben. Deine Mauki wollte ihre eingebildeten Besucher im Einwohnerverzeichnis registrieren lassen … Und damit hat sie sich geradewegs selbst ins Pflegeheim verfrachtet.

– Was kann ich dafür?

– Deine hirnrissigen Hirnscherereien haben ihr den Verstand vernebelt. Glaubst du, ich weiß nicht, dass du mit ihm redest? Vielleicht solltest du es auch im Einwohnerverzeichnis registrieren lassen? Ginny lächelte höhnisch und sagte fast versöhnlich: Man kann dir nichts vorwerfen. Du bist ein normaler Mensch, der versucht, sich als etwas Besonderes auszugeben. Das machen viele, die ihre Mittelmäßigkeit nicht ertragen.

Dann sah Mauki Geister. Aber diese Ginny … *Wie kann man nur dermaßen herzlos sein?* Harvey war so verärgert, dass er bei der Heimfahrt unentwegt fluchte. Als eine beleibte Radfahrerin vor ihm auftauchte, kamen ihm, dem gutmütigen Thomas, Begriffe wie Nilpferd und Fettklops in den Sinn. *Was hat so ein Monstrum im öffentlichen Verkehr verloren?* Die pummelige Brillenträgerin fiel ihm ein. Sheila, die ihm einen Liebesbrief zugesteckt und sich kurz darauf umgebracht hatte. Sofort erfasste ihn

Reue ... *in allen Menschen wohnt Gott* ... und doch kam er nicht umhin, in den radelnden Fettwülsten eine unappetitliche Kolossin zu sehen. Der Anblick dicker Waden, die schmatzend an Kniekehlen-Fettwülsten rieben, dazu das massige Hinterteil, worin der Sattel versank wie die Kirsche in einer Sahnetorte, der Hals vom Umfang eines Elefantenbeines, wabbelige Oberarme mit Marshmallow-Konsistenz ... eine typische amerikanische Krönung der Schöpfung, Opfer von zuckerhaltigen Limonaden ... das alles ekelte ihn nicht nur, er verband es auch mit Faulheit, Verwahrlosung, Unmoral. *So ein fetter Kloß muss in der Hölle schmoren. Und wie stolz sie auf dem Sattel hockt! Das arme Rad. Aber wie schaffte es dieses Schlachtross, so schnell zu fahren? Du musst fester treten, Harvey. Es kann nicht sein, dass du an diesem Ungetüm nicht vorbeikommst ...* Plötzlich rutschte sein Fuß vom Pedal, kam der Vorderreifen von der Straße ab. Harvey versuchte gegenzulenken, spürte, wie das Hinterrad wegbrach. Dann knallte es, und bevor sich seine Augäpfel mit Schwärze füllten, sah er noch, wie die Ziegelsteine des Gehweges auf ihn zukamen – »Lawrence, Kansas« stand darauf. Dann drang Stille in seine Ohren wie Wasser beim Tauchen.

Als er die Augen öffnete, sah er einen roten Vorhang und spürte weiche, warme Polster. Harvey kam sich vor wie der vom Kreuz genommene Christus in den Armen seiner Mutter. Er lag im Bett einer arabischen Prinzessin, nein, im Schoß der Dicken, die ein Tuch gegen seine Stirn drückte.

– Sie müssen vorsichtig sein, sagte sie warmherzig.

– Trinken Sie nicht so viel Cola. Entschuldigung. Harveys Stimme war brüchig. Ich wollte Sie nicht beleidigen.

– Ist doch selbstverständlich ... Die Dicke hielt ihn für verwirrt. Die Ambulanz wird gleich da sein.

– Ich will nicht wieder ins Spital. Gerade hatte ich einen Herzinfarkt.

Die Sanitäter wirkten wie Leute von der Straßenreinigung,

und Harvey musste all seine Überzeugungskraft aufbieten, damit ihn die Dicke nicht begleitete. Als man die Tür des Rettungswagens schloss, winkte er zum Abschied, und auch sie hob ihre Hand, machte ein ernstes Gesicht und wirkte wie ein Mensch, der noch nie gewunken hatte.

Im Spital wurde erst die Platzwunde genäht, dann ein Röntgenbild gemacht, das fünf angeknackste Rippen zeigte. Als man erfuhr, dass Harvey nicht versichert war, hätte man ihm am liebsten alle Organe zum Weiterverkauf entnommen.

Die Schwestern spielten Schere-Stein-Papier, nein, Gips-Einlauf-Beruhigungsspritze, und ein Arzt eröffnete ihm, dass seine Blutwerte im … entschuldigen Sie den Ausdruck … Arsch wären, er Krebs oder Aids oder beides habe. Eine weitere Erklärung gab es nicht.

Wenn ich tot bin, kann ich endlich ausschlafen. Harvey fühlte sich wie sein eigener Schatten. Er schloss die Augen und sah den Lebensfilm: Stottern … Ich bitte schön um das Meinige, Herr Vater …, Tuberkulose, Elouise, Gretchen, Lisa, der neurotische Seelenklempner Tischbein, Mendel Zeligman, Pater Franklin, Wallfahrtsort, der das Universum umrunden wollte, Atticus, Mauki, Extruder, Campingplatz … Er hatte sich vom Festland einer sicheren Existenz so weit entfernt, dass er auf keine Rettung mehr hoffen durfte. Nachts stand er auf und ging ans Fenster, um sich hinabzustürzen. Das Fenster ließ sich nicht öffnen.

Drei Tage später erschien der Arzt wieder und verkündete, dass er keinen Krebs und auch kein Aids habe, sich aber nicht zu früh freuen dürfe, weil er dennoch eine todbringende Krankheit in sich trage, nämlich Legionellen, woran erst letzten Monat ein Mensch gestorben war.

Legionellen? Ich bin doch kein Soldat! Harvey begann zu fiebern. Zum Glück kam ein paar Tage später Burroughs, brachte eine Flasche Rum – Gunpowder Proof – und beglich die Rechnung. Harvey war damit nicht einverstanden, Willi aber lächelte milde.

Als Thomas trotz seines Zustands zur Arbeit ging ... man hatte ihm Bettruhe verordnet ..., quetschte er sich einen Finger in der Maschine. Um nicht gekündigt zu werden, biss er die Zähne zusammen, sagte nichts.

SHOWDOWN

– Weit hast du es gebracht. Gretchen Gruenspan stand vor dem verrosteten Wohnwagen und warf einen abschätzigen Blick in Richtung der platten Reifen. War es Mitleid, das Harvey da in ihren Augen sah? Wie der ungläubige Thomas in die Wunden des Auferstandenen griff Harvey nach Gretchen ... ihrer Schulter ..., um sich ihrer zu vergewissern.

– Wie hast du mich gefunden?

– Kontakte. Gretchens grüne Jaguaraugen waren noch dieselben. Das Haar glänzte metallisch grau, sie trug es kürzer als beim letzten Mal. Ein enger Rock betonte ihre schlanke Hüfte, und die Strickweste wirkte nur auf den ersten Blick selbstgemacht. *Teures Designerstück.* Harvey fühlte eine leichte Wut aufsteigen. Lag es an der Scham über sein Elend oder am Schmerz, den ihm der Gedanke an eine längst vergangene Zeit bescherte?

– Bist du noch in der Umweltschutzbewegung?

– Ich bin nicht wie die anderen, die ausgestiegen sind und Firmen gegründet haben. Einer ist im Glücksspielgeschäft, ein anderer Börsenmakler, der Nächste vertritt die Atomlobby. Die haben jetzt Familien und müssen Geld verdienen, um ihren Kindern eine Ausbildung zu finanzieren.

Harvey mochte diese großsprecherische Art nicht, schwieg aber.

– Wir wollten die Welt verändern, ein globales Bewusstsein schaffen, aber den meisten geht es jetzt bloß noch um ihren Vorgarten. Gretchen seufzte. Harvey brachte Bierdosen, und sie setzten sich in Liegestühle.

– Hast du auch Tee? Sie sah das Bier an wie eine entsicherte Handgranate.

– Nein.

– Wasser?

– Die Leitungen sind rostig.

– Egal. Gretchen öffnete das Bier und sah zu, wie Schaumbläschen aus der Öffnung blubberten. Ich war dabei, als wir uns Walfängern entgegenstellten. Ich habe Robbenbabys mit Farbe besprüht, damit sie nicht erschlagen werden, mich vor Tierversuchsanstalten und Mastbetrieben angekettet.

– Und über den See Genezareth bist du auch gegangen?

– Nein. Gretchen entging Harveys Zynismus. Hat sich durch unsere Aktionen was geändert? Kaum ist die Öffentlichkeit beruhigt, machen alle weiter wie zuvor.

– Aber du hast dich nicht beirren lassen? Sie erschien ihm selbstgerecht und rechthaberisch.

– Ich habe einen Archäologen geheiratet und ihn zu Ausgrabungen begleitet. Die Ehe ist gescheitert.

– Seid ihr euch schweigend in einem Steakhaus gegenübergesessen?

– Ich wollte der Konvention entsprechen, aber bereits als wir unsere ... sie suchte nach dem richtigen Wort ... nennen wir es Affäre ... hatten, wusste ich, dass ich Frauen liebe.

– Lesbisch? Harvey verschluckte sich. Habe ich dir nichts bedeutet?

– Pff, sie rollte mit den Augen. Ich hatte die Nachstellungen der Ärzte satt. Mit dir ist das erträglicher geworden.

– Dann war ich eine Alibibeziehung? Er zerdrückte die Bierdose und warf sie zornig ins Gebüsch.

– Ich konnte nicht herumposaunen, dass ich lieber mit Frauen ...

– Was willst du? Harvey sah sie feindselig an. Sein dringlichster Wunsch war, dass diese Frau wieder verschwand.

– Ist das so schwer zu erraten? Das Hirn!

– Was? Wozu?

– Als Symbol für den Kampf gegen den Klimawandel.

– Klimawandel? Was soll das sein?

– Wegen der Abgase ändert sich das Wetter. Die Pole schmelzen, Gletscher, es kommt zu Überflutungen, Venedig wird versinken, Afrika verkarstet.

– Davon weiß ich nichts. Nur weil du dich für eine wiedergeborene Hildegard von Bingen hältst ... Einstein war nicht einmal Vegetarier ... In dem Moment, als Harvey am stärksten mit Abneigung erfüllt war, Gretchens kurzes graues Haar ebenso hasste wie ihre schlanken Beine, stand sie auf, packte ihn an den Schultern und sah ihn durchdringend an.

– Thomas! Die Schrift gibt es erst seit fünftausend Jahren, trotzdem glauben wir, die Krone der Schöpfung zu sein, dabei existieren Pflanzen, deren Keime dreißigtausend Jahre überleben. Es geht darum, das Wesen der Natur zu erfassen und zu schützen.

– Du willst die Welt retten, aber wozu das Hirn?

– Nächsten Monat bin ich bei Oprah Winfrey eingeladen, und es würde Eindruck machen, wenn ich Albert Einstein als Mitstreiter hätte.

– Wer ist Oprah Winfrey?

– Lebst du auf dem Mond? Das ist die ... die Betonung lag auf dem bestimmten Artikel ... Talkshow!

– Gut. Harvey wollte sie zum Teufel jagen, trotzdem hatte er ihr keine Absage erteilen können. Jetzt zündete er sich eine Zigarette an und schaute dem Rauch zu, der sich nach oben schlängelte. Er bot Gretchen eine an, sie aber schüttelte den Kopf.

– Weißt du, was mit Blummenfelt passiert ist? Der alte Unglücksrabe! Klar, wenn jemand so viel raucht ... Kurz bevor es ihn erwischt hat, hat er sich eine goldene Toilette bauen lassen, wenn man die Spülung betätigte, ertönte Mozarts »Kleine Nachtmusik«.

Gretchen war gerade abgedampft, da kam Harvey ein Fahrrad entgegen, und mit ihm die dicke Lebensretterin. *Auch das noch.* Sie trug ein weißes Leibchen mit dem Aufdruck 261. *Hoffentlich nicht ihr Gewichtsziel?* Ihre Beine steckten in Leggins, und Thomas dachte unwillkürlich an ein großes, in Plastik verschweißtes Stück Fleisch.

– Gar nicht leicht, Ihre Adresse herauszufinden, sagte sie mit runder Stimme, aber die Sanitäter haben Ihren Drahtesel einfach liegenlassen.

– Drahtesel? Das Wort habe ich ewig nicht gehört. So haben meine Großeltern geredet. Sie aber sind doch höchstens fünfunddreißig.

– Zweiundvierzig! Ich habe mir erlaubt, den Drahtesel ... nun betonte sie das Wort besonders ... in eine Werkstatt zu bringen. Hier ist das gute Stück. Sie stieg ab und klopfte auf den Sattel.

– Was bin ich schuldig?

– Nicht der Rede wert. Die Lebensretterin trug eine große Brille, das Haar oben zusammengebunden, und genau besehen war sie gar nicht so dick. Eigentlich sogar ganz hübsch. Sie sagte ihren Namen, aber für Harvey blieb sie die Dicke.

– Was hat 261 zu bedeuten?

– Wissen Sie das nicht?

– Eine Primzahl? Ein Parfüm? Die Antwort auf alles?

– Die Startnummer von Kathrine Switzer, der ersten Frau, die einen Marathon gelaufen ist. Das hat den Frauensport verändert, inspiriert mich.

– Laufen Sie Marathon?

– Ich? Sie lachte, es war ein herzliches Lachen, so warm wie eine frische Mehlspeise. Harvey öffnete eine von Burroughs' Weinflaschen, die Willi hier für Notfälle deponiert hatte, und war wenig später beglückt vom besten Sex seit Jahren. *Wenn das kein Beweis für die Existenz des Paradieses ist, weiß ich auch nicht.*

– Was haben Sie hier zu suchen, Sportsfreund? Der Regieassistent musterte Harvey wie einen Schuljungen, den man in der Mädchenumkleidekabine aufgegriffen hatte.

– Ich bringe das Hirn von Albert Einstein, Sportsfreund. Gretchen Gruenspan hat mich gebeten, damit herzukommen. *Und ich bin so verrückt und gehe in dieses Fernsehstudio, in diesen Sündenpfuhl der lächerlichen Selbstdarsteller.*

Er wurde in eine kleine Kammer ... *Gästegarderobe* ... gesetzt, sah eine von Maskenbildnern umschwärmte Farbige ... das ist Oprah ... vorbeihuschen und beruhigte Gretchen, die am ganzen Leib zitterte, nein, das Bibbern umhüllte sie wie ein zu großer Mantel. Sie holte keuchend Luft, und ihre Lippen vibrierten.

– Denk an die Sache, wegen der du hier bist. Geht es dir um persönlichen Ruhm oder um Wahrheit?

– Das Überleben des Planeten steht auf dem Spiel. Gretchen dachte, es ginge ihr gut, dann war ihr, als müsse sie sich übergeben oder ohnmächtig werden oder beides zugleich.

Alle Menschen in dem Fernsehstudio schienen ungeheuer wichtig zu sein. Sie taten geschäftig und schritten mit vorgerecktem Kinn durchs Leben. Eine Assistentin zupfte an Harveys Kleidung, bemerkte Dinge, die nur einer Frau auffallen konnten.

Das Studio war ein Ort, an dem Wirklichkeit gemacht wurde. Aber für Harvey war es ein seelenloser Raum, wo niemand mit seiner Zeit übereinstimmte. An den Wänden hingen Bilder von Filmstars. Die Assistenten, Techniker und Maskenbildner taten geschäftig wie Priester vor einer Zeremonie. Dabei hatte ihr Kult längst an Einfluss verloren. Mit den albernen Figuren, die seit den achtziger Jahren in Sitcoms für Konservenlachen herumhampelten, war das Ende des Fernsehens eingeläutet worden.

Mit Reality-TV, Talkshows und anderen Selbstprostituierungsformaten sollte es sich noch einmal aufbäumen, doch vergeblich. Fernsehen war so gut wie tot.

Dann wurde es hektisch. Über Lautsprecher meldete sich der Aufnahmeleiter, Scheinwerfer gingen an, und Kameras bekamen rot leuchtende Drachenaugen. Gretchen klammerte sich an die Armlehnen, aber Oprahs tantenhafte Ausstrahlung beruhigte sie. Bald wurde aus Gretchens mit Speichelproblemen kämpfender Stimme ein eindringlicher Tonfall, dem sich niemand entziehen konnte. Schnell hatten alle den Eindruck, einem jener seltenen Momente beizuwohnen, an dem sich Wirklichkeiten überlagerten, etwas zur Deckung kam und Geschichte geschrieben wurde. Eine Sternstunde! Gretchen Gruenspan schilderte die Zustände auf Walfängern, wo die toten Tiere wie Bäume zerteilt wurden, alles voller Blut war. Sie beschrieb Blicke der Robbenbabys, bevor sie erschlagen wurden, das verzweifelte Kreischen ihrer Mütter. Sie kam auf den Missbrauch zu sprechen, verglich die Ausbeutung der Frauen mit jener der Natur, redete von leergefischten Meeren, vom Bienensterben und anderen Umweltkatastrophen.

– Wenn wir nicht umdenken, geht die Welt zugrunde. Gretchen holte einen Zettel hervor und las Namen von Musikern und Schauspielern, die sie unterstützten ... Und all diese Leute haben das Vertrauen in die Menschheit noch nicht verloren ... Nun kam das Gespräch auf Einsteins Hirn, und Harvey wurde gebeten, es ins Studio zu tragen.

– Ihr Auftritt, Sportsfreund.

Thomas fühlte, wie sein Darminhalt in Bewegung geriet, ging aber lächelnd zu dem Tischchen, stellte das Glas ab und verbeugte sich.

– Das ist Albert Einsteins Hirn. Wenn sich sogar so ein bedeutender Mann für den Kampf gegen den Klimawandel starkmacht, sollten auch wir nicht nachstehen und unsere Lebensweise hinterfragen. Oprahs Stimme brachte das ganze Land zum Schmelzen, und in den Augen von Millionen Fernsehzusehern sammelten sich Tränen.

– Vielleicht, sagte Gretchen, beobachten uns die Tiere. Wir haben gelernt, das Feuer zu beherrschen, können an den unwirklichsten Orten überleben, haben so unwahrscheinliche Dinge erfunden wie die Atombombe oder den Haartrockner, aber trotzdem sind wir unter Beobachtung der Tiere und Pflanzen, die eines Tages, wenn es darum geht, wie wir mit der Schöpfung umgegangen sind, über uns richten werden. Daher appelliere ich: Seien Sie achtsam. Haben Sie Respekt vor allen Wesen. Suchen Sie das Wunderbare in jeder Kreatur. Zeigen Sie der Natur, dass wir Menschen, keine Monster sind.

Kaum war die Übertragung zu Ende, stürzten Regieassistenten ins Studio und berichteten von unzähligen Anrufen.

– Das war eine Bombe, ein Megaerfolg. Alle wollen sich für den Umweltschutz engagieren.

– Du warst großartig. Harvey umarmte Gretchen, die über beide Ohren strahlte.

– War ich nicht zu aufgeregt? Ich wollte die fossilen Brennstoffe erwähnen …

– Sie waren beeindruckend. Oprah schüttelte Gretchen die Hand und erkundigte sich nach den Einschaltquoten. Bombe. Alle waren begeistert.

– Das ist der Startschuss für eine Bewegung. Gretchen küsste Harvey. Du und das Hirn, ihr seid jetzt unsere Symbole. Wir brauchen einen zugkräftigen Namen, ein gutes Logo … Jedenfalls wirst du nicht länger in einem Wohnwagen leben.

Harvey spürte ein Jucken hinter den Augen, und ihm war, als würde das Hirn etwas sagen. In seinem Kopf wütete ein Bienenschwarm unterschiedlichster Gedanken.

Als sie die Sendeanstalt verließen, wurden sie von Fremden gegrüßt. Unbekannte reckten den Daumen in die Höhe, und

Gretchen machte den Eindruck, als durchlebe sie den glücklichsten Moment ihres Lebens. Sie sprach gerade von ihren Plänen, als ein dumpfer Knall zu hören war, ihre Stimme schrumpfte wie ein Luftballon, der hinten offen war. Ein leises Rasseln und Pfeifen schien aus ihr zu kommen. Sie sprach weiter, griff sich an die Brust und hatte plötzlich ihre Gesichtszüge nicht mehr unter Kontrolle. Als sie umfiel, stellte Harvey erst das Hirn ab, beugte sich dann über sie.

– Gretchen? Was ist los? Einen Augenblick lang hatte er den beruhigenden Gedanken, die Aufregung sei ihr zu viel geworden, dann sah er einen sich ausbreitenden Fleck auf ihrem Oberbauch. Blut!

Harvey blickte sich um und sah eine runzelige Alte, die ein großes Bild in Händen hielt. Glückliche Eltern und ein strahlendes Kleinkind waren darauf zu sehn.

– Alles Lüge, krächzte ihre Stimme. Wir waren eine glückliche Familie. Gretchen ist nicht missbraucht worden. Niemals! Sie hat sich das ausgedacht.

Thomas riss Gretchens Bluse auf und entdeckte ein kleines Loch, aus dem der rote Saft gepumpt wurde, ein Blutgeysir. So stammte der Knall also von einem Schuss! Oder weil in Gretchen etwas geplatzt ist? Eine Lebenslüge? Er nahm sein Taschentuch, in das er sich vor kurzem noch geschnäuzt hatte … *egal!* …, drückte es auf die Wunde und tätschelte, nein, schlug mit der anderen Hand in ihr Gesicht.

– Du musst wachbleiben! Verlass mich nicht.

– Mutter! Ich … Gretchen wollte etwas sagen, doch Blut quoll aus ihrem Mund.

– Hilfe! Wir brauchen Hilfe! Wir sind angeschossen worden. Harvey schrie.

Aus der Sendeanstalt kamen Menschen angelaufen, rannten zurück, um die Rettung zu rufen.

Wir brauchen einen Arzt! Ich bin selbst Arzt, aber ohne Lizenz. Harvey wusste nicht, was tun, presste das Taschentuch in die Wunde und schrie Gretchen an.

– Du darfst nicht sterben. Nicht heute.

– Der schönste Tag meines Lebens … kam aus dem blutgefüllten Mund gegurgelt.

– Haltet die alte Frau fest. Harvey brüllte, aber Gretchens Mutter war nicht mehr zu sehen. Die Alte war verschwunden, und Thomas wusste nicht, ob er sie sich nur eingebildet hatte.

Es dauerte eine Ewigkeit, bis ein Krankenwagen kam. Als die Sanitäter die schlanke, jetzt geradezu knochig wirkende Frau auf die Bahre legten, hatte sie keinen Puls mehr. Im Rettungswagen musste Harvey Fragen nach der Patientin beantworten: Name, Geburtsdatum, Versicherungsnummer …

– Haben Sie nichts Besseres zu tun? Sie stirbt, und ich soll Ihre blöden Fragen beantworten? Harvey schüttelte den Kopf. Als der Wagen das Krankenhaus erreichte, war Gretchen tot. Der diensthabende Arzt kam, sah Thomas ernst an und sagte, man könne nichts mehr machen.

Am nächsten Tag war ein Bild des Todesschützen in der Zeitung – kalte Augen, dünne Lippen, Oberlippenbärtchen … keine Mutter, sondern ein vom Leben enttäuschter Kriegsveteran, der sich durch Gretchens Fernsehauftritt beleidigt gefühlt hatte.

Harvey wurde von Reportern und Umweltaktivisten gesucht, aber niemand vermutete ihn in einem Wohnwagen oder einer Plastikfabrik.

DAS SOCKENPARADOXON

Früher oder später passiert alles, was passieren kann, und wenn das Universum unendlich sein sollte, erst recht. Burroughs vermittelte Harvey eine Wohnung in einem Backsteinbau, nicht so schmuck wie seine früheren Domizile, aber groß genug, alle eingelagerten Umzugsschachteln zurückzuholen. Es gab keinen Garten, und neben dem Gebäude waren eine Tankstelle, das Heim für Kriegsveteranen und eine Katzenklinik.

Harvey erstand einen rostigen Honda, arbeitete nach wie vor in der Fabrik und ging regelmäßig zu den Quäkern, deren Versammlungsraum sich in einem unscheinbaren grauen Holzhäuschen befand. Es gab in Lawrence mehr als dreißig Gotteshäuser: die Kirche der Relevanten, die Greenhouse Church, die der lutheranischen Chinesen und viele andere, kein Wunder, dass zu den sonntäglichen Anbetungen der Stille nie mehr als zehn, zwölf Personen kamen. »Liebe deinen Nachbarn (ohne Ausnahme)« stand auf der Stirnseite. Im Quäkerhaus waren vier Holzbänke, aber keine Bilder oder Kreuze, nicht einmal Kerzen. Es ging darum, Gott zu lauschen, sich zu fragen, was man gegen die Armut tue, was, um die Welt besser zu machen. Die Gesellschaft der Freunde bestand aus schweigsamen Leuten, die in jedem Menschen ein Ebenbild Gottes sahen und sich für den Weltfrieden einsetzten. Es gab weder eine Hierarchie noch ein aktives Anwerben von Mitgliedern. Keine protzigen Gotteshäuser, nicht einmal prunkvolle Prozessionen. So etwas konnte sich auf dem Jahrmarkt der Religionen nicht durchsetzen, aber für Harvey war es das Richtige.

Eines Tages besuchte er Mauki – voller Hoffnung, sie könnte bei ihm einziehen, aber sie erkannte ihn nicht, hielt sich für eine Gräfin und ihn für einen Lakaien.

– Ich muss Baron Schiefelbein treffen.

– Wer ist das? Einsteins Haushälterin in Berlin hieß Schiefelbein.

– Sie sind ihm begegnet? Mauki hatte den herablassenden Blick einer britischen Hocharistokratin.

– Ihr Name war Herta. Ich weiß nicht, ob sie noch lebt.

– Ich muss ihn sehen. Baron Schiefelbein muss ein paar Dinge für mich erledigen.

– Einstein hat erzählt, dass Herta Schiefelbein hervorragend kochen konnte. Lammkotelett mit grünen Bohnen, Schweinelenden mit Kastanienreis … Das Fleisch musste gut durch sein, sonst pflegte er zu sagen, er sei doch kein Tiger. Einstein liebte Eier und Pilze.

– Wieso Einstein? Wer ist das? Ich rede von Baron Schiefelbein.

Harvey ging mit seiner verwirrten Frau im Park ihres Pflegeheimes spazieren, und Mauki redete von Herzögen und Fürsten, die sie besuchen kämen, von der Baronesse Soundso, die ein Verhältnis mit dem Fürsten von Daunddort habe, aber Baron Schiefelbein … Nur wenn der Wind in die Bäume fuhr, hielt sie inne und sagte:

– Hört sich an, als würde Schaum in sich zusammensinken. Wir müssen vorsichtig sein, der Tag hat Regen im Rachen. Und nun zu Baron Schiefelbein. Wo steckt der Kerl?

– Ich kenne keinen Baron Schiefelbein.

– Da haben wir es, er lässt sich verleugnen. Das ist wieder einmal typisch.

– Ich habe nie von ihm gehört.

– Wann haben Sie ihn zuletzt gesehen? Bestellen Sie ihm, dass man ihn hier erwartet.

Kurz darauf, es war Sommer 1994, stand dieser ominöse Baron Schiefelbein, nein, ein Japaner vor Harveys Haustür. Der Weiße Hase hielt ihn für einen Anwalt seiner Exfrauen, aber Kenji Sugimoto trug ein kleines Bäumchen und sagte während zahlloser

Verbeugungen, die wie eine seltsame Gymnastikübung aussahen, er sei Mathematikprofessor und Einstein-Fan.

– Sind Sie Pathologe Thomas Harvey? Ich kommen wegen Einstein-Hirn.

Harvey nickte, und der Japaner, ein großer beleibter Mensch, überschlug sich vor Ohs und Achsos. Er überreichte Thomas das Bäumchen, sagte, es handle sich um einen Bonsai, Symbol japanischer Kultur – *wird zusammengeschnitten, bis keinerlei emotionale Regung mehr möglich ist*. Dann hielt er einen Vortrag über Einstein, den er abschloss, indem er ein Buch herauszog und es Thomas in die Hand drückte, einen Bildband über Einstein, leider auf Japanisch.

– Ich geboren in Nagasaki nach Atombomben, ich denken, Einstein-Hirn hat ausgedacht Atombomben. Ich Kind von Atombomben. Einstein-Hirn Vater. Sugimoto zog die Schuhe aus, setzte sich im Schneidersitz auf den Boden und erzählte von seiner Odyssee zu ... wie er es nannte: Einstein-Hirn. Niemand wissen, wo Sie leben. Zimmerman in New York sagte, Sie tot, Einstein-Hirn verschwunden. Ich bei falscher Adresse, bei falschem Thomas Harvey ... ich in Ottumwa, Freehold, Wichita, Weston ... Amerikaner unfreundlich. Bis Kenji Sugimoto draufgekommen, woran liegen. Am Trinkgeld! Für Japaner Trinkgeld ist Ehrenbeleidigung. Amerikaner geben zwanzig Prozent. Darum Welt glauben, Amerikaner sein reich. Erlich sagte ...

– Sie haben Sully Erlich getroffen? Ehrlich Erlich? Wie geht es ihm?

– Sehr gut.

– Hat er nicht gejammert?

– O doch, er vermissen Sinn ... deshalb müssen es ihm gut gehen.

– Ganz der Alte. Harvey stellte das Bäumchen ab und legte den Bildband auf ein Tischchen, dann zeigte er dem Japaner Fotos vom Hirn. Durch seinen Kopf gingen Szenen eines bald vier

Jahrzehnte währenden Kampfes, den er verloren hatte. Er war bis in die Knochen müde. Ein Fischer, der sich zu weit auf das offene Meer hinausgewagt und nichts gefangen hatte.

Sugimoto aber überschlug sich mit Ohs und Achsos. Schließlich fragte er schüchtern, ob er das Hirn sehen könne. Thomas brachte zwei Bonbongläser, in denen das Hirn schwamm.

– Oh! Ach so! Einstein-Hirn? Kenji Kind von Einstein-Hirn. Der Japaner konnte sein Glück kaum fassen. *Von wegen förmlich und unterdrückte Gefühle.* Er klatschte in die Hände, hüpfte durch das Zimmer wie ein Kind mit Zuckerschock, war völlig außer sich. Einstein haben mich zur Physik gebracht. Ich lieben ihn.

– Da sind Sie nicht der Erste. Harvey lächelte. Vielleicht würde ja dieser überdrehte Japaner dem Hirn Gott näherbringen? *Ich bin daran gescheitert. Dieser Kampf ging über meine Kräfte.* Sind Sie Buddhist? Glauben Sie an Gott?

– Oh, ach so, der Japaner stöhnte. Das Paradies sein bemalter Vorhang, dahinter Abgrund. Aber manchmal stehen Worte im Weg, wenn man nichts denken will.

– Nichts?

– Juden und Christen denken, dass hinter Universum ein Gesetz steht, aber vielleicht gibt es keines? Keinen Bauplan, nur Zufall. Einstein-Hirn haben nicht nur entdeckt Relativitätstheorie, sondern auch, dass Socken verschmutzen und Löcher bekommen. Also haben er darauf verzichtet. Sie verstehen? Wegen Sockenparadoxon. Immer einer sein verschwunden in Raum und Zeit. Und einzelne Socken sind gefährlich, mit Stein gefüllt ergeben Schleuder ... gefüllt mit Planeten Galaxie. Verstehen? Universum sein eine Socke.

– Ich weiß nur, dass Einstein Schweißfüße hatte.

– Oh, ach so. Schmelzfüße? Sugimoto blickte begeistert in das Glas und war kurz davor, es zu küssen. In seinen Augen verschmolzen religiöse Hingabe und Verzückung. Harvey kam der

Gedanke, dass er das Hirn vielleicht gar nicht zu Gott bringen könne, weil es selbst ein Gott war – zumindest für den Japaner, der völlig aus dem Häuschen war. Wie ein Fischer hatte er, Harvey, seine Harpunen danach geschleudert, mit Lanzen der Gläubigkeit zugestoßen und doch alles verfehlt.

– Vielleicht sein Welt Abwesenheit von Sinn? Verstehen? Vielleicht sein Bedeutung Halluzination, nähert man sich der Wahrheit nur im Nichtverstehen, während alles Verstehen Unwahrheit ist.

– Ist das Buddhismus?

– Nein, Sugimotoismus! Grenzen unserer Erkenntnis. Verstehen? In Mathematik es gibt Oberflächen ohne Rückseiten oder verschieden große Unendlichkeiten. Sage ich, eins ist gleich null Komma neun, neun, neun periodisch, sagen Sie unmöglich. Aber dividieren Sie durch drei, ist Ergebnis dasselbe. Der Asiate lachte und fragte zögernd: Können Sie mir ein Stück Einstein-Hirn geben?

– Warum nicht. Harvey antwortete so emotionslos, als ob er gefragt worden wäre, ob man seine Toilette benutzen dürfe.

– Oh! Ach so!

Thomas holte Küchenmesser und Schneidebrett, öffnete das Glas und fischte mit einer Gabel ein Stück von Einsteins Hirnstamm heraus.

Der Japaner berührte das kleine Ding, das in Farbe, Form und Konsistenz an eine Dorschleber erinnerte, jubelte, ballte die Fäuste und bekam beinahe einen Orgasmus: Einstein-Hirn! Oh! Einstein-Hirn! Ohhhh! Vater! Ich lieben dich.

Harvey schnitt eine dünne Scheibe ab ... *hoffentlich macht der verrückte Asiate kein Sushi daraus ...*, steckte sie in ein rotes Plastikdöschen und übergab es Sugimoto, der sich wie die Pfote einer chinesischen Winkekatze verbeugte.

– Sie sind Physiker?

– Mathematiker. Professor.

– Ich bin nur Pathologe. Moment. Ich will Ihnen etwas zeigen. Wo ist es nur ... Harvey kramte den Zettel mit der Formel der Konenkova hervor. Sugimoto betrachtete das Papier und murmelte griechische Ausdrücke. Schweigend ging er mit der Formel auf die Toilette, aus der bald ein Oh- und Achso-Gestöhne kam.

Harvey hörte die Spülung, und als der Japaner wieder vor ihm stand, blickte er ihn fragend an.

– Gravitation sein das Einzige, was sich durch Zeit bewegen kann ... Sugimoto schüttelte den Kopf und gab den Zettel zurück.

– Was bedeutet das?

– Ich keine Ahnung, quietschte der Japaner. Harvey spürte, er log.

– Hat es mit schwarzen Löchern zu tun?

– Schwarze Löcher schwer wie Universum.

– Fallen wir in ein schwarzes Loch? Zerstört sich das Universum selbst?

– Möglich, Sugimoto flüsterte, dass Formel vielleicht beweist, wir leben in Simulation.

– Simulation?

– Wir sein Computerprogramme, und alles, was wir wahrnehmen, ist eine Vorspiegelung, ein ... wie sagt man ... Trugbild.

– Dann sind wir Hirne, die in einer Suppe schwimmen, mit Elektroden verkabelt?

– Vielleicht nicht einmal. Vielleicht sogar unser Bewusstsein simuliert.

– Aha? Was würde das ändern? Harvey kniff sich in die Backe und zog daran. Solange ich empfinde und liebe und glaube ... solange ich den Eindruck habe, frei entscheiden zu können und zu leben. Dann ist Gott eben ein Programmierer.

– Ich wissen nicht. Oh. Ich nicht. Der Japaner hatte es plötzlich eilig, zog seine Schuhe an und verabschiedete sich mit vielen

Verbeugungen. Abends ging er in eine Karaoke-Bar in Kansas City, zeigte dem Publikum das rote Döschen mit Einsteins Hirn, sang ein japanisches Volkslied und war beim Trinkgeld großzügig.

Der Weiße Hase war froh, dass er ihn los war, nahm das Bäumchen und den Bildband, warf beide in den Müll.

– Simulation? Und die Lehre vom Nichts? Von der Auflösung? Alles Denken der Wissenschaft ist christlich geprägt. Umso absurder, dass die Wissenschaft das Christentum auflösen will. Oder ist Rebellion gegen die Herkunft normal? Harvey klopfte an das Glas, das Hirn schwieg.

Thomas bekam Briefe von Leuten, die mit Einsteins Hirn Kinder aufregen oder für Physik begeistern wollten. Man bot Unsummen für ein kleines Stück, doch das kam nicht in Frage. *Lieber weiter am Extruder stehen.*

Einmal war ein dicker Umschlag in der Post, und Harvey hielt ihn für einen Versandkatalog, sah aber, dass er Zeitungen enthielt. Er blickte auf die Briefmarke – Guatemala – und fand einen Begleitbrief: Querido Thomas. Hiermit teile ich dir mit, dass deine Töchter ihren Vater vermissen. Schreib ihnen! Frances hat sich in einen italienischen Autoverkäufer verliebt, hermoso!, und Elisabeth arbeitet als Logopädin hier in Guatemala-Stadt. Beide mögen Science-Fiction-Filme … Ich wohne mit einem Regisseur, der ein Theater führt. Ich habe ihn gerettet. Seit meiner Desdemona sind die Guatemalteken verrückt nach mir. Kritiken liegen bei. Du wirst sie nicht verstehen, loco, aber man bejubelt mich. Ich mache dich darauf aufmerksam, dass dich das nicht von deinen Verpflichtungen entbindet. Un beso. Lisa.

Harvey betrachtete die Zeitungsausschnitte. Alle Sätze, die seine Exfrau betrafen, waren unterstrichen. Auf den Fotos sah sie hübsch, aber verhärmt aus.

Dann starb Joseph Bley, und es geschah etwas, das niemand

für möglich gehalten hatte. In der Mühle verzahnten sich Räder, der Schmelzofen gab den Geist auf, und im Extruder blockierten Hebel. Es kam zu einem Kurzschluss, und die Produktion der E & E Plastic Factory geriet ins Stocken. Sollte wirklich Joseph Bley die Seele der Fabrik, vielleicht sogar der Arbeit gewesen sein?

ENGELSSCHWEISS

Wenn man etwas untersucht, verändert die Beobachtung den Gegenstand. Das Unschärfeprinzip. Je genauer man etwas betrachtet, desto weniger weiß man. Aber gilt das auch für Engel, die ihre Schutzbefohlenen so genau studieren wie Liebende? Nur weil niemand mehr Brot oder Milch an Wiesenrändern für die Engel abstellt, heißt das nicht, dass es sie nicht gibt. Engel sind unter uns, trinken Kaffee, cremigen italienischen Espresso.

Harveys Engel hatte anderes zu tun – Latrinendienst. Er wäre kein Engel, wenn er nicht sogar beim Wegputzen fremder Ausscheidung Zärtlichkeit empfände. Wie gerne wäre er zu Thomas hingetreten und hätte ihm ins Ohr gehaucht, dass jemand auf ihn aufpasste, es einen Gott gab, der verzeihen konnte. Leider nicht möglich, Engel dürfen sich nicht zu erkennen geben. Außer Beobachtung ist ihnen nichts erlaubt, obwohl auch die, wie Heisenberg herausgefunden hat, Einfluss ausübt.

Harvey wusste nichts von seinem Engel. Er besaß das Hirn seit vierzig Jahren und hatte nichts herausgefunden, nichts erreicht, ahnte aber, dass es Zeit war, sich zu trennen. Ging das? Und wohin damit?

Das Hirn von Walt Whitman war einem Laborassistenten aus der Hand gefallen und im Abfall gelandet, andere Hirne bedeutender Männer lagerten in verstaubten Kellern oder anatomischen Sammlungen. Viele waren vertrocknet oder schwammen in trüben Flüssigkeiten.

Thomas rief Harry Zimmerman ... Zimmy ... an, der immer noch am Montefiori-Medizinzentrum arbeitete. Der betagte Professor war am Hirn nicht interessiert.

Die pathologische Sammlung in Harvard hatte Angst, Einstein würde allen die Show stehlen. Selbst die Universität in Jerusalem hatte kein Interesse. Die Laboratorien waren mehr an Hirnen von Kriminellen interessiert, an Typen wie Jeffrey Dahmer, der seinen Opfern Säure in den Kopf gespritzt hatte.

Eine Gruppe von orthodoxen Rabbis forderte ein jüdisches Begräbnis für Einsteins Hirn, und ein Bestsellerautor wollte es zusammensetzen, um einen Fonds zu gründen. Es gab Gerüchte, dass Henry Abrams Einsteins Augen an Michael Jackson verscherbelt habe. Der Sänger besaß angeblich bereits die Knochen vom Elefantenmann. Von fünf Millionen Dollar war die Rede. Harvey wollte keine Publizität.

1995 lebte er noch in Lawrence, wo kaum jemand wusste, dass er Doktor war und das Hirn von Albert Einstein besaß. Seit Burroughs über Herzprobleme klagte, und Thomas herausgefunden hatte, dass der Dichter in seiner Freizeit auf Ölbilder schoss, war der Kontakt abgerissen. Von seinen Kindern hörte er kaum etwas. Seine Arbeitskollegen waren hauptsächlich amerikanische Ureinwohner, die sich bei E & E ihr Studium an der Haskill Indian Nations University verdienten, die gleich hinter der Fabrik lag.

Der Weiße Hase fuhr nach Princeton zu seinem alten Haus in der Jefferson Road. Die Platanen waren groß geworden, und auch die kleinen Büsche von einst hatten enorm zugelegt. Er dachte an die Zeit, die er in diesem idyllischen Ort gelebt hatte, klingelte und fragte die öffnende Person ... langsamer als ein Pilz ... die siebenundachtzigjährige Elouise ... *klapprig wie ein altes Fahrrad* ..., ob sie wieder zusammen sein wollten. Sie sah ihn erstaunt an, ach so, sagte, dass sie auf diese Frage zwanzig Jahre lang gewartet habe.

– Dann hättest du etwas sagen müssen. Harvey klappte seine linke Hand auf und zu und sprach mit der Stimme von Minus.

– Vielleicht, aber jetzt ist es zu spät. Sie zischte, er solle sich zum Teufel scheren, sie habe ihn aus ihrem Leben ausradiert.

– Weißt du noch, die Misteln beim Lungensanatorium? Die Scheune? Thomas steckte Minus weg und lehnte sich an den Türrahmen. Damals hast du gefragt, ob wir im Alter noch zusammen sind, wie man sich ohne Zähne küsst.

– Und dann kam diese Hure. Elouise verschränkte ihre Arme. Damals wollte ich mich an Gretchen rächen, ich wollte ihr eine Stinkbombe in die Wohnung werfen oder Superkleber in ihr Türschloss drücken. Heute weiß ich, nicht sie war böse, sondern du.

– Gretchen ist tot.

– Ich weiß.

– Warum hast du dir nie wen anderen gesucht?

– Pff. Elouise hob ihr Kinn und schloss die Tür. Ach so.

Man hat herausgefunden, dass Handlungen von Menschen weniger von ihren Überzeugungen oder Idealen abhängen als mehr von dem, was ihre Nachbarn tun. Es gab Zeiten, da wollten Harveys Nachbarn alle einen grauen Studebaker fahren, oder sie setzten Thujen als Zäune und stellten Zwerge in ihre Gärten. Mal schickten sie ihre Kinder auf Militärakademien, dann wieder in den Krieg, mal wählten alle die Republikaner, weil es gerade in war, nächstes Mal die Demokraten. Einmal waren Juden am Unglück der Welt schuld, dann Homosexuelle, Kommunisten, Ufos ... Oder alle sahen dieselben Fernsehsendungen, kochten die gleichen Gerichte.

Harvey war von diesem Herdenverhalten verschont geblieben. Er wäre nie auf den Gedanken gekommen, sich im Fernsehen einen Gottesdienst anzusehen, als er aber beim Herumzappen einen Prediger Goldmund sah, hielt er inne. Er erkannte ihn sofort: Krysolov. *Das kann nicht sein.* Der Hochstapler hatte langes, ergrautes Haar, trug eine violette Stola und ein großes, mit Edelsteinen besetztes Kreuz.

– Der Teufel suhlt sich in euch, mästet sich an eurer Verderbtheit. Aber seid beruhigt: Ich bin berufen, brüllte er in ein Mikrofon, berufen, die Religion über den Erdball zu verbreiten. Ich bin das Licht des Herrn. Egal, ob ihr gläubig seid oder nicht, ob ihr euch mit Gott beschäftigt habt oder nicht, ihr alle seid willkommen, euch meiner Herde anzuschließen. Auch ich habe gezweifelt, auch ich war ohne Gott, aber dann ist der Erzengel erschienen und hat mir den Weg gezeigt … Der Halunke war dreist genug, von den Verfehlungen seiner Vergangenheit zu sprechen, von Betrügereien, Diebstahl, Erpressung …

– Aber dafür habe ich gebüßt in Lansing im Gefängnis. Dann kam die Erweckung. Ein Erzengel hat mich zum Reformator bestimmt und mir dieses Schwert überreicht, worauf die sieben Elemente abgebildet sind. Krysolov hielt einen kitschigen Säbel in die Höhe. Man hat mich in die Geheimnisse des Himmels eingeweiht und mir den Namen Goldmund verliehen. Jetzt kann ich eure Seelen sehen. Wer zu mir kommt, wird Frieden finden. Alles, was ihr braucht, ist ein reines Herz und die Bereitschaft, das Gelübde der Armut abzulegen.

– Scharlatan! Und darauf fallen Menschen rein. Harvey schaltete den Fernseher aus.

– Mir hat es gefallen, sagte das Hirn.

– Aber das ist ein Betrüger.

– Und wenn? Die Welt will gern betrogen sein.

Große Weisheiten und Banalitäten liegen oft nahe beisammen. Manchmal kann ein Satz wie »Man soll nie das Ohrenstäbchen im Ohr vergessen« hilfreicher sein als ein Lehrsatz über das Licht im Gravitationsfeld. Man kann darüber nachdenken, ob es eine Ewigkeit gibt oder ob eine durch den Urknall begrenzte Zeit ein Argument gegen die Existenz Gottes ist.

Am 18. April 1996 war Gott in seinem Himmel, der Dow Jones stand bei 5580 Punkten, die Chicago Bulls besiegten die Detroit Pistons, wobei Michael Jordan dreißig Punkte warf, und Albert Einstein war auf den Tag genau seit einundvierzig Jahren tot. Harvey ging mit leicht gebeugtem Rücken und wohlerzogenem, dem Anlass entsprechenden Gesichtsausdruck zum Hirn.

Jetzt, da wir uns trennen, könntest du mir sagen, was die Formel bedeutet, die mir die Konenkova gegeben hat.

– Nichts Besonderes. Ein Gedankenspiel.

– Weich nicht aus.

– Sobald du es weißt, werde ich nicht mehr mit dir sprechen. Ich werde nicht mehr in diesen Gewebewürfeln stecken und den Übertritt in eine andere Welt vollziehen. Bist du dafür bereit?

– Hat die Formel mit der Theorie zu tun, die besagt, dass sich das Universum auflöst, sobald es irgendwer enträtselt?

– Es gibt eine zweite Theorie, die behauptet, dass das längst geschehen ist, aber das ist Fiction. Ob du bereit bist, will ich wissen.

– Ich bin fast vierundachtzig Jahre alt und kann jeden Tag abtreten. Beinahe mein halbes Leben habe ich mit dir verbracht. Sehen wir uns nachher wieder?

– In aller Ewigkeit. Dort, wo die Zeit ihren Anfang nimmt, die Schöpfung, das kosmische Feuerwerk allen Verstand ausfüllt.

– Also heraus damit.

– Auf deine Verantwortung ... Die Stimme des Hirns klang jetzt weihevoll. Die Formel beweist, wenn man sie ernst nimmt, dass das Universum unendlich ist ... was bedeutet, dass alles, was möglich ist, irgendwo existiert: eine Erde, die von Neandertalern beherrscht wird, eine Welt, in der Thomas Harvey nicht an Tuberkulose erkrankt, sondern Kinderarzt geworden ist. Irgendwo hast du dich nicht von Elouise getrennt, woanders hast du sie nie kennengelernt. Es gibt eine Welt, in der dich Lisa nicht verlassen hat, in einer anderen ist Mauki nicht dement geworden, Robert nicht nach Vietnam gegangen …

– Dann gibt es auch Gott?

– Mit ihm ist es wie mit Schrödingers Katze, er existiert und existiert gleichzeitig nicht. Solange wir keine Instrumente haben, ihn zu sehen, muss er sich nicht entscheiden. Er ist wie die eingebildete Krankheit eines Hypochonders. Denk an Tschaba Erdmann. Krank oder gesund? Bis zur Diagnose stimmt beides.

Ein kurzes Lichtflackern war zu sehen, das Hirn verstummte. War es das? Das Ende einer der sonderbarsten Liebesgeschichten? Das Finale einer Obsession? Ja, das war's.

Harvey fuhr mit seinem klapprigen graublauen Honda nach Princeton. Er hatte die Gläser mit dem Hirn, die verbliebenen Kästen und jede Menge Fotos dabei. War er sentimental? Er zeigte es nicht. In seinem weißen Leinenanzug, den Turnschuhen, der Schirmmütze und dem blauen Hawaiihemd – eine gewagte Kombination – wirkte er jugendlich. Er konnte sich an das Gefühl erinnern, als er hier in diesen Räumlichkeiten an das Hirn gekommen war. Damals hatte er Angst, nicht gut genug zu sein. Jetzt konnte er sagen, er hatte alles probiert.

– Obduktionsbericht 55:33? Doktor Krauss, der Pathologe von Princeton, sah nicht viel jünger aus als Harvey. Ja, er hatte von Blummenfelt gehört … ein Kettenraucher … und sogar davon, dass Gretchen Gruenspan hier gearbeitet hatte, vor allem aber war er erstaunt, Harvey zu sehen.

– Immer wieder waren Leute hier, die nach Ihnen gefragt haben. Wir konnten ihnen keine Auskunft geben. Erst vor zwei, drei Jahren ein schrulliger Japaner …

– Ich habe es mit.

– Das Hirn von Einstein?

– Wie definieren Sie ein Hirn?

– Eine Festplatte mit organischen Schaltungen. Wie bei einer Diskette, die einem Magneten nahe kommt, kann der Inhalt gelöscht werden. Aber vielleicht lässt sich daraus eines Tages der Geist von Einstein rekonstruieren.

– Ich habe ein Versprechen abgegeben und mich daran gehalten, jetzt ist es vorbei.

Elliot Krauss wusste nicht, was Harvey meinte.

– Ihr Gesicht gefällt mir. Aber sagen Sie nichts, als Leichenaufschneider ist man gewohnt, dass niemand sich bedankt. Der Weiße Hase drehte sich um und ging.

– Was haben Sie vor? Der Pathologe rief ihm nach. Wie erreichen wir Sie?

– Das wird nicht notwendig sein. Harvey ging zum Parkplatz, öffnete den Kofferraum und brachte die Hirnbehälter zum Eingang.

Nachdem er alle beim Portal abgestellt hatte, sagte er zum Empfangschef:

– Das Zeug ist für den Pathologen. Er weiß, was damit zu tun ist.

– Brauchen Sie eine Bestätigung? In der modernisierten Portiersloge saß ein junger Asiate, kein Joseph Bley.

– Heute nicht. Harvey ging, ohne sich umzudrehen. Der einstige Parkplatz war einem dreistöckigen Betonklotz gewichen, in dem die Decken derart niedrig waren, dass nur Kleinwüchsige aufrecht stehen konnten. Außerdem waren in diesem eng bemessenen Parkhaus so viele Säulen, dass man annehmen musste, die Erbauer wären von Autospenglern bezahlt worden. Harvey sah einen Jungen, der ein Einstein-T-Shirt trug, auf der Stoßstange eines Autos saß und mit einem Gameboy spielte.

– Lemuel? Heute kann ich dich zum Empire State Building bringen.

Der Knabe blickte hoch und sah ihn irritiert an.

– Sprechen Sie mit mir?

– Ich habe dich verwechselt. Thomas stieg in seinen Honda und fuhr zu Polly's Luncheonette. Aber da, wo früher Neonbuchstaben geprangt hatten, klaffte Leere, nur die Wandfarbe war an diesen Stellen etwas weniger verschmutzt. Über der Tür hing ein neues Schild: »Nachtkästchen«. Harvey ging hinein und fand sich in einer Bar wieder. Regale voll mit Flaschen. Rum, Whiskey, Gin. Nichts deutete auf das frühere Lokal, selbst die verchromte Theke hatte schwarzen Platten und Neonröhren weichen müssen. Die Kellnerin kannte keine Trisha, empfahl aber einen Drink, der sich Deutsche Erotik nannte. Harvey betrachtete die jungen Leute, die vermutlich alle bei großen Konzernen beschäftigt waren. Am Nachbartisch begann ein Pärchen wild zu schmusen. Sie wussten nicht, wohin mit ihren Armen, waren kurz davor, sich vor Verlangen aufzufressen. Thomas sah dem Spektakel fasziniert zu, nippte an seinem Getränk und fragte sich, ob er jemals so jung gewesen war.

So geht die Geschichte zu Ende. Ich habe sie wahrheitsgetreu erzählt, denn schließlich bin ich der, in dem etwas aufgebrochen ist, Harveys Schutzengel – auch wenn man mich in einer Anstalt für Geisteskranke gefangen hält, einer Anstalt, die mir Schutz und Zuflucht bietet.

Harvey fuhr den Wagen an den Straßenrand, um sich zu erleichtern. Kaum war er ausgestiegen, vernahm er einen beruhigenden, monotonen Gesang. Thomas blickte sich um, doch konnte er in der trostlosen Gegend nichts erkennen. *Da steppt der Bär.* Endlich sah er schwaches Licht, schlenderte hin und kam zu einem Schuppen.

– Wurde auch Zeit, kam ihm ein glatzköpfiger Mann entgegen, der mit nichts als einem orangen Tuch bekleidet war.

– Wer sind Sie? Die Frage war noch nicht heraußen, da erkannte Harvey seinen alten Freund Erlich. Sully! Du? Ich wollte dich damals anrufen nach dem Tod deiner Frau, Ai… kurz kramte Thomas in den Schubladen seiner Erinnerung ... Aileen, aber du wärst vielleicht nicht rangegangen.

– Das mit Lisa, Thomas, tut mir leid. Ich konnte doch nicht wissen, dass du ... Aber jetzt heiße ich Nirmal und habe Einsteins Horoskop erstellt.

– Bist du Buddhist?

– Yachten und Villen sind nicht alles. Heute ist der Tag, an dem die Schrift von Einsteins Geschichte endet, also wusste ich, du kommst, weil es dein Karma ist.

– Karma? Sully!

– Hast du dich nie gefragt, warum Babys mit geballten Fäusten zur Welt kommen, Greise aber mit offenen Händen sterben? Weil Säuglinge ihr Karma festhalten. Karma zu leben ist leicht, Karma zu erleiden weniger.

Harvey sah eine Buddhastatue, vor der Schalen standen, in denen Flammen züngelten.

– Ist Einsteins Geist jetzt im Nirwana?

Der glatzköpfige Sully lächelte, zündete ein Streichholz an und blies es aus.

– Wo ist die Flamme hingegangen? Genauso ist es mit dem Leben. Stell dir einen großen Speicher mit lauter Senfkörnern vor, so viele Leben hatte Lord Gautamo Buddha, bevor er unter einem Baum Erleuchtung fand. Buddha war der erste Mensch, der sich vollständig aufgelöst hat. Es ist wie bei Elefanten, wenn die einen indischen Holzapfel oder eine Kokosnuss essen, scheiden sie die unbeschädigte Schale aus, aber innen ist sie leer, die Frucht ist verschwunden. Niemand weiß, wie das geschieht. So wird es mit der Menschheit sein, sie wird verschwinden.

– Sully! Wie ist es dir ergangen? Gehen wir was trinken.

– Ich heiße jetzt Nirmal, und ich trinke nicht. Wir erleben gerade die größte Katastrophe – kein Tsunami, Erdbeben oder Vulkanausbruch, sondern der Verlust der Weisheit. Die Jugend glaubt nicht mehr.

– Ist das Auflösen und Verschwinden nicht der Traum aller Buddhisten?

– Jede Aktion bewirkt eine Gegenreaktion. Alles hat einen Grund, nur das Universum nicht. Hast du von dieser neuen Erfindung gehört, mit der man alle Information bekommt, egal wo man sich gerade befindet? Sie nennt sich Internet. Damit wird die Welt zu einem Dorf. Eine Revolution. Du kannst in der Wüste Filme mit James Stewart schauen ... alle! Oder in einem Wald Dostojewski lesen. Du kannst nachschlagen, wann »Krieg und Frieden« geschrieben worden ist, oder wie der Baum heißt, unter dem du stehst. Aber es wird eine Reaktion darauf geben. Als der Humanismus aufkam, gab es als Reaktion die Inquisition. Der Aufklärung folgte die blutige Revolution. Und wie wird die Welt auf dieses Internet reagieren? Mit Verdörflichung! Nationalismus! Wenn man schlechte Gedanken hat, kommen sie irgendwann zurück. Der Glatzkopf lächelte. Soll ich dein Horoskop erstellen?

– Nein, davor habe ich Angst.

– Du hast alle Religionen kennengelernt, aber hat dich eine überzeugt? Katholizismus, Islam, Judentum? Gewerkschaft, Terrorismus, Kunst, Mathematik? Siehst du, der Mensch glaubt nicht mehr. Im einundzwanzigsten Jahrhundert wird das eintreffen, was Nietzsche prophezeit hat, die Menschheit wird verschwinden. Nicht wegen Kriegen, Außerirdischen oder Naturkatastrophen, sondern wegen Dummheit und Ignoranz, wegen der Selbstgerechtigkeit, weil sich niemand an Kants kategorischen Imperativ hält.

– Bist du Philosoph? Harvey war verwirrt.

– Immanuel Kant hat gefragt, ob man lügen darf, um Unheil abzuwenden? Wenn die Auswirkung kurzfristig etwas Gutes bewirkt? Seine Antwort lautete: Nein, weil die Lüge selbst das Unheil ist. So ist es mit allem. Sully Nirmal Erlich seufzte. Nicht einmal Kants Anhänger haben das verstanden. Es läuft auf die Frage hinaus, darfst du lügen, wenn du einen Freund vor seinem Mörder versteckst, und dieser Mörder fragt, ob du jemandem Unterschlupf gewährst? Natürlich darf man dann lügen, sagt der Hausverstand. Kant sagt nein, weil mit der Lüge der Glaube an die Kommunikation verlorengeht, die Wahrheit, alles. Wir haben keine Werte mehr. Noch glauben alle an die Arbeit, aber in ein paar Jahren wird es keine mehr geben, nur noch Verwaltung. Gott? Arbeit? Konsum? Alles tot. Du wirst sehen, es wird zu Sippenhaftung kommen, zu Standgerichten, alles wird erlaubt sein, weil sich jeder im Recht fühlt, komplette Anarchie. Warum? Weil wir gelogen haben. Wir haben gedacht, man merkt es nicht, es ist für eine gute Sache, aber das war falsch. Also wird das Ende kommen, wird die Zeit der Menschheit auf der Erde eine unbedeutende Episode gewesen sein.

– Sind wir verloren?

– Die apokalyptischen Reiter kommen nicht zu Pferd, sondern auf Meinungen. Besserwisserische Rechthaber. Niemand wird sich retten, alle sind verdammt.

– Das glaube ich nicht. Solange es Leute wie mich gibt, Quäker, die ihre Nächsten lieben und an den Frieden glauben. Außerdem hat Gott vor jeder Katastrophe Engel ausgesandt, die Menschen zu warnen und die Gerechten zu retten. Selbst nach Sodom kamen zwei Engel, Lot und die Seinen zu beschützen. Gut, seine Frau hat das Gottesgericht nicht ertragen, ist zur Salzsäule erstarrt.

– Und Lots Töchter, diese notgeilen Schlampen, haben ihn betrunken gemacht und verführt. Nirmal begann wieder zu singen und legte weiße Blütenblätter vor die Buddhastatue.

– Nimm mich zu deiner Braut, Buddha. Ich bin wie diese Blätter. So wie sie verwelkt der Mensch.

Harvey wollte sich hinausschleichen, doch da drehte sich der Buddhist noch einmal um und sagte:

– Mit Religionen ist es wie mit Männern. Du kannst einem

Kerl erzählen, wie gut es einem anderen geht, wie erfolgreich und wohlhabend er ist, welch schöne Frau er hat ... er wird einen Grund finden, es schlechtzumachen. Selbst ein Bettler glaubt, es besser getroffen zu haben als jeder Millionär. Ein Arbeiter sagt, er möchte nicht mit einem Sesselpupser im Büro tauschen, während die Angestellten froh sind, keine Verantwortung zu haben. Das ist unsere Natur. Jeder glaubt, es gut erwischt zu haben. Willst du nicht doch dein Horoskop erfahren?

– Niemals.

Auf dem Heimweg hörte der Weiße Hase im Autoradio, dass Wjatscheslaw Krysolov, bekannt als Prediger Goldmund, wegen der Ermordung der Wiseman-Schwestern zum Tod verurteilt worden war. Er hatte, sagte der Sprecher, damit geprahlt, Mechthild und Hedwig umgebracht zu haben. Ein ehemaliger Mithäftling hatte ihn verraten.

Harvey wusste, dass das nicht stimmen konnte, der falsche Graf und Prediger hatte die Geschichte bestimmt von Atticus Greek gehört und, wie es seine Art war, damit angegeben. So wird er für etwas zur Verantwortung gezogen, das er nicht getan hat, während all seine anderen Taten ungesühnt bleiben.

So bringt den Meister des Flunkerns das zu Fall, was ihn sein Leben lang ernährt hat, die Leichtgläubigkeit der Menschen.

Harvey drückte so lange am Radio, bis Musik zu hören war. Johnny Cash: *25 Minutes to Go*. Der Weiße Hase klopfte mit den Fingern auf das Lenkrad, überholte einen Truck mit der Aufschrift »American-Armenian Chicken« und lächelte. Plötzlich wurde es eine Nuance finsterer, und die bekannte Stimme sagte:

– Du glaubst also, du kannst mich einfach loswerden?

Thomas Stoltz Harvey (1912–2007) © Rick Mitchell

DANKSAGUNG

Wenn Sie nun fragen, was an dieser Geschichte wahr ist und was nicht, kann ich nur auf Schrödingers Katze verweisen, alles ist faktisch fundiert und gleichzeitig auch ausgedacht. Lassen Sie mich ein Beispiel nennen: Ich habe die Wohnung Otto Nathans in der zehnten Straße in Manhattan, New York, platziert, weiß aber beim besten Willen nicht mehr, ob ich diese Adresse irgendwo gelesen oder mir ausgedacht habe. In meiner Vorstellung standen dort Wolkenkratzer mit grünen Markisen und uniformierten Pförtnern. Als ich dank der vom österreichischen Kulturforum New York – herzlichen Dank an Michael Haider – ermöglichten Lesereise schließlich dort gewesen bin, hat sich herausgestellt, dass es ganz anders aussieht, eher wie in Oldenburg oder Osnabrück. So habe ich es dann auch beschrieben. Aber ob Nathan tatsächlich dort gelebt hat, weiß ich nicht.

Lorie Vanchena war so freundlich, mich nach Lawrence, Kansas, einzuladen, wo mir Will Katz, der mit Harvey bei E & E gearbeitet hat, die ehemalige Plastikfabrik und Harveys Wohnorte gezeigt hat. Dank Will Haynes bekam ich einen guten Überblick zu Kansas. Rick Mitchell, einer von Harveys Glaubensbrüdern bei den Quäkern, hat mich zum Versammlungsraum gebracht und mir die Grundideen der Gesellschaft der Freunde erklärt. Bill Cummings, der ein paar Jahre mit Harvey im Gefängnis Lansing gearbeitet hat, war so freundlich, mit mir seine Erinnerungen zu teilen. Ich danke ihnen allen sehr und hoffe, dass der Roman dem guten Kerl, als den sie Harvey alle in Erinnerung haben, gerecht wird.

Auf die Geschichte hat mich Reinhard Friese gebracht, der sie beiläufig erwähnt hat. Da ich vor Jahren den Large Hydron Collider in Cern besuchen durfte – Dank an Lois Lammerhuber – und ich seither ein Interesse für neuere Physik habe, war ich sofort begeistert.

Dank gebührt auch der österreichischen Botschafterin in Algier, Christine Moser, und ihren Mitarbeitern Andreas Altmüller und Elisabeth Haider, denen ich das Erlebnis der algerischen Sahara verdanke – die Eindrücke von Timimoun und Adrar sind auch dank Mustafa, Redoune und Osama unvergesslich. Weiters müssen genannt sein: Harald Posch für seine Mühen, mir Golf-Grundbegriffe beizubringen. Stefan und Werner Schwaiger sowie Anna Mateur für unglaublich lustige Abende, Priyantha in Sigiriya für nächtelange Gespräche über den Buddhismus. Heinz Marti, dem freundlichen Schweizer Verlagsvertreter, der geholfen hat, die ersten Wortmeldungen des Hirns wie Bernerdeutsch klingen zu lassen. Regina und Dirk, die mich nicht nur nach Caputh gebracht, sondern mir auf dem Weg dorthin auch viel vom Deutschen Herbst erzählt haben. Den Leuten in der Jefferson Road in Princeton, die so freundlich waren, mir Harveys einstiges Wohnhaus zu zeigen, namentlich aber lieber nicht genannt werden wollen. Außerdem danke ich Eva Adelbrecht für ein wunderbares Erstlesen und Karl Steinkogler für ausnehmend viele kluge Anregungen, meiner Agentin Karin Graf und dem Verleger Herbert Ohrlinger für ihr großes Vertrauen – ihr habt gar keine Ahnung, wie wichtig mir das ist. Großer Dank gebührt allen Mitarbeitern des Zsolnay Verlags, meinen Eltern für alles, Harvey himself, Gott für das Universum und Einstein, von dem niemand weiß, wo seine Asche verstreut worden ist. Die plastifizierten Hirnstreifen befinden sich in Philadelphia, aber das Hirn? In der Witherspoon Street in Princeton steht anstelle des Spitals mittlerweile ein Wohnblock. Nichts zeigt an, dass Einstein dort gestorben ist. Und Harvey? Er ist wenige Jahre nach der Rückgabe des Hirns abgetreten. Ob er im kleinen Friedhof neben dem Quäker-Steinhaus ein Princeton begraben liegt, finden Sie am besten selbst heraus. Dann können Sie auch den singenden Baum suchen, unter dem Einsteins Stieftochter Margot seine Asche verstreut haben soll.

Zuletzt danke ich noch meinem Lebens- und Herzensmenschen Ramona für die viele Liebe und Inspiration, ohne die dieses Buch nie geschrieben hätte werden können. Danke.

Franzobel, Herbst 2022

Der neue historische Roman des preisgekrönten Autors von *Das Floß der Medusa* und *Die Eroberung Amerikas*

Im Herbst 1897 bringt der US-amerikanische Entdecker und Abenteurer Robert Peary sechs Inughuit, so der Name der im Norden Grönlands lebenden Menschen, auf einem Dampfschiff nach New York. Untersucht sollen sie werden, vor allem aber ausgestellt und hergezeigt. Vier von ihnen sterben schnell an Tuberkulose, einer wird zurückgebracht – der neunjährige Minik aber bleibt. Seine Geschichte – Taufe, Schule, betrügerischer Pflegevater, Flucht – sorgt für Schlagzeilen. In Franzobels Roman wird Minik nicht nur zum Spielball zwischen der zivilisierten amerikanischen Kultur und der angeblich primitiven eines Naturvolkes. Sein Schicksal ist ein Heldenlied auf den Überlebenskampf eines beinahe ausgestorbenen Volkes, das bewiesen hat, wie der Mensch selbst in der unwirtlichsten Gegend überleben kann.

528 Seiten. Gebunden mit Lesebändchen. zsolnay.at